T0266948
WAVEBAND
PASSPORT

LA VIOLINISTA ROJA

REYES MONFORTE

LA VIOLINISTA ROJA

PLAZA JANÉS

Papel certificado por el Forest Stewardship Council®

Primera edición: abril de 2022
Segunda reimpresión: mayo de 2022

Printed in Spain – Impreso en España

ISBN: 978-84-01-02706-2
Depósito legal: B-3087-2022

Compuesto en Comptex & Ass., S. L.

Impreso en Rotoprint By Domingo
Castellar del Vallès (Barcelona)

L 0 2 7 0 6 2

La violinista roja es una recreación novelada basada en una historia real. Los personajes, diálogos y hechos que se narran están documentados históricamente. Algunos personajes y acontecimientos han sido novelados en favor de la dramatización literaria.

Para Jose, siempre

Nada está completo sin su sombra.

PEDRO SALINAS

Tal vez descubra la verdad al comparar las mentiras.

LEÓN TROTSKI

Un espía en el lugar adecuado vale más que veinte mil hombres en el campo de batalla.

NAPOLEÓN BONAPARTE

Moscú

11 de noviembre de 1983

Los árboles no gustan sino porque hacen sombra. Y la sombra no gusta sino porque está llena de fantasmas y visiones. A mí me agradan los fantasmas. Nunca he oído que los muertos hayan hecho en seis mil años tanto daño como los vivos en un solo día.

ALEJANDRO DUMAS, *El conde de Montecristo*

1

El repiqueteo de las teclas de la Remington le daba la vida. Más bien, se la devolvía, como un proyector cinematográfico revela las imágenes de una película sobre la pantalla límpida. Las notas de la *Appassionata* de Beethoven, que invadían cada rincón del apartamento de dos dormitorios ubicado en el corazón de Moscú, no actuaban de metrónomo de aquel tecleo inquebrantable, seguro y uniforme; lo hacían los latidos de su corazón, los mismos que marcaron el ritmo del juramento que la convirtió en radiotelegrafista del entonces llamado NKVD: «Con cada latido de mi corazón, juro servir al Partido, a la patria y al pueblo soviético». No imaginó en aquel verano de 1942, cuando prometió no entregarse viva al enemigo, que comenzaba a gestarse la leyenda de la mejor «violinista» de la Unión Soviética. Así llamaban los servicios secretos soviéticos a las operarias de radio: *violinistas*. Y África de las Heras había sido un Stradivarius, una pieza única de colección, por su sutil forma de actuar, por la suavidad de sus sombras, por su espectacular color ébano, por su belleza puesta al servicio de las trampas de miel, por la capacidad de eclipsar a cualquier otro competidor, por su sonido dulce y aterciopelado, por su enigmático barniz, por el fuego helado que emanaba de su madera, pulida a conciencia para reducir las astillas. La mejor violinista de la URSS, que ni siquiera había nacido allí, consiguió que durante cincuenta años el mundo danzara al ritmo de su arrebato apasionado.

El tecleo de la Remington se aliaba con el torrente de semicorcheas de la *Appassionata*. Sabía que Beethoven había bebido de *La tempestad* de William Shakespeare para componerla, y que lo hizo en un momento anárquico, cuando la coronación como emperador de Napoleón sacudió sus ideas revolucionarias. África podía notar el dramatismo inoculado en cada tempo. En el último movimiento lograba escuchar el abismo, la nitidez con la que el mundo estallaba en un renacer continuo, preguntándose por la razón de su existencia. Podía ser la melodía de su vida: en tiempos de tempestad, aferrarse siempre a los pilares sólidos de la embarcación en la que se viaja, para evitar zozobrar y, solo entonces, encomendarse al destino. La música enaltecía sus recuerdos e intensificaba sus emociones. Quizá algún día llegaría a la misma conclusión a la que llegó Lenin después de escuchar la composición de Beethoven durante un concierto: «No debo escuchar música clásica con demasiada frecuencia. Me hace querer decir cosas amables y estúpidas, y allana las cabezas de las personas». También ella, como el líder bolchevique, se sentía orgullosa de que alguien pudiera crear «algo tan hermoso viviendo en este sucio infierno». Aunque, siguiendo su propia partitura, más bien debería escuchar la *Quinta sinfonía*, la misma que utilizaba la BBC en sus emisiones en el extranjero durante la Segunda Guerra Mundial, ya que, transportados al código morse, sus compases representaban la V de Victoria: tres sonidos cortos y uno largo.

Era tarde para evitar los sentimentalismos. Cada golpe de tecla dibujaba las pisadas que había dejado impresas en la arena de los caminos recorridos. Debía terminar la nota autobiográfica que sus superiores del KGB le habían pedido para incluir en su expediente y que le estaba llevando demasiado tiempo y contención de memoria.

> Durante muchos años me costó entender que mi sueño se hubiera hecho realidad: estaba en la patria de la Revolución de Octubre. Al principio, no podía creer que yo, procedente de un país capitalista e inmerso en un régimen dictatorial, estuviera admirando con mis propios ojos la plaza Roja, que pudiera pasear por sus frecuentadas calles o que me detuviera a contemplar el río Moskova...

Algo la obligó a detenerse. Los martillos de las teclas se atascaron, arremolinándose todos a una en un mismo punto del papel, como el espíritu guerrillero desplegado en la retaguardia nazi al grito de «¡Hurra!» en los bosques de Ucrania. Cerró los ojos y tomó una profunda bocanada de aire, como tantas veces había hecho durante su vida. Cuando los abrió, se topó con las dos palabras escondidas bajo el embrollo de martillos que había interrumpido el incesante traqueteo: *río Moskova*. África era de las pocas personas que utilizaban todos los dedos al escribir a máquina; lo hacía gracias al método de Elizabeth Longley, fundadora del Instituto de Taquigrafía y Mecanografía de Cincinnati, que en 1882 desarrolló el tecleo a ocho dedos con máquinas QWERTY. Eso imprimía más velocidad a su trabajo, ya que le permitía ir leyendo lo escrito en el papel sin necesidad de desviar los ojos al entramado de teclas. «Nuestra eficaz señora Longley», la había denominado Frida Kahlo en la Casa Azul de Coyoacán ante la mirada añil de Trotski.

Después de deshacer la maraña de teclas, barrió suavemente la superficie del teclado con las yemas de los dedos. En el fondo, era una romántica, o quizá una fetichista, aunque siempre se definió como una idealista política que, a su entender, era lo único sensato que se podía ser. A falta de recuerdos materiales que atesorar, se construyó unos propios en los que proyectó su memoria. Había comprado esa máquina de escribir porque le recordaba a su conversación con George Orwell en el hotel Continental en la Barcelona de 1937. Desechó hacer patria recordando a Tolstói y su inseparable Underwood —con la que escribió «No me puedo callar», un manifiesto contra la pena capital zarista—, y optó por una Remington Home Portable n.º 2, como la que empleaba Agatha Christie, mucho más ligera y pequeña, más apropiada con su *modus operandi* al servicio del KGB. El pasado seguía modelando su presente como si fuera arcilla. El primer modelo de las Remington and Sons se había montado el 1 de mayo de 1872 sobre una máquina de coser: un primero de mayo, una máquina Enigma oculta bajo el cajón de una máquina de coser Singer... Demasiados mensajes hermanados como para obviarlos.

Enderezó la espalda, algo arqueada por el peso de sus setenta y cuatro años. Se levantó apoyando las manos sobre la mesa para enfatizar el impulso y ayudar a enderezar sus músculos. Le hubiese venido bien la alfombra hecha con la piel de un kudú sobre la que escribía Ernest Hemingway —descalzo y de pie ante su Royal Quiet Deluxe dispuesta en lo alto de una estantería—, al que estrechó la mano y junto al que brindó con vino francés cuando el máximo responsable de las operaciones del NKVD en España, Aleksandr Orlov, y su mano derecha, Leonid Eitingon, se lo presentaron en el centro de entrenamiento de Benimámet, en Valencia.

Encauzó los pasos hacia una de las ventanas del salón de su apartamento situado en el Anillo de los Jardines, una zona residencial en el núcleo de la capital moscovita, habitual domicilio de altos cargos del Gobierno soviético y sede de instalaciones oficiales. Desde allí admiró el río Moskova, que acababa de poner negro sobre blanco en su nota autobiográfica. No parecía el mismo que contempló en el verano de 1941, cuando pisó por primera vez la capital de la Unión Soviética. Tampoco las cúpulas brillantes del Kremlin se parecían a aquellas que se enfundaron en octubre de ese mismo año, para que su centelleo no alertara a los aviones alemanes durante la defensa de la plaza Roja por parte del centenar de españoles que integraban la Cuarta Compañía al mando del capitán Pelegrín Pérez Galarza.

No, nada era lo mismo. Todo había cambiado. Se preguntó si sería ella la que habría caído en la trampa de las permutas. Sonrió y se llevó la uña del dedo índice entre los incisivos, en un gesto que la acompañaba desde que era una niña en su Ceuta natal. Su madre, doña Virtudes, intentaba quitarle esa manía que «afea la imagen de una señorita», pero a su padre, el escribiente militar Zoilo de las Heras, nunca pareció molestarle, a juzgar por el guiño cómplice que dirigía a la niña de sus ojos. Al menos en ese nimio detalle, África no había cambiado. Entonces, siendo la hija de una familia burguesa y militar, desconocía que los pequeños detalles pueden salvar o matar a un espía.

Sus recuerdos entraron en un bucle sonoro que los impidió avanzar. La aguja del tocadiscos había patinado en el surco del disco, confiscando la *Sonata para piano n.º 23 en fa menor* y enganchándose tras el *moto perpetuo*, justo en la reexposición del tercer movimiento, con claras reminiscencias de la danza rusa. El salto de la aguja había aniquilado los dos rotundos acordes finales de la coda del *allegro ma non troppo*. Solía ocurrir y sabía cómo remediarlo. África colocó pacientemente una moneda sobre el cabezal del brazo de la tornamesa. Le asaltó el recuerdo de un joven y presumido Ramón Mercader, apoyado en la barra del bar Joaquín Costa de la calle Guifré de Barcelona. «Puedo doblar una moneda de cobre con estos tres dedos, ¿quieres verlo?». Claro que podía. Y por supuesto que quería. Percibió el esbozo de una sonrisa tonta y nostálgica en su rostro.

Fijó los ojos en el teléfono que descansaba junto al tocadiscos, situado sobre el aparador. Permanecía en silencio desde el día anterior. Ninguna noticia. Ni rastro de los tres timbrazos de rigor más los dos de confirmación. Pensó que tan solo existe algo más desquiciante que un teléfono mudo: un mensaje que se resiste a ser descifrado. Sin Beethoven, la casa se había quedado en silencio y eso le desagradaba. Como le confió un día el agente soviético Kim Philby, con su aspecto de eterno graduado de Cambridge: «En nuestro mundo es mejor un rumor que un silencio». Tenía que hacerlo: descolgó el auricular y se lo puso en la oreja para comprobar que había línea, aunque sabía que ese ademán delataría por su impaciencia a cualquier agente novato. Escuchó el tono y devolvió la mancuerna a su sitio mientras el reloj de la pared le confirmaba lo que ya sabía: se retrasaba. Fiódor siempre era puntual, sobre todo cuando se trataba de visitar a su instructora. Seguro que había optado por el trolebús azul y blanco que recorría parte del anillo que circundaba el centro urbano, en vez de por el metro. La parada de Smolenskaya le dejaba muy cerca del apartamento; se lo había dicho mil veces, pero los jóvenes prefieren descubrir las cosas por sí mismos.

Recuperó la sinfonía de Beethoven, el claqueteo metálico de la Remington, y retomó su escrito.

> Mi sorpresa llegó cuando recibí la llamada del NKVD, posterior KGB: me querían en el frente; combatiría por el país que representaba un modelo para todos los pueblos. Cuando accedí al edificio, me condujeron hasta el despacho del camarada coronel Dmitri Medvédev. Me preguntó: «¿Sabes disparar?»...

El timbre de la puerta aplazó su respuesta al comandante soviético. Sonó hasta enmudecer la *Appassionata*; primero un timbrazo y luego otro, el segundo, antes de llegar el tercero, que Fiódor siempre dilataba unos instantes porque sabía que su maestra sonreiría al otro lado de la puerta, maldiciendo su demora. En ese breve intervalo, África buscó su imagen en el espejo de la pared. El pelo blanco monopolizaba su retrato. Acudió fugazmente a su memoria una Caridad Mercader que cuidaba su espesa cabellera nívea con un producto azulado para evitar que amarilleara por el humo de las tres cajetillas de tabaco que fumaba cada día. Se contempló durante unos segundos: su piel no era tan olivácea como cuando le valió el apelativo de la Serrana o la Morena en los bosques ucranianos de Vinnytsia. Si no llevara prendida de su pecho tanta chatarra —como Roquelia, la mujer de Ramón Mercader, denominaba a las condecoraciones otorgadas por el Partido a los héroes de la patria—, cualquiera pensaría que era una dulce abuela a punto de abrazar a su nieto, y no una anciana de la vieja guardia soviética partidaria de la Guerra Fría.

El tercer timbrazo llegó con la intemperancia de todo lo que se hace esperar.

—María Pávlovna —dijo el joven antes de franquear la puerta. Sabía que debía esperar el permiso para hacerlo.

A África le agradaba que su discípulo pronunciara en voz alta aquel nombre, como si tuviera que convencerse de su identidad... Demasiadas sombras en su pasado.

—Se puso nombre de gran duquesa zarista —dijo Fiódor provocador.

Se refería a la prima carnal del último zar Nicolás II, creadora de la casa de bordados Kitmir, que solo trabajaba para Coco Chanel. La diseñadora francesa fue amante de su hermano, Dmitri Pávlovich, exiliado en París después de participar en el asesinato de Rasputín en Moscú. A la hora de elegir nombres, la coronel De las Heras siempre había sido única.

—Creí que ya no venías, camarada Fiódor.

Le gustaba aquel joven agente de sonrisa amplia y seductora, con porte de galán de cine. Le recordaba al Alain Delon que dio vida a Ramón Mercader en la película *El asesinato de Trotski*, dirigida por Joseph Losey en 1972, aunque África prefirió esperar unos años para verla y, por supuesto, lo hizo fuera de la Unión Soviética. No aguantó hasta los créditos; había historias y finales que ya conocía y, a veces, la ficción se alejaba demasiado de la realidad.

Desde que Fiódor accedió por primera vez a las instalaciones de la escuela de Malájovka, donde se impartían las clases de formación para los nuevos agentes del KGB, África vio en aquel muchacho ese algo especial que señalaba a los elegidos por la inteligencia soviética, aunque se esforzó en disimularlo. «Tiene usted nombre y aspecto de escritor. Y yo necesito actores, no bohemios juntaletras», le espetó nada más verle. «Eso no será un problema. Hay ascensoristas de la Lubianka que llegaron a oficiales de la inteligencia soviética», dijo el joven, clavando la mirada verdosa en su instructora. Aquella mención velada a Aleksandr Korotkov —el agente secreto que en 1938 participó en París en el asesinato y descuartizamiento del alemán Rudolf Klement, secretario de la Cuarta Internacional y amigo de Trotski, y que tres años después informó antes que nadie desde Berlín de una posible invasión alemana de la URSS— le hizo ganar al joven muchas posiciones en el cuadro de honor de la coronel. Sus méritos continuaron en la academia estatal soviética, cercana al metro de Belorusskaya, y en las clases que África impartía en su propia casa a los candidatos que consideraba mejores.

No era fácil superar el severo cribado de la instructora. Fiódor la había visto coger el teléfono de su piso para llamar al Centro y decir que no volvieran a enviar a su domicilio a determinada persona a quien no consideraba apta para el servicio, y colgar el auricular acto seguido sin esperar respuesta. Él había terminado su formación con la mejor nota. Con la aquiescencia de la coronel, frecuentaba el apartamento del Anillo de los Jardines para seguir compartiendo enseñanzas, experiencias y un grado de amistad que África no quiso tener con casi nadie desde su regreso definitivo a la Unión Soviética. Allí estaba en ese momento, a pocas horas de emprender el viaje que lo llevaría a realizar su primera misión importante en el extranjero.

—¿Me va a dejar pasar o necesito un visado especial? —preguntó el joven, aún apoyado en el quicio de la puerta.

—Me lo estoy pensando.

—Sé que me estaba esperando, no puede negarlo —comentó irónico, al ver las medallas prendidas en la chaqueta de lana azul que vestía la coronel.

No estaban todas las que le habían otorgado, pero sí algunas: la Orden de Lenin —la más alta condecoración soviética—, la Medalla de Valentía, la Medalla de Guerrillero de la Guerra Patria de primer grado, la Orden de la Bandera Roja...

—Esa es mi favorita. —Fiódor señaló la Estrella Roja.

—Esperemos que hagas méritos suficientes para conseguirla. Y que el día que te la impongan, llegues puntual.

—No ha sido culpa mía —se excusó, mostrando en la mano derecha un hermoso ramo de flores que había mantenido escondido a su espalda—. A los floristas de Moscú no les gustan las amapolas, qué vamos a hacerle.

—¿Por qué me traes amapolas? Son delicadas, no duran nada y tienen una muerte temprana, como los jóvenes espías insolentes.

—Porque no había girasoles, que sé que le gustan más. Alguien ha arramblado con ellos. No he encontrado ni uno solo en todo Moscú, así que tuve que improvisar. Las amapolas me recuerdan a usted: resisten a los herbicidas, lo aguantan todo y son tremendamente llamativas.

—Las amapolas rojas florecieron en el barro de Flandes, sobre los muertos. Crecen en tierra de nadie, por eso aparecían en las trincheras —apostilló la coronel mientras se dirigía a la cocina a por un jarrón para ponerlas en agua—. Desde un punto de vista botánico, son mala hierba, por muy bonitas que sean. Los agricultores las odian.

—Pues les montamos una colectivización forzosa, aunque sea viernes y estemos en 1983. La Unión Soviética siempre está preparada, en especial cuatro días después de celebrar el 66.° aniversario de la Revolución.

—Por decir desfachateces menores, hubo quien acabó en los sótanos de la Lubianka.

—¡Vamos! Son *poppies* —dijo refiriéndose a las amapolas—. Y hoy es el Poppy Day.

—¿Ahora somos ingleses en el Día del Recuerdo, celebrando el final de la Primera Guerra Mundial y recordando el sacrificio de los británicos?

—Menos mal que el caviar no admite discusión —rio el joven agente, al tiempo que mostraba la pequeña lata ovalada de caviar rojo, el favorito de la coronel del KGB.

África observó la caja metálica y el recuerdo de León Trotski apareció para intentar arruinarle el momento: era el mismo caviar que el líder bolchevique consumió el día que Ramón Mercader atentó mortalmente contra su vida. Se zafó del recuerdo, en parte gracias a la verborrea de Fiódor:

—Con esto firmamos el armisticio. Sé que lo prefiere a una caja de bombones. Uno nunca sabe qué hay dentro de unos sabrosos chocolates encerrados en una preciosa caja de madera; a ver si va a resultar que las enseñanzas del camarada Sudoplátov no han servido de nada...

África le miró orgullosa. Solo una vez había contado a su delfín cómo el responsable de Operaciones Especiales del NKVD Pavel Sudoplátov, jefe del servicio de contraespionaje del ejército soviético, había eliminado al líder de los nacionalistas ucranianos, Yevhen Konovalets —partidario de la invasión nazi de Ucrania y en contra del dominio soviético—, con una bomba magnética dentro de una caja de bombones, después de encontrarse en una cafetería de Róterdam el 23 de mayo de 1938. Tener buena memoria y priorizar los detalles siempre es un buen escudo para un espía. Quizá no era tan mala idea celebrar el Día del Recuerdo, a pesar de las amapolas.

—Iba a preparar café. A no ser que prefieras té.

—Por mí no se moleste, vodka está bien.

—¿A las once de la mañana?

—¡Por qué esperar! —exclamó Fiódor.

Se mostraba exultante, descaradamente encantador, incluso más de lo normal. Estaba a punto de realizar su primera salida al exterior y, si las sospechas del Centro eran ciertas, se avecinaba un periodo de mucha actividad, el paraíso soñado para cualquier agente. Era consciente de que debía controlar sus emociones porque, como la familia, solían ser un lastre en su profesión.

—¿Cree que podemos dar un respiro a Beethoven? Me pasa lo mismo que a los nazis con Wagner: cuando le escucho, me dan ganas de iniciar una guerra.

La música cesó y él notó el alivio; ya estaba lo suficientemente exaltado como para necesitar que algo le acuciara más. Echó un vistazo a su alrededor. No podía decir que era deformación profesional, porque aún no había llegado a ese punto de experiencia al que deseaba llegar cuanto antes. Era curiosidad, hambre de saber o una manera de calmar la sed de noticias que esperaban desde hacía horas, si no días. Comprobó que los cuadros que colgaban de las paredes del apartamento seguían huérfanos de fotografías. Solo había dos marcos: el del espejo y el de aquel certificado con fecha de 4 de abril de 1944, expedido por las Unidades Especiales del Ejército Rojo que, aunque sabía de memoria, siempre releía:

> Este documento certifica que África de las Heras formó parte de una unidad especial guerrillera desde junio de 1942, mostrando siempre su condición de valiente soldado y eficaz radista. Por su brillante labor, la camarada De las Heras fue laureada con la Orden de la Estrella Roja y la Medalla de Guerrillera de primer grado, y se la propuso para la condecoración de la Gran Guerra Patria.

Paseó por la habitación esperando a que África regresara de la cocina, de donde saldría con el café recién hecho. Cuando volvió, le sorprendió asomado a su Remington.

—Por fin va a escribir sus memorias. Yo puedo ayudarla. Sé muchas cosas de usted.

—Tú no sabes nada, camarada, excepto lo que yo he querido contarte. Además, yo no tengo memoria. Mis recuerdos son propiedad del Estado —dijo mientras depositaba la bandeja con una cafetera y dos tazas. Ni rastro de azúcar.

—¿Y mi vodka? —protestó irónicamente Fiódor.

—También es propiedad del Estado.

—Como las fotos en sus paredes... Deberíamos hacernos una de los dos, para que pueda enmarcarla como un trofeo.

—Ya tengo uno. Guardo la última lámina de tiro que disparé —dijo África con orgullo, recordando que su puntería y su precisión seguían intactas, casi como el primer día: dos impactos en el centro de la cabeza y tres balas en el corazón, arremolinadas todas, como los martillos de las letras de la Remington minutos antes—. Me hubiese gustado guardar la primera diana que hice con el camarada Stejov en la unidad del coronel Dmitri Medvédev, pero me temo que para eso ya es un poco tarde.

Fiódor sacó un paquete en tonos azules y blanco de cigarrillos Kazbek, con el jinete a lomos de su caballo, el monte Kazbek al fondo y sus montañas nevadas. Antes de encender el suyo, le ofreció a la coronel, que no pudo evitar una burlona carcajada.

—Esos son los cigarrillos que fumaban los artistas —dijo—. Aunque para ser justos, he de decir que el propio Stalin aprobó el diseño del paquete. Él fumaba los Herzegovina Flor; al principio, los fabricaban casi exclusivamente para él: rompía el tubo de cartón del cigarrillo, desmenuzaba el tabaco y lo metía en su pipa. Quien tuviera uno de esos cigarrillos era porque Stalin se lo había entregado; eso sí que era un trofeo. Luego, cualquiera pudo tener esa caja negra con adornos en verde. El diseño era bonito, aunque a mí nunca me convencieron.

—Lo siento. Quizá prefiera los Belomor, eran más de los agentes del NKVD. Aunque no me la imagino fumando un cigarrillo tan fuerte, con un tabaco tan puro y sin aroma: 35 miligramos de resina y 1,8 de nicotina.

—Eran tan malos que empezaron a llamarlos «muerte del fascista» —recordó África—. Muchos los fumaban solo para adular al gran líder, porque este tabaco barato debía su nombre al canal Belomoro Baltiski, el canal del mar Blanco construido por cien mil presos a mayor gloria de Stalin.

A su lado, Fiódor había encendido el cigarro. Aspiró una calada y cambió la inflexión de la voz:

—El humo de la patria, que es dulce y agradable. ¿No es eso lo que decían de los Belomor?

—También decían que los 7,63 milímetros de diámetro del cigarrillo se calcularon por si, llegado el caso, se veían obligados a producir cartuchos en las máquinas de la fábrica de tabaco de Uritski, en Leningrado. Eran los mejores para esconder mensajes, siempre que tuvieras la paciencia necesaria para escribirlos y enrollarlos minuciosamente con el fin de que encajaran sin problema.

Ambos quedaron en silencio. Sin Beethoven, sin la Remington y sin el timbre del teléfono, que persistía en su afonía, la habitación permaneció enmudecida, con los rostros de África y Fiódor velados por el humo. Hubo un tiempo —en el París de las conferencias en el Pen Club y la Sorbona, o en la cálida Montevideo de las tertulias en el Sorocabana, después de comer un asado de carne y beber un medio y medio junto a su marido el escritor Felisberto Hernández— en que aquella niebla ahumada de los cigarrillos envolviendo los rostros le resultaba bohemia. Pero eso era entonces. En el Moscú de 1983, ya no lo era.

—¿Ha leído el telegrama? —preguntó Fiódor, más serio. Se refería al despacho secreto en el que se pedía ayuda ante un inminente ataque nuclear contra la URSS por parte de Estados Unidos y los aliados de la OTAN.

La suya era una visita de cortesía, pero estaba a punto de enfrentarse a su primera misión como agente de la inteligencia soviética en el extranjero y la amenaza de una más que posible Tercera Guerra Mundial comprometería sus planes. Qué menos que procurar conseguir algo de información y qué mejor fuente que su instructora, una leyenda en el KGB. Pero, precisamente por eso, sabía que no se lo pondría fácil.

—¿Ahora actúas como los abogados, haciendo preguntas de las que ya conoces las respuestas? —replicó África, consciente de que su alumno favorito, el que estaba llamado a ser el próximo Mercader del KGB, sabía que ella estaba al tanto. De lo contrario, no le habría instruido bien.

—Nuestros agentes en el extranjero han rastreado las señales en busca de pruebas de un posible ataque nuclear. Y las han encontrado. Estados Unidos se está preparando para un ataque a la URSS. Hace unos días comenzaron las maniobras de «Able Archer 83», y nuestros servicios de inteligencia piensan que son algo más que unos simples simulacros. Si no reaccionamos a tiempo, la Unión Soviética quedará desarmada en menos de una semana —enunció Fiódor de manera telegráfica, aunque sabía que la mujer que lo observaba impávida como una esfinge egipcia conocía más que él sobre la mencionada operación Arquero Capaz, «Able Archer 83».

Días atrás habían detectado movimiento militar por parte de las tropas aliadas de la OTAN. La inteligencia soviética, que llevaba meses en alerta, debía analizar si eran meras maniobras militares o un ataque nuclear en toda regla. Algunos veían los movimientos demasiado realistas para tratarse de una simulación. La Unión Soviética, con Yuri Andrópov al mando como secretario general del Comité Central de Partido, ordenó que se equipasen con armas nucleares los aviones situados en los hangares de Alemania Oriental y Polonia, al tiempo que movilizó varios submarinos con misiles balísticos nucleares al Ártico y decretó poner setenta misiles SS-2 en estado de alarma. Cualquiera que lo analizase desde fuera, supondría que los soviéticos no tenían previsto realizar ejercicios de simulación en plena festividad por el aniversario de la Revolución rusa. El ambiente se calentaba por minutos. La sombra de un nuevo conflicto armado a nivel mundial se extendía como una mancha de tinta. Pero África no iba a compartir ninguno de esos detalles con su discípulo. Como le había dicho un soldado ruso en Madrid, durante la guerra civil española, por la boca muere el pez y por los detalles, el agente secreto.

—¿Has venido a verme en busca de información o para calmar el volcán de nervios que tienes en el pecho y que eres incapaz de contener? En circunstancias adversas, esa falta de control podría suponer tu muerte. —Por primera vez, el gesto amable de África terció en el rictus severo de la coronel De las Heras—. Te lo he dicho mil veces: para mantenerse con vida en este trabajo, uno siempre debe esconder lo que siente, lo que piensa, lo que quiere y a quién ama.

—He venido a verla porque mañana me voy de Moscú a una misión que me impedirá visitarla durante unos cuantos años —justificó Fiódor, que seguía sin lograr una respuesta de su coronel, a la que aún mantenía la mirada como el primer día en Malájovka—. Así que, dígame, ¿sucederá? ¿Habrá una guerra nuclear?

—Los jóvenes siempre tan impacientes. Menos mal que el pasado 26 de septiembre, el oficial de guardia en el búnker Serpukhov-15 era el camarada teniente coronel Stanislav Petrov. A los cuarenta y cuatro años, la templanza es otra. Incluso cuando un ordenador te indica que Estados Unidos acaba de lanzar un misil contra tu país. —África buscó la complicidad de su protegido, que sabía perfectamente lo que había sucedido mes y medio antes, y cuán cerca habían estado de una guerra nuclear—. Se quedó sentado mientras la sirena le perforaba las sienes, viendo cómo en la pantalla roja de los ordenadores parpadeaba la palabra LANZAMIENTO, incitándole a hacer algo porque habían lanzado un misil balístico intercontinental LGM-30 Minuteman desde la base de Malmstrom, en Montana, hacia la Unión Soviética, y llegaría en veinte minutos. Un misil acercándose a la URSS a veinticuatro mil kilómetros por hora. Petrov pidió confirmarlo antes de dar la voz de alarma, pero los satélites de observación no detectaban nada. A los pocos minutos, un segundo misil, un tercero y un cuarto. Hasta un quinto apareció en las pantallas del ordenador. Pero el radar seguía sin verlos.

—El camarada Petrov se saltó las normas al no llamar a sus superiores. Obvió el protocolo.

—Supo esperar. Seguramente estaba muerto de miedo, pero controló la tensión. Analizó la información, los datos, las circunstancias y los márgenes de error de los aparatos que tenía ante sí en aquel búnker. Hizo caso a su intuición y a su preparación antes que a la tecnología. Era una falsa alarma. Nadie, y menos los Estados Unidos del presidente Reagan, podía empezar una guerra nuclear lanzando cinco misiles. Por si fuera poco, el sistema de detección de lanzamiento de misiles era nuevo; ya sabes que los satélites OKO son un sistema de defensa temprana antimisiles que apenas se ha probado. Además, el radar de tierra seguía sin confirmar lanzamiento alguno. Petrov supo que no debía hacer nada; cualquiera menos paciente y con menos sangre fría habría pensado que le tocaba hacer algo. Veinte minutos que salvaron a la humanidad de una guerra nuclear. —África le miró como ella solía mirar: sabiendo lo que pasaba por la mente de quien tenía delante—. Ese día pudo acabar el mundo, Fiódor. Y ahí fuera, ni siquiera lo saben. Cabeza fría y pulso firme. Es la única manera de tomar la decisión correcta. Ese es el verdadero ADN de un espía.

—Petrov está siendo investigado, acusado de desacato. Lo degradarán y lo destinarán a un puesto inferior, eso si no lo expulsan del ejército.

—Lo importante no es el individuo. La colectividad es lo primordial. Por algo el «percance» es material clasificado.

—¿Y si el camarada Petrov se hubiera equivocado?

—Yo tengo una pregunta mejor: ¿y si en vez de llamar a los mandos inferiores para informar de un fallo en el sistema de seguridad, en cuyas bases no habían recogido ninguna alarma ni señal de misil, hubiese llamado a los mandos superiores y la URSS hubiese iniciado una guerra nuclear por una falsa alarma? —La coronel De las Heras no apartaba su férrea mirada de la de su discípulo—. Un misil de esas características tiene el doble de poder explosivo que todas las bombas de la Segunda Guerra Mundial. Uno solo. En una hora, millones de muertos. Dime, camarada: sabiendo que, en ese caso, el contraataque soviético hubiera sido inmediato, al albur de la doctrina de la destrucción mutua asegurada, ¿dónde estaríamos ahora tú y yo?

—Creí que se nos instruía para recibir y cumplir órdenes... —ironizó Fiódor.

—Todo depende de la perspectiva y de las circunstancias. Si veinticinco días antes, el 1 de septiembre, dos cazas soviéticos no hubiesen derribado con misiles el vuelo comercial 007 de Korean Air Lines en el mar de Japón, por haber entrado sin permiso en espacio aéreo restringido mientras sobrevolaba la isla Moneron, quizá la historia se habría escrito de otro modo y Petrov habría reaccionado de otra forma. Pero esa es la diferencia entre los soldados y las máquinas: los soldados piensan, analizan, intuyen; las máquinas, no —sentenció la coronel, que había vivido con preocupación el derribo del KAL 007—. Fueron 269 muertos, todo el pasaje. De nada sirvió que la Unión Soviética dijera que había sido un error, que no sabíamos que era un vuelo civil, que pensábamos que era una provocación más de la inteligencia estadounidense dejando volar sus aviones militares. La Guerra Fría no admite disculpas. Ese día el mundo se hizo más anticomunista y Estados Unidos sacó y sigue sacando buen rédito de ello. Por eso Petrov hizo bien. Nadie en su sano juicio habría echado más leña a esa hoguera en la que querían hacernos arder los enemigos de nuestra patria.

—Me habla de algo que sucedió hace mes y medio. Pero ¿y ahora? La amenaza de guerra es real. Able Archer 83 es real, Arquero Capaz no es un simulacro. La OTAN se está movilizando: las comunicaciones entre Reagan y Thatcher son constantes, Helmut Kohl se ha unido a ellos y está esperando con los brazos abiertos la llegada de veintiún mil soldados estadounidenses... Están utilizando un sistema de comunicación nuevo, codificado; envían señales sin descifrar y usan otra frecuencia y otra criptografía. ¿Por qué iban a hacerlo si no fuera real? El mundo está plagado de armas nucleares de mediano alcance, ahí fuera hay misiles de crucero dispuestos a arrasar con todo —exclamó el joven agente, sin poder controlar su excitación.

Se levantó y se aproximó a la ventana. Era un hombre calmado, pero la desinformación no era algo que un agente soviético supiese gestionar con frialdad, a no ser que la fabricara él y entonces se convirtiera en la mejor arma de la inteligencia rusa. África conocía por propia experiencia el éxito de la *dezinformatsiya* soviética; el joven espía ya tendría tiempo de descubrirlo. Le dejó espacio y no dijo nada. También ella había conocido la zozobra que lega en un espíritu bisoño la impaciencia por pasar a la acción.

—Ni siquiera Reagan está tan loco como para acercarse con una cerilla a un bidón de gasolina, si no es con la intención de hacerlo estallar —dijo Fiódor mientras se encendía un nuevo cigarrillo y volvía a la mesa—. Desde que llegó al poder en enero de 1981, no ha parado de atacar a la URSS. En marzo de este año, en un discurso ante la Asociación Nacional Evangelista en Florida, calificó a la Unión Soviética de «imperio del mal», y un par de semanas más tarde anunció la Iniciativa de Defensa Estratégica, su famosa Guerra de las Galaxias, un sistema de defensa contra misiles balísticos, da igual que sean intercontinentales o lanzados desde un submarino, porque parte de ese escudo es espacial. Están por tierra, mar y aire. Los nuevos misiles balísticos de medio alcance Pershing II están llegando a las bases europeas. Estados Unidos piensa desplegarlos por Alemania, y usted sabe lo que eso supone: los Pershing II pueden dispararse desde camiones que no pararán de moverse de un lugar a otro y así será imposible detectarlos. Si eso ocurre, estamos vendidos: si no podemos localizarlos, no tendremos capacidad de respuesta. Nuestra operación Ryan lleva activa dos años, recopilando información, vigilando objetivos e identificando riesgos potenciales; desde el mes de mayo está informando de movimientos extraños y no creo que se equivoque como el sistema de seguridad del búnker de Petrov. Occidente va a lanzar un ataque nuclear. Si no reaccionamos, nos dejarán indefensos en menos de una semana.

—Tan peligroso es no detectar una información del enemigo como descifrar los códigos de un mensaje de manera incorrecta. ¿Sabes lo que un error de cálculo puede provocar?

—Lo sabe todo el mundo. En 1941 Hitler atacó por sorpresa la Unión Soviética, y creo que usted estaba allí. Alguien advirtió a Stalin, que prefirió obviar el peligro y casi nos destruyen. ¿Vamos a cometer el mismo error?

—Estamos listos para actuar —replicó ella—. La URSS siempre está preparada. ¿Lo estás tú o estás demasiado asustado?

África conocía ese fantasma. Había estado a punto de encararlo en más de una ocasión, como en marzo de 1946, cuando Winston Churchill habló en su discurso en el Westminster College en Fulton, Misuri, acerca del telón de acero que estaba a punto de caer sobre el mundo, situándolo al borde de una hipotética Tercera Guerra Mundial. Aquello marcó el inicio de la Guerra Fría, al menos para la opinión pública. El espectro de una tercera contienda que amenazara el equilibrio mundial e hiciera las delicias de los servicios secretos de las principales potencias le era familiar. En abril de 1961 volvió a visitarla, cuando ella misma informó al Centro de la invasión de bahía de Cochinos. A veces pensaba que los espías vivían mejor en tiempo de guerra que en los anodinos y embusteros periodos de paz. Necesitaban esa adrenalina para seguir vivos. África podía ver esa hambre insaciable en Fiódor, el hambre de guerra y de sus juegos.

El sonido del teléfono rasgó el aire como si un misil hubiese atravesado el salón del apartamento. Sonó tres veces y enmudeció, para regresar con dos nuevos timbrazos. Solo entonces África se levantó y fue hacia el aparato. Cuando volvió a sonar, lo descolgó sin mostrar el menor nerviosismo. Fiódor la observó: parecía una estatua de acero. Ni siquiera cuando descolgó el auricular pronunció una palabra, y tampoco cuando terminó la comunicación. Hasta que regresó a la silla no dijo nada.

—Hay que esperar —se limitó a anunciar antes de acercarse la taza de café a la boca y dejar en ella la marca roja de sus labios, que durante años se convirtió en su código particular.

—Vaya otoño... Demasiado caliente para mi gusto. Mi abuela tiene razón: dice que Moscú ya no es tan frío como lo era antes.

—Tu abuela murió el 5 de marzo de 1953, el mismo día que Stalin.

—Pero tenía una gran intuición, habría sido una buena espía... —Fiódor sonrió: era imposible sorprender a su maestra—. Supongo que no me va a decir... —Desistió antes de terminar la frase. Sabía que sería inútil. La coronel De las Heras era un sarcófago cerrado; pocas personas como ella sabían cómo guardar un secreto y, aún más, una información—. Le he traído el periódico, por si quería leerlo. Así no tiene que bajar a la calle.

—Siempre lo leo. Aunque sepa lo que va a decir y aunque, como dijo Nikita Jrushchov, hayamos estado viviendo bajo la ilusión mantenida por *Pravda* —ironizó la coronel: una alusión a las memorias del que fuera sucesor de Stalin, en referencia a la colectivización del campo en Ucrania—. ¿Sabes que fue con un periódico como empezó todo?

África sonrió al recordar la carta que la hija de Tolstói, Aleksandra, publicó el 12 de febrero de 1933 en el diario *La Renaissance* de París, bajo el epígrafe «No puedo callarme». Nunca olvidó el titular de aquel texto que apareció publicado en la prensa española el 26 de abril de ese mismo año.

León Tolstói también tenía una Remington, enviada por la compañía a finales del siglo XIX, en un intento de desterrar su antigua Underwood.

De una manera u otra, podría decirse que con Tolstói empezó la historia de África de las Heras.

—Quizá ahora sí nos venga bien ese vodka.

Madrid

26 de abril de 1933

> Era el mejor de los tiempos y era el peor de los tiempos; la edad de la sabiduría y también de la locura; la época de las creencias y de la incredulidad; la era de la luz y de las tinieblas; la primavera de la esperanza y el invierno de la desesperación. Todo lo poseíamos, pero nada teníamos; íbamos directamente al cielo y nos extraviábamos en el camino opuesto.
>
> CHARLES DICKENS, *Historia de dos ciudades*

2

Apoyada en el mostrador de madera de la pensión de Madrid en la que vivía desde que llegó procedente de su Ceuta natal, África esperaba que la dueña regresara al vestíbulo y le entregara la llave de su habitación. Estaba cansada. Había sido un día ajetreado en la fábrica textil donde trabajaba y tenía ganas de tumbarse un rato en la cama, antes de que su madre, doña Virtudes, como la llamaban los demás huéspedes, volviera de hacer unas compras. Sabía que llegaría con algo rico de comer, amén de algún regalo para celebrar el natalicio de su segunda hija. Aquel 26 de abril de 1933, África cumplía veinticuatro años. No sería su aniversario más feliz. Hacía unos meses que había fallecido su padre, Zoilo de las Heras; su única hermana, Virtudes, se había trasladado a vivir a Tánger tras casarse con un agente de aduanas; y su madre viuda seguía sin asumir su nueva condición social y económica, tras una vida cómoda y moderadamente adinerada en Ceuta. África también venía con equipaje: un matrimonio roto con Francisco Javier Arbat Gil, capitán de Infantería del tercio de la Legión, y un hijo muerto, el pequeño Julián. Demasiado para alguien tan joven, incluso con un espíritu rebelde como el suyo, acostumbrada a despertar las habladurías escandalizadas de sus vecinos ceutíes, que no entendían el exceso de libertad de una muchacha a la que veían practicar deporte, fumar y beber en la calle, aprender a nadar como un hombre, conducir el coche de su padre o de su tío y salir por las noches sin que ninguna presencia masculina con autoridad familiar le coartara la diversión.

Su vida estaba cambiando a pasos agigantados, al igual que el país, inmerso en una metamorfosis política y social que por ahora satisfacía a pocos. A unos, los simpatizantes de esa monarquía de Alfonso XIII que despidieron en abril de 1931, por demasiado agitada y temperamental; a otros, aun abrazando la Segunda República, porque ese proyecto político se les quedaba demasiado corto y alejado de la sociedad de izquierdas con la que soñaban.

Por ese motivo su madre se había empeñado en hacer algo especial por su cumpleaños. La invitaría a comer en algún lugar bonito; sabía que le había pedido a la dueña de la pensión que le recomendara alguno; llevaban poco en la metrópoli y los tiempos en los que «Afriquita» estudiaba en el Sagrado Corazón de Jesús de Madrid —hacía más de una década— quedaban demasiado lejos y huérfanos de recuerdos. Seguramente le compraría una tarta o, conociéndola bien, se decidiría por una cajita de «bombones y caramelos finos», como anunciaba el grabado de la fachada de la confitería La Duquesita en la calle Fernando VI, por los que sentía auténtica devoción. «Hace meses que la familia Santamaría se quedó con el negocio y no hay dulces artesanos mejores en todo Madrid», le había confiado la dueña de la pensión, a la que, con una teatralizada delicadeza, doña Virtudes dejó con la palabra en la boca cuando comenzó a hablarle a su vez de la intrahistoria de la confitería El Riojano: «Tienen los mejores pestiños, tocinos de cielo, merengues, bartolillos, las mejores rosquillas tontas y listas, las gargantillas de San Blas, los panecillos de San Andrés, las torrijas, el membrillo y, en esta época del año, los buñuelos y los huesos de santo. Dicen que su fundador, el pastelero del Palacio Real, era amante de la reina María Cristina, la madre del rey Alfonso XIII, y que fue ella la que lo ayudó a montar el negocio, que digo yo que por algo iba a desayunar allí todos los días... El mostrador de caoba de la confitería viene de palacio». Su madre también compraría un paquete de buen café, aunque destinara a él unas pesetas extras de su ajustado presupuesto. El de la pensión no era bueno, demasiado aguachirle, «agua de fregar», en palabras veladas de algunos huéspedes, y si algo bueno tenía Madrid era el agua y la posibilidad de encontrar el mejor café del mundo, según le confió su tío Julián.

El recuerdo de su tío paterno siempre le dibujaba una sonrisa en la boca. Desde que falleció su padre, Zoilo de las Heras, era su tío Julián —el mayor de los hermanos y el único que quedaba con vida desde que el mediano, Manuel, falleciera hacía tres años cerca de Jaca, mientras intentaban reprimir la sublevación republicana de los oficiales Fermín Galán y García Hernández— quien se encargaba de enviarles dinero a Madrid. Era su forma de cuidar de ellas; en realidad, la única que tenía, para desgracia de África. Siempre había admirado a su tío Julián, podría decirse que lo veneraba.

La dueña de la pensión seguía sin aparecer. Temió que la *señá* Pérez —así la llamaba un viajante de Sevilla que solía alojarse en la pensión y, al ser del agrado de la aludida, pronto lo adoptaron otros clientes— estuviera contándole a un nuevo huésped la historia de algún establecimiento madrileño. De ser así, le aguardaba una espera de horas. Miró en el cajetín donde descansaban las llaves, pero la suya no estaba allí. Quizá doña Virtudes se la había llevado consigo. Aunque los huéspedes tenían prohibido hacerlo, por su seguridad y porque perderla conllevaba un gasto complementario que la *señá* Pérez no estaba dispuesta a asumir, su madre era muy despistada. África apoyó el cuerpo sobre la repisa para asomarse al pasillo y ver si la mujer aparecía con su llave. Nada.

Cuando recuperó la vertical, reparó en un voluminoso ejemplar de *ABC* que descansaba sobre el mostrador. Una gran foto de la Asamblea Naranjera en Madrid, celebrada en el teatro María Guerrero, monopolizaba la portada del periódico. Comenzó a leerlo para entretener la espera. No era algo que hiciese habitualmente. En la casa familiar, situada en el número 83 de la calle Soberanía Nacional de Ceuta, siempre había escuchado que en la prensa aparecía lo que algunos querían que apareciese. En el repertorio de su tío Julián triunfaba la anécdota que Valle-Inclán escribió en su obra *Luces de bohemia*, en boca de su *alter ego* Max Estrella: «Van a matarme... ¿Qué dirá mañana esa prensa canalla?», pregunta el preso; «Lo que le manden», responde Max. Su tío sabía de lo que hablaba. Aunque licenciado en Derecho, y antes de ser juez y alcalde de Ceuta, él mismo había fundado varios periódicos; que África recordara, *El Español*, *El Derecho* y, ya en Ceuta, *La Linterna* y *El Eco de Ceuta*. Incluso cuando era todavía muy pequeña para entender el significado de la respuesta de Max, la niña reía al escucharla por la forma teatrera, casi cómica, que su tío Julián tenía de narrarla.

Sus dedos acariciaban las hojas del periódico, las deslizaban una tras otra sin apenas detenerse a leer nada, excepto algún anuncio de caramelos pectorales Cenarro para la tos, de productos de tocador La Toja, de agua de colonia Jazmines Negros o de lanas escocesas, flamisol, *riboul d'ingue*, crespones y gasas estampadas de Sederías de Lyon. Las páginas de información cinematográfica tampoco traían gran cosa: una foto de Dorothy Hyson que «a pesar de su juventud desempeña un papel principal en *El vampiro*, película que, con Boris Karloff como protagonista, se rueda en Londres», un fotograma de *Camisa negra*, historia cinematográfica del fascismo italiano, y «la bella actriz alemana Dorothea Wieck, que ha sido contratada por una firma norteamericana para interpretar al lado de Charles Laughton el primer papel femenino de una cinta hablada en inglés». Siguió con la lectura desinteresada. Ni siquiera se molestó en retirar el ejemplar de la edición de Sevilla que alguien —seguramente el viajante amigo de la *señá* Pérez— había introducido en el periódico: por eso le pareció tan grueso el diario. Continuó pasando las hojas hasta que se topó con un titular en la página 3, que no había visto en la edición de Madrid, y que llamó su atención: «Para los amigos de la Unión Soviética», firmado por el escritor Álvaro Alcalá Galiano y Osma. Pero lo que realmente le hizo inclinarse sobre el periódico fueron tres palabras del texto: «No puedo callarme». Era el epígrafe de una carta escrita por Aleksandra Tolstói, la hija del escritor ruso:

> Cuando en 1908 el Gobierno zarista condenó a muerte a algunos revolucionarios, un grito salió de la boca de mi padre: «¡No puedo callarme!». Y el pueblo ruso, unánime, se unió al grito de protesta contra aquel asesinato. Ahora, cuando millares de seres humanos en el norte del Cáucaso son fusilados o desterrados, y que mi padre ya no vive, siento la imperiosa necesidad de elevar mi débil voz contra las ferocidades bolchevistas...

La impaciencia la llevaba a saltarse algunas líneas si más abajo atisbaba alguna palabra que le interesaba:

> Desde hace quince años el pueblo ruso padece esclavitud, hambre y frío. El Gobierno bolchevique sigue oprimiéndole y le arrebata su trigo y otros productos, que envía al extranjero porque necesita dinero no solo para comprar maquinarias, sino para hacer la propaganda comunista en el mundo entero. Y si los campesinos protestan y ocultan su trigo para sus familias hambrientas... se les fusila.

Sus ojos se deslizaban veloces por el texto, que parecía tener vida propia. Las palabras encerraban un grito que traspasaba lo impreso. «Desde Iván el Terrible, Rusia no ha contemplado mayores atrocidades», seguía diciendo. Y luego: «¿Es posible que todavía haya quien crea que la sangrienta dictadura de unos cuantos hombres destructores de la cultura, la religión y la moral pueda llamarse *socialismo*?».

Apenas le había dado tiempo a leer la última frase, cuando alguien le cerró bruscamente el periódico. Al levantar la cabeza, le vio.

—Si de verdad quieres saber lo que pasa en el mundo, no leas la prensa. Al menos esta —dijo el hombre, mientras apartaba el periódico con un gesto que pretendía ser divertido.

—¿Cómo dice? —preguntó África, todavía un poco sorprendida.

Le conocía. Era el hermano de la dueña de la pensión, la misma que seguía sin aparecer con su llave. Le había visto alguna vez por los pasillos y en las escaleras del hostal, siempre con prisas aunque lleno de vitalidad, y acompañado de otro amigo al que llamaba Amaro. Se quedó con ese nombre porque nunca antes lo había oído.

—Digo que no permitas que te lo cuenten otros. Es mejor que lo veas por ti misma.

El silencio de África, que aún dudaba si recriminarle de palabra su actitud o propinarle un bofetón por el gesto grosero de arrebatarle la lectura, obligó al joven a presentarse.

—Me llamo Luis. Me hospedo aquí. Si quieres leer algo que valga la pena, puedo dejarte algún libro —dijo mientras le devolvía el periódico y echaba a andar hacia la puerta de la pensión. Ya desde la calle, se volvió hacia ella—. Si te gusta el cine, algún día podemos ir juntos. Hay una película muy interesante que seguro no habrás visto y...

—No necesito a nadie para ir al cine. Tengo dos piernas que me llevan donde quiero y un jornal con el que pagarme la entrada yo solita.

—Mejor. Así podrás invitarme. Me gustan las mujeres independientes.

Luis Pérez García-Lago no era un hombre físicamente atractivo. Pese a que solo era tres o cuatro años mayor que África, las entradas en su cabello ya apuntaban hacia una retirada temprana, pero su personalidad arrasaba con todo. Era un empleado de banca, dirigente de la UGT y miembro de las Juventudes Socialistas. Sus ideas, de un marcado compromiso social, y su vehemente manera de expresarlas eran armas suficientes para llamar la atención de cualquiera. La misma tarde de su tosco encuentro, al regresar junto a doña Virtudes de su comida de aniversario, la cumpleañera encontró apoyado sobre la puerta de su habitación un pequeño paquete envuelto en papel de estraza y atado con una cuerda. Era un libro: *El cemento*, de Fiódor Gladkov. Luis había incluido una nota escrita a mano: «Para una Mujer Nueva». Esa misma noche, África se perdió entre las páginas de la que, para muchos, era la primera novela soviética de la clase trabajadora. Empezó a familiarizarse con la lucha de Gleb Chumálov y su mujer Dasha, esa Mujer Nueva que, después de sufrir los horrores de la guerra, no admitía el yugo masculino, que luchaba por sus derechos, por la igualdad y por la libertad, también en el sexo, como muestra de la nueva moral bolchevique; esa mujer que rechazaba ser «simplemente un ama de casa y una esposa». Ambos personajes comienzan a cimentar una nueva vida y una nueva ética reconstruyendo una vieja fábrica destruida, al igual que la moral de sus obreros. Le gustó Dasha. De Gleb subrayó una frase en el libro: «Confiamos en la sangre y nuestra sangre hizo arder todo el mundo; ahora, templados por el fuego, confiamos en el trabajo». En su cabeza, aplaudió el discurso como si fuera una más de los cientos de obreros que aparecían en la novela. La victoria del esfuerzo, de la confianza, la fe en la esperanza... eran conceptos de un nuevo lenguaje que África quería aprender.

A ese libro le siguieron muchos más, como *Moscú tiene un plan* o *Las ciudades y los años*. Los encuentros con Luis se multiplicaron y, finalmente, decidió ir al cine con él, pero no para ver *Un marido infiel* en el cinema Argüelles o *De bote en bote*, de Laurel y Hardy, proyectada en el cine Latina, como hacía la mayoría, sino para ver *La línea general*, de Serguéi Eisenstein, que en los carteles españoles aparecía con el título *Lo viejo y lo nuevo*. Allí volvió a sentir la fuerza en la mirada de su protagonista, Marfa Lapkina, dando vida a la heroína que representaba el futuro y el progreso gracias a una cooperativa de campesinos y a la llegada de tractores. A África le impresionó la película, no sabía si porque la cinta era muda, cuando el sonido era ya una realidad en las salas de cine, o por la escena de la batidora mecánica con claras connotaciones eróticas que tardaría un tiempo en olvidar. Le agradaban esas veladas con Luis y le gustó aún más cuando él también accedió a acompañarla al cine Progreso para ver *Gran Hotel*, aunque solo fuera para admirar a Greta Garbo y a Joan Crawford.

Cada vez era más habitual verlos juntos, acompañados de su amigo Amaro del Rosal, también sindicalista de banca y miembro de las Juventudes Socialistas. Ante la creciente preocupación de doña Virtudes —nada partidaria de las continuas salidas y de las compañías que frecuentaba su hija—, África empezó a acudir a sus reuniones, celebradas tanto en el interior de las habitaciones de la pensión como fuera de ella. Aquel fue solo el comienzo de una transformación ideológica, social y personal que la separó de su vida anterior y de su familia.

«Madre, debes irte. No quiero ahogarme en la habitación de una pensión contigo. Ve con mi hermana a Tánger, o vuelve a Ceuta, o regresa a Segovia. Eres libre, ve donde prefieras. Yo no puedo ocuparme de ti, y tampoco quiero. Mi lugar está en otro lado y no es contigo». La África fría y calculadora que tantas veces observaría Luis con el correr de los años había aparecido para devorar a «Afriquita», como la llamaba cariñosamente su padre. Poco quedaba de la niña que se escondía entre las hojas del enorme armario de su madre, en la casa familiar de Ceuta, para disfrazarse con sus vestidos, sus joyas, sus sombreros, su maquillaje —esa barra de labios de color rojo que difícilmente sobrevivía en el tocador de su progenitora— y subirse a sus zapatos de tacón con los que caminaba hacia el patio de la vivienda, donde simulaba ser mayor y tomar el té con las amigas, conocer a un apuesto militar héroe de guerra y cuidar a los hijos que a buen seguro tendrían. Con los años, algunos de esos inocentes juegos infantiles se habían hecho realidad —como su matrimonio con el apuesto capitán de Infantería del tercio de la Legión, Francisco Javier Arbat, y el nacimiento de su pequeño Julián—, pero luego habían dado paso a actividades más peligrosas y reales en las que África se sentía una Mujer Nueva, y el disfraz le quedaba como un guante.

El país estaba en constante ebullición y la confrontación política entre las formaciones de izquierdas y de derechas; ambas ideologías, cada vez más radicalizadas, amenazaban con quebrar la República. Las elecciones del 19 de noviembre de 1933 habían dejado una izquierda debilitada, mientras las fuerzas de la derecha, con la CEDA de José María Gil Robles como partido más votado, castigaban al PSOE con la mitad de sus diputados en el Congreso. Nadie se fiaba de nadie. El grado de desconfianza hacia el contrario llevó al presidente de la República, Alcalá Zamora, a optar por una solución intermedia, designando como presidente del Gobierno al líder del Partido Radical, Alejandro Lerroux —el segundo partido más votado—, para excluir del juego político a la CEDA. El arreglo apenas sobrevivió unos meses, tras los cuales volvió a instaurarse la inseguridad, los conatos de violencia, la sublevación callejera, las huelgas, las insurrecciones, los paros y las acusaciones de «fascismo» desde un lado y de «tiranía roja» desde el otro. La izquierda temía que el fascismo se implantara en España a través de las urnas, como había sucedido en Alemania con Hitler en 1933; en Italia, con la llegada al poder de Benito Mussolini como presidente del Consejo de Ministros después de ordenar la marcha fascista de los camisas negras sobre Roma, en octubre de 1922; y en Austria, en 1934. Toda esa efervescencia social y política la estaba viviendo África desde las trincheras, y no dudó en salir a las calles a gritar «¡Antes Viena que Berlín!»: frente a la pasividad mostrada por los alemanes que permitió a Hitler acceder al poder, ellos plantarían cara y se alzarían en armas como los obreros austriacos si era necesario.

—Largo Caballero es demasiado blando y eso derretirá al PSOE. Además, no le gustan los republicanos —analizaba Luis con la aquiescencia de sus compañeros—. Ni siquiera cree que un fascismo real amenace España. Piensa que la CEDA es un niño de teta comparado con el Partido Nacionalsocialista Obrero Alemán de Hitler o con el Partido Nacional Fascista del Duce. Ve baberos donde otros vemos camisas pardas y camisas negras.

—Hay que ser más radicales —le respaldaba África—. Y si no lo son en los despachos o en el Congreso, lo seremos nosotros en las calles.

No era el primer contacto que tenía con la política, con la lucha obrera, con los anuncios de huelga y los discursos enfervorizados de la izquierda. Antes de contraer matrimonio con el capitán Arbat, el 9 de agosto de 1928 en la iglesia del Sagrario de Ceuta, experimentó algún indicio de lo que su gran amiga Isabel Mesa —que años más tarde, en la clandestinidad, utilizaría el nombre de Carmen Delgado— llamaba «conciencia social». Había sido testigo de cómo Isabel se había ganado a sus compañeras costureras de la fábrica donde trabajaba, hablándoles de cultura, de libros, de teatro, de activismo, de libertad y de un concepto que empezaba a generar algunas dudas entre ellas: el feminismo. «El gremio de la aguja da para mucho», bromeaba la joven nacida en Ronda pero criada en Ceuta, después de conseguir el carnet número 1 del gremio de la CNT con tan solo quince años. La primera vez que África escuchó hablar de anarquismo fue por boca de Isabel: «El anarquismo es una senda maravillosa, pero muy escabrosa. Sin embargo, hay que seguirla. Y una vez estás en ella no la puedes soltar, te envuelve, te embriaga».

Ella también quería caminar por esa senda, sin importarle los peligros que acecharan. Necesitaba volver a sentirse viva después de un periodo en el que la muerte y la pérdida habían sido su única constante. Quería olvidar su pasado, quemarlo si era preciso, y ni siquiera requería sus cenizas para construir sobre ellas su presente. Y ahí estaba Luis, dispuesto a embriagarla y no solo en el terreno político. Desde su primer encuentro, había algo en aquella muchacha ceutí a lo que él no podía resistirse aunque quisiera, y ella lo sabía. La joven era consciente de que su belleza exótica provocaba miradas de admiración en los hombres y también un gesto similar, más de envidia que de embeleso, en algunas mujeres. Sus enormes ojos negros, vivos y expresivos, sobresalían en un perfil de marcadas facciones, tímidamente tintado en ébano, junto a unos labios demasiado voluptuosos para los cánones de belleza de la época y un nutrido pelo rizado de color negro azabache, que terminaban por delinear su imagen sensual. Pero Luis no se sentía atraído solo por su indiscutible belleza. Su inteligencia, su valentía y sus ganas de comerse el mundo le habían cautivado. Podía pasar de una actitud infantil a la más calculadora; de hacer el amor de la manera más tierna a la más salvaje; de jugar con los niños que veía en los parques a empuñar un arma. Y él sabía que llegada la hora no dudaría en utilizarla. Había mil mujeres en el cuerpo de la ceutí, y eso le desconcertaba y le atraía por igual. De la mano de Luis, África estaba descubriendo un mundo en el que se sentía renacer y deseaba continuar en él del mismo modo, sin necesidad de hacer más planes que los que la vida le brindaba, con la plena conciencia de sentirse libre, sin ataduras formales que la condicionaran. Quizá había tomado con excesiva literalidad las palabras de su amiga Isabel Mesa, cuando decía que «la mujer y el hombre tienen que ir caminando juntos, buscando la libertad, codo con codo o cogidos de la mano».

Se acordó de ella cuando, para celebrar que la Agrupación Socialista de Madrid contaba con una nueva afiliada —con número de carnet 4350 y de nombre África de las Heras—, Amaro del Rosal invitó a sus dos buenos amigos a una fabada asturiana en un local cercano a la pensión, «aunque la mejor se haga en mi ciudad, en Avilés, en esa tierra curtida de cuencas mineras a las que un día tendré el placer de llevaros para brindar con unos culines de sidra». Un vaso de vino tinto sirvió para realizar el brindis, al que se unió una amiga de Luis y de Amaro. África la reconoció al instante. La había visto en la prensa en su condición de diputada de las Cortes Generales, de escritora y de crítica de arte. En algunos diarios se habían referido a ella como «la conocida propagandista socialista». Era Margarita Nelken e irrumpió en la comida como si viniera de competir en una carrera de obstáculos que, en definitiva, era lo que venía haciendo toda su vida. Vestía un traje negro, excepto por el amplio cuello blanco que rompía la negrura e iluminaba su rostro, y un fino pañuelo anudado a la altura del pecho, del que colgaban unas gafas de lectura.

—¿Llego a tiempo para unirme a la celebración? —preguntó Nelken—. Quería conocer a la mujer de la que algunos no dejan de hablarme. —Guiñó un ojo a África, antes de vaciar el vaso de vino que Luis acababa de servirle—. Ten cuidado con estos dos. Yo a tu edad me sentaba junto a Ramón y Cajal y a Pérez Galdós.

—Margarita, si empezamos con las comparaciones... —terció Amaro, con la guasa que le caracterizaba.

—Fácil me lo pones: si empezamos con las comparaciones, terminamos teniendo hijos fuera del matrimonio, viviendo con un hombre casado, defendiendo el divorcio, ganando el mismo salario que vosotros, optando a las mismas oportunidades que los hombres y gozando de la misma libertad sexual sin que nos llamen rameras... Ahí terminaremos si empezamos con las comparaciones, querido Amaro. ¡Ya lo creo que hay que comparar! Por cierto, te he traído algo —dijo cambiando el tono y dirigiéndose a África, mientras metía la mano en el bolso y extraía un libro con las tapas color vainilla. En la portada se podía leer *La condición social de la mujer en España*—. Lo publiqué en 1919, pero es como si lo hubiera escrito hoy mismo. Te gustará. Este sí me dejaron firmarlo, no como la traducción de *La metamorfosis* de Kafka en la *Revista de Occidente*.

—Anónima, decían —recordó Luis—. Era 1925. Algo hemos avanzado.

—¡Vaya! Muchas gracias. No sé qué decir... —respondió África, tratando de ser educada y de disimular la admiración que sentía por aquella mujer.

—Mal empezamos. Eso nunca. Siempre hay que saber qué decir. Sin miedo. Y a quien le moleste, que se vaya al Lyceum Club. ¿Sabéis que esas arpías que se denominan feministas no quieren que forme parte de él? ¡Me han vetado! —Estalló en una carcajada que compartieron todos los comensales—. Pobres, qué sabrán ellas... Lo que les cuentan sus maridos en casa y los curas en la iglesia. Y luego cacarean algunos que por qué Victoria Kent se opuso al voto femenino en las elecciones. ¡Y yo porque no pude! No llegué a la votación del 1 de octubre de 1931 en la que se aprobó el sufragio femenino. Recogí mi acta de diputada más tarde.

—Te escuché el otro día en el Congreso hablando de los obreros, del hambre y de la Guardia Civil —comentó África, que sí tenía algo que decir sobre su intervención del 25 de enero de ese año—. Me conmovió lo que dijiste de que, solo en Badajoz, hay cuarenta y cinco mil obreros parados, y que el hambre se enseñorea entre los hijos de los trabajadores.

—Superó aquello que le espetaste a Gil Robles sobre que los propietarios están acostumbrados a que la vida de un hombre valga menos que un puñado de bellotas.

Nelken agradeció el último cumplido de Amaro con un ligero movimiento de cabeza, mientras terminaba de tragar el trozo de pan que masticaba.

—Me alegro de que lo escucharas, África. El campo va a estallar. Y con él, los campesinos. Braman por una revolución agraria, y la van a tener. No tardará mucho. Cuantos más seamos en la lucha, mejor. Será algo grande, algo nuestro. Ni siquiera la Revolución rusa nos vale.

—Brindo por eso —propuso Luis.

—¡Salud, compañeros! —Margarita Nelken levantó su vaso.

—¡Salud! —respondieron todos al brindis.

Como cada vez que se hacía uno de esos brindis tan apasionados, después todos quedaron en silencio, alguno con gesto serio, puede que preocupado, asimilando las posibles consecuencias de su augurio. Romper el mutismo de ese momento no siempre resultaba fácil.

—Me he apuntado a clases de dibujo en la Real Academia de Bellas Artes de San Fernando —anunció una emocionada África. Llevaba tiempo con ganas de hacerlo. Le gustaba el arte, en especial la pintura. Tenía buena mano con el dibujo, era de lo poco que conseguía relajarla de tantas tensiones, debates y reuniones. Y, además, la institución estaba cerca de la pensión.

—Eso ha sido muy inteligente. Hay que conocer tan bien los museos como los campos —le aconsejó Nelken—. Unos beben de los otros, son como dos amantes que se buscan y se desean porque no pueden vivir el uno sin el otro, aunque estén separados.

—Cualquier consejo que puedas darme será bien recibido.

—Haré más que eso, querida: te enseñaré algunas técnicas. Me encantará ver lo que haces. Me consta que tienes talento y mucha sensibilidad artística.

—Las mujeres debemos ayudarnos, eso hará que nadie nos detenga —asintió África, sirviendo un nuevo vaso de vino.

—Escúchame bien lo que voy a decirte: el día en que se consiga que las modistas tengan una jornada que no sobrepase las ocho o nueve horas y que una maestra de taller no pueda despedir a una oficiala por mero capricho, el feminismo español habrá progresado más que con todos los escritos y todas las proclamas juntas. Y espero que ese día tú, África de las Heras, y miles como tú, estéis al frente de esa revolución. Esa es la mujer nueva que gobernará el mundo: feminista y obrera.

3

—Tengo que estar allí. Quiero ver cómo es una revolución, vivirla desde dentro. Quizá sea lo más cerca que jamás esté de una.

La propuesta de África de trasladarse a Asturias, concretamente a Oviedo, tuvo una buena acogida entre la mayoría de los compañeros que, a esas horas de la noche de principios de octubre de 1934, aún permanecían reunidos en la vivienda de la calle León de Madrid. El piso pertenecía a unos trabajadores de banca, miembros del sindicato UGT, y funcionaba como academia de contabilidad; un lugar perfecto para realizar encuentros clandestinos donde se tomaban las decisiones sobre la actuación en la huelga general en Madrid. A Amaro del Rosal le pareció una buena idea.

—No sé si es necesario que vayas allí —replicó Luis, más preocupado de gestionar los conatos de insurrecciones que seguían produciéndose en las calles de la capital, a pesar de la acción represiva del Gobierno. La noticia de la muerte de un compañero y de un guardia en el barrio de Prosperidad aún le rondaba la cabeza cuando escuchó la propuesta de África—. En Madrid haces falta.

—También la puedo hacer allí. Además, soy de buen comer y tengo hambre. Ya sabes lo que dicen; en la España actual se sirven tres platos: las gallinejas a la madrileña, la lengua a la catalana y los huevos a la asturiana. Dime si me equivoco, Amaro.

—No lo haces. —El sindicalista asturiano le dedicó un gesto de aprobación.

Conocía el particular análisis gastronómico de la evolución de las huelgas generales en España: en Madrid, la acción obrera no estaba respondiendo a lo esperado; en Cataluña, el presidente Companys declaró el Estat Català y se puso del lado de los huelguistas, aunque fuera de palabra; y en Asturias, veinte mil mineros abrazaban la revolución con armas en las manos.

—Quizá no sea mala idea, Luis. Las huelgas en Madrid y Barcelona están perdidas, para qué vamos a engañarnos. Cualquier otro compañero puede hacer aquí lo que hace África —dijo Amaro, observando el gesto dubitativo de García-Lago, que seguía en silencio—. ¡Vamos, hombre! Ella es mejor que cualquiera de nosotros: más valiente, resolutiva e inteligente. Lo hará bien. Y, además, está limpia. Siempre ha trabajado en la clandestinidad. No hay ni rastro de ella en ningún registro policial.

—No estoy seguro.

—Míralo de esta forma: si el Gobierno envía sus tropas de África a detener la insurrección de los mineros, nosotros mandamos a nuestra África a Asturias para detenerlos a ellos. —Amaro recurrió a la broma para convencer a su amigo, aunque de momento erraba en su propósito; aun así no dejó de intentarlo—: Ya puestos, hagamos nuestra propia revolución frente a los regulares y a la Legión. El presidente Lerroux y el ministro de Guerra, Diego Hidalgo, están encantados con la propuesta de los generales Franco y Goded de enviar las tropas desde Marruecos. Si no han llegado ya a Asturias, están a punto de hacerlo.

—Deja de comportarte como un padre. —La voz de África, firme y segura, acabó con la indecisión de su jefe y compañero sentimental—. Mi padre está muerto y a mi madre la eché de mi lado. No son buenos precedentes si te empeñas en mantener una actitud paternalista.

La mirada de la joven era demasiada afilada e impactante para sostenerla durante mucho tiempo sin decir nada. Luis la había contemplado más que ningún otro y sabía lo que provocaba. Cualquiera que la tuviera delante no calificaría de surrealista la escena de la cuchilla seccionando el ojo de una mujer en la película *Un perro andaluz*. Todavía recordaba el desconcierto que sintió el día que ambos fueron al cine para ver una reposición del cortometraje de dieciséis minutos, salido de la imaginación de Luis Buñuel y Salvador Dalí. Ella ni siquiera retiró la mirada de la pantalla, como hizo la mayoría de los que ocupaban la platea del cine, especialmente las mujeres. El filo de esa navaja era la mirada de África. Era absurdo oponerse, y mucho menos intentar detenerla. Solo cabía desviar la mirada de ella u observarla hasta el final.

De camino a la estación de tren, contempló con cierta rabia la aparente calma que gobernaba las calles, con la gente apostada a la entrada del teatro, saliendo de las tabernas o degustando una leche merengada espolvoreada con un velo de canela en alguna de sus terrazas. África pasó por delante del cine Madrid y se quedó mirando el cartel de la película que proyectaban: *Tempestad al amanecer*. Le pareció premonitorio. Desconocía qué clase de aventuras correría la protagonista, Kay Francis, en aquella producción estadounidense, pero era consciente del papel que le tocaba interpretar a ella. Fue la primera vez que se sintió actriz, una de esas mujeres que tanto escandalizaban a doña Virtudes cuando sus amigas, al ver a «Afriquita» jugando a los disfraces, le auguraban un futuro de artista. «Calla, por Dios», se ofendía su madre, mientras se abanicaba con fuerza después de una merienda en el patio de su casa de Ceuta. «Qué deshonra para la familia».

La actriz en ciernes se había aprendido muy bien el papel. Era el mismo que llevaba oculto en el dobladillo de su vestido, más otro idéntico cosido en el interior del forro de su sombrero, por si en algún momento perdía o le interceptaban uno de los dos. En ese documento se detallaban las directrices para la insurrección minera en Asturias, más una serie de consignas políticas y las claves que utilizarían en sus comunicaciones telegráficas para confirmar cada etapa del levantamiento. En el compartimento del tren que la llevó desde Madrid hasta Oviedo, no pudo dejar de pensar lo que pasaría si fuera descubierta en una de las visitas que los guardias realizaban al vagón. Repasaba una y otra vez las instrucciones de Luis y Amaro, advirtiéndole que debía comportarse con normalidad, de manera amable, limitarse a sonreír en caso de que le fuese solicitada la documentación y evitar, en todo momento, tocar el sitio donde escondía el papel; era un gesto de nerviosismo que podría salirle caro.

La marcha de la huelga en Asturias estaba siendo desigual en los lugares donde se producían las sublevaciones: Mieres, Langreo, Grado, Laviana, Aller, Gijón, Campomanes, San Martín del Rey Aurelio, Oviedo, Pola de Lena... No todos los mineros tenían acceso al mismo material armamentístico y eso condicionaba la marcha y el éxito de la insurrección. Algunos podían empuñar armas cortas, pistolas, carabinas, algún fusil arrebatado de los brazos del enemigo que había caído herido o muerto en los enfrentamientos, o bien recurrían a la dinamita con la que habían elaborado bombas y explosivos caseros para defenderse del fuego que escupían las ametralladoras del ejército de la República. La capacidad resolutiva de África como enlace y su responsabilidad en el transporte de armas, unidas a su temeridad y a un valor armado de una ceguera absoluta ante el peligro, se puso a disposición de las milicias obreras, concentradas en atacar los puestos claves en ayuntamientos, cuarteles de la Guardia Civil e iglesias, y en el saqueo de las fábricas de armas de Trubia y La Vega. De camino a la plaza del Ayuntamiento, con los obreros que pensaban tomar la sede del consistorio, sentía que una fuerza interior la arrastraba en esa marabunta humana, al son de las consignas que salían de la garganta de las cuencas mineras: «¡Uníos, Hermanos Proletarios!». Escuchó complaciente los cambios que los mineros habían hecho en la letra del himno asturiano «Asturias, patria querida» y que, en aquel octubre de 1934, parecían cantar con más ganas, sin necesitar el abrigo de las gaitas:

Asturias, tierra bravía,
Asturias de luchadores,
no hay otra como mi Asturias
para las revoluciones.

Tengo que bajar a Oviedo empuñando mi fusil
y morirme disparando contra la Guardia Civil.
Contra la Guardia Civil y los cobardes de Asalto,
tengo que bajar a Oviedo y morirme disparando...

En Oviedo se había proclamado la República Socialista Asturiana. África contempló cómo los edificios de la universidad, el de la Audiencia de Oviedo, el teatro Campoamor o la cámara santa de la catedral eran pasto de las llamas y, esta última, de la ferocidad de la dinamita, pero prefirió mirar hacia los balcones de muchos consistorios de los que ya colgaban las banderas rojas y hacia barrios como La Felguera o el Llano de Gijón, donde se empezó a socializar la riqueza, creando comités de abastos. A veces convenía dejarse llevar y mirar en dirección al viento, haciendo oídos sordos al ruido del fuego, en especial si era fuego amigo.

En una de las calles más céntricas de la ciudad, se cruzó con una nutrida manifestación que en sus consignas prometía asaltar los cielos. Se quedó observando hasta que alguien llamó su atención. «¿Me ayudas?», le preguntó una joven con la sonrisa más generosa que había visto nunca. Le habría parecido una niña si no fuera por el fuego encendido en su mirada, que la dotaba de una madurez sobrevenida. Llevaba colgada al hombro una cartera llena de rollos de papel, que casi ocupaba más que su cuerpo menudo, envuelto en un llamativo vestido de flores. «Estamos colgando carteles para animar a la gente a que se una a nuestra lucha, a que salga a la calle y grite, cante, baile o haga lo que quiera», le explicó, mientras le mostraba uno de los carteles. «¿Qué dices? ¿Te animas?». África aceptó con agrado. Aquella muchacha irradiaba una desbordante energía y resultaba difícil no contagiarse de ella. «Me llamo Aida. Y no te preocupes, que no te haré trabajar mucho. Aquí donde me ves, soy una gran pegacarteles. Me viene de familia: mi padre es el encargado de pintar los carteles y los decorados del Campoamor. ¿No has estado nunca? Pues tienes que ir. No se puede estar en Oviedo y no pisar el Campoamor. Es como no llorar escuchando las gaitas, o no escanciar sidra cuando estás en Asturias», le dijo mientras empapelaban entre las dos la fachada de un edificio.

No era el único legado familiar de la muchacha. Su padre, Gustavo de la Fuente, además de artista había fundado junto a otros compañeros el Partido Comunista de Oviedo, en cuyas Juventudes militaban tanto Aida como sus hermanos, algo mayores que ella. Por su físico, a África le pareció que no tendría más de quince o dieciséis años. «Esto es algo demasiado grande como para no sumarse, ¿no crees? Nos necesitan a todos. Cada mañana, antes de acudir al hospital donde ayudo a las enfermeras, me paso por las cocinas que hemos montado en algunos barrios de las afueras de la ciudad y allí preparo café y comida para nuestros mineros. ¡Y no sabes lo que lo agradecen! Tanto como nosotros su lucha. Y por la tarde, a pegar carteles. Ya nos veremos, que ahora me esperan unos compañeros para repartir octavillas. Ya no sé dónde meter tanto papel», rio con la espontaneidad de una niña, al ver que en su cartera apenas había espacio, lo que casi provocó que se le cayeran todas las cuartillas al suelo. «Toma, por si te interesa», dijo entregándole uno de los rutinarios pasquines en los que se animaba a la población a unirse a las fuerzas revolucionarias. África quiso regalarle el bolso que llevaba en bandolera desde que había llegado de Madrid días atrás; le vendría bien para guardar las octavillas sin tener que juntarlas con los carteles. Aida se lo agradeció como si le hubiera entregado un cargamento de fusiles, y no quiso irse sin darle algo más que un abrazo a cambio. «Toma, te regalo mi gorra, para que te acuerdes de mí, por si no volvemos a vernos. No, así no... —le indicó la joven, sin dejar de lucir su sonrisa luminosa—. Te la tienes que poner como si fueras francesa, como una boina, ya sabes, un poco ladeada, aunque esta es mucho más bonita que la de los gabachos, porque es revolucionaria, ¿ves? —Señaló con un dedo las iniciales U. H. P. bordadas en blanco en la parte frontal: Uníos, Hermanos Proletarios—. Te queda perfecta». La vio alejarse con paso firme y resuelto; más que caminar, bailaba, como si se supiera en una fiesta en la que, como hubiera dicho doña Virtudes, tuviera completo el carnet de baile. Motivos de celebración parecía tener la joven, aunque tampoco escuchara las gaitas más que en su cabeza.

Todo iba muy rápido, quizá demasiado. Los comités revolucionarios formados en gran parte del territorio asturiano habían abolido la moneda y la propiedad privada, decretaron el cierre de determinados negocios como los colmados y las tabernas, que tomaron bajo su control para primar la fabricación de pan y el reparto de harina sobre el alcohol, el tabaco e incluso la carne, considerada un lujo por algunos, imponiendo un sistema de vales para los más desfavorecidos. No tardaron en crear la denominada guardia roja, que estaba a cargo de los prisioneros pertenecientes a la Guardia de Asalto y demás fuerzas militares de la República, y de refrenar los brotes descontrolados que empezaban a producirse, dejando una retahíla de robos, pillajes, violaciones y acciones violentas de las que los comités revolucionarios querían desligarse, asegurando que pasarían por las armas a quienes sorprendieran realizando actos de sabotaje. Las organizaciones obreras no estaban dispuestas a que esos sucesos que consideraban marginales detuvieran su revolución, y mostraban una pertinaz sordera ante los ecos de ejecuciones, asesinatos y torturas, excepto cuando las víctimas caían de su lado. «¡No más palabras! —gritaban—. ¡Hay que pasar a la acción! ¡Viva la revolución socialista! ¡Viva la dictadura del proletariado!».

Una noche de mediados de octubre, África puso rumbo a la estación de ferrocarril junto a un grupo de revolucionarios y una remesa de armas para un destacamento de mineros que resistía en su interior. Todo parecía controlado y en orden. Entregarían las armas y volverían rápido a la ciudad. La moral estaba alta y las fuerzas no decaían en ningún instante, pese a las noticias que llegaban de Madrid y de Barcelona, donde el Gobierno había logrado controlar las sublevaciones. Habían decidido apagar la radio; las emisoras emitían desde esas dos grandes ciudades y solo daban noticias favorables al Gobierno de la República y al fracaso de la huelga general en sus territorios. Pero los obreros asturianos resistirían por todos y se harían fuertes para seguir avanzando incluso hasta Madrid, como auguraban enfervorizados muchos mineros. Apenas quedaba un par de kilómetros para llegar a la estación, cuando el conductor del camión que transportaba las armas apagó las luces. Avanzó unos metros y aparcó el vehículo en una arboleda cercana. Los hombres que acompañaban a África empezaron a coger las cajas y los macutos con las armas mientras ella esperaba paciente y atenta a que terminaran de descargarlo todo, agradeciendo al cielo la aparición de nubes que velaran la incipiente luna llena. Cuando estaba revisando que no quedara nada en el interior del camión, oyó algo en el exterior. Miró en la cabina para comprobar si el conductor seguía en su puesto o había bajado a ayudar a sus compañeros a llevar las armas a los mineros parapetados en la estación. No había nadie; quizá estaba estirando las piernas, fumando un cigarro antes de que sus camaradas regresaran. Pensó en llamarle, pero ni siquiera conocía su nombre, como ellos tampoco el de ella. Sabían lo que tenían que saber: una compañera que había venido desde Madrid para actuar de enlace y gestionar el transporte de armas. De nuevo sonó algo, un chasquido; esta vez sí, lo escuchó nítidamente. Se bajó del camión para echar un vistazo. La voz a su espalda sonó como un disparo en mitad de la noche.

—¡África!

Ni siquiera dudó. Y no porque nadie allí conociera su identidad, sino porque distinguió de inmediato aquella voz. El tono de su marido y padre de su hijo era complicado de olvidar. Se dio la vuelta despacio para poder verle. Como si se hubieran aliado con el enemigo, las nubes desaparecieron de la retaguardia de la luna, lo que aumentó la visibilidad. Allí estaba el capitán de la Legión Francisco Javier Arbat Gil, observándola entre el escepticismo y la desconfianza. Pudo notar cómo la inspeccionaba, como si no pudiera creer que aquella mujer vestida con pantalón, botas militares y una pelliza amplia anudada con un cinturón de piel marrón a la altura de la cadera fuera la misma mujer de la que se enamoró en Ceuta, con la que contrajo matrimonio y con la que tuvo un hijo. La última vez que la vio llevaba un vestido largo de gasa y seda, en un color verde *chartreuse* que realzaba el brillo de su piel morena; fue en la boda de un amigo común a la que ya acudieron por separado.

—Francisco Javier —pronunció su nombre completo, como había hecho siempre, como si no hubieran pasado más de dos años desde la ruptura matrimonial. Ni siquiera estaba segura del tiempo transcurrido. Sucedió en otra vida, demasiado remota y ajena para encerrarla en un calendario.

—Pero ¿qué coño haces aquí? —preguntó él, que seguía sin poder reaccionar, aunque tuvo la precaución de mirar a su alrededor para comprobar que ninguno de sus hombres, con los que se disponía a realizar el ataque a la estación, estuviera cerca y pudiera verlos.

—Supongo que lo mismo que tú, pero en el lado correcto —respondió África en el mismo tono descarado que tantas veces había sacado de quicio a su exmarido.

—¿Estás loca? He estado a punto de matarte.

—No sería la primera vez —dijo, recordando los malos momentos de aquel matrimonio en el que nunca tuvo que haberse embarcado—. Quizá esta te salga mejor.

—Debería hacerlo, antes de que lo hagan otros. —El capitán le dirigió una de sus miradas inquisidoras—. La verdad es que no me extraña. Tu madre me dijo que andabas en malas compañías.

—Siempre he tenido ese problema —contestó, mientras pensaba en cómo salir de allí con vida y alertar a sus compañeros.

Por un segundo, consideró la idea de salir corriendo. Quería creer que el hombre que un día prometió amarla toda la vida no le dispararía por la espalda. Pero conocía su sentido del honor y del deber hacia la Legión, lo antepondría a todo. Tampoco permitiría que corriera a avisar a los mineros en la estación de ferrocarril, que era exactamente lo que pensaba hacer, aunque fuera a gritos. Caviló deprisa. Se decidió por la primera opción. Pudo incluso sentir la tensión en sus piernas preparadas para la huida. Algo se lo impidió.

Una nueva voz, esta vez a la espalda del capitán, entró en escena, lo que provocó que Arbat levantara el fusil que había bajado después de que África se diera la vuelta. De nuevo la apuntó. «Estamos como al principio», pensó ella mientras desistía de su plan inicial de escape. Ahora era imposible salir corriendo. Uno de los dos dispararía.

—Capitán... —El recién llegado se acercó fusil en mano—. ¿Todo en orden?

—Vigile a esta mujer. Está detenida.

África le miró. Le había subestimado. Seguía siendo el mismo hombre del que se separó por unas diferencias irreconciliables que hacían imposible la convivencia, según la versión comunicada a sus familiares y amigos. Era una manera sutil de disfrazar la verdad en las familias de bien, especialmente si entre sus integrantes había algún miembro del Ejército.

—Vendrá con nosotros. Yo mismo me encargaré luego de ella, ¿lo ha entendido, soldado?

—¿Es uno de ellos?

—¿No me ha oído? —preguntó el capitán Arbat, esta vez con más autoridad—. ¿El resto de los hombres siguen en sus puestos? —Ante la confirmación del soldado, se volvió hacia África para informarla—: Luego me ocuparé de ti.

Sentada en el interior de la caja del camión, ante la atenta mirada del legionario, que no dejó de apuntarla con el fusil en ningún momento, escuchó cómo los hombres del capitán Arbat reprimían a los mineros que se habían hecho fuertes en la estación. A sus oídos llegó el afilado silbido de las balas, el ruido de los fusiles al disparar, el estruendo de las granadas y las bombas de mano, el estrépito de los cartuchos de dinamita al explosionar, los gritos de guerra de unos y de otros y, finalmente, el silencio, tan solo roto por alguna orden de los vencedores a los vencidos. Pasaron horas hasta que volvió a ver al capitán. Fue después de observar la columna de obreros, ahora prisioneros y muchos de ellos heridos, escoltada por varios oficiales. No vio a ninguno de los hombres con los que había viajado en el camión; esperaba que hubiesen podido escapar y que sus cuerpos no alfombraran el campo de batalla en el que se había convertido la estación de ferrocarril. La voz del capitán Arbat volvió al imperativo, que era donde se sentía más cómodo.

—En marcha. Tú te vienes conmigo. —La cogió del brazo, abortando todo intento de oposición.

África comprendió que no era el momento de ponerse brava. Todavía no sabía qué suerte iba a correr. A juzgar por el semblante de los mineros, no presagió nada bueno y creyó firmemente que su destino sería parejo al de ellos. El capitán ordenó a sus hombres que llevaran a los prisioneros a los cuarteles de la Guardia de Asalto, donde les dirían qué hacer con ellos. Acto seguido la obligó a subir a uno de los vehículos y la sentó a su lado. No se dirigió a ella en todo el trayecto. Ni una mirada de odio ni una palabra de reproche, amenaza o insulto; ni siquiera el bofetón que estaba esperando desde que le escuchó pronunciar su nombre. Conocía sus silencios y eran más peligrosos que la ristra de improperios que podían salir de su boca cuando el capitán estaba inspirado. En su cabeza empezó a reproducirse una ringlera de imágenes que un día formaron parte de la rutina del matrimonio: cumpleaños arruinados por sus continuas peleas, gritos que salían de la alcoba conyugal, portazos, golpes en las paredes, cristales rotos, todo como antesala de ese silencio oscuro que permanecía durante días. África no tenía miedo, pero sí un reconcomio de rabia que apenas podía dominar y que había creado un volcán en su pecho que le dificultaba la respiración, aunque hacía esfuerzos ímprobos para transformarlo en una calculada frialdad. Pensó en Luis y en lo mucho que elogiaba la sangre fría que mostraba su compañera en determinados momentos. Su recuerdo la apaciguó. Ni siquiera sabía si iban solos en el vehículo, ya que no tuvo oportunidad de mirar hacia atrás. Cuando llegaron a su destino, el capitán se apeó y caminó unos metros hasta encontrarse con uno de sus oficiales, a quien le dio una serie de instrucciones que el hombre recibió con un asentimiento. Tan solo una vez dirigió la mirada hacia ella, y aquel gesto no la tranquilizó. Luego vio cómo Arbat se alejaba y entraba en el edificio.

La noche era cerrada, confirmando la victoria de las nubes sobre la luna como la de los militares sobre los mineros. Ni siquiera sabía dónde estaba, si era un cuartel, un centro de detención improvisado o alguna instalación militar o gubernamental. Distinguió carros de asalto y camiones de la Guardia Civil que había visto recorrer las calles de la ciudad y hacer lo mismo en algunos pueblos. No reconocía el lugar. Se giró para mirar en la parte trasera del vehículo y comprobó que no habían estado solos en ningún instante. Un oficial la observaba con el mismo mutismo que envolvió el trayecto. Arbat no era tan estúpido como para dejarla sola. Conocía a la que había sido su mujer; no habría sido la primera vez que salía corriendo.

A los pocos minutos, el capitán abandonó el edificio. Le vio dirigirse de nuevo a su encuentro. Después de doblar unos papeles e introducirlos en uno de los bolsillos internos de la chaqueta, se pasó las manos por la cabeza, como si necesitara poner en orden su cabellera tras haber hecho lo propio con los mineros.

—Le esperan dentro. Vaya —le dijo al oficial que había estado guardándoles las espaldas y que obedeció al instante—. De ella me ocupo yo.

Volvió a poner en marcha el motor y se perdieron rápidamente en la oscuridad de la noche. África se quedó mirando a través de la ventanilla la riada de obreros, mineros que llegaban de la estación como salieron: vencidos y escoltados.

—Deberías ir con ellos, ya que te gusta tanto la revolución. Pero tú siempre te salvas. No dejas de ser una niña malcriada jugando a la rebelión armada.

—¿Vas a matarme? —preguntó ella sin mostrar temor alguno, al ver que la carretera por la que iban estaba vacía y oscura. Tan solo despuntaban en el horizonte unos incandescentes haces de luces, que seguramente corresponderían a diversos focos de insurrección.

—Debería hacerlo. Si alguien o yo mismo te hubiera enseñado a comportarte, ahora no estaríamos aquí.

—¿Qué vas a hacer conmigo? ¿Por qué no me has entregado con ellos?

—¿Entregarte? ¿Sabes a qué te enfrentarías? Déjame ver: un delito de rebelión militar sería una condena de veinte años... —calculó el capitán en voz alta—. No creo que costase mucho obtener una orden judicial de detención.

No hubo más respuestas. El capitán Arbat siguió conduciendo sin decir nada hasta que llegó a una bifurcación que parecía conocer de antes y se internó en el bosque por una especie de camino que llevaba a una zona algo más frondosa y recóndita. Recorridos unos metros, detuvo el vehículo y se bajó sin apagar el motor y dejando las luces encendidas. Abrió la puerta del copiloto e hizo bajar a África. Hacía frío y la sensación de humedad se alojó rápidamente en sus huesos. El aliento de Arbat dejaba nubecillas de vapor en el aire; le confirmó que la temperatura era baja, más allá del escalofrío que le recorrió el cuerpo. Se situaron delante de los faros del vehículo, lo que permitió al capitán tener una mejor visión.

—Mírate, te has convertido en una fiera, en un animal. Eres uno más de esos chacales repugnantes a los que me tengo que enfrentar a diario. Ni siquiera sabes por qué luchas.

—Al menos sé junto a quién lo hago. —En cuanto pronunció la frase, supo que había cometido un error que podría ser fatal. Lo vio en el rostro de Arbat.

—¿De verdad? —preguntó el capitán, a quien parecía divertirle la escena. Sacó un cigarrillo del paquete arrugado que guardaba en el bolsillo del pantalón y lo encendió—. Y dime, ya que los conoces tan bien, ¿quiénes son?

—No son nadie y son todos. Los tuyos no van a poder frenarnos. La revolución está en las calles, estamos construyendo una nueva sociedad y no vais a...

El bofetón que le propinó el capitán no le permitió terminar la frase.

—Deja de tomarme por estúpido o te llevo ahora mismo al cuartel, donde los que te interrogarán no tendrán tantos miramientos como yo. Es mejor que me lo digas a mí. Habla: quién te ha mandado aquí, con quién has venido y qué demonios haces con esa gente.

—Te digo que no los conozco. Te lo juro. Ni siquiera sé cómo se llaman.

—Los de Madrid. Quiénes son.

—Si has hablado con mi madre, ya te habrá dicho quiénes son. Son solo trabajadores con conciencia social...

—¡Joder, ya empezamos con las consignas y las palabritas! —gritó el capitán, que comenzaba a desesperarse—. Mira, África, no estás fichada; ni tu nombre ni tu foto aparecen en ningún archivo policial. Lo comprobé en cuanto tu madre me contó en qué compañías andabas. Pero no me creo que hayas venido sola. Me cuesta creer que sea solo una más de tus locuras. Ni siquiera tú eres tan estúpida.

—Solo quería estar aquí porque es aquí donde hay que estar ahora. No sé qué más quieres que te diga. Precisamente tú deberías saber cómo soy.

El capitán Arbat lo sabía. Había vivido y sufrido su rebeldía, su independencia, sus entradas y salidas de tono, esa necesidad insaciable de sentirse un espíritu libre, incluso estando casada, que había terminado con su matrimonio y con el proyecto de familia que se habían comprometido a crear. Siempre la había culpado a ella del fracaso conyugal, al igual que lo hacía su familia y los mentideros de la ciudad. «Átala en corto, Francisco Javier. Amarra bien a esa potrilla, que si le das cuerda, se te va de la mano y luego no hay quien la controle», le habían aconsejado mil veces. No pudo hacerlo. Tampoco podía extrañarle que siguiera igual, por más que hubiera pasado el tiempo. La contempló en silencio: seguía siendo la mujer hermosa y vital de la que se enamoró, aunque su manera de vestir, su peinado y su olor se empeñaran en difuminarla. Su voz seguía siendo la misma, al igual que su tono insolente y provocador que tanto le sacaba de quicio. Y, una vez más, volvió a escucharla.

—No puedo decirte algo que no sé.

—¡Tú qué vas a saber! Ni siquiera supiste ser esposa, ni mucho menos madre.

El capitán sabía dónde golpear para hacer daño, aunque el dolor también se lo infligiera a sí mismo: el nacimiento del pequeño Julián había sido una de las pocas épocas felices del matrimonio, pero esa felicidad murió junto con su hijo. África conocía muy bien las tácticas de provocación y humillación de Arbat. Las había sufrido durante demasiado tiempo, aunque su madre siempre le decía que todo era culpa de su rebeldía y de un exceso de libertad que su padre no supo detener ni su tío Julián aplacar. Doña Virtudes confiaba en que lo hiciera su marido, pero tampoco pudo, supo o quiso.

—Se trata de eso, ¿verdad? —preguntó África, intentando llevar por otro rumbo aquel interrogatorio disfrazado de conversación en mitad de un bosque. No podía caer en la provocación. No era la primera vez que él intentaba emplear la muerte de su hijo para desarmarla y desposeerla de la seguridad que mostraba.

—Nunca se ha tratado de otra cosa.

Arbat se acercó a ella y la proximidad le permitió a África percibir el extraño olor, mezcla de pólvora, sudor y sangre, que desprendía su uniforme. Pero aquella cercanía laceraba su espíritu por otro motivo: podía ver los ojos del pequeño Julián en los del padre; eran los mismos: grandes, almendrados, intensos... Una trampa del destino que siempre jugaba en su contra.

—Estás loca. Lo tenías todo y lo tiraste por la borda. Estáis todos locos —exclamó separándose violentamente de ella después de unos segundos—. ¿Es que no lo veis? La aviación está bombardeando algunas zonas, y no con panfletos que llamen a la rendición de los rebeldes, como hace unos días sobre Mieres. Ahora es fuego real. Esto no es ninguna broma. Jugáis a ser bolcheviques montando una revolución que ni siquiera entendéis. Tú y tus amigos estáis organizando una guerra. Aquí muere gente. Ayer mismo, en la iglesia de San Pedro de los Arcos, a menos de quinientos metros de la estación donde tú estabas entregando armas a tus amigos revolucionarios, mataron a una niña que servía de enlace entre los sublevados. ¡Una niña! Y no estaba jugando a la comba. Uno de los míos la encontró atrincherada allí junto a un grupo de obreros. Iba con un vestido rojo, una metralleta en la mano y una pistola escondida en el pecho. Ella sola mató a dos hombres, sargentos ambos. Y habría matado al teniente Ivanov si él no le hubiera disparado antes. —Los ojos del capitán, inyectados en rabia, seguían fijos en África, que le escuchaba sin apartar la mirada de él, como tantas veces había sucedido en un pasado que había dejado de ser remoto—. Aunque la caterva roja ya ha empezado a decir que la fusilaron en el paredón del cementerio, que encontraron trece agujeros de bala en su cuerpo, que los legionarios la desnudaron y la violaron... En fin, ya sabemos cómo funciona la propaganda de los rojos. Tenía edad de estar en el colegio, no pegando tiros. Su padre, que pinta carteles para el teatro Campoamor, ha ido a buscar su cuerpo a la fosa de la iglesia de San Pedro de los Arcos... ¿Es así como quieres acabar? ¿Muerta en una fosa, como esa niña? Hasta recuerdo su nombre: Aida. No es fácil matar a niños. Tampoco olvidarlos.

Al escucharlo, el rostro de África se contrajo, pero reprimió la emoción para evitar que un repentino llanto la delatara. El capitán Arbat lo interpretó como una muestra de debilidad, de que por fin entraba en razón. Las historias de niños siempre emocionan a los adultos, quizá porque los retrotraen a su propia infancia y les recuerdan que una vez fueron inocentes. No podía imaginar que la emoción de la mujer respondía a aquel encuentro fugaz que tuvo con la adolescente revolucionaria.

—Siempre me has obligado a hacer cosas que no quiero hacer —susurró Arbat, mientras terminaba de dar la última calada a su cigarrillo.

Permanecieron en silencio unos segundos. Hasta que el capitán, como de costumbre, tomó la iniciativa.

—Vamos —ordenó. De nuevo la cogió del brazo y la introdujo en el vehículo—. Toma, ponte esto y quítate ese absurdo disfraz que llevas.

Le entregó una bolsa de tela en cuyo interior había un vestido y un abrigo, ambos de color oscuro. También encontró unos zapatos negros con hebilla y tacón bajo, y un pañuelo para cubrirse el pelo en lugar de la boina negra que le había regalado Aida con las iniciales U. H. P. África no quiso saber de dónde había salido aquella ropa. Solo le dolió desprenderse del regalo de la muchacha y, quizá por eso, rehusó anudarse el pañuelo en la cabeza. Obedeció y permaneció en silencio.

Unos minutos más tarde se detenían frente a la estación adonde había llegado días antes. Sin soltarle el brazo ni un momento, Arbat se acercó a la taquilla para comprar un billete del tren con dirección a Madrid que estaba a punto de salir. Recorrió con ella el andén, mirando a su alrededor y sin perder de vista la retaguardia, hasta llegar al vagón asignado.

—Vas a subirte a ese tren. Y espero que pienses en lo que has hecho y en lo que me has obligado a hacer a mí —le dijo el capitán, que se entretuvo en mirarla unos instantes—. Siempre has sido una buena actriz. Así que actúa como tal.

La besó en los labios, representando la misma despedida que otras parejas protagonizaban a su alrededor, sin que ella hiciera nada para evitarlo. Cuando se separaron, África se dio cuenta de que no había sentido nada, ni siquiera odio ni aversión. Nada. La expresión de Arbat no reflejaba esa indiferencia: era difícil desprenderse de un sentimiento como el que él seguía albergando por aquella mujer, aunque eso le obligara a saltarse las órdenes para ponerla a salvo.

—Intenta no volver a perderte.

—Intentaré no volver. No puedo prometer más.

Desde su asiento junto a la ventanilla, miró por última vez al capitán Arbat, que no se movía del andén ni pensaba hacerlo hasta que el tren se perdiera en el horizonte; no se fiaba de ella. Sentada en dirección contraria a la marcha, su mirada se cruzó con la de él durante más tiempo del deseado a través del cristal de la ventana. Cuando el convoy comenzó a andar, el corazón de África le siguió, aunque a un ritmo más acelerado que el traqueteo del tren. Siguió observando al capitán hasta que la distancia lo convirtió en un punto minúsculo. Solo entonces escondió el rostro entre las manos y rompió a llorar. Por Aida, por sus compañeros, por la muerte de la revolución en Asturias... y también por ella, que había sido salvada por su enemigo.

Conforme abandonaba la ciudad, contempló la ristra de camiones en los que trasladaban a los obreros detenidos en los disturbios. Todos con las caras tintadas de negro, unos rostros delineados por el cansancio, la extenuación, algún rastro de sangre y el desánimo de haber fracasado, aunque con el orgullo de haberlo intentado. Qué distinto aquel retablo del que vio en la cartelera del cine Madrid, durante su salida de la capital. La «tempestad al amanecer» no había sido lo devastadora que ella imaginaba. La embargó una gran sensación de tristeza, acorde con las nubes grisáceas que cubrían el cielo cinéreo asturiano. Más que nunca, había justificación para ese color plomizo. Se sentía impotente; en cierta manera la enervaba no hallarse entre los detenidos. Pensaba que había fallado y en parte culpaba a su exmarido. Maldijo al destino por aquel fatídico encuentro que había abortado sus planes de revolución, como maldijo el día de finales de 1927 en que los presentaron, después de que él recibiera la medalla militar de Marruecos y el ascenso de teniente a capitán. Le abrumó pensar que aquel hecho le había salvado la vida, porque eso le hacía sentirse más cobarde de lo que ya se consideraba.

En Madrid, el estado de guerra había dejado las calles vacías y en silencio, muy distintas a como las había visto días atrás, mientras en su cabeza todavía resonaba con fuerza la última consigna escuchada en boca de los mineros asturianos, ahogada en sus gargantas por la represión militar: «¡Como en Rusia! ¡Hay que hacer como en Rusia!». Llegaba con ganas de desahogarse con sus compañeros, de reconocer los errores cometidos, pero también de continuar con la acción, con la lucha armada, hasta el final. Durante unos días, había sido testigo de que la revolución era posible. Tan solo había que organizarse bien y abastecerse mejor.

La precipitada salida de Oviedo le había impedido llamar a Madrid para informar de su inminente regreso. Nada más llegar echó a andar hacia la casa que compartía con Luis desde hacía unos meses —tenía ganas de quitarse esa ropa extraña que le había dado el capitán Arbat—, pero a medio camino cambió de idea. Prefirió centrarse en lo importante: informar y ver a sus camaradas lo antes posible. Se dirigió a la calle León, donde supuso que los encontraría.

Apenas le quedaban unas calles para llegar a la vivienda, cuando tuvo la impresión de que alguien la seguía. Apretó el paso, pero podía intuir una sombra cerniéndose sobre ella. Por un instante, pensó que el capitán se la había jugado y que, después de subirla al tren, había informado a sus mandos para que la policía estuviera esperándola en la estación de Atocha. Las palabras de Arbat volvieron para oprimirle el pecho y golpearle las sienes. «No creo que costase mucho obtener una orden judicial de detención». Quizá la sombra que sentía era el fantasma de los veinte años de cárcel por un delito de rebelión militar. Tampoco podía extrañarle, ella habría hecho lo mismo. De hecho, ella le hubiese matado en aquel camino del bosque donde el capitán intentó sacarle algo de información. Seguro que la seguían desde que salió de la estación. No podía poner en riesgo a sus compañeros, así que varió el rumbo alejándose de la calle León. Fue entonces cuando alguien salió de la oscuridad para cortarle el paso y, durante un instante, la respiración.

—¿Se puede saber qué demonios haces? —preguntó la sombra.

En un primer momento, no reconoció a Amaro, que había aparecido ante ella como un puzle mal formado. Estaba nervioso, sudoroso y hablaba como si se hubiera tragado la voz.

—Has cambiado tres veces de dirección desde que saliste de Atocha. Vas haciendo círculos sin que nadie te siga.

—Ha pasado algo —le anunció África, deseando ponerle al día de lo que había sucedido en Asturias y del encuentro inoportuno que podría complicarles la vida.

—Ya lo creo que ha pasado algo.

El gesto de preocupación de Amaro trasladó la sublevación minera a un segundo plano y volvió a encerrar el corazón de África en un puño de hierro que amenazaba con hacerlo estallar. Ahora sí, su rostro se llenó de oscuras sombras, tintándose de la negrura de los mineros asturianos.

—¿Es Luis? ¿Qué le ha pasado? —Se temió lo peor—. ¿Lo han matado?

—Le han detenido. Nos estaban esperando cuando acudíamos a una reunión. Yo conseguí escapar porque llegué tarde y vi lo que se estaba formado en la calle, pero él cayó.

—Pero ¿dónde está? —preguntó desesperada, como si aquella noticia aniquilara la esperanza con la que contaba para recuperar el aliento—. ¿Está bien?

—No se sabe nada de él, aunque las noticias no son buenas. —Amaro negó con la cabeza—. Están deteniendo a todo el mundo y nadie sabe nada. Solo que están en los calabozos y que no tardarán en trasladarlos a la Modelo. La represión está siendo brutal. No se paran ante nada ni ante nadie. Estamos todos en peligro —relató mirándola fijamente. Sabía que podía hablarle sin subterfugios—. Tengo que abandonar Madrid, por eso estaba en Atocha cuando te he visto y he salido detrás de ti. He supuesto que te acercarías a vuestra casa o a la calle León, y estoy seguro de que las tienen vigiladas. Ahora ya lo sabes. Busca un sitio donde quedarte. Tú puedes hacerlo, no saben quién eres.

—Te equivocas, sí lo saben. O al menos, hay una posibilidad de que lo sepan —anunció precipitadamente—. He vuelto de Asturias porque alguien me ha reconocido, y no estoy segura de que a estas alturas la policía no tenga ya mi nombre y mi fotografía.

—¿Quién? —Amaro seguía sin entender nada—. ¿Quién ha podido reconocerte en Oviedo?

—El hombre con quien estuve casada: Francisco Javier Arbat Gil, capitán de Infantería del tercio de la Legión.

—¿Estuviste casada con un legionario? —La incredulidad de Amaro moldeó de nuevo sus facciones—. ¿Y no se te ocurrió comentarlo en algún momento? ¿Lo sabe Luis? —preguntó antes de que otra cuestión más apremiante lo asaltara—: Y tu marido ¿sabe quiénes somos nosotros?

—Mi exmarido —puntualizó África—. Y no, no sabe nada. No he dicho nada. Me obligó a meterme en un tren de vuelta a Madrid. Creo que piensa que es una de mis locuras y nada más, pero no podemos estar seguros.

—En ese caso, no te puedes quedar aquí. Es peligroso. —Amaro ya estaba cambiando los planes en su cabeza—. Vendrás con nosotros. Esta misma noche salimos para Orense.

—¿Salimos? ¿Quién más va?

—La mujer de un compañero de sindicato y su hijo. Victoriano, le has visto alguna vez en las reuniones...

África sabía de quién hablaba. Era un militante de la organización clandestina en Madrid, también empleado de banca.

—Es él quien me ha dejado su documentación —siguió Amaro—, y si me acompaña su familia, todo será más creíble. Tú también tendrás que viajar con documentación falsa, no podemos arriesgarnos después de lo que ha pasado en Asturias.

—¿Y qué hacemos con Luis? No puedo dejarle aquí.

—Puedes y debes. Él mismo te lo diría si pudiera, y lo sabes muy bien. Ahora son otros los que tendrán que ayudarlo, pero no podemos hacernos muchas ilusiones.

El mundo de África se derrumbaba. Había pasado del éxito de la revolución al infierno del fracaso, exactamente igual que la sublevación en Asturias y las huelgas generales iniciadas el 5 de octubre de 1934.

Sentada en el vagón del tren que los llevaría a Orense, observó la documentación que le había entregado Amaro junto a su billete.

—¿Ahora somos cuñados? —comentó en voz baja, al ver la identidad elegida para la ocasión.

—Siempre te he considerado familia. Luis es como un hermano para mí —bromeó él, intentando relajar el nerviosismo de la mayoría de los presentes en el compartimento—. No te quejarás de cómo te trato: vagón de primera clase.

No viajaban solos. Enfrente de ella, un hombre leía *El Heraldo de Madrid*. Lo mantenía abierto, como un libro. Entonces la vio. La fotografía aparecía en la portada. La misma sonrisa luminosa, el mismo vestido de flores y el bolso bandolera que ella le había regalado; debieron de hacérsela el mismo día en que la conoció. Bajo la imagen, dos palabras entrecomilladas: «La Libertaria». Así la llamaban. El titular principal iba escrito en letras mayúsculas: UNA MONSTRUOSA INJUSTICIA. Debajo, otro que flanqueaba la fotografía de Aida: «Dos de las tres muchachas que fueron ultrajadas y asesinadas en la aldea de San Claudio (Oviedo) están con vida». Rápidamente, su mirada descendió por la portada: «La hija del pintor La Fuente (la Libertaria) no murió a manos de los revolucionarios, sino todo lo contrario...». Le dio tiempo a leer el comienzo del artículo, antes de que el hombre del periódico lo doblara y le impidiera seguir descifrando la noticia. De buena gana se lo habría arrebatado como había hecho Luis con ella, aquella lejana mañana del 26 de abril de hacía un año, cuando leía el *ABC* en el mostrador de la pensión.

—¿Estás bien? —le preguntó Amaro, que había advertido cómo se le descomponía el gesto.

—Un poco mareada, nada más —dijo, intentando no preocupar a su compañero de viaje.

—Pues parece que hayas visto un fantasma.

—Algo así.

No pudo quitarse de la cabeza la imagen de Aida en todo el trayecto. En su recuerdo, la joven siempre aparecería sonriendo y no muerta, acribillada a tiros. La memoria, como el relato interesado, tiende a quedarse con la mejor versión. Así ocurrió con la denominada «Rosa roja de Asturias»: el tiempo y el ardor guerrillero de sus camaradas mudaron no solo su nombre —reconvirtiendo a Aida de la Fuente en Aida Lafuente— sino también la fecha de su nacimiento, de 1915 a 1918; el mito simbólico de una niña asesinada por el enemigo a los dieciséis años se imponía sobre el de una mujer de diecinueve.

Cuando llegaron a Orense, Amaro cruzó a Portugal. África tuvo claro cuál era su lugar en el mundo en aquel momento, y no estaba en Galicia. La fotografía de Aida y el recuerdo de las palabras que escuchó gritar a los mineros que marchaban detenidos por mandos del ejército —«Al proletariado se le puede derrotar, pero jamás vencer»— la persuadieron de que debía regresar a Madrid y luchar desde allí. Y no solo por Luis. A veces, escapar de todo no es la solución. Ese era el sentido de la lucha. Nadie se involucra hasta la muerte en una guerra que sabe ganada.

Debía estar donde fuera necesaria. Hacía mucho tiempo que se había convencido de que ese axioma dibujaría el mapa de su existencia: ella siempre estaría donde debía estar.

Barcelona

18 de julio de 1936

En tiempos de engaño universal, decir la verdad se convierte en un acto revolucionario.

GEORGE ORWELL, *1984*

4

—¿Habéis oído lo de Marruecos? El Ejército se ha sublevado.

África miró a Luis, que acababa de echar dos terrones de azúcar al café solo, negro como el carbón, recién servido en un vaso color ámbar de Duralex. La cucharilla detuvo su movimiento circular, como lo hizo el corazón de los presentes. Otra vez esas tres palabras juntas: ejército, sublevación, Marruecos. Después de casi dos años, volvían a hermanarse en una frase. Esa terna maldita heló el caluroso ambiente que se respiraba en la primera quincena de julio de 1936 en Barcelona y, en general, en toda España.

Luis recogió la mirada de su compañera y la rebotó hacia su amigo Antonio López Raimundo, en cuya casa de la Ciudad Condal la pareja estaba pasando unos días. Los tres se habían hecho muy amigos desde que el madrileño salió de prisión y conoció a Antonio, un maño afincado en Barcelona, miembro del Sindicato de Banca y Bolsa de UGT y afiliado a la Federación Catalana del PSOE. Luis había estado en la Modelo de Madrid desde octubre de 1934 hasta la amnistía que declaró el Frente Popular de Manuel Azaña para más de treinta mil presos políticos, tras ganar las elecciones del 16 de febrero de 1936, donde la izquierda venció en las urnas por un estrecho margen de diferencia sobre la derecha. África fue a visitarle a la cárcel todos los días, no solo para infundirle ánimos y, de paso, despertar la envidia de los compañeros de prisión por la belleza de la mujer de Luis —así la consideraban todos, entre ellos un joven Santiago Carrillo y el propio Amaro que, repatriado desde Portugal, fue juzgado y condenado a veinte años de prisión y que también ingresó en la Modelo—, sino para llevarle los periódicos, algo de comida y, sobre todo, actuar de enlace con el exterior para mantenerle al corriente de lo que pasaba en la calle y continuar con la lucha obrera. Entre los tres había surgido una amistad sincera, más allá de la política.

Antonio llegó con la radio en la mano y la colocó sobre la mesa, entre los platos y vasos. Entró en la cocina a medio afeitar, con una camiseta blanca de tirantes y la toalla al hombro; la noticia le había sorprendido aseándose en el cuarto de baño después de la siesta preceptiva tras la comida del sábado. No conseguía sintonizar la emisora para obtener un sonido limpio y libre de estática, no sabía si por los nervios o porque sus manos, en las que quedaban restos de jabón, no eran diestras con los aparatos. Fue África la encargada de hacerlo. Como siempre decía Luis, «sus dedos logran la magia». Así supieron que el día anterior, viernes 17 de julio, se produjo una sublevación de los militares en el Protectorado español de Marruecos. Se había declarado el estado de guerra, ocupado los edificios oficiales, procedido a la detención de algunos líderes republicados, representantes del Frente Popular e incluso civiles que habían mostrado su ideología de izquierda. Ceuta y Tetuán también habían caído en manos de los militares rebeldes. Esa tarde del 18 julio, el general Queipo de Llano hizo lo propio en Sevilla, y posteriormente Cádiz, Córdoba, Granada y otras ciudades españolas irían cayendo como fichas de dominó. Todo bajo las órdenes del general Francisco Franco.

Cuando Luis escuchó ese nombre en la voz del locutor, descargó un puñetazo sobre la mesa de la cocina.

—¡Joder! El puto Franco otra vez —gritó sin poder contener el exabrupto. No era habitual oírlos de su boca, pero ese *déjà vu* no le gustaba nada—. Solo nos falta que aparezca el general Goded con toda la tropa como hicieron en el 34, y mañana mismo tenemos a los regulares y a la Legión en las calles. —Miró a África y los dos pensaron en la misma persona: el capitán Arbat.

—Quizá no vaya a mayores y sea una machada más de los de siempre, un toque de atención —comentó sin convicción, sin ni siquiera creérselo ella.

—Claro, eso dijeron el PSOE y Largo Caballero después del fracaso de la revolución de octubre: que ellos solo habían animado a hacer una huelga pacífica y que algunos se desataron, ¿cómo fue lo que dijeron?... ¡Ah, sí! Una «reacción espontánea de los obreros» ante el miedo al fascismo que representaba la CEDA —tiró Luis de ironía. Había pasado el tiempo suficiente en prisión para analizar todo lo que había sucedido en octubre de 1934 y reconocer los fantasmas del pasado proyectados sobre el presente.

—Pero ¿contra quién se levantan? ¿Contra los suyos? —preguntó África.

—Contra el Gobierno de la Segunda República y el Frente Popular. Esos no son los suyos, aunque ahora trabajen bajo sus órdenes —respondió Luis.

—Creía que la defensa del Estado era lo suyo —intervino Antonio.

—Yo también creía en la revolución del 34, y mira. Mucho me temo que de aquellos lodos...

—Esto de Marruecos y los militares huele más a un intento de golpe de Estado —le rebatió su amigo, mientras terminaba de quitarse el jabón de la cara con la ayuda de la toalla que traía colgada al hombro y se servía un café—. Hasta donde yo recuerdo, en Asturias no querían apoderarse del Estado, sino derrocarlo.

—Eso se lo dices a Companys, a ver qué quería hacer él cuando declaró la independencia en el 34, porque a mí no me suena a querer derrocar nada, más bien a apropiárselo.

—Salgamos a la calle. Estas cosas se viven mejor pisando el asfalto —propuso África. Empezaba a cargarle tanto debate basado en informaciones aún confusas.

Los tres salieron de casa. Los tres iban armados. Se convencieron de que era una medida de precaución después de lo que habían vivido y de lo escuchado en la radio. África ocultaba en su cintura una «sindicalista», como llamaban a la pistola Star fabricada por el ejército francés y que era fácil de conseguir en el mercado negro, al menos si se tenía contactos, y tanto ella como sus amigos los tenían. La idea era tomarle el pulso a la ciudad antes de dirigirse a la sede de la UGT para encontrarse con los compañeros y conocer cuál era la situación real y las directrices de actuación.

El viento cálido de aquella tarde de sábado en la Ciudad Condal acarició la piel de África al entrar en las Ramblas. Respiró una bocanada de aire que percibió cargado. De nuevo, esa sensación de que algo estaba a punto de estallar aunque, de momento, la ebullición se mantenía a fuego lento, o quizá no tanto. Al pasar por la plaza del Comercio ya habían observado las primeras barricadas, que se iban multiplicando a cada paso que daban. En las calles se podían ver los carteles publicitarios que anunciaban la Olimpiada Popular, la Semana Popular de Deportes y de Folklore que se había organizado en Barcelona del 19 al 26 de julio, para mostrar su repulsa a los Juegos Olímpicos de Berlín que se celebrarían en agosto en la Alemania nazi de Hitler, con un sesgo fascista y claramente racista; las leyes de Núremberg impedían la participación de los judíos y no ponían las cosas fáciles a los deportistas negros ni tampoco a las mujeres. Una excepción fue el caso de la esgrimista alemana Helene Mayer, de origen semita y asentada en Estados Unidos; su apariencia aria y su condición de medio judía fue la coartada perfecta para que Hitler cediera ante el COI y permitiese su presencia, con la condición de que realizara el saludo nazi en el podio en caso de ganar algún metal, como sucedió cuando Mayer obtuvo la medalla de plata.

En aquellos carteles dominaban los colores rojo, amarillo y azul, y unas figuras animadas que representaban la diversidad racial y de sexo sostenían una gran bandera blanca en la que podía leerse OLIMPIADA POPULAR. Querían reivindicar el espíritu deportivo de las olimpiadas, ahondando en el mensaje de paz y solidaridad entre las naciones participantes. La gente en la calle se refería a ella como la Olimpiada Roja, y se habían impreso sellos, postales e incluso chapas representativas que muchos llevaban prendidas en las chaquetas. El día anterior, África había visto una avioneta sobrevolar el cielo barcelonés con las palabras «Olimpiada Popular» escritas en la parte inferior de las alas. La Generalitat, con su presidente Lluís Companys a la cabeza, se involucró en el proyecto y tanto el Gobierno español como el francés financiaron parte de los eventos. Desde hacía horas, cerca de seis mil deportistas de veintitrés delegaciones distintas habían llegado a la ciudad para participar; solo Francia envió a más de mil quinientos atletas. Prometían una Olimpiada Popular abierta al mundo, sin restricciones por razones de nacionalidad —incluso llegaron deportistas de países aún no reconocidos como Palestina o Argelia—, raza, religión o sexo, donde a las competiciones de atletismo, ajedrez, ping-pong, fútbol o pelota vasca se les sumaban espectáculos folclóricos de baile escocés, canto tirolés o teatro suizo.

Al pasar ante el Palau de la Música, vieron salir de su interior a un grupo cargado con instrumentos musicales: eran los miembros de la Orquesta Pau Casals, que habían estado ensayando la *Novena sinfonía* de Beethoven con la que pensaban inaugurar la Olimpiada Popular en el teatro Grec en tan solo unas horas. Las noticias sobre el levantamiento militar les habían arruinado la interpretación de la «Oda a la alegría», convirtiéndola, más que nunca, en el último movimiento. Cerca de ellos, África distinguió a un joven que formaba parte del Comité Organizador de la Olimpiada, un muchacho simpático, guapo y deportista, de nombre Ramón Mercader, al que había conocido hacía unos días cuando los presentó una compañera de partido, mientras tomaban un vermut en un bar de la calle Guifré. Ya entonces le llamó la atención su personalidad arrolladora, su verborrea incontrolada, su intención de agradar y su físico atlético encerrado en su más de metro ochenta de estatura. Cuando el joven abandonó el lugar, su acompañante le dijo que era el hijo de Caridad Mercader, una conocida militante comunista, combativa y muy bien relacionada, que pertenecía a una importante familia de la burguesía catalana a la que había dado la espalda por el movimiento revolucionario. A Ramón le habían detenido en junio de 1935 en el mismo bar donde se hallaban, el Joaquín Costa, cuando estaba reunido con otros miembros de las Juventudes Comunistas de Barcelona bajo la tapadera de ser una asociación cultural: la Peña Artística y Recreativa Miguel de Cervantes. Lo enviaron a la prisión valenciana de San Miguel de los Reyes, de donde había salido hacía cinco meses, como casi todos los presos políticos, gracias a la amnistía decretada por el Gobierno. «Y se lo rifan todas las mujeres de Barcelona —añadió la acompañante como parte del perfil biográfico—. Pero supongo que eso a ti no te importa. Tú tienes a Luis», añadió con cierta sorna.

Aquella tarde de sábado, África notó a Ramón algo excitado y contrariado al mismo tiempo.

—Acaban de suspender la inauguración oficial de la Olimpiada Popular. Esta mañana hemos hecho alguna prueba, pero Pau Casals acaba de interrumpir el ensayo del concierto programado para mañana. Lo han aplazado todo al martes, pero no sé si en cuatro días... Todo este trabajo, para nada. Tengo a los deportistas nacionales e internacionales que no saben qué hacer, si salir del país o quedarse; de hecho, muchos no han podido entrar en Barcelona, unos por miedo, otros por precaución y muchos porque no los han dejado. Algunos se preguntan si esto habrá sido cosa de los fascistas, que no quieren que celebremos esta olimpiada. Esta noche algunos nos quedaremos en el Estadio Olímpico por si podemos ayudar en algo. No sé qué va a pasar, lo que sí sé es que algo gordo va a suceder —le explicó mientras se detenía un poco más en la belleza de sus facciones, algo que había intentado evitar el día que los presentaron—. ¿Y tú? ¿Te quedas o te vas?

—Yo siempre estoy donde tengo que estar —aseguró África, que había comenzado a contagiarse de la excitación callejera.

No esquivó aquella mirada inquisidora de Ramón, incluso le divirtió su abierto descaro. En ese momento, y sin encontrarle una clara explicación, deseó que la orquesta siguiera tocando la *Novena sinfonía* en el Palau y que Ramón la hubiera invitado a los ensayos.

—Entonces, supongo que nos veremos por aquí —apostilló el joven Mercader a modo de despedida, quizá un poco apresurada al ver cómo se acercaban Luis y Antonio. Los saludó y les estrechó la mano antes de alejarse de ellos.

África le siguió con la mirada hasta que desapareció entre el gentío. Se preguntó dónde iría, ya que las calles laterales estaban casi todas bloqueadas y cortadas.

—Es buen chaval, aunque su madre le tiene un poco perdido. A él y a todos sus hijos, a los cinco —reveló Antonio, que consideró que se había quedado corto e intentó remediarlo—: En realidad, a toda la familia. La Mercader es mucha Mercader; quizá demasiado.

El recuerdo de las notas de la *Novena sinfonía en re menor* acompañó a África en su caminar por Barcelona, musicalizando cada visión, cada rostro, cada palabra, cada gesto. El carácter revolucionario de sus cuatro movimientos —por primera vez en una sinfonía el compositor introdujo la percusión y la voz humana en forma de coro y cuatro solistas, en el emocionante momento de la «Oda a la alegría»— comulgaba con el espíritu rebelde y convulso que invadía cada rincón de la ciudad. Los contrastes, el dramatismo, la violencia y el carácter liberador y explosivo parecían traspasar la partitura y asentarse en las calles, entrando en cada edificio y barnizando cada adoquín. Su sordera no le impidió a Beethoven escuchar el bramido revolucionario que impregnaba los tiempos en que la compuso: principios del XIX. Él mismo dirigió el estreno de su *Novena sinfonía* cuando ya estaba sordo, por lo que no pudo oír los aplausos del público al terminar el cuarto movimiento; sus músicos tuvieron que advertirle de que se girara en su púlpito de director de orquesta y recibiera las loas. El hombre que había iniciado y escrito la revolución musical no pudo escucharla, pero permitió a otros sentirla. Ahí nació su leyenda. África de las Heras no quería que le sucediera lo mismo. Quería ser parte de aquella revolución social y vivirla con los cinco sentidos.

Al día siguiente, la radio volvía a colocar la realidad en la calle. África no había pasado buena noche. Estaba inquieta. Apenas había podido dormir. No gozaba del sueño profundo y reparador de Luis, que quizá se había acostumbrado a los ruidos ambientales durante su estancia en prisión. Por un instante, agradeció que sus ronquidos sofocaran otros sonidos de la noche, cargada de notas bélicas. Cuando el reloj marcaba algo más de las cinco de la madrugada, le pareció escuchar el eco de unos disparos lejanos y algunas explosiones. Elucubró si serían en el Estadio Olímpico de Montjuïc. Pensó en Ramón Mercader. En su cabeza, Beethoven ya no sonaba.

El locutor de Radio Barcelona empleaba un tono épico, quizá innato o quién sabe si llevado por los acontecimientos o por alguna consigna dada antes de situarse ante el micrófono: «Barceloneses, el momento tan temido ha llegado. El Ejército, traicionando su palabra y su honor, se ha levantado contra la República. Para los ciudadanos de Barcelona ha llegado la hora de las grandes decisiones y los grandes sacrificios: destruir este Ejército faccioso. Que cada ciudadano cumpla su deber».

África entró en la habitación que compartía con Luis, y vio que continuaba durmiendo. Pensó en despertarlos, a él y a Antonio, y contarles lo que estaba diciendo la radio. Ambos habían estado la noche anterior reunidos junto a otros compañeros de la UGT, sentando las líneas de actuación en el probable caso de que el golpe militar se hiciera fuerte en Barcelona, mientras otros del sindicato preparaban bombas caseras con la dinamita conseguida en el puerto. Finalmente, decidió dejarles dormir. Se convenció de que no tenía tiempo que perder. Una revolución la esperaba en el exterior. Ya se unirían ellos más tarde.

Las calles de Barcelona aparecieron cosidas con barricadas, algunas zurcidas de manera irregular, siguiendo patrones artesanales. Los vecinos habían utilizado para levantarlas todo tipo de objetos, no solo los habituales sacos de arena, sino muebles, maletas, libros, tablones de madera, tiendas de campaña, puertas de casa, mostradores de tiendas, armarios enteros, piedras y hasta tablas de planchar, y muchos habían empezado a arrancar los adoquines de las calles, dejando grandes calvas en el pavimento. En su caminar, se cruzó con grupos de personas organizadas en milicias civiles, la mayoría hombres, algunos con fusiles al hombro que, junto a las fuerzas leales a la República, se desplazaban de un lado a otro de la ciudad, según las indicaciones que iban recibiendo; muchos de ellos, guiándose por el ruido de alguna explosión, de los disparos de fusil o incluso de algún cañonazo. Ataviada con un vestido blanco sin mangas y unas alpargatas planas, África avanzaba sorteando motos, coches particulares —sobre cuyas carrocerías oscuras habían dibujado con pintura blanca las siglas FAI o CNT—, camiones, autobuses —que iban llenos, incluso en la baca superior, que lucía repleta de paquetes, maletas y otros trastos—, bicicletas... Subía y bajaba de las aceras esquivando a la gente y los continuos cortes de calle realizados a golpe de barricada que iban saliéndole al paso. Le dio la impresión de estar inmersa en el decorado de una película, donde entraban y salían personas, casas, vehículos, edificios... Todo filmado con un falso *travelling* y sin director aparente. No supo en qué momento las calles se llenaron. Le sorprendió que hubiera tantas personas, hasta niños a los que sus madres acababan de comprar un helado y que observaban la escena, al igual que ella, como si fuera la pista central de un circo. No dejaba de mirar en todas las direcciones, no porque tuviera miedo a lo que pudiera encontrar, sino porque no quería perderse nada. Los ríos de gente seguían aumentando su cauce; se iban haciendo más bravos y caudalosos por minutos. Vio a varios deportistas que estaban en la ciudad para las Olimpiadas. Algunos de ellos caminaban con la espalda pegada a las fachadas de los edificios. No se fiaban de los silbidos de los disparos que cruzaban como fantasmas la ciudad y que los habían despertado a primera hora de la mañana, cuando muchos aún dormían en el Estadio Olímpico.

No supo cuánto había caminado. El sol llevaba tiempo calentando, hacía calor y el cielo comenzaba a llenarse de columnas de humo grisáceas, todavía lejanas, pero que no costaba ver prendidas en el horizonte de un cielo azul bebé. Qué distinto del cielo gris plomo de Asturias, pensó. Se pasó la palma de la mano por la frente, deslizándola rápidamente por el rostro hasta llegar al cuello: el recuerdo de la revolución de 1934 le había arrancado un sudor frío que resbalaba por su nuca. Dobló una esquina, abandonando la avenida principal por la que transitaba, y entró en una calle más pequeña, mucho menos concurrida y en sombra gracias a los árboles que la resguardaban.

—Así que es verdad. Aquí estás.

Cuando se giró para descubrir al propietario de aquella voz, se encontró con Ramón Mercader. No le sorprendió verle allí, aunque sí lo hizo su atuendo, muy distinto al que vestía la tarde anterior. Parecía haber trabajado su imagen de miliciano pero, incluso con ese atavío, no perdía su elegancia natural. Le llamó la atención especialmente la camisa abierta hasta la mitad del pecho, metida con fórceps en el interior de su pantalón de campaña, amarrado con una pretina que marcaba su cintura. Se sabía atractivo con su físico de deportista, lo que facilitaba que se sintiera cómodo en su papel de seductor. En realidad, tenía planta de militar, algo en lo que el joven soñó convertirse durante mucho tiempo, pero cuando solicitó el ingreso en el Ejército lo rechazaron por su afiliación comunista, motivo por el que había entrado en prisión. Había hecho el servicio militar como cabo de gastadores, según contaban, en el regimiento de infantería de Jaén. Para él, la autoridad y el mando eran algo innato, pero aquella detención del 12 de junio de 1935 y aquella ficha policial en la que quedaron registradas sus huellas dactilares, sus datos personales y sus fotografías no lo ayudaron a conseguir su sueño. Los que le conocían sabían que era inteligente, culto, que hablaba a la perfección varios idiomas —francés e inglés como si fueran su propia lengua—, gracias a la formación burguesa de su familia y también al tiempo que pasó en Francia junto a su madre, cuando ella se separó de su padre y huyó a las localidades de Dax y Toulouse con sus hijos. Allí Ramón trabajó como *maître* de restaurante, lo que a su regreso a Barcelona le vino bien para trabajar como ayudante de cocina.

Pero aquella era otra historia que tardaría en conocer. De momento, sus vidas se cruzaban en aquella pequeña travesía, escoltada por la sombra de los árboles.

—Claro que estoy aquí —respondió África a su insinuación—. Yo no miento.

—Mejor. Aunque para aprender a mentir, como para amar, siempre hay tiempo —le dijo el joven con una sonrisa encantadora que ni siquiera tuvo que ensayar—. El día va a ser largo. Vamos a tomarnos un café. Sé dónde lo ponen con una rodaja de limón y mucho hielo. Eso te quita la sed para todo el día.

—¿Ahora? ¿Con la que se está organizando?

—Las revoluciones hay que hacerlas bien alimentados y armados; de lo contrario, no salen bien. ¿No te darán miedo unas cuantas balas?

—¿Miedo? Si tú supieras qué he hecho yo con el miedo...

—Estoy deseando saberlo.

Se tomaron ese café con hielo y limón en el Joaquín Costa. El propietario conocía a Ramón y les permitió entrar al local mientras sus camareros cubrían los ventanales con cartones y papel de periódico.

—¿Dónde has dejado a tus amigos? —preguntó el joven Mercader, antes de llevarse el vaso a la boca, como si con ese gesto tapara el rastro de curiosidad en sus labios.

—Y tú, ¿dónde has dejado a tus deportistas? Porque me temo que no hay Olimpiada Popular.

—Aquí nos gusta llamarla Espartaquiada. Ya sabes, por Espartaco, el hombre que lideró la rebelión de los esclavos que se alzaron contra la República de Roma —añadió ante el gesto de asombro de África—. Aunque, en realidad, y no quiero mentirte en nuestro primer encuentro importante, es una idea soviética. Los rusos lo hicieron antes. No querían participar en los Juegos Olímpicos que organizaba el Comité Olímpico Internacional, donde siempre los miraban con desconfianza por ser comunistas, o directamente los boicoteaban. Así que en 1921 decidieron crear la Internacional del Deporte Rojo, el Sportintern, por *spartak* en ruso, ya sabes... —le reveló a su compañera, que parecía estar disfrutando con la disquisición histórica—. La primera Espartaquiada la celebraron en Moscú y la hicieron coincidir con los Juegos Olímpicos, que se celebraban en Ámsterdam. Tenían la imagen que querían: proletarios contra burgueses. Fue todo un éxito. Y así, hasta nuestros días. Por eso nos apropiamos del nombre: Espartaquiada. Para ser honesto, debo decir que los soviéticos se lo copiaron a los alemanes, que también organizaban olimpiadas obreras. Pero ¡qué más da! Las buenas ideas son internacionales y no somos partidarios de la propiedad privada, ¿no es así?... La colectivización y toda esta historia. Siempre está bien que haya alguien que te guíe cuando entras en terrenos que desconoces, ¿no te parece?

—Yo es que de romanos... —contestó, evitando entrar en su provocación, antes de dar un nuevo sorbo a su café con hielo.

—Hablaba de los soviéticos.

—Eso ya me agrada más. Y dime, ¿tú no participas en la Espartaquiada? Pareces en forma. Y por lo que veo, te gusta mostrarlo.

—Estás ante el capitán del equipo de equitación. Y también hago anillas y barras, no se me da mal. Pero ¿sabes en lo que soy realmente bueno? —preguntó, mientras metía la mano en uno de los bolsillos delanteros del pantalón, del que extrajo una moneda. Se la enseñó, sujetándola entre el pulgar y el índice—. Puedo doblar una moneda de cobre con estos tres dedos. ¿Quieres verlo?

La moneda se dobló, tal y como había dicho Ramón.

—¿También bailas sardanas? —preguntó irónica África, que recordaba haber visto anunciadas exhibiciones de distintas regiones dentro de la Olimpiada Popular.

—Eso es un baile burgués. Me parece tan despreciable como el cabaret.

—Pues a ver cómo se lo explicas a los del canto tirolés...

Mientras Ramón ayudaba al dueño del bar a colocar una especie de cinta adhesiva en forma de cruz sobre las ventanas —para reforzar los cristales del local en previsión de que los acontecimientos se radicalizaran—, África apuraba su café, servido en vaso alto, como a ella le gustaba. Lo agradeció, porque había salido de casa en ayunas, y de eso hacía ya unas horas.

—No tengas prisa, que el día va a ser largo —le aconsejó por segunda vez Ramón.

Sabía que la ciudad era un hervidero. Él estaba en el Estadio de Montjuïc cuando se produjeron los primeros disparos y las explosiones que África había escuchado desde casa. Había sido testigo de los primeros conatos de enfrentamiento en la plaza Universidad, que tuvieron su réplica en varias calles. Pese a la oposición de la Guardia de Asalto, de la Guardia Civil, de los militares que se mantenían fieles al Gobierno de la República y de las cada vez más numerosas unidades milicianas obreras, los militares rebeldes fueron tomando posiciones estratégicas como el Círculo del Ejército y la Armada, el hotel Colón y el edificio Telefónica. Sin embargo, la respuesta a esa sublevación militar estaba a punto de llegar y esa era la que les interesaba a ellos.

—Sí que la tengo. He quedado con tu madre: no quiero llegar tarde.

—¿Conoces a mi madre?

—¿Quién no conoce a la Mercader?

—En realidad, no la conoce nadie —tiró él de ironía, pero evitando entrar en detalle. Las cuestiones personales, incluyendo los trapos sucios de una familia, debían quedar en el interior del hogar. Lo malo, pensó, es que esa rama de los Mercader no tenía un hogar propiamente dicho—. Me alegro de que ya conozcas a la familia. Si quieres nos acercamos juntos, sé dónde están.

Ese plural incluía a las tres mujeres con las que era habitual ver a su madre, Caridad Mercader. Una era Fanny Schoonheyt, una joven holandesa nacida en Róterdam a la que rápidamente apodaron la Reina de la Metralleta por su buena puntería; había llegado en 1934 a Barcelona, donde llamó la atención no solo por su físico —era una mujer guapa, alta, rubia y con los ojos muy claros, de un color indefinido entre azul y verde—, sino porque llegó fumando en un tiempo en el que muy pocas se atrevían a encender un cigarrillo en público. Otra era Lena Imbert, una joven menuda, de no más de metro cincuenta de estatura, morena, con enormes ojos negros, con buena oratoria y muy temperamental, con la que Ramón Mercader mantenía una discreta relación que rebasaba el límite de la mera amistad, aunque siempre supeditada a los intereses del Partido; era maestra, hija de una familia de trabajadores inmigrantes, se sabía de memoria la historia de la Revolución rusa y, quizá por eso, no pasaba una en su ideario revolucionario. La tercera mujer era Lina Odena, otra joven comunista que ya había mostrado su valor y su coraje en los sucesos de 1934 y que solía acompañar a Dolores Ibárruri; la rebelión militar la había sorprendido en Almería, por lo que África no podría verla ese día.

Les costó más de lo previsto llegar al punto de encuentro, debido a los numerosos enfrentamientos entre las milicias obreras y los rebeldes militares que fueron hallando en el camino y a los que no dudaron en unirse en muchas ocasiones. La ciudad se había convertido en un campo de batalla. Los combates se encarnizaban en Universidad, plaza de Cataluña, Paralelo, Capitanía, Ensanche... Aunque veían a muchas personas correr encorvadas de un lado a otro para refugiarse en los portales de la lluvia de disparos que caía sobre sus cabezas, África y Ramón no esquivaron las pugnas callejeras. Escucharon con nitidez la orden, dada en un perfecto castellano, que salía de una de las barricadas ante un edificio ocupado por los militares sublevados: «Compañeros, atención: al primero que se le vea asomar por la ventana, abrimos fuego sobre él». Muchas de las calles, las más cercanas al lugar donde se producían los enfrentamientos más virulentos, estaban sembradas de cadáveres y de heridos, tanto de un bando como de otro. A África le impresionó la cantidad de caballos y de mulos muertos sobre el asfalto, caídos por el fuego armado. En cada rincón hallaba una imagen que la sorprendía. Sobre la cabina de una camioneta, vio a un hombre armar una ametralladora, protegiéndola con colchones.

Un poco antes de la hora en la que debería haber comenzado la Olimpiada Popular, las fuerzas de seguridad que participaban en la represión de la sublevación militar y los milicianos —después de armarse pese a la negativa de la Generalitat de Companys de ofrecerles armas, obligándolos a conseguirlas en armerías y arsenales particulares, o incautando el armamento perdido por los rebeldes militares—, empezaron a recuperar la ciudad: el castillo de Montjuïc, la plaza de España, el hotel Ritz, el edificio Telefónica, con los milicianos de la CNT de Buenaventura Durruti al frente... De vez en cuando, los propios milicianos iban informando de la situación: «La Guardia de Asalto les ha cortado el paso en Correos, en el paseo de Gracia, el palacio del Palau, en la comisaría de vía Laietana...»; «Ha caído un regimiento de caballería en la Diagonal»; «Guardias de asalto y sindicalistas han reprimido a un regimiento de artillería en la avenida Icària con barricadas hechas de bobinas de papel de prensa»; «Han parado un regimiento de artillería en Diputación y otro de infantería en la calle Wellington»; «La Guardia de Asalto les ha impedido entrar en Ciutat Vella»; «Los de la CNT se han hecho fuertes en la Rambla, Sants y Paralelo»; «Doscientos guardias de asalto han salido de las bocas del metro en plaza Cataluña y se han hecho con ella»; «Ochocientos guardias civiles han bajado por vía Laietana y se han puesto a las órdenes de Companys. Están yendo hacia la plaza Cataluña y Universidad»...

El humo dificultaba la visión en algunas calles. Desde hacía horas, África sujetaba su Star como si fuera una prolongación de su brazo. En una de las calles se toparon con varios milicianos que habían logrado hacerse con un puñado de armas y las estaban cargando en un camión. Ramón reconoció a un compañero de partido que había ingresado en el Ejército y que sabía lo que tenía entre las manos, al contrario que muchos de los milicianos que lo acompañaban. Le mostró orgulloso el interior del vehículo: varias carabinas tigre, fusiles de caza y Winchester, pistolas Mauser, bombas de mano, una ametralladora Hotchkiss de 7 milímetros modelo 1914 de fabricación nacional, «originalmente era de 8 milímetros, como las francesas, pero aquí la recalibramos para poder utilizar los cartuchos del Mauser de 1983 —le explicó—. Y mira lo que tengo aquí: una St. Étienne, una mejora de la ametralladora francesa Puteaux, complicada de manejar, y este fusil ametrallador Chauchat, que no sé de dónde lo habrán sacado, pero aquí ninguno sabe usarlo. Esta puede que sí: una Colt modelo 1914/15; esta ha venido de la guerra de África, seguro». Ramón logró hacerse con un fusil y varias armas que, después de realizar algunos disparos, entregó a los milicianos que seguían desarmados. Uno de ellos, prácticamente a gritos y con los ojos llorosos a causa del humo, fue quien le informó de la noticia que llevaban horas esperando:

—El general Goded acaba de arribar a Barcelona y se ha ido directo a Capitanía General. Lo han visto los compañeros que están en el paseo Colón. Ha llegado al puerto en un hidroavión desde Mallorca.

Al escuchar ese nombre, África se acordó de Luis y de su reacción del día anterior cuando escuchó en la radio la noticia del levantamiento militar en Melilla: «¡Joder! El puto Franco otra vez. Solo nos falta que aparezca el general Goded con toda la tropa como hicieron en el 34, y mañana mismo tenemos a los regulares y a la Legión en las calles». No había fallado en sus previsiones. Goded ya estaba allí. Se preguntó dónde estaría Luis. Llevaba todo el día con Ramón y no tenía noticias de él ni de Antonio. La voz chillona del informante la arrancó de sus cábalas:

—Al parecer, ha llamado al general Aranguren para que la Guardia Civil se una al golpe, y él le ha mandado a esparragar. Goded no lo ve nada claro. Es ahora o nunca, Ramón. O actuamos ahora o nos comen. Tu madre ya ha ido hacia allí con un grupo de hombres.

Ramón miró a África. Había cambio de planes.

—Si todavía quieres encontrarte con la Mercader, ya sabemos dónde hay que ir —dijo con una sonrisa.

Llegaron justo en el momento en el que un tremendo fogonazo se produjo en la plaza. Alguien gritó que un obús acababa de explotar en la puerta principal del edificio de Capitanía y que había muchos muertos en la calle. En realidad, fue el cañón que unos milicianos habían llevado para franquear la puerta. Ramón y África intentaron entrar en el edificio, pero se lo impidieron. «Tu madre está dentro», le informaron unos desconocidos, que parecían saber quién era. La tensión era máxima y la confusión todavía más. Se seguían escuchando explosiones y disparos. Nadie sabía qué estaba sucediendo dentro del inmueble. No podían imaginar que en ese instante un grupo de obreros y guardias de asalto accedía al despacho que Goded ocupaba desde hacía unas horas y sorprendía al general mientras este estudiaba las tácticas de combate inclinado sobre un plano de la ciudad de Barcelona. Unos minutos después, en el exterior del edificio alguien gritó algo señalando hacia uno de los balcones de la fachada principal. Acababan de colocar una bandera blanca. Fue la señal para que algunos intentaran acceder al inmueble mientras otros permanecían fuera, pidiendo a gritos la muerte de Goded. Ramón y África estaban entre los primeros, pero al llegar a la puerta, desistieron de hacerlo.

Una mujer de espesa cabellera blanca, vestida con un mono azul de miliciano, fusil al hombro y pistola en la mano, apareció liderando a un grupo de milicianos que sacaba a Goded del edificio. Era Caridad Mercader. Con un cigarrillo entre los labios, sin necesidad de utilizar los dedos para sujetarlo, reclamó calma a los presentes, que pedían a gritos la ejecución del general, y dio la orden de introducirlo en un coche. Se disponía a entrar en el vehículo cuando los vio.

—¡Casi os lo perdéis! —Les guiñó un ojo—. Nos lo llevamos ante Companys. Que nadie diga que somos unos salvajes. Nos vemos allí —gritó refiriéndose al palacio de la Generalitat como su destino inmediato.

Acto seguido, se sentó en el asiento del copiloto, se puso el fusil entre las rodillas, bajó el cristal de la ventanilla para poder sacar el brazo y alzó el puño, soliviantando a los presentes, que no tardaron en responder con una asonada de gritos y de vivas a la República.

—Ahí la tienes. —Ramón levantó el mentón al paso del vehículo en el que viajaba su madre con el general Goded, al que se le veía cabizbajo y completamente lívido—. La Mercader. Conociéndola como la conozco, dirá que ella sola reprimió la revuelta militar.

—De momento, si no llega a ser por ella, al general le matan aquí mismo.

—Si lo hubieran matado, mi madre no podría aparecer en los periódicos de mañana contando que evitó la ejecución del militar al mando de la sublevación en Barcelona. Y eso sí sería una torpeza. Si no vendes bien una victoria, es como si hubieras perdido la batalla.

Ramón estaba en lo cierto. Conocía bien a su madre y también cómo funcionaban los periódicos y los aparatos de propaganda. La imagen de Caridad Mercader apareció en varias fotografías publicadas en la revista francesa *L'Illustration*, en su número de agosto, con el titular «Caridad Mercader conduce a sus milicianos hacia el edificio de Correos», un texto en el que se narraba la épica de aquella mujer que había liderado a los revolucionarios en su asalto al edificio de Correos, más tarde a la Capitanía General y, un día después, al cuartel de las Atarazanas.

—¿Vamos? —preguntó África.

—¿Adónde? Allí ya no hacemos nada. —Ramón parecía tener planes distintos, que no estaban en dirección al palacio de la Generalitat—. ¿No eras tú la que decía que siempre estás donde debes estar? —preguntó con sorna—. Todavía quedan tres focos que apagar: hay una columna de caballería escondida en el convento de los Carmelitas Descalzos, en la Diagonal. Y otros dos en el cuartel de las Atarazanas, en el puerto, y el de San Andrés. Y este último es importante, no porque esté el 7.º Regimiento ligero de Artillería, sino porque hay armas que nos pueden venir muy bien.

África le miró. No se le notaba cansado después de horas pateando la ciudad, esquivando balas y cadáveres, disparando parapetado tras una barricada o desde la esquina de una calle. Ni siquiera su vestimenta, con algún rastro de suciedad pero no hecha jirones como el mono azul de Caridad, había perdido la compostura que provee la elegancia innata. Ella tampoco sentía el cansancio, aunque su vestido blanco estaba sombreado de manchas grises. De hecho, todavía le quedaban fuerzas para enfrentarse a lo que proponía el joven Mercader. Se disponía a hacerlo cuando la voz de una mujer los obligó a girarse.

—¡Ramón! —gritaba una joven que intentaba llamar su atención, mientras saludaba agitando de lado a lado una gorra de color verde—. ¡África! ¡Aquí! —Era Lena Imbert, sonriente, excitada y rebelde.

Ramón miró a África, y ella le regaló una sonrisa que enseguida tornó en un amago de carcajada.

—¿También conoces a Lena? —quiso saber él.

—¿A tu novia? Por supuesto. Por eso sé tantas cosas de ti.

—Bueno, «novia» es una palabra demasiado... burguesa.

Lena los alcanzó y lo primero que hizo fue darle un beso en la boca a Ramón, para lo que tuvo que ponerse de puntillas, debido a la pronunciada diferencia de estatura entre ambos. Estaba feliz, pletórica.

—¡Vaya día! Esto se lo contaremos a nuestros hijos. ¿Habéis visto a Fanny? La divisé encaminándose al puerto. Yo voy para allá. ¿Dónde habéis estado vosotros?

—Pregunta más bien dónde no hemos estado —dijo África y la abrazó.

De camino al cuartel de las Atarazanas, escucharon a Goded, a quien el presidente Companys había convencido para grabar un mensaje que se emitió en todas las radios del país. La voz del general sonaba quebrada, a pesar de que intentaba mantener la dignidad: «La suerte me ha sido adversa y he caído prisionero. Si queréis evitar que continúe el derramamiento de sangre, quedáis desligados del compromiso que teníais conmigo».

—¿Ves como no nos perdemos nada? —le dijo Ramón a África—. Las cosas importantes siempre se escuchan por la radio, algo que no parecían saber los militares rebeldes que se fueron muy rápido a Correos y a Telefónica y, sin embargo, se olvidaron de Radio Barcelona y Radio Associació. El pueblo escucha la radio, da lo mismo en qué país del mundo estés. No lo olvides nunca. Si quieres que se sepa algo, si quieres organizar algo realmente grande, usa una radio.

África no imaginó entonces el alcance profético de aquellas palabras.

5

Los vistosos carteles de la malograda Olimpiada Popular apenas podían verse durante los días posteriores. Lo impedía el humo de los incendios desatados en toda la ciudad. Todo era pasto de las llamas. Se quemaban conventos. Se quemaban muebles. Se quemaba documentación. Se quemaban fotografías. Se quemaban los archivos de los periódicos católicos y de derechas. Se quemaban los libros del Museo de la Diócesis en una gran hoguera levantada en la calle Consejo de Ciento. Se quemaban ropajes que pudieran dar demasiada información sobre sus propietarios. Se quemaban heridas de bala. Se quemaban los cadáveres de los caballos y los mulos muertos que, después de ser rociados con gasolina y prendidos fuego, dejaban un olor nauseabundo en el aire. Se quemaban los cuerpos que se acumulaban en los hospitales, en las avenidas, en las tapias de los cementerios, que no daban abasto para darles sepultura. Alguien había dicho en la radio que el fuego purificaba, y todos ambicionaban purgarse con celeridad para sentirse limpios, carcomidos por las prisas, como si a las puertas del infierno alguien pretendiera expiar sus pecados. Quizá eso explicaba la escena que África observó a escasos metros de su casa, cuando una mujer, espoleada por la urgencia, pasó junto a una hoguera alzando el puño izquierdo, al tiempo que se santiguaba con la mano derecha. En Barcelona, en aquel momento, si se quería sobrevivir, había que estar en todo, especialmente en los detalles.

Al cielo alguien le había colocado una funda gris plomo para que se pareciese al de las cuencas mineras asturianas. Pero cuando los primeros vientos de la guerra civil llegaron para llevarse las nubes del humo incendiario, que todavía traían el olor a pólvora y sangre de la última victoria sobre los militares rebeldes en el cuartel de las Atarazanas, otra ciudad nacía de las cenizas y de las grietas, con forma de cicatrices hipertróficas causadas por las armas.

La revolución había llegado y tenía sus propios códigos. Los colores negro y rojo tomaron las calles. Rojos y negros eran los gorros de los milicianos que empezaron a venderse en las tiendas y en los puestos de las Ramblas. Un mar de banderas rojas y negras inundaba Barcelona, la enseña libertaria y anarquista. Desde los taxis hasta las bicicletas, pasando por los tranvías y las motos, todo lucía la insignia rojinegra. Los limpiabotas pintaron de rojo y negro sus cajas de zapatero, los vendedores de lotería hicieron lo propio con las maderas donde prendían los décimos, y los floristas se esmeraban en confeccionar las coronas de flores trenzadas con llamativas cintas rojas y negras. Hubo quien se quejó por la elección cromática: «¿Los mismos colores de la Falange? ¿No había otros?». Si un recién llegado no entendía la metamorfosis de la ciudad, los carteles colgados en los establecimientos y en los vehículos se lo explicaban: «La revolución ha roto nuestras cadenas», «Abajo el militarismo». No eran los únicos anuncios encargados de contar la historia que empezaba a escribirse. En los negocios como barberías o cafeterías se aclaraba negro sobre blanco que no se admitían propinas, que eran servicios socializados, que todos eran iguales y que el hablar de usted al cliente no tenía más recorrido. «Ya no somos esclavos», remarcaban las leyendas de los carteles. Todos eran iguales, todos eran camaradas. En los cabarets y salas de fiesta aparecieron pasquines que informaban de las consecuencias de la asistencia a estos lugares: «El baile es la antesala del prostíbulo», «La taberna debilita el carácter y degenera el espíritu. Cerrémoslos». En las fachadas de los edificios aparecían pintadas tan diversas como «Las milicias te necesitan», «¡Todos al frente!» y otras algo más explícitas como «Camaradas prostitutas, cambien de profesión». Las carrocerías de los coches también lucían las siglas de los principales partidos revolucionarios y sindicatos como CNT, UGT o FAI, que resaltaban escritas con pintura blanca sobre la chapa negra; en algunos también habían escrito «¡Tomaremos Zaragoza!» o «¡Vamos a Huesca!». En las paredes habían dibujado la hoz y el martillo, y las calles se llenaban con pancartas donde se leía «Vencer o morir». Todo parecía cuestión de vida o muerte. Y se diría que todo el mundo buscaba dejar escritas sus intenciones y las del prójimo.

El presidente de la Generalitat no fue una excepción en ese afán, y el 21 de julio firmó un decreto para la creación del Cuerpo de Milicias Ciudadanas, un organismo formado por representantes de los principales partidos de izquierda y de los sindicatos, como una forma de reconocimiento a la labor de las milicias obreras durante la represión militar. Serían estas milicias ciudadanas, civiles pero con responsabilidad militar, policial y de seguridad, las encargadas de mantener el orden, de luchar contra el fascismo y de defender la República. Por parte de la UGT, Antonio López Raimundo ocupó un cargo importante en ellas y ofreció a África un puesto de responsabilidad en las Patrullas de Control. Estas tenían una manera clara de proceder, al menos sobre el papel: habían dividido la ciudad en once secciones, y tres más que actuaban de forma independiente: las patrullas del puerto, las ferroviarias y los centros de investigación de la CNT. Todas constaban de cuartel y centro de detención que, en realidad, eran cárceles donde los detenidos solían entrar con vida y salir sin ella.

La labor de África consistía en patrullar las calles de la metrópoli, realizar registros en casas y locales, y detener a ciudadanos sospechosos de amparar alguna actividad contraria a la República. Un trabajo que parecía hecho a su medida, unos parámetros cada vez más inclinados hacia la revolución y la ideología comunista. Desde hacía un tiempo, tanto a ella como a Luis —que seguían juntos pese a que sus respectivos compromisos políticos apenas les permitían verse—, el socialismo se les había quedado pequeño y empezaron a abrazar con fuerza el ideario comunista. Fruto de esa conversión, la joven ceutí pasó a pertenecer al recién creado Partido Socialista Unificado de Cataluña, el PSUC, que agrupaba en su seno diferentes formaciones de izquierda catalanas y se alineaba abiertamente con el comunismo soviético inherente a la Tercera Internacional. Por esa razón, Antonio pensó que África sería una candidata perfecta para integrar las Patrullas de Control. Ni ella ni Luis podían imaginar hasta qué punto aquel ofrecimiento iba a cambiarle la vida.

La alegría por su nueva responsabilidad se vio interrumpida abruptamente con una noticia que les heló la sangre, por inesperada y por tocarlos tan de cerca: la muerte de Antonio López Raimundo en un control de tráfico en Zaidín, cuando se dirigía a Huesca. Les dijeron que tuvo un accidente de coche, quizá debido a un disparo incontrolado. La muerte de un revolucionario siempre venía envuelta en un halo de misterio, en parte por la narrativa épica que solía acompañarla. Su muerte no afectó a la participación de África en las milicias urbanas. Al contrario, su buen hacer y su dedicación a ellas, sin importarle la dureza del trabajo ni el tiempo empleado, la hicieron ascender rápidamente en el escalafón de las Patrullas de Control; pasó a dirigir, junto a Rafael Nevado, sindicalista de la CNT, la sección de Denuncias e Investigaciones que, con la sección de Vigilancia de los Registros y Reclamaciones, eran los puestos más importantes y también los más exigentes. En sus manos estaba la admisión de las denuncias presentadas contra ciudadanos que podían ser arrestados, encarcelados y, la mayoría de las veces, condenados a muerte en un juicio sumarísimo. A ella no le asustaba nada, y mucho menos la responsabilidad de mantener el «orden revolucionario», como definían los milicianos su labor al frente de las patrullas. Había convertido en lema las palabras que escuchó en las cuencas mineras: «Un buen revolucionario no se detiene ante nada».

Le gustaba la historia que estaba empezando a escribir, tanto como pasear por las Ramblas y escuchar los himnos revolucionarios que salían de los altavoces colocados en los árboles: «La Internacional», «A las barricadas», el «Himno de Riego», «Els segadors»... Vestida con un mono azul que le había regalado Caridad Mercader, con la que cada vez era más habitual verla, recorría las calles de Barcelona. Aquel atuendo no distaba mucho de la nueva vestimenta que podía atisbarse en las calles. La revolución y la lucha antifascista no casaban bien con los trajes de tres piezas. La publicación de un artículo en el periódico *Solidaridad Obrera* contra los sombreros y las corbatas recordaba que el uso de estas prendas, en especial del sombrero, estaba unido a los «piratas, bucaneros, príncipes, señoritos y curas», y que ninguno de ellos escribiría ninguna página del libro de la revolución. El editorial iba más allá, y muchos recogieron el guante lanzado por el periódico para proponer a los burgueses que usaran la corbata como un medio eficaz para ahorcarse. Las calles se llenaron de boinas o, en su defecto, gorros rojinegros, que solían ir acompañados de un pañuelo del mismo color o completamente rojo anudado al cuello.

África prefería utilizar la boina. Le gustaba pensar que era un homenaje a Aida, a «la Libertaria asturiana» que conoció en una calle de Oviedo pegando carteles y a quien asesinó uno de los hombres del capitán Arbat, el teniente Dmitri Ivanov. Se preguntaba qué hacía un ruso blanco en las tropas de la Legión reprimiendo la revolución obrera en Asturias y matando niñas. No fue la única persona a quien mató. Casi un año más tarde de la muerte de Aida, en agosto de 1935, supo que al legionario ruso lo estaban juzgando por asesinar en una comisaría de Oviedo al periodista Luis de Sirval, que se atrevió a contar cómo aquel teniente había acabado con la chica. Salió prácticamente airoso de aquel juicio, pero ella confiaba en que, antes o después, la justicia revolucionaria caería sobre él. De momento, su boina ladeada, como le había enseñado a ponérsela Aida, iba por la joven De la Fuente. Era mucho más que un gesto, algo más que un símbolo. La revolución, como la República, requería de insignias y emblemas para ser vista y que los vientos sediciosos no se diluyesen ante la aparición de las primeras nubes.

Uno de los distintivos fue el fusil al hombro que, junto al mono azul de miliciano y la boina rojinegra, se popularizó rápidamente. Aupados por la legitimidad que parecían dar los editoriales de algunos periódicos —como el anarquista *Solidaridad Obrera*, que afirmaba sin tapujos que «las armas son la garantía de respeto absoluto a una individualidad»— o las octavillas publicadas por la CNT de Barcelona —en las que se podía leer: «Obrero, organízate en milicias. No abandones el fusil ni la munición, no pierdas contacto con tu sindicato. Tu vida y tu libertad está en tus manos»—, los ciudadanos convirtieron el fusil en una parte más de su anatomía. No era extraño ver a los organilleros callejeros tocando «Els segadors» y «Fills del poble» con su fusil a la espalda; a las dependientas de establecimientos textiles subidas a sus zapatos de tacón mientras se ajustaban el arma y el bolso; a los hombres que entraban armados en los cines o los teatros con sus mujeres o novias del brazo, y a los clientes de bares y restaurantes que apoyaban el fusil en la mesa mientras disfrutaban de su consumición. La mayoría de ellos no sabía cómo se cargaba o desmontaba, ni siquiera habían disparado en su vida ni lo habían limpiado nunca. Se trataba de llevarlo para reivindicar una identidad. Era una puesta en escena perfecta. Los revolucionarios conocían la importancia de una imagen, sobre todo si se quería vender un mensaje que entendiesen fuera. Un retrato bonito e impactante vendía, y por eso los fotógrafos de medios extranjeros encontraron una mina de oro en las jóvenes revolucionarias hermosas, vestidas con el mono azul de milicianas, con el fusil al hombro y desprovistas de cualquier adorno o atavío que tan solo unos días antes habría sido casi imprescindible, como maquillaje, medias, abrigos, joyas, guantes, sombreros... Y si sonreían a cámara, mucho mejor, porque eso implicaba que lo hacían convencidas, que la nueva mujer, como la nueva sociedad, era feminista y obrera. No importaba la verdadera historia que se escondiera detrás de esa sonrisa, de esos ojos abiertos con mirada incendiaria y de ese rostro iluminado por la excitación. Esa era la imagen de la República. Ese era el retrato del fervor revolucionario que había derrotado a la sublevación militar sucedida a mediados de julio en España, y que estaba convencido de conseguir la victoria en su batalla contra el fascismo y las tropas contrarias a la República.

África reía a carcajadas cada vez que su compañera Marina Ginestà le contaba cómo el fotógrafo alemán Hans Gutmann le había hecho una foto en la azotea del hotel Colón, tres días después del alzamiento. Marina tenía solo diecisiete años. En la jornada del 19 de julio, durante la represión miliciana contra los militares rebeldes, ni siquiera había disparado, no como Caridad Mercader o Lena Imbert, a las que vieron parapetadas frente al cuartel de las Atarazanas el día 20. En realidad, Marina disparó una vez con el Remington de una compañera, aunque lo hizo de manera fortuita, un tiro perdido que casi hirió a un miliciano. «Pero el pesado de Juan Guzmán —que era como se hacía llamar en España el fotógrafo alemán— se empeñó en hacerme la foto. Tardamos un buen rato. Ya te digo que el fusil ni siquiera era mío. Alguien me lo dejó y me dijo que debía devolverlo cuando acabara la sesión de fotos. Y como mi proeza con el Remington debió de llegar a sus oídos, me lo entregaron sin munición. Ni siquiera he visto la fotografía, nadie me la ha enseñado. Pero seguro que es una buena foto», decía Marina, convencida de que había valido la pena. Todo por la República. Todo por la revolución. Ella, como todos, sabía que una imagen decía mucho más de lo que podían apuntar las palabras y actuaba mucho más rápido que ellas.

La imagen de África era la perfecta de la mujer miliciana, y así lucía aquella mañana de agosto de 1936 cuando salió de casa rumbo al hotel Colón, donde había quedado con Caridad. La Mercader le había pedido que la acompañara a unos grandes almacenes para recoger diversa ropa de cama que necesitaban en los hospitales, donde la atención a los heridos era cada vez más problemática ante la falta no solo de medicinas, sino de los productos más básicos, desde las sábanas y las mantas hasta los colchones y las almohadas. Era algo habitual —al menos para Caridad— acudir a tiendas o a casas particulares para que donaran ropa, muebles o comida. Nadie se negaba, bien porque no podían o porque no querían. Al contrario, muchos de ellos remarcaban su condición revolucionaria, fuera o no cierta, en cuanto reconocían a la mujer del pelo blanco que llamaba a su puerta o franqueaba la entrada de los almacenes. Esa fue la práctica que utilizó Caridad el día que se dirigió al barrio de Sant Gervasi, donde tantos años había vivido de recién casada cuando era una más de la burguesía catalana, para confiscar el colegio del Sagrado Corazón en el que había estudiado de pequeña y ponerlo a disposición del Partido Socialista Unificado de Cataluña. Y no fue el único edificio que ocupó en nombre de la revolución. Disfrutó sobre todo el día que entró con Ramón en un palacete del paseo de la Bonanova, propiedad de un pariente que siempre la había tratado con desprecio, y más desde que Caridad fue ingresada por decisión familiar y con el consentimiento de su marido en el centro psiquiátrico de la Nueva Belén. Tres meses de tratamientos médicos intensivos en los que desarrolló una fuerte adicción a los fármacos, especialmente a la morfina y a la heroína, aunque, al igual que el desapego familiar, esa dependencia era anterior al ingreso en el centro, cuando Caridad pasaba las noches en lugares problemáticos, cercanos al puerto, al Raval o al Barrio Chino, donde conoció a personas que le descubrieron las ideas anarquistas y con las que dilapidaba la fortuna familiar y organizaba huelgas y actos de sabotaje contra los negocios de su propia estirpe. Al salir del centro psiquiátrico, decidió romper de una vez por todas con sus raíces y huir a Francia con sus hijos para empezar una nueva vida. Una década más tarde, volvió a entrar en el palacete, pero esta vez para ponerlo a disposición de la causa revolucionaria y del Partido, y convertirlo en su vivienda. En el caso de Caridad Mercader, en ocasiones la revolución mudaba en un ajuste de cuentas particular largamente ambicionado. Y no tenía problemas en reconocerlo cuando alguien, aunque fuera su propio hijo, se atrevía a echárselo en cara.

África se encaminó a pie a la plaza de Cataluña. Hacía una temperatura agradable, a esa hora de la mañana todavía no apretaba el sol. No tenía prisa; hasta bien entrada la tarde, casi acariciando la noche, no debía acudir a la tercera planta del Club Náutico para rendir cuentas en el departamento de Denuncias e Investigaciones. Le apetecía caminar a plena luz del día y comprobar el pulso de la calle, mezclarse con la gente, observar los escaparates de las tiendas donde los vestidos de fiesta y los artículos de lujo, deporte u otras aficiones habían sido desterrados por prendas y objetos más próximos a los uniformes militares, policiales o de inspiración guerrillera, como los monos azules, las pellizas de cuero, los cuchillos de caza, los pantalones de campaña, las botas de soldado, las fundas de revólver, los cinturones Sam Browne, las cantimploras o las cazadoras de cremalleras propias del vestuario de los patrulleros. Desde hacía un tiempo, su trabajo la obligaba a salir por las noches, que era cuando más actividad había en su departamento. Pensó en tomarse un café con hielo y una rodaja de limón —Ramón estaba en lo cierto: quitaba la sed para todo el día— en una cafetería de la calle, pero prefirió tomárselo ya en el Colón. Allí, el café no era tan bueno como en el hotel Continental, pero se podía beber. Seguramente ahí se encontraría con algún conocido de las Juventudes Socialistas Unidas o del Partido, que se habían convertido en habituales del establecimiento desde que desaparecieron los turistas extranjeros. Quedaba algún huésped foráneo, pero todos relacionados con la prensa internacional, la política o algún escritor excéntrico a la caza de una historia que vender a su editor; en el Colón, la mayoría estaba de paso o en busca de algún contacto, ya que preferían alojarse en el Continental.

Mientras se cruzaba con camiones forrados con planchas de hierro en las principales avenidas de la ciudad y con columnas de voluntarios que marchaban al frente de Aragón, escuchó que alguien le gritaba el nuevo saludo revolucionario que había desterrado el «buenos días» del vocabulario callejero.

—¡Salud!

Era Ramón Mercader, que avanzaba al volante de un Hispano Suiza, excesivamente llamativo para un hombre que, por atractivo y distinguido que fuera, iba con el uniforme miliciano. Ambos conceptos se repelían, pero la revolución les permitía convivir. Aunque en realidad coche y conductor respondían al mismo perfil: elegante, fiable y deportivo.

—¿A quién se lo has quitado? —preguntó divertida, sin dejar de andar; no quería mostrar demasiado interés.

—Los revolucionarios no quitamos, confiscamos —puntualizó él.

Acababa de explicar con pocas palabras el sistema de expropiación asentado en la ciudad por el que los coches particulares pasaban a ser servicios socializados. Lo cierto es que no lo eran y solían caer en manos de representantes políticos o milicianos con buenos contactos que, sentados al volante, se paseaban por Barcelona al grito de «Hay que abolir el código de la circulación». Lo que las manos de Ramón sabían manejar eran las armas, no los vehículos que ellos mismos calificaban de burgueses.

—¿Y bien? —reclamó África una respuesta; su nuevo trabajo le permitía exigirlas cuando formulaba una pregunta.

—Al consulado belga. Ellos ya no lo necesitan —dijo, mientras se recolocaba la pistola Winchester en el cinturón—. Pero al chófer no le he dejado sin trabajo; solo le he dicho que esta mañana me apetecía conducir. Si quieres, te acerco.

—¿Acaso sabes dónde voy?

—Me temo que al mismo lugar que yo. Aunque por poco tiempo...

La confesión de Ramón detuvo los pasos de ella y el Hispano Suiza se frenó a su lado.

—Me voy al frente —aclaró él—. Parto en unas horas. Quizá deberíamos despedirnos como corresponde.

A los pocos minutos llegaban al hotel Colón, un inmueble grande en la esquina del paseo de Gracia y la plaza de Cataluña, en cuya fachada habían colocado dos grandes retratos: uno de Lenin y otro de Stalin. Al entrar, las plantas del edificio parecían haberse quedado pequeñas para alojar la marabunta que rugía en su interior, como una improvisada Torre de Babel en continua actividad: el ir y venir de los miembros de diferentes partidos políticos de izquierda y de formaciones sindicales era continuo; los ascensores se abrían para que subieran y bajaran los participantes en las reuniones clandestinas celebradas en las plantas superiores; periodistas y fotógrafos ocupaban las escaleras con improvisados debates, inflando noticias, silenciando sucesos, destripando complots, buscando la historia que los catapultara a la primera página de sus periódicos; la recepción se llenaba con los comisionados; los sillones del bar acogían el nacimiento de conspiraciones y acuerdos secretos; el vestíbulo era un tránsito incesante de miembros de las delegaciones nacionales e internacionales; por los pasillos circulaban espías, milicianos, detenidos y revolucionarios, cuyas miradas se entrecruzaban con el mismo misterio y solemnidad de quien guarda un secreto. El sonido de las diferentes lenguas se mezclaba con los gritos de las comandas de los clientes y los camareros que transitaban por las distintas estancias del hotel llevando comida, periódicos, cigarrillos, bebidas, cajas de munición, telegramas o avisos telefónicos, con los saludos de viejos y nuevos camaradas, con el ruido de las armas al ponerlas sobre la mesa... Los intestinos del hotel Colón se asemejaban más a los de un caballo de Troya, construido no ya con la madera que emplearon los griegos, sino con ladrillo, piedra y cemento, que muchos utilizaban para introducirse en el corazón de una ciudad en guerra y obtener rédito de una ebullición en la que nadie se fiaba de nadie porque nadie era quien parecía ser. En aquella particular puesta en escena, faltaba por saber quién era el astuto Ulises que ordenó construir el caballo y lideró a los aqueos escondidos en su interior, quién el artista carpintero Epeo que lo construyó, y quién el espía Sinón que convenció con artimañas a los troyanos de que el caballo de madera era una ofrenda de paz. La odisea empezaba a tomar forma en el interior del Colón.

—¿Irás a verme? —preguntó Ramón, mientras acomodaba su silla alrededor de una de las mesas, que estaba libre.

—¿Al frente? —replicó África, al tiempo que buscaba la atención de algún camarero, que a esas horas ya andaban inmersos en una carrera de obstáculos.

—¡Vamos! Tú no eres de esas mujeres que se asustan. Te he visto en acción y he oído lo que cuentan otros que también te han visto actuar por la noche, en esas Patrullas de Control que te están convirtiendo en una leyenda. —Ramón calló unos segundos, y ella lo miró por un instante con el misterio que la caracterizaba—. No eres de esas que obedecen cuando se va a abrir fuego y se oye el grito de «Hombres al frente, mujeres a la retaguardia». Tú te lanzas y vas de cabeza. Lo sé. Eres más de primera línea.

—¿Como tu novia? —preguntó irónica y satisfecha tras lograr la mirada afirmativa del camarero.

—Sigues siendo burguesa a la hora de definir contextos y circunstancias.

—Me lo dice el hombre que conduce un Hispano Suiza, que es el capitán del equipo olímpico de equitación, que lleva diez minutos refunfuñando porque aquí no hay cigarrillos franceses como los que venden en el Continental, y que ha pasado cinco minutos acariciando a un galgo melenudo en la puerta del hotel porque le recordaba a los que tenía de pequeño en la casa familiar y se llevaba a veranear a Sant Feliu de Guíxols... Y yo soy la burguesa definiendo contextos. Todo muy lógico.

—Bienvenida a la revolución. —Ramón sonrió—. Pero no era un galgo, era un borzoi, y si con lo de «novia» te refieres a Lena, con ella nunca se sabe. La Imbert lo mismo sube que baja, viene que va.

—Bienvenido a la revolución —lo imitó ella.

—¿Qué ha sido de aquello de estar siempre donde hay que estar?

África dejó de escucharle cuando sus ojos se encontraron con los de Luis Pérez García-Lago. Apenas los separaban unos metros. Salía de un ascensor y, al advertir que su compañera reclamaba su atención con el brazo, sonrió, se despidió de su grupo y se acercó a ella. Le notó cansado, no tanto física como anímicamente.

—Creía que estabas recogiendo ropa para los hospitales en los grandes almacenes —dijo Luis después de saludar a Ramón, que sabía ser tan encantador con hombres como con mujeres; o al menos lo aparentaba.

—Estoy esperando a Caridad, pero aún no ha llegado —respondió, mientras repasaba de nuevo el interior del hotel.

En aquel instante apareció en el vestíbulo una vieja conocida de todos.

—¡Marina! —gritó África al ver a Marina Ginestà apoyada en el mostrador de recepción. Preguntaba algo al conserje sin siquiera mirarle, mientras buscaba con la mirada a alguien a quien, por su expresión, no encontraba.

Al verla, Marina sonrió abiertamente, como a buen seguro habría hecho unas semanas antes en la azotea de aquel mismo hotel. La sonrisa se acrecentó al divisar a Ramón, y África intuyó que, en algún momento, el joven Mercader también había invitado a Marina a que fuera a verle al frente. Junto al Continental, el hotel Colón era la mayor fábrica de rumores de Barcelona, y algunas de esas murmuraciones hablaban de un tonteo amoroso entre ambos que Caridad se encargó de entorpecer. A la Mercader no le gustaba la joven traductora para su hijo, quizá porque había nacido en Toulouse y aquella ciudad no le traía buenos recuerdos, entre ellos, una acusación de envenenamiento a unos comensales del restaurante donde trabajaba y un intento de suicidio, aunque ella siempre había mantenido que solo tomó digitalina, una toxina extraída de la planta dedalera que antiguamente se consideraba beneficiosa para curar resfriados, ralentizar el pulso o tratar la epilepsia. Quizá a Caridad no le agradaba Marina porque cada vez que la miraba se encontraba a la muchacha que había mamado el socialismo catalán y el sindicalismo agitador desde la cuna, con una madre comunista imbuida en el espíritu de la revolución, un padre dueño de una modesta sastrería en el pasaje de Lluís Pellicer y secretario general de la UGT, y una abuela feminista y anticlerical, Micaela Chalmeta, que solía frecuentar la compañía de Andreu Nin, cofundador del POUM (Partido Obrero de Unificación

Marxista) y secretario de León Trotski en Moscú. Puede que por ahí viniera la animadversión de la Mercader hacia Marina.

—¿Y la foto de la azotea? ¿Has podido verla ya o el alemán no te la va a enseñar nunca? —le preguntó África mientras le hacía un sitio en su butaca.

—La única foto que he visto es la de esos dos —contestó Marina, con un gesto hacia los retratos de Stalin y Lenin que colgaban de la fachada del hotel. Se aproximó a sus compañeros, bajando la voz de forma un tanto teatrera—: Últimamente, solo veo rusos. De hecho, he quedado aquí con Mijaíl Koltsov, el corresponsal del *Pravda*. Nos vamos a Bujaraloz, a Zaragoza, donde ha quedado con Durruti. Creo que tú sabes algo de eso —se dirigió a Luis García-Lago, que asintió con la cabeza.

Hacía poco que él había asistido a una reunión celebrada en un taller de Pueblo Nuevo, en la que el sindicalista de la CNT y revolucionario anarquista Buenaventura Durruti pronunció una frase que se le quedó grabada a fuego: «Tenemos los hombres, la fuerza y la organización pero nos falta lo más importante: las armas. ¿Cómo queréis hacer el trabajo sin herramientas, la revolución sin armas?».

Los ojos de Marina seguían buscando al corresponsal del diario *Pravda*, seguramente para no tener que encontrarse con la mirada de Ramón, que conseguía intimidarla.

—Haz el favor de traducir bien, no vaya a ser que alguien haga una mala interpretación y la liemos —dijo con sorna Ramón, que acompañó con un guiño su comentario—. Una palabra mal traducida puede desatar una guerra. O acabar con ella.

—¿Sabéis lo que piensa Stalin sobre España y la guerra civil? —anunció África mirando fugazmente a Ramón, que había sido el autor de la confidencia. A él se lo había mentado su madre, cuya relación con los emisarios soviéticos era más que conocida. Todos la miraron expectantes—: Que liberar a España de la opresión de los reaccionarios fascistas no es un asunto privado de los españoles, sino la causa de toda la humanidad avanzada y progresista. Y quien me lo ha contado asegura que no tardará en decirlo públicamente.

—Sé lo que ha dicho el ministro de Información y Propaganda nazi, Joseph Goebbels: «Los nacionalistas avanzan. Esperemos que continúen así. Deberíamos poder hacerles llegar armas por arte de magia» —comentó Luis; lo había oído en la reunión de esa misma mañana en el Colón—. Y esa *magia* me preocupa, porque Alemania e Italia no dejan de ayudar a las tropas de Franco y nosotros estamos a dos velas por culpa del maldito Comité de No Intervención, solo porque Francia y Reino Unido no quieren proporcionarnos ayuda para defendernos y acabar con el fascismo. Un engendro hipócrita al que los soviéticos no se han opuesto. Aunque parece que su opinión podría cambiar en breve. Por lo visto, hay contactos. De ahí que Marina vea tantos rusos... —dijo, provocando una nueva sonrisa de la aludida.

—¿Cómo puede uno mantenerse neutral o al margen cuando se trata de luchar contra el fascismo? —preguntó África—. Por mi parte, bienvenidos sean los rusos si lo hacen con las manos llenas de armas. O nos ayudan, o tenemos a los franquistas a las puertas de Madrid en noviembre. Y aquí en Barcelona no tardarán en llegar.

—De Stalin sabe más el amigo de Marina —intervino Ramón.

Muchos señalaban a Koltsov como un agente de la Unión Soviética, el verdadero hombre del Kremlin en España. Era habitual verle por la ciudad, en los hoteles, en las sedes de los partidos, en los despachos de la Generalitat, hablando con distintos representantes bajo la impecable tapadera de un periodista que cubría la Guerra Civil en España. Sus artículos, junto a los de su colega Ilya Ehrenburg, corresponsal de *Izvestia*, mantenían informado al pueblo ruso y, según la rumorología, en el caso de Koltsov, al propio Stalin.

—Koltsov es un buen hombre —aseguró Marina—. Es bajito, feo, miope a más no poder y con los dientes amarillos de tanto cigarro, pero es encantador, interesante y algunas mujeres caen rendidas ante él. Os lo digo porque lo he visto. Entiéndelo, Ramón: para guapo tú, pero la belleza no lo es todo. Es un buen periodista y siempre que puede hacerte un favor, lo hace sin pedir nada a cambio. Y su mujer, Lisa, es igual de encantadora. Cuando vamos a su casa en la calle San Gervasio, en ese chalet que confiscó el Ministerio de Propaganda, siempre nos regala pastillas de jabón con olor a fresa y a vainilla, cajas de frutas secas y esas golosinas rusas que no recuerdo cómo se llaman pero que están buenísimas y te quitan el hambre, aunque algunas huelan igual que los jabones —rio, contagiando con su risa al resto, que siempre se dejaba llevar por su alegría y optimismo, daba igual de lo que hablara.

—Ya, mucha golosina, mucho jabón, pero de Stalin no te habla. —Ramón solo había sonreído al oír que su compañera lo tachaba de guapo.

Marina se disponía a contestarle, pero desistió de hacerlo cuando vio a Caridad entrar en el hotel. Sabía que no era del agrado de esa mujer, aunque no le importaba.

—Aquí estáis —dijo la Mercader, que venía acompañada de un par de hombres de aspecto soviético.

—¿Veis lo que os decía? Salen de debajo de las piedras —susurró Marina, antes de saludar a Caridad y desaparecer rápidamente junto a Koltsov, que también entraba en el vestíbulo en ese instante con su tic habitual. El corresponsal del *Pravda* tenía la costumbre de palparse los bolsillos en busca de bolígrafos, papeles o algún cuaderno para, definitivamente, no dar con lo buscado.

—Al final, he ido yo sola a los almacenes —comentó la Mercader a modo de explicación, aunque nadie le había preguntado—. Me encontré con Pedro y se ofreció a ayudarme. Hemos conseguido más de lo que pensaba.

Pedro era en realidad Erno Gerö, nacido Ernst Moritsovich Gere, de nacionalidad húngara, delegado de la Tercera Internacional, la célebre Komintern, y responsable del NKVD en Cataluña. Pronto ocuparía un despacho en La Pedrera, edificio confiscado por el PSUC, desde donde se encargaría de organizar las temidas checas en Barcelona. Con él venía otro hombre, mucho más atractivo y simpático, con una pequeña cicatriz en la barbilla y una leve cojera en la pierna izquierda, casi inapreciable; todos la tomaban por una reciente herida de guerra, pero no era tan reciente: lo acompañaba desde 1921, cuando dirigía la Cheká (antecesora del NKVD y del posterior KGB) en Gómel, Bielorrusia, su país natal, aunque cuando estaba entre amigos le gustaba decir que la herida se la hizo durante el ataque a la embajada soviética de Shanghái en 1927, del que fue el único superviviente. La biografía de un agente soviético no siempre coincidía con la realidad, aunque tuviera apariencia de veracidad. La Mercader lo presentó como Pablo; pudo haberle presentado como Tom, Pierre o general Kotov, aunque su verdadero nombre era Leonid Eitingon, jefe del NKVD en Barcelona, responsable de las operaciones de sabotaje y espionaje en la retaguardia franquista y del entrenamiento de las guerrillas. Ambos hombres eran mucho más de lo que sus credenciales y la somera introducción de la Mercader daban a entender. Y todavía faltaba un tercero: el máximo responsable de las operaciones del NKVD en España, el general Aleksandr Orlov.

—¿De qué hablabais, que os veía muy alterados? —quiso saber Caridad.

—De la patria de Pedro —apuntó África—. Y de la de Pablo.

—Y de cómo nos gustaría que los soviéticos no nos dejaran solos, ya que el resto del mundo piensa que, más que una lucha contra los fascistas, en España estamos organizando una especie de revolución bolchevique como la de 1917 —señaló Luis.

—Veo que no conocéis la noticia... —comentó el hombre al que habían presentado como Pablo, sin abandonar en ningún momento la sonrisa—. España y la Unión Soviética van a establecer relaciones diplomáticas. El Politburó ha aprobado abrir a finales de este mes una embajada en España, en Madrid. Orlov viajará pronto hasta allí, desde Moscú. —Calló que lo haría bajo la tapadera de agregado—. Y ya han designado embajador: Marcel Rosenberg.

—¿Y en Cataluña? ¿No van a enviar a nadie a Barcelona? —preguntó Ramón.

—Sí. Y no a cualquiera. En unas semanas llegará Vladímir Antónov-Ovséyenko, que, por si no lo sabéis, fue...

—... el hombre que lideró el asalto al Palacio de Invierno del zar durante la revolución de 1917. —África terminó la frase por él. Su rápida contestación sorprendió gratamente al soviético—. Todo un símbolo.

—Te veo bien informada —dijo Erno Gerö, mientras su mirada se desviaba a la página en la que la joven había dejado abierto el periódico.

La noticia del diario informaba del juicio celebrado en Moscú en el que Kámenev y Zinóviev —dos importantes bolcheviques que habían jugado un papel determinante en la Revolución de Octubre— habían sido condenados a muerte. A ellos y a otros catorce miembros de lo que Stalin llamaba Centro Terrorista Trotski-Zinóviev se los acusaba de ser enemigos del pueblo, de colaborar con las naciones occidentales para denigrar a la Unión Soviética, de conspirar para asesinar a Stalin, de intentar restaurar el capitalismo en el país y de planear el asesinato del miembro del Politburó y líder del Partido en Leningrado, Serguéi Kírov, sucedido el 1 de diciembre de 1934 y que dio pie a Stalin para iniciar una purga en el Partido, en el Gobierno y en el Ejército Rojo.

—Me gusta estarlo —replicó África—. Si pretendes ser un buen revolucionario, qué menos que conocer la historia de la mayor patria de la revolución.

—¿Y vosotros cómo sabéis todo esto? —quiso saber Ramón.

—Porque formamos parte de esa delegación consular. Si todo sale bien, y no hay razón para que salga mal si a todos nos mueven los mismos ideales, yo seré su asesor en cuanto se establezcan en Barcelona —comentó Pedro, el agente Erno Gerö.

El bullicio en el Colón iba *in crescendo* conforme pasaba la mañana. A África el vestíbulo le recordó a una estación de tren: encuentros, despedidas, maletas, conversaciones, bultos, presencias misteriosas, fajos de periódicos que pasan de mano en mano... Dos niños corrían por el *lobby* inmersos en algún juego infantil; probablemente el tula, a juzgar por cómo uno de ellos intentaba atrapar a los demás jugadores para tocarles con la mano, darlos por cazados e ir a por nuevas presas: «Tú la das, tú la llevas, dásela a quien más quieras». La cantinela infantil daba forma a la hoja de ruta de sus próximos pasos como revolucionaria y guerrillera, el perfecto manual del buen espía que parecía escrito en el corazón de la Lubianka. Al verlos, la mirada de África se perdió en un punto infinito del *hall*. El vagón de la memoria la situó de nuevo en el andén de la estación donde había visto por última vez al capitán Arbat en octubre de 1934, y retrocedió algunas paradas más para encontrarse con el recuerdo de su hijo Julián. Por un instante, le sobrevino el olor a colonia que desprendía su cuerpo tras el baño, los primeros balbuceos, la suavidad de su piel... Se obligaba a no pensar en él, a rehuir su memoria, que solo servía para recordarle una vida demasiado lejana y un dolor que le hacía demasiado daño.

Tampoco había comentado con nadie, ni siquiera con Luis, la muerte de su adorado tío Julián, asesinado de tres disparos la madrugada del 11 de abril de ese 1936 en la calle de Canalejas de Ceuta, en circunstancias que nadie había podido esclarecer, lo que sembró los rumores sobre una posible reyerta por celos, una venganza o incluso el móvil político.

La voz de Erno Gerö, hablando de la justicia revolucionaria de Stalin, a raíz de esa noticia sobre el primer juicio de los Procesos de Moscú, la rescató del túnel del tiempo en el que la habían introducido los gritos y las risas de los niños. No era consciente de que había desconectado unos segundos de la conversación.

—¿Y tú qué opinas, camarada? —preguntó el húngaro, que desde hacía un rato esperaba alguna intervención de África.

—La lucha puede parecer despiadada, pero siempre es justa —improvisó, recién salida del *déjà vu*. Era una de esas consignas grabadas a fuego, junto con otras de Marx, Engels y Lenin: formaban parte de un repertorio en el que la joven creía y confiaba.

La respuesta pareció seducir a su interlocutor, así como a Caridad, que lanzó un enfervorizado «¡Salud!» y sonrió tanto como sus camaradas soviéticos. El que no estaba tan sonriente era Luis, que observaba a su pareja con detenimiento. Desde que África había comenzado en las Patrullas de Control, parecía más dura, distante, enclaustrada en una realidad de la que le hablaba poco. En definitiva, la sentía más lejos y eso le entristecía, aunque lo admitía sin más cuando ella se lo negaba y le decía que solo estaba ampliando su mundo, enriqueciendo sus conocimientos y sus ideales como él siempre le había aconsejado. «No te pongas sentimental, Luis, ni tampoco paranoico. Los dos sabemos lo que hay entre nosotros y siempre nos ha valido con eso», era su respuesta cuando su compañero le hacía saber lo que le rondaba por la cabeza.

Los soviéticos —como llamaban en Barcelona a los rusos que iban apareciendo por la ciudad— se incorporaron para encaminarse a una habitación ubicada en una de las plantas superiores del hotel.

—Nos volveremos a ver para seguir hablando de historia, camaradas —aseguró Leonid Eitingon.

—Estoy convencida —replicó África—. Aunque preferiría que fuera para hacerla, más que para recordarla.

Caridad acompañó a los dos hombres hasta el centro del vestíbulo, donde saludaron a un grupo de funcionarios recién llegado. A la Mercader se la podía escuchar a varios metros de distancia. Tenía una voz grave, seca, una tonalidad abrupta a la que contribuía el consumo incontrolado de cigarrillos; llegaba a fumar entre dos y tres paquetes al día, preferiblemente de marca francesa. Durante su estancia en Francia se había acostumbrado a los Gauloises sin filtro, que desprendían un fuerte olor a alquitrán puro, pero fumar esa marca —cuyo nombre venía de *gaulois*, «pueblo galo»— se consideraba patriótico al estar relacionada con la resistencia gala ante el enemigo, ya mostrada ante el yugo romano de las tropas de Julio César. Su vozarrón hacía que resultara sencillo saber de qué hablaba y esa proyección permitía que sus conversaciones, las más livianas, recorrieran la estancia como empujadas por una corriente de aire. Aquellos vientos transportaban palabras de revolución, victoria y lucha.

—Espero que hayamos aprendido algo del fracaso del 34. Las revoluciones no se hacen saliendo a la calle sin más como se creen los socialistas —comentó Luis que, como el resto, pudo escuchar las consignas que salían de la boca de Caridad. Al ver que la Mercader volvía a acercarse, abrevió lo que tenía que decir—: Una revolución no nace de la noche a la mañana. Requiere organización, cabeza y brazo armado. Y mientras no tengamos eso claro, nos podemos ir olvidando de todo lo demás. Puede que nuestro octubre del 34 fuera la insurrección rusa de 1905, pero nuestro julio del 36 no será el octubre de 1914 soviético.

—Puede que sea así. Pero ya sabes lo que dice Negrín: «Con pan o sin pan, ¡resistir!».

—¡Negrín! —Caridad había llegado justo a tiempo de escuchar aquel nombre por boca de su hijo. La Mercader siempre caminaba deprisa, como si le quemara la urgencia, a veces con paso brusco, como lo eran sus gestos—. Al ministro de Hacienda me gustaría verlo por aquí alguna vez para explicarle que sin dinero no se puede dar de comer al pueblo ni tampoco comprar armas. Por cierto, ese amigo vuestro de la UGT, Amaro del Rosal... He oído que está con él.

—Sí, como director de la Caja General de Reparaciones. Hace tiempo que no le veo, pero Luis sigue en contacto con él. —África hizo un gesto hacia el aludido, que ya se incorporaba para irse; a él también le esperaban unos compañeros de partido en la sede del sindicato, y se despidió de los presentes, especialmente de su pareja.

Ramón se levantó para saludar a un conocido que acababa de entrar en el hotel y que, como él, partiría al frente en unas horas. África se fijó en las polainas que le cubrían parte del pantalón color café con leche. Le observó durante unos instantes, apreciando su característico gesto de golpear el pecho de la persona con la que hablaba para enfatizar su argumentación. Sonrió inconscientemente; odiaba cuando se lo hacía a ella. «Ramón, se te olvida que soy una mujer y que tengo pecho. A veces creo que lo haces a propósito. Como vuelvas a hacerlo, te cruzo la cara», se quejaba.

Cuando las dos mujeres se quedaron a solas, Caridad no perdió el tiempo; nunca lo hacía.

—Sabes que se va al frente, ¿verdad?

—Sí, me lo ha dicho —reconoció África.

—Yo también me voy. Tanta palabrería me tiene embotada. Necesito algo de acción. —La Mercader exhaló una fuerte bocanada de humo de su cigarrillo hacia arriba, un claro gesto de seguridad, confianza y superioridad, propio de los egocéntricos. La forma de fumar decía mucho sobre una persona. Había algo más rondando en su cabeza, algo que no se le había escapado, y no pensaba irse sin decirlo. Podía soportar que la nicotina de los cigarrillos franceses se le quedara agarrada en la garganta, pero no que también lo hicieran las palabras—. ¿No estás pasando mucho tiempo con mi hijo?

—¿No estás pasando tú demasiado tiempo con los soviéticos? —replicó rápidamente África, para segundos después matizar—: En especial con ese Leonid Eitingon, Pablo, como te empeñas en llamarle. Es guapo.

—Es mucho más que eso. Tiene esa mirada penetrante, con esos ojos de miel, que sabes que te embaucará... Muy parecida a la de Ramón.

—Estás errando el tiro, Caridad. Y eso, para la heroína de las Atarazanas, no creo que sea bueno.

África pensó que Marina Ginestà tenía razón. En realidad, a Caridad Mercader no le gustaba nadie para su hijo que no fuera ella misma.

6

A África le gustaba subir al monte Tibidabo para contemplar las vistas desde el punto más alto de la ciudad, antes de dirigirse a la checa de San Elías. Era como una especie de ritual: situarse en la cúspide de la montaña, inhalar una bocanada de aire fresco y exhalarlo lentamente antes de observar, durante un breve instante y a una considerable distancia, el lugar donde había comenzado a tejer su leyenda negra. Ella, en la cima; la checa, como toda la ciudad, a sus pies. Verlo así le hacía sentirse en paz, al entrar en extraña comunión con las palabras que, según el Evangelio de san Mateo, el diablo le dijo a Jesús con la intención de tentarle, mientras le mostraba los reinos de la Tierra: *et dixit illi haec tibi omnia dabo si cadens adoraveris me.* «Y le dijo: Todo esto te daré si te postras y me adoras».

Si se concentraba lo suficiente, era capaz de oír la voz de Satán. Y el sonido le agradaba, quizá porque le resultaba familiar. Según la leyenda, el monte barcelonés fue ese lugar donde el diablo llevó a Jesús. Cada vez que escuchaba «Tibidabo», África lo partía en dos y escuchaba su significado en latín: «Te daré». Y como tal, lo tomó.

Había cuarenta y seis checas en Barcelona, unas controladas por la CNT-FAI y otras por el SIM, y la checa de San Elías, situada en el convento de las Clarisas de Jerusalén, era una de las más famosas por los rumores de violencia y muerte impregnados en sus muros. Desde julio de 1936 hasta marzo de 1937 estuvo bajo la gestión del Comité

Central de Milicias Antifascista, para más tarde pasar a manos anarquistas y del SIM, el Servicio de Información Militar de la República creado en agosto de 1937 por el ministro de Defensa Nacional, Indalecio Prieto, para cuestiones de espionaje y contraespionaje. Era el centro de detención donde trasladaban a los detenidos, y en su interior se escribía con sangre y plomo una historia de terror y de violencia incontrolada, donde las torturas, los juicios sumarísimos y los asesinatos estaban a la orden del día. Tan solo escuchar su nombre llevaba a muchos de los que iban a ser detenidos a suicidarse para evitar que los condujeran al antiguo convento, mientras otros preferían huir al frente; cualquier cosa antes que acabar en una de las celdas de aquella prisión preventiva que, en realidad, era una morgue encubierta.

El primer día que puso un pie en el edificio de piedra y baldosas que se alzaba en la calle San Elías, al final de Sant Gervasi, rodeado por un muro de más cinco metros, África se sintió feliz. Desde hacía tiempo venía considerando la necesidad de hacer algo más. Patrullar la ciudad deteniendo personas, inspeccionando casas particulares, vehículos, sótanos o locales había empezado a aburrirla. Las confiscaciones se habían convertido en algo monótono. No encontraba nada revolucionario en entrar en los domicilios, detener o echar a sus ocupantes y desvalijar la casa en busca de joyas, dinero, oro, cuadros, antigüedades o cualquier otro objeto de valor. Ya había tenido suficiente con aquellas noches en las que entraban en los conventos, capillas, parroquias, residencias de religiosos e incluso centros de clausura, acusando a los curas de disparar desde las ventanas y las azoteas de las iglesias a los milicianos y, amparados en esa excusa, romper imágenes, acceder a las estancias sagradas, miccionar en los cálices, practicar sexo en los confesionarios, disparar a los retablos, el altar y las cruces... Había visto a sus compañeros matar a curas, despojarles de sus ropas y ponérselas ellos como mofa, y organizar grandes hogueras en las que quemaban misales, Biblias y pergaminos... Lo habían leído en el periódico anarquista preferido por los milicianos, *Solidaridad Obrera*: «Las bibliotecas son almacenes de pensamiento burgués, montones de basura, legajos de mentira. Hay que seguir quemando hasta el último documento de propiedad o privilegio». Era el mismo periódico que el 1 de agosto de 1936 había publicado: «A los fascistas probados se los ha de matar», por lo que ellos, los milicianos, solo cumplían con su deber de revolucionarios. Cuando escuchó que habían profanado sepulturas en Santa María del Mar y sacado las momias del convento de las Salesas del paseo de San Juan para dejarlas a la entrada del templo, decidió que debía estar en otro lugar porque, según lo entendía ella, la revolución debía hacerse contra los vivos, no contra los muertos. Las diez pesetas diarias que recibía en concepto de salario —como el resto de los setecientos milicianos afiliados a la CNT, UGT, POUM y ERC que conformaban las patrullas— no compensaban el sentirse inútil en una lucha. Necesitaba más acción, pero del tipo de acción que le haría sentirse eficaz. No le costó convencer a Salvador González, fundador y uno de los responsables de las Patrullas de Control; era un buen amigo, también de Luis y del desaparecido Antonio López Raimundo, y su confianza en África lo llevaba a delegar sus funciones en ella siempre que debía ausentarse.

Cuando accedió a la checa de San Elías, supo que ese era el lugar. Entró vistiendo una cazadora de piel con cremallera, pantalones de pana, botas militares y una gorra miliciana. Las bajas temperaturas y el frío la obligaban a dejar el mono miliciano colgado en el armario de casa. Portaba su credencial al cuello, con su nombre y su cargo. Le llamó la atención la amplitud del interior del edificio. Se adentró en el vasto patio bifurcado en dos galerías y contempló las dos grandes torres que se alzaban hacia el cielo, y el huerto con una pequeña granja en la que destacaba una piara de cerdos. Con cierta curiosidad, se asomó al pozo que ocupaba el centro del patio, como si buscara algo en las entrañas de aquella oquedad negra e interminable. Lo único que encontró estaba fuera, y desde hacía unos segundos observaba en silencio a la recién llegada. La primera persona a la que vio en aquel lugar fue una monja.

—¿Y tú qué haces aquí? —preguntó extrañada, puesto que la mayoría de las religiosas había huido antes incluso del alzamiento nacional. Lo que nadie le había dicho es que los propios milicianos obligaron a algunas de ellas a quedarse para hacerse cargo de los fogones. Alguien debía prepararles la comida porque ninguna miliciana iba a hacerlo.

—Soy una de las hermanas del convento. Estoy en la cocina.

—No. Estás en mitad del patio. Y eso quiere decir que no estás en el lugar que te corresponde, en el que debes estar.

—Pensé que... Yo... escuché ruidos... Sí, tiene razón. Mejor vuelvo dentro —titubeó la religiosa, pero antes de desaparecer, se volvió hacia África—. Me alegra ver a una mujer en este lugar. Creo que nos vendrá bien.

—No te engañes, hermana. No soy una mujer, soy una revolucionaria.

África la miró en silencio, dándole tiempo para que entendiera el verdadero mensaje que encerraban sus palabras. El gesto de terror de la sor confirmó que lo había hecho. Pero el mensaje aún no había terminado:

—Y tampoco te confundas: no eres una monja, eres una mujer. ¿Lo has comprendido?

La religiosa asintió con la cabeza sin decir una sola palabra, seguramente porque no encontró ninguna que definiera la conmoción que sentía en ese momento, y desapareció por una de las galerías.

África comenzó a familiarizarse con el lugar. El infierno estaba instalado en los sótanos. Allí se hallaban las celdas, sin agua e infestadas de suciedad, donde encerraban a los detenidos que, nada más cruzar la puerta de la checa de San Elías, se convertían en prisioneros de guerra. Había celdas vacías y otras que tenían como único mobiliario un colchón, un par de mantas, una silla y una vasija de agua, y allí metían a diez o quince personas. Al entrar en la checa, a los presos les quitaban todas sus pertenencias y les decían que se las devolverían cuando salieran, si «el proceso salía bien», lo que quería decir que, si no hablaban y denunciaban a otros, no tendrían la posibilidad de abandonar con vida el recinto. Ni aun haciéndolo tenían asegurada la salida. Desde el primer día, África supo que las bóvedas herméticas y los impenetrables muros representaban dos buenos aliados para su trabajo: cuanto más insonorizado estuviera aquel lugar, menos se escucharía el eco del terror que luchaba por salir entre las grietas. Su voz no dejó de oírse en los intestinos de la checa de San Elías.

«Cállate. Guarda silencio. Mi trabajo es matar y el tuyo morir. Es sencillo de entender. Y recuerda que esto lo has elegido tú».

La mecánica era similar todos los días. A las diez de la noche se entregaba a los detenidos un plato y una cuchara. Una hora más tarde se les daba un cazo de sopa y más tarde llegaba el rancho. Apenas daba tiempo a que lo consumieran porque, a medianoche, llegaba el miliciano de guardia con un papel en la mano y leía los nombres de quienes iban a ser interrogados, aunque ellos sabían que eso equivalía a una sentencia de muerte. Todo estaba planeado para que a los detenidos se les hiciera eterna su estancia en prisión. Los responsables de la checa habían colocado un reloj manipulado que marcaba una hora cada cuatro: era un método de tortura psicológica que daba buenos resultados. Después llegaba ella, desenvolviéndose con la soltura de una directora de orquesta a la que sus músicos obedecían sin salirse de la partitura. «Subid a los hombres al primer piso. A ese metedle en la número 13. A las mujeres dejadlas en el sótano. A ver si esta noche hablan entre ellos y conseguimos algo. Estoy cansada de sus susurros, se creen que hemos metido espías en las celdas».

Su jornada, como la del resto, era de ocho horas, pero siempre ampliaba su horario en aras de la revolución. Se limitaba a seguir el consejo que le había dado Leonid Eitingon y que él mismo recibió años antes de boca del creador de la Cheká, Félix Dzerzhinski: «Haz todo lo que sea útil para la revolución». Como buena soldado, obedecía.

La voz de África dictaba el destino que esperaba a los detenidos. «Te conviene hablar. De hecho, te recomiendo que lo hagas ya y que no esperes más, porque terminarás haciéndolo, y así los dos nos ahorramos tiempo. De lo contrario, lo vas a pasar muy mal. Si decides no hacerlo y parapetarte en un silencio que por alguna extraña razón consideras heroico y puede que hasta patriótico, estás en tu derecho, pero quiero que sepas una cosa: cuanto peor lo pases tú, mejor lo pasaré yo».

Parecía algo innato. No seguía ningún manual sobre técnicas de interrogatorio ni había tenido un instructor que la iniciara en ellas, pero recordaba una reflexión de Eitingon: «Es más difícil guardar un secreto que intentar arrebatárselo a alguien». Sabía que ella tenía las riendas, y lo aprovechaba. Controlaba el espacio, dominaba los tiempos, la modulación de la voz, el movimiento de manos, el cruce de piernas y de brazos, las miradas; evaluaba la personalidad del detenido para saber lo que podía provocarle un carraspeo, una tos, el tarareo de una canción —«Somos la joven guardia que va forjando el porvenir. Nos templó la miseria, sabremos vencer o morir...», una cantinela que tantas veces había escuchado cantar a Lena Imbert y a Caridad Mercader— o un simple e incómodo silencio. Medía en qué momento sentarse, levantarse, desaparecer de la sala y cuándo volver a ella; sabía en qué punto de la conversación debía mirar a los ojos del detenido, que la observaba entre el terror y el escepticismo, y cuándo debía perder la mirada en las paredes de la celda o en los papeles que llevaba entre las manos. Su presencia imponía. Su físico engañaba y eso jugaba a su favor. Cuando la veían entrar en las celdas —guapa, joven y con una sonrisa en el rostro—, los presos podían llegar a pensar que todo iría bien, que una mujer así no podría hacerles nada, mucho menos torturarlos. Eso cambió en cuanto el nombre de África empezó a correr de celda en celda.

«No grites. No te servirá de nada —decía mientras señalaba los muros de piedra—. Solo conseguirás quedarte afónico. Además, mis amigos de la checa de Muntaner, ya sabes, la del número 321, me han regalado este aparato de radio de ocho lámparas que han confiscado en una casa. A mí me gusta mucho la radio, sobre todo cuando ponen música. Cuando empiezan con tanta palabrería, me aburre más. Puedo escuchar Radio Asociación de Cataluña o Radio Barcelona, pero poner Radio Sevilla y que salga Queipo de Llano, culpándonos a los republicanos y a los revolucionarios de matar de hambre al pueblo, me enfada mucho. Me han contado que el otro día aseguró que habíamos detenido a un oficial de Telégrafos, que le habíamos torturado y asesinado, y que habíamos echado su carne a los cerdos. No sé de dónde han sacado que a los cuarenta cerdos que tenemos en nuestra granja los alimentamos con restos humanos. Han llegado a decir que hemos cogido a la madre superiora de las Carmelitas de la Caridad, una tal Apolonia, que la desnudamos, la atamos de pies y manos, la llevamos al patio, la colgamos boca abajo de un gancho que sobresalía de la pared y despedazamos su cuerpo en trozos que echamos a los puercos. ¿Puedes creerlo? Ni que fuéramos animales... Y ahora quiero que empieces a hablar: quiénes son tus compañeros, dónde os reunís, dónde están las armas, cuándo tenéis previsto realizar los sabotajes que estáis preparando... No me digas que no organizáis nada, porque sabemos lo de la centuria de la Falange clandestina y no me dejarás otra opción que subir el volumen de la radio y dejar que suene la música, mientras mis camaradas intentan que entres en razón».

Todas las noches se parecían en la checa de San Elías, como en el resto de las checas que operaban en la ciudad. Después de ocho o diez horas, se producía el cambio de turno y África abandona su lugar de trabajo; así lo consideraba, aunque en el fondo sabía que era más que un empleo: era un deber, un compromiso por una causa y un ideal revolucionario.

En la entrada del antiguo convento esperaban los camiones de un color gris verdoso, aportación de los soviéticos que, aunque pesados y difíciles de conducir, cumplían su función, daba igual lo que tuvieran que transportar o el tipo de terreno sobre el que tendrían que circular, ya fuera piedra, lodo, agua o cadáveres. Los milicianos ordenaban subir a los detenidos a los camiones sin importarles si estaban vivos o muertos. A estos últimos los iban dejando por las cunetas y a los primeros, que acabarían como los últimos, los llevaban a los cementerios de Moncada y Reixach o Cerdañola, y les disparaban contra la tapia del camposanto, para después deshacerse de los cuerpos arrojándolos al mar o depositándolos en los hornos de la cementera de Moncada. Cuando los camiones habían partido de la checa, llegaban las ambulancias de la Cruz Roja para recoger los cadáveres que no habían podido ser transportados con el resto, y los llevaban al Clínico. Allí, sus responsables, siempre que los cuerpos portaran algún tipo de documentación o tuvieran la fortuna de que alguien los reconociera, intentaban ponerse en contacto con sus familias para hacerles saber qué fue de ese padre, de ese hermano, de ese hijo, que una noche salió de casa y ya no regresó nunca.

Un día, el propio Erno Gerö le presentó a un personaje del que África había oído hablar: un enigmático francés, nacido en Enghien-les-Bains, cerca de París, que había llegado a Barcelona en 1933 desde

Berlín huyendo de los nazis, con su banda de jazz Los 16 Artistas, y que se ganaba la vida tocando en los principales locales de la ciudad hasta que la Guerra Civil impidió que siguiera viviendo de la música. Quienes habían tenido la oportunidad de escucharle aseguraban que era bueno, que tenía una gran sensibilidad musical, sin duda por la cuidada y exquisita formación académica que le habían dado sus padres, Melita y Julio. Aquel hombre culto y refinado era el creador de las celdas psicotécnicas, diseñadas para infligir una devastadora tortura psicológica al detenido. Su nombre, Alfonso Laurencic. Su mérito, percibir lo que la combinación de figuras geométricas, colores y efectos lumínicos podía producir en la mente humana. Decían que sus muchos años estudiando y observando el trabajo de la Bauhaus le habían hecho entender de dibujos y de ilusiones ópticas, y lo trasladó al interior de algunas celdas de las checas de Barcelona, entre ellas, las de Vallmajor y Zaragoza. El día que invitaron a África a descubrir su obra comprobó que el poder que ejercían los símbolos, las formas y las figuras basadas en lo abstracto y en el surrealismo sobre la mente humana podía ser más efectivo y turbulento que la más larga y cruel sesión de tortura física. La revolución había llegado también a las checas.

Lo primero que le llamó la atención fueron los ladrillos que Laurencic había ordenado colocar de manera irregular sobre el suelo de los calabozos, sobresaliendo de él entre diez y veinte centímetros, el desnivel necesario para que el preso no pudiera pasear por la celda. La misma técnica se empleaba con la tabla que actuaba a modo de cama, pegada a la pared pero con una inclinación de veinte centímetros, lo suficiente para que el prisionero no pudiera descansar. Había celdas con las paredes curvas, sobre las que los carceleros proyectaban fotogramas con diversos objetos geométricos, cuadros y obras abstractas de artistas como Kandinski o Paul Klee. En algunas celdas, Laurencic había esbozado sus propios dibujos, perfilados con líneas indeterminadas, por lo general oscuras.

—Y si se colocan vidrios verdes en las ventanas, ya sabe, como las vidrieras de las iglesias, se consigue desmoronar más al detenido. El verde lleva a la melancolía, a la tristeza, y la sala queda encerrada en un ambiente lúgubre. A partir de ahí, es más fácil que cante todo lo que sabe, y hasta lo que no sabe.

Ella lo observaba en silencio. Era la primera vez que oía llamar «sala» a una celda.

—¿Sabe la cinta que mejor funciona cuando la proyectamos? *Un perro andaluz*. Supongo que la habrá visto. —Al comprobar que África asentía, añadió—: ¿Fue de las que cerraron los ojos o los mantuvo fijos en la pantalla?

—Abiertos. Mis ojos siempre están abiertos, camarada Laurencic.

—Quién necesita afiladas cuchillas de afeitar cuando se tiene esa mirada... —dijo él, sin saber si era un elogio o una anotación perturbadora—. Es curioso cómo funciona la mente, casi todos los detenidos retiran la mirada cuando ven esa escena. Deben de pensar que su realidad es más llevadera que la que refleja Buñuel. El ser humano es complejo.

África le miró. No dejaba de ser una conclusión curiosa, viniendo de alguien que había ideado aquellas celdas. Se encontró con él en alguna ocasión, ya fuera de las checas, en la terraza de algún café o sentado en un banco de las Ramblas o del puerto, siempre en escenarios abiertos y al aire libre. A menudo con un lápiz en la mano con el que dibujaba bosquejos en una libreta negra. «¿Ve? Cincuenta centímetros de ancho por cuarenta de profundidad, una altura graduable de entre 1,40 y 1,60 metros, y en su respaldo un saliente de unos trece centímetros de largo, que colocaremos a 63 centímetros del suelo, así, a modo de asiento», le explicaba, mostrando el esbozo del armario celda. Alguien le confesó a África que no era el arquitecto que aseguraba ser y que, en realidad, era un mero intérprete de la CNT al que se le daba bien elaborar pasaportes falsos —según los entendidos, de muy buena calidad— y que había utilizado su preparación cultural y artística para ofrecer ideas en el diseño de las celdas. No era arquitecto, pero a nadie le importaba. En aquella Barcelona de 1936, las biografías se escribían sobre la marcha, sin necesidad de que lo que apareciera en ellas coincidiera con la verdad. El espíritu de supervivencia se desarrollaba de mil maneras diferentes.

África aprovechó el viaje y la presencia de Erno Gerö para inspeccionar el interior de otras checas. Al ver la Esférica, creyó adivinar en ella la mano de Laurencic: un habitáculo de cemento, plagado de piezas punzantes tanto en los laterales como en la parte superior, en el que se encerraba al detenido, que no tenía posibilidad de apoyarse en ningún soporte para poder descansar. Todo estaba ideado para desarmar moralmente al prisionero sin necesidad de tocarle. El sistema de las celdas con verbenas o campanillas también llevaba la firma del artista: introducir al detenido en armarios con techos bajos y paredes inclinadas que le imposibilitaban sentarse. Cuando el armario se cerraba, una barra de madera o de hierro quedaba entre sus piernas y le impedía moverse, mientras que a la altura de la cabeza se encendía un foco de luz que le resecaba los ojos, abiertos a la fuerza por argollas de hierro, a la vez que un timbre o unas campanillas sonaban sin descanso. Eran torturas y celdas más sofisticadas que las que usaban la mayoría, como la tradicional Nevera, en la que se maltrataba al preso con duchas de agua fría, o se alternaba el agua helada con ráfagas de aire utilizando un ventilador; o los famosos Portland, unos armarios de unos cuarenta centímetros de fondo que obligaban al detenido a permanecer en cuclillas o encorvado sobre las rodillas. Los carceleros más tradicionales preferían colgar a los prisioneros boca abajo mientras un hierro candente abrasaba determinadas partes del cuerpo, utilizar cuerdas de guitarra para seccionar genitales, emplear inyecciones infectadas o lo que denominaban la Máquina de Escribir, que consistía en descoyuntar los dedos de los detenidos.

«La inteligencia y la innovación puestas al servicio de la revolución», solía bromear Erno Gerö. Tanto a él como a Laurencic se les notaba orgullosos de su trabajo en las checas. «Casi tanto como de mi padre, don Julio Laurencic, que cuando en 1917 estuvo aquí en Cataluña trabajando como editor fue condecorado Caballero de la Real Orden de Isabel la Católica por su revista *Las Maravillas de España*. Desde luego, me puso el listón muy alto. Al menos, los dos hemos sido innovadores», comentaba el francés con su cinismo habitual. África nunca los vio mancharse las manos, para ese trabajo tenían a otros. «Hay que socializar el trabajo. Si todos hacemos lo mismo, ¿en qué trabajarían los demás?», se jactaban.

De regreso a la checa de San Elías, comprendió que no necesitaba ninguna figura abstracta proyectada en las paredes, ni armarios Portland, ni campanillas, ni ladrillos salientes, ni celdas recubiertas de alquitrán que se convertían en hornos cuando el sol entraba en ellas. Allí tenían hierros, guillotinas, garfios, sillas electrificadas, cuchillos, duchas frías, todo lo necesario para que se empezara a llamar a ese lugar el «cementerio de los vivos», como había leído en la prensa. El boceto del infierno desatado en los sótanos lo dibujaban los gritos que salían de sus celdas, las pisadas de los milicianos, los chasquidos de las puertas, el chirrido de las tuberías, el tintineo de las llaves, las ráfagas de ametralladoras el rechino de la electricidad utilizada como tortura, el sonido de la radio a un volumen ensordecedor y su propia voz. «¿Qué era eso que decía Queipo de Llano en Radio Sevilla sobre que los nacionales fascistas aniquilarían los brotes de los rojos comunistas?: "De Madrid haremos una ciudad, de Bilbao una fábrica y de Barcelona un solar". Pues no debe encontrar los planos el bueno de Queipo... Debería venir aquí para limpiar la sangre, recoger los huesos y los casquillos, sacar las balas incrustadas en las paredes y leer en los muros lo que le espera a él y a los suyos», gritaba la interrogadora, vitoreada por el resto de los milicianos, refiriéndose a la frase escrita sobre una de las paredes del sótano: «Así acabaremos con todos los fascistas».

Se enorgullecía de su seguridad, tan férrea como el acero de las balas que cosían el país de norte a sur. En su cabeza no había lugar para dudas morales ni problemas de conciencia. Estaba convencida de que el fin justificaba los medios; la revolución no tenía un precio pero sí un coste, aunque este se contabilizara en vidas humanas, sin importarle en qué lado estuviesen. Debía mostrarse fría e inquebrantable, sin titubeos ni flaquezas, tanto ante sus víctimas como frente a sus camaradas; era mujer, joven y guapa, y venía recomendada desde arriba: debía demostrar que valía igual o más que cualquier hombre.

Había semanas en que África desaparecía y no volvía hasta dos o tres días después, o incluso más, y entonces entraba en la checa de San Elías con fe renovada, como si la urgencia revolucionaria le apremiara. Nadie preguntaba dónde había estado y ella no daba explicaciones sobre su paradero. Era algo que se sabía: a veces, se volatilizaba. Cuando preguntaban dónde estaba, siempre había alguien que contestaba: «Estará en Madrid, en Salamanca o en Guadalajara, o quién sabe dónde». Muy pocos conocían la respuesta correcta, pero todos sabían que la pequeña Pasionaria, como alguien había empezado a llamarla en un despacho de la Ciudad Condal ocupado por soviéticos, siempre estaba donde debía estar, aunque eso la situara fuera de la geografía nacional o en el interior de una trinchera.

Fue en algunas de estas incursiones en el frente donde aprendió que los cartuchos alemanes eran los mejores, incluso más que los mexicanos; que a falta de aceite para armas, los fusiles se engrasaban con aceite de oliva o con tocino; que las velas decomisadas en las iglesias podían salvar la vida en una trinchera, porque si de noche un soldado buscaba su fusil, su luz le permitía encontrarlo; que existían granadas imparciales porque mataban tanto al que la lanzaba como al enemigo, como la FAI, la Federación Anarquista Ibérica, construida sobre la idea de una bomba Mills pero con la salvedad de que su palanca no tenía un seguro, sino una cinta adhesiva, y cuando esta se quitaba, había que lanzarla y alejarse de ella con la mayor celeridad posible. Aprendió que el sonido de las campanas de las iglesias era un buen chivato, ya que los fascistas solían ir a misa antes de entrar en combate, y que los dedos de los pies podían llegar a doler si hacía mucho frío. Fue testigo de cómo el idioma jugaba malas pasadas tanto a los brigadistas internacionales como a los españoles no alfabetizados, cuando tenían que recordar la contraseña y confundían su significado o buscaban otras palabras que sonasen igual. Los santos y señas como «Cataluña / Heroica» se recordaban bien, pero un día vio cómo un inglés mezcló dos palabras que le sonaban similares y a punto estuvo de llevarse un balazo en la frente ante la seña «Seremos», al responder «Imbéciles» en vez de «Invencibles». La escena se repitió cuando un miliciano, recién llegado de Teruel, respondió «Adelante» a la seña de «Cultura» y recibió un tiro que le atravesó el gorro. «¡Pero serás burro! —le gritó el miliciano que le había disparado—. La contraseña era *progreso*, no *adelante*», a lo que el joven turolense respondió: «¡Pero si es lo mismo! ¡Al menos en mi pueblo!».

Vio cómo muchos de los que ocupaban esas trincheras no sabían cargar un fusil, ni entendían lo que podía suponer para su vida una estría oxidada, una mira ignorada o un cañón desgastado. Presenció cómo a un soldado le estalló el cerrojo de su fusil y las esquirlas le destrozaron la cara. Era el reino de lo irracional. Entendió entonces la respuesta que el comisario de Propaganda de la Generalitat de Cataluña, Jaume Miravitlles, había dado a la carta que Salvador Dalí le envió desde París, ofreciéndole la creación de un departamento bajo el nombre de Organización Irracional de la Vida Cotidiana, que él mismo dirigiría: «No va a ser necesario. La irracionalidad ya está perfectamente organizada». Miravitlles sabía de lo que hablaba. Estaba tan próximo a lo irracional y al surrealismo que llegó a participar en la película *Un perro andaluz* de su amigo Luis Buñuel, haciendo de clérigo junto a Dalí.

Fue allí, en las trincheras, y no en la sede de un partido o sindicato, ni en una celda psicotécnica, ni en una tertulia improvisada en una checa, donde África empezó a vislumbrar que la guerra estaba perdida.

De todo lo visto y oído, se quedó con la observación que le hizo un soldado al que llamaban Martínez durante una noche que compartieron velas y cigarrillos: «Los primeros rayos de la aurora te indicarán dónde está el Este». Nunca olvidó esa frase. De hecho, fue la brújula vital que la acompañó durante toda su vida.

7

El regreso a un lugar implica que el recuerdo de algunos amigos retorne también a la memoria, aunque sea de puntillas.

Barcelona andaba inquieta, como muchos de los que había dejado en las trincheras, y eso le hizo comulgar con las palabras de Kafka, traducidas por su amiga Margarita Nelken, sobre que el siglo XX era la época más nerviosa de la historia. Recuperar el abrazo de la Nelken, aunque fuera solo en su cabeza, lograba reconfortarla.

Cuando África regresaba del frente, encontraba la ciudad que había dejado días atrás envuelta en el mismo frenético peregrinaje de detenidos, que iban desde los cuarteles o los centros de control a poblar las distintas checas de Barcelona. Su voz inundaba de nuevo los sótanos de San Elías para dar vida a la muerte cotidiana.

«Recuerda que no estás siendo torturado. Nadie te está torturando. Tampoco estás en una checa. ¿Acaso no sabes que el propio Gobierno de la República ha negado la existencia de checas como centros de torturas? Hay que tener cuidado porque uno se termina creyendo sus propias mentiras y eso suele acabar mal. Muy mal».

Se volvía a sentar a la mesa con sus compañeros, dejaba la pistola encima del tablón de madera, al lado del ejemplar de *Solidaridad Obrera*, y hablaba de todo menos de lo que sucedía en las entrañas de aquel antiguo convento. La monja a la que encontró el primer día que pisó San Elías no volvió a pronunciar una palabra en su presencia; ni siquiera se atrevía a dirigirle la mirada cuando dejaba los platos de comida. Las gargantas de las religiosas que aún permanecían en la cocina del convento estaban mudas, a diferencia de las de los detenidos. Aunque la escasez de alimentos se extendía por la ciudad, los milicianos veían en sus platos judías con garbanzos y grandes trozos de panceta y jamón, que acompañaban con ensalada de tomate, pan y todo el vino que eran capaces de beber. Conocía la existencia de almacenes, como el ubicado en la calle Diputación, donde se apilaban latas de aceite, sacos de harina, de arroz, de legumbres, de azúcar, de patatas, latas de carne, de leche condensada, mientras en la ciudad la gente se moría de hambre y hacía colas para intentar conseguir un pan que no existía o un poco de leche que nunca llegaba. Ante la mala gestión de los suministros en manos de partidos y sindicatos, el Gobierno de la Generalitat reaccionó prohibiendo a los ciudadanos hacer cola antes de las nueve de la mañana. La vida permanecía nadando en su irracional cotidianeidad, como así continuaba la Guerra Civil en España.

Mientras bajaba por el paseo de Gracia, desprendió una octavilla con el manifiesto «La organización de la indisciplina» que alguien había pegado hacía tiempo en los árboles de la avenida, donde se remarcaba la victoria obrera sobre la represión militar gracias a su indisciplina. Mientras arrugaba el papel, le pareció ver a Caridad con el fusil al hombro, adornado con una cinta roja, pero fue una ilusión óptica, de esas que empleaba Laurencic en sus celdas psicotécnicas. Era imposible que estuviera en Barcelona.

Por los periódicos y la información que tenía de sus compañeros, sabía de las andanzas de la Mercader en México, adonde había llegado en el mes de octubre de 1936 en busca de apoyos para la República española, tanto fondos financieros, armas y contactos como cualquier otra ayuda logística que pudiera ofrecer el Gobierno azteca para la lucha contra el fascismo en España. Caridad había viajado a México como parte de la delegación republicana y miembro de la Asociación de Mujeres Antifascistas, a la que también pertenecían Dolores Ibárruri, Margarita Nelken y otras sesenta y cinco mil afiliadas. África había visto su foto en la prensa, interviniendo en la Cámara de los Diputados, y otra instantánea que aún tuvo más presencia en los periódicos, en la que aparecía encabezando la manifestación en conmemoración de la República mexicana en el Zócalo, el 20 de noviembre. Era fácil distinguirla con su melena corta plateada, vestida de miliciana, calzando unas alpargatas y del brazo de varios dirigentes de la Confederación de Trabajadores de México, entre ellos, Vicente Lombardo Toledano. Caridad olía las fotografías. Tenía instinto y un talento especial para manejar la propaganda, como bien le dijo Ramón cuando la vieron salir de la Capitanía General con el general Goded, evitando que lo mataran allí mismo durante el asalto del 19 de julio y ganándose una imagen que apareció en los medios nacionales e internacionales. Llevaba sin verla desde que la hirieron de gravedad en Tardienta, Huesca: la metralla de un bombardero enemigo le destrozó el intestino y casi la mata, tuvieron que evacuarla al hospital de Lérida, donde días más tarde llegaría su hijo Ramón, que también resultó malherido cuando una bala casi le destroza el antebrazo.

A Ramón le había visto más veces en Barcelona, durante algún permiso que le hacía saltar del frente de Aragón al de Madrid y pasar por su tierra natal. Siempre que regresaba a casa, intentaban verse. Le gustaba estar con él, por esa extraña dualidad que encerraba su cuerpo, donde el niño burgués que estudió en los Escolapios de la calle Córcega cohabitaba con el hombre deportista y valeroso que se lamía las heridas de las trincheras. Quizá le gustaba porque cuando estaba ante el joven Mercader se veía reflejada en él y así era más sencillo identificarse en el espejo. Se empezaba a hablar de su arrojo, de su entrega, de su capacidad de mando y de su regia autoridad, que mostró al frente de la columna Lina Odena y más tarde en la defensa de Madrid en noviembre de ese 1936, de donde regresó a Barcelona en el mes de diciembre para crear el batallón de combate Jaume Graells. Ambos se dieron cuenta de que sus caras habían mudado en un gesto más serio, más maduro, más curtido, como si el frente y las checas les hubieran endurecido el cuerpo, las facciones y el carácter.

África había sonreído al contemplar que Ramón, con su chaqueta de piel de tanquista, caminaba como los actores que interpretaban a los generales rusos en las películas, con grandes zancadas, un ademán que ya había visto en Caridad, como bien le había indicado otra compañera miliciana amiga, Teresa Pàmies. A veces le asustaba la mímesis maternofilial. Pero en ese instante solo estaban ellos dos. Se alegraron tanto de verse que se esforzaron en demostrárselo mutuamente. Nadie preguntó por nadie. Lena Imbert se encontraba en México con Caridad, pero hubiese sucedido lo mismo entre ellos de haber estado Lena en el frente de Aragón; y Luis Pérez García-Lago se hallaba demasiado ocupado en preparar su próximo viaje a Lérida y hacía tiempo que no planteaba preguntas. En realidad, pocas veces lo hizo. Los revolucionarios no necesitaban excusas pero, incluso así, Ramón y África las tenían.

Él sabía que la mujer que tenía entre sus brazos era distinta a las muchachas que había conocido hasta entonces, que pertenecía a otra estirpe salvaje e independiente que no sabía ni quería supeditarse a nadie, ni siquiera a ella misma. África le había gustado desde el primer momento. Era difícil no sentirse atraído por la belleza, el magnetismo, el misterio y la pasión que desbordaba, pero sabía que no era como las demás chicas, que no necesitaba leer *El amor de las abejas obreras* de Aleksandra Kollontái, porque sobre la emancipación de la mujer en la pareja ya sabía bastante; que no la llevaría a almorzar al Baviera, ni le compraría medias de seda en Casa Vilardell, ni iría con ella del brazo al estreno de una zarzuela en el Liceo, ni la invitaría al Tívoli. Si necesitaba unas medias Eva —el producto socializado más demandado por las mujeres en aquella Barcelona guerracivilista—, se las compraba ella misma en el almacén El Siglo o incluso en Casa Jorba —donde era mayor la calidad de la ropa y no se encontraba un jersey de mezcla por siete pesetas con cuarenta como en El Siglo—, y si necesitaba un mono miliciano, se acercaba a los Almacenes Alemanes y adquiría uno sin que nadie, ni siquiera el dependiente, le tuviera que tomar medidas. Aquella mujer no necesitaba a nadie, mucho menos a un hombre, aunque eso no le hacía rechazar la compañía de uno cuando ella quería.

África era más de acudir al consulado soviético en el número 17 de la avenida Tibidabo y comentar con el cónsul Antónov-Ovséyenko la situación real que vivían Barcelona, España, la Unión Soviética, Europa y, sobre todo, la revolución, que era lo que más le importaba, y no tanto las insignias del Komsomol, la Liga de las Juventudes

Comunistas, que el cónsul era aficionado a regalar junto a banderines, revistas y fotografías. Se las aceptaba por no hacerle un feo, porque le caía bien aquel hombre pequeño, de ojos azules escondidos tras unas gafas de cristal gruesas y con una cabellera abundante y blanca, casi como la de Caridad. Sentía aprecio y respeto por ese soviético inteligente, valeroso y educado. Así era África, y a Ramón le gustaba tanto que jamás intentó cambiar nada de ella, aunque a veces no la entendiera. Podían hablar de todo durante horas, sin reparos, sin vergüenza, sin miedo, sin filtro. Si no fuera por la carga de sentimentalismo que el concepto encerraba, podrían haberse considerado almas gemelas.

—Me han dicho que te estás convirtiendo en la mejor interrogadora de las checas de Barcelona —le dijo Ramón, mientras se encendía el cigarrillo que había sacado con sus labios del paquete de Lucky Strike; no quería soltar a África, todavía no.

—¿Y qué más te han dicho? —preguntó curiosa, mientras observaba cómo Ramón exhalaba por la nariz el humo de esos cigarrillos de contrabando que costaban diez pesetas, el salario diario de un miliciano. Confirmó lo que ya suponía: el joven Mercader podía permitírselo, por él o por los contactos que siempre había tenido.

—Hablan de lo que ocurre en el tercer piso del Náutico de Barcelona...

—¿Y qué dicen? —Estaba al corriente de los rumores sobre ella que recorrían la ciudad, pero le divertía oírlos en boca de Ramón, la misma que había estado dibujando su anatomía hacía unos minutos—. Habla. No me vengas con vergüenzas a estas alturas. Además, si sacas un arma es para utilizarla. Dispara de una vez.

—Hablan de que a veces, cuando necesitas relajarte después de una noche dura en los sótanos de San Elías o en las Patrullas de Control, subes con unos camaradas y... —Se detuvo, estaba claro que el tema le alteraba, le incomodaba y había dejado de sentirse seguro de sí mismo, como si el hombre carismático que expulsaba el humo por la nariz hacía tan solo unos instantes se hubiera evaporado.

—¿Y? —insistió en que terminara de poner las palabras a los rumores, mientras sus dedos seguían el trazo de la cicatriz que Ramón tenía en el dorso de la mano derecha, a consecuencia de una herida de bala. Le gustaba acariciarla, y a él también le agradaba que lo hiciera, quizá porque le permitía acordarse de su tacto los días en los que la sutura le dolía.

—Y ya lo sabes. Se llama orgía. ¿Lo haces?

—¿Y tú qué haces en el frente, cuando te enfrentas a combates duros?

—No es lo mismo. —Mercader apagó el cigarrillo en un cenicero con vehemencia, como si quisiera taladrarlo, una mezcla de nervios, enfado y molestia.

—Es exactamente lo mismo.

—No estás contestando a la pregunta, por lo que intuyo que...

—No creas todo lo que te cuentan. Y no interpretes un silencio como la confirmación de algo. La mayoría de las veces, la verdad no se resguarda en las palabras sino en el mutismo, porque es más seguro. Cuando hay poca información y mucha hambre, la gente tiende a confeccionar leyendas y a creerlas. Es como esos supuestos proyectiles de los fascistas sin carga pero con papeles en su interior, en los que alguien ha escrito las palabras «Frente Rojo». Cuentan que algunos milicianos sabotearon las industrias fascistas y cambiaron la munición por esos mensajes. ¿No lo has oído?

—Ni oído, ni visto, por desgracia. La munición fascista que reciben mis hombres en el frente los mata y los hiere.

—¿Ves como no puedes fiarte de las leyendas?

—A menos que te conviertas en una de ellas.

—O que lo hagas tú. Por lo que he oído, vas camino de conseguirlo.

—No sé cómo se oyen tantas cosas en una ciudad donde cada día se dice menos.

Ambos se miraron y sonrieron, aunque no supieran muy bien sus motivos. Los dos se comprendían, se gustaban, se complementaban y presentían que sus caminos estaban destinados a cruzarse. No necesitaban más.

Mientras África continuaba con sus cometidos en la checa de San Elías y subía y bajaba del frente, los servicios de inteligencia soviéticos se asentaban en Barcelona desplegándose como lo hacen los buenos espías: sin hacerse notar, sin dar muestra de su existencia, sin que nadie sepa quiénes son realmente y a qué se dedican. Habían llegado a España en el mes de septiembre, coincidiendo con el establecimiento de las relaciones diplomáticas entre la URSS de Stalin y la España de Franco: a la apertura de la embajada soviética en Madrid el 21 de agosto de 1936, le siguió la del consulado en Barcelona en octubre de 1936, tal y como habían adelantado Erno Gerö y Leonid Eitingon aquella mañana de agosto en el hotel Colón. Desde entonces, las negociaciones entre el Gobierno de la República española y el Politburó soviético respondían a lo aprobado el 29 de septiembre de 1936 —quince días después de haberse presentado el plan de intervención soviética en España— sobre la ayuda militar que la Unión Soviética empezaría a proporcionar a la República, tras informar a Francia e Inglaterra de su desapego del Comité de No Intervención que impedía armar a España durante su guerra civil. Era la operación X, una misión liderada por el propio Stalin y confeccionada para hacer llegar armamento y suministros a la República española.

Las cifras recogidas en algunos documentos hablaban de la llegada de 648 aviones, 60 vehículos acorazados, 347 tanques, 340 morteros, 1.186 ametralladoras, 351 tanquistas, 100 artilleros, 722 pilotos, 166 técnicos de comunicaciones, 141 ingenieros, 204 traductores, incluyendo el reclutamiento iniciado por la Internacional Comunista de las Brigadas Internacionales, que se evidenciaría en la llegada de treinta y cinco mil efectivos a España. Los asesores soviéticos formaron a veinte mil españoles, algunos de ellos en la Unión Soviética. Y con todo ese material armamentístico, llegó también, amén de la delegación soviética oficial, un numeroso refuerzo humano compuesto de asesores, espías, agregados militares, ideólogos, agentes del servicio secreto, miembros de la inteligencia política del Ejército Rojo, estrategas, consejeros, comisarios, instructores en comunicaciones, junto a escritores, periodistas, corresponsales de guerra y personajes pintorescos cuya función resultaba difícil de catalogar, aunque su presencia fuera una constante y formara parte de paisaje.

Mientras los suministros de la operación X llegaban a España por tierra, mar y aire, otro tipo de provisiones salía del puerto de Cartagena con dirección a Moscú. Eran las reservas de oro de la República, 510 toneladas, valoradas en 518 millones de dólares en aquel 1936, que recorrieron los 3.500 kilómetros que separaban ambos países, después de que el ministro de Hacienda, Juan Negrín, con el beneplácito del presidente del Gobierno Largo Caballero, autorizara que los fondos del Banco de España acabaran en el Comisariado del Pueblo para las Finanzas de la Unión Soviética. Seiscientas mil toneladas de material bélico soviético a cambio de una de las reservas de oro más importantes del mundo.

Cuando el 25 de octubre los buques salieron de España con 7.800 cajas de oro, un hombre observaba la acción entre las sombras. Era Aleksandr Orlov, el responsable de supervisar la operación, el garante máximo de las actividades del NKVD en España y uno de los agentes de mayor prestigio del Centro por su gran experiencia en el extranjero. Entre sus grandes logros, reclutar y controlar a los Cinco de Cambridge, el grupo de agentes comunistas más importante de la inteligencia soviética infiltrado en Occidente, con Kim Philby a la cabeza. Días después de la condena a muerte de Kámenev y Zinóviev en los Procesos de Moscú, Aleksandr Orlov y Guénrij Grigórievich Yagoda ultimaron los detalles de la operación X, sobre cómo los soviéticos intervendrían en la guerra civil española con apoyo militar al bando republicano, aprobada oficialmente cuatro días después de la caída en desgracia de Yagoda el 25 de septiembre de 1936. Cuando vio la cantidad de oro embarcada, Orlov comentó que había suficientes lingotes para pavimentar los 70.000 metros cuadrados de la plaza Roja de Moscú. En realidad, la frase se la había escuchado a Válter Krivitski, el responsable de la inteligencia militar soviética en Europa occidental y encargado de crear una red que permitiera el envío de armas a España. Pero nadie le reprochó la autoría; los agentes soviéticos estaban acostumbrados a hacer suyo lo que pertenecía a otros, empezando por sus propias identidades. El propio Orlov había tomado su nombre —en realidad se llamaba Leiba Lazarevich Feldbin— de un escritor ruso del siglo XVIII.

Así la Unión Soviética se convertía en el mayor valedor de la resistencia republicana y revolucionaria en España. Y no solo exportaron armas, víveres y contingente humano, sino también una manera de entender y gestionar la revolución en la que se compartían tanto los amigos como los enemigos. Y las checas formaban parte de la gestión.

En una de ellas seguía África, ampliando su particular leyenda negra de eficaz interrogadora. Y no era la única fábula que se contaba sobre ella. Como bien había escuchado Ramón, los rumores recorrían la ciudad y hablaban de cómo la bella y cruel miliciana, cuando formaba parte de las Patrullas de Control y después de una noche intensa, se dirigía con un grupo de compañeros a la famosa tercera planta del Náutico de Barcelona, cuartel general de las patrullas, para dar la bienvenida a un nuevo día perdiéndose en orgías de sexo y violencia. Para ellos, el placer llegaba a su cénit cuando bordeaba los extremos, y en eso se esmeraban. Fueron muchos los rumores que, al igual que los carteles que empapelaban la ciudad, envolvieron los mentideros barceloneses. Pero siempre había alguien que lo limpiaba todo. Como decía su amigo y protector en el Comité de Milicias Antifascistas, Salvador González, cuando le advertían desde la prensa o en algún despacho del peligro que supondría que alguien descubriera las matanzas, las torturas y los asesinatos cometidos tanto por las Patrullas de Control como en las distintas checas: «Siempre habrá un anarquista o un trotskista al que atribuírselas, como ese Manuel Escorza de la CNT». Y así pasaría con el legado de África en la checa de San Elías, lo que permitía a la joven miliciana nadar en una cómoda impunidad.

Esa leyenda también acabó minando la relación con Luis. Cada día se veían menos y, cuando lo hacían, apenas se reconocían. Las nuevas Áfricas que iban surgiendo a diario se comían a aquella joven ceutí que leía la carta de la hija de Tolstói publicada en el *ABC* el 23 de abril de 1933, apoyada en el mostrador de la pensión de Madrid y esperando a que la dueña le trajera una llave. Ambos lo entendieron. África tenía la cabeza en otro sitio y Luis también poseía un nuevo mapa que apuntaba hacia Lérida, donde se haría cargo del PSUC como secretario general. Aunque en ese entonces lo ignoraba, también le esperaba un nuevo amor con el que al final se casaría: Aurelia Pijoan, una doctora en medicina con las mismas convicciones políticas que él.

La vida les brindaba a ambos nuevos mundos. No hubo enfados, ni lágrimas, ni reproches, ni excusas. Conocían las arenas movedizas sobre las que se había edificado su relación. Luis había sido su protector, su iniciador, su maestro, su pareja, incluso para muchos su marido —el propio Santiago Carrillo lo daba por cierto, cuando se conocieron durante las visitas diarias de África a la Modelo para encontrarse con Luis; así se lo recordó el asturiano cuando ambos se reencontraron visitando las cárceles psicotécnicas de Laurencic—. Eso era Luis Pérez García-Lago en aquel momento de su vida, un gran y extenso «había sido». Otra vida que quedaba atrás de las muchas de África de las Heras, como en su día quedó la de Ceuta, la de doña Virtudes, la de su tío Julián, la de su hijo fallecido o la del capitán Arbat. Una sombra más que añadir, una muesca más en la culata de su revólver.

8

Una mirada puede cambiar el curso de una vida. Y ante ella estaba la que cambiaría el itinerario de la suya.

Aquel hombre que había conocido en el hotel Colón hacía meses la observaba desde el otro lado de la mesa de su despacho en el último piso de La Pedrera, el emblemático edificio de la Casa Milà construido por el arquitecto Antonio Gaudí. Siempre le había llamado la atención aquella construcción modernista que parecía romper con lo establecido y se alzaba orgullosa en mitad del barrio del Ensanche, con la soberbia y la seguridad de quien se sabe revolucionario. Sus formas onduladas parecían moverse como las olas del mar que de pequeña ya pretendían arrastrarla lejos de Ceuta. Cuando el edificio pasó a ser el cuartel general del espionaje soviético y sede del Partido Socialista Unificado del Cataluña, muchos lo interpretaron como una victoria del poder del pueblo sobre un símbolo de la burguesía catalana, la perfecta metáfora del triunfo del comunismo sobre el capitalismo, la conquista añorada por la lucha de clases.

Al entrar en aquel edificio de piedra, África sintió que estaba en el lugar correcto, en un hábitat que podría llamar propio, y no solo por la presencia de los milicianos que hacían guardia a sus puertas y lo convertían en el lugar más vigilado de toda Barcelona. Se identificaba con la esencia quimérica que lo vertebraba, aunque no podía dejar de pensar que había algo de irrealidad en aquel lugar, sobre todo cuando observaba las paredes, cruzadas con escenas mitológicas y plagadas de detalles policromos, y los techos con peculiares formas ondulantes, como si en cualquier instante pudieran entrar en movimiento y abalanzarse sobre ella. Llegó a pensar que aquellas dunas marinas podrían enterrarla si cayesen en el acto sobre ella, que los hierros trenzados en las barandillas de los balcones, de las escaleras y de las puertas lograrían entreverarla también a ella, así como las descomunales columnas que parecían reclamar la autoridad de la piedra reafirmando su seguridad. Se preguntó si ese empeño artístico en retorcer lo que se pensaba sólido y consolidado también afectaría a su persona. Los pensamientos que se amontonaban en su cabeza, en un mosaico de ideas irregulares, no afloraban al exterior para dejar al descubierto la naturaleza de sus reflexiones, como sí hacía el peculiar trencadís de azulejos de La Pedrera, quizá porque la argamasa que mantenía unidos a los primeros tenía más cantidad de convicción que de cemento.

Conforme avanzaba por su interior, el edificio cobraba vida y parecía en continuo movimiento; fluctuaba, al igual que ella. Por fin llegó a la última planta donde Erno Gerö, el hombre a quien Caridad Mercader le había presentado en el hotel Colón, tenía su despacho. Allí la esperaba junto a Leonid Eitingon. Ambos sabían que la joven que estaba a punto de entrar por la puerta se había ganado el apodo de pequeña Pasionaria en las calles de Barcelona, especialmente en las temidas checas, instauradas bajo la batuta del propio Gerö. El soviético recordaba la primera vez que la vio en acción. Ella no sabía que la observaban aunque, de haberlo sabido, no habría cambiado nada. «Cállate. Guarda silencio. Mi trabajo es matar y el tuyo morir. Es sencillo de entender. Y recuerda que esto lo has elegido tú».

Cuando Erno la vio actuar durante los interrogatorios, quedó impresionado. Le gustó su físico. Su compañero y colaborador Iósif Grigulévich —un lituano del NKVD que había llegado a España con la estela de ser un agente brillante y cruel, utilizando los nombres de Felipe, Miguel o Padre— estaba en lo cierto: la pequeña Pasionaria era más joven, más guapa y más pasional que la apodada Pasionaria catalana, Caridad Mercader. Incluso llegó a referirse a ella como una «roja Venus latina», y eso favorecía los planes que despuntaban en Moscú. África de las Heras era guapa, elegante y atractiva, pero al mismo tiempo podía ser despiadada y brutal. No vacilaba, obedecía las órdenes sin cuestionarlas, aprendía rápido las consignas, las interiorizaba y no tenía reparos morales a las misiones encomendadas. Su voz, su personalidad, su sangre fría, sus tácticas y la capacidad de su mirada para conseguir que otras se apagaran no era algo que se aprendiera, aunque existiesen centros dedicados a instruir sobre ello. Eran cualidades que solo unos cuantos tenían y que los soviéticos necesitaban para llevar a cabo sus planes, no ya en España sino en todo el mundo. Sensualidad y seducción envueltas en un halo de misterio que respondía a los cánones que buscaban los estalinistas. Era la candidata perfecta, también por un detalle crucial para los servicios secretos soviéticos: la joven ceutí no tenía una familia que representara un lastre y que pudiera frenar su trayectoria. Habían estado observándola, estudiándola, investigándola, y por eso sabían que su relación con Luis tampoco supondría un problema.

Todo eso había llegado al despacho del último piso de La Pedrera al que acababa de acceder África. Conocía de sobra a los hombres que la observaban. Les sonrió, pero Leonid Eitingon sonreía más que ninguno. Siempre lo hacía, aunque no todos supieran por qué. No hicieron falta más presentaciones.

—¿Sabes lo que decía Gaudí? —le comentó Erno Gerö tras conocer la impresión que la Casa Milà le había causado a África—. Que la humanidad se divide en dos grupos: los hombres de palabras y los hombres de acción. Él se consideraba de los segundos, porque era incapaz de explicar sus conceptos artísticos. Y tú también lo eres, camarada África. Eres una mujer a la que no le asusta la acción. Es más, podríamos decir que da sentido a tu vida, que la nutre y la engrandece.

—La acción te hace estar en guardia y mantenerte viva —contestó como si tuviera aprendidas las respuestas. Cada palabra de África tenía su repercusión en el pecho de los soviéticos.

—Aunque, para ser honestos, he de decir que te desenvuelves igual de bien con la palabra que con los actos. Y eso no siempre ocurre.

—¿Por qué elegir si se puede tener las dos cosas? —exclamó África, a quien le agradaba escuchar lo que decían de ella.

—A veces hay que elegir. —Gerö guardó silencio unos segundos, con pretensión de intensificar las miradas que ambos se mantenían.

Sin embargo, la invitada al despacho de La Pedrera no entendió el comentario y Eitingon advirtió su desconcierto. Debían ponerla al día de sus planes y hacerlo desde el principio. Su superior le leyó el pensamiento y empezó a hablar de nuevo:

—Con la República española y con la revolución internacional sucede lo mismo que con esos carteles de Bardasano que están por toda Barcelona, llamando a los jóvenes españoles a coger las armas y unirse a la lucha.

África visualizó esos carteles que estaban pegados en los árboles, en los quioscos, en los escaparates de las tiendas, en las paredes de los cafés, en las fachadas de los edificios, en los vehículos o en los anuncios de prensa, donde aparecían hombres musculosos lavándose con un cubo de agua y una pastilla de jabón bajo la leyenda ¡SOLDADO, SÉ LIMPIO!; jóvenes blandiendo la hoz y el martillo y ondeando una bandera roja con brazos de hierro con el lema «Fuerza»; mujeres y hombres con uniformes impolutos, saliendo de las trincheras bajo las palabras NO PASARÁN; labradores con hechuras irreales mirando al frente con el mensaje CAMPESINO. POR TU PAN, POR TU TIERRA. ALÍSTATE EN LAS MILICIAS... Barcelona era un completo cartel de José Bardasano, rebosante de ardor pictórico y revolucionario.

—Si te fijas bien —continuó Erno Gerö—, los hombres que aparecen en esos carteles son altos, fuertes, con músculos perfectamente definidos, con pómulos marcados y grandes manos, bien alimentados y bien abrigados, con enormes gabanes que les cubren de la cabeza a los pies. Pero la realidad es bien distinta. Los españoles que van al frente son más bajitos, tienen hambre, difícilmente encontrarán un abrigo que los resguarde del frío en las trincheras y si alguien les entrega un fusil que dispare, será un milagro. Los carteles pueden engañar. Pero nosotros no podemos hacerlo.

—Camarada África, tú has visto lo que está pasando en las calles y en el frente —intervino Leonid Eitingon, tomando el relevo del relato que hasta entonces protagonizaba Gerö—. La Guerra Civil no es una revolución social. España ahora debe concentrarse en ganar la guerra, en salvar la República. Muchos entienden que es más prioritaria la República que el poder del proletario, y tienen razón. Por eso la Unión Soviética está ayudando a los españoles, para que ganen la guerra y se hagan con la victoria sobre el fascismo. Pero a Franco no se le gana haciendo la revolución y lanzando consignas, sino con armas. Primero hay que ganar la guerra y luego haremos realidad la revolución. Es un proceso largo y diferenciado, aunque algunos de los nuestros, lamentablemente, no lo entiendan y piensen que guerra y revolución son inseparables, que la única lucha antifascista pasa por el control obrero... Eso dicen los anarquistas y los del POUM: «Si el obrero no domina, será dominado». ¡Qué sabrán ellos, si siempre han ido a la cola de los éxitos y del liderazgo de Stalin! Esos trotskistas están empeñados en dividirnos, son oportunistas para los que todo vale con tal de conseguir poder, como su líder, el inefable León Trotski.

No era la primera vez que África oía ese término: trotskistas. Ni era la primera vez que ese nombre aparecía en una conversación. La última fue en boca de la mujer del cónsul soviético en Barcelona, Vladímir Antónov-Ovséyenko, una ucraniana de fuerte carácter que no dejaba de advertir a su marido que tuviera cuidado, que no se mostrara tan cercano con los socialistas, los sindicalistas y los comunistas catalanes, que no veía la necesidad de aprender catalán para relacionarse con ellos, que mantuviera las distancias con Companys y con Durruti —antes de su muerte, en noviembre de 1936—, que dejara de leer los informes del responsable del Comisariado de Propaganda de la Generalitat, Jaume Miravitlles, sobre que «en Cataluña no había fascismo, que aquí la guerra era contra los militares españoles y el clérigo español, y que bastaba con haber fusilado a quinientos y ya habían fusilado a ocho mil solo en Barcelona», porque en Moscú lo sabían todo y lo interpretaban de la manera que mejor les convenía, que solía ser la peor para el representante consular. Cuando el 22 de diciembre el cónsul soviético reconoció su admiración por los anarquistas catalanes, su mujer montó en cólera. «¿Es que ya no lees el *Pravda*?», le preguntó, refiriéndose a la información aparecida el 17 de diciembre de 1936 sobre el inicio de una purga trotskista en España como la producida en la URSS. «¿Acaso crees que a Stalin se le ha olvidado que eres amigo de Trotski? ¿Es que piensas que no tiene memoria? ¿Crees que te va a condecorar solo por saludar con el puño en alto desde el balcón de la plaza de Sant Jaume junto a Companys, ante las trescientas mil o quinientas mil personas que desfilaron para conmemorar el decimonoveno aniversario de la Revolución rusa?». El cónsul, un hombre de la vieja guardia bolchevique, escuchaba a su esposa como atendía a todos: en silencio y comprendiéndola. Pero no le prestó la suficiente atención.

África sí escuchaba todo lo que Leonid Eitingon y Erno Gerö, los dos hombres fuertes de la Unión Soviética en España, tenían que decirle.

—La guerra no puede ahogar la revolución. Pero la revolución no puede dejar de hacerse, y si no se puede hacer en España, de momento... —comentó Erno Gerö haciendo valer cada una de sus palabras— habrá que seguir haciéndola fuera.

—No queremos que te conviertas en una mártir como Lina Odena, ni que aparezcas en las fotografías de los periódicos como Caridad Mercader, ni que te dejes la voz en las asambleas repitiendo frases revolucionarias de memoria como Dolores Ibárruri, ni que te escondas en trincheras como tantas otras, como tú misma has hecho... —añadió Leonid Eitingon.

A África no le extrañó que el hombre estuviera al tanto de sus correrías en el frente. En esa Barcelona guerracivilista, empapada de efluvios revolucionarios procedentes de la estepa rusa, todos sabían de todos aunque no supieran de nadie. Estaba en la sede de los servicios secretos soviéticos, aunque por ahora solo lo sospechara.

La mención a su amiga Lina Odena, muerta el 14 de septiembre, todavía la conmovía, como al resto de los compañeros, que no tardaron en convertirla en un referente de la lucha de la mujer republicana y revolucionaria contra el fascismo. Lina decidió quitarse la vida disparándose en la sien con su propio revólver cuando el coche en el que viajaba junto a su chófer —y en cuyo parabrisas aparecía el cartel MUNDO OBRERO. CORRESPONSAL DE GUERRA— se encontró un control fascista en la Venta del Juanito, en Granada. Ante la posibilidad de caer prisionera y de ser torturada para sacarle información, optó por suicidarse. Tenía veinticinco años. África recordaba las palabras que la Pasionaria le dedicó en *Mundo Obrero* nueve días más tarde: «Lina vendió cara su vida. La última bala fuera para ella; no quiso caer viva en manos del adversario y se pegó un tiro. Su cuerpo fue llevado por el enemigo a Granada como un trofeo». También Margarita Nelken, en el homenaje que se le hizo a Lina en el Monumental Cinema, quiso recordarla: «Se mató para no caer en manos de aquellos que no tienen respeto por las mujeres».

La voz de Eitingon continuó con su cometido:

—A ti no te pueden gritar como a las libertarias «la guerra no es para mujeres, lo vuestro es fregar, freír y follar». Tú no eres una de esas que se pasean por las Ramblas arrastrando sus fusiles vestidas de milicianas y con zapatos de tacón. Ni tampoco una de esas jovencitas guapas y alegres que sonríen en las fotos, con un mono que parece el de un mecánico y que ni siquiera saben por qué lo llevan. Tú no te pavoneas, no eres un soldado en la retaguardia —remató sin poder evitar una sonrisa.

África no tardó mucho en entender por qué el hombre sonreía como un niño travieso al que descubren haciendo algo que no debería. Aquellas palabras le resultaban familiares. Las había oído antes. Mantuvo la mirada del soviético, quien a su vez mantenía la sonrisa. Y se acordó de dónde las había leído. En el *Treball*, el diario editado por el PSUC. Todo cuadraba. Luis le había comentado que muchos en el partido pensaban que era el propio Leonid Eitingon el encargado de escribir algunos de sus editoriales. Y aquello que se publicó a mediados de septiembre en el periódico, «Tartarines en la retaguardia, no. Los fusiles, al frente», tenía toda la pinta de ser obra suya, aunque también podría ser de Erno Gerö. Ahora entendía la razón de la sonrisa traviesa de Eitingon. Todo iba tomando forma en su cabeza como piezas de un gran puzle que desde hacía tiempo tenía sobre la mesa a medio acabar y ni siquiera lo sabía. Todo comenzaba a encajar, todo ocupaba su lugar, todo encontraba su sitio. Como traídas por la marea de la memoria, afloraron a modo de recuerdo las palabras pronunciadas por Margarita Nelken en el homenaje a Lina Odena. «Yo os digo que Lina no ha muerto para que se paseen las señoritas ociosas por Madrid. Y como el miedo es saludable, si no se nos tiene miedo, el sacrificio de Lina será estéril».

—No queremos que cuando te miren vean a una de esas milicianas disfrazadas con un mono azul que pueblan las calles y los carteles de Barcelona —insistió Gerö—. La revolución es algo mucho más serio que un simple cartel. —Sus palabras sonaban a sentencia. Cuanto más hablaban, más serios se ponían sus rostros, como la revolución—. Para ser exactos, no queremos que nadie vea quién eres. Queremos que cuando te miren vean a quien nosotros queremos que vean. Para escribir una pintada en la calle vale cualquiera. Para escribir la historia, solo unos pocos elegidos.

—Camarada África, no eres una mujer de la guerra civil española —intervino Eitingon, en cuyo rostro no quedaba vestigio de sonrisa—. Eres una mujer de la revolución proletaria internacional. Y queremos ofrecerte la oportunidad de que lo sigas siendo.

Después de los prolegómenos, llegó la pregunta que África llevaba esperando desde que entró por la puerta del principal despacho de la última planta de la Casa Milà. Y fue Erno Gerö el encargado de plantearla:

—Dime, camarada África, ¿has oído hablar de León Trotski?

Descendió las escaleras como si flotara, imitando la fluctuación de las paredes y los techos de La Pedrera. No sabía cuánto tiempo había estado en el interior del despacho. Sin duda, mucho más de lo que solía permanecer en la cima del monte Tibidabo, donde cogía perspectiva de su labor en la checa de San Elías, y quizá por eso salió más empoderada. Tenía la impresión de que los enviados soviéticos le habían mostrado su poder en la Tierra y que de su boca habían salido las palabras mágicas: *et dixit illi haec tibi omnia dabo si cadens adoraveris me.*

«Todo esto te daré si te postras y me adoras», pensó para sí.

Le seguía agradando la voz de Satán.

—¿Has visto las pinturas murales de los vestíbulos? Esos colores tan vivos no son sencillos de conseguir —le comentó Eitingon, mientras descendía junto a ella por las escaleras del edificio—. Se hicieron con el diapreado, una técnica que exige disciplina y entrega para conseguir resultados impactantes.

África desvió la mirada hacia la decoración pictórica, pero no vio jardines, ni animales, ni flores, ni la ira ni la gula representadas como pecados capitales, ni el naufragio de Telémaco, ni la guerra de Troya, ni la entronización de Rómulo, ni siquiera al dios Vertumno, rey de las estaciones, adoptando diferentes formas para conquistar a la diosa de los frutos, Pomona. No vio nada de lo que mostraban aquellas imágenes. Sabía que el mensaje era otro. Disciplina y entrega, había dicho Eitingon. Un mensaje codificado de compromiso que exigía un sellado inmediato. Y supo descifrarlo.

—¿Es que hay otra forma de hacer las cosas?

Cuando salió de La Pedrera sintió el frío en el rostro. Lejos de molestarle aquella garra gélida que amenazaba con arañarle la piel, lo agradeció. Declinó subirse al coche negro que la esperaba en la entrada del edificio para llevarla a casa. Prefería caminar, darle tiempo a su cuerpo y a su mente para deshacerse de tanta mitología, techos ondulantes y pinturas murales abigarradas. Por el camino encontró muchos de esos carteles de Bardasano de los que habían estado hablando. Se quedó observándolos como si fuera la primera vez que los contemplaba. No lo era, pero los vio de otro modo; también aquellas pinturas parecían fluctuar y cambiar como las paredes, las columnas, las puertas y los balcones del emblemático edificio que acababa de abandonar. Los soviéticos tenían razón: los carteles mentían, como los periódicos y las radios cuando daban informaciones que no se correspondían con la verdad, solo para mantener el ánimo alto y convencer a la población de que no era el momento de bajar los brazos. A eso, doña Virtudes lo habría llamado una mentira piadosa, «por esas no tienes que confesarte, no te llevarán al infierno, sino más bien a los cielos».

África sonrió, no por el recuerdo de su madre, sino por lo que la revolución le había enseñado: al cielo no se va, ni tampoco te llevan; el cielo se asalta. Recordó la primera vez que había leído esa expresión. Fue en la carta que Karl Marx envió a Ludwig Kugelmann el 12 de abril de 1871, en la que le hablaba del heroísmo de los obreros franceses en la Comuna de París por protagonizar una revolución que sabían perdida:

> La insurrección de París, incluso en el caso de ser aplastada por los lobos, los cerdos y los viles perros de la vieja sociedad, constituye la proeza más heroica de nuestro partido desde la época de la insurrección de junio. Que se compare a estos parisienses, prestos a asaltar el cielo, con los siervos del cielo del Sacro Imperio Romano Germáni-

> co-Prusiano, con sus mascaradas antediluvianas, que huelen a cuartel, a iglesia, a junkers y, sobre todo, a filisteísmo...

África podía ver fragmentos de esa carta proyectándose sobre su memoria y no le costó transportarlos a España: «Por escrúpulos de conciencia se dejó escapar la ocasión. No querían iniciar la guerra civil...».

Quizá la revolución en España se había dejado escapar, como quizá tampoco quisieron iniciar una guerra civil. Quizá su asalto al cielo se parecía más al espíritu imbuido en los dibujos de los murales pintados de La Pedrera; aquel abordaje metafórico tenía algo de mitología griega, de Titanomaquia, cuando los hijos de Poseidón intentaron conquistar el monte Olimpo para derrocar a los dioses, o de aquel otro asalto al cielo mencionado en el *Hiperión* de Friedrich Hölderlin siglo y medio atrás y que acabó en decepción.

Quizá había que embarcarse en otro barco para asaltar aquel cielo.

Los soviéticos, al menos los que se sentaban en el despacho principal de La Pedrera, no tenían en su horizonte a los tranviarios de la FAI o a los obreros de la CNT que acompañaron a Caridad Mercader y a Lina Imbert en el cuartel de las Atarazanas durante la represión de los rebeldes militares en julio de 1936. Eran otros héroes, otros patriotas y otros escenarios los que barruntaban. El enemigo no era Franco, ni el general Goded. El enemigo era Trotski, por traicionar a la Revolución rusa, a Stalin y al pueblo soviético. Para los estalinistas, al fascismo se llegaba a través de León Trotski y de los contrarrevolucionarios de la futura Cuarta Internacional, no a través de Francisco Franco.

El tablero había cambiado, las piezas también. Todo exigía una nueva jugada en la que un peón bien posicionado podía tener más autoridad y poder que un rey.

«Dime, camarada África, ¿has oído hablar de León Trotski?», le había preguntado Erno Gerö hacía solo unos minutos.

Claro que había oído hablar de él.

Había llegado el momento de que Trotski oyera hablar de ella, aunque el líder bolchevique nunca sabría quién era en realidad.

Casa Azul
Coyoacán, México

Abril de 1937

¿Y tú, tú quieres asaltar el cielo? Pues dónde están tus cien brazos, Titán, dónde tu Pelión y tu Osa, tus escalas para asaltar el castillo del padre de los dioses, para que subas y derribes al dios mismo y la mesa de los dioses y todas las cumbres inmortales del Olimpo, y prediques a los mortales: «¡Quedaos abajo, hijos del instante, no os esforcéis por subir a estas alturas, porque aquí arriba no hay nada!».

FRIEDRICH HÖLDERLIN, *Hiperión*

9

El olor a las quesadillas de flor de calabaza que había preparado Frida todavía impregnaba el patio de la Casa Azul, en el centro de Coyoacán.

A esa hora, justo después de comer, cuando la mayoría de los habitantes de la residencia de Diego Rivera y Frida Kahlo en la calle Londres descansaba en sus habitaciones y el equipo de trabajo de León Trotski aún no había llegado para cumplir con el turno de tarde, aquel lugar era un extraño oasis de tranquilidad que rompía el caos reinante en la casa durante todo el día, centrados en preparar la Comisión Dewey.

Allí estaba él, bajo el naranjo que presidía el patio de la Casa Azul. Lev (León) Davídovich Trotski. En realidad, su apellido era Bronstein; el Trotski vino luego, fruto de los avatares de juventud que le obligaron a utilizar el nombre de un antiguo carcelero ruso en una prisión zarista durante una de sus huidas. El mayor enemigo del pueblo, el hombre al que Iósif Stalin consideraba un traidor, un terrorista, un contrarrevolucionario pagado por el capitalismo y por el fascismo, un agente alemán en 1921, un espía de la inteligencia británica en 1926, un vendedor de secretos a la inteligencia polaca, un conspirador que intentó matar a Lenin y barruntaba el magnicidio de Stalin, que planificó sabotajes industriales, que ideó el envenenamiento masivo de obreros y campesinos, que se reunió en secreto con Hitler y con el emperador japonés Hirohito para acabar con la URSS a cambio de entregar el territorio de Ucrania al Führer... Al menos eso había asegurado en dos juicios celebrados en agosto de 1936 y enero de 1937 el Consejo Militar de la Suprema Corte de la Unión Soviética reunido en el Salón de las Columnas de la Casa de los Sindicatos de Moscú donde procesaron a Trotski y lo declararon culpable de los dieciocho cargos que se le imputaban; en el mismo lugar donde hacía años Tolstói y Pushkin se abandonaban al baile con sus amigos, el espacio donde se escuchó la música de Liszt, Rajmáninov o Tchaikovski magnificada por la buena acústica de la estancia, cuando aquel salón era un referente de la aristocracia moscovita, antes de que Lenin lo utilizara para teorizar sobre la revolución sin imaginar que acabaría acogiendo sus exequias. La historia siempre disfruta con esos bandazos.

Los vaivenes también afectaron a Trotski. Ya no era el líder revolucionario, el creador del Ejército Rojo, el comisario de guerra, el comisario del pueblo para las relaciones exteriores, el primer presidente del sóviet militar revolucionario, el hombre que Lenin quería como sucesor al frente de la URSS después de cerciorarse de las verdaderas intenciones de Stalin, el teórico de la revolución... Todo eso quedó encerrado en la pesada sombra que llevaba pegada a la espalda y que algunos estaban empeñados en que se cerniera sobre él hasta aplastarlo.

Cuando le conoció, a África le pareció un anciano. Tenía cabello cano, frente anchurosa, ojos azules parapetados detrás de unas gafas redondas y, por alguna razón —quizá para que su adorada Frida Kahlo le pudiera seguir llamando «Piochitas»—, mantenía una espesa perilla de la que solo se desprendió en dos ocasiones: la primera, en 1902, recién huido del exilio siberiano, cuando el líder del socialismo austriaco, Víctor Adler, ordenó a un barbero que se la afeitara para despistar a los agentes soviéticos en el extranjero, mientras preparaba sus papeles para refugiarse en Londres, donde se encontraría con Lenin; la segunda, a finales de 1933, cuando, al ser expulsado del pueblo francés de Barbizon, tuvo que esconderse en una buhardilla de París y se vio obligado a modificar su apariencia. La guerra, al igual que sus protagonistas, acostumbra a tejerse con hilos de mentiras y espejos que deforman la realidad. Empezando por ella misma, que desde su llegada a México ya no era África de las Heras, sino

María de la Sierra. Como el dios Vertumno pintado en las paredes de La Pedrera, en una transformación constante para seducir a la diosa Pomona, que en su caso era un hombre de cincuenta y ocho años, el *Old Man* —«el Viejo»—, como lo llamaba Diego Rivera, el amante de los animales y los cactus, el que disfrutaba comiendo los platos típicos de la cocina mexicana, el mismo que, en aquellos días de abril de 1937, caminaba nervioso de un lado a otro del soleado patio de la Casa Azul, sorteando las plantas que lo preñaban e intentando arrastrar con un pañuelo blanco el calor excesivo del clima mexicano.

«Su mujer tiene razón. Parece un león enjaulado en un zoo», había escuchado María de la Sierra decir a Eleanor Clarke, una de las que ayudaban en la traducción y elaboración de los escritos presentados en la Comisión Dewey. Se trataba de una delegación internacional constituida para investigar si las acusaciones vertidas en el juicio de Moscú contra Trotski eran reales y veraces. La había solicitado él mismo, tras verse privado de su derecho a defenderse de las imputaciones ante un tribunal constituido conforme a la ley. «Si esta comisión decide que soy culpable en el más mínimo de los crímenes que me imputa Stalin, me comprometo de antemano a entregarme voluntariamente a los ejecutores de la GPU», había dicho hacía unas semanas, el 13 de marzo. La integraban profesionales independientes ajenos al trotskismo, con el filósofo liberal estadounidense John Dewey al frente. No fue fácil reunirlos a todos. Cuando Trotski supo de las reticencias de Dewey para presidir la comisión, tanto por motivos médicos achacables a su avanzada edad —tenía setenta y siete años— como por la insistencia de su mujer en que no participara en algo que había recibido críticas de algunos sectores liberales, tuvo que convencerle exhortándole públicamente: «Tengo entendido que el señor Dewey prefiere no descender de las alturas filosóficas para sumergirse en el pozo de los fraudes judiciales. Pero el torrente histórico plantea sus propias exigencias e imperativos. Voltaire ató su nombre al asunto Calas, Zola al del caso Dreyfus, y el *desvío* no disminuyó la estatura histórica de estos hombres». La arenga del *Old Man* funcionó. Finalmente, el 2 de abril de 1937, John Dewey se subió al Sunshine Special, el tren que lo llevó desde Nueva York hasta México, con escala en San Luis, cuatro días después.

A la joven española la habían contratado como secretaria bajo la identidad de María de la Sierra, aunque también hacía las veces de traductora, como la mayoría del equipo encargado del laborioso trabajo de documentación que exigía la Comisión Dewey: taquígrafos, traductores, mecanógrafos, secretarios, documentalistas, abogados... Su presencia en aquel templo trotskista era mérito de una operación afiligranada trenzada por una red de *rezidents*, agentes soviéticos que operaban en todo el mundo sin cobertura diplomática y que, gracias a sus contactos, al dinero que llegaba de la URSS y a sus tácticas de engaño, conseguían lo imposible. Los servicios secretos soviéticos habían logrado convencer a Trotski a través de uno de sus agentes infiltrados en su entorno durante su exilio en Noruega y de la confirmación de otro más afincado en los círculos trotskistas de Nueva York: «Es una chica formal, muy trabajadora, agradable, discreta, una repatriada española, como tantos otros que han llegado a México desde España huyendo de la Guerra Civil y del fascismo. Y lo más importante: es de nuestra máxima confianza. No se arrepentirá de contratarla, y no solo por estos tres meses; querrá que se quede más tiempo. Y si no, ya me lo dirá».

El equipo del líder revolucionario no daba abasto para leer, redactar, argumentar y traducir a varios idiomas los textos y las declaraciones que se presentarían ante la Comisión Dewey. El mundo estaba observando y se quería cubrir la sed de información de los medios internacionales, especialmente los estadounidenses y los europeos. Cualquier ayuda era bien recibida, máxime si venía respaldada por excelentes recomendaciones, como era el caso de la hermosa María de la Sierra.

La joven aparecía en la Casa Azul todos los días, siempre a la hora prevista, vestida con un sobrio traje sastre de dos piezas en tono gris y con unas medias de color café, o con una falda estrecha hasta los tobillos a juego con un suéter de cachemira, o con una blusa blanca abrochada a la altura del cuello, a no ser que la primavera mexicana calentara más de lo normal y la estricta política de botones se relajara con la ayuda de un sencillo y austero collar de perlas de una sola vuelta. Siempre tonos neutros, discretos; para colores vivos ya estaban los muros añiles de la Casa Azul, los vestidos de Frida Kahlo y las plantas exóticas del jardín interior de la vivienda; incluso el llamativo jersey con extraños rombos y figuras asimétricas que solía vestir uno de los secretarios de Trotski, y que a ella le recordaba los dibujos de Laurencic en las celdas de las checas.

El código de vestimenta y de comportamiento siempre seguía las recomendaciones de sus enlaces soviéticos destinados en México, con los que solía mantener reuniones clandestinas para entregarles información de la casa y de sus ocupantes. «No vistas de manera provocativa, procura no realzar tu belleza, no te maquilles demasiado, no uses perfumes fuertes, nada de joyas llamativas, no hables a no ser que te pregunten; recuerda: tú no tienes opinión, solo montañas de trabajo. Ni siquiera te muestres como una enfervorizada simpatizante trotskista, se suele caer en la sobreactuación y no queremos que nadie sospeche. Lo importante es que estés, pero que nadie se fije en ti más de lo necesario, como si no te vieran. Actúa como una sombra en la noche, que está pero que nadie puede identificar».

Los dedos de las mecanógrafas iban a la misma velocidad que sus ojos cuando se perdían entre los cientos, si no miles, de páginas de los escritos de la Comisión Dewey. «Sed fieles al texto, no aportéis nada de vuestra cosecha. Adaptaos a la literalidad de las palabras. No queremos errores. No necesitamos la épica, solo la narración de los hechos y la fidelidad en las declaraciones», pedían tanto Trotski como su secretario principal, Jan Frankel, encargado de distribuir el trabajo entre el equipo de secretarias, traductores y escribientes.

María de la Sierra recordaría siempre las dos primeras frases que tuvo que traducir del inglés al español y al francés, para dar cuenta de lo que había sucedido en la primera sesión de la Comisión Dewey. La primera la pronunció el abogado defensor de Trotski, Albert Goldman. La segunda era la respuesta del testigo principal, condición en la que comparecía Trotski, y no como procesado o acusado, ya que eso equivaldría a reconocer la validez de las acusaciones realizadas en los Procesos de Moscú, como bien explicó en su primera comparecencia el propio Dewey y que la española también se encargó de traducir.

«¿De qué país es usted ciudadano, señor Trotski?».

«Me quitaron la ciudadanía de la Unión Soviética. No soy ciudadano de ningún país».

Durante meses, se implicó activamente en el ajetreo de su equipo de colaboradores. La actividad fue frenética durante las semanas que duró la preparación de la intervención del líder revolucionario en la comisión. Apenas quedaba tiempo para nada más.

—¡Pero cómo pueden decir que me reuní en secreto con Rudolf Hess! —se escandalizaba Trotski—. ¿De dónde sale semejante invención?

—Del mismo lugar de donde sale que el líder bolchevique Gueorgui Piatakov voló de Berlín a Oslo para encontrarse contigo, cuando tenemos pruebas documentales del aeródromo Kjeller que demuestran que ningún avión aterrizó en el aeropuerto de Oslo entre septiembre de 1935 y mayo de 1936. Todo esto parte de la mente enferma de Stalin —respondía a modo de explicación su secretario principal.

—Hay que mandar un cuestionario a Piatakov, a Moscú, para que vuelva a declarar ante un tribunal —planteaba otro de los estrategas mientras las secretarias traductoras los observaban, casi todas ellas a través de sus anteojos.

Era el caso de Ruth Ageloff, una estadounidense eficaz y aplicada con la que la española había entablado una relación superficial, pero más allá del saludo protocolario. Siempre pensó que se quedó con su nombre porque coincidía con el del buque petrolero de bandera noruega, el Ruth, que trasladó a Trotski y a su esposa Natalia hasta el puerto mexicano de Tampico el 9 de enero de 1937. María de la Sierra las miró a todas y pensó que, al día siguiente, ella también se presentaría con gafas; no quería ser la única que no las llevara y que eso la distinguiera del resto.

—Escriba esto, señorita. —La voz del líder revolucionario hizo que sus manos se perdieran en la máquina de escribir—: La OGPU obligó a Piatakov a volar en un avión fantasma para encontrarse conmigo, igual que la Santa Inquisición obligaba a las brujas a acudir a sus citas con el demonio montadas en una escoba —declamaba, hablando con la cadencia del dictado, respetando el tiempo que necesitaba la mecanógrafa para recoger cada una de sus palabras—. Todas las confesiones se fundan en el mismo tipo de subterfugios, mentiras y falsificaciones miserables. Y traduzcan esto, por favor —les pedía a sus transcriptores—: Stalin no puede parar. Es un hombre que bebe agua salada para aplacar la sed.

Ante cada acusación que había hecho el fiscal Andréi Vyshinski en el juicio de Moscú, el equipo de Trotski en la Casa Azul encontraba un papel, una declaración, un testigo, un billete o una carta exculpatoria que la refutaba.

—El corresponsal del diario *Izvestia* en Francia dijo que se reunió contigo en París, a mediados de 1933, para darte las claves de un atentado terrorista en la Unión Soviética.

—¡Pero si en esa fecha ni siquiera estaba en París! No me lo permitían las autoridades francesas. Me tenían exiliado en Barbizon y hasta finales de ese año, que me expulsaron, no pude pasar por la capital para esconderme en una buhardilla. Fue allí donde tuve que afeitarme la perilla; solo por eso me acuerdo perfectamente de las fechas. Mienten de nuevo. Y, cómo no, con la connivencia de la prensa, que ni siquiera se molesta en contrastar lo que publica. No redactan, escriben al dictado. ¡Y lo llaman periodismo!

El mundo entero aguardaba expectante las respuestas elaboradas por el equipo del Viejo. Cada día llegaban a la Casa Azul docenas de publicaciones y periódicos procedentes de Francia, Alemania, España, Estados Unidos, Inglaterra, incluso de la Unión Soviética, haciéndose eco de los trabajos preparatorios de líder bolchevique ante la Comisión Dewey.

—Dice Bernard Shaw que la fuerza de la defensa de Trotski reside en la incredibilidad de las acusaciones contra él. Pero, y abro comillas, «Trotski lo echa todo a perder al hacer exactamente el mismo tipo de ataque contra Stalin. Yo he pasado cerca de tres horas con Stalin, lo he observado con aguada curiosidad y me resulta tan difícil de creer que sea un gángster como que Trotski sea un asesino».

—Bernard Shaw es un imbécil. Odia a los pobres y ama a Stalin —comentó Ruth Ageloff, que quiso insistir ante la aparición de sonrisas en los rostros de sus compañeros—: No bromeo, tiene una foto suya enmarcada en la repisa de la chimenea de su dormitorio.

—Lo ama desde que le invitaron a visitar la Unión Soviética en 1931 y le recibieron como si fuera un actor de Hollywood —comentó Eleanor Clarke, sin dejar de teclear en su máquina de escribir—.

¡Pancartas con su retrato, un desfile militar en su honor, medio Moscú vitoreando «Hail, Shaw!» y una comida para celebrar su setenta y cinco cumpleaños. Stalin le concedió una audiencia privada de dos horas en la que se contaron hasta chistes.

—No nos distraigamos con cotilleos banales —rogó Trotski—. Que escriban lo que quieran. Cosas peores nos han dicho. Sin ir más lejos, Gorki pidió mi ejecución al grito de «¡Muerte a los perros rabiosos!». Recuerdo cómo me buscaba en el quinto Congreso del Partido que celebramos en Londres hace ahora treinta años para alabar mis escritos políticos. Pero la Orden de Lenin, la mansión que le regaló la URSS, las dos calles con su nombre en el centro de Moscú y su ciudad natal, e incluso el elogio que le escribió Stalin en la última página de su poema «La joven y la muerte», asegurando que era mejor que el *Fausto* de Goethe, hay que pagarlos de algún modo. Nada en esta vida es gratis. De todas maneras, Gorki ya está muerto y no voy a defenderme de los ataques de un muerto.

—Romain Rolland sigue vivo y ha dicho lo mismo —comentó el secretario que, para descanso visual de los presentes, ese día había optado por dejar el jersey de rombos psicodélicos en el armario, decantándose por uno monocolor.

—¡Vaya con Rolland! El premio Nobel de Literatura de 1915, el admirador de Gandhi, el enemigo de la guerra y defensor de la paz... —enumeró otro—. Menos mal que no le gustaba la violencia; de lo contrario, habría venido él mismo a matarte.

—No descartes nada, aún está a tiempo —ironizó Trotski sobre su posible asesinato, como solía hacer cuando estaba relajado y entre personas de confianza.

El interior del despacho que ocupaba el equipo del líder revolucionario se parecía mucho al de una agencia de información, ya fuera de un medio público, de un partido político o de una organización secreta. El bullir de las conversaciones cargadas de confidencias, fruto del trabajo de documentación y las arduas investigaciones, hacía que muchas veces se perdiera de vista lo realmente importante. Pero la información era poder y ellos querían disponer de todo el posible para refutar con éxito las acusaciones, a su juicio infundadas, realizadas por la URSS de Stalin.

Por las manos de María de la Sierra no dejaban de pasar documentos confidenciales, telegramas, fotografías, credenciales, cartas escritas por Trotski y recibidas de personajes variopintos —dirigentes políticos, culturales y sociales que harían las delicias del NKVD— e incluso varios pasaportes de la familia, tanto el de Trotski —el pasaporte mexicano con el número 3643 con el que llegó a México, concedido para que pudiera abandonar Noruega el 23 de diciembre de 1936— como el de su esposa Natalia y el de su hijo Lev Sedov, Liova, que se encontraba en París editando el periódico *Boletín de la Oposición* y preparando el próximo congreso fundacional de la Cuarta Internacional. La misión de la española consistía en recopilar la máxima información sin levantar sospechas: nunca sacaría papeles de la casa, pero sí debía memorizarlos o copiarlos. Para eso se valía de libros, mejor que una libreta de hojas vírgenes, que siempre levantaría más recelos si alguien la descubría garabateando en ella. En sus páginas caligrafiaba las medidas de paredes, puertas y ventanas, los horarios de entrada y salida de los inquilinos de la casa, los turnos de guardia de los hombres que vigilaban tanto el interior como el exterior de la residencia, las lecturas de Trotski, los manuscritos que ocupaban la mesa de su despacho —como las biografías sobre Lenin o, en especial, una sobre Stalin que una editorial le había contratado—, o, aún más cardinal, el borrador del programa de la Cuarta Internacional en el que trabajaba desde hacía meses. Fue allí, entre sus papeles, donde María de la Sierra encontró la copia de la carta que el Viejo le había enviado a Liova, con fecha de febrero de 1937, en la que tachaba de irresponsable y descuidado su trabajo al frente de *Boletín de la Oposición*, calificándolo de traición. Tuvo que memorizar algunos fragmentos que consideró importantes para ilustrar la complicada relación entre padre e hijo: «Resulta difícil decir cuáles son los peores golpes, si los que vienen de Moscú o los que vienen de París», afirmaba. Al Viejo aún le dolía el robo de los ochenta kilos de documentación de sus archivos personales en París, sucedido en noviembre de 1936.

Cualquier dato que pudiera desvelar los movimientos de Trotski debía ser escrutado, incluyendo sus gustos culinarios: el mole poblano, los frijoles refritos, el cerdo asado al carbón, el pescado blanco de

Pátzcuaro —más aún si lo preparaba Frida: «Supera al que comemos en el restaurante Prendes, con permiso de su dueño Amador», le decía—, la carne asada a la tampiqueña, el guacamole bien cargado de chile —cuanto más picante mejor—, los mangos, las granadas, las piñas, el tequila, el vino, su marca de whisky favorita... Todo aquello que comería y bebería en cualquier ocasión sin pensar en extremar las precauciones. La misión de María de la Sierra era la observación y la recopilación de datos; para qué y cómo usaran esa información sus superiores no era de su incumbencia. Podía utilizar su pericia con el dibujo, aquella que cultivó en la Academia de Bellas Artes de San Fernando de Madrid y que perfeccionó gracias a las indicaciones de Margarita Nelken, para esbozar en las guardas del libro los planos de la vivienda, la distribución de las habitaciones, en qué ala de la casa estaba el dormitorio del matrimonio Trotski —el antigua cuarto de Cristina, la hermana de Frida—, qué distancia lo separaba del resto de salas de la vivienda, cuántas salidas tenía la residencia, la altura de los muros para saber si una persona podía saltarlos, cómo habían sido reforzadas las paredes, si todas las ventanas de la casa habían sido tapiadas con ladrillos, si el árbol del jardín era lo bastante resistente para aguantar el peso de un hombre o de más, cuántos animales domésticos había... También esbozó el retrato de muchos de los habituales de la Casa Azul, como los miembros de la guardia, en especial los encargados de la seguridad interior, que solían ser simpatizantes trotskistas llegados desde Estados Unidos, después de una cuidadosa selección realizada por el entorno de Trotski. De la protección del exterior se encargaban sobre todo miembros de la policía local mexicana; rotaban cada cierto tiempo, por lo que un perfil suyo podía tener poca validez, aunque sí era de ayuda conocer sus nombres.

No era la primera vez que un enviado de Stalin conseguía infiltrarse en el círculo más íntimo del Viejo. En uno de sus primeros exilios, en Turquía, el Kremlin había logrado colocar a uno de sus hombres en el equipo de seguridad que lo protegía, pero solo en misión de observación, no de ataque. Y esa misma era la naturaleza de la tarea encomendada a María de la Sierra.

La puntualidad no era algo que se estilase en la sociedad mexicana. Ese día no es que llegase a la Casa Azul antes de la hora señalada, es que los demás llegaban tarde. Siempre le había irritado la falta de rigor en el horario, ni la soportaba ni la toleraba, lo que le había valido la chanza de algún compañero, incluso en plena contienda civil española. «Coño, África, es que hasta a la trinchera llegas puntual. ¡Así cómo vamos a ganar una guerra! ¿No has leído lo de la gloriosa fuerza vivificadora de la indisciplina de los trabajadores?».

Procuraba no recordar el pasado. Cada vez que la sorprendía un recuerdo, lo rechazaba al instante. Otra recomendación de su enlace soviético.

Por esa puntualidad británica, siempre procuraba llevar un libro en el bolso, por si le tocaba entretener esperas.

Una vez que el personal de seguridad apostado en la puerta de la Casa Azul le permitió el acceso, y después de comprobar que no había nadie en el despacho de Trotski donde solían preparar los escritos, se dirigió al patio central de la vivienda. Era un lugar agradable, siempre olía a fruta y a flores silvestres, excepto cuando Frida cocinaba las quesadillas de flor de calabaza, las preferidas de su Piochitas, como había hecho aquel día. Se sentó en un poyete de piedra cubierto de azulejos en la parte superior y observó cómo la primavera mantenía a las flores excitadas, especialmente las buganvillas, ya que las tropicales estaban más habituadas al clima cálido, al que el matrimonio Trotski no había tardado en acostumbrarse. Acarició a Azteca, el perro que siempre imitaba el caminar de su dueño ruso y que se mostraba cariñoso con quienes entendía que eran de fiar, y sacó el libro de la bolsa. Antes de perderse entre sus páginas, observó el intenso azul que cubría las paredes de la casa, tanto interiores como exteriores. Un color fuerte, poderoso, resistente y brillante. Le dio la impresión de que ese debería ser el verdadero color del cielo una vez que se accediera a él.

—Cuando Natalia y yo nos conocimos, solíamos leer a Baudelaire sentados frente a su tumba.

La voz de Trotski la sobresaltó. Estaba acostumbrada a escucharla mientras hablaba y dictaba, pero nunca se había dirigido personalmente a ella, y menos aún a solas. No había nadie más allí. Las recomendaciones de su enlace soviético le cruzaron la mente como una descarga eléctrica: «Lo importante es que estés, pero que nadie se fije en ti más de lo necesario, como si no te vieran. Actúa como una sombra en la noche, que está pero que nadie puede identificar». Él advirtió que había dado un respingo.

—Disculpe, no quería importunarla. Y menos si está leyendo... —se excusó, mientras la miraba por encima de los anteojos, como si no terminara de decidirse—. María, ¿verdad? Es usted de España, si no recuerdo mal.

—Sí —dijo casi para sus adentros. Tuvo la impresión de que había fracasado, de que alguien había pulsado el interruptor, haciendo que la luz la envolviese y la sombra desapareciera. Tenía que reaccionar, y rápido. No podía comportarse como una idiota, eso le haría parecer sospechosa de algo—. Sí, de Cádiz —mintió como debía. En realidad, tampoco era un gran embuste, ya que Ceuta había integrado la provincia Cádiz hasta que un decreto de 1926 puso fin a esa dependencia administrativa. Siempre había tenido buena memoria, y lo recordaba de sus estudios en el colegio de monjas. Le sorprendió que aquel aprendizaje le fuera a resultar útil tantos años después.

—¡Cádiz! Yo estuve allí —confesó Trotski, ante el desconcierto de su interlocutora, que desconocía ese extremo—. Estuve unas semanas, siempre bajo vigilancia policial porque acababan de expulsarme de Francia. Fue en noviembre de 1916 cuando llegué a España; solo estuve seis semanas en ese hermoso país suyo, pero no pude sentirme más solo; ni siquiera en el Sáhara o en la fortaleza de San Pedro y San Pablo. No hablaba español, tenía que leer los periódicos con un diccionario en la mano y sufría por las conjugaciones verbales. Apenas pude aprender algo del idioma... Ya era un personaje incómodo para casi todos. Pero el encargado de custodiarme era muy amable, ni siquiera me seguía durante el día; me indicó a qué horas debía estar en el hotel y presentarme ante las autoridades, y me dejó cierta libertad, además de advertirme de que tuviera cuidado con los desarreglos que existían en el suelo por la mala pavimentación. Incluso veló por mi maltrecha economía cuando se encaró con un vendedor que me había pedido dos reales por una docena de camarones. ¡Lo que brotó de la boca de ese hombre! No puedo saber qué dijo exactamente pero, por el tono y por cómo salió corriendo detrás de él, no eran cosas agradables... —Soltó una carcajada y asintió con la cabeza, mientras acariciaba el prominente y peludo lomo de Azteca—. Allí, en España, me di cuenta de que los socialistas españoles estaban completamente influenciados por el socialpatriotismo francés. Ya entonces no tuve la menor duda de que la única oposición que merece ser tomada en serio era la de los anarquistas de Barcelona. Todavía guardo en mi cuaderno de notas un artículo que leí en la prensa durante aquel viaje a Cádiz y que me enseñó un término muy revelador: «pancista». ¿Lo conoce?

María de la Sierra hizo un gesto ambiguo con la cabeza, sin significarse, y Trotski siguió hablando:

—El artículo contaba que la historia de España está llena de políticos que, cinco minutos antes de que triunfase un movimiento popular, lo estaban tachando de criminal e insensato para luego, una vez asegurado el triunfo, ponerse al frente de él. Estos astutos caballeros asoman la nariz en todas las revoluciones y son los que más alto gritan. Al parecer, los españoles llamáis a estos personajillos «pancistas», por lo de la panza, la tripa, y de ahí venía también el nombre del genial Sancho Panza. Es verdad que es una palabra difícil de traducir, la panza, los pancistas, pero solo en el plano gramatical; en lo político se entiende perfectamente... Lo tengo entre mis documentos, un día se lo enseñaré. Ese viaje a Cádiz fue enriquecedor, la verdad.

—Lo cierto es que apenas conozco Cádiz. Nací allí, pero mi familia se mudó enseguida —apuntó ella, intentando cortar aquella conversación inopinadamente patriótica, que nunca se hubiera imaginado mantener con el hombre al que debía espiar—. En realidad, soy de Madrid.

—¡También estuve allí! —comentó el Viejo con cierto regocijo, como si se tratara de una competición de quién había estado en más sitios—. Aunque me dio tiempo a poco. Solo pude visitar el Museo del Prado, donde pasaba las mañanas admirando a Goya, a Rembrandt... Recuerdo que uno de los vigilantes me dejó una lupa para que pudiera observar con detalle el tríptico de *El jardín de las delicias*: las figuras humanas desnudas, los animales, las plantas, el agua, esa fuente de los cuatro ríos del Paraíso, el infierno, las torturas, los pecados capitales... Luego me detuvieron y me encarcelaron en una prisión a la que creo que llamaban Modelo —forzó la memoria.

María de la Sierra lo escuchaba. Había estudiado al personaje que tenía enfrente, pero desconocía aquellos detalles que salían de su boca como el agua de la fuente de los cuatro ríos del Bosco, sin dejar de manar, fresca y brillante, alimentando la tierra y sus construcciones. Debía reconocer que aquel hombre le resultaba hipnótico: no podía dejar de observarle ni tampoco de escucharle. Su verborrea no tenía freno.

—Y vaya si he estado en cárceles, pero por primera vez descubrí que había celdas gratuitas y celdas de pago. Si querías una de primera, tenías que pagar una peseta y media, y si solo tenías setenta y cinco céntimos, debías conformarte con una de segunda. ¡La lucha de clases impera incluso en las prisiones! Aun a riesgo de ser considerado un burgués, debo confesar que opté por una celda de primera clase. Aunque me fue imposible encontrarle los privilegios. De ahí me trasladaron primero a Cádiz y más tarde a Barcelona. —Guardó silencio unos segundos, como si estuviera recreando en su cabeza la salida desde el puerto de Barcelona a bordo del Montserrat, que los trasladó a él y a su familia hasta Nueva York, donde llegaría el 13 de enero de 1917—. ¿Conoce usted Barcelona?

—No, Barcelona no. Nunca he estado —zanjó en seco María de la Sierra, que estaba empezando a inquietarse, aunque su gesto no lo reflejase.

—Fíjese lo que es la vida: estuve a punto de volver a Barcelona unos días después de comenzar la guerra civil española —le confesó Trotski, haciendo que las cejas de María de la Sierra se arqueasen. Esa información tampoco se la habían facilitado—. Incluso hice planes con mi hijo Liova. Le escribí una carta a un antiguo colaborador mío con el que coincidí en el Departamento de Relaciones Exteriores de la Unión Soviética, Andreu Nin, que me había enviado un telegrama a mi exilio en Noruega, ofreciéndome la posibilidad de colaborar con él en la construcción de la revolución en España; él era partidario de que me exiliara en su pueblo natal, un lugar llamado El Vendrell. Andreu es consejero de Justicia de Cataluña y secretario general del POUM, así que parecía una opción factible después de que las autoridades noruegas ya me hubieran avisado de que no podían acogerme durante más tiempo en su territorio porque Stalin había amenazado con anular los acuerdos con los astilleros noruegos si insistían en protegerme. Andreu se lo había comentado a Lluís Companys y, aunque a él le parecía bien, a sus socios de gobierno, los comunistas del PSUC, no les gustó nada. Y me consta que el cónsul soviético, Antónov-Ovséyenko, maniobró todo lo que pudo para que no se produjera. Y pensar que ambos fuimos mencheviques en el pasado, cuando nos opusimos a Lenin... Me sorprendió saberlo porque sé que él mismo andaba un poco desencantado con Stalin —dijo, y la mención de aquel nombre removió algo en el interior de la española, pero supo controlarlo a tiempo—. ¡Qué le vamos a hacer! Me odian, saben que le han puesto precio a mi cabeza. Aun así, le hice llegar una carta a mi buen amigo Andreu Nin a través del delegado de la Cuarta Internacional en Barcelona, Jean Rous, aceptando su propuesta, aunque no estaba seguro de poder conseguir el visado. Pero nunca recibí respuesta.

El Viejo guardó silencio durante unos instantes, con la mirada perdida en el naranjo del patio, como si su cabeza estuviera imaginando lo que pudo haber sido y al final se desvaneció sin más, como tantas otras cosas en su vida. La presencia de Azteca arremolinándose entre sus piernas, como si fuera consciente del episodio de nostalgia que estaba teniendo su dueño, le hizo volver al presente y retomar el relato.

—Lógicamente, desistimos de viajar a Barcelona: la Guerra Civil, la ayuda de la URSS a la República... Mi presencia habría sido un problema para todos, para mí el primero, si es cierto lo que nos contaron sobre la llegada de agentes estalinistas a Barcelona... —Calló de nuevo unos segundos, antes de añadir—: Hace mucho que no sé nada de Andreu. ¡Ojalá yo hablara español tan bien como él habla ruso!

La boca de María de la Sierra estaba sellada y observaba al que un día fue el líder de la revolución, como le contemplaba también su fiel Azteca.

—Y dígame, señorita, ¿conoce la Unión Soviética? —preguntó, dejando las elucubraciones donde había quedado aquella carta escrita a Nin: en el pasado.

—No —contestó ella, mientras sentía que su expresión se relajaba. Dijo la verdad—: Pero me gustaría conocerla algún día.

—Seguro que podrá hacerlo, siempre que no diga que trabajó para mí. —Le guiñó un ojo, buscando la complicidad con la joven, que le respondió con una sonrisa.

El sonido de pisadas y conversaciones en el pasillo de la casa, que llevaba al despacho donde se reunía el equipo de secretarios y traductoras, la salvó de aquella inesperada charla.

—Mejor voy a incorporarme al trabajo con el resto. —Se levantó de su improvisado asiento y se dirigía al interior de la residencia, aún sosteniendo en las manos el libro que no había tenido oportunidad de abrir ante la súbita aparición de Trotski, cuando él volvió a reclamar su atención.

—Ibsen —dijo de pronto—. Natalia y yo leíamos a Baudelaire ante su tumba, pero yo prefiero a Ibsen. ¿Qué lee usted?

María de la Sierra sonrió como solía hacerlo África de las Heras en el Madrid de 1933, en el Oviedo de 1934 y en la Barcelona de 1936. En aquella ocasión, el Viejo no la pillaría desprevenida. Se había preparado el papel a conciencia. Levantó el libro en la mano derecha y le mostró su título:

—*Un enemigo del pueblo*, de Henrik Ibsen.

—«Todavía queda por ver si la maldad y la cobardía son lo suficientemente poderosas para sellar los labios de un hombre libre y honrado» —repitió Trotski de memoria una de las frases de ese libro, de cuya lectura había disfrutado en Hurum, una población situada a treinta kilómetros de Oslo, que el Gobierno noruego había elegido para su exilio y de cuya casa, vigilada por la policía, prácticamente no pudo salir—. No es mala elección para un momento como el que vivimos —reconoció, y una sonrisa alzó su perilla, haciendo que su rostro pareciera menos puntiagudo.

—«La mayoría tiene la fuerza, pero no tiene la razón». «Porque ¿quiénes son la mayoría en el sufragio? ¿Los estúpidos o los inteligentes?». «¿Qué importa que tengas la razón si no tienes el poder?» —replicó la española, rescatando otros fragmentos del libro también de memoria, lo que le valió el asentimiento del Viejo.

María de la Sierra supo que Trotski se sentía como el personaje del doctor Stockmann de Ibsen, a quien tacharon de enemigo del pueblo por defender que amaba a su tierra lo suficiente para preferir que se arruinase a que prosperara por medio de engaños, y terminó desahuciado de su casa y expulsado de su país. Estaba por ver si el Viejo escucharía la misma sentencia de boca de Dewey que oyó el doctor de Ibsen de boca del impresor Aslaksen: «La presente asamblea declara que el doctor Thomas Stockmann, médico del balneario, debe ser considerado como un enemigo del pueblo».

Después del mal trago inicial, sintió que se había abierto una puerta en su misión. Sin prescindir de las recomendaciones de sus jefes respecto a ser discreta y mantener un perfil bajo, aquella cercanía con Trotski podía resultar beneficiosa si sabía gestionarla con mano izquierda. Y ella podía. Controlaba la situación con inteligencia y frialdad, no era fácil cogerla en un renuncio, no se extralimitaba, nunca bajaba la guardia. Las oportunidades había que aprovecharlas, como le dijeron Erno Gerö y Leonid Eitingon en el despacho de La Pedrera. Si en tan solo unos minutos el antiguo líder de la Revolución rusa le había confiado lo de Andreu Nin y su periplo por España, sin ni siquiera tener que inducirle a ello, no le resultaría difícil acceder a más información.

10

Una buena presencia es la mejor tapadera para esconder secretos. África de las Heras poseía todo el muestrario: buena apariencia, secretos y también una buena tapadera: María de la Sierra. Antes de su debut y cada día de función que fuera a durar su puesta en escena, se situaba ante el espejo y repetía aquel nombre: María de la Sierra. Lo repetía sin cesar, en voz alta, para habituarse al sonido de su nueva identidad, para que su voz se familiarizara con su cuerpo, con sus gestos, con su mirada, con su pelo... Ponía especial énfasis en las erres, para que sonaran como una sentencia final que confirmase su nueva personalidad. Jamás miraba su boca para ver cómo los labios dibujaban su nombre; eran sus ojos los que encontraba en el espejo al parirlo en sílabas, sellándolo a una imagen, reforzando su filiación, dándole la vida. María de la Sierra. Siempre junto; no solo María ni tampoco De la Sierra. El personaje se asentaba mejor si se pronunciaba en su totalidad: María de la Sierra. Cualquiera que la hubiese visto en esos instantes habría pensado que estaba loca, pero a ella le habría dado igual; era la fuerza de la indiferencia que le otorgaba la coraza de su personaje.

Ese mismo ejercicio solían hacerlo los actores para calentar la voz antes de salir a escena. También lo hizo antes de salir de casa el 10 de abril de 1937 rumbo a la calle Londres de Coyoacán. Era la primera vez que acudía a la Casa Azul un sábado, pero su asistencia era obligada: se celebraba allí la primera sesión de la Comisión Dewey. Al bajar del coche que la llevó a su destino, hizo el mismo ademán de siempre: se ajustó la falda, se acomodó el delgado cinturón que abrazaba su cintura, comprobó que la costura de las medias estuviera recta, perfectamente alineada con su pierna, y se dejó llevar sobre sus zapatos de tacón carrete. Ya estaba recolocado su personaje, como su identidad en el espejo hacía unas horas.

Miró la esfera blanca de su pequeño reloj de pulsera: las nueve de la mañana. Llegaba con tiempo porque así habían quedado el día anterior para evitar el caos que podría formarse a la entrada entre invitados, observadores y comparecientes, y porque sabía por experiencia que la mayoría de la información reseñable solía encontrarse entre bambalinas, quizá en un renuncio inadvertido, en un resbalón inoportuno o en un descuido inocente. Entró en el interior de la residencia saludando a los guardias. Distinguió a Trotski a lo lejos, al fondo del patio, vestido con un traje de chaqueta oscuro. Por algún motivo había dado por hecho que, para el primer día de la comisión, el protagonista de la jornada se pondría el traje gris claro de raya diplomática con el que desembarcó en enero en el puerto de Tampico, cuando fueron a darle la bienvenida su anfitriona Frida Kahlo y el resto de los simpatizantes trotskistas —incluido el secretario del Comité Estadounidense para la Defensa de León Trotski, George Novak, y el fundador del movimiento trotskista en Estados Unidos, Max Shachtman— y se subió al tren personal del presidente Cárdenas, El Hidalgo, que lo llevaría a su destino final. No parecía nervioso; al contrario, departía relajadamente con Diego Rivera y su abogado en la comisión, Albert Goldman. La puesta en escena era importante.

María de la Sierra pudo ver a su secretario personal, el francés Jean van Heijenoort, y a la dactilógrafa rusa, Rita Jakolevna, cada uno ocupándose de los últimos detalles. El secretario de los jerséis psicodélicos cruzaba apresurado el patio llevando sacos de arena, con cuidado de no mancharse el traje que había elegido para la ocasión: alguien le había ordenado que colocase algunos sacos más en determinadas ventanas de la casa, cegadas previamente con ladrillos. O esperaban un ataque armado o estaba a punto de empezar una guerra. Había teatros en el mundo que no presentaban tanta actividad en sus tramoyas. Ruth Ageloff y Eleanor Clarke también estaban allí, intentando colocar un panel blanco detrás de la mesa de los miembros de la Comisión Dewey.

Ruth le hizo un gesto a la española para que se acercara de manera urgente. Ese día parecía que todo el mundo había llegado antes que ella.

—Corre, consigue algo de pintura negra y un pincel —le dijo.

—O un bolígrafo o algo parecido —apuntó apresurada Eleanor.

—No, un bolígrafo no sirve. El texto no se vería en las fotos, y cualquier detalle tiene importancia en una foto —objetó Ruth, que volvió a centrar su atención en María de la Sierra—: Tenemos que escribir «No Smoking» en mitad de esto. —Señaló el panel blanco—. No me mires así, nos lo han pedido. No me preguntes nada más, porque de lo único de lo que estoy segura ahora mismo es de que mataría por un cigarrillo. Anda, ve, hazme ese favor.

Mientras se volvía a ajustar el cinturón, como si necesitara asegurarse de que seguía en su talle, María de la Sierra se preguntó de dónde iba a sacar pintura negra y un pincel. Tenía que pensar deprisa. Echó un vistazo a su alrededor y reparó en la ventana del estudio de Frida. Corrió hacia allí; si había un lugar donde podría conseguir todo lo que le habían encomendado, era aquel. Llamó a la puerta, pero nadie contestó. Volvió a llamar. Lo mismo. No había tiempo: faltaba apenas media hora para que comenzara la sesión. Intentó girar el pomo y resultó inútil: la puerta estaba cerrada con llave. «La cocina», pensó. Algunas veces había visto cómo la artista dejaba olvidados algunos de sus bártulos en el fregadero después de lavarlos. Estaba en lo cierto: allí encontró un pincel de brocha no demasiado gruesa, eso serviría. Solo hacía falta algo más.

—Pintura negra. Pintura negra. Pintura negra... —repetía aquellas dos palabras como reiteraba su nueva identidad ante el espejo.

Y entonces escuchó una voz a su espalda:

—Aquí. —Frida Kahlo sujetaba un tubo de pintura negra en la mano.

De personajes y espejos sabía mucho la anfitriona de Trotski. Su manera de hablar encerraba la misma complejidad que su pintura: entender el verdadero significado que ocultaban sus formas y sus colores requería un tiempo de exposición algo prolongado. Era, en sí misma, un mensaje encriptado. Y en aquel momento, María de la Sierra era la elegida para descifrarlo.

—¿Qué ves cuando me ves? —le preguntó Frida, plantándose

delante de ella con un llamativo traje de india tehuana—. Responde. Rápido. No pienses. De lo contrario, no tiene gracia.

—Una diosa azteca —improvisó como pudo. En realidad, lo parecía, con tantos colores, tantos adornos, entre joyas y flores cubriéndole el cuerpo.

—¿Sabes lo que veo yo cuando te miro? Una sombra —espetó Frida—. ¡No es algo malo! —se apresuró a decir, ya que la expresión de la española, que se había limitado a arquear una ceja, la llevó a pensar que quizá la había malinterpretado—. De hecho, es bastante positivo.

—Muy bien. —A María de la Sierra le valía todo lo que le dijera, siempre que le entregara el tubo de pintura negra y pudiera marcharse de la cocina—. Tengo que volver a la sala para unos últimos retoques.

—¿Sabes que el pasamanos del tranvía que arrolló el autobús en el que viajaba con mi novio de entonces, el bueno de Alejandro Gómez Arias, me atravesó la columna, entró por la cadera izquierda y salió por mi vagina?

Frida la contempló unos segundos. Ni un gesto apareció en el rostro de María de la Sierra, y le recordó la expresión de su marido en el cuadro *Diego y Frida*, un óleo sobre lienzo de 100 × 79 cm que pintó en San Francisco, en el mes de abril de 1931: impertérrita, paciente, a la espera, en él Diego Rivera sostiene una paleta y cuatro pinceles en la mano derecha, impasible frente a quien le observa. Así se mostraba también la hermosa secretaria de Trotski ante la inesperada confesión de Frida, que decidió insistir en esa línea, provocadora, por ver si así deshacía el hielo en el que parecía esculpido el semblante de la joven.

—Me fracturé la columna vertebral por tres partes, igual que el hueso pélvico; la pierna derecha, por once. El hombro izquierdo se descoyuntó, se me rompieron dos costillas, el pie derecho se me dislocó y me destrocé la clavícula. ¿Es que no te impresiona nada? —preguntó al ver que la española continuaba imperturbable.

—Es que no sé qué decirte.

—Eres misteriosa.

—No lo soy.

—Y modesta.

—Tampoco lo soy.

—Entonces eres una gran actriz. O una gran mentirosa. Y además, buscas pintura de color negro en un templo del color como es mi casa.

—Voy a llegar tarde... —dijo sin comprender que Frida tuviese tantas ganas de charla en un día como ese y a pocos minutos de comenzar todo por lo que su querido Piochitas llevaba meses trabajando— y si llego tarde voy a acabar despedida y sin trabajo.

—Me gusta la sonoridad de tu nombre: María de la Sierra. A Diego le gustas. Bueno, a Diego le gustan todas. También mi hermana Cristina... Pero solo me ama a mí.

—Pues muy bien. Ahora tengo que ir a escribir algo en el panel que cubrirá la pared de la sala, justo detrás de la mesa donde se sentarán los miembros de la Comisión Dewey.

—Un día tienes que dejar que te pinte. ¿Lo harás?

—Siempre que no sea hoy... —mintió mientras huía a la carrera. Por supuesto que no permitiría que la pintase, pero tenía que salir de aquel bucle como fuera.

La voz de uno de los secretarios de Trotski la ayudó a hacerlo.

—¿Qué haces ahí plantada? Ruth te está esperando. Solo faltan unos minutos para que empiece; no querrás que la sala huela a pintura y nos acusen de querer envenenar a los presentes.

María de la Sierra obedeció. Escribió cada una de las letras del «No Smoking» sin poder dejar de pensar en el encuentro surrealista con Frida, al tiempo que elucubraba si sus palabras contenían algún tipo de mensaje cifrado que debería advertir. Le llevaría un tiempo entender que la artista mexicana, como ella misma diría de su pintura, no era surrealista, sino que se limitaba a pintar su propia realidad.

A las diez de la mañana, con una puntualidad que nunca se había visto en la Casa Azul, excepto en la presencia diligente de la secretaria y traductora española, comenzó la primera sesión de la Comisión Dewey. María de la Sierra dejó de ajustarse el cinturón para transmitir el ademán a las gafas de montura negra que, finalmente y para no desentonar con el resto de las secretarias, había decidido sumar a su aspecto. Ni siquiera estaban graduadas, pero eso no lo sabía nadie. Iba escrutando las caras, los gestos y las identidades de los que abarrotaban la sala. Habían pensado celebrar la comisión en un local más grande de la ciudad, pero la seguridad y el presupuesto lo desaconsejaron, por eso Diego Rivera y Frida Kahlo habían ofrecido su residencia como improvisada sede. La española no habría creído que las dimensiones de la sala lo permitieran, pero en un cálculo rápido pudo contar unos cincuenta asistentes como público en esa primera sesión. Todos habían sido identificados y registrados bajo la férrea batuta —representada en el arma que escondía bajo su chaqueta— de Jean van Heijenoort. En una de las sillas de la primera fila distinguió a Diego Rivera. Corpulento como era, resultaba difícil no verle: Frida tenía razón cuando se refería a él como un elefante. Trotski mantenía un gesto tranquilo, paciente, con la cabeza ligeramente levantada, como si señalara con la perilla hacia la mesa del comité. Su esposa Natalia estaba sentada a su lado. Algunos amigos y miembros de su equipo ocupaban las primeras filas; el resto, la gran mayoría, eran invitados que no querían perderse el mayor espectáculo que se podía ver esos días en México.

La sala era un constante murmullo, parecido al inquebrantable zumbido de las moscas, hasta que los miembros de la comisión entraron y ocuparon sus asientos tras la mesa habilitada para ellos. Eran, en su mayoría, periodistas, escritores, abogados y novelistas especializados en el movimiento obrero. María de la Sierra elevó la mirada unos centímetros por encima de sus cabezas para captar el «No Smoking» que ella misma había escrito, y se sintió orgullosa al no reconocer la caligrafía de África de las Heras, algo en lo que había puesto especial empeño. La enseñanza de Erno Gerö martilleaba su cabeza: «Los pequeños detalles delatan a los espías». Solo la silenció la voz del presidente de la Comisión Dewey.

—¿Tiene Trotski derecho a ser escuchado? —empezó preguntando.

La española miró al aludido. Su rostro no reflejaba el nerviosismo que sí mostraba el de su esposa, tampoco la impaciencia de su secretario, ni la complacencia de Frida, ni el orgullo de Ruth Ageloff y Eleanor Clarke, ni la gélida profesionalidad de Rita Jakolevna, ni el desinterés de los guardaespaldas, más atentos a lo que podría pasar en el exterior del recinto que a lo que se dijera dentro.

La voz de John Dewey llenaba la sala.

—Esta comisión cree que ningún hombre debe ser condenado sin tener una oportunidad de defenderse. Que lo hayan condenado sin la oportunidad de ser escuchado es un asunto de máximo interés para este comité y para la conciencia del mundo entero. —Hizo un barrido por la sala; nadie parecía respirar. Ni siquiera se molestaban en transcribir las palabras del presidente, concentrados en escucharle. Algún bolígrafo pareció cobrar vida cuando se oyeron los visos de una sentencia—: Si Trotski es culpable, ninguna condena sería lo bastante severa. Si resulta inocente, la URSS sería acusada de persecución y falsificación sistemática deliberada.

Se había decidido que las sesiones se desarrollarían en inglés, así que la mujer de Trotski no se enteró de mucho y tuvo que esperar a que alguna de las secretarias se lo tradujera al ruso o al francés. El ritmo fue frenético durante los siete días que duró la comisión, repartida en trece sesiones. Se leyeron declaraciones, se escucharon los discursos, se escrutaron las pruebas, se analizó la correspondencia privada y el material confidencial, se oyeron acusaciones, reproches, debates encendidos sobre el comunismo, la revolución, el terrorismo, la democracia, la dictadura, los asesinatos... Trotski no esquivó ninguna de las preguntas de John Dewey, y aunque el tono de ambos variaba al escuchar algo contrario a sus intereses, los dos supieron controlar su ardor político y mantener la compostura.

Las miradas se cruzaban con la avidez de un intercambio de cromos y la celeridad con que el equipo del líder revolucionario transcribía y traducía cada una de las palabras reflejadas más tarde en las actas de las sesiones.

—¿Pertenecían los mencheviques al bloque revolucionario de agosto de 1912? —preguntó Dewey—. ¿Eran, como dijo Lenin, lacayos del capitalismo?

—Eso es una cuestión de apreciación política y no de intención criminal —respondió Trotski.

—Durante el tiempo que Lenin estuvo enfermo, ¿qué cargos tenían Zinóviev y Kámenev?

—Los dos eran miembros del Politburó, y eso es mucho más importante que el ministro de mayor rango.

—Si el Partido tenía la supremacía sobre los comisarios y los trabajadores no tenían un procedimiento de control del Partido, más allá de la discusión y la crítica porque el único control está en manos de sus miembros, ¿cómo puede decir usted que el régimen de los sóviets era democrático?

—No he hablado de democracia absoluta. Para mí, la democracia no es una abstracción matemática, sino una experiencia viva del pueblo.

—Entonces ¿la dictadura para usted es una necesidad, como dice en su libro *La revolución traicionada*?

—Hasta cierto punto, y no de manera absoluta, es una necesidad histórica.

María de la Sierra escuchaba y transcribía no solo lo que transportaban las preguntas y respuestas de los implicados más directos, sino las que salían de la boca de los presentes. «¿Crees que vamos bien?», preguntaba uno. «Según a quién se lo preguntes», respondía otro. «¿Ganaremos?», indagaban unos. «Depende de con quién vayas», contestaban. «Yo creo que el marxismo está muerto, como el comunismo», opinaba un periodista. «Dewey tiene razón: el estalinismo no es sino el hijo natural del bolchevismo», consideraba un historiador.

Buscaba cualquier excusa para cambiar de ubicación en la sala o para perderse entre los corrillos que los asistentes formaban durante los periodos de descanso. Así fue como escuchó un comentario que le llamó la atención de uno de los miembros de la comisión. Al preguntar por la identidad del hombre, le dijeron que se trataba del novelista estadounidense James T. Farrell. «Es un espectáculo digno de verse —había dicho—, un espectáculo poco común en la historia. Imagínese a Robespierre o a Cromwell en circunstancias semejantes. Pues bien, esto es aún mejor porque ni Robespierre ni Cromwell tenían la envergadura intelectual de Trotski». A los oídos de María de la Sierra llegó también el eco de las palabras del Viejo, perdido estratégicamente en algún grupo de periodistas: «La pregunta no es si la teoría de la revolución permanente es buena o mala, sino si Trotski está ligado a Hitler o al Mikado».

Las sesiones transcurrían en una tensa normalidad, con alguna declaración alimentando titulares, alguna desavenencia entre los miembros de seguridad de la Casa Azul y los asistentes, y jornadas diluvianas de trabajo. El único momento de tensión lo protagonizó uno de los miembros de la comisión, Carleton Beals, que ya había tenido encontronazos con los otros integrantes a causa de algunas preguntas que solo buscaban provocar o dejar en evidencia una supuesta parcialidad de sus colegas. En una de las últimas sesiones, le preguntó a Trotski si había fomentado un movimiento revolucionario en México. Al escuchar la pregunta, que ponía en duda las verdaderas razones de su asilo en el país azteca, el silencio en la sala se rompió en un murmullo de agitación. Los periodistas garabateaban a toda velocidad en sus libretas, los flashes de las cámaras de fotos encendieron la sala y algunas cabezas negaron de lado a lado, mientras que no pocas bocas se abrían impactadas por la pregunta. La sombra del doctor Stockmann de Ibsen al ser declarado enemigo del pueblo se cernió sobre Trotski. Todos pudieron ver cómo una nube lóbrega descargaba el negro diluvio sobre el rostro del Viejo. Sabía lo que aquellas insinuaciones perseguían y el impacto que podrían tener en la opinión pública mexicana. «Más que la historia en sí es el relato, la narrativa. Es lo que moldeará la opinión pública», solía repetir en las largas veladas con su equipo. Agradeció que Diego Rivera pusiese voz a su indignación al acusar a Beals de ser un estalinista encubierto. El resto de los miembros de la comisión no llegaron a tanto, pero reprendieron la bravata de su colega, que solo perseguía sembrar la duda y el caos en un proceso tranquilo e imparcial hasta ese instante.

María de la Sierra no pudo evitar una sonrisa, aunque supo esconderla tanto como su verdadera identidad. Por fin alguien ponía en aprietos al Viejo, por fin alguien intentaba contener la perorata intelectual que, a su entender, estaba siendo aquella comisión. Por fin tendría algo que alegraría a sus enlaces soviéticos.

No fue lo único que se le preguntó y que cubrió de oscuridad el rostro del líder bolchevique. Al ser interrogado sobre quién dirigía realmente los hilos del POUM por detrás de Andreu Nin, Trotski no alimentó el morbo ni la polémica que la pregunta buscaba, teniendo en cuenta que México estaba brindando su ayuda a la causa revolucionaria en España, aunque existieran grandes grietas entre los republicanos de izquierda españoles, en especial entre comunistas estalinistas y los poumistas, estos últimos acusados de trotskistas por los primeros. «Andreu Nin lo dirige. Es amigo mío. Lo conozco bien. Pero lo critico mucho», dijo el interpelado.

Cuando ese día se dio por terminada la sesión, reparó en la fecha que marcaba el calendario: 14 de abril. Trotski sabía que era el día en el que se había declarado la Segunda República española en 1931. No dejaba de sorprenderle la ironía del destino que había vuelto a unirle a Nin en un día tan señalado, justo cuando en España se estaba viviendo una guerra que amenazaba con hacer desaparecer el régimen democrático republicano. A pesar de las distintas apreciaciones ideológicas sobre la izquierda que habían enturbiado en 1933 la relación entre ambos, Trotski y Nin se apreciaban y se respetaban. Prueba de ello era la gestión del último ante el presidente catalán Companys y ante el propio presidente de México, Lázaro Cárdenas, por delegación en Costa-Amic, en busca de un exilio para Trotski. Al Viejo le había resultado extraño escuchar de boca de Beals ese nombre después de tanto tiempo; estaba convencido de que la mención no había sido gratuita. Se prometió ponerse en contacto con él y recuperar la amistad perdida.

A diferencia del resto, María de la Sierra apenas abría la boca durante las sesiones, prefería escuchar, y aun así aquel día tenía la garganta tan seca como rígida la espalda. Se dirigió a la cocina a por un vaso de agua. Aunque la cocinera intentaba que no faltaran jarras de agua en la mesa de los miembros de la comisión y también a disposición de los asistentes, el calor y la excitación en la Casa Azul solían acabar con ellas antes de lo previsto. Abrió el grifo, llenó un vaso y, mientras daba el primer sorbo, se mojó una mano y se la pasó por la nuca. Agradeció el frescor. Cerró los ojos y movió el cuello de izquierda a derecha para desentumecer los músculos. Durante un instante, pensó en el primer día de la Comisión Dewey, cuando una Frida vestida de india tehuana le reveló las graves heridas que había sufrido en el accidente del 17 de septiembre de 1925, con tan solo dieciocho años. Cuando volvió a abrir los ojos, lo vio. A través de la ventana de la cocina, podía distinguir el decorado habitual del patio de la casa: las plantas tropicales, las buganvillas, las macetas, el naranjo, las sillas, los árboles, las paredes pintadas de azul, las ventanas enrejadas, a Azteca aprovechando alguna sombra para tumbarse en el suelo, a Frida y Trotski hablando en uno de los caminos... Los observó durante unos segundos. Había algo distinto entre ellos que le impedía apartar la vista: su actitud, sus miradas, sus sonrisas, sus gestos, el lenguaje corporal... La pregunta que Frida le había hecho casi una semana atrás volvió a revolotear en su cabeza: «¿Qué ves cuando me ves?».

El anuncio a voces de que la sesión se reanudaba la arrancó del hechizo, pero aquella imagen vislumbrada a través del cristal de la ventana de la cocina la acompañó durante todo el día.

Así llegaron a la última sesión de la Comisión Dewey, después de siete días de intenso trabajo y un ajetreo constante de personas que preocupaba a la policía mexicana, siempre vigilante ante el temor de algún ataque estalinista. Trotski terminó su intervención con un alegato a favor de la revolución. María de la Sierra creyó apreciar que el discurso final del Viejo emocionaba a John Dewey, a pesar de que sus posturas se habían mostrado opuestas durante muchos momentos del proceso. Cuando se dio por clausurada la comisión, volvió a escuchar la voz del novelista James T. Farrell, que parecía muy excitado con el resultado: «Todavía nos queda mucho que estudiar, informes e investigaciones que valorar. Si el veredicto oficial de los Procesos de Moscú se revelara cierto, los colaboradores de Lenin y los dirigentes de la Revolución rusa deberían ser considerados como una de las peores bandas de delincuentes de la historia. Pero si los Procesos eran un complot, entonces los dirigentes de la actual Rusia soviética, con Stalin a la cabeza, habrían perpetrado uno de los más monstruosos complots de toda la historia».

Todavía habría que esperar varios meses para conocer el veredicto, que se retrasó más de lo previsto. Hasta el 13 de diciembre de 1937, la Comisión Dewey no dio a conocer el fallo. Hasta entonces tuvieron que aguardar para saber si Trotski era culpable o inocente. Al menos, en lo concerniente a las graves acusaciones vertidas contra él durante los Procesos de Moscú.

En otros asuntos más livianos, tardaría menos en demostrar su inocencia o su culpabilidad.

11

Vio cómo el corsé ortopédico liberaba su cuerpo como una muestra revolucionaria, como un grito redentor que rompía las cadenas que la ataban. Le resultó hipnótico. El cuerpo desnudo de Frida había entrado en su campo de visión de manera inesperada, como un asesino entre las sombras. Lo contempló durante unos segundos. No era el morbo lo que la mantenía observando la escena por el resquicio de la puerta. María de la Sierra era una profesional de la contención, también en el terreno de las emociones. *Sobre todo* en el terreno de las emociones. No se trataba de un deseo sexual inhibido o de un instinto voyeur acallado. Era la confirmación del sentido que empezaba a tener su vida: todos nacemos desnudos, el resto es un disfraz. Frida tenía muchos vestidos, máscaras y antifaces con los que embozaba su verdadero cuerpo maltratado por la enfermedad y los accidentes. África de las Heras también. Nadie deja de ser quien es, independientemente de la identidad embutida en un nombre impreso en un papel. Se quedó observando porque se sentía hermanada con esa desnudez.

Pero tan pronto como la figura de Trotski irrumpió en la escena, asaltando el cuerpo de Frida, besando y abrazando a su anfitriona como si la vida se le fuera a acabar en los próximos minutos, se retiró de la puerta llevándose su sombra consigo.

Su instinto no la había engañado el día que los observó a través de la ventana de la cocina. Había algo extraño entre los dos que ella supo ver con la misma nitidez con que había contemplado la desnudez blanquecina de la pintora mexicana. Lo que no podía imaginar es que fuera una relación pasional y, mucho menos, carnal. Nunca le había importado la vida amorosa de los demás, ni siquiera le interesaba la suya, a no ser que representara una fuente de información determinante para su misión. Y lo que vio aquella tarde en una de las alcobas de la Casa Azul lo era. Aparte de los interesados, estaba segura de que solo ella sabía de la traición amorosa que tenía lugar en aquel templo azul. Esa información en las manos adecuadas podía condenar a Trotski ante la opinión pública, una sentencia que le haría el mismo daño que los Procesos de Moscú. En la Casa de los Sindicatos había sido juzgado en ausencia. En la Casa Azul sería juzgado en toda su presencia. Al fin y al cabo, traidor. Y los testigos de su perfidia serían las víctimas del engaño. Una, Natalia, la mujer que le había acompañado en la cárcel, en la revolución y en el largo peregrinaje del exilio permanente en el que perdió su vida y la de algunos de sus hijos por estar a su lado. Otra, Diego Rivera, su gran valedor, su anfitrión, el hombre que, según contaba con su estilo fanfarrón, había necesitado solo unos minutos para convencer al presidente mexicano Lázaro Cárdenas de que concediera asilo al gran enemigo de Stalin; el amigo generoso que había comprado una casa a su cuñada Cristina para que esta cediera su habitación en la Casa Azul al matrimonio de exiliados; el mismo que decidió adquirir la vivienda contigua cuando Trotski compartió su temor de que se convirtiera en un posible fuerte de simpatizantes estalinistas.

Cuanto más pensaba María de la Sierra en los detalles y en la lectura que el mundo haría sobre aquella deslealtad del líder revolucionario, más convencida estaba del perjuicio que podría ocasionarle. Trotski siempre había denunciado una campaña de desprestigio tejida por el propio Stalin para denigrarle; ahora era él mismo el encargado de confeccionar una que servía a sus enemigos en bandeja de plata: si era capaz de traicionar y de ultrajar a su mujer, qué no haría contra el proletariado mundial y la Unión Soviética. Ese podría ser el relato que venderían a la opinión pública mundial.

No tardó en confiar ese descubrimiento a su enlace en México. Se encontraron después de seguir todos los pasos acordados: fue a la vendedora de flores que solía montar su puesto ambulante en la esquina de la calle y le pidió unas adecuadas para ver a un amigo. Conocía el código: si le daba rosas amarillas, su enlace y ella se encontrarían en la cafetería habitual del centro de la ciudad; si eran rojas, el encuentro quedaba suspendido. El número de rosas le indicaba la hora a la que debían verse. Si no había ni vendedora ni puesto ambulante ni flores, tendría que volver al día siguiente. Ese mediodía, la florista le envolvió ocho rosas amarillas en un papel de color marrón: la reunión estaba fijada y la española no faltaría.

A las ocho de la tarde entró en la cafetería, se sentó en la mesa más alejada de la entrada y saludó cortésmente al hombre que la esperaba. «Pégate a las puertas —le dijo el enlace cuando ella le contó su descubrimiento—. Escucha todo. Asegúrate de que es algo real y no un calentón puntual. Consigue alguna prueba. Acércate a ellos, siempre que eso pueda facilitarte alguna información que nos sea útil, pero no pongas en riesgo tu tapadera. El Viejo está contento con tu trabajo y quiere seguir contando contigo. Lo estás haciendo bien». María de la Sierra asintió. Aquellas palabras le alimentaban el alma. La habían contratado por un periodo de tres meses para los trabajos de la Comisión Dewey y, una vez finalizada, el plazo se estaba alargando. Debía seguir ganándose la confianza no solo de Trotski, sino de su entorno, manteniendo la distancia y la discreción. Tenía que ser, más que nunca, una sombra que lo viera todo pero con la capacidad de no mostrarse, como uno de esos espíritus que Frida pintaba en sus cuadros, envueltos en misterios y de naturaleza desconocida excepto para ella misma.

Estaban convencidos de que aquella pasión era algo furtivo, una quimera más propia de la imaginación platónica de ambos que de un deseo verdadero. Los veintiocho años de Frida ardían como brasas encendidas en los brazos casi sesenteros del viejo agitador, que creía en la revolución más allá de las calles y el Estado. La artista mexicana amaba a su marido, pero su vida era como su pintura: llena de colores vivos que escondían cuitas, lémures, miedos, infortunios y también traiciones. Aún le dolía la infidelidad de Diego con su hermana Cristina en su propia cama, sobre la que se vio postrada durante tanto tiempo tras el accidente de 1925 y sobre la que hizo colocar un espejo para observarse mientras pintaba su retrato. Una traición en su propia casa, la casa que su padre, el fotógrafo húngaro Guillermo Kahlo, construyó en 1904 y en la que nació ella tres años más tarde; un engaño en el seno de su familia, a la que prácticamente mantenía y daba cobijo. Lo que Frida desconocía era que Trotski había intentado hacerse primero con los favores de su hermana, aunque en aquella ocasión Cristina se conformó con ser solo su chófer en los desplazamientos por la ciudad; ni sentía admiración política por el nuevo inquilino de la Casa Azul ni mostraba interés por su conversación, en la que a menudo se perdía y de la que se desconectaba con facilidad.

La capacidad de seducción del Viejo, sus dotes de conquistador y sus devaneos sentimentales eran bien conocidos. No era la primera vez que traicionaba a Natalia Sedova desde que se conocieron en 1902, cuando ella —una estudiante de arte de la Sorbona que ya había repartido clandestinamente textos revolucionarios esquivando a la policía zarista y que fue expulsada de un internado por persuadir a sus compañeras de cambiar la iglesia y la Biblia por la lectura de libros revolucionarios— se encargaba de facilitar las gestiones a los emigrados políticos en París. Su enamoramiento también se afianzó sobre la traición, puesto que en esos momentos el revolucionario estaba casado con Aleksandra Sokolóvskaya. Se labró su leyenda de conquistador en su famoso tren acorazado, con el que aseguró haber recorrido doscientos mil kilómetros acudiendo a los distintos frentes durante la guerra civil rusa. En él recibía a jóvenes y hermosas periodistas, como la escritora y revolucionaria Larisa Reisner, siempre vestido con la chaqueta de cuero que popularizó en las fotos que publicaban los periódicos y que él mismo diseñó para acentuar la imagen viril y poderosa de un hombre férreo en sus convicciones revolucionarias. Al ruso le gustaban las mujeres valientes, fuertes, inteligentes, atrevidas, rompedoras y comprometidas con la revolución. Y no le importaba reconocerlas públicamente, como hizo con Reisner en su autobiografía escrita en 1929, tres años después de que ella muriera de tifus en Moscú: «Esta maravillosa mujer cruzó por el cielo de la revolución, en plena juventud, como un meteoro de fuego cegando a muchos. A su figura de diosa del Olimpo, unía una fina inteligencia aguzada de ironía y el coraje de un guerrero». No fue la única. En otoño de 1920, la escultora británica Clare Sheridan estaba en Moscú realizando los bustos de las principales figuras de la revolución —entre ellas, Lenin y Trotski— y tampoco logró resistirse a los encantos del revolucionario, que incluían una voz seductora, una mirada cautivadora, una personalidad magnética y una conversación inteligente y cultivada, en la que podían aparecer Shakespeare, Marx o Engels. «Tiene el intelecto sutil de un romano, capaz de transmitir cualquier cosa sin expresarla. Su conversación desborda imaginación e imágenes», había dicho la joven, prima carnal de Winston Churchill. Ya le había advertido Bertrand Russell meses antes, cuando Sheridan y él coincidieron con el carismático revolucionario en el teatro Bolshói durante la representación de una ópera; le confió que el líder bolchevique tenía la vanidad de un artista y el encanto de un actor. Trotski sabía el impacto que producía en las mujeres cuando era el joven agitador del que todo el mundo hablaba. Con los años, lejos de alejar esa sombra, profundizaba en ella en cuanto tenía ocasión.

María de la Sierra rescató una frase que el Viejo había escrito durante la preparación de la biografía de Lenin en la que estaba trabajando: «El devaneo sentimental es imperdonable en un luchador». La traición se extendía también hacia su propia persona. Sus propias palabras le condenarían.

El secreto que mantenían los improvisados amantes iba dejando migas demasiado grandes como para no resultar evidente a los ojos de quien estaba al tanto. La española se convirtió en el convidado de piedra de aquella relación amorosa con forma de tragedia griega que empezaba a despuntar en la Casa Azul. Por algún motivo le vino a la cabeza el recuerdo de Leonid Eitingon, al que imaginó observando Barcelona desde el despacho del último piso de La Pedrera, y pensó que le habría gustado esa alusión a la obra escrita por Aleksandr Pushkin, del que se declaraba un fervoroso lector y apasionado admirador. Le resultó curiosa la analogía entre su nueva condición de convidado de piedra y la obra escrita por el escritor ruso, basada en la leyenda del seductor don Juan. Pushkin escribió «El convidado de piedra» en 1830 como parte de sus *Pequeñas tragedias*, cuando se encontraba en un pueblecito, Boldino, donde se había refugiado de una epidemia de cólera que asolaba una parte del territorio ruso. María de la Sierra lo había hecho en un pueblecito mexicano, Coyoacán, tierra de coyotes, adonde se había expatriado de la guerra civil que devastaba España. La primera tragedia constaba de cuatro escenas. La segunda todavía estaba escribiéndose. Si la influencia española donjuanesca había entrado en la literatura rusa, la revolución española irrumpiría en aquel drama mexicano con tintes de tragedia soviética.

Sus funciones de secretaria y traductora, como las de la mayoría del grupo de trabajo, continuaron más allá de la celebración de la Comisión Dewey, cuya última sesión se había celebrado el 17 de abril de 1937. Quedaba mucho trabajo por hacer: había que vender al mundo el relato de lo que había pasado en esos siete días de abril. Trotski no dejaba de escribir artículos e informes que enviaría a sus contactos en el extranjero para que se publicaran en la prensa internacional. Se pasaba horas colgado al teléfono, encerrado en su despacho, celebrando reuniones, la mayoría de las veces a puerta cerrada, contestando a los debates que se abrían sobre todo en los círculos liberales estadounidenses y europeos. Sobre su mesa también esperaban otros proyectos que le permitirían obtener ingresos extra, como la biografía de Lenin y otra de Stalin, en la que estaba particularmente interesado. Sin embargo, a pesar de la actividad que seguía desplegada en la casa, tenía tiempo para la revolución amorosa iniciada en el templo azteca de la calle Londres. Sería cosa del inconsciente, pero desde que María de la Sierra había descubierto la batalla carnal entre los amantes, las respuestas que Trotski escribía en sus cartas a periodistas, académicos, escritores o políticos parecían apuntar en la misma dirección, llenándose de conceptos sobre moralidad, ética, fidelidad...: «La amoralidad de Lenin, es decir, su rechazo a admitir una moral por encima de las clases, no le impidió permanecer fiel al mismo ideal durante toda su vida. ¿No parece que la amoralidad, en este caso, no es más que el sinónimo de una moral humana más elevada?»; «La moral de estos señores consiste en reglas convencionales. Luego, para justificarse, repiten que trotskismo y estalinismo son una única y misma cosa»; «Las cuestiones de la moral revolucionaria se confunden con las cuestiones de táctica y estrategia revolucionaria»; «En la vida práctica como en el movimiento de la historia, el fin y los medios cambian de lugar incesantemente»; «Desde el punto de vista de las "verdades eternas", la revolución es, naturalmente, "inmoral"; «León Tolstói recomendaba a los hombres ser más sencillos y mejores. El Mahatma Gandhi les aconseja tomar leche de cabra. ¡Ay! Los moralistas "revolucionarios" de la Neuer Weg no están muy lejos de esas recetas. Debemos libertarnos, predican ellos, de esa moral de cafres para la que no hay más mal que el que hace el enemigo. ¡Admirable consejo! Tolstói recomendaba también libertarse del pecado de la carne»...

Le costaba no evocar la imagen de Frida y Trotski juntos mientras traducía y mecanografiaba los escritos que él estaba preparando para un nuevo trabajo que todavía tardaría en publicarse. Cuando leyó el título escogido, sus elucubraciones siguieron: *Su moral y la nuestra.*

Entre traducciones de artículos y actas de la Comisión Dewey, la mirada de María de la Sierra fiscalizaba los movimientos de los amantes. No le supuso un problema interpretar los mensajes cómplices que se intercambiaban. El trasiego de libros que empezó a circular de unas manos a otras resultó revelador. El Viejo no dejaba de recomendar libros a Frida, y se los obsequiaba cuando compartían un tequila en el patio de la casa, un encuentro casual en mitad del pasillo, en su despacho o en el estudio de la pintora. A ojos de Diego Rivera y de Natalia Sedova, aquel intercambio literario podía parecer inocente, pero la española —que utilizaba la misma estrategia de comunicación que los nuevos amantes— lo vio claro. Solo tuvo que esperar y observar los momentos posteriores a la entrega de los libros. No le costó entender que entre sus páginas se escondían mensajes de entrega absoluta, cartas de amor incendiarias, notas que contenían el lugar y la hora del próximo encuentro clandestino. Se convenció de que debía hacerse con uno de esos libros, aunque sabía que no sería sencillo. Muchas veces, los ejemplares no pasaban directamente por las manos de los implicados, sino que eran otras las que los hacían llegar a su destinataria. Así fue como el secretario personal de Trotski, Jean van Heijenoort, se convirtió en cómplice involuntario de la traición amorosa. Su expresión cada vez que tenía que realizar la entrega envenenada evidenciaba que no aprobaba lo que estaba sucediendo. Y no por un supuesto puritanismo, sino porque era consciente de las repercusiones negativas que aquel romance podría tener para su jefe y para la relación de los habitantes de la casa, sin olvidar la alegría que supondría para sus enemigos, a puertas de celebrarse la Cuarta Internacional que él mismo promocionaba. Además, Jean apreciaba a Natalia y se sentía incómodo en su condición de encubridor.

El Viejo, como en el don Juan de Pushkin, poseído por la eternidad del instante que a sus años le ofrecían esos encuentros amorosos, se comportaba como un adolescente. En su rostro solían dibujarse sin más el rubor y la sonrisa tonta, igual que en sus gestos, en sus expresiones corporales y en sus subrepticias miradas. Para Frida parecía un juego divertido con el que alimentaba dos apetitos: la admiración que sin duda sentía por el líder revolucionario —idéntica a la que hacía meses había sentido por el propio Stalin, pero que terminó de forma abrupta, como todo en la vida de la artista— y la venganza hacia Diego Rivera por sus infidelidades, especialmente con su hermana Cristina. Esa incandescencia de efebo griego en plena época helénica le hizo bajar la guardia y no asumir el peligro que sus indiscreciones, llevadas por un deseo instantáneo, podría conllevar.

Un día que Jean tuvo que ausentarse de la residencia para acercarse a la oficina de Correos de la ciudad a recoger unos documentos que el joven Liova había enviado desde París, y que por su volumen no pudieron entregarse en la Casa Azul, Trotski empleó a una de las cocineras de la casa, Carmen, para entregarle un libro a su amante. Necesitaba a alguien que no hablase inglés —Frida y él se relacionaban en ese idioma como medida extra de protección, pues Natalia habría sido incapaz de entender una palabra en caso de oírlos por azar— y se decantó por la cocinera mexicana. Dio por hecho que no conocía el idioma de Shakespeare y no podría entender el mensaje escondido entre las páginas, en caso de descubrirlo. Sin embargo, el Viejo se equivocaba: Carmen, que en realidad era española aunque se hacía pasar por oriunda, tenía otras nociones más amplias, tan extensas que alcanzaban la órbita soviética. Y en la Casa Azul, el principal satélite estalinista era María de la Sierra, que interceptó el libro con la mirada cómplice de la cocinera.

Refugiada en el aseo de la casa, escudriñó las páginas de *El poder de las tinieblas* de León Tolstói, la obra prohibida por la censura zarista que un joven Trotski leyó en 1888 cuando se fue a vivir a Odesa con la familia de un primo hermano de su padre, los Shpentzer, responsables de descubrirle el mundo de la literatura, la palabra y el poder de la educación, aunque la falta de recursos le obligó a dormir en el comedor, detrás de una cortina. Tolstói volvía a la vida del Viejo, y también a la de África.

María de la Sierra encontró entre sus páginas un trozo de papel amarillento. Lo cogió, con cuidado de no manipularlo en exceso: era un poema escrito a mano en el que reconoció la caligrafía del revolucionario. Esperaba metáforas enrevesadas y excesos retóricos, pero el contenido comprendía una ternura y una afección tan inocente como intensa y, por momentos, inesperadamente explícita en lo sexual. Volvió a doblar el papel, procurando seguir el camino marcado por los pliegues, y lo guardó en su refugio de celulosa. Escondió el libro en su espalda, apresándolo en la cintura de la falda, y abrió la puerta del aseo. La inesperada visión de Frida la golpeó de lleno y sintió que se quedaba sin aire unos segundos que estimó eternos, en los que solo podía visualizar dos cosas: la sombra cejijunta sobre los ojos de la pintora, que parecía escrutar sus pensamientos, y el libro que custodiaba en su espalda y que ya imaginaba cayendo estrepitosamente al suelo. Las cejas de la artista se movieron primero, algo que agradeció.

—¿Y bien? —preguntó Kahlo—. ¿Cuál es tu dictamen?

—¿Mi dictamen? —repitió la española, como si necesitara escuchar otra vez la pregunta para creérselo. Había sido todo lo prudente que exigía la situación, se había asegurado de que nadie la viera con el libro. Pero siempre hay un margen de error, una arista que lo destroza todo y lo hace saltar por los aires, como las esquirlas de la recámara del fusil cuyo cerrojo estalló, destrozando la cara de un soldado en aquella trinchera del frente de Aragón—. ¿Sobre qué?

—Sobre pintarte, por supuesto. Sobre qué va a ser. —Le urgía tanto saberlo que se había plantado en la puerta del cuarto de baño en busca de una respuesta, como un centinela que aguarda con valor la presencia del enemigo.

—Otro día —respondió al tiempo que el aire volvía a sus pulmones y la tranquilidad a su ánimo.

—Eso es un no. Los conozco muy bien. Tienes miedo.

—No, miedo no. Es que soy muy vergonzosa. Aunque me encanta lo que pintas, no me canso de mirar tus cuadros... —insinuó, con la ambición de abrir una puerta que le permitiera entrar en su taller en busca de algún tipo de prueba de su secreto.

—Tengo un lema: donde no puedas amar, no te demores. Y creo que no me vas a dejar amarte ni pintarte, así que me voy —dijo la artista, antes de dar media vuelta y desaparecer.

No fue la única vez que la española interceptó un mensaje entre los dos amantes. Otros hallazgos le desvelaron cartas cargadas de un alto contenido erótico, con detalles bruscos y desinhibidos, incluso salvajes, que podrían sonar ridículos y embarazosos fuera del círculo de los interesados. Siempre era Trotski el escribiente, era su inconfundible trazo el que garabateaba el papel, dejando a Frida el rol más pasivo de lectora. A María de la Sierra le resultó curioso que ella jamás escribiese, ya que era la única pintora a la que había visto incluir inscripciones en sus lienzos, mensajes escritos de su puño y letra. En el cuadro *Diego y Frida*, en el pergamino que una paloma llevaba en el pico escribió: «Aquí nos ves, yo Frida Kahlo, con mi querido esposo Diego Rivera. Pinté estas imágenes en la encantadora ciudad de San Francisco, California, para nuestro compañero, el Sr. Albert Bender, y fue en el mes de abril del año 1931»; en el óleo sobre metal *Exvoto*, en el que pintó el accidente con el tranvía, transcribió: «Los señores Guillermo Kahlo y Matilde C. de Kahlo le dan gracias a Nuestra Señora de los Dolores por salvar a su niña Frida del accidente que tuvo lugar en 1925, en la esquina de Cuahutemozin y Calzada de Tlalpah».

Los días transcurrían en el calendario y los encuentros entre los amantes sucedían en diversas estancias de la residencia, así como sus juegos de seducción y su relación epistolar. La española debía conseguir sustraer alguna de esas misivas, pero no veía cómo, ya que Frida guardaba todas las cartas en un pequeño departamento bajo llave, situado en su estudio. Si la Casa Azul era un templo azteca de paredes añiles, el estudio donde crecía el mundo mágico y surrealista de la artista era el pedestal donde descansaban las reliquias del santuario al que solo tenía acceso ella, como única y máxima *tlatoani*. Siempre lo imaginó cubierto de flores y envuelto de un enigmático humo de incienso o de la quema de ofrendas. Lo que no imaginaba era cómo franquear la entrada del templo y acceder a ese zócalo. Incluso se había planteado la posibilidad de dejarse pintar, pero descartó la idea al instante; era demasiado arriesgado dejar que su imagen quedara plasmada en un cuadro. Debía ser un fantasma y los espectros no aparecen pintados al óleo. Aunque siempre podría provocar un accidente que diera al traste con el retrato, seguro que no era la primera vez que sucedía. En esas elucubraciones estaba, sentada en el patio durante un descanso de la jornada y con la mirada perdida en el índigo que revestía las paredes, como si representara un mar cuyo oleaje la transportara a otro lugar, cuando apareció la dueña de la casa.

—¿Sabes por qué están pintadas de azul? —le preguntó Frida, que traía con ella una bandeja con dos vasos: uno de café bien cargado y sin azúcar, como le gustaba a María de la Sierra, y otro de tequila, como prefería ella. Se sentó a su lado, mientras dejaba sobre la mesa un libro que traía bajo el brazo—. Porque es un color que protege del enemigo y lo mantiene alejado. Y es sorprendentemente resistente. Créeme, yo sé mucho de resiliencia porque he sufrido mucho. Y este color me ayudó a resistir, a levantarme cada vez que me caía, a sobrevivir. Fíjate si le debo a los mayas.

—¿A los mayas? —respondió la española, antes de dar un primer sorbo al café. Tenía la impresión de que las palabras de Frida siempre escondían algún mensaje cifrado para ponerla a prueba. Y no sabía si era algo premeditado o un rasgo de su condición artística.

—Este hermoso e intenso color azul lo inventaron ellos. Es un purificador del alma, por eso se utilizaba en los sacrificios durante los rituales. Y lo empleaban para los cenotes, para los murales, para las plumas de quetzal y para los templos aztecas, mientras que, en Europa, el color azul solo lo podían aplicar los pintores que tenían una buena posición social, porque era un pigmento muy difícil de conseguir y su uso resultaba muy caro, ya que provenía de la piedra lapislázuli que solo se encontraba en las minas de Afganistán. Por eso pintores como Rubens o Caravaggio lo reservaban para pintar las túnicas de las vírgenes y los mantos sagrados.

María de la Sierra la escuchaba. Le hubiera gustado decirle que ella prefería otro color propio de Mesoamérica: el rojo cochinilla. Así se llamaba el parásito que los españoles encontraron en los nopales cuando llegaron a México y que lo teñía todo de rojo. Se sentía más representada en él, por su fuerza, porque se acercaba más al fuego, a la sangre, a la revolución. La misma grana cochinilla que impregnó el pincel de Velázquez, de Tintoretto, de Zurbarán o de Veronese, plasmándola en vestiduras imperiales y sagradas. Pero permaneció en silencio, escuchando la voz de la artista mexicana; es para lo que había llegado al templo añil de Coyoacán.

—Es un color duradero, invulnerable, que no se altera ante la lluvia, el sol, la humedad o cualquier otra inclemencia del tiempo. Sobrevive siglos sin alterarse. —Por unos instantes, calló para encarar la mirada de la española—. Tú eres la representación perfecta del azul maya. Prométeme que me dejarás pintarte. Te pintaré utilizando este azul intenso y brillante para que te sientas protegida. O, al menos, prométeme que no cederás a que Diego te dibuje antes que yo. Tiene esa manía que vuelve locos a todos: saca un lápiz y te hace un boceto, y todos encantados porque así pueden presumir de tener un retrato hecho por el famoso muralista Diego Rivera. Mi sapo elefante... Mi Rivera... —pronunció la última frase con afecto, del que se desprendía un deje de nostalgia.

La española la miró. Le sorprendía que hablara así de su marido, en mitad del idilio apasionado que estaba viviendo con Trotski.

—Pero ¿por qué le llamo mi Diego? —siguió Frida—. Nunca fue ni será mío. Es de él mismo. Dime, ¿tú estás enamorada?

—No.

—¿Lo has estado alguna vez?

—Creo que no —contestó calmadamente.

Tuvo que contenerse para no contar más detalles personales que resultaran contraproducentes para su tapadera. No podía confiarle que había estado casada, que había sido madre de un niño que murió a edad temprana, que había amado y había sido amada de muy diferente manera e intensidad por Arbat, por Luis, por Ramón, por muchos otros... Frida poseía la capacidad de envolver a la persona que tenía al lado hasta hacerla sentir segura, como el cerúleo maya.

Y para una espía, sentirse segura es la mejor manera de dejar de estarlo.

—Tampoco tiene mayor misterio —añadió Frida—. Es como el azul: el que crearon los mayas duraba más porque tenía un origen vegetal, mientras que el utilizado en Europa era menos resistente porque era de naturaleza mineral. Ya está. Es lo que tienen los misterios: cuando descubres su secreto, dejan de resultarte atractivos e interesantes. ¿No estás de acuerdo?

—No sabría decir. Tampoco he conocido tantos secretos para saber cómo funcionan.

—¿Te gustan los libros? —cambió de tema, acariciando el que había traído con ella y que dejó sobre la mesa.

—Me gustan las historias que cuentan. Sobre todo si son de amor —mintió en esto último para intentar llevar la conversación por otros derroteros que le eran más acuciantes.

—Pobrecita. Lo que vas a sufrir.

Fue la sentencia de Frida Kahlo antes de levantarse al ver a Trotski en el pasillo de la casa, por cuyo interior desaparecieron los dos. Había dejado sobre la mesa el libro que traía consigo. María de la Sierra miró hacia el lugar por donde ambos se habían alejado. Estuvo tentada de abrirlo, igual que de perseguir los pasos de los amantes, pero temió que fuera una trampa y que la estuvieran vigilando desde algún punto muerto donde se sentirían invisibles, como hacía ella cuando los observaba detrás de la puerta. En vez de mirar entre las páginas del libro, miró la esfera de su reloj. También ella abandonó el lugar para volver al trabajo.

Los días transcurrían como fotogramas de una película: la biografía de Lenin avanzaba, la de Stalin llamaba a la puerta, el teléfono no dejaba de sonar para solicitar información sobre los resultados de la Comisión Dewey. Las excursiones al campo de los dos matrimonios se repetían, aunque no tanto como los encuentros furtivos de los nuevos amantes, cuyas localizaciones se ampliaron más allá de la Casa Azul por miedo a ser descubiertos. Cuando María de la Sierra observaba a Natalia Sedova se preguntaba dos cosas: cómo se podía estar tan ciega y cómo reaccionaría cuando descubriese el engaño. Estaba segura de que lo haría antes que Diego Rivera; al fin y al cabo, el muralista tenía otra vida más allá de Frida, pero Natalia no se sentía existir más allá de su esposo. Aquello la convenció de lo que ya sabía antes de llegar a Coyoacán, antes de salir de España, antes incluso de contraer matrimonio con Francisco Javier Arbat, de unirse sentimentalmente a Luis Pérez García-Lago y de abandonarse en los brazos de Ramón Mercader: cuando los sentimientos cambian, todo cambia. Ella no podía permitirse ese cambalache. Era la única revolución que no podía concederse. Y creía firmemente que ningún revolucionario podría. Por eso, cuando miraba a Trotski no veía a un revolucionario.

Aquella noche abandonó la Casa Azul algo más tarde de lo normal. Por una vez no sería puntual, pero la demora merecía la pena. Había conseguido una de las cartas manuscritas por el Viejo a su amada, en la que dejaba constancia de ciertos deseos que anhelaba escribir sobre su anatomía, explayándose sin rubor en los detalles al creerse amparado en el secreto. Junto a la carta llevaba también una lista con los nombres y los apellidos de los periodistas que le habían entrevistado, una relación de las llamadas de teléfono realizadas y recibidas, un registro de los telegramas que habían llegado a la residencia de la calle Londres, los periódicos internacionales a los que había enviado sus artículos, las excursiones en coche que habían realizado los dos matrimonios, las rutas que utilizaban sus guardaespaldas cuando tenían que trasladarlo a la ciudad... Cuando llegó a la cafetería, tras deshacerse de las nueve rosas amarillas que arrojó a una papelera, su enlace ya estaba allí. El contacto no comentó nada sobre su retraso, que le había obligado a esperar más de cuarenta y cinco minutos en los que había consumido más cafeína de la aconsejada para esas horas de la noche; la paciencia era una de las principales armas de los enlaces, también de los espías. Después de analizar el contenido de la información, en especial de la carta, el enlace soviético mostró su conformidad.

—¿Se lo pasaremos a la prensa? —preguntó ella, ansiosa por conocer los próximos pasos.

—Eso no nos corresponde decidirlo a nosotros, camarada, pero dudo que la dirección sea tan burda. Seguramente les interesará golpear primero dentro de la casa, provocar un cisma entre sus inquilinos, dinamitar su relación y, solo después, asegurarse de que alguien se lo haga llegar a un periodista. Es lo que la prensa suele llamar periodismo de investigación sin rubor alguno.

El hombre sacó un sobre del bolsillo interior de su chaqueta, lo puso sobre la mesa y lo arrastró hacia María de la Sierra. Era ella la que solía entregar los sobres con los informes manuscritos que su contacto haría llegar a la Unión Soviética. Durante unos instantes, observó el envoltorio de color sepia, para luego fijar la mirada en quien tenía enfrente, mirándola fijamente, consciente de la sorpresa que su contenido representaría, pero ajeno a todo sentimiento. La joven abrió el sobre: era un billete de barco, un pasaporte con su fotografía aunque con un nombre falso y una cantidad de dinero que de entrada no pudo precisar.

—Vuelves a España —le anunció el enlace.

—¿Ahora? —preguntó desconcertada.

No entendía nada; lo estaba haciendo bien, habían alabado su labor de vigilancia y reconocimiento, su tapadera era firme y segura, su cercanía a Trotski estaba dando sus réditos... ¿Por qué retirarla justo en ese momento? Todo en su cabeza eran preguntas, cuando su contacto solo esperaba respuestas.

—Camarada, las órdenes no se discuten, se acatan. No esperarás que te haga un informe detallado sobre las decisiones que toma el Centro... —contestó el hombre, que no tenía tiempo ni información para perderse en explicaciones. Tampoco era su cometido—. Dirás en la Casa Azul que tienes que irte unos días, un viaje imprevisto pero del todo inaplazable. Cuéntales que debes viajar a Nueva York por motivos personales. Invéntate algo sobre la enfermedad de una madre, de una hermana o sobre la tuya propia. Deja caer que es algo relacionado con un tema de salud femenina; eso siempre funciona, ante esos asuntos los hombres no solemos preguntar. Diles que ignoras la fecha de tu regreso porque no sabes cuánto tiempo te llevará concluir esos trámites.

—Pero ¿volveré? —preguntó, mientras advertía que el billete de barco tenía la fecha de salida para dentro de dos días.

—Me preguntas algo cuya respuesta desconozco. No me corresponde a mí tomar esa decisión. —Pidió la cuenta al camarero—. Si no vuelves, les haremos saber que has conseguido un trabajo de traductora muy bien pagado en Nueva York, en una editorial; tenemos contactos allí que nos cubrirían sin problema en caso de que alguien se molestara en comprobarlo. Y si regresas, significará que has arreglado tus asuntos personales antes de lo esperado —detalló con voz mecánica. Fue lo máximo que pudo y quiso explicarle. Se llevó la taza de café a los labios para acabar con su último sorbo y al mirarla advirtió su gesto de confusión—. Ahora te requieren en España, camarada —zanjó—. Debes estar donde te necesitan.

María de la Sierra abandonó el país de la misma manera en la que África de las Heras había entrado en él: como un fantasma amparado en un nombre extraño y una retahíla de números desconocidos encerrados en un sello. La red soviética ya se había encargado de que sus movimientos no aparecieran en los registros de inmigración. No sabía cómo conseguían modificar o hacer desaparecer nombres, identidades, personas, fechas y viajes, pero eso no afectaba al resultado de las misiones. Había cosas que ignoraba y esa ignorancia las convertía en invisibles a sus ojos, pero eso no significaba que no existieran; exactamente igual que ella.

África desconocía la existencia de un archivo secreto del NKVD en el edificio de la Lubianka, donde se guardaba un documento con fecha de septiembre de 1931. En el manuscrito aparecían cuatro firmas: la de Stalin, la de Voroshílov, la de Ordzhonikidze y la de Molotov, todos miembros del todopoderoso Politburó. Era una orden para ejecutar a Trotski. También desconocía que, en 1934, Stalin había resuelto que se crease un grupo para la planificación del asesinato de su principal enemigo.

Que ella lo desconociera no quería decir que no existiese.

12

Las mujeres ya solo sonreían desde los rasgados afiches colgados en las paredes de los edificios de Barcelona o prendidos en los troncos de los árboles, en un desesperado gesto de resistencia.

Se había ido de España con los carteles del taller de Bardasano llenos de clamor revolucionario y salpicados de colores vivos, y regresaba con la añorada revolución desdibujada, con parte de sus matices perdidos y con sus tonos apagados. No solo la revolución había perdido su pátina en los pasquines y en la calle; el brillo también había desaparecido de los rostros de los milicianos y de la ciudadanía y, con ellos, la fe en la rebelión y en el futuro.

África de las Heras había regresado a su verdadera identidad cuando Barcelona había dejado de ser la misma que abandonó meses atrás. Se mostraba más gris y enjuta, hastiada de barricadas, de humo, del silbido de las balas, de los estruendos de los obuses, de la guerra dentro de la guerra. El 13 de febrero de 1937 la metrópoli había sufrido el primer bombardeo, efectuado desde el barco Eugenio de Saboya; y el 16 de marzo, el primer ataque aéreo de los aviones, principalmente italianos, que salieron de la base de Mallorca. La ciudad parecía flamear en una nube de plomo. Se diría que sobre sus avenidas habían caído en tropel las cenizas del bombardeo de Guernica, llegadas desde Vizcaya el 26 de abril, así como las pavesas de los Hechos de Mayo sucedidos en la Ciudad Condal hacía apenas unas semanas, que aún ensombrecían el ambiente.

Entre el 3 y el 8 de mayo de 1937, los enfrentamientos entre los comunistas —amparados por la ayuda soviética y la poderosa y bien armada sombra de Stalin— y los anarquistas y miembros del POUM trotskista volvieron a inundar de sangre las calles y a sembrar de cadáveres el asfalto, haciendo que el escenario bélico se asentase de nuevo en la plaza de Cataluña, en las Ramblas, en vía Laietana y en el palacio de la Generalitat. No era solo la guerra civil en España, era la guerra civil en Barcelona, una conflagración dentro de otra, siguiendo el mecanismo de las matrioskas, las tradicionales muñecas rusas encerradas unas en el interior de las otras. Los Hechos de Mayo habían minado tanto el poder de las formaciones republicanas de izquierda que no comulgaran con el comunismo soviético de Stalin —principalmente, los anarquistas o los trotskistas como era el caso del partido de Andreu Nin, el POUM— como la moral de los ciudadanos, que daban muestras de cansancio ante el permanente ruido de guerra y el no saber por qué ni para qué luchaban, como aquellas mujeres que, a principios del alzamiento militar, vestían el mono miliciano ataviadas con zapatones de tacón o aquellos hombres que cargaban el fusil al hombro cuando iban al cine.

África contempló la metamorfosis que volvía a devorar la ciudad. Caminando por sus calles, aún más desiertas de adoquines que cuando las abandonó, echó en falta las Patrullas de Control de las que había formado parte desde su creación y que se disolvieron a raíz de los acontecimientos de mayo, aunque la decisión fue acordada dos meses antes; tomó su relevo el Servicio de Información Militar, el SIM, que también asumió el control de la gestión de muchas checas. Advirtió cómo de los escaparates de las tiendas habían desaparecido los monos azules, los cinturones Sam Browne y las cazadoras de cremallera que hacía meses desbancaron a la habitual ropa de vestir. Al mismo tiempo, los sombreros volvían a cubrir las cabezas de los caballeros, al igual que habían regresado las corbatas. Los pantalones de pana que solían llevar los milicianos del POUM también desaparecieron de los almacenes. Los cabarets y las prostitutas volvieron a su trabajo, sin permitir que ningún camarada tartarín —como apuntaba en *Treball* el artículo «Tartarines en la retaguardia», detrás del que podría estar la pluma de Eitingon— les explicara cómo debían realizar su lucha revolucionaria. Los camareros volvían a tratar de usted a los clientes, a colocar el bote de las propinas en la barra y a retirar los carteles con la inscripción LA REVOLUCIÓN HA ROTO MIS CADENAS. El «Buenos días» era otra vez el saludo preceptivo, guardando el popularizado «Salud» para otros círculos. Los vehículos ya no llevaban en sus carrocerías las iniciales U. H. P., «Uníos, Hermanos Proletarios». Los carteles ya no anunciaban la Olimpiada Popular ni animaban al campesino a coger su fusil, sino que informaban sobre la dirección del refugio más cercano o la boca de metro más próxima. Las calles se llenaron de pobres y de mutilados de guerra que, sin una pierna, sin un ojo o sin un brazo, hacían cola para pedir sus salarios atrasados. Las mujeres habían vuelto a usar el carmín rojo de labios, la mayoría para mostrar su feminidad, que algunas consideraban robada por un ardor revolucionario excesivo y adulterado, mientras que otras lo usaban como una manera sutil de elevar el ánimo.

El olor de las calles también había cambiado: percibió de nuevo el característico tufo de los cigarrillos de picadura de regaliz; no había dinero para comprar Lucky Strike, porque cada vez había menos milicianos que pudieran gastarse las diez pesetas de su jornal en comprar una cajetilla, y se organizaban colas de horas a la puerta de los estancos que solo abrían una vez a la semana. Las banderas de color rojo, con una hoz y un martillo y con las siglas del POUM inscritas habían desaparecido, igual que, según los rumores que recorrían la ciudad, desaparecería el propio partido de Andreu Nin. También la política de carteles y pasquines había cambiado. Se dio cuenta al observar un mural dibujado en la fachada de un edificio, donde alguien le quitaba la máscara de la hoz y el martillo al POUM, para dejar al descubierto una cruz gamada. En los quioscos resultaba difícil encontrar el periódico *La Batalla*, partidario del POUM, y sin embargo era casi obligado comprar las actas de los Procesos de Moscú. Lo único que parecía seguir en el mismo lugar eran los sacos de arena y las cintas adhesivas en forma de equis colocadas sobre los cristales de los escaparates para evitar que se rompiesen en caso de nuevos enfrentamientos callejeros o de alguna explosión mayor. Esa imagen le recordó la mañana del 19 de julio de 1936 que compartió con Ramón Mercader, aquel primer café del día que se tomó en la barra del Joaquín Costa mientras él ayudaba a su propietario a asegurar las cristaleras. Le apetecía verle.

El recuerdo la acompañó hasta el hotel Colón, donde había quedado con Erno Gerö y Leonid Eitingon. Con ambos ya se había reunido en el mismo despacho de La Pedrera que visitó antes de ir a México, y los dos le expresaron su satisfacción por el trabajo realizado en Coyoacán, asegurándole que su regreso no se debía a ningún error por su parte, sino a motivos estratégicos.

Al entrar en el hotel, el lugar tampoco le pareció el mismo, quizá porque ya conocía los rumores sobre la existencia de una checa en los sótanos del edificio; en torno a ella se había empezado a tejer una leyenda negra parecida a la que acompañaba a la de San Elías, con la salvedad de que la checa ubicada en el antiguo convento de las Clarisas de Jerusalén donde ella ejerció de interrogadora no tenía el horno donde, según aseguraban, se quemaban los cuerpos de los detenidos que entraban en el hotel Colón y no salían con vida. El vestíbulo, sin embargo, aún se asemejaba a la estación de tren bulliciosa y animada que parecía en agosto de 1936. Los rostros soviéticos que se movían por sus instalaciones se habían multiplicado, y sonrió al recordar la frase de Marina Ginestà, pronunciada en aquel mismo lugar: «Últimamente, solo veo rusos».

África conocía la táctica de quedar en lugares públicos, concurridos y de grandes dimensiones, para intercambiar confidencias, secretos y operaciones que en el interior de un despacho perdían esa aureola de espontaneidad inherente a toda aventura. Algo similar ocurría cuando se verbalizaba el horror a través de una orden dada con un tono calmado, sereno y alejado de todo histrionismo; pudo comprobarlo muchas veces durante los interrogatorios en la checa de San Elías. No siempre las comunicaciones importantes se realizaban en lugares formales, ni las amenazas llegaban a gritos. Sabía que sus superiores tenían novedades y que saldría de aquel encuentro con planes nuevos.

El café aún era bueno en el Colón, aunque no tanto como en el Continental. Y las conversaciones seguían sin defraudar, envuelta la información unas veces en rodeos y otras en atajos. Durante varios minutos, los tres camaradas estuvieron hablando de asuntos nimios, haciendo bromas, comentando cotilleos y rumores, contando chistes —patrimonio casi exclusivo de Eitingon—, recordando la última vez que vieron al corresponsal inglés o cómo las reservas de whisky escocés iban mermando y cada vez era más complicado beber uno de buena calidad. África pensó que la revolución, como sus artífices, también tenía sus tiempos.

—¿Sabéis que este edificio, como muchos en Barcelona, está hecho de microhormigón? —comentó Eitingon, que, a juzgar por la expresión divertida de su rostro, estaba a punto de hacer otra gracia—: Ochenta por ciento hormigón, y el resto micrófonos.

A Gerö le costaba reírse con los chistes, incluso cuando los entendía, lo que no ocurría siempre. Lo bueno de Eitingon es que no necesitaba la aprobación ajena, porque él mismo se aplaudía con sus propias risotadas. África siempre respondía a sus gracias con una sonrisa, porque sabía que cuando se ponía serio, las cosas iban peor.

—Tienes que mejorar tu repertorio —le recomendó.

—Tengo otro. Le han pedido a los grandes pintores soviéticos que pinten un cuadro que se llame *Lenin en Polonia*. Los pintores dicen que no saben cómo pintar algo que no sucedió, pero encuentran a alguien que se ofrece a hacerlo. En el lienzo aparece un hombre en la cama con una mujer que se parece a la esposa de Lenin. «¿Quién es ese hombre?», pregunta el que ha encargado el cuadro. «Es Trotski», le responde el pintor. «¿Y quién es esa mujer?». «Es Nadezhda Krúpskaya, la señora de Lenin», le explica el artista. «Pero ¿dónde está Lenin?», interpela el hombre. Y el pintor contesta: «En Polonia».

En aquella ocasión, todos rieron. Eitingon siempre sabía poner las cartas sobre la mesa. Quizá por eso era tan buen jugador y estratega.

—Y ahora que sabemos dónde está Lenin, ¿sabéis algo de Caridad Mercader? —preguntó África, conociendo de antemano la respuesta.

Había tenido la oportunidad de leer el artículo de Margarita Nelken donde detallaba cómo «su cabellera de plata, que es aliento para las jóvenes, aparece con entusiasmo allí donde el trabajo es más duro o más lastimoso». Según contaba, ella sola había matado a más de veinte trotskistas. Como tantas veces desde su regreso a España, África comprobaba que el trotskista era el nuevo enemigo. En realidad, su falso interés por Caridad era un vericueto para averiguar algo de Ramón.

—Sabemos muchas cosas de la Mercader —desplegó Gerö esa ironía tan característica del alma rusa—. Aunque unos saben más que otros... —Señaló a Eitingon, en clara alusión a su cercanía personal con ella.

—A Caridad le pasa como a ti, como a su hijo o como a nosotros mismos: que estamos donde debemos estar. Por si te lo preguntas —Eitingon adivinó el verdadero interés de África—, la última vez que vi a Ramón fue el 3 de mayo. Mientras alguien colocaba una ametralladora en la penúltima «o» del cartel de este hotel Colón, yo le acompañé al consulado soviético. Luego volvió al frente. Está comportándose como lo que es: un hombre de valor. Como te decía, estamos donde debemos estar.

—O donde alguien considera que debemos estar... —replicó África, en alusión a su inesperado regreso a España.

—Exactamente, camarada. Por eso mañana nos vamos a Valencia. Los tres —informó Eitingon.

África miró a Gerö, al entender que era él quien cerraba la terna, pero él negó con la cabeza, lo que la obligó a buscar en Eitingon la respuesta correcta.

—Él no es el tercero. Tenemos un invitado muy especial que quiere conocer el centro de entrenamiento de Benimámet, aunque sería más correcto decir que somos nosotros los interesados en que lo conozca. Dime, camarada, ¿conoces a Ernest Hemingway?

El centro de Benimámet fue uno de los dos primeros campos que los soviéticos abrieron en España para el entrenamiento de guerrilleros y saboteadores. Se ubicaban lejos de las ciudades y permanecían ocultos al conocimiento popular. La prensa no tenía permitida la entrada, pero Ernest Hemingway no era un periodista más. Eitingon bromeó con la idea de que no era Pushkin, como a él le hubiera gustado, «pero al menos no es ese espía inglés, ese trotskista del bigotito, George Orwell». Quería que el reputado autor de *The sun also rises*, cuyas crónicas de guerra leía la mitad del mundo y comentaba la otra mitad, conociera las instalaciones y el trabajo que los soviéticos estaban haciendo allí, para que luego se lo contara a la opinión pública. La importancia de la propaganda y de escoger el mejor relato de la historia seguía guiando a los hombres fuertes de la Unión Soviética, y quién mejor que Eitingon para hacerse cargo de tan ilustre visita. Como decía Caridad Mercader, Leonid Eitingon parecía más español que bielorruso por su afabilidad, su encanto personal, su carácter extrovertido, su habilidad para hacer bromas y su desparpajo al expresarse en cualquiera de los ocho idiomas que dominaba. El General Kotov, como lo llamaban en el campo de entrenamiento de Benimámet —un tratamiento que se hacía extensivo cuando entraba en combate, algo que ocurría a menudo, aunque el Centro le había prohibido poner en riesgo su tapadera—, sabía cómo hacer que una persona se sintiera cómoda. Por eso organizó un recorrido especial por el recinto, encaminado a mostrarle al escritor estadounidense algunas de las enseñanzas y técnicas en las que instruían a los centenares de guerrilleros que habían sido seleccionados, la mayoría de nacionalidad española, aunque también había brigadistas internacionales alemanes, rusos, lituanos y muchos partisanos de Europa del Este.

Ernest Hemingway se interesó por los ejercicios físicos a los que eran sometidos los futuros combatientes, poniendo especial atención en las técnicas de lucha cuerpo a cuerpo y en las prácticas con distintas armas de fuego. Observaba, preguntaba e incluso pidió participar en los entrenamientos de tiro con fusil y ametralladora, la lucha con puñal, con hachas, con barras de metal o palos de madera, el lanzamiento de granadas, la defensa personal utilizando solo los pies y las manos, cómo detectar los puntos débiles del enemigo para desarmarle e inutilizarle lo antes posible... No resultaba extraño que alguien que consideraba que «mi escritura no es nada; el boxeo lo es todo» sintiera una hambrienta curiosidad por las técnicas de lucha. «Los guantes puestos, la izquierda siempre adelantada y la derecha amartillada», decía, buscando y encontrando la complicidad de sus anfitriones. África los acompañó durante toda la visita, aunque se mostró más interesada por las técnicas de supervivencia y de interrogatorio que también impartían en el campamento.

A la hora de la comida, Hemingway estaba satisfecho con la revista. Era un viajero amante del riesgo, del peligro y de las situaciones límite, y estaba en el lugar perfecto para alimentar sus ansias de aventura. Eitingon había organizado un almuerzo en las mismas instalaciones del campamento al que se unió su superior, Aleksandr Orlov, el hombre que le había designado para gestionar la organización y la instrucción de los campos. Orlov no quería perderse la oportunidad de charlar con el famoso escritor y se presentó con varias botellas de vino francés que había decomisado en la casa de un burgués, «que seguramente sería simpatizante de Trotski o de cualquier otro traidor, enemigo del pueblo», bromeó fanfarrón, ganándose la algazara general.

—Me alegra saber, camarada Ernest, que eres un hombre valiente y que no solo no te asustan las balas, sino que casi vas a por ellas —comentó Eitingon, sirviéndole otro vaso de vino.

—Tengo mucho visto y vivido, amigo mío. Si me asustaran las armas y las guerras, me quedaría escribiendo en mi casa, con mi Remington y con mi primera esposa. Y ya voy por la segunda y en previsión de una tercera —rio bravucón, refiriéndose a la relación que mantenía con la también corresponsal de guerra Martha Gellhorn, que cubría la guerra civil española para el *Collier's Weekly*, y con quien se casaría en 1940, convirtiéndola en su tercera mujer—. Hay que evolucionar, amigos. También en las armas: yo mismo he cambiado la Remington por la Royal Quite Deluxe.

—La experiencia no siempre garantiza el valor. Ni te imaginas lo que hemos visto por aquí. Si me prometes no contarlo... —empezó Eitingon, sabiendo que era la manera más eficaz de llamar su atención y asegurarse de que un día lo publicaría en alguna de sus crónicas—. Hace unos días nos visitó un importante agente soviético, cuya identidad me ahorraré desvelar... —Intentó refrenar una sonrisa. Orlov sabía de quién se trataba: el director del departamento exterior del NKVD, Serguéi Spigelglas, por el que Eitingon no sentía un especial aprecio—. Hicimos prácticamente el mismo recorrido que hemos hecho contigo, exceptuando la zona de tiros. Según él, no quería interrumpir el entrenamiento, pero yo sabía que no se atrevía. Tuvimos que esperar a que los hombres terminaran la instrucción para acceder al terreno. Y cuando estábamos en mitad del campo de tiro, no me preguntes cómo —dijo con aire burlón, insinuando que la idea había sido suya—, se produjeron varios disparos en dirección nuestra. ¡Tenías que haber visto con qué velocidad se tiró al suelo! Le faltaban manos para taparse la cabeza, el culo, las piernas... ¡Y cómo gritaba ese hombre para que cesara el fuego de manera inmediata! —Rio a carcajadas al recordar la escena—. Estuvo un par de horas exigiendo saber los nombres de los responsables y pidiendo que se les detuviera a todos y se les abriera un proceso. Por supuesto, no los encontramos, a ninguno.

—Nuestro amigo Eitingon tiene un especial sentido del humor que no todos entienden —añadió el general Orlov—. No todo el mundo acepta bien sus bromas.

—Qué reacción más absurda, además de cobarde. —África acaparó la atención de Hemingway, y no por primera vez—. Nunca oyes la bala que te alcanza. Esa es muda, silenciosa, como el buen asesino.

—Exacto —le dio la razón el escritor, celebrando su argumento con un golpe en la mesa. Había visto la lámina de tiro que África había disparado esa mañana: dos impactos en el centro de la cabeza y tres balas en el corazón. La joven sabía de lo que hablaba—. Si oyes las balas, es que ya han pasado. Y si sabes eso, camarada, es que has pisado los campos de batalla y has entrado en las trincheras.

—He pisado algunos y todos sin besar el suelo. En lugares como este te lo enseñan bien, para que cuando salgas ahí fuera puedas demostrarlo. —La española abarcó con la mirada las instalaciones del campo de entrenamiento—. La lona es para los perdedores, para los que no saben esquivar y encajar los golpes. Como buen boxeador que eres, debes saberlo.

—Eso se aprende practicando. De la misma manera que se llega al Carnegie Hall o a la Maestranza de Sevilla —replicó Hemingway.

—Practicando y arrimando el hombro. Tú mismo, a finales del año pasado, recaudaste cuarenta mil dólares para el Ejército del Frente Popular, y gracias a esa donación se han podido conseguir ambulancias y equipación sanitaria. Sé que eres el presidente de la sección médica de American Friends of Spanish Democracy...

—Vaya, una mujer bien informada. En mi mundo, eso equivale a ser una mujer peligrosa, al menos para el enemigo. ¿Y qué más sabes de mí?

—¿Aparte de tus crónicas para el *North American Newspaper Alliance*? Son buenas; me gustó la que escribiste tras la victoria sobre los italianos en el frente de Guadalajara. —Se refería a un artículo publicado el 26 de marzo de 1937—. Y tenías razón: el ejército republicano puede pasar a la ofensiva.

La voz de África inflaba la vanidad del escritor, que no podía dejar de mirarla, como si buscara en su rostro contenido para su próximo artículo.

—Sé que estás rodando una película, *The Spanish Earth*, con el director holandés Joris Ivens, en el frente de Morata y Tajuña. El guion es tuyo y quieres locutarlo tú mismo.

—Esa es mi intención. Aunque están tratando de convencerme de que lo haga un remilgado locutor de radio, un tal Orson Welles, uno de esos chicos afeminados del teatro...

—Y dime, ¿sigues creyendo que España está plagada «de un exceso de políticos para que uno pudiera ser amigo de todos sin riesgo»?

—Sigo pensando que la política es todavía una profesión lucrativa. —Bebió de su vaso, sin retirar la mirada de ella—. Pero en cuanto a lo de ser amigo... estoy abierto a cambiar de opinión.

Dos seductores, frente a frente. Él la miraba con los ojos entrecerrados, el ceño fruncido y el flequillo desordenado. Era un hombre alto y fuerte, aunque ella estaba convencida de que el arrojo y el valor del que presumía sin falsas modestias se confundían, muchas veces, con bravuconerías propias de la testosterona o el alcohol. Aun así le divertía estar en su compañía, subirse al encordado, convertirse en su *sparring* y cruzar los guantes con él. No tenía la misma experiencia que él en este tipo de cruces, pero a menudo sus miradas obtenían el mismo resultado: un nocaut con golpe contra la lona que dejaba al contrario derribado, sin opciones de defensa ni posibilidad de recuperación. Sus golpes y arremetidas eran más visuales y verbales.

—Camarada África... —comenzó Hemingway—. Si algo me ha enseñado la guerra, es que solo los nombres de los lugares o de las personas tienen dignidad. Las palabras abstractas como «gloria», «honor», «coraje» o «santificación» son obscenas si las comparamos con los nombres de las aldeas, de las carreteras, de los ríos, de los regimientos y, en especial, de mujeres y hombres. Y cuando te miro, veo esa dignidad.

—¿Por eso repites mi nombre o es que temes no recordarlo?

El escritor lo había pronunciado ya varias veces, como si pretendiera grabárselo en la memoria, igual que ella misma había hecho en Coyoacán ante el espejo, remachando el nombre de María de la Sierra.

—Me preocuparía olvidarlo —contestó él.

—El nombre no es importante. Lo verdaderamente trascendental es la persona que lo lleva. Prefiero que se acuerden de mí a que recuerden mi nombre. ¡Quién puede fiarse de un nombre cuando las palabras no hacen más que cambiar el sentido de las cosas! Pero imagino que para el ego de un artista, un actor o un escritor, es distinto. Necesitan que los identifiquen para que alaben su obra.

Hemingway la miró, mientras bebía de un trago el vino que quedaba en su vaso. Esa nueva finta de quien no sabía si hacía las veces de oponente o de *sparring* le había pillado con la guardia baja. Orlov y Eitingon observaban desde fuera del cuadrilátero. El escritor descartó contraatacar con un mandarriazo; los golpes que estaba recibiendo le divertían y le mantenían alerta, a pesar del sopor del alcohol y del letargo de la sobremesa que ya apuntaba en una calurosa Valencia. Cambió de táctica y saltó del ring al coso para cargar la suerte, como disponía la tauromaquia clásica que él admiraba: parar, templar y mandar.

—¿Sabes, camarada? Observándote me has recordado mi estancia en París y las veladas en casa de mi adorada Gertrude Stein. ¡Qué mujer! Temperamental, directa, ruda cuando convenía... Fue ella la que me animó a venir a España para ver las corridas de toros. No logró que me enamorara de Joselito como lo estaba ella, pero sí entendí que, cuando no hay guerras, el único sitio en que puede verse la vida y la muerte, la muerte violenta, es la plaza de toros —dijo citando algo que África ya había leído en su libro *Death in the afternoon*. La observó unos instantes, como si algo en su rostro le hubiera distraído—. Acabo de recordar que me dejé una maleta olvidada en el hotel Ritz de París en 1928. Dime, camarada, ¿has estado en París?

—He estado en muchos lugares. ¿Por qué? ¿Quieres que vaya a buscarla?

—¿Lo harías?

—Siempre que haya una buena razón para hacerlo.

—Apuntes, secretos, informaciones, material confidencial, hojas escritas con estilográfica... Todo lo que me puede ayudar a escribir un buen libro.

—Entonces puede que quiera.

—Te voy a dar el consejo que me dio Sherwood Anderson, el hombre del que más he aprendido: «Si te vas a ir, la ciudad es París. El único lugar para un escritor».

—Yo no soy escritora.

—Camarada, tú eres un misterio. Y eso te convierte en escritora.

—Entonces, dame un consejo para ser una de las buenas.

—Te lo daré. Principio de iceberg: hay siete octavos de él bajo el agua por cada parte que se muestra. Yo escribo de acuerdo con ese principio. Uno puede eliminar cualquier cosa que sepa y eso solo fortalecerá el iceberg.

África le obsequió con una de sus mejores sonrisas, que él recogió con agrado. Acababa de darle uno de los mejores consejos que sabría utilizar de manera oportuna, y no precisamente en la escritura.

—Estoy tomando notas para una novela que escribiré sobre mi estancia en esta guerra —añadió Hemingway—. Y acabas de inspirarme. La revolución es como una mujer, sin ella no hay organización ni disciplina. Camarada África, eres la Pilar de mi libro, la mujer capaz de aglutinar a los hombres en torno a su persona.

—Ya que insistes en los nombres, ¿tiene título ese libro?

—*For whom the bell tolls*. Aunque quizá no sea el definitivo.

—«Por quién doblan las campanas». ¿Y tienes ya respuesta para esa pregunta o, como con los nombres, se quedará en un mero título?

—La tengo. Aunque si la desvelo, no lo leerás, y me gustaría que la leyeras. Pero sí puedo confiarte un pensamiento del protagonista, Robert Jordan: «Hoy es solo un día de todos los días que serán, pero lo que ocurra en todos los demás días que vengan puede depender de lo que hagas hoy. Ha sido así muchas veces. Toda la guerra es así».

—Se giró hacia Orlov y Eitingon, para sumarlos a la charla—: No os quepa la menor duda que incluiré esta visita a Valencia.

—Entonces brindemos por eso —propuso Eitingon, animado porque su plan, gracias al alcohol y a la seducción de África, seguía el trazo marcado.

—Sí, pero hagámoslo con un buen whisky. El vino francés no acepta bien los brindis —sentenció África, sabiendo que Orlov había traído una botella de Macallan, imposible de conseguir sin los contactos adecuados—. Este no es una de esas imitaciones españolas de licores que copan los escaparates. Nada que ver con el Milords Escocés Whiskey que el camarada Ernest se pone en la cara después de afeitarse —dijo, recordando lo que había escrito el estadounidense en una de sus crónicas.

—Seguro que este no escuece tanto, aunque me hará sentir igual de higiénico —soltó el escritor entre carcajadas de júbilo y orgullo, al comprobar que aquella mujer conocía sus crónicas casi de memoria. Si había algo que le gustaba más que una buena historia, era que una bella mujer le admirara y le prestara atención y, en aquella ocasión, parecía haber logrado ambas cosas—. Y seguro que si lo derramo sobre la ropa, no se come la lana. Aunque dudo que este Macallan cure el pie de atleta como el Milords Escocés Whiskey.

—Solo, en vaso ancho y bajo —dijo Orlov, mientras colocaba los cubiletes sobre la mesa, como si fuera más una orden que una recomendación.

El color siena acaramelado de aquel brebaje único y exquisito tiñó los vasos de los presentes, en especial el de Hemingway. Eitingon, que sabía controlarse con el alcohol y así había instruido a su alumna, cruzó con ella una mirada de aprobación. África no solo había estado a la altura, sino que había superado las expectativas. El bielorruso no había fallado en su evaluación; no solía hacerlo y por eso Orlov confiaba en él para el reclutamiento de los guerrilleros que la Unión Soviética, y más concretamente el NKVD, utilizaría en muy distintos escenarios, más allá del campo de batalla de las guerras intestinas que asolaban un país extranjero.

En uno de esos escenarios se empezaba a delinear una operación cuyos trazos diseñaba el propio Stalin, bajo la precisión milimétrica de Pavel Sudoplátov, el jefe adjunto del Servicio Exterior de espionaje, el hombre que ocupaba el despacho 735 de la séptima planta de la Lubianka. Muy pronto Stalin lo convertiría en el jefe de Operaciones Especiales, el nuevo departamento dedicado a los asesinatos, sabotajes y chantajes de los servicios secretos soviéticos, para referirse a uno de los secretos mejor guardados de la Unión Soviética.

La visita al campo de entrenamiento de Benimámet finalizó como el regusto del Macallan en el paladar de todos: un final persistente pero no abrumador, sutilmente suave, generoso y cálido, con un toque ligeramente dulce sin resultar empalagoso, un sabor sedoso y complejo, con ecos cítricos y amaderados, que dejaban un delicado cierre de emboque a aromas exóticos. El secreto para degustarlo estaba en permitir que fuera envolviendo el paladar y gozar con cada uno de los tragos.

Era el sabor de la excelencia.

Y no todo se debió al grado de caramelización de la cebada malteada.

13

Sabía que lo encontraría en el Continental, donde se hospedaba con su mujer en aquel momento. El hotel seguía siendo territorio neutral en una Barcelona que transpiraba belicismo por cada adoquín. George Orwell había estado viviendo un tiempo en el hotel Falcon, sede del POUM, pero desde los Hechos de Mayo —cuando los simpatizantes y militantes poumistas pasaron a ser sospechosos de todo y a ser detenidos y encerrados en las mismas checas que ellos habían gestionado hasta entonces— había decidido ocupar una de las habitaciones del hotel ubicado en terreno supuestamente imparcial. Aun así, la presencia de un ruso de gran tamaño al que llamaban Charlie Chan, que se paseaba con su sobrepeso por el vestíbulo del Continental, luciendo sin complejos un revólver y un par de granadas en la cintura, no lo ayudaba a sentirse seguro.

Orwell había llegado a España con la idea inicial de escribir sus crónicas sobre la Guerra Civil y documentarse para un próximo libro, pero, como le había pasado a muchos otros —incluido el propio Hemingway—, decidió compatibilizar el bolígrafo con el fusil y las habitaciones de hotel destinadas a los periodistas con las trincheras del frente consignadas a los guerrilleros y soldados. Lo hizo afiliándose al POUM, un partido de izquierdas que pensaba que la guerra y la revolución debían ir de la mano para conseguir el tan cacareado poder del proletariado: «Si el obrero no domina, le dominan». El argumento del POUM, que muchos consideraban trotskista aunque solo fuera por su oposición al estalinismo, le convenció para luchar en sus filas. Nunca había tenido problemas con sus elecciones, al margen de cómo hubieran resultado: había sido lavaplatos en el Barrio Latino de París, policía en Birmania y se había manchado la cara de carbón bajando a las minas del norte de Inglaterra para hablar con los mineros de su pobreza. Pero de «matar fascistas» —algo que él mismo reconocía como su único objetivo— había pasado a ser él a quien querían matar los enemigos de los fascistas. La historia había dado un giro demasiado brusco, digno de cualquiera de sus novelas.

En ese instante, sentado en una de las sillas del hotel Continental, el británico sabía que había llegado la hora de abandonar España y, de manera urgente, Barcelona. Cada vez se sentía más vigilado. Como le había dicho a su mujer, Eileen, temía por su vida.

Las órdenes de África eran acercarse a él y elaborar un dosier con la información que consiguiera sacarle, incluyendo las sensaciones personales que le produjera, basándose en su intuición. Eitingon confiaba en su olfato, en su instinto y en su afinada capacidad de análisis, que había visto reflejados con acierto en los informes que escribió en la Casa Azul, en los que incluía aspectos que otros no parecían ver y que revelaban mucho sobre la psicología de las personas. Gerö y Eitingon querían saber cómo un niño que había estudiado en Eton, uno de los colegios más elitistas de Inglaterra, pudo reconvertirse en un anarquista con conciencia de clase y optar por las directrices marcadas por Trotski en vez de por las punteadas por Stalin. «Si hubiéramos ejercido una vigilancia más activa, no se nos habría colado en las Brigadas Internacionales tanta bazofia, quintacolumnistas, enemigos del pueblo ruso, fascistas partidarios de Trotski y espías de los servicios secretos enemigos —se quejaba Eitingon—. Y ese Orwell huele a espía inglés tanto como Trotski apesta a espía alemán. Un maldito *jorki*, un hurón —dijo, empleando el término con el que los agentes soviéticos se referían a los trotskistas—. No me fío de él. Tiene vínculos con el Partido Laborista Independiente y esos están aquí por algo. Hay que destaparlos y acabar con ellos».

Según las informaciones que obraban en su poder, Orwell escribía cartas a mano desvinculadas de su trabajo periodístico, o al menos no parecía que lo fueran. «Lo sabemos porque un agente infiltrado ha leído algunas de las que ha enviado a Inglaterra, todas con mensajes ambiguos y extraños —le explicó Erno Gerö a África—. Y además, las escribe utilizando diversas tintas: alterna los colores verde, rojo, azul y negro. Creemos que los pigmentos son un mensaje en sí mismos, que responden a algún tipo de código. También nosotros hemos utilizado las coloraciones de las vidrieras de iglesias y catedrales para enviar comunicaciones. A mí no me cabe duda: es un espía británico. Y ya sabemos lo que dice Stalin: el trotskismo es un aliado del fascismo. Hay que derrocarlo. ¿Cómo? Decapitándolo. Y Stalin nunca se equivoca».

África accedió al hotel Continental y rastreó el lugar con la mirada. No podía mostrarse nerviosa ni impaciente. Convendría que nadie reparara en ella dando vueltas por el vestíbulo como si buscara a alguien en particular, cuando se suponía que el suyo debía ser un encuentro casual. No tardó en distinguir la característica figura de Orwell. Estaba más delgado que la última vez que le vio, antes de embarcar hacia México; todos lo estaban, excepto el gordo ruso Charlie Chan, que debía de haber encontrado las latas de leche condensada, las conservas de carne y el chocolate que se guardaban en determinados almacenes, lejos de la boca de la población civil y muy cerca de los bolsillos de los que gestionaban la revolución. El rostro del británico mostraba unas sombras oscuras que parecían custodiar sus ojos pequeños y redondeados. Las profundas líneas de expresión remarcaban su aspecto fatigado y envejecido, a lo que tampoco ayudaba el fino bigote sobre el labio superior. La nariz lucía más afilada y un pañuelo rojizo intentaba ocultar un vendaje en el cuello. Más que cansado parecía abatido. Más que vencido, decepcionado. No era el miedo lo que le carcomía, era la rabia por el fracaso, por la oportunidad perdida, por la muerte de un ideal. Orwell no tenía miedo a que lo mataran, pero le provocaba una incontenible furia que alguien lo consiguiera antes de que él mismo se decidiera a hacerlo. No tenía miedo a la muerte, pero sí fobia, la misma que profesaba a las ratas y que le hizo liarse a tiros con una que apareció en su trinchera, provocando los disparos del enemigo, que lo tomó como un ataque contra ellos. La rabia suele provocar más muertes que el miedo. Aquel hombre se mostraba muy diferente al que, en la Navidad de 1936, le confió a su amigo Henry Miller que se iba a España a matar fascistas porque alguien debía hacerlo. Quizá ahora entendía mejor por qué a Miller le pareció una idiotez ponerse a matar personas para salvar al ser humano en nombre de unos ideales.

Estaba con la cabeza agachada, escribiendo algo en una libreta de pastas negras. Cuando África se acercó, vio que no eran palabras lo que trazaba, sino figuras abstractas donde predominaban los círculos que remarcaba una y otra vez con un bolígrafo de tinta verde. Allí estaba su misión. Eric Arthur Blair, más conocido como George Orwell. Se preguntó si alguna vez conocería a alguien que solo utilizara su nombre real.

—Nunca había visto a nadie escribir con tinta verde —comentó, mientras ocupaba un asiento cercano al de él—. ¿Tiene algún significado especial?

La aparición inesperada de la joven le sobresaltó, pero al verla regresó al garabateo de las páginas de su libreta. Eileen tenía razón; era demasiado confiado, sobre todo para alguien tan obsesionado con la idea de que podían matarle en cualquier momento.

—Un colega me dijo que denotaba un espíritu jovial y una gran capacidad para abrazar ideas nuevas. Pero creo que erró el tiro. Al menos conmigo.

—Parece que te pasa mucho últimamente. Por ahí dicen que han estado a punto de matarte en las trincheras.

Había sido demasiado directa, pero no tenía tiempo que perder. Sabía que Orwell andaba paranoico buscando sombras al acecho y que su actitud podría estar alterada en aquellas primeras semanas de junio de 1937. No podía retrasarse con rodeos que el propio escritor habría encontrado sospechosos. En cualquier instante podría aparecer su mujer o ser él quien se levantara y se fuera, urgido por algún movimiento extraño que avistara en el hotel o por la aparición de un nuevo rostro con gesto de tener una misión clara.

—¿Y quién lo dice? —preguntó Orwell, traicionado por su susceptibilidad, ya que para saberlo bastaba con ver el apósito colocado sobre la herida de la bala que le atravesó el cuello en el frente de Huesca, una herida reciente que aún se le notaba al hablar. África utilizó ese recelo para que jugara a favor de sus intereses.

—Esta ciudad lleva escrita en sus paredes todo lo que pasa. Está llena de rumores, solo hay que pegar la oreja, callarse y escuchar.

—Esta ciudad se parece cada día más a Moscú, ahogada en susurros y secretos, donde los silencios se escuchan más que los gritos —matizó Orwell.

—Bueno, algunas veces, la única manera de que las cosas funcionen es haciéndolas en silencio.

—Pues para gustarte el silencio, no haces más que romperlo, camarada.

—Perdone, señor Orwell, no quería molestarlo. Ya veo que no es buen momento —dijo midiendo sus fuerzas y empleando un tratamiento más formal. Si le hacía creer que sus palabras le habían dolido, como buen inglés, educado y galante con una mujer, se vería obligado a recular y pedir disculpas. Lo tenía muy estudiado.

—No lo haces, discúlpame. Estoy siendo un grosero —dijo Orwell con pesar, mientras le ofrecía un cigarrillo a modo de ofrenda de paz.

África se fijó en el paquete: Gauloises, los mismos que fumaba Caridad Mercader. Si se había gastado dos francos cincuenta en un paquete de cigarrillos franceses —como se indicaba en el envoltorio—, era porque quería darse un capricho, quizá como última voluntad ante un inminente ataque comunista que acabara con su vida, o porque ya no iba a necesitar el dinero si planeaba abandonar el país. África aceptó su ofrecimiento y pidió dos vasos más de lo que fuera que estaba bebiendo el escritor.

—La verdad, prefiero tu compañía a la de cualquier otro desconocido —dijo él.

Orwell la miró durante unos instantes. Sabía que era una miliciana; después de ciento quince días en el frente, sabía intuir esas cosas. Y también presentía que no pertenecía al POUM. Lo que desconocía es si integraba esa izquierda republicana que los quería fuera del poder y, a ser posible, muertos. No parecía una de ellos, así que aceptó mantener su conversación sobre la Ciudad Condal y sus silencios.

—Es curioso, si lo piensas: Barcelona ha sido la única ciudad antifascista de Europa que no ha celebrado el Primero de Mayo este año. Y eso que creíamos estar en la capital revolucionaria por excelencia, después de Moscú —le dijo a la desconocida, que no perdía detalle de ninguno de sus gestos—. Tú me dirás si la guerra no está perdida, camarada, y con ella, la revolución. La República ya está muerta. Su proceso de putrefacción ha comenzado aunque algunos no lo perciban todavía. Si no fuera porque no le he visto reír nunca, aseguraría que Franco debe de estar muerto de risa al ver cómo sus enemigos se matan entre ellos. Él sí ha sabido unir a los suyos, a la Falange, a los carlistas... Como lo hizo Vercingétorix, el rey de los cingetos, cuando unió a todas las tribus galas contra Roma, los mismos galos que dan nombre a estos cigarrillos.

—Eso suena muy pesimista —terció África, que observaba el rostro abatido del escritor, fiel reflejo de la postración de su espíritu.

—Te equivocas. Es puro realismo. Pero en estos tiempos la realidad quizá no suene demasiado revolucionaria.

—Hay que resistir. Siempre. Con o sin pan, ¡resistir para vencer! —parafraseó ella la famosa expresión de Negrín.

—Yo estuve en los cuarteles Lenin de Barcelona. He dormido en establos acondicionados como campamentos y en barracones que hacían de hospitales. A mí nadie me tiene que explicar cómo se gana una guerra ni mucho menos cómo se hace una revolución, pero a otros sí. Falta organización, disciplina y obediencia. Y sobran teóricos estalinistas. —Orwell volvió a mirar a África, que parecía inspeccionarle más que escucharle. Había algo misterioso en aquella mujer que le hacía seguir hablando con ella, aun sabiendo que no debía fiarse de una desconocida—. ¿Sabes decirme a qué huelen las trincheras?

—A sacrificio. A revolución. A la victoria del proletariado —contestó ella, con la cadencia de una consigna.

—Eso es muy bonito para escribirlo en un libro. Pero yo te diré a qué huelen realmente: a comida podrida y orín, a excrementos de los soldados, a heridas infectadas, a la gangrena de los cuerpos de milicianos de quince años, a tabaco barato, a muerte temprana... —El escritor inglés la observó de nuevo, pero esta vez más a conciencia, como hacía ella. Le pareció demasiado bonita para estar en una guerra, aunque le dio la impresión de que su guerra era otra muy diferente a la de él—. ¿No eres demasiado hermosa para hablar de sacrificio y de muerte?

—¿Y tú no eres demasiado inglés para creer en la revolución permanente? —le preguntó, en clara referencia al libro de Trotski. Sabía que había descubierto sus cartas. Era lo que buscaba. Lo vio en la sonrisa vencida de Orwell.

—Lo desconozco. Pero sí soy lo suficientemente comprometido para ser miembro de las Brigadas Internacionales. ¿Has visto esos carteles de la entrada? —Se refería a los pasquines en los que se podía leer el mensaje Y TÚ ¿QUÉ HACES POR LA VICTORIA?—. ¿Dónde estabas el 3 del mes pasado, en los Hechos de Mayo?

—Siempre estoy donde debo estar, aunque no se me vea. ¿Y tú?

—Salí del hotel Falcon... —Hizo una pequeña pausa que invirtió en dar un nuevo sorbo a su whisky y pensó en explicarle que era la pensión del POUM ubicada al final de las Ramblas, pero supuso que ya lo sabía—. Me tomé un café en Moka y me fui a la Boquería a comprar un queso de cabra. Todo fue muy rápido. Cuando vi que ametrallaban el cartel del Café Moka, me subí a la azotea del cine Poliorama. Desde allí, empecé a oler todo el tufo, y te aseguro que no era por el queso que tenía guardado en mi bolsa —rememoró, mientras retomaba sus garabateos en la libreta de tapas negras y recordaba los enfrentamientos en el edificio Telefónica de Barcelona, controlado hasta ese día por los anarquistas de la CNT. Uno de ellos había cortado la comunicación telefónica que mantenían el presidente de la Generalitat, Lluís Companys, y el presidente de la República, Manuel Azaña—. Todo explotó de repente, en pocos minutos. Unos y otros se armaron y comenzaron a disparar. En Radio Barcelona lo explicaron bien: «Unos insensatos se han lanzado a la calle». Y allí, en la azotea del Poliorama, me pasé tres días, contemplando el absurdo: republicanos catalanes matándose entre sí, exactamente igual que los españoles. Los comunistas, los socialistas estalinistas del PSUC, los de Esquerra, la Generalitat y el Estat Català disparando contra los anarquistas y los trotskistas del POUM, aunque de trotskistas no tengan o tengamos nada —matizó, remarcando el uso de la segunda persona del plural para identificarse con los que habían perdido la batalla—. Pero supongo que eso ya lo sabes —concluyó mientras levantaba su vaso de whisky.

—Moral revolucionaria —dijo África—. Brindemos por ella y por la victoria de la revolución.

—La revolución será como quieran los comunistas manejados por Stalin, o no será. Mejor brindemos por ti.

—Si tú lo dices, camarada...

—No te fíes de lo que te digan. Tampoco de las mentiras que se usan como propaganda para la manipulación informativa. Ninguno de estos soviéticos que se pasean por Barcelona, que se dejan ver por el Colón o que se instalan en los despachos de La Pedrera son el verdadero hombre de Stalin. El auténtico hombre del Kremlin es Juan Negrín, el flamante nuevo presidente del Gobierno de la Segunda República desde el 17 de mayo. Ese sí que logrará instalar aquí el sóviet. Si antes no le mata uno de los suyos, claro...

—Creo que llevas demasiado tiempo en España.

—¿Lo dices por lo mucho que hablo? —Orwell esbozó una sonrisa—. Porque no será por lo elevado de mi tono de voz, y menos ahora —dijo señalándose el vendaje en el cuello—. Eso siempre me ha llamado la atención de los españoles: se gritan incluso desde las trincheras, se hablan a voces, como si prefirieran convencer al enemigo con la palabra en vez de con las balas. Lástima que no lo hicieran.

—A veces, no queda otra.

—Solo hay una forma de luchar contra el totalitarismo, sea fascista o estalinista, y es el socialismo democrático. Esta guerra y los que participan en ella refuerzan mi argumento. Lo veo cada día.

—Sostenemos una guerra popular, una guerra santa. La verdadera revolución debe ser conducida por una necesaria dictadura proletaria. ¿Por qué os cuesta tanto entenderlo?

—La pregunta es por qué algunos lo entendéis con tanta facilidad —dijo Orwell, observando por última vez la belleza exótica de la joven que se había sentado a su lado.

Se preguntó de dónde habría salido alguien así y por qué había terminado en el bar del hotel Continental hablando con él, cuando claramente sus ideas eran tan distintas. Imaginó que quizá lo haría por amor a algún joven miliciano, que era él quien le habría inculcado las consignas revolucionarias que repetía como un padrenuestro en un colegio religioso. O quizá era uno de ellos, de los que le buscaban para matarle, como le advertían sus tripas. Sea como fuere, entendió que aquella hermosa mujer no debía estar allí. Y tampoco él.

A su amigo Henry Miller le agradaría saberlo. Apuró el vaso, chasqueó los labios y se incorporó despacio. Su mujer Eileen cruzaba el vestíbulo en aquel momento, con un bolso de color entre las manos, y se encaminaba hacia él.

—No sabes lo mucho que desprecio a esos imbéciles que primero empujan a todo un país a una guerra por la democracia y después, cuando la ciudadanía se cansa, cambian de opinión y le gritan: «¡Ahora hagamos la revolución!» —dijo el escritor a modo de despedida, forzando una sonrisa, como lo hacen los que se saben huérfanos de motivos para sonreír—. Ha sido un placer charlar contigo, camarada, a pesar de todo.

África los vio alejarse y salir del hotel. No tenía previsto hacerlo, pero la cartera de color marrón que llevaba la mujer de Orwell la intrigó. Le dio la impresión de que se aferraba a ella con ambas manos como si necesitara protegerla, ante el temor de que alguien se la arrebatara. Esperó unos segundos hasta que el matrimonio desapareció por las Ramblas. Era casi la hora de comer, justo cuando Eitingon se acercaba al consulado soviético para entregar sus informes; solía aprovechar esa hora porque era cuando el edificio estaba más tranquilo. A esa misma tesis se acogió África para subir por las escaleras que llevaban a las plantas superiores del hotel, destinadas a las habitaciones, y acceder a la del matrimonio británico. Era el mejor momento para efectuar un registro en busca de alguna prueba: un cuaderno, un libro, un trozo de manuscrito, una carta, un remitente sospechoso, dinero, fotografías, pasaportes, un billete de tren, cualquier cosa que proyectara algo de luz en las sospechas de los soviéticos.

No le costó abrir la cerradura, se deslizó dentro de la suite e inspeccionó los armarios, comprobando que no hubiera un papel, un sobre o un carrete escondido en algún departamento oculto o prendido en las repisas; registró las mesillas de noche, asegurándose de que no había nada adherido debajo de sus cajones; revolvió las sábanas, levantó como pudo el colchón, palpándolo con ambas manos como había hecho con las almohadas; examinó el cuarto de baño, comprobó que todos los azulejos estuvieran fijos, que en la cisterna solo hubiera agua, que el tirador no estuviera suelto y que el inodoro no presentara pérdidas porque alguien hubiera desajustado la rosca de cierre del latiguillo para esconder algo; miró detrás de los cuadros y del único espejo de la habitación; sacudió las cortinas y comprobó sus rieles, y golpeó los rodapiés con la punta del zapato. Se tomó más tiempo en examinar la mesa del escritorio, abriendo los libros que había sobre ella en busca de algún escrito, mirando los cuadernos, los lápices, revolviendo entre las hojas abandonadas sobre el tablero, todas ordenadas casi al milímetro, como si Orwell se hubiese cerciorado de colocarlas antes de salir. Todo demasiado recogido y aséptico para una habitación que aún no se había limpiado. Eso la escamó; siempre había imaginado que los escritores se sentían cómodos en el caos de su escritorio, en esa anarquía en la que pensó encontrar algo comprometido. Ni rastro de pasaportes, carteras, bolsos, dinero, mapas, borradores, notas manuscritas, documentos, billetes, ni siquiera había colillas en el cenicero. Nada. Orwell debía de ser el anarquista más ordenado del mundo.

Unas voces en inglés, que procedían del pasillo, la distrajeron de la inspección del dormitorio. Se detuvo un segundo para escucharlas, inmóvil, sin apenas permitirse respirar. Hablaban en inglés, algo común entre los huéspedes de aquel hotel, pero reconoció la voz de Orwell. Su tono era difícil de olvidar y el de su mujer, un tanto vocinglera, era agudo, una de esas voces capaces de romper una cristalería entera, con un timbre resonante; los había investigado bien antes del encuentro con el escritor. Debían de estar al final del pasillo. Necesitaba salir de allí. La opción de esconderse bajo la cama o en el armario no le parecía acertada. Corrió hacia la puerta y la abrió con cuidado, procurando no hacer ruido y rezando por que las bisagras no la delataran. Pegada a la hoja de la puerta, asomó la cabeza por el larguero, lo suficiente para ver sin ser vista. La separaban unos metros del matrimonio, no los suficientes para salir corriendo de allí sin que la descubrieran. La huida no pasaba por salir al pasillo. Volvió a cerrar la puerta y corrió hacia el balcón, prácticamente abalanzándose sobre él. Demasiada altura. Miró a ambos lados por si pudiera saltar y acceder a la terraza de una habitación contigua. Imposible: la habitación del escritor estaba situada en la torreta central del edificio y su balcón quedaba demasiado lejos de los demás; saltar entre ellos sin precipitarse al vacío sería suicida.

Sin salida, palpó el arma que llevaba a la espalda. La idea le cruzó la cabeza: un asesinato más en Barcelona tampoco significaría nada. Además, el autor inglés nacido en la India era un reconocido poumista, se sabía amenazado de muerte desde los Hechos de Mayo; cualquiera podría haber entrado en su habitación y descerrajarle un tiro, y luego otro a su mujer. Maduró la opción y las posibilidades de éxito. Costaría vender al mundo el asesinato de un conocido escritor, sobre todo si la sombra de los comunistas estalinistas se cernía sobre él. Dio unos pasos por la habitación mientras valoraba sus posibilidades y entendía que tendría que salir por el balcón, asumiendo el riesgo de una caída mortal. Las voces del matrimonio llegaban a ella cada vez más nítidas. Apoyó la espalda contra la pared y respiró hondo, tratando de armarse, más que de aire, de valor. Al hacerlo, notó que el muro contra el que estaba apoyada se movía, como si alguien lo estuviera manipulando. Se giró y la vio: era una de esas puertas dobles que comunican habitaciones. La había visto al entrar y ya entonces había comprobado que estaba cerrada. Ahora, alguien parecía estar manipulando la cerradura desde el otro lado. Le dio el tiempo justo de recobrar el equilibrio y empuñar la pistola lo bastante rápido para apuntar a quien estuviera al otro lado de la puerta. Vio cómo se giraba el pomo de la cerradura. La hoja se abrió y apuntó al frente.

—¿Vas a disparar al hombre que viene a salvarte la vida? —le preguntó Ramón Mercader mientras tiraba con fuerza del brazo de África, la agarraba por la muñeca y la desarmaba en un único movimiento, en el preciso instante en el que George Orwell metía la llave en la cerradura de su habitación y la giraba una vez.

La apertura de la puerta principal coincidió con el cierre de la portezuela contigua.

—No sabes cómo me alegro de verte —murmuró África, con la espalda apoyada en la pared de la habitación colindante y el cuerpo de Ramón pegado a ella.

—Algo me decía que así sería —le respondió, mientras unía sus miradas, como buscando lo que hacía mucho que no encontraba. La vio hermosa. África era una mujer a la que la acción y el riesgo siempre embellecían las facciones, y esa excitación abría su cuerpo como un volcán. También en eso se sintió próximo a ella.

—¿Sabías que estaba aquí? —le preguntó, aunque en realidad no le importaba. No podía decir que no lo hubiera presentido, pero dudó si esa sensación respondía más al deseo que a una sospecha real.

—Yo siempre sé dónde estás. Y algo me dice que a ti te pasa lo mismo conmigo.

—Creí que estabas en el frente de Aragón...

—De momento, prefiero este frente —dijo antes de aproximarse más a ella para besarla.

Ramón no mentía, aunque no contaba toda la verdad. Estaba en Barcelona para ocuparse de otras batallas en diferentes trincheras, frentes mucho menos atractivos que el frontispicio de ébano que se alzaba ante él en ese instante.

Mientras Orwell y su mujer llenaban la habitación adyacente de ruidos cotidianos, África y Ramón celebraban su reencuentro. Lo hicieron en silencio, tal y como debían hacerse algunas cosas para que funcionaran, como minutos antes ella misma le había confesado al escritor inglés en el bar del hotel.

A los pocos días del encuentro con Orwell, las paredes de Barcelona volvían a convertirse en notarios de la actualidad. Sobre las fachadas de los edificios aparecieron pintadas preguntándose ¿DÓNDE ESTÁ NIN?, a las que algunos respondieron con nuevos grafitis: NI EN SALAMANCA NI EN BERLÍN. La verdad escrita en piedra era más difícil de borrar y pronto se convirtió en una campaña.

El líder del POUM, Andreu Nin, había desaparecido el 16 de junio de 1937, después de que lo detuvieran junto a otros compañeros de partido. Los vientos del Este hablaban de su traslado a Valencia, y de allí a Madrid para evitar que sus partidarios lograran su liberación. Pocos sabían que Nin se hallaba en una cárcel de Alcalá de Henares porque nadie realizó su registro. Alguien no quería que encontrasen sus huellas allí. Y mucho menos en el sótano del chalet al que fue trasladado en mitad de la noche. Nadie vio cómo entraba y tampoco cómo salía, excepto los que conocían dónde paraban los que siempre estaban en el lugar que debían estar.

Desde entonces, poco se supo de su paradero, y quienes lo conocían no lo contarían. Estaban concentrados en borrar huellas y crear otras nuevas. Aleksandr Orlov, máximo responsable de la operación Nikolái diseñada para hacer desaparecer a Andreu Nin y desprestigiar al POUM hasta lograr su ilegalización, había visto la oportunidad perfecta. Hacía días que sus hombres habían detenido a varios miembros de una red de inteligencia franquista que no tardaron en confesar todo lo que sabían y en delatar a todos los que conocían, entre los que no había ningún partidario del POUM. Pero Orlov sabía que las pruebas que no se encuentran se fabrican, para que las acusaciones cuadren y los cargos puedan mantenerse. En esa misma redada habían confiscado una estación de radio, con sus sistemas de códigos franquistas y de transmisión. Los hombres de Orlov los utilizaron, haciéndose pasar por falangistas, para transmitir mensajes en los que se implicaba abiertamente al POUM como agente colaborador de la derecha, agradeciéndole sus servicios en la localización de varios cargamentos de armas republicanas y en otros sabotajes. Acababan de fabricar las pruebas que alimentaron las pintadas que inundaban las paredes de Barcelona y nutrían sus mentideros, poniendo en la diana a Nin y a Trotski como colaboradores de los franquistas, como fascistas, como amigos y coagentes de Franco y de Hitler para los que espiaban. Eran los enemigos del pueblo y tenían las pruebas.

Mientras unos seguían preguntándose dónde estaba Nin, otros —los únicos que no le buscaban porque sabían dónde estaba— descubrían ocho millones de pesetas en la sede barcelonesa del POUM. La acusación estaba hecha. Ya solo quedaba escribir la historia; más concretamente, la narrativa. África conocía a todos sus escribientes: Aleksandr Orlov, Leonid Eitingon, Iósif Griguélvich, Erno Gerö, y también el dueño de esas manos patrias que había tenido sobre su cuerpo no hacía mucho.

Las noches del mes de junio eran más claras y resultaba más difícil encubrir las sombras, aunque fuera con la complicidad de la luna llena, esa a la que solían llamar luna de bombardeo.

Mientras todo el mundo escarbaba la tierra y buscaba debajo de las piedras para encontrar a Andreu Nin, los soviéticos en Barcelona preferían ocuparse de los vivos y finalizaban el informe secreto en el que acusaban a George Orwell de ser un agente de enlace entre el

Partido Independiente Laborista y el POUM, incriminándole por trotskista y haciendo bueno el artículo publicado en el *Pravda* sobre los objetivos de la Unión Soviética: «Aniquilar al enemigo del pueblo, los monstruos y las furias trotskistas, exterminar a las chusmas que obedecen a Trotski, ese feroz franquista».

Al tiempo que los soviéticos estalinistas iban a la caza de los *jorkis* —de los hurones, como decía Eitingon; los *polecats*, prefería denominar Gerö a los trotskistas—, Orwell y su mujer Eileen abandonaban Barcelona el 23 de junio a bordo de un tren que los llevaría hasta la frontera francesa. El hombre que reconoció que la guerra civil española le había enseñado cosas que nunca habría aprendido salvó la vida por muy pocos días, puede que incluso horas. Lo que no supo fue lo cerca que estuvo de perderla mucho antes, en la habitación de su hotel.

Peor suerte había corrido Nin, el que había traducido al catalán los cuadernos de Tolstói, el secretario político del POUM, el que había llegado a Moscú en el verano de 1921 para participar en la Internacional Sindical Roja de la que se convertiría, tiempo después, en secretario general adjunto; el hombre que fue para muchos el máximo responsable de que la CNT abrazara la Revolución rusa; el mismo al que detuvieron en Berlín por su supuesta implicación en el asesinato de Eduardo Dato; el que fue elegido diputado del sóviet de Moscú; el que estuvo más cerca que ningún otro español de Lenin, de Bujarin y de Zinóviev; el amigo de León Trotski, al que ofreció exiliarse en su localidad natal de El Vendrell; el que le envió a su exilio de Alma Ata en Asia Central un libro con ilustraciones de un artista llamado Diego Rivera —al que el creador del Ejército Rojo no dudó en elogiar en una carta escrita en 1933, por su «mezcla de virilidad y calma, por su dinámica interna y el equilibrio de sus formas, con una frescura magnífica para afrontar al hombre y al animal. Jamás imaginé que el autor de esas obras fuera un revolucionario que se halla bajo la bandera de Marx y Lenin»— que derivó en que el pintor lo acogiera en su casa de Coyoacán, siendo clave para la aprobación de su exilio en México... Ese mismo Andreu Nin había sido interrogado, torturado y asesinado en la operación Nikolái orquestada por la inteligencia soviética, que se encargó de hacer desaparecer el cuerpo mientras organizaba la entrada en España de unos brigadistas internacionales alemanes que descubrieron el cadáver antes de desaparecer ellos mismos en alguna trinchera del frente. Y no precisamente por fuego enemigo.

África ya conocía el funcionamiento de esas operaciones de limpieza y cómo el agua sucia siempre se echaba en otro patio. Recordó la respuesta de uno de los responsables de las Patrullas de Control del Comité de Milicias Antifascistas, su amigo y protector Salvador González, cuando le llamaron la atención por la violencia empleada en la checa de San Elías: «Siempre habrá un anarquista o un trotskista al que atribuírsela».

Las vidas seguían cruzándose, al igual que lo hacían sus protagonistas, formando una tupida telaraña de hilos muy finos por la que se desplazarían y capturarían a las presas que quedaran atrapadas. Mientras Eitingon, Orlov, Gerö y Grigulévich ocultaban el dosier encriptado de la operación Nikolái en un rollo fotográfico para enviarlo a la Unión Soviética y mandaban a uno de sus agentes a Moscú para informar del éxito de la misión, África de las Heras regresaba a México oculta de nuevo bajo el nombre de María de la Sierra.

Volvía a la Casa Azul, haciendo bueno lo que su propietaria le había aconsejado la tarde que ambas se sentaron en el patio exterior de la residencia: «Donde no puedas amar, no te demores». Abandonó España guiada por ese convencimiento y con el recuerdo de Ramón Mercader diluyéndose en su memoria, como abandonada en el mar quedaba la espuma blanca del barco que la llevaba a México. Un reguero efervescente que desaparecería poco a poco, al dictado del eficaz borrador de la distancia.

14

Le dolían los dedos. Llevaba todo el día sentada ante la máquina de escribir y apenas se había podido levantar de la silla para ir a comer algo. No es que tuviera hambre, pero ansiaba airearse y salir de las cuatro paredes del despacho de la Casa Azul. María de la Sierra juntó las palmas de las manos para acto seguido separarlas y dejar sus dedos careados entre sí, los hizo crujir para desentumecerlos y que tomaran conciencia de que volverían a trabajar juntos posándose sobre las teclas. Parecía que en sus manos se representaba gráficamente la historia de la guerra civil española.

Movió la cabeza a ambos lados para relajar el cuello y continuó traduciendo lo que esa mañana había escrito Trotski:

> Nin era un veterano e incorruptible revolucionario. Defendía los intereses del pueblo español y combatía a los agentes de la burocracia soviética. Se esforzaba por defender la independencia del proletariado español contra las maquinaciones burocráticas de la pandilla en el poder en Moscú. Rehusó colaborar con la OGPU para arruinar los intereses del proletariado español. Este es su único crimen. Y lo pagó con su vida.

No le extrañó que Trotski escribiera sobre el asesinato de Andreu Nin. En México, hacía tiempo que la muerte se había vuelto revolucionaria y se sentaba a la mesa sin mayores dramas. Pero las cadenas apretaban más cuando se era ruso, judío, bolchevique y, desde hacía un tiempo y oficialmente, traidor y enemigo del pueblo. Lo que le sorprendió más fue que el Viejo hiciera referencia a la sensatez:

> El exceso de prudencia es la más funesta de las imprudencias. Esta es la principal lección del derrumbe de la organización política más honesta de España: el POUM, partido centrista.

Le pareció cuando menos curioso que un hombre como él hablara de prudencia, después de haber revolucionado la residencia en la que se alojaba con sus encuentros sexuales con Frida Kahlo. Pero esa revolución de permanente tenía poco, como aquella otra que un día lideró en tierras rusas. Desde que había regresado a su puesto de secretaria y traductora, no había visto pasar ningún libro de mano en mano, ni escuchado ningún cuchicheo de esos que poblaban los rincones y desbordaban la Casa Azul, ni tampoco vislumbró ninguna desnudez revolviéndose subversivamente contra los corsés, por mucho que buscara acomodo detrás de las puertas. Ni un eco del clamor adolescente que hacía unos meses consumía el oxígeno de aquel resquicio añil de Coyoacán. La relación furtiva entre León Trotski y Frida Kahlo estalló por los aires muy poco después de que María de la Sierra dejase de ser el convidado de piedra y se marchase precipitadamente a España. Habían colaborado en ello sus informes y también el hecho de que una de las cartas de amor manuscritas acabara llegando a la mujer del *Old Man*. La inteligencia soviética no podía atribuirse todo el mérito, ya que Natalia llevaba semanas notando cosas extrañas, risas a destiempo, miradas perdidas cuando no esquivas, silencios incómodos y encuentros embarazosos no solo en la casa, sino también en las excursiones que los dos matrimonios solían hacer al exterior; no era tonta, se temía una nueva traición de su marido y la carta se lo confirmó.

El regreso de María de la Sierra a la Casa Azul coincidió prácticamente en el tiempo con el conato de incendio que se produjo en su interior y del que sí pudo ser testigo. Trotski le pidió a Frida que quemara y destruyera todas las misivas y los poemas que le había escrito, no porque no sintiera lo que en ellos le decía, sino para ahorrarle el ridículo si alguna de esas cartas terminaba publicándose en un periódico, después de llegar a manos de sus enemigos como había arribado a las de Natalia. No le pedía que rompieran su relación, tan solo que destruyeran los vestigios y toda huella de su existencia. Conocía el daño que podían hacer las pruebas, y en este caso no había hecho falta que nadie se tomara la molestia de construirlas con el fin de desacreditarle. Recordaba cómo sus enemigos utilizaron una carta que escribió en 1913 a su colaborador Nikolái Chjeidze, un menchevique georgiano, donde calificaba a Lenin de desorganizador, explotador del atraso de Rusia e intrigante. No importaba que la misiva se hubiera escrito cuando la relación entre ambos estaba maltrecha por diferencias en la gestión del Partido; bastó para desprestigiarle e impedir que accediera al poder tras la muerte de Lenin. Una carta de amor dirigida a Frida Kahlo, a una mujer que no era la suya sino la del hombre que le había dado alojamiento durante su exilio en México, tendría consecuencias fatales para su reputación.

Aquella petición incendiaria no hizo que el orgullo de Frida se resintiera, pero aun accediendo, se preparó para mostrarle al Viejo que ella era mucha mujer para andar quemando pasados y etapas de una existencia vivida sin complejos. «Cada tictac es un segundo de la vida que pasa, huye y no se repite. Y hay en ella tanta intensidad, tanto interés, que el problema es solo saberla vivir. Que cada uno lo resuelva como pueda», solía decir la artista. Ella lo resolvió a su manera, aunque le llevaría unos días.

Natalia había abandonado la casa temporalmente. Cuando Diego Rivera, ajeno a lo que sucedía entre Trotski y Frida a pesar de la gran experiencia que acumulaba en cuestión de infidelidades, le preguntó cuál era el motivo de su ausencia, Natalia tuvo la prudencia de evitarle el sonrojo —y también la posibilidad de que los expulsase a ella y a su marido de la casa—, y le dijo que debía someterse a unas pruebas médicas «propias de la condición femenina». Al escucharlo, María de la Sierra sonrió: su enlace en México le había recomendado utilizar esa misma excusa para justificar su precipitada salida de México, ya que evitaba que la curiosidad masculina fuera más allá de un simple «entiendo». Y eso fue justo lo que dijo Diego Rivera, aunque en realidad no entendiera nada. La infidelidad carnal y el espionaje tampoco se diferenciaban tanto. Todo era cuestión de saber gestionar la mentira.

En cuestión de días, la casa prácticamente se desalojó. Con el objeto de darle un poco de espacio a Frida, Trotski decidió aceptar la invitación de Diego Rivera a pasar unos días en San Miguel de Regla, en Hidalgo, a unos ciento cuarenta kilómetros de Coyoacán, distancia suficiente para que la perspectiva forjara su magia y ralentizara el drama. Pescaría, daría largos paseos, bebería y comería sin el estricto control de Natalia —que siempre le advertía sobre la inconveniencia de tanto picante—, leería en voz alta como le gustaba hacer —María de la Sierra siempre lo atribuyó a la egolatría de escuchar su propia voz—, jugaría al ajedrez, escribiría y pensaría en cómo redactar una nueva versión de *La revolución traicionada*, que había escrito en Noruega y que acababa de publicarse, aunque en vez de preguntarse qué era y hacia dónde iba la URSS, debería cuestionarse dónde iba él y en compañía de quién. Esta vez el destinatario de sus razonamientos no sería Stalin, sino su mujer, la verdadera traicionada.

La inclinación epistolar de Trotski no cesó por el cambio temporal de residencia. No dejó de escribir cartas de amor, pero ahora la destinataria era su esposa. «Te quiero tanto, Nata. Mi única, mi tierna, mi fiel, mi amor, mi víctima». Debía recuperarla, aunque fuera con un exceso de pronombres posesivos, sobre todo después de que Frida se presentara en la finca de San Miguel de Regla para dar por concluida la aventura, recomendándole que arreglara las cosas con su mujer lo antes posible. Como bien le había dicho hacía días, «que cada uno lo resuelva como pueda». Diego, de momento, no representaba un problema.

Después de un tiempo, el Viejo, que solía ser tan perseverante como su revolución permanente, logró el perdón de Natalia. Todos volvieron a Coyoacán como si no hubiera pasado nada, aunque la realidad es que no habían dejado de pasar cosas. Y no solo en México. Las desapariciones, las purgas y los asesinatos seguían saliendo de la engrasada máquina de la inteligencia soviética. Así como el fuego hizo desaparecer las cartas de amor de Trotski a Frida, así se volatilizó en Barcelona, a finales del mes de julio, Erwin Wolf, el amigo y secretario del líder revolucionario en Noruega que había decidido unirse a la defensa de la República española. En septiembre, el agente soviético Ignaz Reiss fue asesinado en Lausana, Suiza: había desertado de la inteligencia soviética, con la que trabajó para detener y capturar a numerosos rusos exiliados por toda Europa, y había devuelto la Orden de la Bandera Roja como gesto de arrepentimiento. El impacto de la deserción de Reiss en Moscú, una ciudad que aún se resentía del fusilamiento del mariscal de la Unión Soviética Mijaíl Tujachevski, el conocido Napoleón rojo —un héroe de guerra que había dirigido el Ejército Rojo durante la guerra civil rusa y que fue acusado, junto a otros altos mandos militares, de traición a la patria, conspiración militar trotskista y de planear el derrocamiento de Stalin—, intensificó todavía más las purgas internas por toda Europa, sobre todo en España.

Sin embargo, la noticia más dolorosa llegó en octubre. Su hijo menor, Serguéi Sedov, fue asesinado en Moscú por orden de Stalin, después de que lo arrestasen de nuevo en el mes de enero de 1937 —la primera detención fue dos años antes, cuando se negó a firmar una declaración denunciando a su padre—, bajo la acusación de intentar envenenar a un grupo de obreros con gas de generador. Trotski sabía que el arresto de su hijo era un acto de venganza por sus declaraciones sobre los Procesos de Moscú, ya que su hijo, científico de profesión y profesor del Instituto Tecnológico Superior, jamás se había mostrado interesado por la política. Al conocer la noticia de su detención, escribió un artículo, «El arresto de Serguéi Sedov», que apareció en *The New York Times* el 28 de enero bajo el epígrafe «Trotski ataca a Stalin», donde ya temía por su suerte: «Serguéi Sedov sufre persecución solo porque es hijo mío. Por eso, su destino es incomparablemente más trágico». De nuevo, no se equivocó en sus vaticinios sobre la mano de hierro de Stalin. La noticia de su muerte hizo que el matrimonio de exiliados se uniera aún más.

A las puertas del invierno, Trotski volvió a sentirse protegido entre los muros tintados del índigo maya de la Casa Azul, y las jornadas de trabajo se intensificaron. Frida se pasaba la mayor parte del tiempo concentrada en su pintura, que la tenía bastante ocupada ya que había una posibilidad de exponer en París a unos meses vista, Diego Rivera había relegado su obra pictórica para perderse en reuniones políticas y encuentros con otros artistas comprometidos políticamente, y el Viejo escribía artículos que su equipo transcribía, traducía y enviaba a los periódicos y revistas, y retomaba su biografía sobre Stalin, que tenía abandonada y a la que debía dar un buen empujón, porque ya había cobrado parte del anticipo de la editorial.

La actividad laboral se intensificó todavía más cuando el 13 de diciembre de 1937 se dio a conocer el veredicto —dictado en el mes de septiembre— de la Comisión Dewey: «Not guilty». Las dos palabras más deseadas por Trotski quedaban, por fin, negro sobre blanco. Seiscientas páginas correspondientes a las actas de las audiencias, 247 considerandos elaborados con los resultados de las investigaciones de la comisión le declaraban inocente no solo a él, sino también a su hijo Liova. El veredicto debía ser traducido a todos los idiomas, y el análisis de la sentencia, incluida en el volumen *Not guilty: the case of Leon Trotsky* publicado en Nueva York y en Londres, debía llegar a todos los rincones del mundo, lo que implicaba la redacción de cartas, reseñas, análisis y artículos. La noticia lo llenó de una energía desconocida en los últimos meses, como si esas páginas le hubieran inyectado una dosis extra de adrenalina, y puso a prueba los dedos de María de la Sierra. Los sobres repletos de manuscritos, los paquetes de documentos atados con cuerdas, las torres de papel sobre el suelo y los muebles, las carpetas llenas de informes, las montañas de periódicos, muchos mutilados por las tijeras cuando algún recorte interesaba al Viejo... Un caos de celulosa que amenazaba con enterrarlos.

—Esto me recuerda cuando en 1908 asumí la dirección de un pequeño diario fundado en 1905 por un grupo menchevique de Ucrania. Se llamaba *Pravda.*

Sonrió sarcásticamente al pronunciar la cabecera del diario. Recordó su enfado cuando en 1912 Lenin decidió, al ver la buena aceptación que tenía el periódico vienés del joven Trotski, apropiarse del nombre de la cabecera para su propio periódico y encargarle a Stalin su publicación en San Petersburgo. Nadie que leyera el *Pravda* actual podría relacionarlo con lo que había sido su versión original vienesa. El nombre del diario no fue lo único que le arrebató Stalin.

—En realidad, hacía de todo —continuó—. Lo dirigía, lo escribía y hasta me peleaba con las máquinas de impresión. Incluso pasé horas pegando los periódicos dentro de los tubos de cartón en los que, más tarde, metíamos unas láminas de arte para engañar a las aduanas y poder introducir los ejemplares de manera clandestina en la Unión Soviética. Tuve que convencer a unos marineros soviéticos de que me permitieran esconderlos en sus barcos para hacerlos entrar por el mar Negro. Y no fue una empresa sencilla ni barata; me vi obligado a vender hasta lo que no tenía. Pero lo conseguimos. Entonces era más joven, y cuando eres joven haces lo impensable para conseguir aquello en lo que crees. Yo leí a Marx con las páginas de su libro plagadas de polillas durante mi exilio en Siberia, en Ust-Kut, en Irkutsk. ¡Qué lugar más espantoso! Te morías de frío en invierno y de calor en verano. Y esos mosquitos que te acribillaban todo el día. ¿Has leído a Marx?

—¿Acaso se puede no leer a Marx y creer en la revolución? —respondió rápida María de la Sierra, mientras terminaba de meter unas traducciones y de escribir una dirección en el sobre que tenía entre las manos.

Se sentía orgullosa de la destreza que había adquirido para escribir con la mano izquierda, teniendo en cuenta que ella era diestra. Así deformaba su escritura lo suficiente para diferenciarla de la verdadera. En su condición de espía, la identidad no era lo único que se falseaba. Se preguntaba si algún día olvidaría quién era realmente. En ese caso, recordar a quién se ama y a quién se odia ayudaría a encontrar la respuesta. Pensó en la persona a la que amaba, cuyo recuerdo le acompañaba invariablemente, incluso cuando no quería: «Yo siempre sé dónde estás. Y algo me dice que a ti te pasa lo mismo conmigo», volvió a escuchar la voz de Ramón en su cabeza. Muy al contrario, al hombre que tenía enfrente, interrogándola sobre sus lecturas, le odiaba, aunque tenía que reconocer que le gustaba hablar con él y no solo por la información que podría obtener. Sobre todo en días como ese en los que su verborrea parecía irrefrenable.

—Yo tardé en leerlo. Ya estaba casado con mi primera mujer, Aleksandra Sokolóvskaya, pese a la oposición de mi padre. No le gustaba que mi esposa fuera mayor que yo y la responsabilizaba de mis inclinaciones políticas. De hecho, fue ella la que me descubrió a Marx. Yo al principio la ridiculizaba. Qué inconscientes nos mostramos cuando somos jóvenes... Lo recuerdo como si fuera hoy: en la fiesta de Nochevieja de 1897 me subí a una mesa y grité: «¡Malditos sean todos los marxistas y todos aquellos que quieran introducir aridez y penuria en todos los órdenes de la vida!». La cara de Sokolóvskaya estaba llena de rabia, pero supo controlarse y llevarme por el buen camino. Ese día le dijo a un amigo: «Ese hombre será un gran héroe o un gran sinvergüenza. Puede ser cualquiera de las dos cosas, pero seguro que alcanzará la grandeza» —recordó el Viejo, con una carcajada—. Así comienzan las grandes historias de amor, desde el odio y la ira, dos conceptos tremendamente pasionales. Las mujeres sabéis cómo convencer a un hombre y saliros con la vuestra. ¡Cómo no iba a casarme con ella! Además, estando casado, el exilio se lleva mejor. Nos casamos en mi celda de la prisión zarista donde estaba encerrado. Esa mujer me lo ha permitido todo, también que la dejara sola en el destierro criando a nuestras dos hijas, Zinaida y Nina, cuando decidí unirme a Lenin en Europa para iniciar nuestra lucha... —recordó con los párpados cansados, mientras limpiaba sus lentes con la tela de su chaleco—. Sí, me lo ha perdonada todo, incluso que la abandonara por otra. Esa mujer leal, respetuosa, nunca me ha reprochado nada. A veces envidio ese espíritu de entrega de las mujeres... ¿Estás casada, María?

—No, nunca —mintió.

No podía dar ninguna información personal sobre María de la Sierra sin echar por tierra su tapadera y, mucho menos, sobre África de las Heras, que allí en México ni siquiera existía, por lo que tampoco había lugar para un exmarido y un hijo muerto. Notaba marcada en su cara la sonrisa forzada que siempre lucía cuando escuchaba al Viejo y debía responder a sus preguntas. Algunas veces tenía la impresión de que era ella la investigada por aquellos ojos azules que ya asomaban por encima de las gafas.

—No puedo entender qué les pasa a los hombres de hoy... —dijo a modo de cumplido, que ella agradeció con una de sus sonrisas de fábrica.

Entonces, Trotski se desplazó para convertirse en una sombra a la espalda de María de la Sierra. Nunca lo había hecho: colocarse detrás de ella mientras mecanografiaba. Pudo sentir su presencia a tan solo unos centímetros y aquella figura cerniéndose sobre ella la incomodó. No sintió miedo ni temor, pero logró perturbarla. Le sorprendió que un hombre que presumía de modales ilustrados actuara de esa manera, lo que denotaba una clara falta de educación. Podía ver su silueta dibujada sobre el papel colocado en el rodillo de su máquina de escribir, como una nube negra, una mácula oscura en mitad de las palabras transcritas. El silencio en el que ambos se mantenían tampoco ayudaba. La española creía que había dejado de respirar, pero no permitió que sus dedos dejaran de desplegarse por el teclado. Controló los nervios hasta que, por fin, la voz de Trotski se elevó al tiempo que la sombra desaparecía del folio y abandonaba la retaguardia de su espalda.

—Siempre he admirado a quienes utilizan todos los dedos para mecanografiar. «Nuestra eficaz señora Longley», te llama Frida. Creo que requiere de mucha pericia. Yo nunca lo logré. —Volvió a sentarse detrás de su escritorio. Sin duda, era uno de esos días en los que al Viejo le apetecía hablar, y que se multiplicaron desde que rompió su aventura amorosa con la artista mexicana—. Pero a falta de pericia, le eché paciencia. Mientras estaba en Nikolaev, una hermosa ciudad ucraniana, tuve la idea de crear un periódico para un sindicato obrero. Fue al poco de esa fiesta de Nochevieja de la que te he hablado; la ocurrencia surgió después de que una joven estudiante se quemara a lo bonzo en la fortaleza de San Pedro y Pablo de San Petersburgo, una de las prisiones más temibles del imperio ruso, para defender sus creencias políticas. Ese suceso me marcó tanto que me hizo implicarme más en la difusión de nuestra lucha. Jamás olvidaré el nombre de aquel periódico, *Nasbe Delo*, «nuestra causa». Ni siquiera teníamos máquinas de escribir, así que me pasaba horas con la espalda doblada, transcribiendo los artículos en caracteres de imprenta. Tardaba dos horas en hacer una sola página. Aún me duelen los dedos de utilizar el ciclostil antiguo que me había regalado un señor burgués, gracias al cual podía imprimir hasta tres mil copias de cada periódico. Todavía tengo metido el olor de esa tinta en la nariz y esa extraña gelatina que había en la plancha... No me levantaba de la mesa ni para comer, solo para acudir a reuniones con los sindicatos y para algún acto con los obreros. Eso sí que fue doblar el lomo, como siempre me decía mi padre que debía trabajar un hombre para ganarse la vida.

Trotski se quitó las gafas y las dejó sobre la montaña de papeles que cubría su escritorio. Se recostó contra el respaldo de su silla, y varió ligeramente la dirección del haz de luz que proyectaba el flexo desde una esquina de la mesa. Se pasó los dedos por los ojos, como si quisiera avivar sus párpados fatigados. Durante unos instantes, perdió la mirada en un punto muerto de la habitación, situado muy cerca de donde se encontraba María de la Sierra, que seguía alargando su jornada de trabajo. Por un momento, creyó que la observaba a ella, pero no era el caso. Vagaba en su memoria, a la que últimamente solía viajar bastante y de la que regresaba con exceso de equipaje en forma de remembranzas. Todavía estaba en la estación del *Nasbe Delo*, con la espalda doblada, con el ciclostil antiguo y con restos de esta tinta de olor fuerte en sus manos.

—Elegí el seudónimo de Lvov para firmar mis escritos. Luego lo cambiaría por otro que encontré en un diccionario italiano, Antid Oto; me sonó exótico, aunque no me libré de las bromas sobre el nombre. Aseguraban que mis artículos eran un *antídoto* marxista para muchos. Incluso el Trotski lo tomé prestado de un carcelero zarista en Odesa. Fue el primer nombre que se me ocurrió, apremiado por la urgencia de escribir un apellido en el documento falso que me ayudara a escapar de Irkutsk, aunque siempre procuro explicar que la naturaleza de mi nombre viene por la palabra alemana *trotzig*; prefiero que me recuerden por lo perseverante que pude ser, antes que por el nombre de un carcelero. Luego, al llegar a Samara, me pusieron otro alias: «Pluma», aunque eso fue cosa de los socialdemócratas. Qué absurdo esto de los nombres falsos, los seudónimos, los alias... ¡Las cosas que hay que hacer por la causa! —rio mientras se levantaba para abrir una ventana de la habitación que daba al patio central, y regresó a su silla—. Al principio me parecía divertido, incluso lo tomaba como un juego, al que intentaba dotar de un misterio y un significado oculto, pero con el tiempo... Si tuvieras que elegir un seudónimo, ¿cuál sería?

María de la Sierra detuvo en seco el tecleo. Lo que no había conseguido la sombra de Trotski cerniéndose sobre su espalda lo consiguió aquella pregunta. Le miró. El Viejo permanecía con la mirada anclada en los papeles que tenía sobre la mesa, unos antiguos apuntes que estaba utilizando para la biografía de Stalin. Quizá eso le estaba obligando a ejercitar la memoria, quizá esa era la razón de tantos recuerdos. Prefirió aferrarse a ese pensamiento y no a la posible amenaza de que los recuerdos le arruinaran su tapadera.

La mirada de la española solía ser tan penetrante que incluso se intuía cuando ni siquiera se avistaba. Seguramente por eso, o puede que alertado por la tardanza de la respuesta, el líder bolchevique levantó la vista y se encontró con sus ojos negros.

—¿Y por qué iba a necesitar un seudónimo? Las personas inocentes siempre usan sus nombres verdaderos. No necesitan fabricarse unos falsos.

—Vaya, eso no me deja en muy buen lugar... —replicó él en tono sarcástico.

—Perdón. No me he expresado bien. Quiero decir que yo no soy nadie. No soy importante. Pero León Trotski sí lo es —improvisó un argumento, sabiendo que trabajarse la vanidad de aquel hombre daría sus frutos—. Cuando la historia se escriba y mire hacia atrás, verán a Trotski. Dudo que a mí me vea alguien. ¿Para qué iba yo a necesitar un seudónimo si nadie conocerá mi nombre ni sabrá quién soy?

La explicación pareció convencer al Viejo, que se disfrazó con un traje de falsa modestia que no le quedaba bien porque no se ajustaba a sus hechuras reales. Quizá por ese motivo no solía utilizarlo a menudo.

—No digas eso, camarada. No es cierto. Las páginas más trascendentales de la historia las escriben personas cuyo nombre el mundo desconoce. Y eso no las hace menos importantes, aunque parezcan invisibles ante la mirada de los demás.

María de la Sierra esbozó una sonrisa que parecía auténtica. Trotski acababa de dar la mejor definición sobre la misión que la española tenía encomendada en aquella casa. El mundo importante, el que escribirá la historia, no es perceptible al ojo humano; ni siquiera sabe que existe.

Pero que fuese invisible no dejaría de provocar desgracias, y las noticias estaban a punto de llegar a la Casa Azul.

Esa mañana de febrero de 1938, la radio estaba encendida y podía escucharse en toda la casa. A veces, alguien se sentaba a la mesa del patio exterior y cuando volvía al interior de la residencia se olvidaba de llevársela o de apagarla. Era un sonido que no molestaba, más bien al contrario, acompañaba; sobre todo cuando la casa se sentía más vacía, lejos de la algarabía que solía habitarla. Y esa mañana lo estaba. Trotski se había ido a pasar unos días a la finca de unos conocidos en el bosque de Chapultepec, un lugar paradisiaco de casi setecientas hectáreas con ciento setenta mil árboles, en el que encontraría un escenario perfecto para la reflexión y el descanso. Natalia había salido a hacer unas compras a la ciudad y Frida abandonó la casa a primera hora de la mañana porque necesitaba adquirir material para sus cuadros. Solo quedaban Diego Rivera y el personal de servicio, entre cocineras, guardias de seguridad y miembros del equipo de trabajo del líder bolchevique, entre ellos María de la Sierra.

Ni siquiera estaba prestando atención a las voces que salían de la radio, hasta que las palabras del locutor empezaron a abrirse a machetazos como un explorador en la selva amazónica. Levantó la vista del papel que tenía ante sí y aguzó el oído. Se disponía a incorporarse para salir al patio, cuando Diego Rivera abrió de golpe la puerta del despacho. Echó un vistazo a su interior. Solo la encontró a ella.

—¿Dónde...? ¿Sigue en...? —acertó a decir. Nada más.

—Sí, está... Continúa en... —La secretaria tampoco daba con las palabras, lo que había escuchado le había sorprendido tanto como a él—. ¿Es cierto lo que...?

—Es mejor que vaya a... —dijo Diego Rivera, todavía impactado por la noticia, como si le costara no solo hablar, sino controlar sus movimientos. Dio media vuelta para salir del despacho, pero algo le hizo volver sobre sus pasos—. A Natalia no le digas...

—No, por supuesto que no...

Nadie parecía capaz de terminar las frases aquella mañana. Solo el locutor de la radio había conseguido finiquitarlas y pasar de inmediato a la información deportiva. Diego Rivera apenas tardó ocho minutos en llegar en coche a la zona donde vivían los amigos de Trotski. Cuando encontró la casa dentro de aquel parque natural de ensueño, ni siquiera tuvo que preguntar por él, su cara desencajada le abrió las puertas. Le localizó en el pequeño jardín del chalet.

—León. Es tu hijo —acertó a decir, mientras el aludido se acercaba a él para tratar de entender aquello que le estaba costando decirle—. Es Liova... Ha muerto.

Si a Diego Rivera no le salían las palabras más que a cuentagotas, Trotski ni siquiera acertaba a comprenderlas. Seguía allí, frente a su amigo, intentando hallar el significado de lo que acababa de espetarle, o, mejor aún, un desmentido en algún gesto. Pero nada de eso llegó.

—Lo ha dicho la radio —informó Diego Rivera, como si eso le diera más veracidad al anuncio.

—Pero ¿ha llamado alguien a casa para confirmarlo?

—No. Solo la radio.

—Quizá sea un rumor.

—Mejor volvamos a la Casa Azul, León. Por si llega Natalia, ya sabes. Desde allí podemos llamar donde sea y a quien quieras. Pero vamos antes de que ella llegue.

—¿Lo sabe alguien más?

—Una de tus secretarias —respondió el muralista, incapaz de recordar su nombre. Ni siquiera sabía si lo supo alguna vez—. Le he dicho que no comente nada.

El viaje de regreso a la residencia de la calle Londres, de apenas nueve kilómetros en coche, fue el más difícil de todos los que había realizado el Viejo hasta entonces. La muerte de su hijo mayor, quizá por inesperada, le impactó aún más que la de Serguéi, cuatro meses antes. El exilio al que la noticia le había arrastrado dejaba ridículos el resto de los destierros: ni Turquía, ni Alma Ata, ni Noruega, ni Francia... Ningún lugar era tan inhóspito como el ostracismo que estaba atravesando en aquel momento.

Entraron al interior de la Casa Azul sin pronunciar una sola palabra. Se dirigieron al despacho donde ya esperaban el secretario personal de Trotski, Jean van Heijenoort, y tres secretarias más; entre ellas, María de la Sierra. Trotski miró a todos pero solo vio a su secretario.

—Hay que llamar a París. Hay que hablar con Étienne, él es su mano derecha, tiene que saber algo... De ser cierto, habría llamado. No entiendo por qué...

—Ya lo he hecho —Jean van Heijenoort cortó en seco sus titubeos—. Está confirmado: Liova ha muerto.

No había dudas, nadie los estaba engañando. Él mismo había realizado todas las llamadas a París y las comprobaciones pertinentes. Los periódicos de la tarde del 17 de febrero de 1938 ya habían publicado la noticia de su muerte, producida el día anterior. La verdad, cuando acarrea dolor, suele ratificarse rápidamente pese al iracundo deseo de aquietarla.

Ante el silencio de Trotski, Van Heijenoort siguió dándole los detalles aunque no se los hubiera pedido.

—Al parecer, ha sido una operación de apendicitis que se ha complicado. Étienne lo acompañó cuando ingresó el 8 de febrero en la Clínica Mirabeau en la rue Narcisse Diaz. Él mismo se la recomendó: es un lugar de confianza, regentado por unos médicos rusos; es donde suelen atender a los exiliados de la Unión Soviética.

Cuando María de la Sierra escuchó el nombre de la clínica, supo que no era la primera vez que lo oía. Desconectó unos instantes del relato de Jean y rebuscó en su memoria hasta encontrarlo. Cuando Aleksandr Orlov sufrió un accidente de tráfico en España, pidió que lo llevasen a esa clínica en París. Conocía a los dueños. De eso le sonaba el hospital donde había fallecido Liova.

—La operación salió bien, era una sencilla intervención abdominal, pero a los pocos días, algo se complicó. —Esta vez Jean van Heijenoort obvió los detalles sobre cómo Lev Sedov pareció enloquecer a las pocas horas de la intervención quirúrgica, cómo se levantó de la cama y recorrió los pasillos, todavía con los tubos colgando de sus brazos, gritando algo relacionado con las naranjas. Esos detalles solo servirían para hundir aún más el ánimo de un padre que acababa de enterarse de la muerte de su hijo—. Todavía no saben con exactitud lo que ha pasado, están investigándolo.

—Yo sé lo que ha pasado. —Trotski habló sin elevar la voz y con la mirada perdida, aunque cargada de una lucidez que se hizo extraña en aquellas circunstancias—. No ha sido un accidente ni una fatalidad. Mi hijo no ha muerto por complicaciones médicas. Ha sido Stalin. Él ha matado a Liova. Él, con la connivencia del NKVD. Hasta un ciego puede verlo. No pudo secuestrarle hace un año en Mulhouse, cuando estuvo en Alsacia, pero ha podido asesinarle hace unas horas en París.

Aunque todos sabían que Lev Sedov era objetivo de los servicios secretos soviéticos desde hacía tiempo, que incluso habían planeado en varias ocasiones secuestrarle en París y trasladarlo a Moscú para juzgarlo, condenarlo, encerrarlo en alguna prisión o enviarlo al gulag, como a la mayoría de los familiares de Trotski, entendieron aquellas palabras como fruto del dolor de un padre. Todos excepto María de la Sierra, que las dio por buenas incluso antes de que las pronunciase el Viejo.

Estaban tan absortos en la algarabía de elucubraciones e informaciones que resonaba con fuerza en sus cabezas, que no escucharon los pasos que se aproximaban por el pasillo.

—¿Qué sucede, León? —preguntó Natalia entrando en el despacho, todavía ajena a la noticia—. ¿Qué es lo que ha pasado?

15

En ese momento, todos ignoraban que el enemigo estaba en casa, con su verdadera identidad oculta pero armado de una coraza de estrecho colaborador. Étienne era en realidad Mark Zborovski, apodado Tulip en los servicios secretos soviéticos, un agente que se había infiltrado en los círculos trotskistas de Francia hasta que su perseverancia le llevó a acercarse al hijo de Trotski. Desde 1934 había sido su sombra, su hombre de confianza, la persona que le guardaba las espaldas y también la valiosa llave que abría el archivo personal de Trotski: ochenta kilos de documentos, la mayoría confidenciales, los mismos que fueron robados en noviembre de 1936 sin que nadie sospechara del fiel escudero. Su tapadera estaba tan consolidada que fue el representante de la delegación soviética en la Conferencia de la Cuarta Internacional. Su presencia era tan considerada que colaboró en las investigaciones de la muerte de Liova que llevó a cabo la policía francesa, e informaba personalmente a Trotski; él mismo se encargó de cuidar en París del hijo de Zinaida, Sieva Volkov, que desde el suicidio de su madre vivía con su tío Liova y junto a la pareja de este, Jeanne Martin des Pallieres. La confianza en Étienne era tan indiscutible que siguió publicando el periódico trotskista *Boletín de la Oposición*, y consultaba a diario su contenido con Trotski.

No podían saberlo. Nadie sospechó de él hasta que dos décadas más tarde, en 1955, un antiguo agente de los servicios secretos soviéticos lo desenmascaró ante el Senado de Estados Unidos.

Durante semanas, el matrimonio de exiliados rusos se encerró en la Casa Azul y apenas salió de ella. Había días en los que Natalia ni siquiera abandonaba su habitación. No existían palabras ni gestos de consuelo que aliviaran la pérdida de su hijo.

María de la Sierra vio a Trotski sentado bajo el naranjo del patio de la residencia. Tenía la expresión doliente del perdedor, sus párpados ya no estaban cansados sino hinchados por el llanto, su perilla se había convertido en una barba tupida y su imagen pulcra, siempre elegantemente vestida, se había descuidado; sus cincuenta y ocho años habían mudado hacia el centenar: era el retrato del padre huérfano de hijos. No le quedaba con vida ni uno solo de sus vástagos. Había enterrado a toda su descendencia y ese abismo en el que se precipitaba tenía un responsable, al menos para él: Iósif Stalin. Su brazo de acero le había arrebatado a toda su familia.

Su primogénita Zinaida se suicidó en Berlín en 1933 después de despojarla de su nacionalidad soviética y de su marido; los hijos de ella, Aleksandra y Vsevolod «Sieva» Volkov, habían acabado una en un gulag y otro refugiado en París bajo la tutela de Liova. Su hija Nina murió de tuberculosis cuando Trotski estaba en el exilio de Alma Ata, en 1928, al tiempo que su marido era detenido y posteriormente asesinado, y la hija de ambos desaparecía en algún orfanato de la Unión Soviética. A su hijo pequeño, Serguéi, lo habían asesinado hacía solo cinco meses, en octubre de 1937. Por último, su hijo Liova había muerto en extrañas circunstancias en una clínica de París. Y la parca no rondaba solo a los hijos del que fuera hombre fuerte de la Revolución rusa; sus hermanos no habían corrido mejor suerte. Su hermano Aleksandr Bronstein fue detenido y asesinado sin que le sirviera de nada renegar en público de Trotski. A su hermana Olga Kámeneva la enviaron a un gulag para ser ejecutada, mientras sus hijos, Yuri y Aleksandr, fueron también asesinados. Era una familia maldita. Cualquiera que se acercase a Trotski y no fuera un colaborador de los servicios secretos soviéticos estaba señalado por el dedo todopoderoso de Stalin, el llamado Padre de los Pueblos, y debía morir.

Solo la escritura parecía insuflar aire en los pulmones ahogados del Viejo, el suficiente para escribir el obituario de su hijo Liova. Como la mayoría de sus escritos, fue traducido a varios idiomas, muchas veces de la mano de María de la Sierra que, mientras transcribía algunos párrafos, se empeñaba en hacer su propia interpretación.

> La vieja generación con la que una vez emprendimos el camino de la revolución ha sido barrida de la faz de la tierra. Lo que las deportaciones, las cárceles y las condenas a trabajos forzados zaristas, lo que las privaciones en el exilio, lo que la guerra civil y lo que la peste no hicieron, lo ha logrado Stalin, el peor azote que castigó jamás a la revolución.

Mientras sus dedos se desplazaban por el teclado de la máquina de escribir, en su cabeza apareció el día que Trotski, según él mismo le había contado, conoció a Stalin. Fue a principio de 1913, en Viena, mientras el líder revolucionario tomaba una taza de café con un amigo menchevique con quien departía sobre la expulsión del zar. Entonces entró un hombre enjuto, corto de estatura, delgado y con la cara marcada por la viruela, que se limitó a emitir un sonido gutural desagradable a modo de saludo, se sirvió un té y abandonó la habitación sin mediar palabra. María de la Sierra se preguntaba si aquel sonido gutural que tanto le desagradó al Viejo se parecería en algo al que él emitía al llorar por la muerte de Liova.

> Nuestro trabajo literario conjunto solo fue posible porque nuestra solidaridad ideológica se había hecho carne entre nosotros. El nombre de mi hijo, con justo derecho, debe ir al lado del mío en casi todos los libros que escribí desde 1928.

Qué frágil y manipulable era la memoria, se decía la española. Aún recordaba los reproches y las amenazas que Trotski profirió contra su hijo por teléfono, estando ella presente, y las cartas que también interceptó en las que infravaloraba su trabajo, le acusaba de traicionarle por no tener a tiempo los escritos para el *Boletín de la*

Oposición o por haber publicado algún texto sin su consentimiento, obviando las quejas de Liova, que le decía que no tenía dinero ni para comprar sellos y que su maltrecha salud empeoraba cada día por las disputas políticas y familiares con su padre. Entonces, sus ojos no parecían brillar de orgullo; tampoco cuando, apenas veinte días antes de la muerte de su hijo, amenazó con llevarse el periódico a Nueva York por su incapacidad al frente de la publicación, llegando a calificarla de «delito flagrante».

> Nos negamos a creer que ya no existe y lloramos porque es imposible negarse a creer. Él era parte de nosotros, nuestra parte joven, junto con nuestro muchacho ha muerto todo lo que quedaba de juventud en nosotros. Tu madre y yo nunca pensamos, nunca esperamos, que el destino nos impondría esta tarea y que tuviéramos que escribir tu obituario. Pero no hemos sido capaces de salvarte.

A María de la Sierra, aquellas palabras le hicieron pensar que tampoco los padres de los hijos que él mismo había condenado a muerte pudieron salvarlos. Como la treintena de soldados, el comisario y el oficial a los que Trotski mandó ejecutar en Svyazhsk, en una de las orillas del Volga, cuando se negaron a combatir. «Los cobardes, los egoístas y los traidores no escaparán a las balas del pelotón. Así os lo garantizo a la faz del Ejército Rojo», había dicho entonces. Como aquellos a los que envió a la checa para ser asesinados por oponerse en el verano de 1918 a la confiscación del grano, cuando el menchevique Nikolái Sujanov recordaba que la dictadura de Trotski y de Lenin «descansaba sobre las bayonetas de los soldados y los trabajadores a quienes engañaron», o cuando Gorki le acusaba en el diario *Novaya Zhizn* de no tener la menor idea del significado de la libertad o de qué son los derechos del hombre y de haberse envenenado con la «ponzoña nauseabunda del poder». Ya no recordaba las arengas lanzadas desde su tren acorazado en 1920: «La intimidación es un arma política poderosa. La guerra, como la revolución, se fundamenta en la intimidación. La revolución, como la guerra, mata a determinados individuos e intimida a millares». Entonces, Trotski justificaba todo para conseguir la revolución: ejecuciones, torturas, detenciones, exilios, gulags, censura... Ahora Stalin hacía lo mismo, pero a él ya no le gustaba. Las lágrimas derramadas por su hijo Liova parecían erosionar su memoria.

Cuanto más fuerte y rápido transcribía las palabras del obituario, más fuerte resonaban en la cabeza de María de la Sierra todos esos argumentos. No podía permitirse ni un mísero gramo de empatía hacia aquel hombre. Ni siquiera se paraba a analizar sus contra-argumentos. Solo los exponía, con la misma determinación que las consignas revolucionarias y antifascistas salían de su garganta. No hubiera sido digno de su misión ni de su condición revolucionaria. Cuando contemplaba el dolor por la muerte de su hijo Liova, ella solo veía el dolor que él mismo había provocado en otros. Tenía muy presentes las palabras del camarada Stalin: «Debemos justificar con nuestro trabajo el título de honor de ser las brigadas del proletariado». Y nada la sustraería de aquella justificación.

Cuando lo tuvo todo terminado, lo introdujo con delicadeza en una de las habituales carpetas color tierra, y se la entregó.

—Me ha conmovido —mintió la española, como era su obligación, mientras le entregaba las copias del obituario traducidas a otras lenguas—. Liova estaría orgulloso.

—Espero que nunca sepas lo que es enterrar a un hijo, camarada —le confió Trotski, ignorando que ella ya conocía aquel sentimiento.

Por un instante se vio tentada de contarle que ella había perdido a su hijo cuando aún era pequeño, que no era ajena al desgarro emocional que provoca esa muerte antinatura, a la destreza con la que el dolor perfila el rostro de un padre cuando le arrebatan a un hijo de sus brazos, que sabía cómo se constriñen los pulmones y se agarrota el estómago, cómo la garganta se anquilosa negando la posibilidad de un grito liberador, que no hay lágrimas para ahogar el luto... Ella lo había vivido. Quizá esa confesión le abriría un puente más diáfano hacia él, con el que conseguiría sacarle alguna información nueva. Pero descartó rápidamente la idea. Era demasiado arriesgado introducir una información verdadera en su tapadera. Esos pequeños detalles podían arruinar una operación labrada durante años. Decidió no exponerse. Además, el Viejo estaba preocupado por la marcha de las investigaciones policiales de la gendarmería francesa que llegaban a Coyoacán, yermas de cualquier indicio o prueba que implicara a los servicios secretos soviéticos. Era eso lo que Trotski barruntaba.

—Nada cuadra en la muerte de mi hijo Liova: si lo ingresaron con un nombre falso para evitar que su identidad se conociera, ¿por qué lo llevaron a una clínica propiedad de unos rusos donde todos sabían quién era? ¿Por qué Étienne no supo verlo? —se preguntó, dejando a un lado los escritos que su secretaria acababa de entregarle.

Se puso en pie, abandonó el escritorio y levantó la mancuerna del teléfono. Necesitaba hablar con Rudolf Klement, el secretario del comité que preparaba la conferencia de fundación de la Cuarta Internacional, el hombre que había estado a su lado tanto en su exilio de Francia como en Turquía, y que aparecía en una de las fotos enmarcadas sobre una de las baldas de la estantería del despacho. La española se fijó en ella: se había tomado en Royan, en Francia, en 1933. Rudolf aparecía con un chaleco de lana sobre una camisa de manga corta, junto a un Trotski vestido con un blusón blanco a modo de casaca, el joven trotskista Yvan Craipeau, la pareja de Liova, Jeanne Martin des Pallieres, la joven Sara Weber, secretaria y traductora, y su amigo, secretario y hombre de confianza, Jean van Heijenoort.

—¿Te han robado la cartera en el metro? —preguntó Trotski a su interlocutor al otro lado del teléfono; empezaba a ver fantasmas y conspiraciones por todos lados—. ¿Algún tipo de documento que pueda comprometernos? Rudolf, tienes que extremar las precauciones de aquí a septiembre. —El día 3 de ese mes celebrarían la reunión clandestina para la creación del Congreso Constituyente de la Cuarta Internacional en la casa de Alfred Rosmer, en Périgny—. Ya no cuentas con Liova. Debes tener cuidado. ¿Has notado que se te acercara alguien en los últimos meses? ¿Alguien que te resultara sospechoso? —Calló escuchando la respuesta—. ¿Un inmigrante bielorruso y uno belga? ¿Y quiénes son? —Un nuevo silencio—. Mejor desconfía de ellos, desconfía de todos hasta que pase septiembre. No podemos arriesgarnos. Cualquier exceso de confianza puede ser mortal. Investiga sobre la clínica donde murió Liova y habla con Étienne; que te explique por qué la eligió.

Esa petición de Trotski a Rudolf Klement la incluyó María de la Sierra en el informe que esa misma noche le entregó a su enlace.

También la mención al bielorruso y al belga. Sospechó que el primero podría ser Leonid Eitingon; en cuanto al belga, podría ser cualquiera. O nadie. Aunque cerca de Eitingon, con Trotski de por medio, los *nadie* no existían.

En esos pormenorizados informes detallaba el estado anímico, los miedos, los odios... Las obsesiones de Trotski despertaban mucho interés en el NKVD, tanto como sus movimientos, sus encuentros, sus escritos y sus planes. Toda información era importante en aquel momento y valorada con más minuciosidad que antes. Se habían empezado a mover los hilos. En los despachos de poder se estaba diseñando un nuevo dibujo de la telaraña estalinista, mucho más ambicioso y resistente, con hilos tejidos en la URSS, en España, en Francia y en México. El encargo se había hecho en los despachos del Kremlin, se recibió en la Lubianka, los patrones se ordenaron en París y la mano de obra experta y fiel se buscó en España. La industrialización del crimen había comenzado en los gulags, pero estaba a punto de internacionalizarse por orden de Stalin.

Las desgracias siempre viajan en trenes con vagones extra de reveses, demasiado pesados y peligrosos, que acaban siendo los responsables de su descarrilamiento.

Cuando la muerte de Liova todavía lastraba el ánimo del Viejo, otros obuses letales cayeron sobre la Casa Azul, cuyos muros añiles ya no parecían ofrecer la protección de los mayas. El 12 de julio de ese 1938 desapareció Rudolf Klement. Nadie parecía saber dónde estaba el secretario del comité que preparaba la Cuarta Internacional y el encargado de investigar a Étienne. Cuando la policía fue a su casa, se encontró las luces encendidas, la radio puesta y comida sobre la mesa. Cuatro días más tarde se hacía pública una carta dirigida a Trotski y a dos de sus máximos colaboradores en París, Pierre Naville y Jean Rous, firmada supuestamente por Klement, en la que se declaraba enfermo de trotskismo, expresaba su desilusión por la doctrina del líder bolchevique y realizaba contra él las mismas acusaciones que solían utilizar los estalinistas para desprestigiarlo, como remarcar su relación con Hitler y sus vínculos con el fascismo. Tenía fecha de 14 de julio, dos días después de su desaparición, y venía firmada como Fréderic. Cuando el Viejo la vio, supo que Stalin y el NKVD estaban detrás del escrito y de la desaparición de su secretario.

—Es una farsa —aseguró convencido mientras releía la carta recibida el 1 de agosto—. Rudolf llevaba más de dos años sin utilizar este alias, Fréderic. Alguien tenía la información desactualizada. Es el sello de Stalin. Puedo oler el tufo que destila. Es inconfundible. —Le tendió el papel a Jean van Heijenoort, que volvió a leerlo por enésima vez—. Además, ¿has visto el encabezamiento?

—«Señor Trotski» —leyó el francés.

—Él jamás se dirigía a mí de esa manera. Mira cualquiera de sus cartas, de sus escritos, de los documentos que me enviaba... —le invitó, mientras abría una de las carpetas y desplegaba el contenido sobre la mesa—. ¿Ves? Siempre utiliza el «Querido camarada L. D.». ¿Qué más pruebas necesitamos? Ellos lo han hecho desaparecer. Y me temo que no volveremos a verle, o lo haremos, pero muerto, con un disparo en la sien.

—Los adláteres de Stalin no son tan prácticos. Prefieren emplear un veneno, fingir un accidente o simular un suicidio. Parece que les divierte la puesta en escena.

—Además, la caligrafía es parecida a la suya, pero si te fijas, es una burda imitación —subrayó el Viejo—. Mira el trazo de las eles, y las tes; está forzado, incluso se puede apreciar cierto temblor.

—Y lo de justificar su desaparición porque se avergüenza de haber sido trotskista es un cuento demasiado manido por la industria estalinista. Eso no lo haría nunca Klement —añadió Van Heijenoort.

—Y luego está lo del bielorruso —comentó Trotski, haciendo que la mirada de María de la Sierra se alzara sobre el folio enrollado en su máquina, aunque sin dirigirla a él en ningún momento—. Nadie da con él. También ha desaparecido. ¿Por qué le metió Rudolf en casa? ¿Por qué? ¿Era uno de sus amigos, de sus amantes? ¿Quién demonios era ese Tom, o Toman, o Tim o como se llamara?

—Estamos intentando localizarlo. He llamado a la compañera de Liova...

—¿A Jeanne? Esa chica no es de fiar. No lo era antes, cuando vivía con mi hijo, y aún menos lo es ahora. —Trotski recordaba los enfrentamientos políticos que en los últimos tiempos Jeanne Martin des Pallieres había tenido con Liova y con él, y que habían motivado muchos de los encontronazos entre padre e hijo. La joven formaba parte del PCI (Partido Comunista Internacionalista), un grupo independiente de la Cuarta Internacional que se hacía llamar «La Commune», coincidiendo con el nombre de su periódico—. Ya les he pedido a los Rosmer que agilicen los trámites para que se hagan cargo de mi nieto mientras permanezca en París y lo traigan cuando antes a México. No quiero que Sieva —así llamaba a Vsevolod Volkov— esté con una perturbada. Y eso, en el mejor de los casos. Cada día que esté allí, corre peligro.

—Tiene solo doce años.

—¿Y crees que eso va a detener a Stalin? —La dureza había regresado a la mirada de Trotski.

El 25 de agosto, las noticias volvían a darle la razón al viejo revolucionario. El torso de Rudolf Klement apareció flotando en el río Sena, con signos de tortura, sin rastro de sus extremidades inferiores y decapitado. Semanas más tarde se encontraron las piernas. La cabeza nunca fue recuperada. La policía fue incapaz de determinar si Klement había sido descuartizado antes o después de muerto; de lo que no tuvieron duda fue de que había sido torturado.

Desde aquel día, y con el fatídico año 1938 que estaba viviendo, Trotski tuvo claro que a Stalin ya solo le quedaba acabar con su vida, y no se demoraría mucho en hacerlo. Había tenido la crueldad suficiente para matar primero a toda su familia, amigos y colaboradores para que pudiera presenciarlo antes de asesinarle a él. Por eso, en septiembre pidió a su abogado, Albert Goldman, que ya le había acompañado en la Comisión Dewey, que hiciera una declaración contundente y acusatoria ante los medios de comunicación: «El NKVD está determinado a un desesperado esfuerzo para eliminar a Trotski. La campaña la llevará a cabo el Partido Comunista mexicano, con la ayuda de Vicente Lombardo Toledano, quien recibió las instrucciones necesarias tras su reciente visita a Europa».

María de la Sierra reconoció ese nombre nada más leerlo: era la persona que aparecía del brazo de Caridad Mercader en la fotografía de su discurso en el Zócalo de México, en noviembre de 1936. El mismo Lombardo Toledano que denunció al Partido Comunista mexicano en 1929 por su dependencia y sumisión a Moscú, y que cambió de opinión después de recibir una invitación de Rafael Alberti y María Teresa León para visitar la capital soviética en 1935. Todos los detalles se ensamblaban, incluso el retrato a lápiz que Diego Rivera le hizo a Caridad Mercader y a su hija Montserrat, del que tanto presumían a su regreso a Barcelona. Las piezas empezaban a encajar en su cabeza mientras no dejaba de traducir, archivar y mecanografiar los artículos y los documentos del Viejo. Stalin tenía razón cuando dijo que no había figura política importante, excepto su mayor enemigo. «Con Trotski eliminado, la amenaza desaparece». El corazón estaba a punto de estallarle, pero su pulso continuaba firme y sin temblores a la hora de escribir sus informes.

La Casa Azul nadaba en un continuo rugido de conspiraciones, conversaciones en voz baja y olor a traición. Tras el final del romance entre Trotski y Frida, incluso la relación entre los dos matrimonios se resquebrajaba. Los acontecimientos se precipitaron y terminaron explotando como una carcasa de petardos de pirotecnia mexicana cuando Trotski se negó al nombramiento de Diego Rivera como secretario general del partido trotskista en México; no pensaba que su carácter bohemio y artístico casara con la meticulosidad y disciplina que exigía el cargo. Casi al mismo tiempo, Rivera decidió apoyar al candidato a la presidencia de México que se presentaba para desbancar a Lázaro Cárdenas, lo que dejaba en un lugar incómodo a Trotski, ya que era Cárdenas quien había aceptado su petición de exilio. Eso aumentó el enfado del Viejo al ver la firma de Rivera en el «Manifiesto por un arte revolucionario independiente», publicado en *Partisan Review*, en el que había estado trabajando con el escritor André Breton durante la visita de este al país azteca en el mes de abril, y donde el muralista se había limitado a mostrar su conformidad sin escribir una palabra. Por si fuera poco, en ese ambiente asfixiante, Frida Kahlo viajó primero a Nueva York y luego a París en octubre para inaugurar una de sus exposiciones y quedarse unos días en la capital francesa, invitada por Breton y su mujer Jacqueline Lamba, y alguien aprovechó su ausencia para contarle a Diego Rivera los detalles del engaño que había sufrido por parte de su mujer y de su amigo. Los gritos se oyeron más allá de la calle Londres de Coyoacán, sin que el equipo de trabajo de Trotski supiera dónde esconderse para que los alaridos y las recriminaciones no le afectaran.

No fueron los bramidos ni la retahíla de insultos, la mayoría en español, lo que más molestó al líder revolucionario, sino que Rivera le regalase una calavera de azúcar con el nombre de Stalin escrito en el frontal. Por mucho que lo intentaron, no lograron convencerle de que era una tradición mexicana, típica de las celebraciones del 2 de noviembre. Incluso la propia María de la Sierra, que se había negado a traducir literalmente los insultos del muralista contra él —al menos hasta que el equipo de secretarias desapareció y aprovechó para traducir incluso lo que no se había dicho—, intentó explicarle que ese tipo de regalos era habitual durante la celebración del Día de los Muertos, una jornada en la que se formaban vistosos altares con velas, ofrendas florales a base de cempasúchil, incienso, pan de muerto, licores, juguetes, cigarros, papel picado y, por supuesto, calaveras de azúcar. Pero el nombre de Stalin inscrito en la calavera, aunque fuera del azúcar más dulce, Trotski lo entendió como una ofensa imperdonable. Ese día decidió que su estancia en la Casa Azul había terminado, y Jean van Heijenoort empezó a buscar una casa que cumpliera las condiciones necesarias para convertirse en la residencia del líder bolchevique.

—Pero ¿será algo inmediato? —preguntó el enlace, mientras inclinaba el azucarero sobre su taza de café.

María de la Sierra se quedó mirando aquel bote de cristal con una amplia sonrisa. Desde el pasado 2 de noviembre, siempre que veía azúcar blanca se acordaba de la calavera con la inscripción de Stalin que Trotski estrelló contra una de las paredes azules del patio de la residencia. El enlace lo entendió de otra manera.

—¿Qué? Me gusta el café muy dulce.

—Está nervioso. Más de lo habitual —explicó la española—. Se ha enterado del fusilamiento de 3.167 personas acusadas de trotskismo, ordenado por Stalin y Molotov el 12 de diciembre. Le llegan las informaciones como si tuviera una agencia de noticias en la misma calle Londres con conexión directa con el Kremlin. Conoce hasta las cuotas de detenciones diarias y semanales que el Partido tiene adjudicadas a cada distrito. Y también se pregunta cómo es posible que todo lo que planea se venga abajo incluso antes de iniciarlo.

—¿No sospecha nada? Si empieza a pensar que hay un topo infiltrado en su casa, todo se complica. Ten cuidado, la confianza mata más que la curiosidad.

—Nada. De hecho, todas las informaciones que os he pasado han sido ciertas. Cuando estoy con él, habla por los codos. Me ha debido de tomar por su psicólogo.

—Eso es lo mejor que podía pasarnos, que tome confianza y que hable. Eres buena sacando información, incluso sin abrir la boca.

—Excepto contigo —comentó María de la Sierra—. Dime, ¿qué está pasando ahí fuera?

—Tú preocúpate de lo que pasa dentro de la Casa Azul.

—¿Qué pasa en España? —volvió a preguntar; le desesperaba no tener información más precisa sobre los movimientos del Centro, más allá de Coyoacán, desde la muerte de Liova en febrero—. ¿Está Eitingon en París? ¿Era él el bielorruso del que hablan? Si es así, Caridad estará con él. ¿Y quién era el belga? Lo he estado pensando: Ramón habla francés como si hubiera nacido en el corazón de los Campos Elíseos. Sé que está pasando algo.

—Claro que está pasando algo. Siempre pasan cosas. —El enlace dio un sorbo a su taza de café y comprobó que se había pasado con el azúcar—. Pero eso no te incumbe, camarada. Cuando lo haga, te lo haremos saber.

—Me facilitaría saber qué está sucediendo para hacer mi trabajo incluso mejor.

—Lo que tienes que averiguar es si la mudanza de los Trotski a la nueva residencia se retrasa. Puede que los planos que has realizado de la Casa Azul no nos sirvan. Si el cambio de residencia es inmediato, los planes de Moscú se retrasarán. Y eso no les va a gustar. A no ser que te des prisa en dibujarlos.

—En cuanto tengan la nueva casa, lo haré —dijo sin disimular su irritación ante el silencio de su contacto. Lo que no se esperaba era la bomba que estaba a punto de caerle encima. Quizá por eso, el enlace había necesitado una dosis extra de azúcar.

—De todos modos, sí hay algo que deberías saber... Aleksandr Orlov ha desertado. —El hombre clavó su mirada en la de ella, como si no quisiera perderse su gesto de sorpresa, quizá para comprobar si realmente era tan fría y controladora como decían. Lo era—. Y no solo ha desertado, sino que ha amenazado con contarlo todo si su familia o él sufren alguna represalia.

—¿Orlov? —preguntó, intentando que su expresión no evidenciara el impacto que le había causado la noticia.

En su cabeza volvieron a cobrar vida la visita al campo de entrenamiento en Benimámet y la comida con Hemingway, que finiquitaron brindando con una botella de Macallan; la reunión posterior en el hotel Metropol de Valencia, en la que África percibió el gusto de Orlov por acicalarse con una buena colonia francesa después de concluir una misión, y el encuentro en el Continental de Barcelona, donde exigió que le sirvieran la comida sobre manteles de hilo blanco, el reflejo lunar de aquella noche de junio de 1937 al descubrir la madeja de sombras que trasladaban a Andreu Nin... Le costaba creerlo. Por eso insistió una vez más:

—¿Orlov un desertor? No puede ser.

—Sí. Algo parecido dijeron en el Kremlin cuando abrieron la carta de treinta y siete páginas que le envió a Stalin, con copia al jefe del NKVD Nikolái Yezhov, detallando lo que haría en caso de que fueran a por él como habían ido a por otros. Y se encargó de incluir un breve pero variado recordatorio de operaciones, agentes, redes, reuniones y demás secretos de Estado de la URSS, adjuntando una lista del material gráfico y de numerosas pruebas documentales que obran en su poder, desde fotografías hasta informes, direcciones, pasaportes, identidades, mapas, billetes... —relató el enlace, como si recitara la lista de la compra, sin dejar de inspeccionar la cafetería con la mirada para asegurarse de que solo su interlocutora le escuchaba.

La carta la había escrito a mano el propio Orlov. Su contenido carecía de un tono amenazante, pero sí recordaba a Stalin y al NKVD la ingente información que poseía y que podría dejar al descubierto la vasta red de espionaje desplegada por todo el mundo, así como un minucioso glosario de los crímenes que el régimen soviético había efectuado bajo las órdenes de Stalin, muchos de ellos capitaneados por el propio Orlov. Él mismo recordaba en la misiva sus operaciones en España, desde la detención y asesinato del líder del POUM, Andreu Nin, hasta la verdadera identidad de Étienne —Mark Zborovski, alias Tulip—, y su implicación en la muerte de Lev Sedov en la clínica de París y en el robo del archivo personal de Trotski, pasando por la gestión de la salida del oro de Moscú. El riesgo para la URSS era evidente: no solo pondría al descubierto su política de represión y la larga lista de agentes soviéticos que operaban por todo el mundo, revelando sus identidades y localizaciones —entre ellos los famosos Cinco de Cambridge que él controlaba—, sino que descubriría uno de los grandes secretos, que algunos podrían calificar de farsa, sobre la verdadera naturaleza y la razón que escondía la ayuda soviética a la República española durante la Guerra Civil: los 518 millones de dólares en los que se valoró el oro transferido desde el Banco de España hasta Moscú el 25 de octubre de 1936 reventarían la tan cacareada solidaridad revolucionaria, vendida al mundo como un auxilio filántropo auspiciado por el ideal comunista, y dejarían a la vista un cobro interesado de la asistencia material y humana enviada por Stalin. El silencio de Orlov valía su precio en oro; para ser precisos, quinientas toneladas del precioso metal que habían salido en cuatro cargueros soviéticos desde el puerto de Cartagena. Y en el despacho principal del Kremlin, lo sabían. Las exigencias del desertor incluían no ejercer represalias contra la familia que le quedaba en la Unión Soviética, especialmente su madre, ya que conocía la orden que Stalin había dictado hacía unos meses y que condenaba a los familiares de todo desertor a un destierro a Siberia. Aleksandr Orlov había pensado en todos los detalles que la maquinaria estalinista no había tenido en cuenta a la hora de planificar su purga.

María de la Sierra lo escuchó con atención, pero aún no podía creerse que aquel hombre que había entregado su vida a la patria, a quien le habían otorgado la Orden de Lenin por su valor y eficacia en el desempeño de sus funciones, el máximo responsable del NKVD en España, el que había dado el visto bueno para su reclutamiento, fuera ahora un desertor.

—Pero ¿por qué?

—¿Eso importa? —le cuestionó el enlace, como si aquella pregunta llevara implícita algún descargo sobre Orlov.

Le miró. Quizá no importaba como justificación de sus actos, pero sí como termómetro de la situación de los servicios secretos soviéticos. Y eso le concernía a ella.

—A mí sí. Y a ti también debería importarte. Trabajo de campo, ¿recuerdas? Hay que conocer al enemigo, su entorno, el terreno que pisa, cómo piensa, qué le lleva a actuar como actúa, cualquier cosa que nos ayude a armarnos para poder luchar contra él.

Su respuesta pareció convencer al enlace, que empezó a contarle lo que sabía.

Orlov había escrito la carta desde Canadá, país al que su familia y él huyeron después de saber que su nombre aparecía en la próxima purga estalinista. Lo sospechaba desde finales de 1937, tras ver cómo detenían y ejecutaban a muchos compañeros del servicio secreto después de una llamada de Moscú urgiéndolos a un regreso inminente a la patria, casi siempre bajo el engaño de una condecoración o un ascenso. La ejecución del antiguo director del NKVD, Guénrij Yagoda, el 15 de marzo de 1938, le confirmó sus temores. El siguiente podría ser él. No importaban los méritos y las victorias que sus servicios hubieran procurado al Partido y a la patria; Orlov sabía demasiado de las operaciones orquestadas por Stalin y eso lo convertía en alguien peligroso. Estaba en Barcelona cuando recibió la llamada desde Moscú del nuevo director del NKVD, Nikolái Yezhov, para que se reuniera en Francia con unos agentes soviéticos, y supo que su condena a muerte era un hecho. Fingió que cumplía las órdenes de acudir a la reunión fijada para los días 13 y 14 de julio de 1938 en el buque Svir, en el puerto de Amberes. Meses antes, él mismo había llevado a Toulouse a su mujer María y a su hija Vera, aquejada de una enfermedad crónica: habían ido en su propio coche y las había alojado en el Grand Hotel, donde debían permanecer hasta que volviera a por ellas. Orlov abandonó Barcelona el 11 de julio para acudir a su reunión en Amberes. Iba con un salvoconducto, firmado por el ministro de Estado de la Segunda República, Julio Álvarez del Vayo, que le permitía moverse libremente entre fronteras. Cuando llegó a París, pidió a su traductora y al resto de sus acompañantes que esperasen entre cinco y siete días, y que pasado ese tiempo regresaran a España. Mientras tanto, él recogía a su familia en Toulouse y volvía con ella en tren a París, donde el 13 de julio se inscribió en el hotel Crillon utilizando un nombre falso. Sus planes eran dirigirse a la embajada estadounidense para solicitar asilo, pero la festividad francesa del Día de la Bastilla hizo que el 14 de julio la mayoría de los organismos públicos mantuvieran sus puertas cerradas. La única embajada que permanecía abierta era la de Canadá, donde logró hacerse con un permiso que le permitiría viajar hasta Quebec para luego trasladarse a Estados Unidos. A las pocas horas, toda la familia salía del puerto de Cherburgo. Pisaron suelo quebequense el 21 de julio: fue allí donde escribió la carta de treinta y siete páginas que envió a Stalin y al director del NKVD e hizo que alguien la enviara por correo postal una vez que la familia se asentó en Estados Unidos, lo que se produjo el 13 de agosto de 1938 cuando mostró a las autoridades su pasaporte diplomático con el visado obtenido en la embajada del país en Ottawa.

Tras la pormenorizada explicación del enlace, ambos agentes quedaron en silencio, observándose con detenimiento, como si en sus caras se dibujase la ruta trazada por Orlov en el camino hacia su deserción. Como era habitual en él, se trataba de un mapa perfecto, sin fallos aparentes, propio de la agudeza de un hombre con una preparación brillante y un conocimiento exhaustivo del funcionamiento de la inteligencia soviética y de los mecanismos maquiavélicos que engrasaban los secretos estalinistas. María de la Sierra sabía que Stalin siempre tenía razón, que cuestionar sus decisiones era dar oxígeno a los fascistas y denigrar al comunismo. Jamás lo haría. Pero entendió que la pérdida de Aleksandr Orlov para el NKVD, para la URSS y para el propio líder soviético era una merma demasiado pesada.

—¿Ves como siempre pasan cosas? —le dijo el enlace, cerrando el capítulo de confidencias y poniendo fin a su encuentro.

Los dos tenían razón. Siempre pasaban cosas. Y la última había llegado en forma de carta a la Casa Azul. Ese día, el correo arribó más tarde de lo habitual, quizá por el ajetreo característico de las fiestas navideñas. Esa demora hizo posible que María de la Sierra interceptara el sobre que sobresalía del montón de correspondencia que uno de los guardias había depositado a la entrada de la casa y que ella misma se encargaba de colocar en el escritorio del despacho de Trotski. Había algo en la caligrafía de aquel sobre de color sepia que logró inquietarla. En la parte frontal aparecía escrita la dirección de la calle Londres en Coyoacán. Al girarlo, encontró un solo nombre: Mr. Stein. No era el único sobre de características similares: casi al final de la montaña de correspondencia había otro de igual forma y color. Comprobó que la letra coincidía y que el remitente era el mismo. Sin saber por qué, se llevó el envoltorio a la nariz, como si oliéndolo fuera a obtener alguna información. El gesto le devolvió el recuerdo de un olor que le resultaba familiar: aquel aroma la llevó de vuelta al hotel Metropol de Valencia, al vestíbulo donde apareció Orlov impregnado de la colonia francesa que jamás podría olvidar. Hacía unos días que su enlace le había confesado la deserción del ruso; quizá por eso lo recordaba en ese instante. Miró de nuevo el sobre y vio que procedía de Estados Unidos. Sin que nadie la viera, se escondió una de las dos cartas idénticas entre la ropa y se dirigió a la cocina. Allí encontró a la cocinera Carmen, amiga y colaboradora, que, después de intercambiar unas palabras en voz baja, se colocó en la puerta de la cocina para asegurarse de que no entrara nadie.

María de la Sierra situó el envoltorio sobre una de las cacerolas que estaban al fuego, comprobando que nadie la veía a través de la ventana, justo la misma desde la que sospechó por primera vez de la relación amorosa entre Trotski y Frida. Esperó que el vapor desprendiera la solapa del sobre. Su papel era demasiado grueso y el pegamento que lo sellaba estaba bien adherido, en esta ocasión no bastaría con introducir un alfiler o un alambre, como había hecho otras veces al encontrar una pequeña abertura en alguna esquina de la solapa, que le permitía abrirla mínimamente e introducir un palo de madera, plano y delgado; de esta manera, el papel no resultaría dañado. Tuvo cuidado de no acercar demasiado el sobre a la nube de vapor, para que la humedad no emborronara la tinta, y rogó que el destinatario lo hubiera sellado con saliva y no con un pegamento, lo que complicaría las cosas. Lo habían pegado a conciencia; quien lo hubiera hecho sabía cómo se abrían cartas ajenas. Volvió a colocar el sobre unos segundos más sobre el vapor, en movimientos circulares para evitar que el papel se arrugase. Después cogió un cuchillo que Diego Rivera solía usar para la mantequilla, romo y sin dientes, lo colocó sobre el vapor unos segundos, lo secó y lo fue introduciendo por la solapa.

La operación funcionó. Una vez despegado el papel, volvió a esconder la carta y se dirigió al cuarto de baño. Allí, como había hecho con esa carta de amor que Trotski le escribió a Frida, empezó a leer. Se fijó en la fecha, 27 de diciembre, y en el encabezamiento, «Querido Lev Davídovich». Buscó la firma, al final de la carta: «Respetuosamente, su amigo, Stein», que acompañaba de una somera explicación donde aclaraba que había tomado su dirección del libro *El caso de León Trotski*, que recogía el veredicto de la Comisión Dewey. Leyó la primera frase: «Soy un judío oriundo de Rusia», y sobrevoló las siguientes. El enigmático señor Stein aseguraba tener un familiar, «prominente bolchevique y alto cargo de la Cheká, de nombre Luschkov, que había huido de la URSS», que le había hecho algunas revelaciones que consideraba a bien compartir con él, ya que le afectaban directamente. Le informaba, sin utilizar el nombre de Étienne, de que el colaborador de su hijo Liova en París era en realidad un agente soviético que respondía al nombre de Mark y que tenía la misión de pasar información a la Cheká de todas sus actividades. Pero el párrafo que logró impactarle aparecía más adelante. «Luschkov me expresó su preocupación por la posibilidad de que su propio asesinato constituyera una prioridad para Moscú, lo que podría intentar a través de este agente o bien mediante activistas procedentes de España que se hicieran pasar por trotskistas españoles». María de la Sierra tuvo la impresión de que la sangre le subía a la cabeza y que una ola de calor estaba a punto de abrasarla. «No confíe en ninguna persona, hombre o mujer, que pueda venir con recomendación de este agente provocador». Terminaba el escrito explicando que no firmaba la misiva con su nombre real por temor a que la confiscasen colaboradores estalinistas en el servicio postal mexicano y le pedía que, como acuse de recibo de la misma, publicara un anuncio en el periódico

Socialist Appeal de Nueva York en el que dijera que «la oficina editorial ha recibido la carta de Stein».

La comunicación con su enlace se realizó ese mismo día. No tenía tiempo de comprar flores a la mujer del final de la calle, ni de aguardar colores. Desde el primer día había memorizado un número de teléfono al que llamar en caso de urgencia. Y aquel lo era.

—¿Cuándo ha llegado? —preguntó el enlace, examinando la carta.

—Hoy mismo.

—¿La ha leído el Viejo?

—Sí, aunque nos pidió a todo el equipo que saliéramos del despacho. Solo se quedó con Jean. Pero los oí hablar. —María de la Sierra le explicó que en uno de los rincones del patio de la Casa Azul se podía escuchar lo que sucedía dentro de la habitación, gracias a un orificio de ventilación—. Desconfían de la carta. Están seguros de que es una trampa del NKVD.

—Tienes que desaparecer. En estos instantes representas más un peligro que una ayuda. No puedes volver a esa casa, tenemos que sacarte del país. Orlov te conoce, está al tanto de la misión que tienes encomendada. Incluso puede reconocerte si decide venir a México. Por ahora no ha dado tu nombre, aunque puede hacerlo.

—Pero estamos tan cerca...

—Seguimos estando cerca. Eres tú la que debe alejarse, por la seguridad de todos.

—Pero si desaparezco ahora, sin siquiera despedirme, sospecharán...

—¿Crees que después de esta carta no lo harán igualmente? —le preguntó el enlace con un tono que sonó a reproche. Después de pensar unos segundos, matizó—: Aunque quizá tengas razón. Debo hablar con Moscú. Ellos deciden. De momento, espera unos días. Aunque sospeche de ti, ¿qué va a hacerte?

—No soy la única española. Está Carmen, la cocinera, y Belén, la ayudante de cocina. Como desconfíe de todos los españoles, se queda sin comer y sin traducciones. No creo que quiera ninguna de las dos cosas.

—Aun así, ve pensando algo que explique tu inminente salida de la Casa Azul. Si hay alguna novedad, ya sabes cómo actuar. Quiero que me informes a diario —le ordenó el enlace.

La española asintió. Sabía cómo lo harían: a través del puesto de flores, al final de la calle. Un ramo de flores con hoja roja significaba peligro y huida inmediata. Por el contrario, un ramo amarillo informaba que el peligro había pasado, que todo estaba tranquilo, sin incendios que apagar. Un día escuchó a Frida decir que los girasoles detenían incendios; nunca supo si lo decía o no en sentido figurado, pero siempre le gustó esa imagen.

María de la Sierra se mantuvo en la Casa Azul cinco días más, en los que dejó caer que el estado de salud de su madre en Nueva York había vuelto a empeorar y que existía la posibilidad de que tuviera que ir a verla. En esos días, le dio tiempo a cerciorarse de la desconfianza de Trotski hacia la carta, que tomaba por una nueva triquiñuela de Stalin, sobre todo después de hablar con una colaboradora trotskista en París, Lydia Dullin, que utilizaba el nombre de Lilia Estrine y que le expresó su máxima confianza en Étienne. «Pretenden calumniarnos y desprestigiarnos. Ya conoces cómo actúa el NKVD». Decidió no publicar el anuncio en el periódico que le solicitaba Mr. Stein, aunque sí otro en el que le conminaba a acudir a la redacción para hablar con el camarada Martin. Esa fue toda la comunicación que le concedió.

Una tarde sonó el teléfono en la residencia. Quien llamaba se identificó como Mr. Stein y, al escuchar el nombre, María de la Sierra lamentó no haber sido ella la que respondiera. Estaba segura de que era Orlov; si pudiese oír su voz, no tendría ninguna duda. Trotski rechazó atender la llamada, esa y las que se sucedieron.

La española estaba convencida de que el peligro había pasado. Ese día se encaminó hacia el puesto de flores situado al final de la calle para hacer su reporte diario. Buscó con la mirada flores amarillas. Escudriñó entre los cubos. Nada. Solo rosas rojas, blancas y azules.

—¿No te quedan rosas amarillas? —preguntó.

—Ninguna —contestó la vendedora—. Me han dicho que ya no traeré más.

Moscú había decidido.

La agente entendió el mensaje que le enviaba su enlace: su salida de México era apremiante, incluso más de lo que pensaba.

El destino parecía empeñado en mantener unidos a Iósif Stalin y a León Trotski, esta vez por la fiebre epistolar del espía desertor. Las dos cartas que Orlov había escrito habían convulsionado los planes de los dos líderes rusos y de otras muchas personas. Su deserción hizo que el jefe del NKVD, Nikolái Yezhov, padre de la llamada *Yezhovchina* —el proceso de ejecución masiva de agentes de la inteligencia soviética—, cayera en desgracia tal y como sucedió con su antecesor. Yezhov fue detenido, más tarde fusilado, y sustituido por el asimismo sanguinario Lavrenti Beria. Leonid Eitingon pasó a ocupar el puesto del que había sido su superior hasta el momento de su traición. El propio Serguéi Spigelglas —buen amigo de Orlov y al que Eitingon le gastó la broma de los disparos en el campo de entrenamiento de Benimámet— fue detenido y enviado a la prisión de Lefórtovo, donde fue torturado y más tarde juzgado y ejecutado.

A bordo de un carguero soviético, María de la Sierra se vio obligada a regresar precipitadamente a España, donde a principios de 1939 ya se vislumbraba la victoria franquista en la Guerra Civil, con Valencia y Madrid como los dos últimos focos de resistencia republicana.

En su poder todavía guardaba una copia de la carta de Orlov, aquella que ella misma había enviado a Natalia y que nunca llegó a su destinataria inicial. Contempló el nombre del remitente: Mr. Stein. Luego observó el que aparecía en su pasaporte: María de la Sierra. Cuando vio las letras que los armaban pensó en lo que un día le dijo a Trotski sobre los seudónimos.

Era cierto. Solo los inocentes usan sus verdaderos nombres.

16

Nadie recordaba haber visto algo igual.

En marzo de 1940, una nevada cubrió México con un manto blanco, como pocas veces había sucedido. Esa es la cualidad que tienen las cosas vistas por primera vez, que sorprenden y conmueven, aunque el efecto se diluya tan rápido como se derrite la nieve y muda en simple agua sucia que lo arrastra todo.

Un mes antes, Trotski había escrito que la guerra no comienza con la revolución, sino que termina con ella. «No en vano, a lo largo de la historia, la guerra ha sido muchas veces la madre de la revolución».

María de la Sierra no comprendería nunca por qué las personas no hacen caso de las señales que les envía la naturaleza.

África de las Heras había vuelto a ser María de la Sierra seis meses después de dejar de serlo de una manera abrupta, a bordo de un carguero soviético en el que huyó precipitadamente de México. El 13 de julio de 1939 regresaba al país azteca a bordo del Mexique, anteriormente llamado Lafayette, aunque se rebautizó como «el barco de la libertad» por el amplio número de exiliados en el pasaje. Se trataba del mismo buque que el 27 de mayo de 1937 había zarpado desde el puerto de Burdeos con 456 niños españoles que huían de la Guerra Civil, los llamados «niños de Morelia», un viaje financiado por el Comité Iberoamericano de Ayuda al Pueblo Español. Dos años después, el Mexique surcó el Atlántico con bandera francesa y llegó dos semanas más tarde al puerto de Veracruz. No fue un viaje fácil, en parte por la bravura del mar, que tuvo a medio pasaje sumido en vómitos y con la precaución de llevar puesto en todo momento el chaleco salvavidas. A bordo viajaban dos mil doscientos exiliados españoles con los que África procuró no mantener mucho contacto para pasar lo más inadvertida posible. Ni siquiera tomó parte del telegrama que los exiliados enviaron desde el buque al presidente del Gobierno de la Segunda República, Juan Negrín:

> Alta mar, bordo Mexique camino hospitalario patria hermana – Celebramos tercer aniversario fecha gloriosa 19 julio con fervoroso recuerdo a caídos – Nuestra fraternidad con continuadores lucha en España – Solidaridad con internados campos concentración – Patentizándole como Presidente del Gobierno legítimo de España – Jefe querido de todos los españoles – Nuestra firme voluntad seguir luchando bajo dirección gobierno unión nacional, hasta independencia España.

Tampoco tuvo nada que ver con las pancartas que se colocaron en el barco en las que se podía leer ¡VIVA MÉXICO! ¡VIVA ESPAÑA! ¡VIVA CÁRDENAS! ¡VIVA NEGRÍN!, así como declinó participar en la elaboración del primer número del *Mexique. Diario de a bordo de la 3.ª expedición de republicanos españoles a México*, publicado en el barco durante la travesía, que el lunes 17 de julio narraba cómo era la vida en el barco, animaba a los pasajeros a vestir sus mejores galas en domingo y daba la bienvenida a un nuevo pasajero clandestino, el pequeño Salvador, cuyos lloros despertaron a más de uno. África solo se permitió algunas conversaciones con Arturo García Igual, un empleado de banca valenciano a quien la Guerra Civil trocó en oficial de artillería. Con él era fácil hablar, quizá porque no preguntaba demasiado y aceptaba más la compañía que la mera conversación —alejada siempre de la política que monopolizaba las charlas del resto del pasaje—, o quizá porque le recordaba a otro empleado de banca que le descubrió la conciencia social y la lucha proletaria. Tumbada en su camarote, más de una vez pensó en Luis Pérez García-Lago y en dónde estaría. Lo que no podía imaginar es que, en un futuro próximo, México también sería el destino de quien fue su compañero sentimental.

Viajó en el Mexique con pasaporte e identidad falsos y con una mochila llena del trabajo de campo realizado junto a viejos conocidos durante los últimos meses. Había pasado la mayor parte del tiempo en París, haciendo trabajos esporádicos, especialmente de sabotaje y robos de documentación, con breves apariciones en tierra española para colaborar en la liberación y posterior salida de exiliados; en realidad, nada que la distrajera de su verdadera misión, pero que le aportaba la dosis de adrenalina que necesitaba. La guerra en España estaba perdida y ese país hacía mucho que había escrito su último capítulo en el libro vital de África de las Heras. La lucha contra el franquismo era una quimera; debía concentrarse en su lucha contra el fascismo en el resto del mundo, buscar una nueva patria con la que identificarse y una causa por la que combatir: esa nueva patria era la Unión Soviética, y su causa, la victoria del comunismo a través de la revolución.

En esa nueva misión trabajaban desde hacía meses en París Leonid Eitingon, Caridad Mercader y su hijo Ramón. Se alegró de verlos a todos, especialmente a este último. Aunque Ramón ya no parecía él, ni siquiera lo era: su nueva identidad era la de Jacques Mornard, un hombre de nacionalidad belga nacido en Teherán que disfrutaba con la ropa cara, los coches de lujo, la buena mesa y una billetera repleta —pilares de su nueva tapadera—. Mientras María de la Sierra estaba en la Casa Azul transcribiendo y traduciendo obituarios de hijos muertos, mecanografiando artículos sobre el asesinato de Rudolf Klement y desenmascarando al desertor Aleksandr Orlov en cartas secretas bajo la careta de Mr. Stein, el misterioso Jacques Mornard se esmeraba en llevar a buen puerto su nueva misión: enamorar a Sylvia, una joven estadounidense, miembro del Socialist Workers Party, recién llegada a París para asistir a la fundación de la Cuarta Internacional que se celebraría el 3 de septiembre en la casa de Alfred y Marguerite Rosmer, viejos amigos de Trotski y fundadores del trotskismo francés, un congreso que serviría de homenaje a los desaparecidos Lev Sedov y Rudolf Klement.

La joven, una psicóloga de una escuela pública de Brooklyn, licenciada en Filosofía por la Universidad de Columbia y sin ningún tipo de belleza física que la hiciera destacar, era una reconocida trotskista, y Leonid Eitingon le tenía reservado un papel primordial en su jugada maestra. Fue así como hizo que Sylvia se reencontrara en las calles de Nueva York con Ruby Weil, una antigua compañera de estudios a quien llevaba años sin ver y que en la actualidad era la secretaria de Louis Budenz, dirigente del Partido Comunista de Estados Unidos y editor de *The Daily Worker*. Siguió a este reencuentro toda una sucesión de fiestas, estrenos y espectáculos a los que Ruby la invitaba, y cuando Sylvia le contó su intención de viajar a la capital francesa para formar parte de la constitución de la Cuarta Internacional, su amiga Ruby no dudó en ofrecerse para acompañarla, corriendo ella con todos los gastos, y animándola a viajar a la romántica París unas semanas antes para poder disfrutar de la ciudad de la luz y del amor.

Todo era parte de una operación diseñada por Eitingon, preparada en Estados Unidos y supervisada desde Moscú por Pavel Sudoplátov, a quien Stalin y Lavrenti Beria habían nombrado director del Departamento de Operaciones Especiales —que no eran otras que el asesinato, el sabotaje y el secuestro de objetivos contrarrevolucionarios, sobre todo en tierras internacionales—, y que desde marzo de 1939 tenía una única misión: eliminar al mayor enemigo del pueblo soviético, León Trotski.

Alojadas en el hotel Saint Germain des Prés, cerca del Barrio Latino, en el bohemio y cultural Distrito VI de París, Ruby convenció a Sylvia para ir a tomar una copa. Invitaba ella, como siempre. Al llegar al local, advirtió la presencia de un antiguo conocido al que no dudó en saludar: se trataba de un hombre apuesto, alto, moreno, de complexión atlética, impecablemente vestido, simpático, dicharachero, con una sonrisa de ensueño y unos ojos que brillaban con la misma intensidad con la que se clavaban en las miradas femeninas. «Mi querido Jacques Mornard... —exclamó Ruby—. Déjame que te presente a una gran amiga mía». La joven amiga, parapetada detrás de unas gafas de cristal grueso que refugiaban su miopía, con el pelo rubio y lacio recogido en una coleta a la altura de la nuca y una delgadez casi enfermiza, esbozó una mueca parecida a una sonrisa, incapaz de controlar la ola de rubor que tintó de rojo su rostro. No podía dejar de mirar a aquel hombre tan atractivamente masculino. «Ella es Sylvia Ageloff», terminó Ruby de hacer las presentaciones, mientras él le cogía la mano para depositar en ella un beso y lamentaba no haber tenido mejor suerte con su objetivo, aunque interpretaría su papel como si la mujer que tenía ante él fuera la actriz del Hollywood dorado, Hedy Lamarr, la estrella de la Metro Goldwyn Mayer considerada la mujer más bella del mundo.

La primera vez que África de las Heras escuchó el nombre de Sylvia Ageloff fue en una de las reuniones clandestinas que celebraron en París, en 1939, y al instante le resultó familiar: era la hermana de Ruth Ageloff, la secretaria con la que había coincidido en la Casa Azul, la que le urgió a escribir «No Smoking» en un panel blanco minutos antes de iniciarse la Comisión Dewey. El engranaje de la inteligencia soviética se estaba convirtiendo en un minucioso trabajo de orfebrería, como los mandalas tibetanos que los monjes budistas confeccionan a mano con arena de colores y herramientas delicadas, aunque con menos carga espiritual. África reía a carcajadas al conocer los detalles de la operación, sentada junto a Leonid Eitingon, Pavel Sudoplátov —que abandonaba Moscú para unirse a las reuniones que se celebraban en casa de unos colaboradores del Partido—, Iósif Grigulévich, Caridad Mercader y Ramón, entre otros.

—No se besa la mano de la mujer —le dijo entre risas a Ramón—. Eso va contra todas las reglas básicas de la educación. ¿Es que no te lo ha explicado Lena Imbert? —preguntó, sabiendo que la joven seguía a su lado y probablemente en París, aunque a ninguno de los dos parecía importarles, como nunca lo había hecho.

—Besar la mano irá contra el protocolo, pero ella quedó encantada; de eso se trataba —replicó él, observándola con la mirada de Jacques Mornard, pero con el deseo del joven miliciano que la vio por primera vez en una Barcelona levantada en armas contra la rebelión militar del general Franco—. Y si tu amiga Frida Kahlo me hubiera hecho caso cuando me presenté en la inauguración de su exposición en París, quizá hasta me lo habría ahorrado y las cosas habrían ido mejor. Al menos, para mí.

Ramón todavía tenía esa espina clavada en el orgullo: la de verse rechazado por la artista mexicana, que no entendió bien que le pidiera su ayuda para buscar una casa en México, con la oculta intención de llegar hasta Trotski.

—Me extraña en Frida —comentó África—. Si no cayó rendida de amor a tus pies fue porque tenía a otro en la cama. De no ser así, se habría entregado sin pensarlo dos veces. Se entregó a Trotski... ¡No se va a entregar a un adonis como tú!

—Claro que tenía a otro —reconoció Eitingon, que había estudiado las circunstancias—. Un refugiado español al que, lamentablemente, no controlamos. Ricardo Arias Viñas: guapo, simpático, encantador... Ramón no tenía nada que hacer.

—¡Pobre Ramón! Por culpa de la Kahlo le toca viajar a Nueva York con la fea —se burló Caridad Mercader, que estaba al tanto del viaje que en breve tendría que hacer su hijo detrás de Sylvia Ageloff.

—¿Se puede saber por qué pone Frank Jacson en tu nuevo pasaporte? —África llevaba unos segundos con el documento de viaje de Ramón en la mano—. ¿No tendría que poner Jackson? ¿Dónde ha quedado la ka?

—Será una errata... —Ramón le quitó el documento para observar él mismo el error—. Lo arreglarán. Te fijas demasiado en los detalles.

—Pero ¿tú te has visto? —se burló África con la complicidad del aludido—. ¡Eres la personificación del detalle!

—¿Habéis leído en la prensa el mensaje que Pío XII le ha enviado a Franco? —intervino Iósif Grigulévich, más interesado en mantenerse informado sobre el santo padre que sobre las artes amatorias de Ramón, que ya conocía—: «Levantando nuestros corazones hacia Dios, damos sinceras gracias, con su excelencia, por la victoria católica de España». ¡Anda que ha tardado en posicionarse! Pocas iglesias quemamos... —Dobló el periódico donde había leído la noticia mientras el resto parecía estar más preocupado por otras reacciones.

—Tu amiga Frida no solo rehusó entregarse a mí —volvió Ramón al tema, ignorando el comentario de Grigulévich. Había estado toda la tarde con él: el ruso se había empeñado en buscar unos calzoncillos en unos grandes almacenes y no paró hasta encontrarlos horas más tarde, lo que terminó desquiciando al joven Mercader—. Además, me arrojó a la cara el ramo de flores que le di. Lo tuve que recoger del suelo y dárselo a una francesa que pasaba por la calle; ella sí supo agradecer el detalle.

—Mejor —dijo divertida África—. Conociendo a Frida, se habría empeñado en pintarte.

—De todas maneras, cuando te acercaste a ella, ya era inútil su ayuda porque la relación entre Diego Rivera y Trotski estaba rota —comentó Eitingon, viendo siempre la parte práctica de las cosas—. Así que bienvenida sea Sylvia Ageloff.

—Para ti es fácil decirlo —murmuró Ramón recordando la acusadísima timidez de la joven y esa voz aflautada y nasal a causa de una sinusitis crónica que convertía el escucharla en un suplicio—, aunque debo reconocer que me lo pone muy fácil. Todo lo que pueda contarle se lo cree. Da lo mismo que me ausente a Bruselas durante días con la excusa de un accidente de coche de mis padres, o que tenga que viajar precipitadamente a Londres, o que le diga que trabajo de periodista deportivo y nunca me vea publicar ni un mísero artículo... Mientras vuelva a sus brazos, lo acepta todo.

—Se llama amor, Ramón —le explicó África, con una sonrisa que iluminaba su rostro—. ¿Sabes lo que es eso?

—Perfectamente. Un misterio para la ciencia y una bendición para los servicios de inteligencia.

No importó nada que los labios de Jacques Mornard rozaran la piel casi albina de la mano de Sylvia Ageloff, rompiendo así las más elementales normas protocolarias; la joven había caído en una de las trampas de miel a las que el NKVD era tan aficionado. La estadounidense se había enamorado de aquel apuesto millonario belga, hijo de un diplomático, aficionado a la fotografía, siempre con una Leica en las manos y que aseguraba trabajar como periodista deportivo más como un *hobby* que como un empleo. La pareja se hizo inseparable. Ella se deshacía en muestras de amor y él hacía lo propio siguiendo el guion preestablecido, que incluía acompañarla a la sesión constitutiva de la Cuarta Internacional en el chalet de los Rosmer.

El apuesto Jacques Mornard había cumplido su papel a la perfección: durante el Congreso esperaba en el jardín de la residencia donde acudieron una veintena de delegados trotskistas de once países —los dos representantes del POUM nunca llegaron: a uno se le dio una dirección equivocada y el segundo, al saber que podría reconocer a Ramón Mercader y desenmascarar a Jacques Mornard, recibió una paliza que lo llevó directo al hospital—, fumando un cigarrillo tras otro, bebiendo whisky de importación, sin participar en ningún debate político y haciendo gala de una absoluta falta de interés por la política y un total desconocimiento del movimiento trotskista, pero encantado de participar en conversaciones más livianas. Tenía un don para caer bien a los desconocidos. Lo único que parecía importarle era que Sylvia terminara su participación en esa conferencia, a la que acudía en calidad de representante de la delegación trotskista de Nueva York y donde hacía las veces de traductora del ruso al inglés y al francés —idioma que también hablaba con fluidez—, para poder llevarla a cenar y, más tarde, perderse entre las sábanas en su habitación de hotel.

Cuando la Cuarta Internacional terminó, Jacques le propuso a Sylvia alargar su estancia en París, ofreciéndole un trabajo que consistía en la traducción de un estudio de psicología, e incluso le planteó que escribiera artículos sobre el mismo tema para la agencia parisina Argus Press, por los que le pagarían tres mil francos al mes. A la joven no le extrañó la propuesta, convencida de que su enamorado no quería separarse de ella, aunque la oferta económica le parecía disparatada. Lo era, pero Moscú enviaría el dinero que fuera necesario para la operación. Tampoco le extrañó que el pago lo hiciera directamente su novio y no la agencia. El amor que sentía Sylvia era tan ciego que, cuando al fin regresó a principios de 1939 a Nueva York, lo hizo convencida de que Jacques Mornard la seguiría, enamorado, para cumplir la promesa de matrimonio que le había hecho en París. Y eso hizo él meses más tarde para instalarse junto a ella, pero cegado por la misión encomendada por la inteligencia soviética. El amor no tenía nada que ver.

Las ruedas dentadas del lubricado engranaje del NKVD estaban preparadas para entrar en contacto e iniciar el movimiento.

El 1 de septiembre de 1939, Hitler invadió Polonia desde el oeste: daba inicio la Segunda Guerra Mundial. Pocos días después, Ramón salió de Francia rumbo a Nueva York en el transatlántico Île de France, en un camarote de primera clase con decoración *art déco* y con un nuevo nombre en el pasaporte: Frank Jacson. Al comprobar que persistía la errata en el documento, recordó las risas de África y eso le reconfortó; al final, nadie lo corrigió. El pasaporte pertenecía a un brigadista canadiense llamado Tony Babich, fallecido en la guerra civil española. Era una práctica habitual: guardar los documentos identificativos de los brigadistas en la sede de las Brigadas Internaciones de la rue Lafayette de París y, a su muerte, enviarlos a la oficina del NKVD en Moscú como cobertura legal a los agentes secretos en el extranjero. Cuando llegó a Nueva York, se instaló en el apartamento de Sylvia, a quien tuvo que explicar que había cambiado su identidad para evitar que lo alistasen y lo enviasen al frente, algo que ella entendió y agradeció.

Caridad Mercader también estaba en la ciudad de los rascacielos, donde evitaba llamar la atención, aunque la discreción no estuviese en su naturaleza.

África de las Heras había embarcado en el Mexique dos meses antes, rumbo a México.

Leonid Eitingon se retrasó un poco más; la mala suerte quiso que su pasaporte perteneciera a un brigadista polaco y eso le obligaba, como ciudadano polaco residente en Francia, a alistarse en el ejército galo para ir al frente o, de lo contrario, sería encarcelado, según dictaba la ley francesa. Tardó unas semanas más en obtener un pasaporte francés con un visado hecho en Suiza, con el que poder viajar a Nueva York, un tiempo en el que tuvo que ingresar en un centro psiquiátrico haciéndose pasar por un ciudadano judío sirio con problemas mentales. Llegó a Estados Unidos con la tapadera de su nueva identidad: Peter Lubeck, un hombre de negocios neoyorkino dedicado a la importación y exportación, con un empresa ubicada en Brooklyn y con un empleado eficaz que le esperaba: Frank Jacson.

Iósif Grigulévich —el hombre que definió a África como la pequeña Pasionaria, «más bella, joven y pasional que Caridad», según le confió a Eitingon— ya se encontraba en Santa Fe, Nuevo México, donde gestionaba su tapadera desde una farmacia adquirida hacía tiempo.

Pavel Sudoplátov regresó a Moscú, aunque podía aparecer tanto en Estados Unidos como en cualquier lugar de América del Sur, al ser el máximo responsable de las operaciones en ese territorio. Había encomendado a Eitingon y a Grigulévich la formación del comando que operaría en México y aceptó de buen grado que contaran para ello con *zemlyaches*, viejos colaboradores de la inteligencia soviética y reconocidos miembros del Partido Comunista en diferentes países, especialmente de México, España y Estados Unidos.

Todos esperaban reunirse en el lugar donde iba a desarrollarse el operativo encargado por Stalin: México. Concretamente en Coyoacán, tierra de coyotes, donde ya los aguardaba María de la Sierra.

Cuando las tropas del ejército polaco se rindieron el 6 de octubre de 1939, los agentes soviéticos que habían cruzado el océano Atlántico semanas antes llegaron a México, donde ocuparon diferentes residencias en las inmediaciones de Coyoacán y de la metrópoli. No eran los únicos que habían arribado a la capital azteca; había muchos más que también lucharon en la guerra civil española, como el muralista mexicano David Alfaro Siqueiros, apodado en tierras españolas «el Coronelazo», un comunista muy amigo de Rafael Alberti y de Pablo Neruda. Con este último y con el escritor André Malraux había compartido Siqueiros una cena en 1939 en el restaurante Louis XIV, en la place des Victoires de París —muy cerca de la estatua ecuestre de Luis XIV que Luis XVIII mandó construir en 1822—; venía de dar una conferencia sobre el arte en la lucha social, y en ese encuentro los tres amigos brindaron por el futuro, a pesar de la derrota republicana en España, antes de estampar sus firmas en el libro del restaurante, bajo cuyas rúbricas escribieron la fecha: 1939. Siqueiros tenía encomendado un papel muy importante dentro de la misión, junto a otros nombres que África de las Heras había conocido en la lucha republicana y, a muchos de ellos, en París: como Vittorio Vidali, conocido como «Comandante Carlos» en la guerra española, fundador del Quinto Regimiento y señalado por muchos como responsable de la desaparición de Andreu Nin; y también Tina Modotti, la famosa fotógrafa italiana y pareja de Vidali que, bajo el nombre de María, también se alistó en el Quinto Regimiento en España y fue miembro de las Brigadas Internacionales, ocupándose del bienestar de los niños que huyeron a

Almería tras la victoria franquista en Málaga —África sabía de sus esfuerzos por los escritos de su amiga Margarita Nelken—. Los nombres desfilaban por el callejero mexicano como los soldados rusos solían hacerlo por la plaza Roja de Moscú durante los desfiles por el aniversario de la Revolución rusa cada 7 de noviembre. Todos formaban parte de una nutrida red de agentes soviéticos que operaba en México, en Estados Unidos y que, más tarde, lo haría en toda América del Sur. Todos listos para entrar en acción, todos preparados para cumplir con su parte del plan y participar en la operación Utka, la conocida operación Pato, cuya misión consistía en matar a Trotski.

El mundo se preparaba para un nuevo orden mundial y África de las Heras regresaba a la piel de María de la Sierra para conseguirlo. Su lugar volvía a ser Coyoacán, pero no la Casa Azul de Diego Rivera y Frida Kahlo. Aquello ya quedaba lejos, aunque muy cerca sobre el mapa de la ciudad. Se instaló discretamente en una casa a pocas manzanas de la nueva residencia de León Trotski, ubicada en la calle Viena número 19, donde vivía desde mayo de 1939 junto a Natalia, su nieto Sieva —o Esteban, como habían empezado a llamarle desde que llegó a México en el mes de agosto, con trece años de edad—, y el nutrido grupo de guardias de seguridad, secretarios y traductoras. La casa era una construcción antigua de un ligero color ocre y una distribución en forma de T que, con los nuevos habitantes, sufrió una serie de reformas para reforzar la seguridad: subieron los muros que la rodeaban, construyeron torretas estratégicamente situadas para la vigilancia de la residencia y sustituyeron una preciosa verja de hierro de diseño colonial por un pesado portón metálico con enormes planchas de acero que impedía la visión del interior de la casa desde fuera y que tan solo se abría para la entrada y salida de vehículos. Los inquilinos y trabajadores accedían por una puerta colocada en el lateral derecho de la casa. La cercanía del río Churubusco resultó ser una aliada para la seguridad, ya que el terreno pantanoso dificultaba un posible asalto por la parte posterior del inmueble. Tras la reforma, poco quedaba de la construcción inicial de la familia Turati, unos italianos que habían edificado la residencia como casa de verano.

María de la Sierra no podía volver a trabajar para Trotski, ni siquiera ser vista. No le costó cambiar de imagen, aunque en el caso de un encuentro casual, siempre cabría la posibilidad de aducir que había vuelto al país pero que no quería importunar al matrimonio con su visita, ya que conocía las férreas medidas de seguridad que imperaban en cualquier casa donde viviera el Viejo. Aun así, la española todavía tenía ojos y oídos ahí dentro. Aunque ya no trabajaba allí, seguía teniendo información gracias a Carmen y a Belén, la cocinera y la ayudante de cocina, que se mudaron con el matrimonio Trotski de la Casa Azul a la residencia de la calle Viena y pasaban informes sobre la morada y el día a día de sus inquilinos. Por ellas supo que el líder revolucionario estaba volcado en terminar su biografía sobre Stalin —que acumulaba más de un año de retraso—, que era un hombre de rutinas y que se había aficionado a los cactus que recogía en excursiones al campo para luego plantarlos en su jardín. También había montado unas jaulas en el pequeño patio de la residencia para la cría de conejos, a los que él mismo alimentaba nada más levantarse.

—Duerme poco, tiene el sueño alterado —le contó Carmen cuando quedó en casa de la agente soviética para pasarle la información—. Toma pastillas para dormir. Los días que está más nervioso puede tomarse hasta tres o cuatro somníferos. Natalia siempre le dice que no abuse, pero él no hace ni caso, cambia de tema y se pone a jugar con Esteban o con Azteca. La cosa es que no duerme y algunas noches se levanta a escribir.

—Bueno, ya dormirá cuando esté muerto —replicó María de la Sierra. No pensó que fuera una indiscreción; primero, porque era una frase hecha que se decía como chascarrillo entre los españoles y, segundo, porque México comenzaba a llenarse de rumores sobre un inminente atentado contra Trotski.

—¡Ah! Otra cosa: la rusa, ¿te acuerdas de ella? —Carmen se refería a la dactilógrafa Rita Jakolevna—. Se ha puesto enferma. No sé qué ha sido, si una caída o una indisposición, pero va a estar unos días o quizá unas semanas sin poder ir a trabajar.

—Tomo nota. —Hizo un gesto de aprobación, consciente de que la baja de un miembro del personal de la calle Viena 19 quizá les permitiera introducir a alguien de la red en el círculo del líder revolucionario—. La próxima vez quedamos en los apartamentos de Shirley Court, en la calle Sullivan —la informó al despedirse.

El cambio en el lugar de encuentro no solo buscaba evitar que alguien pudiera verlas, sino poder pasarle directamente la información a Eitingon, que residía allí junto a Caridad Mercader, a la espera de mudarse a una casa en el barrio Las Acacias, también muy cerca de la nueva residencia de los Trotski.

Cuando comunicó las novedades sobre Rita Jakolevna, Eitingon no mostró ninguna sorpresa, lo que le hizo sospechar que no había sido fruto del azar. Algunas veces, la suposición era la forma más rápida de desenmascarar la verdad, mucho más que las preguntas cuyas respuestas, en boca de los agentes soviéticos, siempre se mostraban ambiguas. De regreso a casa, pasó cerca del hotel Montejo, donde sabía que se hospedaba Ramón. Pensó en ir a verle antes de que Eitingon moviera sus hilos e hiciera traer a Sylvia Ageloff a México para cubrir el puesto de la dactilógrafa rusa en la calle Viena. Era la candidata perfecta, por su preparación, por su conocimiento de idiomas y por haber sido la comisionada de la delegación neoyorkina en la constitución de la Cuarta Internacional celebrada en París. Además, venía avalada por su hermana Ruth, que seguía actuando de correo de Trotski en Nueva York, sin olvidar que el Viejo ya la conocía porque, en una de las visitas de Sylvia a México para ver a su novio Frank Jacson —que parecía tener mucho trabajo en el país azteca—, había acudido a la residencia de la calle Viena para entregarle unos documentos que le enviaba su hermana Ruth. Nunca les resultó tan fácil abrir una vía de agua en la nueva fortaleza del enemigo. No sería la única infiltración. En los siguientes días estaba prevista la llegada de un nuevo guardaespaldas, un supuesto simpatizante trotskista neoyorkino que, en realidad, era un agente soviético encubierto que venía muy recomendado: Robert Sheldon Harte, al que pronto llamarían amistosamente Bob.

María de la Sierra imaginó a Ramón al volante de su nuevo Buick Sedan Modelo 1937 de color tierra que había comprado nada más llegar a México, acorde con su condición de hombre adinerado. Se le hacía extraño estar tan cerca y no poder verse. Le hubiese gustado acercarse a su habitación del hotel Montejo, pero prefirió no hacerlo. Cualquier indiscreción podría poner en riesgo la operación.

Antes de llegar a su casa, tentó a la suerte y ordenó al conductor que pasara por la calle Londres para observar las tapias añiles de la Casa Azul. Sonrió al recordar algunos de los momentos vividos en su interior y cómo Carmen le había confiado que los dos matrimonios, otrora amigos y confidentes, no habían vuelto a verse a pesar de que entre ambas residencias había apenas un paseo de cinco minutos. Tan solo seiscientos metros los separaban sobre el asfalto, pero un mundo de reproches y traiciones los alejaba. En la residencia de la calle Viena ni siquiera se pronunciaba el nombre de Diego Rivera o de Frida Kahlo, al menos en voz alta. El rencor y la desconfianza eran tan grandes que Trotski, a petición de Natalia, decidió dejar en la Casa Azul el cuadro que la pintora mexicana le había regalado por su cincuenta y ocho cumpleaños en 1937, meses después de finalizar su aventura sentimental, como muestra de que no había resentimiento por su parte: *Autorretrato dedicado a León Trotski*. Muchos secretos del pasado quedaron guardados entre los muros índigos de aquella residencia que ni siquiera el poder protector de los mayas podría preservar.

Sylvia Ageloff llegó a México en el mes de diciembre para despedir 1939 y dar la bienvenida al nuevo año que, según ella, iba a traer grandes noticias y estaría cargado de acontecimientos felices. Había logrado una baja laboral en su trabajo de Nueva York a causa de la sinusitis crónica que padecía y, aún mejor, consiguió una prescripción médica que le aconsejaba someterse a una operación de amígdalas y pasar los siguientes dos meses de convalecencia en un lugar con un clima más cálido y seco que el neoyorkino. No hubo operación quirúrgica, pero sí dos meses en México, que se prolongaron cuando en febrero de 1940 solicitó por telegrama una ampliación de su baja, acompañada de un certificado médico que le firmó el doctor Zollinger, conocido de los Trotski por medio de su amistad con Frida Kahlo, a la que había tratado durante uno de sus últimos abortos. Sylvia se sentía bien en el país azteca: su salud mejoraba, podía estar junto a su futuro marido, Frank Jacson, y además trabajaba en casa de su admirado León Trotski, al menos hasta que Rita Jakolevna se recuperara y se incorporase a su empleo. Ni siquiera tenía que preocuparse por el traslado al trabajo, ya que su novio se había ofrecido a llevarla en coche todos los días y recogerla de nuevo por la tarde, cuando terminara su jornada laboral. La única condición que le puso fue que no le hiciera entrar en la residencia de la calle Viena; él siempre la esperaría fuera. Así fue como Frank Jacson trabó amistad con el personal de seguridad de la casa, que enseguida se familiarizó con su Buick y con su matrícula D-2147. La conversación del belga —un ingeniero de minas, como presumía Sylvia ante sus compañeros e incluso ante el matrimonio Trotski— siempre era muy amena y divertida, y no tenía problemas en invitar a cigarrillos a los miembros de seguridad apostados en el exterior del inmueble, pero nunca accedió al interior de la fortaleza ni hizo el más mínimo ademán, más bien al contrario. Su labor era vigilar, observar y aportar toda la información que su novia pudiera facilitarle de manera inconsciente, para lo que debía mantenerla contenta y entretenida. Con ese fin, muchas veces organizaba excursiones los dos solos o bien en compañía de los Rosmer, con los que habían entablado una buena amistad en París, durante la constitución de la Cuarta Internacional. En algunas de esas excursiones al campo también se unió el nieto de Trotski, que, como todos, estaba encantado con el novio de Sylvia. El amable Frank Jacson no tenía problemas en ejercer de chófer de los Rosmer cuando así lo necesitasen para trasladarse por la ciudad, bien por ocio o por motivos de trabajo. Marguerite Rosmer estaba especialmente feliz con aquel muchacho simpático, guapo y educado que parecía tan enamorado de Sylvia Ageloff. «Qué suerte has tenido —le solía decir Marguerite—. Y encima millonario y de buena familia».

Todo seguía el plan trazado sobre el papel.

Lo hizo, hasta que dos episodios estuvieron a punto de hacerlo saltar por los aires.

Desde principios del año 1940, la ciudad de México se había llenado de rumores, como sucedía en Moscú, como también ocurrió en Barcelona. Las murmuraciones versaban sobre un posible atentado contra Trotski. Las campañas de desprestigio contra él habían aumentado, en especial desde las cabeceras de algunos periódicos, convertidas en altavoces de las maniobras estalinistas. No solo en México, también en Estados Unidos. El eco de los editoriales incendiarios y de las maniobras de los comunistas mexicanos, insuflados ambos por la red soviética, saltó rápidamente a la calle, donde se multiplicaban las manifestaciones en las que se gritaban consignas contra el inquilino de la calle Viena 19 y se instaba al presidente Cárdenas a que revocara su permiso de exilio. La serpiente callejera recorría las principales avenidas de la capital mexicana en las manifestaciones del primero del mayo, el Día del Trabajo, al grito unísono de «¡Trotski traidor!», «¡Fuera Trotski!», «¡Trotski fascista!», «¡Stalin es nuestra bandera!», «¡Trotski judas!», «¡Stalin es nuestra voluntad, Stalin es nuestra victoria!»... En algunos corrillos artísticos y políticos se aseguraba que el artífice de la Cuarta Internacional estaba acordando con Hitler una colaboración que lo convertiría en el líder del Gobierno soviético después de que las tropas del Führer invadieran la URSS, ignorando el pacto de no agresión firmado por ambas potencias en agosto de 1939 —el conocido pacto Ribbentrop-Molotov, en el que ambas naciones se comprometían a no atacarse mutuamente—, que no todos entendieron aunque todos justificaron. También le situaban llegando a acuerdos con el Gobierno de Franklin D. Roosevelt para desestabilizar a la URSS, u ordenando a dos agentes trotskistas atentar contra la vida de Stalin. Cualquier rumor se convertía en noticia, cualquier sospecha adquiría la categoría de información, merecedora de ser publicada y dada por buena.

Ese ambiente, alimentado por la red de los servicios de inteligencia soviéticos, era el caldo de cultivo que necesitaban para llevar a cabo la operación que había ordenado Stalin. Sin embargo, dos mujeres casi desinflaron el suflé soviético elaborado a fuego lento desde hacía meses, o en realidad años. La primera, Caridad Mercader, cuando un viejo trotskista, Bartolomeu Costa-Amic, miembro del POUM y exiliado español en México, la avistó en una de esas concentraciones callejeras. Ambos se conocían bien, ya que la primera mujer del poumista había trabajado con Caridad en los almacenes La Innovación de Barcelona, las dos como costureras. Él había sido el hombre elegido por Andreu Nin para solicitar en persona al presidente mexicano Lázaro Cárdenas el asilo político para el líder revolucionario; nunca se supo si pudo más la petición de Costa-Amic como delegado de Nin o la de Diego Rivera como amigo personal del presidente mexicano, hasta que las diferencias políticas también dilapidaron su amistad. Cuando el militante del POUM distinguió la cabellera plateada de Caridad, su característico mentón y escuchó su atronadora risa, que parecía estallar en su garganta y salir al exterior como una mascletá, gritó desde el otro lado de la calle: «¡Tú, cabrona, Mercader! ¡Estás en México para preparar el asesinato de Trotski!». Caridad le vio, escuchó su acusación y su única respuesta fue otra de sus sonoras carcajadas. Unos minutos más tarde, alguien la sacó de la manifestación. Estaban demasiado cerca de cumplir su objetivo para estropearlo todo por participar en una concentración que ya contaba con el apoyo y la asistencia suficientes.

El otro conato de incendio lo protagonizó Sylvia Ageloff, cuando quiso comprobar si la dirección de la oficina de su novio era correcta. No es que desconfiara de él, pero tantas salidas y entradas imprevistas, llamadas de teléfono de personas que ella no conocía y mensajes en la recepción de su hotel le hicieron plantearse que no le estuviera contando toda la verdad, aunque sus sospechas siempre apuntaban a la existencia de otra mujer, no a la verdadera naturaleza de su engaño. Como no obtenía respuesta en el número de teléfono que Frank Jacson le había facilitado para cualquier urgencia, mandó a otra de sus hermanas —Hilda, que en esos momentos se encontraba con ella en México— a la dirección que él le había dado: el apartamento 820 del Edificio Ermita. La sorpresa fue descubrir que no existía ningún departamento con ese número. Esa misma tarde, Sylvia le pidió explicaciones a su enamorado, protagonizando otro de sus brotes nerviosos en los que solía rozar la histeria. Como de costumbre, Frank Jacson supo calmarla y solventar el problema: todo se debía a un malentendido, él le había dicho que el apartamento era el 620 y ella debió de entenderlo mal. Cuando días más tarde las dos hermanas Ageloff se presentaron de nuevo en el Edificio Ermita para hacer la comprobación, confirmaron lo que Jacson les había dicho. «Sí, claro que trabaja aquí —les aseguró el portero, mirando la fotografía que las mujeres le enseñaron—. Y efectivamente, es el departamento 620, no el 820 como me dijo usted cuando vino hace unos días, señorita; ese ni siquiera existe. Muy agradable el señor Jacson, muy simpático. Y su compañero también». Sintiéndose fatal por la desconfianza mostrada, Sylvia interpretó que su compañero sería Peter Lubeck, el jefe de su novio, al que nunca había visto. Se equivocaba de nuevo. En realidad, el portero del edificio se refería a quien aparecía como arrendador del departamento: David Alfaro Siqueiros, «el Coronelazo».

La indiscreción de Caridad Mercader a punto estuvo de salirle muy cara al NKVD. Y la desconfianza de Sylvia Ageloff, también. Solventados ambos contratiempos, Moscú ordenó la inmediata resolución de la operación Utka. Había llegado la hora de matar al pato —*utka*, en ruso— y evitar que levantara el vuelo. Iósif Stalin supervisaba desde su despacho en el Kremlin. El director del Departamento de Operaciones Especiales, Pavel Sudoplátov, lo hacía desde el despacho 735 del séptimo piso del edificio más temido de toda la URSS, la Lubianka; cuatro pisos por debajo, el director del NKVD, Lavrenti Beria, desde su atalaya con vistas a la plaza del fundador de la Cheká, Félix Dzerzhinski, en cuyo centro se erigía su estatua.

Contemplando la nevada que caía sobre México en marzo de 1940, María de la Sierra se acordó de lo que Frida Kahlo le comentó un día sobre las amapolas y la nieve, mientras su pincel mezclaba sobre la paleta pintura de dos colores: blanco y rojo.

—¿Sabes que si cubres un terreno nevado con miles de amapolas y caminas sobre él, la nieve crepita, ruge, como si las amapolas la incendiaran, como si quebraran la nieve?

Nunca supo si aquello era una metáfora o un hecho, pero sí observó cómo, en su paleta, el color rojo se imponía con aparente sencillez, haciendo desaparecer el blanco. La victoria del color primario.

La nevada caída en marzo sobre la ciudad de México no hizo más que anunciar lo inevitable.

17

«Cuando los patos están volando...».
Los proverbios formaban parte del alma rusa y siempre estaban presentes en el imaginario colectivo. También a la hora de asignar un nombre a los operativos del NKVD, y la operación Utka no fue una excepción. El nombre de la misión hacía referencia a la desinformación como eficaz arma de propaganda y, llegado el caso, de guerra. Los servicios secretos soviéticos sabían que, en determinadas circunstancias, la desinformación valía más y tenía más poder que la información veraz, por los réditos que con ella podrían obtenerse. La confusión alimentaba la suspicacia de la población y desorientaba al enemigo, lo que hacía que se volviera más torpe, asustadizo e incluso paranoico. Y eso es lo que la inteligencia soviética estaba haciendo con León Trotski.

En el mes de abril de 1940, el embajador de Estados Unidos en México había elaborado un informe confidencial que remitió a las oficinas de Washington, alertando de la presencia de varios agentes del NKVD en suelo mexicano. No era nada nuevo. Muchos de sus colegas habían escuchado a Diego Rivera contar que se estaba formando un grupo de exiliados españoles y comunistas mexicanos para atentar contra Trotski. La propia Ruth Ageloff llamó a su hermana Sylvia ese mes, asustada por una información que recorría Nueva York sobre la llegada de dos pistoleros de Stalin, agentes del NKVD, a la capital de México para acabar con la vida del Viejo. Incluso le facilitó sus nombres: Bittleman y Statchet, pero nada aparecía sobre ellos en los registros oficiales; tampoco ellos aparecieron. Los patos seguían volando, haciendo que los demás observaran su vuelo confuso, sin saber exactamente su verdadero destino.

Moscú tenía prisa. Stalin bramaba: «Trotski ya debería estar muerto». Leonid Eitingon ordenó que se pusiera fecha al atentado. El día designado fue el 24 de mayo.

El lugar escogido para la última reunión fue una de las habitaciones de los apartamentos Shirley Court. Eitingon confirmó con David Siqueiros que todo estaba en orden. Durante la guerra civil española, el muralista mexicano se había hecho cargo de la 46 Brigada Motorizada, famosa por la rapidez de sus movimientos y por su eficacia, que le habían valido el sobrenombre de «Brigada Fantasma»; por ese motivo fue él el elegido para liderar a los hombres que entrarían en la residencia de la calle Viena número 19 y acabarían con la vida de Trotski. Todos eran camaradas mexicanos, muchos de ellos habían luchado en la Guerra Civil, otros militaban en las corrientes comunistas o simpatizaban con el propio Coronelazo, como los mineros de Hostotipaquillo —a los que el muralista había ayudado en su lucha participando en las huelgas—, otros formaban parte de la Sociedad Francisco Javier Mina —agrupación formada en honor el guerrillero español que luchó en la guerra de la Independencia mexicana al lado de los insurgentes—, o bien se trataba de familiares de Siqueiros, como era el caso de sus cuñados, Luis y Leopoldo Arenal. En total, una veintena de hombres armados. No todos tenían formación militar, pero Siqueiros confirmó que harían bulto. Era difícil que algo saliera mal; con un comando tan nutrido de hombres, cumplir con el objetivo no resultaría complicado.

Durante las horas previas a la entrada del comando de Siqueiros en la casa de Trotski, todos los implicados contenían la respiración. Cada uno permanecía en su puesto, algunos de ellos a distancia: Eitingon y Caridad aguardaban en su residencia; Ramón Mercader, desnudo del disfraz de Frank Jacson, descansaba solo en su habitación de hotel Montejo, ya que Sylvia Ageloff se encontraba en Nueva York para incorporarse de nuevo al trabajo, aunque antes le pidió a su novio que no fuera a la casa de la calle Viena sin ella, algo a lo que Frank Jacson accedió sin problema. María de la Sierra hacía lo mismo en su casa, como todos aquellos que no debían tomar parte activa en el asalto.

Pasaban unos minutos de las tres y media de la madrugada del 24 de mayo de 1940. Era más tarde de la hora establecida. El grupo se había demorado en una reunión celebrada a medianoche en un apartamento del centro de la ciudad. Allí se dieron las últimas órdenes, facilitaron armas a los que no tenían, se entregó un sobre con unos cuantos dólares a cada uno de los participantes y se brindó con tequila por el éxito de la revolución. Siqueiros les recordó que debían entrar en la residencia al grito de «Viva Juan Andrés Almazán», el candidato a la presidencia de la República de México en las elecciones que iban a celebrarse el domingo 7 de julio de 1940: era una indicación de Grigulévich para despistar a la policía y que las líneas de investigación apuntaran a Diego Rivera, ya que había apoyado al candidato Almazán y su relación con Trotski se había deteriorado en los últimos tiempos.

La noche era agradable, aunque la cercanía del río Churubusco cargaba de humedad el ambiente, algo que se evidenciaba en el firme de la calle Viena, empapado en lodo, que dificultaba el tránsito de los asaltantes. Pero los hombres de Siqueiros apenas lo notaron; otro tipo de humedad con muchos más grados de alcohol los recorría. Todos vestían uniformes de policía que habían conseguido a través de un camarada con un contacto en la policía mexicana. Siqueiros llevaba un abrigo largo de cuando perteneció al ejército que le llegaba a los pies, e incluso se puso un bigote postizo, demasiado grande para sus facciones. Mientras intentaba que el mostacho ficticio no se despegara de su labio superior, repasaba el mapa que había dibujado María de la Sierra, gracias a los detalles facilitados por Carmen, la cocinera, y por el propio Robert Sheldon Harte, el nuevo miembro de seguridad de Trotski, con cuyo servicio el Viejo estaba más que satisfecho. El galimatías de trazos y líneas le confundió, sin percatarse de que lo tenía al revés. Lo dobló y se lo metió en el bolsillo del abrigo, pensando que a veces una buena improvisación mejoraba la mejor de las estrategias. Sabía que había un jardín con caminos empedrados donde se ubicaban varias jaulas con conejos y un pequeño recinto con gallinas, que en un lado de la residencia estaba el edificio de los guardias de seguridad —la llamada «Casa de Guardia», también habitada por el personal de servicio y los miembros del equipo de trabajo— y en el lado opuesto se hallaba el dormitorio del matrimonio Trotski, el de su nieto Esteban y otras habitaciones de invitados, donde solían quedarse amigos de la pareja. Solo debía recordar en qué lado estaba cada uno.

Iósif Griguléviсh los acompañaba con el único objetivo de dar la señal a Sheldon Harte para que abriera la puerta y anulara los sistemas de alarma; se habían asegurado de hacer coincidir el asalto con su turno de guardia. Había llegado el momento.

A la señal de Siqueiros, el grupo de hombres desarmó a los agentes que formaban la seguridad exterior de la casa. La mayoría de los guardias iban armados con pistolas y revólveres, por lo que los asaltantes confiscaron varias Mauser. Una vez en el interior, cuando apenas habían pisado el empedrado del jardín, los hombres del comando empezaron a gritar vivas a Juan Andrés Almazán, tal y como les había indicado Siqueiros, y a disparar sin control y, lo que resultaba más peligroso, en todas las direcciones. La algarabía de disparos despertó a los inquilinos de la casa: Trotski y Natalia saltaron de la cama para refugiarse en un rincón del dormitorio, y el pequeño Esteban hizo lo mismo, escondiéndose lo más rápido que pudo. Siqueiros se plantó ante la puerta de la habitación del matrimonio y empezó a disparar su ametralladora Thompson sin control, llenando de humo y casquillos la alcoba. La confusión era máxima; la visibilidad, nula. La gran humareda, unida a la oscuridad de la noche, no permitía distinguir nada ni a nadie, y el incesante ruido de los disparos de la veintena de hombres que había accedido a la residencia tampoco ayudaba. Antes de abandonar el cuarto del matrimonio, Siqueiros arrojó una bomba incendiaria. No escuchó que explotara pero, entre el atronador bullicio que reinaba en la casa, pensó que era imposible oír nada y confió en que lo hubiera hecho. A su orden, los asaltantes dejaron de disparar y salieron de la residencia en los dos coches que había en la casa, tal y como les habían indicado. Las llaves estaban puestas. Un grupo de hombres, entre los que se encontraban Griguléviсh y Bob Sheldon Harte, salieron a gran velocidad en el Dodge, mientras otros se subían en el Ford y huían de allí con la misma urgencia. Otros más optaron por salir corriendo y no parar hasta refugiarse en la oscuridad de la noche. El Ford en el que viajaban Siqueiros y Vittorio Vidali quedó atrapado en el barro de una calle próxima, por lo que tuvieron que huir a la carrera tras dejar en el vehículo varios casquillos calibre 45 —los mismos que la policía encontraría alfombrando la casa asaltada—, un cargador de ametralladora Thompson —el arma que llevaban Siqueiros y el también pintor Antonio Pujol—, y una sierra eléctrica que dio mucho que pensar a los investigadores. El Dodge lo abandonaron a unos diez kilómetros de la calle Viena, con algunas prendas, cartucheras y correajes para armas, propias del uniforme policial mexicano, y varios cartuchos de pistolas del calibre 38.

El asalto había durado quince minutos y se efectuaron entre doscientos y trescientos disparos. Solo en el dormitorio de Trotski, la policía contabilizó setenta y tres impactos de bala. Ninguna de ellas alcanzó al matrimonio. Ni un rasguño. A Esteban, una bala perdida que había atravesado el colchón donde dormía le rozó el pie derecho, provocándole una pequeña herida en el dedo gordo que —según le dijo el médico, quizá para quitarle importancia y borrar el susto de la cara del niño— podría haberse hecho jugando.

Después del asalto, la policía realizó el recuento material y humano. Además de los asaltantes, solo había desaparecido una persona en la casa: Robert Sheldon Harte. Uno de los guardias de seguridad reducidos por los asaltantes declaró a la policía que había visto a Bob al volante de uno de los coches, pero no podía confirmar si alguien le apuntaba con un arma. «Lo único que sé es que no participó en el tiroteo, porque fue inmovilizado junto a nosotros», dijo el testigo.

La operación Pato no pudo salir peor, aunque nadie podía negar que hizo honor a su nombre.

—¿Qué clase de imbécil no comprueba el resultado de su obra? —preguntó Eitingon, claramente molesto ante la decisión del Coronelazo de abandonar la casa de Trotski sin antes comprobar que estaba muerto.

—La clase de imbécil de David Siqueiros —contestó Ramón, ya convertido en Frank Jacson, y visiblemente contrariado—. Y un comando de hombres pasados de tequila con la convicción de ser todos

Pancho Villa. ¡A quién se le ocurre dar de beber a los artistas antes de la función!

—Debí de imaginarlo cuando le vi aparecer con el mostacho postizo —recordó Grigulévich, consciente del fracaso de la operación que él mismo había encabezado desde la sombra por orden de Eitingon, para tenerla controlada en todo momento—. Y el resto iba peor... No sé cómo no saltamos todos por los aires con tanto fuego y alcohol juntos en un mismo recinto.

—Esto no es una broma. ¿Sabes cuál es el precio de los fracasos que se cobra Stalin? —Toda la cordialidad y la simpatía habían desaparecido del rostro de Eitingon. Era la primera vez que María de la Sierra contemplaba la seriedad que podía adquirir un rostro soviético—. ¿Cómo pudiste permitirlo, Iósif?

—No pude hacer nada. Era abortar la operación o seguir adelante con ella. ¿Cómo iba a pensar en semejante mexicanada? ¡Eran más de veinte hombres armados contra una pareja de ancianos y un niño de catorce años recién cumplidos! Si hubieran entrado con los ojos vendados, habrían acertado más.

—¿De verdad se llevó a sus cuñados? —volvió a intervenir Ramón, como si le costara dar crédito al relato de lo sucedido—. Estaba claro: era barro contra hierro —dijo, recordando la expresión francesa que había escuchado en París.

—Esta sí que ha sido la Columna Fantasma y no la 46 Motorizada. Esta vez, Siqueiros le ha dado una vuelta de tuerca a la fantasmada —se burló Caridad Mercader, que encadenaba un cigarrillo tras otro, evidenciando su nerviosismo.

—¡Esto no es una broma! —Eitingon elevó los decibelios de su voz y su grado de enfado, lo que hizo callar incluso a la propia Caridad. No estaba para chistes—. Y tú ya deberías haberte ido a Cuba antes del asalto de Siqueiros. —Señaló a Caridad con el dedo—. Costa-Amic te reconoció en la calle. ¿Crees que ahora no debe de estar diciéndole a la policía que te vio hace unos días en la manifestación del Primero de Mayo en México? ¿Crees que eso no los puede llevar a atar cabos?

La Mercader resopló, pero por una vez se mordió la lengua. El fracaso de la operación Utka preocupaba a Eitingon. Temía las represalias por no haber concluido con éxito la orden de Stalin: sabía hasta qué punto deseaba el Padre de los Pueblos la muerte de Trotski y no había margen para el error cuando se trataba de cumplir los deseos del líder soviético. Recelaba del Kremlin. Tenía que pensar en algo y hacerlo rápido. El desastre de la misión no tardaría en saltar a la prensa de todo el mundo y llegaría a Moscú antes de que lo hiciera su informe.

María de la Sierra pudo ver en sus retinas la velocidad de sus pensamientos. Sabía que estaba maquinando algo, y parecía bueno. En el mensaje encriptado que Eitingon envió a Moscú, incluía también un plan alternativo para eliminar a Trotski, en el que quedaban fuera los mexicanos: «Íntegramente operativos españoles, son más efectivos», señalaba. Solo debía saber cómo vendérselo a su superior, Pavel Sudoplátov, para que este consiguiera el beneplácito de Stalin y de Beria; el jefe del NKVD estaría tan asustado por el fracaso de la operación Utka que sería capaz de entregar a todos sus subordinados si eso le permitía salvar el pellejo.

El ruido de las rotativas no se hizo esperar; iban a la misma velocidad y echaban el mismo humo que los disparos que salieron de las armas de los torpes asaltantes de la casa de Trotski en la madrugada del 24 de mayo. La red también se puso en marcha para vender la historia de que la irrupción armada había sido un asalto preparado por el propio líder bolchevique para aparecer una vez más como víctima y apuntar con su dedo acusador hacia Stalin. La policía empezó a investigarlo como tal, sobre todo por la declaración de dos empleadas de la casa: la cocinera, Carmen Palma, y la ayudante de cocina, Belén Estrada, cuyas declaraciones apuntaban a la implicación del Viejo. Eso provocó la detención y el interrogatorio de algunos miembros de su personal de confianza. Uno de los argumentos más sólidos para sustentar esa versión era que los servicios secretos estalinistas no protagonizarían jamás un ridículo semejante. Era difícil creer que uno de los países más importantes del mundo, donde operaba el todopoderoso NKVD, fuera capaz de organizar una payasada de esas características. «Ni borrachos», decían unos. «Ni locos», decían otros. Ambos conceptos parecían definir a la perfección al comando de Siqueiros.

Sin embargo, Trotski denunció a través de numerosas declaraciones y artículos que el asalto llevaba la firma de Stalin y de la inteligencia soviética. Esa línea de investigación condujo a la policía a buscar a Diego Rivera para proceder a su detención —como bien había aventurado Grigulévich al sugerir que se asaltara la residencia gritando vivas a Juan Andrés Almazán—, pero el artista pudo escapar gracias a la ayuda de su vecina en San Ángel, Paulette Goddard —exmujer de Charles Chaplin, en cuyos brazos se aliviaba la pena del abandono de Frida—, y de la pintora húngara Irene Bohus, que lo escondió en su coche y lo llevó al aeropuerto para que abandonara el país con destino a San Francisco.

Todo era un mar de rumores, declaraciones cruzadas, interrogatorios maratonianos, versiones dispares, coartadas imposibles, soplos a medianoche en las cantinas y teorías de la conspiración, que llevaron a los investigadores a descartar la idea de que Trotski hubiera protagonizado su propio atentado.

Un mes después del asalto a la residencia de la calle Viena, la policía encontró el cadáver de Robert Sheldon Harte enterrado en una casa de campo en el rancho de Tlaninilalpa, en el desierto de los Leones. La finca era propiedad de Siqueiros. El cadáver presentaba dos orificios de bala en la cabeza y estaba enterrado en cal viva. Pese a que las investigaciones policiales apuntaban a una posible colaboración del hombre de seguridad, que terminó asesinado por sus propios compañeros de asalto ante la posibilidad de que lo detuvieran y lo confesase todo, Trotski, que se encargó personalmente de reconocer el cadáver, siempre rechazó esa teoría. Muy al contrario de lo que apuntaba la policía, el Viejo lo vio siempre como una víctima más del terror estalinista y por eso ordenó colocar una placa en el jardín de la calle Viena, como homenaje a su antiguo guardaespaldas, con el texto: «En recuerdo de Robert Sheldon Harte. 1915-1940. Asesinado por Stalin». También escribió varios artículos en la prensa mexicana exonerando a Harte de toda responsabilidad en el ataque, bajo el argumento de que, de haber sido un agente soviético, habría podido asesinarle en cualquier momento, sin necesidad del espectáculo circense que tuvo lugar en la madrugada del 24 de mayo. Sus palabras quedaron recogidas en el artículo «El asesinato de Bob Harte», firmado por Walter Rourke y publicado en la revista *La Cuarta Interna-*

cional del Partido Socialista de los Trabajadores de Estados Unidos dos años más tarde, asegurando que «el cadáver de Bob Sheldon Harte es una trágica refutación de todas las calumnias y falsas denuncias que se hicieron contra él».

La policía mexicana siguió realizando detenciones y señalando como autores del asesinato de Harte a los cuñados de Siqueiros, Leopoldo y Luis Arenal, que casualmente habían salido del país hacía días camino de Moscú, previa escala en Nueva York.

El ataque frustrado de Siqueiros endureció las medidas de seguridad en la residencia de la calle Viena. Se ordenó que los guardaespaldas hicieran guardia también en horario nocturno, alternándose en los turnos y efectuando rondas cada quince o veinte minutos. Se aumentó el número de armas de fuego en la casa, con rifles automáticos, pistolas, granadas de mano, máscaras de gas y dos ametralladoras que se ubicarían en las torretas de vigilancia. También se armó al matrimonio: a Trotski, que ya tenía una pistola en su despacho, se le entregó una Colt de calibre 38, y a Natalia una pistola automática, más manejable y pequeña. Asimismo realizaron cambios en el horario de los miembros del equipo de trabajo: ninguno de ellos estaría en la casa entre las diez de la noche y las siete de la mañana.

Eitingon esperaba la respuesta de Moscú a su oferta, que había ampliado y detallado con más exactitud en comunicaciones posteriores. No dejaba de pensar una manera fácil y rápida de acabar con la vida de Trotski, e incluso llegó a plantearse contratar a un aviador estadounidense para que sobrevolase la residencia de la calle Viena y la bombardeara. La idea no tuvo mayor recorrido, por la dificultad de encontrar a alguien con la preparación suficiente para saldar la misión con éxito; no podía permitirse otro fracaso después del asalto fallido de Siqueiros.

Cuando por fin llegaron noticias del Kremlin, sintió que el aire volvía a sus pulmones. Habían aceptado su propuesta de plan alternativo, pero con la condición de que fuera él quien supervisara todos los detalles de la misión y aceptara la responsabilidad de la misma.

—¿Cómo los has convencido? —quiso saber Ramón Mercader.

—Les he dicho que conozco a un revolucionario comunista español que jamás fallaría ni mucho menos decepcionaría a nuestro líder, Iósif Stalin. Antes sería capaz de quitarse la vida.

Las palabras de Eitingon mudaron las facciones de Ramón, al entender, por fin, que el elegido era él. Miró a su madre: el rostro de Caridad parecía esculpido en orgullo, como si fuera lo que siempre había anhelado para su hijo. Después miró a María de la Sierra, cuya sonrisa denotaba complicidad y un somero velo de envidia.

—Solo si tú aceptas y te ves capacitado para hacerlo —añadió Eitingon—. Piénsalo. Pero hazlo rápido.

Por un instante, María de la Sierra elucubró sobre la posibilidad de que Ramón rechazara el ofrecimiento de Eitingon y fuera ella la elegida. Tenía fundadas sospechas de que el Centro había contemplado esa posibilidad en algún momento. Se veía capaz de hacerlo, pero sabía que no habría opción para ello: conocía a Ramón, aunque estuviera delante de ellos acicalado como Frank Jacson.

—No hay nada que pensar —respondió sin dudarlo el joven Mercader—. Lo haré yo. Yo mataré a León Trotski.

Debían ponerse manos a la obra, no había tiempo que perder. La nueva misión de Ramón Mercader hacía mudar de piel a Frank Jacson para atribuirle un nuevo perfil, menos pasivo, no tan observador. Debía implicarse más, mostrarse activo y acceder a la residencia de Trotski, entrando en su círculo más cercano. Y tenían menos de dos meses para conseguirlo. La condición de Stalin para aprobar el nuevo operativo era clara: acabar con su mayor enemigo antes del final del verano.

Por una vez, la suerte estaba del lado del elegido. A los pocos días de producirse el asalto de Siqueiros, hubo una urgencia médica en la casa de la calle Viena. Alfred Rosmer se sentía indispuesto, con dolores abdominales, diarreas y malestar general, y no había ningún coche en la casa para trasladarlo al hospital, ya que el Dodge y el Ford de Trotski seguían incautados por la policía. Su esposa Marguerite no dudó en llamar a Frank Jacson, ese hombre tan amable y siempre dispuesto a llevarlos a cualquier lugar en su Buick. Jacson no solo se ocupó del traslado al centro hospitalario y de acompañar a Marguerite durante la espera, sino que se hizo cargo del pago de las facturas médicas. Así fue como se ganó, una vez más, el favor de los Rosmer y, por ende, el del matrimonio Trotski. «Era una urgencia, no podía hacer otra cosa», le explicó a Sylvia cuando la llamó para contarle que no le había quedado más remedio que romper la promesa de no acercarse a la casa de Trotski hasta que ella regresara a México, que ella le había obligado a hacer por miedo a esos rumores que hablaban de él como de un hombre muerto.

La visita se repitió días más tarde, para llevar al matrimonio Rosmer a una excursión a las pirámides de Teotihuacán, a la que se unió Natalia Sedova, que necesitaba salir de la casa y respirar un poco. El amable Jacson volvió a rechazar la invitación de la señora de la casa de acceder a su interior. «Muchas gracias. Pero mejor los espero en el coche y voy haciendo sitio para los trastos del pícnic». Días más tarde, Frank Jacson regresaba a la calle Viena para llevar a los Rosmer al puerto de Veracruz, desde donde iniciarían el viaje de vuelta a París, previo paso por Nueva York. En esa ocasión, Natalia volvió a insistir al joven para que entrara a tomar un té mientras los Rosmer terminaban de recoger el equipaje, pero él declinó educadamente la oferta. «No, por favor. Se lo agradezco mucho pero no quiero molestar. Mejor los espero en el coche». Era la tercera vez que rechazaba la invitación de Natalia. No podía mostrar interés en acceder a la casa; eso quizá escamara al Viejo y echara por tierra el plan.

A mediados de junio, Frank Jacson volvió a la residencia de Trotski con el ofrecimiento de dejar su coche por si alguien lo necesitaba para los traslados, ya que él iba a viajar a Nueva York por motivos de trabajo y para ver a su novia.

—Qué detalle, señor Jacson —le agradeció Natalia, que insistió una vez más en que el joven pasara a la casa y se tomara una taza de té con ellos.

—No, de verdad, no es necesario. Otro día. No quiero llegar tarde —dijo como si le apremiara el viaje, mientras sacaba del coche una bolsa—. Pero si me permite, le he traído un regalo a Esteban. —Mostró un pequeño aeroplano de juguete que haría las delicias del nieto—. Es una tontería, pero cuando lo vi, pensé que le gustaría.

Natalia se deshizo en elogios hacia el novio de Sylvia.

—Por favor, insisto: entre para dárselo usted mismo.

—Bueno, pero solo un segundo... —aceptó al fin, mientras accedía recelosamente al interior de la vivienda, teniendo especial cuidado de no rebasar los límites del recibidor.

—Voy a pensar que no quiere usted entrar en casa... —bromeó Natalia.

—No, por Dios, se lo ruego, no piense usted eso. Es que no me gustaría causar ninguna molestia ni incomodar a nadie.

—Usted no molesta. —Natalia se perdió por el pasillo de la residencia para ir en busca de su nieto—. Al contrario, es muy educado... —dijo elevando un tanto la voz.

Frank Jacson se quedó esperando en el pequeño vestíbulo, con el avión de juguete en la mano. Había visto la silueta de Trotski en el jardín, dando de comer a las gallinas y cerrando las jaulas de los conejos. Le vio relajado, teniendo en cuenta lo que acababa de vivir. «Es buena señal que esté calmado. Cuanto más confiado, mejor», pensó. Sería más fácil sorprenderlo con la guardia baja. No pensaba moverse de la baldosa que pisaba en el recibidor hasta que el Viejo hizo un gesto con la mano invitándole a pasar. Le asombró la cantidad de plantas, cactus, árboles y demás vegetación que poblaba el terreno. En su cabeza, empezó a reconstruir el malogrado asalto de Siqueiros en la madrugada del 24 de mayo. Aún se veían los restos del ataque y los impactos de bala en las paredes y ventanas.

—Es usted muy amable, joven... —comentó Trotski, mientras le tendía la mano derecha, libre del guante que utilizaba para manipular las jaulas—. Por dejar su coche y por el regalo de Sieva. Le encantan estos modelajes —le confió.

Era la primera vez que Ramón veía personalmente al Viejo, la primera vez que estrechaba su mano. Fue una sensación extraña, una sacudida interna que tuvo que contener para que su gesto no revelara nada salvo timidez y discreción ante el hombre que representaba su principal y único objetivo, y también el de Stalin. Estaba a unos centímetros de él. Pudo notar el contacto de su piel, menos áspera de lo que se imaginaba, observar el azul grisáceo de su mirada a través de las lentes, casi a juego con la camisola de clara inspiración cosaca que vestía para alimentar a los conejos, y escuchar el timbre de su voz, un sonido cálido, firme y seguro, que imaginó mucho más agudo ante cada embestida del inquilino del Kremlin.

—No es nada. Es mejor que lo usen ustedes a que esté parado en el garaje. Estos coches no toleran bien la inactividad del motor —echó mano de una modestia que no desentonaba con su cuidada educación, y procuró no observarle a los ojos durante demasiado tiempo: una muestra de sumisión y respeto que en realidad no sentía. Sabía que una sonrisa estúpida se había alojado en su rostro, pero no hizo nada por quitársela; era parte del disfraz, mucho más efectiva que el mostacho postizo de Siqueiros.

El perro de Trotski, Azteca, se acercó al visitante y este le acarició con ternura. Se notaba que el joven tenía mano con los animales.

—Parece que le cae usted bien —dijo Trotski—. Y no le cae bien cualquiera que entre por esa puerta, créame. ¿Le gustan los animales?

—Podría pasar mi vida entre animales, sin necesitar nada más. De pequeño tuve dos borzois, son los perros más fieles y elegantes que he visto en mi vida.

—¿Y su padre le dejaba tenerlos? —preguntó Trotski.

—¿Mi padre? —repitió como si no hubiese entendido la pregunta, o encontrara algo extraño en ella.

—Sí. Sylvia me dijo que su padre viajaba mucho, que era diplomático. Y para alguien que viaja tanto, no es fácil hacerse cargo de dos galgos rusos. Se lo digo yo, que he viajado más de lo que me hubiese gustado. Todavía recuerdo a mi perra Maya, un borzoi magnífico... Ese animal me dio una felicidad inimaginable: estuvo conmigo desde 1924 y me acompañó en momentos duros en mi primer exilio. —Suspiró, como perdido en esos recuerdos agridulces—. La enterramos en Büküyada, en 1933 —dijo al fin—. Los perros no llevan bien tanto ajetreo.

—Tiene razón. Yo tuve que dejar los míos a cargo de un familiar que no supo cuidar de ellos. —No mentía. Recordaba cómo su padre había entregado sus perros a un conocido cuando Caridad se llevó a sus hijos a Francia; eso le hizo rememorar la granja que alquilaron en Dax, a cincuenta kilómetros de Bayona, donde tenían varios animales con los que él jugaba junto a su hermano Jorge—. Durante mi infancia, llegué a tener gallinas, cerdos que olfateaban como nadie las trufas, ocas, hasta una yegua... Conchita se llamaba, ¡qué preciosidad de animal! —Sonrió Jacson por una remembranza que en realidad nunca fue suya. Enseguida se dio cuenta de su error. Había bajado la guardia al contar algo de su infancia que no estaba en el perfil de su nueva identidad, sino en la de Ramón Mercader. Confió en que el Viejo no preguntara más, pero la confianza no era buena compañera en el reino de las mentiras.

—¿En Teherán o en Bruselas? —preguntó Trotski, movido por la curiosidad.

Frank Jacson le miró. Estaba empezando a sentirse incómodo con tanta pregunta y temió decir algo que le delatara.

—No. No fue en Teherán...

—Aquí está el afortunado. —En ese instante Natalia entró al jardín con su nieto y salvó a Frank Jacson de verse obligado a improvisar en qué lugar del mundo había tenido aquella granja de la que hablaba—. Anda, Sieva, agradece al señor Jacson el regalo.

—No me tienes que agradecer nada. —Le acarició la cabeza, revolviéndole cariñosamente el pelo—. Solo prométeme que lo harás volar y que me enseñarás cómo lo haces.

Cuando Frank Jacson abandonó la residencia, no solo había dejado el coche y el avión de juguete, sino una buena sensación que le abriría las puertas de la morada de su próxima víctima. Y lo había conseguido sin necesidad de tomar ninguno de los tes que le ofrecía Natalia, después de negarse a aceptar la invitación hasta en tres ocasiones, como las tres negaciones que hizo Pedro de Jesús. Aunque él no se sentía como un traidor, sino como el Mesías, una especie de Salvador del Mundo, y sobre ese perfil trabajaría en los próximos días.

Quince días duró su estancia en Nueva York. La mayor parte del tiempo lo dedicó a reunirse con Eitingon para trazar el plan y trabajar los detalles estratégicos. A Eitingon no le preocupaba la entrada de Frank Jacson en el círculo cercano del Viejo porque conocía sus dotes de seducción, pero sí la manera en la que procedería a la ejecución, la huida de la casa y, posteriormente, la salida del país. Lo tenía todo pensado, incluso el contenido de la carta que llevaría en el bolsillo, justificando el asesinato de Trotski. Solo le faltaba pulir los últimos flecos, como cuál sería el arma que emplearía para la ejecución o la fecha elegida para llevarla a cabo.

En su breve estancia en la Gran Manzana, también dedicó unos días a Sylvia y se aseguró de coincidir con los Rosmer, que habían decidido pasar unos días en la ciudad antes de embarcar rumbo a París. Pensó que sería bueno dejarse ver con ellos para que, cuando hablaran con los Trotski —y sabía que lo harían—, les comentaran el encuentro, confirmando así su presencia en la ciudad de los rascacielos.

De regreso en México solo tuvo que esperar a que Sylvia se uniera a él, coincidiendo con sus vacaciones de verano el 1 de agosto. Empleó ese tiempo para concluir los preparativos de su misión junto a Eitingon, que alternaba las identidades de Peter Lubeck y mister Wolf según dónde estuviera, y también con Caridad, que había decidido esconder su cabellera plateada bajo un tinte rubio con el que, lejos de pasar inadvertida, llamaba más la atención por lo artificial de su apariencia. María de la Sierra también seguía en México, observando, vigilando y colaborando en todo lo que le pedían. Su sola presencia servía para que Ramón se sintiera seguro y cómodo. Las reuniones se producían en el hotel Montejo del paseo de la Reforma, donde se hospedaba Jacson junto a Sylvia en la habitación 113, y que casi se había convertido en el cuartel general de los enviados soviéticos. También en el Shirley Court y en la residencia que ocupaba Eitingon en el barrio de Las Acacias, alquilada para labores de vigilancia, y en la que a menudo se quedaba María de la Sierra. Fue ella la que propuso cambiar la ubicación de alguno de esos encuentros y llevarlos a cabo en algún lugar de las afueras de la ciudad, como un parque o un bosque, y también en una casa ubicada en la calle Dinamarca número 55. Cuanto más cerca estaba el día en el que se realizaría el operativo, más debían extremar las precauciones. Sería ese mismo mes de agosto, solo faltaba elegir fecha, dependiendo de la mejor ocasión que le brindara el devenir de los acontecimientos.

El primer paso llegó en forma de una inocente y gentil invitación.

Cuando Frank Jacson comunicó al resto del operativo que el matrimonio Trotski los había invitado a él y a Sylvia Ageloff a tomar el té en el jardín de su casa, todos se miraron. No pudieron evitar compartir una gran sonrisa.

Había empezado el baile y conocían la música que iba a sonar. Solo faltaba que nadie errara la interpretación ni desafinara una sola nota.

18

La cucharilla dibujaba círculos en el interior de la taza, formando un remolino en el líquido ocre. Por las hojas de esa infusión se habían desatado contiendas armadas, como las guerras del opio o la Revolución americana, a raíz del motín del té en Boston en diciembre de 1773, que encendió las brasas de la guerra de la Independencia, alimentando la esclavitud en las plantaciones y el contrabando de sustancias narcóticas, y fomentando el colonialismo y el poder imperial; el té como símbolo de revolución ante el poder imperial británico.

Frank Jacson no acababa de entender por qué, en muchos países del mundo, aquella ceremonia del té era un modo de honrar al invitado, un símbolo de respeto, una muestra de fraternidad que invitaba a disfrutar del momento y recordar lo frágil y efímera que era la vida. Él odiaba el té. Sylvia le había explicado la creencia japonesa de que si alguien no tomaba té en compañía de amigos, desconocía el verdadero significado de la vida. Quizá por eso, Frank Jacson se demoraba en beber la amarga infusión; prefería saborear el momento antes que aquel ambarino brebaje.

Cuando llegaron a la casa de la calle Viena 19, alrededor de las cuatro de la tarde de un caluroso día de mediados de agosto de 1940, ya estaba la mesa dispuesta en el agradable jardín de la casa, custodiado por altos árboles, enormes cactus, flores de colores vistosos —rosas, rojos y anaranjados— y plantas que Jacson ni siquiera pudo identificar, como los innumerables mosquitos y demás fauna artrópoda que circunvolaban el lugar. No estaban solos. A la ceremonia del té habían sido invitados algunos amigos y colaboradores de Trotski que empezaron hablando del tiempo, la riqueza botánica y los planes vacacionales, para terminar virando la conversación al monotema por excelencia: la política.

—¿Qué tal las cosas por Nueva York? —preguntó por pura cortesía Trotski—. ¿Todo está en su sitio?

—Más o menos. Antes de venir estuve con James Burnham y Max Shachtman. —Sylvia entendió un poco tarde que quizá no debería haber pronunciado los nombres de los trotskistas neoyorkinos pertenecientes al Partido Socialista Obrero Americano que, en los últimos tiempos, habían mostrado claras discrepancias políticas con el líder bolchevique a la hora de abordar el tema de la revolución y valorar el comportamiento de la URSS en la Segunda Guerra Mundial—. Le mandan saludos, camarada, aunque siguen discrepando de la política de anexiones de la URSS en cuanto a la invasión de Polonia, Finlandia, Estonia, la relación con Ucrania... Son muy críticos.

—Son unos traidores —dijo uno de los secretarios del líder revolucionario, mientras se disponía a servirse otra taza de té—. A estas alturas, plantear escisiones dentro de la Cuarta Internacional no beneficia a nadie; muy al contrario, lo corrompe y podría debilitarlo. Y poner en duda el carácter obrero y proletario de la Unión Soviética es ridículo. Menos mal que son una minoría.

—Ya no son tan minoría... —replicó otro de los presentes, un escritor que ayudaba a Trotski en la biografía de Stalin.

—No me extraña que digan que donde hay dos trotskistas, hay tres tendencias —se burló otro de los asistentes.

—No lo veo así —intervino Sylvia, que había comenzado a acercarse a esas doctrinas, para disgusto de su hermana Ruth.

—A mí me parece una falta de respeto hacia el señor Trotski, la verdad. Amén de una tontería —comentó Frank Jacson para sorpresa de todos, ya que no solía meterse en temas políticos, aunque desde que acompañaba a los Rosmer en sus excursiones, a las que también se unían otros amigos y la propia Sylvia, parecía más interesado en ella.

—¿Por qué? El debate enriquece la política. Y además, ¿qué sabrás tú de política? —Sylvia estaba molesta: había entendido la crítica de su novio como algo personal.

—Poco, por no decir nada. Pero de tonterías sé bastante —matizó a su vez Frank Jacson, lo que hizo que el ceño de su novia se frunciera en señal de desagrado.

—Bueno, bueno, haya paz —terció Trotski, que ya se veía en mitad de una riña de enamorados—. Cada uno puede pensar lo que quiera y expresarlo como considere.

—Debería usted escribir un artículo sobre eso —le propuso Frank Jacson, que seguía mareando el contenido de su taza, al que había intentado engañar añadiendo un poco de leche, una costumbre británica no aceptada por todos los colonos—. Seguro que tiene mucho más que decir que algunos que presumen de teóricos. Sería una buena manera de callarles la boca —añadió, sin querer advertir la mueca de disconformidad que había aparecido en el rostro de Sylvia.

—Voy a dedicarme a terminar de una vez por todas la biografía de Stalin que, como tarde mucho más en hacerlo, no se va a publicar nunca. Pero como el protagonista no deja de intentar matarme, me resulta difícil tenerla actualizada... —bromeó Trotski sobre su muerte, como solía hacer cuando estaba en compañía de amigos—. Además, todavía me dura el enfado con la revista *Life*; no me quisieron publicar una parte de la biografía en la que teorizo sobre la muerte de Lenin y su posible envenenamiento. Al parecer, le tienen más miedo a él del que debería tenerle yo.

En parte para relajar un poco el ambiente y liberarlo de las connotaciones políticas, el anfitrión cambió de tercio y eligió a Frank Jacson como interlocutor.

—¿Qué le parece? —preguntó, mientras señalaba con la cabeza la nueva torre de seguridad que habían comenzado a construir en una de las esquinas de la casa.

—No entiendo mucho, pero toda medida de seguridad que sirva para aumentar la protección es buena.

—Hay días que ya no sé si vivo en una fortaleza o en una prisión. —El Viejo habló con la mirada fija en la nueva torre de vigilancia—. Estoy convencido de que la próxima vez que intenten matarme, porque créame, amigo Jacson, que lo volverán a intentar, lo harán de otra manera. El ataque vendrá a través de alguien próximo, cercano. Me asesinará algún conocido de aquí o algún amigo de fuera; en todo caso será alguien con acceso a la casa. De nada servirá todo esto. —Señaló con un gesto los sacos de arena, los ladrillos y demás utensilios que esperaban en el suelo para ayudar a levantar la nueva torre.

—Por favor, camarada, no diga eso. —Sylvia buscó enseguida la mirada cómplice de Natalia, más acostumbrada a los pensamientos agoreros de su marido sobre su posible asesinato.

—¿Sabe lo que le digo a mi mujer todos los días al despertar? —Trotski dirigió la pregunta a Frank Jacson, aunque este sabía que era retórica—: «Natalia: él nos ha regalado un nuevo día». Y puede usted estar seguro de que no hablo de Dios —comentó Trotski en clara referencia a Stalin.

—Bueno, hablemos de algo más alegre —apuntó de manera infantil Sylvia—. Tenemos una noticia que compartir con vosotros. —Cogió la mano de su novio y la apretó con fuerza—. ¡Nos casamos! Y nos trasladamos a vivir a Nueva York.

Todos los presentes acogieron el anuncio con agrado y no tardaron en darles la enhorabuena, expresar sus bendiciones y brindar por la buena nueva, aunque fuera alzando sus tazas de té.

—Ya tenemos los billetes. —Sylvia miró con ojos tiernos a su prometido, que peleaba por esconder las arcadas que le estaba provocando ese brebaje al que tan aficionados eran los Trotski.

En realidad, no sabía si era por el té, que continuaba amargo por mucha leche que añadiera, o por el sonido nasal de la voz de Sylvia, que cada día soportaba menos. Pero estaba en plena representación y sabía cuál era su papel: escuchar la voz de su prometida y enviarle una de sus miradas de enamorado, mientras ella seguía aportando detalles del viaje:

—Salimos el día 21 de agosto. Frank se ha encargado de todo. Me va a dar mucha pena abandonar México, pero... ¡me caso! Y estoy tan feliz...

Las felicitaciones se repitieron y Natalia fue a la cocina a buscar una botella de licor para poder brindar con algo que no estuviera caliente. Desde que la cocinera Carmen y su ayudante Belén habían declarado ante la policía que Trotski estaba implicado en el asalto de la madrugada del 24 de mayo, decidieron hacer caso al inspector que les aconsejó cambiar de empleadas. La nueva cocinera solo acudía por la mañana y eso obligaba a Natalia a hacerse cargo de algunos menesteres culinarios.

Trotski le tendió la mano a su invitado.

—Le deseo que todo salga bien en la aventura en la que pretende embarcarse —dijo mientras estrechaba la suya y lograba que una sonrisa se congelara en el rostro de Frank Jacson, que se debatía en dilucidar para sí a qué aventura se refería exactamente, si a la boda o a sus planes de asesinarle. En el fondo, esos juegos de palabras, muy parecidos a los juegos de espías, le divertían—. El matrimonio no siempre es sencillo, joven: mucho compromiso, demasiadas tentaciones. Es una inversión de riesgo a largo plazo, pero tarde o temprano hay que asumirla.

—Eso me han dicho. Pero a Sylvia le hace tanta ilusión que me siento incapaz de negarme.

—Hágala feliz, es una buena chica. Y no le lleve la contraria, tampoco en política —le recomendó Trotski—. Créame si le digo que no merece la pena.

—¡Ah! Se refiere a lo de antes... ¡No, por favor! No se preocupe. Nada de eso —rio Frank Jacson, que acababa de encontrar la mejor excusa para volver a aquella casa, esta vez sin su supuesta futura esposa—. Aunque, con respecto a eso, quería comentarle algo que se me ha ocurrido mientras hablábamos. Yo no soy un entendido en la materia, ya sabe que la política nunca me ha interesado, pero he desarrollado gran aprecio hacia su persona y su obra, en parte gracias a Sylvia. Y por eso me gustaría escribir un artículo sobre lo que hemos estado hablando durante la sobremesa, subrayando la importancia de sostener el trotskismo sin cismas ni rupturas. Tengo buenos contactos en la prensa neoyorkina, no sé si le dijo Sylvia que trabajé como periodista deportivo en Europa y conservo amistades en los medios. Podría escribirlo y conseguir que lo publicaran sin problemas. ¿A usted le importaría leerlo para que me corrigiera posibles errores o inexactitudes? No me atrevería a pedírselo si no entendiera que es importante...

—Estaré encantado de hacerlo —accedió el Viejo, en parte henchido por el ofrecimiento del joven y en parte obligado, en reconocimiento a las constantes atenciones que Jacson había tenido con su familia y sus amigos, por las que nunca había pedido contraprestación alguna—. Cuando tenga usted el escrito, me lo trae y lo vemos juntos.

De pronto, el té no le sabía tan amargo.

A los cinco días de aquella agradable velada, Frank Jacson volvía a entrar por la puerta de la residencia de la calle Viena con el artículo, mecanografiado a doble espacio, algo que el líder bolchevique agradeció. Faltaban apenas cuatro días para que él y Sylvia abandonaran el país, por lo que quiso enseñárselo lo antes posible. El texto, que llevaba en el bolsillo de la chaqueta, lo había escrito Eitingon en su departamento de Shirley Court y estaba plagado de errores históricos y de erratas sintácticas, cometidas adrede para forzar un segundo encuentro que Jacson se encargaría de hacer coincidir con la fecha en la que Sylvia había previsto acudir a la casa para despedirse de los Trotski, antes de su salida hacia Nueva York: el 20 de agosto, alrededor de las siete de la tarde.

El Viejo invitó a Jacson a que entrara con él en el despacho. La mirada del intruso observó con detenimiento cada detalle de la habitación: la disposición de los muebles, la distancia entre el escritorio y la puerta, los numerosos libros colocados sobre la mesa —que obligaba a su propietario a apilarlos en el suelo a modo de torretas para poder escribir—, las estanterías cerca de la mesa y el botón de alarma ubicado a la izquierda, justo detrás del escritorio, lo que le llevó a situarse a la espalda de Trotski cuando este se sentó a leer el artículo, y así poder calcular qué esfuerzo le supondría pulsarlo. Controlada una parte de la habitación, se apoyó sobre la mesa en la que el líder bolchevique ojeaba el artículo, para confirmar el estado de la otra ala de la estancia. De esa manera, observó las posibles salidas que presentaba el despacho, cómo las rejas en las ventanas imposibilitaban la huida mientras que el camino a la puerta estaba más despejado y hacía viable una fuga rápida. Ese pequeño gesto no escapó a la mirada del revolucionario, que levantó ligeramente los ojos del escrito para observar cómo Jacson se apoyaba en la mesa.

Apenas estuvieron diez minutos. El reloj de Frank Jacson marcaba las 16.46 cuando abandonó la casa, después de despedirse cordialmente del personal de seguridad.

—¿Ya habéis terminado? —se sorprendió Natalia Sedova—. ¡Qué rápido! Ni siquiera he podido saludarle. No me pareció él cuando le vi entrar.

—Sí, me ha parecido que hoy estaba un poco raro —le confesó a su mujer—. Se ha sentado en la mesa, cuando tenía todas las sillas vacías. ¡En la mesa! Un hombre tan educado como él sabe que no debería hacer eso. Y mientras yo leía el artículo, se ha colocado a mi espalda, como si me echara el aliento en la nuca. Eso no me ha gustado, me ha hecho sentir incómodo. Por no hablar del artículo que ha escrito: es un completo desastre, un caos sin sentido. Sinceramente, espero que no vuelva con el texto, no podría revisarlo de nuevo, es espantoso.

—Con el artículo no sé, pero con Sylvia volverá el martes que viene para despedirse —le recordó Natalia—. Al menos te queda el consuelo de que solo lo tendrás que leer una vez más.

Cuanto más se acercaba esa fecha del 20 de agosto, más irascible se mostraba Frank Jacson, en especial con Sylvia, a la que ya no soportaba ni mirar a la cara ni mucho menos mantener relaciones sexuales con ella. Su antiguo aspecto seductor y atlético había desmejorado notablemente: estaba más delgado, tenía problemas de estómago que le provocaban continuos vómitos y diarreas, fumaba más de lo normal, bebía con más ansiedad que deseo, atendía llamadas telefónicas a horas intempestivas y se ausentaba del hotel sin mediar explicación. Su caminar se volvió nervioso, las ojeras le envejecían el rostro, sobre el que solía aparecer una pátina brillante de sudor que Jacson justificaba como un brote de fiebre producto de la ansiedad que le provocaba el trabajo. Tenía que ultimar algunos de sus negocios en México y vender el Buick, y por eso parecía más estresado de lo normal, una explicación que tranquilizó a Sylvia, que había valorado la idea de una posible cancelación del compromiso y de la boda.

La tarde del lunes 19 de agosto, Eitingon se reunió con Ramón en los apartamentos de Shirley Court. También estaban Caridad y María de la Sierra. Pudo observar que su delfín no tenía buen aspecto, y decidió no presionarle.

—Prefiero que hoy nos relajemos y nos veamos mañana antes de que acudas a la cita. Quedaremos en el bosque de Chapultepec, y desde ahí cogerás el coche para dirigirte a la calle Viena. Nos vendrá bien airearnos a los dos y ese lugar es perfecto para hacerlo. Allí te daré el piolet, la pistola y el cuchillo que llevarás contigo. No quiero que los tengas hasta mañana. —Eitingon quería evitar que su hombre se pasara la noche en blanco, mirando las armas con las que iba a entrar en la casa y ejecutar a su objetivo. Sabía que llevaba varias noches con insomnio y eso no ayudaba a que sus reflejos estuvieran en estado óptimo, como era habitual en él—. También te llevaré la carta manuscrita que encontrarán en caso de que algo salga mal. —Se refería a la cuartilla escrita a lápiz que Frank Jacson llevaría en su bolsillo donde explicaba que era un militante trotskista decepcionado con su líder, con su postura beligerante contra la Unión Soviética y contra todo lo que la patria y Stalin representaban, y que había tomado aquella determinación como forma de expresar su descontento.

—Pero nada va a salir mal —apuntó Caridad—. Nosotros te estaremos esperando en un coche en la misma calle. En cuanto te veamos salir, te recogemos y todos partiremos rumbo a Cuba. En la isla nos esperan unos agentes del NKVD y, desde allí, unos iremos a Japón, otros a Estados Unidos y el resto regresará a Europa. Está todo preparado. Solo hace falta que cada uno esté en su sitio y acometa la misión encomendada. Nada más.

Cada vez que Caridad hablaba, su hijo la miraba. Nunca supo si era con cariño y con respeto, o con un odio y un rencor contenidos por haberle metido desde pequeño en aquella encrucijada de rencores, luchas y huidas permanentes. Mientras la observaba, la memoria de Ramón le devolvió pasajes de su vida: el día que tuvo que socorrerla para evitar que se suicidara en Toulouse; aquella vez que debieron abandonar precipitadamente Dax porque, según denunció el dueño del restaurante donde trabajaba, Caridad había envenenado a unos clientes; su visita imprevista al frente de Guadalajara en octubre de 1937 en compañía de Eitingon para una empresa que iba más allá de la República española... Muchas veces se había preguntado qué habría pasado si su madre no fuera la Mercader, si no hubiera estado tan presente en su vida, pero nunca se había respondido. A veinticuatro horas de cometer el asesinato de Trotski, tampoco era el momento de hacerlo.

—Te hemos preparado bien —lo elogió Eitingon, al ver a Ramón demasiado concentrado en sus pensamientos—. Has dado sobradas muestras de tu valentía, de tu entrega y de tu determinación. Si hay alguien que puede acabar con Trotski y convertirse en un héroe de la Unión Soviética, ese eres tú. Por eso fuiste el elegido. Nunca tuve la menor duda.

Las palabras de Eitingon le llenaron de emoción y le subieron el ánimo. Aquel hombre era más que un superior para él: era casi un padre y no solo por la estrecha relación que mantenía con su madre, sino por el apoyo y la atención que siempre les había dispensado a él y a sus hermanos —sobre todo al más pequeño, Luis—, y que él había sabido corresponder. Después de unas cuantas bromas, salpicadas con un discreto brindis paupérrimo en alcohol, cada uno regresó al lugar que en ese momento llamaban casa.

—¿Estás bien? —le preguntó María de la Sierra antes de abandonar los apartamentos de Shirley Court. Era una pregunta absurda: sabía que no lo estaba.

—Sí —mintió Ramón—. Es este maldito calor. Y tan seco. Nada que ver con el clima de Barcelona.

—No pienses en eso ahora. Será más sencillo de lo que crees. Entras y sales. Vas bien armado. Estás preparado. Y nosotros estaremos siempre más cerca de lo que piensas. Ya sabes, somos sombras: estamos aunque no nos vean —dijo.

Sus palabras le sonaron lejanas, frías, herméticas, porque las que resonaban con fuerza en su cabeza eran aquellas que pronunció Frida Kahlo en la Casa Azul: «¿Alguna vez has estado enamorada?». Le asustaba la respuesta. No era la coyuntura para permitir que las emociones la nublaran y amenazaran la misión: no sería justo para ella ni para la URSS, y mucho menos para Ramón.

Ambos se miraron como solo ellos sabían mirarse, diciéndose todo sin decir nada, con una complicidad que iba más allá de las palabras, de las consignas, en una comunión perfecta con los pensamientos del otro. Le hubiese gustado besarle, pasar toda la noche con él y abrazarle hasta que llegara el alba del día que prometía ser uno de los más importantes de sus vidas. Lo hizo, lo hicieron, en el lugar imaginario que cada uno tenía destinado para el otro, ese territorio personal e íntimo habitado exclusivamente por ellos, por nadie más.

—Entrarás en la historia por la puerta grande.

—De momento vamos a ver si entramos por la puerta de la casa de la calle Viena —comentó Ramón.

Frank Jacson se levantó a las ocho menos cuarto de la mañana del martes 20 de agosto de 1940. No había dormido demasiado pero, al menos, no sufrió uno de esos episodios de insomnio que le habían asaltado durante los últimos días y le mantenían en vela toda la noche. Desayunó junto a Sylvia, a quien, siguiendo los consejos de Eitingon y de la propia María de la Sierra, trató con delicadeza, no como la última semana, cuando los nervios y el hartazgo por ver concluida su misión le habían hecho mostrarse arisco y desagradable, todo lo contrario a la personalidad que Frank Jacson había exhibido desde el primer día. Le propuso almorzar e ir juntos a casa de los Trotski para despedirse. Ella accedió gustosa; estaba deseando volver a Nueva York, recuperar la normalidad y comenzar con los preparativos de la boda. México empezaba a asfixiarla y no solo por el clima.

Cumplió con el plan previsto. Cuando salían de comer de uno de sus restaurantes favoritos, situado frente al Palacio de Bellas Artes, se encontraron con unos amigos de Sylvia y que Frank Jacson también conocía de cuando estuvo en París en la Conferencia de la Cuarta Internacional: Otto Schüssler, un comunista alemán colaborador trotskista, y su mujer Gertrude Schröter. Schüssler había trabajado como secretario y guardaespaldas de Trotski en Coyoacán y fue uno de los detenidos por la policía mexicana cuando las primeras sospechas apuntaban a que el ataque armado a la casa de la calle Viena podría tener la firma del propio Trotski, algo que finalmente descartó la investigación policial. El encuentro casual trastocaba los planes de Jacson. Miró en un par de ocasiones el reloj mientras Sylvia detallaba con voz nasal los preparativos de la boda, los lugares que su hermana Ruth estaba buscando para celebrar el banquete, sus problemas para elaborar la lista de invitados, el vestido, su madre, sus amigas, el menú, la fecha, el color del papel de las invitaciones... Ya iba tarde, y todavía debía encontrarse con Eitingon en el bosque de Chapultepec. Otto Schüssler propuso tomar un café o un té y seguir con la charla. «Otra vez el maldito té», pensó Jacson, que valoró seriamente la idea de matar al próximo que le ofreciera una taza. La oferta de Otto amenazaba el plan de un sudoroso Frank Jacson, que se disculpó quizá de una manera demasiado brusca por no poder aceptarla, lo que le obligó a improvisar una excusa y una invitación a cenar esa misma noche. «Qué gran idea», aplaudió Sylvia, algo sobreactuada, para disculpar la rudeza de su novio.

Frank Jacson no era el único inquieto y contrariado por el retraso que aquel inoportuno encuentro estaba motivando. María de la Sierra observaba la escena desde un coche a pocos metros de distancia. Pensó en salir para rescatarle, fingiendo ser una compañera de trabajo o una empleada de la embajada que acudía a recordarle que aún debía recoger un visado para su viaje. A punto estaba de salir del vehículo, cuando vio cómo Frank Jacson se alejaba del grupo y se dirigía a su Buick. Respiró aliviada, casi tanto como su compañero.

Minutos más tarde, él se reunió con Eitingon en el bosque de Chapultepec. Allí, el bielorruso le entregó una gabardina. No supo por qué se fijó en la etiqueta: Clifton Raincoat.

—¿Una gabardina? —se extrañó—. ¿En pleno mes de agosto en México?

—No pretenderás esconder todo este arsenal en el bolsillo del pantalón —respondió de manera resignada Eitingon—. Es esto o un bolso, pero no sé qué pensará el Viejo si te ve aparecer con una bolsa colgada del hombro. Seguramente se fijaría más en ella que en el artículo que le entregarás para que lo corrija.

—Esto es México. Hasta las ardillas van armadas. —A Frank Jacson, el sarcasmo le relajaba.

—Sí, pero no entran en casa de Trotski para matarle. Aunque quizá debería haber pensado en un comando de ardillas antes que en

Siqueiros. —Eitingon sonrió cómplice, con la única intención de relajar los nervios de su hombre.

La prenda tenía varios bolsillos interiores; en uno de ellos escondió un puñal de treinta y cinco centímetros con una empuñadura que le pareció demasiado barroca; en otro, agrandado con una abertura estratégica en el forro, ocultó el piolet, cuyo mango había mandado recortar unos días antes en una ferretería de la avenida Chapultepec. Antes de introducirlo, vio el sello grabado en el acero: Werkgen Fulpmes, una firma austriaca. Necesitaba quedarse con todos los detalles, quizá para convencerse de que tenía todo bajo control. A su espalda, entre la camisa y el pantalón, se colocó la pistola Star 45. Al verla, se acordó de África: fue una de las primeras pistolas que usó durante su estancia en Barcelona, «la sindicalista», recordó que la llamaban. Se sacudió de encima aquellos pensamientos y se concentró en lo que tenía entre manos. Introdujo la carta en el bolsillo, percatándose de que Eitingon había escrito la fecha: 20 de agosto de 1940.

—¿Has decidido cuál de las tres armas utilizarás? —preguntó el bielorruso.

Necesitaba saber que su hombre controlaba la situación, y no al contrario. No había margen de error. Fallar por segunda vez equivaldría a una sentencia de muerte ordenada por el propio Stalin.

—Creo que el piolet. Lo manejo sin problema, estoy acostumbrado a él, de mis tiempos de escalada. La pistola hará mucho ruido y alertará a los guardias, lo que dificultaría mi huida. Y mi destreza con el cuchillo no es tanta como con la piqueta.

—Buena decisión —aprobó Eitingon, que celebró que su hombre mantuviera esa claridad de ideas. Además, el código penal mexicano no recogía el piolet como arma homicida, lo que ayudaría y reduciría la condena si, llegado el caso, su hombre tuviera que enfrentarse a un juicio por asesinato. No quiso compartir con él ese detalle; no aportaría nada en ese instante, solo acrecentaría su nerviosismo—. No vas a hacer nada nuevo. Este método ya ha funcionado antes.

Se refería al asesinato del embajador soviético en Persia, ordenado por Beria y ejecutado por un marino de nombre Bokov que utilizó una barra de acero escondida entre su ropa para acabar con la vida del funcionario público que planeaba desertar de la URSS. Aprovechó que el diplomático leía unos papeles sobre su escritorio para situarse a su espalda y asestarle un fuerte golpe que acabó con su vida al instante. Bokov envolvió el cadáver en una alfombra para sacarlo de la embajada y subirlo a un vehículo que lo esperaba en la calle.

—Tú harás lo mismo, pero olvidándote de la alfombra: nosotros no transportamos cadáveres.

Los dos hombres se miraron. No habían planeado hacerlo, pero ninguno de los dos quiso evitarlo. Se dieron un abrazo que duró unos segundos. En ese instante, un torrente de emociones, sentimientos y recuerdos los envolvió a ambos, pero ni una sola palabra salió de sus labios. De nuevo, el mismo silencio preñado de complicidad y tensión que Ramón vivió la noche anterior con María de la Sierra. El mutismo elevado a categoría de conversación. Luego Eitingon se quedó allí, en el bosque, viendo cómo Frank Jacson, ese muchacho al que quería como a un hijo, se alejaba con su gabardina y su sombrero.

Llegó a la casa de su objetivo cuando pasaban veinte minutos de las cinco de la tarde. Distinguió el coche en el que Eitingon y su madre lo esperaban, aparcado a pocos metros de distancia, en la misma avenida. El jefe de la operación había llegado antes que él y le reconfortó verlo. Tocó el claxon tres veces, como solía hacer para alertar de su llegada a los guardias de seguridad.

Al oír la bocina, Trotski pensó que Sylvia y Jacson habían adelantado la visita prevista para las siete de la tarde, con la que querían despedirse antes de viajar a Nueva York. Ese día el Viejo se había levantado de buen humor. Había dormido bien; la noche anterior habían funcionado los somníferos. Por si fuera poco, su abogado le había comunicado una buena noticia: sus archivos personales por fin estaban bien custodiados en la Houghton Library de la Universidad de Harvard y, para celebrarlo, le había enviado una lata del caviar rojo que tanto le agradaba al líder revolucionario. Además, la mañana de aquel martes había resultado fructífera para la redacción de su biografía de Stalin; tanto, que todavía no había tenido tiempo de ocuparse de los conejos y de las gallinas y, por ese motivo, pudo escuchar desde el jardín el eco de la conversación que Natalia mantenía con el joven Jacson después de que este tocara el timbre y accediera al vestíbulo de la casa.

—Le veo un poco pálido —espetaba Natalia al recién llegado. No solo era la palidez lo que llamó su atención, era el mal aspecto que presentaba, algo sudoroso; lo atribuyó al calor—. ¿Quiere tomar un té? Seguramente le sentará bien.

—No, gracias, no se moleste —respondió él con la boca seca y la lengua excesivamente pesada—. Lo que sí le agradecería es un vaso de agua. Sylvia me ha obligado a comer demasiado y las digestiones con este calor no me resultan fáciles. Por cierto, se disculpa por no poder venir. Ella tampoco se encuentra muy bien. Yo creo que ha sido algo que ha comido, unido a los nervios por la boda. Me ha dicho que la llamará más tarde.

—Aquí tiene. —Natalia le tendió el vaso de agua, que Jacson bebió como si volviera de una travesía por el desierto cuando, en realidad, estaba a punto de iniciarla—. Ustedes los jóvenes son tan impulsivos... Hacen las cosas sin pensarlas y no entienden que también tienen que cuidarse.

—Algo de eso hay, no se lo voy a negar. Pero ¿acaso existe otra manera de hacer las cosas importantes?

—¿Quiere quitarse la gabardina? —le propuso Natalia, que no entendía cómo el elegante Frank Jacson vestía esa prenda con el calor que hacía aquella tarde. El mes de agosto en México no era tan caluroso como junio y julio, pero el calor y el bochorno solían apretar bastante.

—No, estoy bien. Ya le digo que ando un poco destemplado. Solo serán un par de minutos, lo que tarde su marido en leer el artículo —se justificó. Natalia lo entendió, sobre todo al recordar su última visita, que no llegó a los diez minutos.

Trotski entraba en ese instante por el pasillo.

—Veo que se ha dado prisa —dijo al tiempo que le mostraba con la mano el camino hacia su despacho, que obligaba a atravesar la cocina—. A ver si ahora sí damos con lo que quiere usted decir en su escrito.

Cuando los dos hombres entraron en el despacho, Jacson cerró la puerta, repitiendo el gesto del último encuentro en el que el Viejo le pidió que lo hiciera: había comprobado que la gente se sentía más cómoda con la puerta cerrada, puede que por el trasiego que solía haber en aquella casa. Ese día todo estaba tranquilo. La casa permanecía silenciosa, más de como la recordaba; le evocó a ese instante previo que se vive en un teatro antes de dar comienzo la representación, cuando las luces se han apagado y se alza lentamente el telón. Lejos de esa oscuridad del teatro, a Frank Jacson le sorprendió la cantidad de luz que entraba por las vidrieras de la puerta del despacho que daba al jardín.

—¿Y bien? —preguntó Trotski, que llevaba observándole unos segundos en los que el joven parecía haberse quedado ausente—. ¿Me va a dejar ver ese artículo?

—Por supuesto, aquí lo tiene. Creo que he incluido todos los cambios que me sugirió —dijo, entregándole el papel.

Trotski limpió las lentes de sus gafas, mientras tomaba asiento frente a la escribanía, en la que tuvo que hacer un poco de sitio: los papeles cubrían el escritorio, copado de manuscritos y montañas de libros. Miró una última vez hacia el jardín a través de la ventana, antes de perderse en la lectura del texto. Sus ojos recorrían las líneas a la misma velocidad a la que empezaba a cabalgar el corazón de Jacson, más deprisa de lo esperado. Con toda la sangre fría de la que pudo armarse, el joven se aproximó a la mesa del despacho. Se desprendió de la gabardina, que dejó sobre uno de los muebles próximos al escritorio pero ligeramente escorado a la izquierda, y extrajo el piolet del bolsillo sin que Trotski lo viera. Muy despacio se situó a la espalda del Viejo. El líder revolucionario estaba concentrado en la lectura, como si le convenciera lo que iba leyendo, hasta el punto de asentir ligeramente con la cabeza, en un movimiento mecánico, casi imperceptible, excepto para los ojos de la sombra que comenzaba a cernirse sobre su espalda y de cuya presencia no pareció percatarse, al contrario que durante el último encuentro.

«Que pare de asentir con la cabeza, que me va a dificultar el golpe», pensó Jacson. Aquel pensamiento le invitó a creer que estaba concentrado en los detalles y eso le insufló la seguridad que necesitaba: estaba preparado para realizar su misión. Ya no sudaba, su corazón había dejado de cabalgar, y el pulso había recobrado el compás. Echó un vistazo a su alrededor, antes de que su brazo iniciara el movimiento para ascender el piolet. Primero observó el botón de alarma situado a la izquierda del escritorio y que no representaba un peligro, al igual que las dos pistolas que solía tener escondidas el Viejo en los cajones de la escribanía, puesto que no podía imaginar el peligro que le acechaba. Miró a través de la ventana para comprobar que ningún miembro de seguridad o la propia Natalia estuvieran en el jardín y fuesen testigos de lo que estaba a punto de suceder en el interior del despacho. Comprobó que no había nadie y sus ojos se concentraron en la cabeza de Trotski. Durante unos instantes, su mirada se desvió hacia los papeles y los libros que había sobre la mesa: un ejemplar de *Hitler Speaks* con el nombre de Hermann Rauschning en la portada, y unos folios mecanografiados en los que aparecía con frecuencia el nombre de Stalin y en cuyo texto pudo leer unas frases: «Nerón fue también un producto de su época pero, cuando pereció, sus estatuas fueron derribadas y su nombre borrado de todas partes. La venganza de la historia es más terrible que la venganza del más poderoso secretario general. Me aventuro a decir que esto es consolador». Era la señal que necesitaba, el prólogo perfecto a su misión.

Imbuido por la pujanza de aquellas palabras, levantó el brazo derecho a una altura que le permitiera coger impulso. Necesitaba que el piolet descendiera con la velocidad y la fuerza precisas para clavarse en la cabeza de su víctima, en un golpe seco y certero. Cerró los ojos un segundo mientras su brazo descendía rápidamente. Cuando intuyó que el piolet estaba cerca de entrar en el cráneo del Viejo, abrió de nuevo los ojos y, en ese momento, vio cómo Trotski se giraba apenas hacia él, con la intención de comentarle algo que había visto en el artículo. Aquel movimiento inesperado desbarataba su esfuerzo y amenazaba con arruinar la eficacia del golpe. Trató de modificar la dirección del piolet, pero ya era tarde para desviar el golpe. Tarde e imposible.

Pudo escuchar cómo la piocha de acero quebraba el hueso del cráneo y entraba en él, pero al instante aquel sonido quedó anulado por el grito que se escapaba de la garganta de Trotski. El aullido tuvo un efecto paralizador en Jacson, que no podía dejar de mirar cómo su víctima bramaba a sus pies, con la cabeza bañada en sangre, la misma sangre que salpicaba el suelo, dejando un reguero de gotas a modo de huella en su artículo y en el resto de los documentos que había sobre el escritorio.

La parálisis dio paso a la confusión. No pensaba con claridad, y los alaridos del Viejo tampoco lo ayudaban. Al ver que su víctima intentaba levantarse y alcanzar la puerta, fue hacia él para rematar su acción, pero Trotski logró parar el golpe y morder la mano derecha de su agresor, haciendo que el piolet cayera al suelo. Recordó que tenía el puñal, pero necesitaba un arma más contundente que silenciara en seco aquel grito ensordecedor. Se disponía a sacar la pistola Star calibre 45 alojada en su espalda, cuando vio que la puerta del despacho se abría y aparecían los primeros guardaespaldas de Trotski. Se mostraron tan confundidos como él ante la escena que contemplaban, sin saber si debían auxiliar primero a la víctima o entender por qué el amigo, su colega Frank Jacson, con el que tantas pláticas y cigarrillos habían compartido, el hombre al que ni siquiera cacheaban al entrar a la casa por entender que era de entera confianza, blandía una pistola que apenas se mantenía en sus manos por culpa de la sangre que empapaba sus dedos y del nerviosismo que ya se había apoderado de su cuerpo. Se lanzaron sobre él para reducirle y arrebatarle el arma, y lo golpeaban con los puños y los pies con tanta saña, que a punto estaban de dejarle inconsciente cuando Trotski gritó que no lo mataran, que le dejaran con vida para que pudiera confesar.

En ese momento, Natalia entró en el despacho y su gesto reprodujo la misma confusión que segundos antes lucía en la cara de los miembros de seguridad. Rápidamente los ayudó a sacar de allí a su marido y llevarlo hasta la cocina, mientras pedía a gritos que le trajeran hielo para ponérselo en la herida. Con cuidado, le colocó un cojín bajo la cabeza maltrecha, de la que no dejaba de salir sangre y algo de masa encefálica. El Viejo aún tenía fuerzas para gritar que alguien mantuviera lejos a su nieto Sieva para que no viera la escena: ni la sangre, ni a su abuelo en brazos de su abuela con la cabeza partida en dos. Demasiado tarde. El pequeño venía de la escuela, con la mochila de libros a la espalda y el avión que le había regalado el amable novio de Sylvia en una mano. Al entrar en la cocina pudo ver a su abuelo tirado en el suelo, ensangrentado y con un paño lleno de hielo en la cabeza, hasta que uno de los secretarios apareció para llevárselo. Empezaron a llegar todos los empleados de la casa, preguntando qué había pasado y cómo podían ayudar. Mientras el personal de seguridad y los secretarios marcaban el número de la policía, Natalia gritaba que alguien llamara al médico. «¡Llamen a Dutrem! ¡Llámenlo! Vive cerca de aquí», dijo refiriéndose a Wenceslau Dutrem i Domínguez, un médico catalán exiliado que había llegado a Veracruz en noviembre de 1939; había entablado amistad con los Trotski y los atendía en los pequeños contratiempos médicos. Pero aquel no era uno de ellos.

Cuando Frank Jacson le vio entrar en la casa, le reconoció: aquel hombre era simpatizante del PSUC, había estado en el frente de Aragón y ayudado a crear el banco de transfusiones de sangre para el frente. Pese a la algarabía imperante en el interior de la casa, preñada de órdenes, gritos, quejidos, sollozos y los ladridos de Azteca, a alguien le pareció que Jacson y el doctor Dutrem intercambiaban unas palabras en una lengua que nadie más logró entender.

El bullicio que se vivía en el interior de la casa de la calle Viena número 19 aún no veía su reflejo en el exterior de la residencia. Escondidos en un coche, esperaban los cómplices de Frank Jacson.

—¿No debería haber salido ya? —Caridad Mercader encendió el enésimo cigarrillo y, como siempre, lo mantuvo entre los labios mientras hablaba, sin necesidad de sujetarlo con los dedos—. ¿Cuánto se tarda en matar a una persona?

—Depende de quién sea la persona —contestó Eitingon— y de quién vaya a matarlo.

Primero fue el eco de un gañido lejano, que parecía venir del centro de la ciudad, hasta que se hizo más nítido. En ese momento vieron aflorar unas luces resplandecientes al final de la calle. Una ambulancia se unía al ulular de las sirenas de los coches policiales que aparecían a gran velocidad en el horizonte. No hizo falta que nadie explicara nada, pero Caridad no podía permanecer callada.

—Algo ha pasado —se inquietó.

—Justo lo que no queríamos que pasara.

—¿Vamos a irnos? —La pregunta la formulaba la madre, no la guerrillera, ni la colaboradora del NKVD—. ¿Le vamos a dejar solo?

—¿Qué quieres que hagamos? ¿Que entremos? Todos sabíamos que esto podía suceder. Ramón, el primero.

No eran los únicos que habían escuchado las sirenas. Varios guardaespaldas salieron de la residencia, extremando las medidas de seguridad. No podían fiarse de nada ni de nadie, mucho menos después de que uno de los suyos hubiera atentado contra Trotski. Exigían comprobar la documentación del personal médico y el interior de la ambulancia, así como las placas identificativas de la policía. Recordaban lo que había ocurrido la madrugada del 24 de mayo, cuando los asaltantes entraron vestidos con el uniforme de policía. En el recuerdo de todos estaba la muerte de Liova Sedov en un hospital de París. La confianza siempre salía demasiado cara. A los pocos minutos, los camilleros evacuaron al herido, permanentemente escoltado por su mujer. Unos segundos después, sacaban a rastras a Frank Jacson, contusionado por los golpes y también sangrando por la cabeza y por una mano.

El pensamiento de Caridad se nubló antes de que lo hiciera su visión. Eitingon arrancó el coche. Ya habían tardado demasiado en irse. Aprovechando el desconcierto de policías, sanitarios y miembros de seguridad, atareados todos en la entrada de la casa de Trotski, dio marcha atrás hasta doblar por una de las perpendiculares a la calle Viena, evitando así cruzarse con los coches de emergencia. Callejeando para abandonar el lugar sin ser vistos, pasaron por delante de la casa donde esperaba María de la Sierra, que también había escuchado el estruendo de sirenas.

A través de la ventana la española vio el coche negro en el que viajaban Caridad y Eitingon. Los vio pasar por delante de ella. Pudo observar la mirada de Eitingon a través de la ventanilla, no así la de Caridad, que permanecía fija en el asfalto. Creyó atisbar un ademán de negación en la cabeza del bielorruso, o puede que lo imaginara. Sintió una presión en el pecho que medró hasta anudar su garganta. Fue la confirmación de que algo había salido mal. Al menos, para

Ramón Mercader que, ante la policía, insistía en negarse a sí mismo y defender su identidad como Frank Jacson. Se negó durante veinte años.

El coche negro desapareció, como lo hizo María de la Sierra en el interior de su casa; como lo hicieron los coches policiales y los sanitarios; como Frank Jacson intentaba hacer tapándose el rostro con la sábana de la cama del Puesto Central de Socorro de la Cruz Verde, para evitar que las cámaras de los fotógrafos captaran su imagen y que alguien pudiera reconocerlo; como desapareció la voz del locutor radiofónico que leía el parte médico del herido a las nueve de la noche:

«Herida de varios centímetros en la región parietal derecha, encontrándose las siguientes lesiones: factura expuesta y con minuta de la bóveda craneana a nivel de la porción parietal derecha, con hundimiento y proyección de esquirlas dentro de la cavidad, con heridas de las meninges y destrucción de la masa encefálica, con hernia de la misma. El pronóstico es muy grave, aun cuando el resultado de la operación fue satisfactorio...».

Y como también desapareció para siempre León Trotski, a las 18.48 del 21 de agosto de 1940.

La detención de Frank Jacson puso en riesgo a todos los efectivos de la red de agentes soviéticos. Sabían que no los delataría, aunque los interrogatorios de la policía —África lo sabía bien porque los había realizado en la checa de San Elías—, la presión de la prensa y la posibilidad de una condena ejemplar en una cárcel mexicana podían vencer a cualquiera. Pero no a Ramón Mercader, que ni siquiera existía. Llevaba bien aprendida su declaración, que se parecía mucho a la carta escrita a lápiz que Eitingon le había entregado unas horas antes y que guardaba en el bolsillo de la gabardina. Lo único que pudo descubrir la policía es que Frank Jacson era también Jacques Mornard, y eso le dio pie a repetir de memoria su tapadera: era un belga, nacido en Teherán, hijo de un diplomático, que había estudiado en la Facultad de Ciencias de la Universidad de Bruselas y en la Escuela Real de Dixmude en Flandes, y que había matado a Trotski porque lo había decepcionado políticamente. No había más responsable que él, actuó solo, como solo salió de la casa de la calle Viena. Ni las amenazas, ni los golpes, ni los insultos ni las humillaciones sufridas lo apartaron de su versión de los hechos. Tampoco los careos con una destrozada Sylvia Ageloff, que le insultó, le abofeteó y le escupió al verse acusada de cómplice de asesinato, y mucho menos la detención de Frida Kahlo durante dos días por su supuesta relación con él, primero en París y luego en Coyoacán. No consiguieron que se desprendiera del disfraz de Frank Jacson/Jacques Mornard y dejara al descubierto a Ramón Mercader, y con él, a todo el operativo soviético, al NKVD, a Stalin y a la URSS. Nadie logró sacar nada de él, más allá de esa nota manuscrita y los cerca de novecientos dólares que, en el momento de la detención, llevaba en el bolsillo.

Eitingon y Caridad huyeron de inmediato de México a Cuba, siguiendo la ruta prevista si Ramón hubiera logrado escapar de la casa después de matar a Trotski. María de la Sierra se quedó unos días más, cumpliendo así con su plan de viaje previamente estipulado. El 22 de agosto se acercó a contemplar el cortejo fúnebre de León Trotski. Entrañaba sus riesgos, pero quería hacerlo. Más de trescientas mil personas desfilaron por la capilla improvisada en la agencia funeraria donde se expuso el féretro con el cadáver del líder revolucionario. Pensó en acceder al interior del recinto, pero habría supuesto demasiado peligro; había escuchado que la capilla estaba rodeada de numeroso personal de seguridad; incluso muerto, se temía algún tipo de sabotaje contra el cuerpo del Viejo. «No pensaba que fueran a mantener el féretro abierto —escuchó a una mujer que salía de la funeraria—. Como lo golpearon en la cabeza, pensé que las heridas se lo impedirían, pero lo han vendado bien. Parece que simplemente está dormido». María de la Sierra recordó lo que le dijo a la cocinera Carmen Palma en una de sus últimas reuniones, cuando esta le contó que el líder bolchevique padecía insomnio: «Ya dormirá cuando esté muerto». No se equivocó en su vaticinio. Se conformó con observarlo todo desde la calle: sabía que el mejor escondite siempre está en un lugar abierto y concurrido.

Miraba los rostros de los hombres y las mujeres que aguardaban a las puertas de la funeraria y en las calles adyacentes: parecían viudos y viudas dolientes. En un determinado momento, vio salir a Natalia escoltada por varios miembros de seguridad y llevada casi en volandas por algunos amigos a quienes no logró identificar. A la viuda la introdujeron en un coche negro y allí esperó durante unos segundos. María de la Sierra volvió a mirar hacia la entrada de la agencia funeraria. El féretro con los restos mortales de Trotski salía en ese instante: una nube de costaleros lo introdujo en un coche fúnebre, en cuyo techo habían colocado una gran corona de flores. Los porteadores pronto se convirtieron en una docena de escoltas que rodeó el vehículo. La gente empezó a arremolinarse alrededor, nutriendo el desfile fúnebre que acompañó a Trotski en su último baño de masas. La agente soviética pensó que estaría contento, no así Stalin, al que aquellas imágenes que pronto reproducirían los medios de comunicación de todo el mundo no le satisfarían. Tampoco lo publicado por *The New York Times*: «Trotski sabía quién le había matado y por qué. El largo brazo de Stalin le había perseguido durante años por Estambul, Noruega y finalmente México. Le habría perseguido hasta la luna», aunque le convencería más su editorial, donde se calificaba al que fuera líder revolucionario como «una figura patética en su exilio, a quien se le habían muerto sus hijos, sin dinero, cuyo nombre había sido vilipendiado y cuyos discípulos vivían consumidos en una banda malamente aglutinada que se hacía llamar la Cuarta Internacional». Era el mismo *The New York Times* que, a finales de 1929, en las crónicas de su corresponsal Walter Duranty, irritó a Trotski al calificarle de «agitador peligroso a los ojos del mundo, el jefe de un ejército apostado en la frontera afgana», y justificaba las detenciones de trotskistas y disidentes al régimen de Stalin asegurando que estaban organizando una guerra civil y preparando varios actos de sabotaje.

Un último varapalo esperaba a Natalia: el Gobierno estadounidense denegó su petición de llevar los restos mortales de su marido a Estados Unidos para que los trotskistas neoyorkinos pudieran organizar diferentes actos para honrar su memoria. No se lo habían permitido en vida, aunque lo solicitó en numerosas ocasiones durante los últimos años, y no estaban dispuestos a concedérselo una vez muerto. La

Administración Roosevelt no quería convertir el país estadounidense en un lugar de peregrinación de los seguidores de Trotski y que eso enturbiara las relaciones con la Unión Soviética de Stalin. Incluso muerto, la estrategia política jugó en su contra. Natalia Sedova se conformó con enterrar las cenizas de su marido en el jardín de la residencia de la calle Viena, una vez que el Gobierno mexicano se comprometió a comprar aquella casa para cedérsela a la viuda.

Antes de huir de México, María de la Sierra leyó la nota publicada por *Pravda* sobre el asesinato de Trotski, el 24 de agosto: «Superando aún más los límites de la degradación humana, Trotski se ha visto atrapado en sus propias redes y ha sido asesinado por uno de sus discípulos». Ramón convertido en discípulo trotskista, en un asesino. Ahora le tocaba a ella mudar de piel.

Mientras atravesaba en coche las amplias avenidas de Ciudad de México, en la radio sonaba un corrido popular mexicano sobre el asesinato del líder revolucionario:

Murió Trotski asesinado
de la noche a la mañana
porque habían premeditado
venganza tarde o temprana.

Pensó en México, este suelo
hospitalario y grandioso
para vivir muy dichoso
bajo el techo de este cielo.

Por fin lo venció el destino
en su propia residencia
donde el cobarde asesino
le arrancó ahí su existencia.

Le dolió que llamaran cobarde al asesino. Pensó que no conocían a Ramón Mercader.

El asesinato de Trotski demostraba la internalización de la telaraña tejida por la inteligencia soviética. El depredador continuaba produciendo hilo de seda y tenía las glándulas venenosas preparadas para secretar el veneno que paralizara a su víctima y acabara con ella.

Había llegado el momento de buscar y capturar otras presas.

También para África de las Heras.

Moscú

Primavera de 1942

Quien dentro de sí lleva el infierno tampoco puede
de sí mismo huir aunque de lugar cambie.

JOHN MILTON, *El paraíso perdido*

19

El río Moskova que le dio la bienvenida a Moscú en julio de 1941 volvió a descubrirse ante ella al salir del edificio de la Lubianka, en aquella mañana de mayo de 1942. África de las Heras se sintió feliz, como si entendiera el lenguaje secreto del agua. Estaba en el paraíso, y acababa de escuchar las palabras divinas y de recibir el mayor de los dones. Se hallaba en el país que sentía como patria y estaba a punto de convertirse en una nueva sombra, de estrenar una nueva piel.

Después de haber estado varios meses en París bajo la identidad de Znoy, colaborando con la Resistencia contra los nazis, instrumentalizando varios actos de sabotaje y protagonizando algunas misiones encubiertas relacionadas con el robo de documentación en las oficinas de la Gestapo, donde se infiltró como limpiadora, llegó a Moscú. Le dio la bienvenida el enorme retrato de Stalin que presidía la fachada de la estación marítima del puerto, cruzado por un único lema: «Gloria a nuestro amado Jefe, Padre y Maestro, camarada Stalin». La experiencia parisina le gustó, pero quería más. Su organismo pedía más adrenalina y sentía la necesidad de seguir creciendo como revolucionaria. Y no solo su cuerpo lo demandaba a gritos. El mundo compartía el mismo altavoz desde que los acontecimientos en la vieja Europa se precipitaron como un castillo de naipes.

A los pocos días de llegar a la capital moscovita escuchó en la radio la esperada alocución de Iósif Stalin realizada en la mañana del 3 de julio de 1941, doce días después de que Hitler invadiera la Unión

Soviética. Agradeció estar en compañía de un grupo de españoles que dominaba el ruso mejor que ella. Pudo escuchar las palabras del Padre de los Pueblos, pero también sus silencios, incluso la pausa que realizó el Faro de la Humanidad —como le designaba el diario *Pravda*— para beber un poco de agua. En aquella ocasión, no acudía a la radio para hablar de la lucha de clases ni del comunismo, ni de la victoria del proletariado; lo hacía para pedir a su pueblo que defendiera la madre patria, la Unión Soviética. Ahora tocaba cantar a la nación, más tarde habría tiempo de entonar «La Internacional». La petición respondía a los parámetros de la lógica: la situación era preocupante para los intereses soviéticos.

Los alemanes habían roto su palabra y hecho añicos el Pacto de No Agresión firmado en agosto de 1939 por los ministros de Exteriores de Hitler y Stalin, el acuerdo Ribbentrop-Molotov, por el que se comprometían a no agredirse mutuamente, el mismo acuerdo que sorprendió a los comunistas y revolucionarios del mundo pero que justificaron bajo la consigna «Stalin siempre tiene razón». Incluso África de las Heras lo hizo, al albur de las declaraciones de Dolores Ibárruri. Pero el 22 de junio de 1941, Hitler había invadido la Unión Soviética desplegando a tres millones de soldados a lo largo de más de tres mil kilómetros, poniendo en marcha la operación Barbarroja y enarbolando la bandera del fascismo que quería plantar en Europa, previa aniquilación total del comunismo. La Unión Soviética de Stalin necesitaba a todos los efectivos posibles para defender el territorio nacional, incluso más allá de las ideologías; quizá por eso la denominó Gran Guerra Patria. Así lo publicó *Pravda* el 23 de junio, y así aceptaron la denominación dada a la guerra entre Alemania y la URSS. Para los soviéticos, la Segunda Guerra Mundial no había comenzado cuando Hitler invadió Polonia el 1 de septiembre de 1939. La guerra de verdad, la que les afectaba como pueblo, era la *Blitzkrieg*, la guerra relámpago alemana lanzada contra la Unión Soviética. «Ahora, más que nunca, es muerte o patria. Ahora la patria nos necesita», decía África a todo aquel que quisiera escucharla.

Nada más llegar, la enviaron a realizar un cursillo de enfermería en la estación de tren Losinoostrovkaya bajo la supervisión del doctor Znamenski, cuya enseñanza fue más allá de las nociones básicas de primeros auxilios por petición propia de la alumna, y adscrita a una unidad médica especializada junto a otras veintinueve mujeres donde, amén de la instrucción médica que más tarde le resultaría muy útil, también mejoró su conocimiento del idioma ruso: estaba en Moscú, allí no valía hablar inglés ni francés como en México o en Francia; en español, un poco más, debido al gran número de compatriotas que habían viajado hasta la Unión Soviética. No tardó mucho en incorporarse a la Cuarta Compañía Española de la Brigada Independiente de Fusileros Motorizados de Destino Especial del NKVD, la OMSBON (Otdelnaya Moto-Strekovaya Brigada Osobo Naznacheniya), que dirigía un capitán valenciano nacido en Buñol y conocido por muchos guerrilleros que participaron en la guerra civil española: el comisario Pelegrín Pérez Galarza. Su unidad estaba formada por ciento veinticinco españoles: ciento diecinueve hombres y seis mujeres. Para estar allí había que pasar por un periodo intenso de entrenamiento al que África se entregó en cuerpo y alma. No había ejercicio ni prueba que no superase con nota. Los primeros entrenamientos los realizó en el estadio Dinamo de Moscú, un complejo con forma de herradura construido en 1928 para acoger los eventos deportivos de la Espartaquiada. Cuando el camarada que se lo contaba pronunció esa palabra, la española no pudo evitar el recuerdo de Ramón Mercader de aquella lejana mañana de julio de 1936, cuando le explicó su labor en la Espartaquiada de Barcelona: «Ya sabes, por Espartaco, el hombre que lideró la rebelión de los esclavos que se alzaron contra la República de Roma». La evocación tomó forma de vidrios rotos que le arañaron el pecho, por lo que procuró desterrar la inoportuna remembranza: los recuerdos no eran buenos aliados para la concentración ni para mantener el control de la mente.

Días más tarde, el grupo se trasladó a veinticinco kilómetros al norte de Moscú, al corazón de un cerrado bosque de Stroitel. Para la mayoría, la instrucción se antojaba físicamente dura, pero África parecía crecerse en cada uno de los ejercicios. Las marchas kilométricas en las que cargaban pesados petates de más veinte kilos; los entrenamientos con un fusil ruso de cinco kilos colgado a la espalda, y en ambas manos cajas de la munición correspondiente de un peso similar cada una; la organización de campamentos improvisados en las peores circunstancias geográficas y climatológicas; las prácticas de demolición y el manejo de explosivos destinados a la destrucción de las infraestructuras del enemigo, en especial puentes, trenes y estaciones de transporte, cuyo sabotaje dificultaría la intendencia y la llegada de víveres y de material bélico a las tropas enemigas... Todo representaba para ella una experiencia única y colmaba sus expectativas. Se interesó en particular por la instrucción sobre técnicas de camuflaje y cómo la vestimenta, los árboles, los ríos, el barro o su propio cuerpo podían convertirse en el mejor escondite. Era habitual verla llegar la primera en los ejercicios de paso de ríos, en la escalada de árboles, en las tácticas militares de avance, en las maniobras de repliegue, en la preparación de emboscadas, en las formas de combate y en el estudio de estrategias. Prestaba atención a las técnicas de supervivencia y de interrogatorio, en las que descubrió métodos nuevos y más perfeccionados, siempre en busca de la eficacia a la hora de obtener información del enemigo. Procuraba grabar en piedra las recomendaciones de sus instructores para, más tarde, volver sobre ellas: «Y recordad: primero observar el terreno, luego analizar la situación, adaptarse a las circunstancias y, por último, ejecutar». Pronto comprendió que había una parte importante de psicología e intuición incluso en las tácticas guerrilleras más rígidas, y ella se consideraba buena en ese campo. Sabía que la guerra psicológica sería la madre de muchas victorias. No fueron pocas las veces que los instructores hacían un aparte con ella después de la instrucción para instarla a trabajar sus dotes para la observación y la improvisación. «No todos tienen ese don oculto, pero tú sí. Utilízalo: te salvará en situaciones peligrosas, y también a tus compañeros».

El manejo del armamento bélico era otro de sus fuertes: preparaba los explosivos, minaba terrenos, manipulaba cualquier arma de fuego, era capaz de desmontarlas y limpiarlas en un tiempo récord y parecía disfrutar con todo ello, como si fuera un juego y no una preparación militar. Incluso se inició en los elementos de la guerra química.

En paralelo al entrenamiento físico y estratégico, participaba de manera activa en los cursillos que se impartían sobre la historia de la Unión Soviética, centrados en alabar sus victorias militares, sociales y políticas. Afianzó sus conocimientos sobre el marxismo-leninismo, la Revolución rusa, se adentró en la historia del bolchevismo y sus principales figuras —entre las que no ocupaba un lugar destacado León Trotski, excepto en el capítulo dedicado a la traición y al terrorismo— y también perfeccionó su ruso. Se reencontró con Marx, Engels y Lenin. Sus instructores advirtieron que era entregada, rápida en reflejos, concienzuda, inteligente, fría y visceral; los informes sobre ella no mentían. Descubrieron que estaba muy cualificada para manejar los equipos de comunicaciones y, en especial, la radiotransmisión. Tenía facilidad para memorizar códigos, descifrar mensajes y encriptar correos e informes, lo que hizo que superase los cursos de instrucción y algunos de perfeccionamiento con mención de honor.

En esos meses de entrenamiento, salpicados por algún periodo de descanso que empleaba para unirse a la represión del avance alemán sobre Moscú, se encontró con muchos españoles a los que había visto por última vez en la guerra civil española; entre ellos, un rostro conocido: el de Lena Imbert, la novia oficial de Ramón Mercader, a la que se abrazó un largo instante. No intercambiaron una sola palabra; sus ojos se lo dijeron todo, menos aquello que no era necesario decir. También tuvo la oportunidad de coincidir con un joven simpático, de estatura mediana y con una gran mata de pelo negro, que hablaba ruso mejor que ella, aunque se le resistía la instrucción física con kilos de carga a sus espaldas mientras perseguía a un camarada que hacía las veces de enemigo nazi. Se trataba de Luis Mercader, el hermano de Ramón, el hijo pequeño de Caridad. Al verle recordó los rumores que corrían sobre la identidad del padre de aquel muchacho: si era hijo del mismo padre que el resto de sus hermanos, si quizá era fruto de una relación que Caridad tuvo con un aviador durante su estancia en Francia cuando huyó de su familia; incluso había quien aseguraba que era hijo de Eitingon, un rumor al que África nunca dio demasiada credibilidad, no porque dudara de la capacidad amatoria del judío bielorruso —que alternaba amantes como misiones—, sino porque las fechas no parecían cuadrar, aunque pronto aprendió que los agentes y los colaboradores de los servicios secretos no respondían al mismo calendario que el resto de los mortales; siempre había lagunas, agujeros negros y espacios en blanco que la más concienzuda investigación no sería capaz de rellenar. Le gustó conocerle. Llevaba demasiado tiempo controlando sus emociones y el encuentro con el joven Luis le despertó cierta ternura, que se intensificó cuando el muchacho le reveló que su madre también estaba allí.

No tardó en encontrarla. Fue un día muy señalado: el 18 de julio de 1941, cuando el grupo de españoles recibió una visita muy especial. Dolores Ibárruri, la Pasionaria, el mayor símbolo del Partido Comunista en España, llegó para animarles a seguir luchando. «Hoy como ayer os encontráis con las armas en la mano contra el fascismo. Hoy como ayer nos sentimos orgullosos al ver a los voluntarios de nuestro pueblo frente a la tiranía fascista». La Pasionaria había llegado a la Unión Soviética en 1939, a bordo del María Uliánova. Cada vez que la veía, África recordaba el artículo publicado sobre ella en el periódico *La Batalla*, el 28 de agosto de 1937:

> La Pasionaria, este sexo loco vuelto lengua, se lanzó en el mitin de Valencia a las estridencias propias de su condición mental y de su lengua. Muchas anormales sexuales han terminado prostitutas; otras han sido elevadas a la categoría de santas; a la Pasionaria, la locura del sexo se le ha subido a la lengua y ha sido proclamada «vedette» oficial del PCE.

Caridad lo había recortado y se lo había entregado para que lo leyera, indignada por su contenido tan calumnioso como sexista, «como solo un panfleto poumista puede serlo», dijo en su día. Quizá ese fugaz recuerdo hizo que enseguida la avistara. La cabellera plateada de la Mercader siempre sobresalía por varios motivos: era espesa y brillante, y se movía sin parar, como si el pelo se convirtiera en el lomo peludo de un animal revoltoso y saltarín. Se acercó a ella con una sonrisa en el rostro. Cuando sus miradas se encontraron, el guiño fue mutuo. Sin duda se alegraban de verse y lo hacían en tierra soviética, la patria que ambas amaban.

Llevaba sin verla desde la aciaga tarde del 20 de agosto de 1940, a través de la ventanilla del coche que conducía Eitingon y que los alejaba del número 19 de la calle Viena de Coyoacán. No había vuelto a coincidir con ella ni tampoco con su compañero. Si el abrazo con

Lena Imbert había sido entrañable, por la distancia y los recuerdos, el de Caridad no se quedó atrás. Tardaron poco en ponerse al día, como si el calendario se hubiera detenido en México y desde entonces solo hubiesen pasado unas horas.

—Cuando regreses a Moscú, nada de quedarte en la Casa de los Sindicatos ni en el hotel Lux —le dijo Caridad, refiriéndose a la pensión en la que solía alojarse la mayoría de los exiliados españoles llegados a la capital soviética, donde el olor a tubería y la suciedad de sus instalaciones se mezclaban con los juegos infantiles de los niños, las ratas, los piojos, los ruidos nocturnos de visitas indeseadas que salían y entraban de coches negros aparcados a la puerta del hotel, los rumores y cierta sensación de asfixia mezclada con una inconfesable decepción—. Tú te vienes conmigo. El Partido me ha facilitado un departamento con tres habitaciones de casi veinte metros cuadrados cada una, en un edificio nuevo de la calle Sadóvaya, no muy lejos de la plaza Mayakovski. En la quinta planta tienes tu casa, con todo lo que debe tener, incluyendo calefacción central. Está completamente amueblado y con parquet, ya sabes lo que me gusta a mí un entarimado de buena calidad. Es lo mínimo que me deben —dijo sin decir, como solían expresar las cosas importantes los agentes y colaboradores de la inteligencia soviética.

Caridad era la madre del asesino de Trotski y eso, a su entender, debía valer algo más que un simple agradecimiento de palabra y una medalla. El 17 de junio, ella, su hijo Luis y Leonid Eitingon habían acudido al Kremlin a bordo de un coche oficial negro, uno de esos que tanto gustaban al bielorruso. Allí los recibió el presidente del Presídium del Sóviet Supremo de la Unión Soviética, Mijaíl Kalinin, y los condujeron a una sala especial donde se procedería a la entrega de condecoraciones: a Caridad se le otorgó la Orden de Lenin, al igual que a Eitingon, mientras a Grigulévich se le condecoró con la Orden de la Bandera Roja. La mayor distinción fue para el hombre ausente, Ramón Mercader, nombrado Héroe de la Unión Soviética y laureado con la medalla de oro de la URSS. Más tarde, Eitingon le contó a Caridad la confidencia que Stalin le hizo al entregarle la condecoración: «Mientras yo viva, nadie le tocará un pelo». Todos pensaron que se refería a Ramón Mercader, aunque nadie se atrevió a preguntar. Tampoco serviría de nada: cada uno se quedaría con la versión que más le interesara. Caridad vio una muestra de gratitud y buena voluntad hacia su hijo —que entendió extensiva a su familia, en especial a ella misma— cuando, días más tarde, un enviado del Kremlin le entregó, en su casa de la calle Sadóvaya, una caja de botellas de vino georgiano de Napareuli, cosecha del año 1907, que todavía conservaban el lacre del sello del zar en el corcho, donde destacaba el águila bicéfala. Caridad sabía de su valor; era un caldo superior cultivado en la orilla izquierda del río Alazani, donde se añejaba en cubas de roble.

—Le agradecí el detalle a Beria. Está bien que un hombre poderoso tenga en valor a una camarada con gustos refinados —comentó Caridad con cierta hilaridad, como si todavía pudiera sentir en el paladar el sabor armonioso y el buqué templado de aquel vino de color bermellón.

África entendió que la Mercader era incapaz de liberarse por completo de su pasado burgués. La imaginaba en la recepción del Kremlin, con sus medias de seda sintética Dupont —que llevaban un año en el mercado, desde mayo de 1940—, su vestido en tonos neutros y sus zapatos marrones de piel de serpiente, sus favoritos, a pesar del tacón demasiado alto que, según ella, le destrozaba las piernas; «pero la ocasión bien merecía un sacrificio». Fuera como fuese, la joven le agradeció la invitación a su casa y prometió aceptarla en cuanto volviera a Moscú.

—Pero cuéntame... —comenzó a decir África, sin saber muy bien cómo terminar la frase que tenía atravesada en la garganta—. ¿Qué sabes? ¿Qué puedes decirme?

—Puedo contarte poco, y debo contarte aún menos —bajó la voz Caridad, lo que en su caso, y dado su timbre vocinglero, era todo un milagro.

Ramón Mercader había sido detenido y encarcelado en la cárcel de Lecumberri, popularmente conocida como el Palacio Negro, en parte por la leyenda del mismo color que guardaban sus muros. Ella misma se encargó de contratar a un letrado que le defendiera, sin decirle que era su hijo ni facilitarle la verdadera identidad del acusado. El abogado era Octavio Medellín, y se lo había recomendado Vicente Lombardo Toledano, el comunista mexicano con el que Caridad aparecía en las fotografías de la manifestación en el Zócalo de noviembre de 1936. El procedimiento judicial contra el asesino de Trotski lo había iniciado el 29 de agosto de 1940 el juez de primera instancia de Coyoacán Raúl Carrancá y Trujillo, quien había cursado estudios en Madrid y llegó a trabajar como pasante en el despacho de Niceto Alcalá Zamora. Se le imputaban cargos de «homicidio, ataque peligroso y portación de armas prohibidas».

—A los seis meses de comenzar la instrucción, el juez Carrancá dejó el procesamiento tras recibir amenazas de muerte. Pero antes tuvo tiempo de encargar un estudio psicológico de Ramón; lo llamó «Estudio de la personalidad del victimario de León Trotski». Me han dicho que son 1.359 folios. ¿Te imaginas la presión que debe de estar sufriendo mi hijo? Menos mal que le instruyeron bien. —Caridad hablaba con un cigarrillo entre los labios: seguía fumando de manera compulsiva—. El nuevo juez es Manuel Rivera Vázquez y será él quien dicte sentencia, pero el juicio va para largo. Solo sé que Stalin cuidará de Ramón. De ser condenado, ya veremos cómo sacarlo de allí.

A África le extrañó escuchar en boca de Caridad aquel «de ser condenado». Había que estar muy ciega o hablar como madre para no entender la realidad de la situación. A «Jacques Mornard» o «Frank Jackson» —como podría leerse en los papeles de instrucción del caso; por fin alguien había añadido la ka que África había echado en falta cuando vio aquel nombre por primera vez— lo habían sorprendido *in fraganti* en el despacho de Trotski. Era imposible que no lo condenasen. Lo único que restaba por saber eran los años de prisión que decretaría el juez en su sentencia. Prefirió cambiar de tema.

—¿Y Eitingon? —preguntó, más por deferencia a ella que por un interés real.

—Llegamos los dos a Moscú en el mes de mayo. Pasamos unos días juntos y, desde septiembre, está en Ankara. Oficialmente como agregado de prensa de la embajada soviética, pero ya sabes que a Leonid nunca se le ha dado bien la oficialidad, como tampoco la fidelidad. Está con una nueva mujer, Muza Malinovskaya, una paracaidista rusa demasiado joven y guapa, no sé si habrás tenido ocasión de conocerla. Pero qué voy a saber yo de esas cosas...

Caridad no le especificó la misión de Eitingon en Ankara, solo le dijo que lo vería en los periódicos. Y, en efecto, lo vio, aunque aún tendría que esperar unos meses: fue el 25 de febrero de 1942, un día después del atentado contra el embajador de la Alemania nazi en Turquía, Franz von Papen, cuyo asesinato había ordenado Stalin, cuando Lavrenti Beria le informó de una supuesta operación planificada entre Estados Unidos, Gran Bretaña y el Vaticano para derrocar a Hitler y designar a Von Papen en su lugar, moldeando un nuevo orden europeo en el que la URSS y el comunismo no tendrían cabida. El atentado resultó fallido y Eitingon tuvo que volver a desaparecer, escondiendo su sombra en México y en Estados Unidos.

Fueron varias las ocasiones en las que África y Caridad se encontraron, tanto en el centro de entrenamiento como en su casa de Moscú. Las dos mujeres se entendían y les unían demasiadas cosas para no seguir compartiéndolas.

En los meses de octubre y noviembre de 1941, los españoles fueron llamados a defender la plaza de Moscú y el Kremlin. Las órdenes de Pérez Galarza a la Cuarta Compañía que capitaneaba eran claras: había que defender el centro de la ciudad de la invasión alemana y proteger edificios como el Museo Lenin, el hotel Nacional o la Casa del Gobierno. África no podía creer que por fin fuera a entrar en acción, en lo que se prometía un combate cuerpo a cuerpo. Sin embargo, alguien le dijo que se expusiera solo lo necesario, que la necesitaban en otro lugar donde sería más útil. A pesar de la orden, no quiso perderse la experiencia de defender la que consideraba su verdadera patria en el asfalto de la plaza Roja. Allí estuvo acompañada de un grupo de camaradas españoles, aguantando el frío de los veinte grados bajo cero, la densa humedad que caía sobre los adoquines de la emblemática plaza, cubriéndolos de una pátina brillante y helada que dificultaba cada paso, todo envuelto en una espera tensa, silenciosa y oscura.

Mientras aguardaban la llegada de las tropas enemigas y marchaban por la calle 25 de Octubre, junto a varios destacamentos italianos, austriacos y de otras nacionalidades, escuchó la pregunta de uno de sus compañeros, el camarada teniente Roque Serna:

—¿Te has fijado? No brillan las estrellas del Kremlin. Han cubierto con lonas sus cúpulas doradas, para que el brillo no advierta a las tropas alemanas.

—Lo mismo que han hecho los británicos con el gran reloj de Westminster: apagarlo para que su luz no alerte a los pilotos nazis durante el *Blitz* —añadió África, refiriéndose a las campañas de bombardeo sistemático contra Gran Bretaña.

—¿El Big Ben? —preguntó otro de los camaradas que los acompañaban.

—No se llama Big Ben. Su nombre es The Great Westminster Clock y la torre que lo alberga es la Tower Clock.

—¿Estás segura de eso?

—Como que tú y yo estamos aquí, camarada.

—Y entonces, ¿qué demonios es el Big Ben?

—La campana —contestó divertida África—, la más grande de todas. Pesa dos toneladas y media, y tardaron más de treinta horas en subirla.

—¿Cómo es que sabes tanto? —frunció el ceño el joven, al que no terminaba de convencerle.

—Porque hay que leer más y hablar menos.

—Vosotros dos, ¡callaos! —La voz llegó de unos metros más allá de su posición, justo donde estaba el capitán Pérez Galarza—. Vais a alertar a los alemanes con tanta palabrería.

—Qué quiere, capitán, somos españoles —susurró el joven guerrillero, poco dispuesto a obedecer esa orden—. En algo hay que entretenerse mientras vienen los malditos boches.

—Si te callas, te prometo que te llevaré a Londres a ver la Torre del Reloj.

—¿Y la campana?

—Y la campana —prometió África.

Después de varias horas, las cúpulas del Kremlin seguían cubiertas y la plaza Roja vacía de tropas alemanas. Los españoles se retiraron, cantando el «¡Ay, Carmela!». A África le gustaba aquella melodiosa canción que había salido de las gargantas republicanas durante la Guerra Civil, y que antes lo hizo de las bocas de las tropas españolas que se enfrentaron a las de Napoleón durante la guerra de la Independencia.

El Ejército del Ebro,
rumba la rumba la rumba ba la rum,
una noche el río pasó,
¡ay, Carmela!, ¡ay, Carmela!,
una noche el río pasó,
¡ay, Carmela!, ¡ay, Carmela!...

De regreso de la plaza Roja, casi todos se dirigieron a la Sala de Columnas de la Casa de los Sindicatos. África todavía no había tenido ocasión de contemplar con sus propios ojos el lugar donde, años antes, se habían celebrado los llamados Procesos de Moscú, en los que se condenó a León Trotski, a su hijo Liova y a otros líderes revolucionarios. El recuerdo de las sesiones de la Comisión Dewey, en la que participó como María de la Sierra durante la primavera de 1937 en la Casa Azul, le hizo mirar el escenario de aquellos juicios de una manera diferente a como lo hacía el resto. El sonido de las estrofas del «¡Ay, Carmela!» se vio reemplazado en su cabeza por el recuerdo de Frida Kahlo, de Diego Rivera, del Viejo, de Natalia Sedova, del perro Azteca, de los jerséis psicodélicos de uno de los secretarios, de las prisas de Ruth Ageloff, de la dactilógrafa rusa Rita Jakolevna, de Ramón metido en la piel de Frank Jacson...

En el mes de noviembre de 1941 se repitió la escena del despliegue de los distintos destacamentos para la defensa de la plaza Roja y del Kremlin. Las tropas alemanas se quedaron a poco más de diez kilómetros de Moscú.

Mientras tanto, seguían los entrenamientos. África conoció a un español con el que trabó amistad. José Gros formaba parte de la Cuarta Compañía y era uno de la veintena de hombres que cada día se subían a sus motos para patrullar la carretera que unía Moscú con Leningrado, por donde se esperaba el ataque de las tropas alemanas a la ciudad. Ella siempre le veía con su cazadora de cuero con cuello de piel, su casco y sus enormes gafas. Se habían conocido en la casa que tenía en Moscú Rafael Vidiella, un dirigente comunista que, en abril de 1937, fue nombrado consejero de Trabajo y Obras Públicas de la Generalitat, unos meses después de hacerse cargo de la Consejería de Justicia, y que vivió muy de cerca los Hechos de Mayo de ese mismo año en la Ciudad Condal.

—A ver cuándo me llevas contigo y veo algo de acción —le pidió África una tarde que Gros estaba limpiando su moto—. Yo también patrullé por Barcelona, ¿sabes? Fue una época curiosa.

—Sí, ya me han contado. Eres más popular que la Moños —respondió Gros, utilizando una expresión popular catalana que África ya conocía. El hombre había oído historias sobre el coraje y la entrega de aquella joven, casi tantas como de su belleza, y, como les solía pasar a todos, le bastó una mirada para confirmar que eran ciertas—. No has estado muy quietecita, que se diga.

—Hay que moverse, o el hielo y el frío nos van a dejar helados, como a tu moto. —Le guiñó un ojo—. Y no la limpies tanto. La moto es como el fusil: si lo dejas reluciente, su brillo alertará al enemigo. Como las cúpulas del Kremlin —dijo divertida—. Lo aprendí en el frente de Aragón y ya sabes: lo que se aprende en el frente...

—Mira, solo por eso, un día te voy a llevar en la moto —prometió Gros. Nunca cumplió la promesa. Al menos, en la carretera de Kalinin.

África de las Heras era especial. Todos lo sabían, y los que no, lo intuían nada más verla. Por eso necesitaba una misión especial. Llevaba demasiado tiempo preparándose; tenía ganas de entrar en acción.

Tras la invasión germana, nombraron a un viejo conocido, Pavel Sudoplátov, responsable del operativo guerrillero para contener el avance de las tropas alemanas en varias zonas estratégicas de la URSS. África vio su oportunidad de entrar en uno de los comandos de misiones especiales que se dirigían tras las líneas enemigas, en el grupo del coronel Dmitri Medvédev, «Los Vencedores». Sabía que no iban a enviarla al frente, la máxima pretensión de la mayoría de los guerrilleros españoles que habían ido a luchar por la Unión Soviética y que al principio encontraron una férrea reticencia a dejarles formar parte del ejército ruso por su condición de extranjeros, una suspicacia que duró lo que tardó la URSS en necesitar efectivos para repeler la invasión germana. Dmitri Medvédev, informado previamente por Pavel Sudoplátov, sabía que la joven sería más valiosa no en la primera línea de fuego, arriesgando la vida en las trincheras, sino en la retaguardia, en misiones más estratégicas, especialmente centradas en el terreno de las comunicaciones. Tal y como se informó a la Lubianka, durante el periodo de instrucción y en los diferentes cursos de entrenamiento, África de las Heras había dado muestra de su habilidad con los radiotransmisores y de su capacidad para memorizar y descifrar códigos encriptados; sus manos seguían siendo mágicas, como siempre le decía Luis Pérez García-Lago cuando lograba sintonizar cualquier emisora, como aquella mañana de julio de 1936 en Barcelona cuando la radio informó de la insurrección militar en Marruecos. Sobre el papel, su misión tendría más que ver con la inteligencia que con lo meramente militar, un área en la que sus instructores y superiores —sin conocer los detalles— sabían que llegaba avalada por sus buenos resultados.

Con esas credenciales se presentó aquella mañana de primavera de 1942 en el despacho de Dmitri Medvédev en el edificio de la Lubianka. Entró con seguridad y paso firme. Pensó que allí se encontraría de nuevo con Sudoplátov, pero se equivocó. O, al menos, no pudo verle; sabía por experiencias pasadas que lo más importante suele mantenerse oculto al ojo humano: que no viera algo o a alguien no significaba necesariamente que no existiese.

La voz del coronel Medvédev era grave y bien modulada. Su mirada escaneó de arriba abajo a la mujer que tenía delante y que venía recomendada por el mismo Pavel Sudoplátov, quien, a su vez, le había recomendado a él a las altas instancias y rescatado del olvido al que le abocó una desafortunada purga estalinista. Su superior no había exagerado. Además de belleza, aquella mujer tenía algo hipnótico, una especie de imán que hacía imposible dejar de mirarla. Las primeras preguntas del coronel se limitaron a confirmar lo que tenía escrito en el informe: aquella joven sabía disparar un arma, como reflejaba la insignia de tirador de Voroshílov; también sabía nadar porque de pequeña practicó la natación, para escándalo de muchos; su nivel de ruso mejoraba, aunque no era lo esencial para su misión. Cuando las cuestiones que poblaban el papel y que Medvédev enunciaba con tono maquinal se terminaron, llegó la hora de las preguntas interesantes:

—¿Sabe guardar un secreto, camarada África?

—Por supuesto, camarada coronel.

—Supongo que ya sabe que es más complicado guardar un secreto que arrancárselo al enemigo.

África reconoció en boca de Medvédev la misma enseñanza que en su día le confió Eitingon.

—Lo sé, camarada coronel. —Recordaba lo fácil que le resultaba arrancar secretos celosamente guardados en sus interrogatorios de la checa de San Elías, algo que imaginó incluido en algún párrafo del informe del coronel.

—Mejor, porque va a tener que guardarlo, encriptarlo y enviarlo por radio a Moscú —le explicó Medvédev, antes de añadir—: ¿Teme a la muerte?

—No, camarada coronel.

—Mejor aún. Y le diré por qué: si como responsable de las comunicaciones de radio está a punto de caer en manos del enemigo, no tendrá más remedio que quitarse la vida, no sin antes destruir la radio y el libro de códigos.

Le mostró los objetos que acababa de desplegar sobre la mesa: un puñal, dos granadas y una pistola. Medvédev buscó su mirada y la encontró firme y segura, como si nada de aquello le supusiera un problema. De aquellas miradas estaba hecha la heroicidad soviética que anhelaba Stalin, aunque él mismo decidiera velarlas en algún momento.

—Si el enemigo se dispone a apresarla, el orden que deberá seguir será este: destrucción del transmisor y de los códigos —señaló las dos granadas de mano— y, solo una vez conseguido esto, suicidarse de un tiro en la boca, cortándose el cuello con el puñal o, como prefieren muchos camaradas, poniéndose una granada bajo la barbilla y, con un poco de suerte, llevarse por delante a los nazis que se acerquen a detenerla. —La explicación del coronel Medvédev fue tan clara y directa como su mirada—. ¿Tiene alguna pregunta, camarada?

—Solo una, camarada coronel. ¿Cuándo puedo incorporarme?

La respuesta pareció del agrado de Medvédev. Cuando África estaba a punto de salir de la sala, la voz del coronel la frenó en seco.

—Una cosa más, camarada. ¿Ha saltado alguna vez en paracaídas?

De aquel encuentro en la Lubianka salía aquella mañana de 1942, cuando se asomó nuevamente al río Moskova. Sus aguas tenían algo mágico, como sus dedos. Hermanados en esa magia, liberó un grito de rabia y orgullo desde el fondo de su garganta: estaba donde siempre había querido estar, haciendo aquello para lo que había nacido.

Al día siguiente, ya estaba cumpliendo un periodo previo de entrenamiento al mando del camarada comisario político Serguéi Trofímovich Stejov, que junto al responsable de información Aleksandr Lukin y la delegada del Partido Comunista de la Unión Soviética (PSUC), María Fortus, formaban el equipo de Medvédev en el grupo «Los Vencedores». El entrenamiento se centró en el salto en paracaídas, el manejo de la radio y la gestión de las comunicaciones, ya que esas serían sus principales tareas.

—Tu misión primordial será interceptar las comunicaciones de radio de los alemanes y mantener comunicación constante con Moscú, haciéndonos llegar toda la información que seamos capaces de obtener y recibiendo las órdenes pertinentes desde el Kremlin. Por ti pasará todo, y lo que no pase nos puede condenar a muerte a todo el destacamento. Serás una «violinista»: tocarás en este aparato las notas que te entreguemos y, con un poco de suerte, haremos que el mundo baile a nuestro son. En realidad, es como un baile. ¿Has estado en algún baile, camarada Ivonne?

—En alguno, camarada Stejov —respondió África de las Heras, tras escuchar por primera vez el nombre de su nueva piel, la sombra que la acompañaría durante los próximos tres años en los bosques de Ucrania, su nueva identidad: Ivonne. La última vez que escuchó hablar de bailes se encontraba cerca del bosque de Chapultepec—. Y no se me dio mal.

El juramento de radista, de operadora de radio, lo efectuó dos días después de su primer y único salto de prueba en paracaídas, antes de ser «parachutada» sobre los bosques de Ucrania. «Juro que no me entregaré viva al enemigo. Juro que destruiré la radio y el libro de códigos. Juro que daré mi vida por la Unión Soviética. Con cada latido de mi corazón, juro servir al Partido, a la patria y al pueblo soviético. La victoria será nuestra».

Se había convertido, oficialmente, en violinista.

Así fue como África de las Heras mudó en la piel de la guerrillera Ivonne, que pronto se convertiría en subcomandante, una de las responsables máximas del equipo de radistas del comando guerrillero «Los Vencedores» de Dmitri Medvédev, el agente del NKVD que había sido jefe de operaciones en Odesa. Era la misma que demostró ser un buen soldado en las Patrullas de Control de la Ciudad Condal, una eficaz interrogadora en la checa de San Elías en Barcelona, la María de la Sierra que había cumplido con honor su misión en México en 1937 durante la Comisión Dewey y más tarde como parte de la operación Utka que acabó con la vida de León Trotski en Coyoacán, y la Znoy infiltrada en las oficinas de la Gestapo en París que había colaborado con la Resistencia interceptando las comunicaciones escritas y las correspondencias postales de los alemanes. La mujer dentro de otras mujeres, la *mamushka*, que estaba a punto de entrar en la nueva misión que preparaba la URSS en la retaguardia de las líneas enemigas en territorio soviético.

La camarada Ivonne se preparó para salir a escena. El último escenario se levantó en tierras mexicanas. Esta vez, las bambalinas se instalarían en el cielo.

20

En la madrugada del 16 de junio de 1942 le dejaron de gustar las noches de primavera.

Cuanto más se acercaban al solsticio de verano, más cortas eran las noches y eso lo complicaba todo. El avión que cargaba a los guerrilleros que iban a lanzarse en paracaídas no tenía el tiempo suficiente para ir y volver a resguardo de la oscuridad, y debía apresurarse para evitar que las tropas alemanas, que se pasaban la noche mirando al cielo en busca de aviones soviéticos, los interceptasen. Sobre todo en las fases de luna llena, cuando la claridad era mayor. De nuevo, la luna de bombardeo. Si las nubes cubrían el cielo, los nazis se limitaban a escuchar en silencio y, al menor zumbido, lanzaban sus morteros para derribar al enemigo.

Definitivamente, a la camarada Ivonne dejaron de gustarle las noches de primavera.

Esa misma tarde, después de una comida ligera, el grupo de «Los Vencedores» llegó a bordo de un camión con la carrocería verde a un aeródromo situado en las afueras de Moscú. Un bimotor del Ejército del Aire de la Unión Soviética los esperaba para lanzarlos en paracaídas. Mientras los guerrilleros españoles y soviéticos del grupo de Medvédev se acercaban al avión, Ivonne recordaba que su preparación previa había consistido en cuatro horas diarias de teoría y práctica, y un único salto de prueba realizado a plena luz del día. Lejos de amedrentarla, lo consideró una aventura. Miró a los camaradas españoles que realizarían el salto aquella noche junto a ella: Rivas, Cecilio, Sebastián, Navalón y Bargueño; todos, excepto Jesús Rivas, lucían la misma expresión en su rostro. El teniente Rivas parecía más preocupado que el resto, porque la preparación física no era su punto fuerte. Ivonne había dado por hecho que José Gros también saltaría con ellos, pero la informaron de que lo haría unos días más tarde junto a otros seis españoles y seis soviéticos, entre ellos el joven soldado a quien había prometido enseñarle la campana de la Torre del Gran Reloj de Westminster.

Mientras se ajustaba el equipo de paracaídas al cuerpo y comprobaba el peso extra —casi treinta kilos— que suponía el equipaje adicional que debía llevar a la altura del pecho y que incluía comida para ocho días y su equipo de radio, siempre a su espalda, escuchó atentamente las últimas indicaciones del camarada Stejov ante la mirada de Dmitri Medvédev. «Y recordad: si el viento os empuja durante el salto hasta una zona arbolada, proteged la cara y la cabeza, y juntad las piernas; las ramas de los árboles pueden ser letales. Si caéis sobre un árbol, no cortéis las cuerdas del paracaídas, a no ser que comprobéis que estáis a pocos centímetros del suelo. Un guerrillero con las piernas rotas no resulta útil para nada, más bien se convierte en un lastre, y ya vamos todos lo suficientemente cargados».

En fila de a uno, fueron subiendo al bimotor y ocupando su lugar dentro del aparato. Antes de subir, se fijó en una caja de madera situada al lado de la escalinata del avión, en cuyo interior avistó lo que parecían ser unos salchichones, varios trozos de carne y diversos embutidos. No tenía apetito, ni siquiera había probado bocado durante la comida, pero sabía que en su nueva misión, el hambre iba a ser un enemigo añadido. Aun así no cogió nada: ni en su uniforme ni en su equipaje había sitio para algo más.

Tuvieron que esperar una hora hasta que la luz del día desapareció completamente del horizonte antes de iniciar el vuelo. La noche cerrada era un buen aliado. El rugido del motor los avisó de que la aventura comenzaba. Durante el trayecto, nadie parecía preocupado por el salto en paracaídas, pese a que solo era el segundo para la mayoría. Algunos habían aprendido canciones guerrilleras y partisanas, tanto españolas como soviéticas, que entonaron durante todo el trayecto. Ivonne no cantaba, pero le gustaba escucharlas porque sus letras hablaban de valor, honor y patria. Una de sus favoritas era una canción soviética con un estribillo machacón: «Sostenemos una guerra popular, una guerra santa». Las coplas solo cesaron cuando lo ordenó el camarada Stejov. En la cabina del avión acababan de ver los destellos de los reflectores alemanes: estaban a punto de sobrevolar una zona ocupada por los nazis. El piloto necesitaba el máximo silencio. Tenía una costumbre que no agradaba a todos los responsables, especialmente a Medvédev, que lo veía demasiado arriesgado: apagar los motores del avión unos instantes para que su sonido no alertara al enemigo. La ausencia del camarada coronel facilitó que el piloto procediera con la maniobra. Durante unos segundos que a todos les parecieron horas, se implantó en el avión uno de los silencios más turbadores que Ivonne había sentido nunca. Un silencio suave, tenso y sordo lo monopolizó todo. No se escuchaba ni un amago de respiración, ni siquiera los acelerados latidos dentro del pecho de los guerrilleros, que mantenían la mirada fija en el suelo del aparato o en el techo. Ninguno de ellos cerró los ojos, como si manteniéndolos abiertos controlasen mejor la presión. Por suerte —o gracias a la maniobra del piloto—, aquella noche no estalló cerca del avión la lluvia de proyectiles de los cañones antiaéreos nazis. Cuando rebasaron la zona de peligro, los motores de la aeronave volvieron a rugir al igual que las gargantas de los guerrilleros, prologadas por un estruendo de aplausos, hurras y vítores al piloto.

A los pocos minutos, un picado brusco del aparato, a una altura de tres mil metros, volvió a acallarlos. Esa vez todos se miraron. No sabían qué pasaba, pero Stejov se encargó de informarlos: acababan de avistar las hogueras que los guerrilleros que los esperaban en el bosque habían encendido a modo de señalización, para advertir al piloto del lugar donde debía «parachutar» a los paracaidistas. Las fogatas dibujaban una enorme T sobre el terreno, con cuatro fuegos alineados en la perpendicular y otros tres dispuestos en horizontal. La voz del camarada Stejov se escuchó de nuevo: «Prepárense para saltar». Comenzó a sonar una sirena en el interior del avión y al instante se encendió una luz roja. Todos se levantaron y se alinearon frente a la escotilla abierta del bimotor. Miraban la luz roja, esperando a que cambiara a verde. Ivonne sería una de las primeras en saltar.

Situada cerca de la escotilla, miró hacia abajo: un vacío imponente, de una espesa negrura, se abría a sus pies. No podía dejar de mirarlo, como si algo en ese agujero negro tirara con fuerza de ella. El avión dibujó un círculo para iniciar el descenso, haciendo que Ivonne se desequilibrara en una pequeña sacudida. Stejov la asió del brazo y su mirada la atravesó. Lejos de inquietarla, la serenó. Encontraba seguridad en aquellas miradas que lo atravesaban todo, incluso el vacío más impenetrable surgido en mitad del cielo.

—¿Preparada? —le preguntó él, consciente de que su mejor alumna lo estaba.

—Siempre —respondió convencida.

No tardaron en ver la luz de las hogueras. Alguien comentó que parecía el infierno, pero ella sabía que eran las puertas de su particular paraíso. Todos tuvieron la impresión de que eran demasiado pequeñas. «No son pequeñas —les aclaró el camarada jefe—. Somos nosotros los que estamos más lejos de lo esperado». Las condiciones meteorológicas —con un exceso de viento y la cercanía del amanecer— apremiaron al piloto. La noche cerrada que apreciaron en Moscú era entonces noche abierta, con una esplendorosa luna a la que un ejército de nubes había dejado de escoltar. El salto debería realizarse de inmediato y al triple de la altura habitual: los lanzarían a novecientos metros, en vez de a trescientos. Como bien los habían advertido en los entrenamientos, debían adaptarse a las circunstancias en cada momento.

La luz verde se encendió sobre sus cabezas. «Que comience el baile», susurró Ivonne mientras repasaba a toda velocidad el consejo de su instructor: «Recuerda, no saltes hasta entrar en la vertical de las hogueras». Sabía lo que debía hacer.

Antes de cada salto, el camarada Stejov gritaba: «A la lucha activa contra los invasores alemanes», a lo que cada uno de los guerrilleros exclamaba: «¡Venga!».

Esperó a la vertical de las hogueras y, tras obtener el beneplácito del camarada Stejov, se precipitó al vacío. Por fin había dado el salto.

Durante los primeros instantes tuvo que controlar el brusco balanceo de su cuerpo, que consiguió estabilizar en unos segundos. Cuando se sintió dueña de la situación y después de mirar el vacío que seguía abriéndose bajo sus pies, se permitió observar a su alrededor, especialmente a sus extremos. Algunos de sus camaradas la escoltaban, no todos con idéntica suerte ni destreza. Rivas se tomaba demasiado en serio lo del baile y no paraba de agitar las piernas en un movimiento que no contribuía a que la caída fuera limpia y controlada. Deseó gritarle que corrigiera su postura, que recuperara la línea recta y se sirviera de los hombros para controlar la caída, pero resultaría inútil. Se centró en finalizar su salto con el mayor éxito posible.

Poco a poco, la oscuridad del vacío fue abriéndose a una claridad mayor. Eligió una de las hogueras como punto de referencia en el suelo y no la perdió de vista hasta que una inoportuna bolsa de aire la alejó de ella. Solo el exceso de peso en su equipamiento evitó que la deriva fuera mayor. Tal y como la habían aleccionado, tomó conciencia de la altura en la que se encontraba y, cuando se consideró a la distancia preceptiva del suelo, deshizo la cruz que formaban sus brazos y abrió el paracaídas. Sintió el esperado tirón brusco en su cuerpo y lo controló haciendo uso de las cuerdas para corregir esa fuerza y amortiguar la caída. El impacto con la tierra fue más limpio de lo que esperaba, aunque se resintió de una rodilla. Celebró que no hubiera sido de un hombro, lo que le dificultaría manipular la radio. Recogió su paracaídas y lo dobló tan deprisa como pudo.

Miró hacia el cielo y no vio a nadie; tampoco a su alrededor: o los demás se habían perdido o era ella la perdida. «Al menos, no he caído sobre un árbol», se consoló.

Tocó el terreno con las manos: estaba húmedo. Inspiró con fuerza el olor a bosque y a tierra mojada. Ya estaba en el interior de Ucrania, en algún lugar próximo a Kiev. En el avión, alguien dijo que serían lanzados cerca de la estación de Tolsty Les, que uno de los guerrilleros tradujo rápidamente al español como «bosque frondoso». Su nuevo lugar en el mundo serían los bosques de Vinnytsia, a casi mil kilómetros de Moscú, a seiscientos kilómetros del frente. Ivonne seguía plegando su paracaídas cuando unos ruidos la hicieron detenerse, con los ojos bien abiertos. Sabía que los alemanes también encendían hogueras cerca de las suyas para confundirlos y hacerles prisioneros. Volvió a oír los mismos crujidos, procedentes del interior de una zona más arbolada, a escasos metros de donde ella había aterrizado. Se arrodilló. Cogió el revólver en una mano, mientras con la otra alcanzaba las dos granadas y las colocaba junto a la radio y el libro de códigos. Sería mala suerte que el enemigo la capturara el primer día, sin siquiera haber podido encender la estación de radio ni interceptar uno solo de sus mensajes. Permaneció inmóvil, observando en la oscuridad y atenta al próximo ruido que escuchara. Entonces recordó la contraseña. Tenía que arriesgarse.

—Moscú —dijo envolviéndolo en un grito ahogado.

Esperó la contestación acordada y a los pocos segundos alguien le respondió «Madre». Dio gracias al cielo del que acababa de ser expulsada por que todos entendieran el idioma y no sucediera como en las trincheras del frente español; aquel «Somos / Invencibles» mudado en un «Somos / Imbéciles», que a punto estuvo de costarle la vida a un guerrillero en Teruel.

Su salto había sido correcto, a pesar de la ráfaga de viento que encontró a pocos metros del suelo. Pronto fueron apareciendo algunos de sus camaradas y todos se reunieron en un punto, antes de trasladarse al campamento de campaña. Tras el recuento rápido, vieron que faltaba uno.

—¿Alguien ha visto a Rivas? —preguntó Stejov.

—Sí, arriba, completamente descontrolado —informó Ivonne—. La última vez que lo vi intentaba mantener la verticalidad, pero... Supongo que le habrá sorprendido la misma bolsa de aire que a mí.

—Ya, pero tú estás aquí abajo. Y él debe de estar en algún lugar de ahí arriba.

Stejov dio orden de buscarle durante unos minutos, y al no encontrarlo, decidió que se apagasen las hogueras y que todos se trasladaran al campamento. Los alemanes podían aparecer en cualquier momento, no podía poner en peligro al resto del equipo por un solo hombre desaparecido.

—Lo esperaremos allí. Tendrá que apañárselas para llegar solo al vivac —resumió el camarada jefe—. Si no aparece, es porque está muerto o porque los alemanes le han hecho prisionero.

Llegaron al campamento después de media hora de marcha, todos caminando en fila india, procurando pisar en la huella que había dejado el camarada que los precedía. «La precaución es la primera ley del guerrillero y la pesadilla del batidor enemigo», le recordaron: el explorador alemán lo tendría muy complicado para calcular su número partiendo de sus pisadas.

Los camaradas los recibieron con aplausos y vítores. El fuego estaba encendido y sobre él había un recipiente en cuyo interior se mantenía caliente un brebaje oscuro. No era el mejor café del mundo pero, en aquel instante, lo parecía. Después de unas rápidas presentaciones y algo de conversación, los recién llegados descansaron. Era tarde, ya tendrían tiempo de charlar por la mañana.

Ivonne se durmió acunada por los sonidos del bosque y soñó con la guerra.

Al despertar, le preocupó ver que Rivas no había llegado al vivac. Le caía bien el camarada teniente como para perderle el primer día en los bosques de Ucrania. Quizá no fuera el mejor preparado físicamente, pero tenía habilidades como mecánico de aviación que ninguno allí poseía, en especial con la maquinaria y los explosivos. Se ofreció voluntaria para ir a buscarlo junto a otros camaradas exploradores, más expertos y bien conocedores del terreno. A Stejov no le hizo mucha gracia —las operadoras de radio tenían un valor extraordinario, muy superior al resto, y la posibilidad de perderla por cualquier contratiempo no le convencía—, pero accedió.

Vestida con el tradicional uniforme soviético sobre el que se había colocado un mono verde para camuflarse mejor en el bosque, inició la marcha. Los exploradores los guiaron por el camino hasta la zona donde habían colocado las hogueras la noche anterior. Uno de ellos realizó unos cálculos rápidos, teniendo en cuenta la velocidad del viento y la topografía, y señaló el lugar donde podría haber caído Rivas. Era un área pantanosa de difícil acceso y se temieron lo peor. Se dividieron para rastrear el terreno con mayor celeridad y abarcar más extensión. El camarada Stejov les había advertido que no podían demorarse mucho tiempo en buscarle, pero todos sabían que prevalecía el principio de Subórov, que tenía rango de ley guerrillera: «Perece tú mismo, pero salva al camarada».

Ivonne caminaba en solitario, con el revólver en la mano y el puñal en una de las trabillas del mono. El equipo de radio había quedado en el campamento, junto a las granadas. Había avanzado unos cuantos metros cuando oyó un sonido similar al de una lechuza. Sonrió tras unos segundos de atenta escucha.

Alzó la vista y le vio.

—Pero, Rivas, ¿qué haces ahí? —le preguntó con una gran sonrisa, feliz de haberle encontrado—. Puedes bajar cuando quieras.

—¡Serrana bonita! —Así la llamaba Rivas cuando no había mucha gente alrededor, porque decía que le recordaba a una de esas gitanas que pintaba Julio Romero de Torres—. ¿Ves como sirve de mucho saber imitar el sonido de las lechuzas?

—Sí, sobre todo en un bosque... —bromeó ella.

—No creas que es tan fácil lo de bajar: al menos hay cinco o seis metros de aquí al suelo. —Le enseñó su cuchillo—. He sido listo y no he cortado las cuerdas del paracaídas, aunque ganas no me han faltado. ¿No habéis tardado mucho en venir a por mí?

—Hemos estado a punto de no hacerlo. El camarada Stejov estaba convencido de que serías capaz de llegar tú solo.

—Me ibais a dejar tirado, panda de cabrones —se indignó Rivas—. ¿Y qué pasa con el principio de Chupurov? —dijo mientras intentaba asentar su cuerpo, sometiéndolo a una serie de estiramientos. Demasiadas horas colgado de un árbol.

—Es Subórov, Rivas, no Chupurov. Y más que tirado, estabas colgado.

Rivas agradeció la ayuda del resto de los camaradas que lograron bajarlo sin lastimarlo y todos regresaron al campamento, donde había aumentado la actividad.

Stejov estaba dirigiéndose a un grupo de guerrilleros mientras gesticulaba con la cabeza y los brazos. Parecía enfadado, o más bien contrariado. Ivonne atisbó a lo lejos a la comandante Lida Sherstniova, que ya organizaba el equipo de operadoras de radio. A su alrededor, como directora de la orquesta, se arremolinaba el cuarteto de violinistas. Al verla llegar junto al resto de los exploradores que habían ido a rescatar a Rivas, Lida se dirigió a ella, sin dejar de mirar al camarada jefe.

—He recibido un radiograma hace unas horas. Dentro de dos días llega el camarada comandante Dmitri Medvédev con el resto del contingente. Stejov quiere que el campamento esté montado, pero no se hace entender. No todos los guerrilleros de este comando comprenden el idioma, y los que lo hacen están un poco perdidos con sus indicaciones. La paciencia nunca ha sido el fuerte del camarada —explicó Lida, sin poder ocultar una media sonrisa en su rostro blanquecino y perfecto. A Ivonne siempre le llamó la atención aquella apariencia de porcelana, quizá por lo mucho que contrastaba con su piel morena.

—Yo puedo ayudar.

—No veo cómo —respondió Lida.

Pero sí había una manera...

Las dos se acercaron al centro del conflicto. Solo se escuchaban los gritos de Stejov, a quien los guerrilleros miraban con la incomprensión grabada en sus caras.

—¡No, no! No es así. Eso no sirve para nada —gritaba, desesperándose cada vez un poco más.

—Me presento a usted, camarada comandante —anunció Ivonne su presencia—. Puedo dibujar un plano para que les resulte más sencillo entenderlo.

Su propuesta fue lo único que logró acallar los alaridos de Stejov. Por un momento, se quedó contemplándola, entre la expectación y la incredulidad, sin discernir si tenía ante sí a un enviado del cielo o a otro guerrillero haciendo gala de su ineptitud.

—¿Necesitan un dibujo para saber cómo construir un campamento? —preguntó visiblemente contrariado. Pero al ver la cara de algunos de los guerrilleros, comprendió que sería buena idea—. Está bien, camarada. Dibújalo, que lo vean, lo entiendan y sepan cómo hacerlo. Pero no te entretengas. Te necesito en la radio. Lida ya está con el resto de las radistas —dijo, buscando la complicidad de la aludida, que dio media vuelta y volvió junto a las violinistas.

El boceto de Ivonne cambió el rostro de los guerrilleros que, por fin, entendieron la distribución del campamento. En el centro, circundando la hoguera que seguía humeante, empezaron a levantar de manera simétrica las tiendas destinadas al Estado Mayor del destacamento, que ocuparían Medvédev y sus colaboradores más próximos. A pocos metros, y siguiendo el dibujo circular, se distribuían las tiendas correspondientes a la cocina y el centro de comunicaciones con las operadoras de radio. Unos metros más allá se abría un nuevo círculo con las cabañas de los exploradores y, por último, en el ruedo más externo, las del resto de los guerrilleros.

La mayoría de las chozas se montaban con las capas de los propios guerrilleros aunque, como no todos disponían de una, también construyeron cabañas con las ramas de abeto que encontraban en el bosque y que rápidamente se convirtió en el material de construcción más solicitado, ya que eran lo bastante espesas para impedir que la lluvia y la humedad traspasaran al interior, una cualidad que, en los días de calor extremo, impedía que aquello se convirtiera en un horno. Muchos de los guerrilleros optaron por dormir sobre un montículo de hojas, esquejes, flores y ramas de abeto cubierto por mantas, que resultaba más mullido que la tierra. El campamento creció siguiendo la distribución simétrica de los anillos del tronco de un árbol, que marcan su crecimiento. En realidad, la disposición respondía a unos cánones dictados por la jerarquía y el orden defensivo: las unidades cardinales estaban en el centro y los círculos concéntricos mostraban la importancia de quien los habitaba. Un último anillo perimetral cerraba el fortín, en el que se asentaban los guerrilleros encargados de la guardia y la seguridad del campamento. En un solo día, el vivac quedó montado y Stejov pudo, por fin, descansar los brazos.

Ivonne no tardó en colocarse ante un aparato de radio. Era un Paraset montado en una pequeña maleta. Estaba familiarizada con los botones, las llaves y las palancas dispuestas en el panel de control y conocía su distribución incluso con los ojos cerrados. Al igual que había hecho en su día con las armas a la hora de montarlas y desmontarlas, también con la radio se había entrenado a oscuras o tapándose los ojos con una venda: guiándose solo por el tacto, sabía colocar el interruptor en la posición correcta para transmitir —girándolo levemente a la derecha— o para recibir —hacia la izquierda— y accionar la ruedecilla situada en el margen izquierdo con la que sintonizaba la señal, limpiándola de interferencias. Buscaba al tacto las pequeñas perforaciones para colocar el tubo del alimentador situado en la esquina superior derecha del aparato, así como el resto de los tubos de la parte central, mientras que en el margen izquierdo encontraba el orificio para los auriculares. Las ruedecillas de Aepial Tuning y Tank Tuning, sus indicadores, el orificio de los micrófonos, las lámparas, todo estaba bajo control, aunque sus ojos no estuvieran clavados en las letras diminutas que indicaban el cometido de cada uno de aquellos mandos. Un error en el manejo de las clavijas podía dar al traste con una operación, dejar vendida a una unidad guerrillera y servirle en bandeja la victoria al enemigo. Su destreza y su habilidad hizo que Lida pronto la considerase su mano derecha, y la premió con el rango de subcomandante de comunicaciones.

Con el campamento listo para recibir al comandante Medvédev, Stejov ordenó la colocación de hogueras en los puntos estratégicos de un claro del bosque, en las coordenadas que Moscú había enviado por radio. Siguiendo el mismo ritual que se repetía cada vez que un avión realizaba lanzamientos en paracaídas —ya fueran partisanos, ya material de intendencia—, un grupo de guerrilleros armado con botellas de aguarrás y una caja de cerillas se apostaba alrededor de los montículos de leña de las hogueras, mientras otros esperaban escondidos en la zona arbolada del bosque. Desde las primeras horas del atardecer se quedaban haciendo guardia, hasta que los denominados «escuchas» advertían el sonido del motor del avión, calculaban a qué distancia se encontraba y cuánto tardaría en llegar a las coordenadas previstas y, entonces, se daba la orden de encender las hogueras. No todas a la vez, sino de manera escalonada: un guerrillero encendía una cerilla y la arrojaba sobre la leña mientras otro, con un cazo, vertía aguarrás sobre ella, fortaleciendo la llama. La misma acción en cadena, una hoguera tras otra, hasta completar la T final que indicaría a los paracaidistas dónde saltar. Era un espectáculo curioso, que Ivonne no quiso perderse, previo permiso de su camarada superior.

La llegada del avión se retrasaba. La demora superaba ya las dos horas y Stejov estaba inquieto: cabía la posibilidad de que los cañones antiaéreos alemanes lo hubiesen derribado o que, en el mejor de los casos, un fallo mecánico lo hubiese obligado a aterrizar en algún punto no controlado de Ucrania; ambos escenarios, con o sin alemanes, serían fatales. Aunque intentaba mantener la calma, el camarada jefe no era tan buen actor como Ivonne; no era diligente enmascarando los nervios bajo un disfraz confeccionando con hilos de sangre fría. Miraba impaciente al cielo, donde seguía sin aparecer nada, excepto alguna nube azul negruzca y cebada de agua, y de ahí al emplazamiento donde aguardaban los escuchas, que seguían sin oír el rugir de los motores del avión que llevaban horas esperando; consultaba inquieto su reloj e inspeccionaba de nuevo el radiograma con las coordenadas que Ivonne había descifrado antes de salir del campamento. La violinista se temía la pregunta desde hacía tiempo, así que no le sorprendió cuando lo vio aproximarse a ella.

—¿Estás segura de que decodificaste bien el mensaje? ¿No cabe la posibilidad de que...? —Ni siquiera terminó la pregunta, tal vez porque desconocía la terminología exacta. Agradeció que Ivonne zanjara en seco su titubeo.

—Completamente segura, camarada. Lo comprobé tres veces. Siempre lo hago cuando se trata de coordenadas.

No se tomó a mal las dudas de su superior; lo interpretó como medida de precaución antes de decidir algo que pusiera fin a aquella espera.

Justo cuando la demora rebasaba ya el límite de lo asumible, y el camarada Stejov estaba a punto de ordenar la retirada, uno de los escuchas levantó el brazo con el puño cerrado y todos a una observaron, no el cielo, sino aquella mano recogida. Cuando confirmó que había escuchado los motores, los hombres corrieron a sus puestos: unos a encender las hogueras, otros a ocupar su posición estratégica entre los árboles.

El salto fue perfecto, sin ninguna incidencia, y nadie quedó atrapado entre las ramas de un árbol. El camarada Rivas seguía manteniendo en exclusiva ese honor, que no pocas veces le había valido ser el centro de las bromas. Como parte de los guerrilleros que habían ido a recoger a los recién llegados, Ivonne se mantuvo escondida entre los árboles, esperando que todos terminaran de llegar al punto indicado.

Cuando vio a su amigo José Gros, deseó correr hacia él y abrazarle, pero no habría sido adecuado: era una radioperadora de la Unión Soviética, no una adolescente enamorada plantada en el muelle de un puerto, esperando a que su soldado desembarcara. Había aprendido a encriptar sus propias emociones antes aun que los mensajes.

—Ya era hora —se limitó a decir, provocadora. Conocía al camarada Gros y él a ella: ambos entendían que el humor era mejor arma para gestionar la tensión que cualquier otra—. Habéis tardado tanto, que creí que venías en tu moto.

—No creas que no lo pensé —contestó José Gros con el paracaídas recogido y el resto del equipo en su sitio. Parecía salido de un vestuario de un gran almacén, y no del avión que acababa de lanzarle al vacío a cuatrocientos metros de altura—. Y vengo con sorpresa. —Se palpó el pecho, donde traía algo escondido.

El retraso había sido tanto que, cuando llegaron al campamento, todos se dispusieron alrededor de la hoguera para beber el primer café de la jornada, comer algo caliente y ponerse al día con el resto de los camaradas. Medvédev venía con nuevas órdenes sobre futuros sabotajes e informes acerca de la disposición de las tropas enemigas. Ivonne fue de las últimas en sumarse a la reunión, tras enviar por radio un mensaje informando a Moscú de la llegada del contingente. Fue entonces cuando vio la sorpresa que Gros le anunció en el bosque: se había traído un par de salchichones escondidos bajo el uniforme.

—No sabes lo que me costó conseguirlos. Por eso nos retrasamos tanto —mintió con total descaro.

—Lo entiendo —comentó Ivonne, cargando de ironía su respuesta—. A tu edad, agacharse al llegar a la escalinata del avión para cogerlos de una caja lleva su tiempo. Es un esfuerzo que no todos podrían hacer.

—¿Tú también los viste? —Gros soltó una carcajada—. ¿Y por qué no cogiste alguno, mujer?

—Porque confiaba en que lo hicieras tú, y no me has decepcionado. Se llama trabajo en equipo.

Los dos bebieron de sus tazas de peltre, que dejaban en el paladar un sabor metálico. Quizá fue la señal de lo que estaba a punto de suceder.

Apenas les había dado tiempo a tragar tres sorbos de café, cuando escucharon las primeras ráfagas de ametralladora. La confusión se apoderó del campamento, aun sabiendo que siempre existía el riesgo de un destacamento de castigo enemigo. Todos corrieron a protegerse y a tomar posiciones para repeler el ataque. Sabían lo que debían hacer. Ivonne, como el resto de las radiotelegrafistas, corrió a proteger su equipo de radio e impedir que cayera en manos enemigas. Una vez hecho esto, se refugió en el lugar señalado desde donde participar en el contraataque. No era normal que las violinistas entraran en combate, excepto cuando su campamento estaba siendo atacado. Y lo estaba siendo. Ivonne se puso a cubierto y cogió el PPSh ruso que le lanzó Gros. Estaba habituada a ese tipo de fusil, en especial a la réplica española que usaban los republicanos durante la Guerra Civil, la variante del subfusil Mp-28/II, que solían denominar «naranjero», ya que su construcción se realizó en fábricas ubicadas en el levante español, aunque muchos también lo denominaban «churrero-avispero». Apenas notaba diferencia con el PPSh-41 soviético —más fiable y robusto, aunque más tosco y menos elegante en apariencia—, excepto por la manilla para cargar el arma que, en el caso del naranjero, era cilíndrica.

Superada la confusión inicial y una vez valorada la situación, Medvédev dio las órdenes oportunas. Los disparos llegaban desde dos puntos diferentes, aunque no les costó encontrar la ubicación aproximada de los asaltantes. Los alemanes habían aprovechado la sorpresa —«Al que vuelva a decir que los fascistas solo madrugan para ir a misa lo mato», gritó Gros, recordando lo que solía decirse de las tropas franquistas durante la Guerra Civil—, pero no eran muchos. Aun así, los soviéticos tardaron horas en repeler el ataque y hacer que las tornas cambiaran a su favor.

En un primer momento, pensaron que si la ofensiva alemana se recrudecía y el asedio no amainaba, deberían resistir como fuera, esperando a que llegara la noche para que la oscuridad les permitiese replegarse de algún modo, pero el desarrollo de los acontecimientos lo evitó. Al principio, la respuesta de los guerrilleros soviéticos solo conseguía detener brevemente el fuego de los fusiles automáticos alemanes que, después de unos instantes, reanudaban el ataque y avanzaban hacia el campamento. Pero cuando se recrudeció el combate y los disparos soviéticos monopolizaron el fuego, los alemanes pasaban más tiempo en el suelo, en posición de cuerpo a tierra, y ya no se incorporaban tan deprisa, a pesar de las órdenes de atacar. Aquellos fueron los primeros «¡Hurra!» que escuchó Ivonne en pleno combate en tierra ucraniana, y aquel grito la emocionó tanto como la mudez de consignas que parecía haber en el bando enemigo. El contraataque soviético funcionaba, aunque eso no libró a la violinista de sufrir algún susto por el estallido de una ráfaga de proyectiles de morteros alemanes demasiado cerca de donde ella se encontraba.

—¡Cúbrete! —le gritó Gros sin dejar de disparar su fusil, lo que le impidió tirar de ella como hubiese deseado—. ¡Ahora!

—¡Estoy bien! —le informó Ivonne, que pensó que únicamente lo motivaba la preocupación personal de un camarada.

—¡La radio! ¡Cubre la radio! —volvió a gritarle, recordándole el orden de prioridades que ocupaba cada uno en aquella guerra.

Gros tenía razón. Ivonne obedeció.

Medvédev ordenó a un grupo de guerrilleros separarse del campamento sin ser vistos para realizar una maniobra envolvente contra los nazis, que se vieron sorprendidos y apenas tuvieron ocasión de defenderse y, mucho menos, de huir. Murieron casi todos los alemanes, aunque uno de los guerrilleros soviéticos aseguró haber visto huir a un nazi y adentrarse en el bosque. A pesar de seguirle durante unos kilómetros, no pudo alcanzarle, por lo que regresó al campamento para comunicar que al menos uno había quedado con vida y, en consecuencia, con posibilidad de informar a sus superiores de lo sucedido.

La buena noticia fue que no tuvieron bajas en el grupo, a pesar de que los habían atacado cuando estaban desprevenidos y, en consecuencia, indefensos. Medvédev pidió explicaciones a los guerrilleros encargados de la vigilancia del campamento, que no habían sido capaces de advertir la presencia enemiga. Suponía un error grave que pudo haber causado bajas humanas y materiales, como las estaciones de radio, los libros de códigos y de aquellos que contenían los secretos del Estado Mayor, y las armas, especialmente los PPSh-41 que los alemanes apreciaban porque no se congelaban como lo hacían sus armas —estaban diseñados para funcionar sin aceite, de modo que resistían mucho mejor el frío— y, además, su cargador disponía de un mayor número de cartuchos, lo que permitía disparar incluso munición de la Mauser C96, un detalle que lo hacía mucho más versátil y práctico. Tan pronto como los alemanes conseguían algunos de estos fusiles los modificaban para adaptarlos a su calibre 9 mm y para el cargador MP40. Esa ventaja en la potencia y fiabilidad podría salirles cara a los soviéticos en los encarnizados combates con los nazis y Medvédev sabía que no podían ofrecer esa prerrogativa al enemigo por un imperdonable descuido en la seguridad.

La mala noticia era que se veían obligados a cambiar de ubicación, y eso requería desmontar el campamento. No solo por el alemán que logró escapar, sino porque su emplazamiento ya había sido descubierto y aparecería en algún mensaje cifrado en las estaciones de radio alemanas. Debían hacerlo de inmediato; aunque algunos nazis habían huido, no tardarían en volver para tratar de conseguir lo que la primera avanzadilla no pudo.

Aprovecharon para hacerse con la munición —algunos celebraron sobre todo la incautación de balas explosivas— y con las armas de los germanos, vaciar sus bolsillos por si encontraban algún radiograma o documento que les facilitara alguna información importante, así como cualquier artículo de valor que llevaran. Ivonne descubrió una carta en el bolsillo del pantalón de uno de los soldados. Parecía personal, a juzgar por la fotografía de una joven rubia de sonrisa perfecta y nívea, ojos brillantes y azules, ataviada con un vestido floreado. Hasta que vio el azul de los ojos no se dio cuenta de que la fotografía era en color. Se le antojó un poco artificial pero, hasta la fecha, solo había visto fotografías en blanco y negro. Le dio la vuelta y halló unas palabras escritas. Solo fue capaz de entender un nombre propio en el encabezamiento —Andriy: supuso que sería el alemán con la cara destrozada y llena de sangre, ante cuyo cadáver se mantenía en cuclillas—, y otro más en la firma —Anna: posiblemente la mujer de ojos azules de la fotografía—. No sabía alemán, así que no pudo entender lo que decía la carta ni las palabras escritas en el reverso del retrato, aunque supuso que sería un mensaje de amor, a juzgar por las florecitas dibujadas en el sobre y a lo largo del texto. Decidió quedársela; nunca se sabe dónde se puede encontrar una fuente de información, un hilo del que tirar y descubrir algo más grande. Stejov se hizo con una brújula y un reloj que arrancó de la muñeca de uno de los alemanes. Seguro que sabría cómo darle buen uso. También aprovecharon para descalzar a algunos de ellos; los más experimentados sabían que los inviernos eran largos y duros en aquellas tierras, y un buen calzado podía salvarles la vida.

En cuestión de horas, el campamento estaba desmantelado y los guerrilleros iniciaban la marcha que los llevaría a su nuevo emplazamiento. No había lugar para la improvisación; los exploradores ya habían hecho antes su trabajo de inspección del terreno, por lo que sabían perfectamente hacia dónde ir. La brújula en sus manos indicaba el rumbo que debían seguir, aunque Medvédev prefería guiarse siguiendo el código escrito en el cielo por las estrellas. No era la primera vez que descifrar aquel código luminoso le había sacado de una situación complicada.

Como el resto de las radistas que conformaban el equipo encabezado por Lida Sherstniova, Ivonne marchaba con la estación de radio a su espalda y con el resto de su equipaje a cuestas. Lejos de sentirse cansada o con los músculos agarrotados por la tensión del combate, parecía lozana y dispuesta a enfrentarse a un nuevo destacamento alemán si así se terciase. Resplandecía en comparación con algunos guerrilleros, en cuyos rostros todavía se podía ver el susto por lo vivido. Gros la observó mientras aprovechaba para morder lo que aún le quedaba del salchichón.

—A mí el combate me abre el apetito y a ti te embellece. Las dos cosas son igual de preocupantes.

—Según cómo lo mires.

—Esto nuestro solo se puede mirar desde dos prismas: la fe o el fanatismo. Elige el que te haga sentir mejor.

Ivonne no eligió. Por qué hacerlo si ambos se podían dar por buenos. De pronto se acordó de la fotografía en color que había encontrado en el pantalón del alemán muerto. La sacó de uno de los bolsillos de su mono verde y se la enseñó a Gros.

—¿Habías visto algo igual? —preguntó.

—Muy guapa. En mi pueblo hay muchachas igual de bonitas, aunque algo menos arias.

—Me refiero al color de la foto, Gros —comentó Ivonne, en un tono de reproche—. Siempre pensando en lo mismo, qué obsesión...

—Déjame ver. —Achinó los ojos para observar con más precisión—. No, es la primera vez que veo algo así. Y tampoco entiendo el alemán, antes de que me lo preguntes.

—¿Ves? Si tuvieras fe podrías haber pensado que esto un día existiría, y no te sorprendería tanto.

—Tampoco pensé que tu fanatismo por descifrar mensajes incluía leer cartas de amor robadas al cadáver de un nazi —replicó Gros antes de darle otro mordisco a la longaniza—. Me vas a obligar a tener más fe. Hay cosas sobre ti que todavía desconozco.

—Te sorprenderían, camarada. Créeme que lo harían. —Ivonne volvió a guardar la foto en el sobre, y este en uno de los bolsillos.

Dejó volar el recuerdo hasta detenerlo en otros tonos índigos, en aquel añil que inventaron los mayas, en los muros tintados de la Casa Azul, en las flores de Frida, en Coyoacán, en México... Tan lejos y, a la vez, tan cerca.

21

—Es corta —objetó Ivonne con seguridad, como si su criterio no admitiera réplica—. Es demasiado corta. Así no voy a alcanzar nada.

No era una queja. Simplemente informaba de una realidad que amenazaba con complicar su misión.

—¿Corta? Pero ¡qué va a ser corta, mujer! Si mide casi un kilómetro —replicó el camarada Rivas.

—¿Un kilómetro? —preguntó Ivonne, haciendo que su mirada alternara la antena y la cara de Rivas, para después negar con la cabeza—. No voy a discutir de medidas con un hombre: en ese terreno sois muy dados a la exageración interesada. La antena es corta, no tiene la longitud necesaria y así no llegamos. Recibirán antes nuestros mensajes si gritamos todos juntos. Y no hay más que hablar.

Habían tardado casi dos días en llegar al nuevo emplazamiento. El camino era farragoso, muy irregular y con un relieve abrupto para la marcha, aunque agradecieron estar en verano y que ni la temporada de lluvias ni las temperaturas bajo cero hubieran hecho acto de presencia. Casi cuarenta y ocho horas caminando, con pequeñas paradas para comer, dormir y, en el caso de las violinistas, encender sus radiotransmisores y empezar a recibir y a enviar informaciones, a descifrarlas y a encriptarlas, siempre con la ayuda de los libros de códigos y sus plantillas que tenían la precaución de cambiar cada cierto tiempo, sobre todo si sabían que el lugar desde donde emitían estaba próximo a un enclave estratégico alemán.

Los guerrilleros levantaron en un tiempo récord el nuevo acantonamiento, situado a unos kilómetros de un lago y en mitad de una arboleda frondosa, perfecta para camuflarse pero no así para la transmisión de las comunicaciones; la altura de los árboles y sus enormes copas, espesas y elevadas, dificultaba la obtención nítida y sin ruidos de la señal de radio. Por eso se quejaba Ivonne de que la antena era demasiada corta, algo en lo que Lida le dio la razón. El problema no tenía una fácil solución, poco iba a variar el desplazarse unos kilómetros más en una dirección o en otra. Esa particularidad los afectaría en caso de necesitar operar por radio desde el mismo terreno si se presentaba alguna urgencia.

Como norma general, las operadoras de radio debían desplazarse a unos quince o veinte kilómetros del campamento base y en rumbos diferentes, para realizar sus transmisiones. A la hora señalada, notificada antes de salir del campamento, las violinistas operaban sus radios emitiendo de forma simultánea pero en frecuencias distintas, lo que se traducía en un mayor número de señales con el fin de burlar el espionaje alemán e impedir que pudiera interceptar sus comunicaciones o, igual de peligroso, su ubicación exacta. Solo una de las violinistas emitía los mensajes verdaderos en la señal correcta, mientras el resto se dedicaba a transmitir informaciones falsas con el único fin de engañar y confundir al enemigo que pudiera estar escuchando. De nuevo, la táctica de la desinformación, de nuevo los patos, una nueva operación Utka; en esa ocasión, los patos volaban sobre Ucrania para confundir a los nazis.

Cuando llegaron al campamento, el equipo de radiotelegrafistas lo componían seis mujeres, aunque más tarde se sumarían una séptima y dos hombres. Pasaban el día recibiendo telegramas, informes y notificaciones de más de treinta unidades desplegadas por todo el territorio, en especial de las ubicadas en Sarni, Rovno, Lutsk o la estación de Zdolbúnov. Empleaban horas en descifrar los mensajes que recibían y encriptar los nuevos, utilizando los códigos de sus libros, para enviar toda la información a Moscú. No había descanso. La estación THS echaba más humo que la hoguera central del campamento que, en los días de primavera y verano, los guerrilleros procuraban encender lo mínimo imprescindible, para no correr el riesgo de que el enemigo los avistase. Había días que no podían ni comer debido a la actividad frenética, dependiendo siempre de las informaciones que lograran obtener los guerrilleros desplazados sobre el territorio enemigo: el número de efectivos, las localizaciones de sus distintos destacamentos, sus planes de ataque, los turnos de guardias, la planificación de sus exploradores, sus ubicaciones claves en estaciones de ferrocarril, los puentes que dominaban, el armamento del que disponían, el número de caballos, de carros, la intendencia con la que contaban —casi siempre robada a los campesinos de las aldeas próximas—, los edificios que confiscaban en ellas y dónde se instalaban...

Una mañana, las violinistas se cargaron a la espalda la maleta de radiotransmisión, que además de la radio contenía el alimento, las baterías secas de ánodos y cátodos que las hacían más pesadas y varias baterías de reserva. Cada radioperadora llevaba una escolta de varios guerrilleros armados con fusiles automáticos, y un par de exploradores que los acompañaban para guiarlos por el terreno, los ayudaban a cargar parte del equipamiento y se encargaban de eliminar las huellas de la expedición, tanto en la ida como en el regreso. Toda precaución era poca, en especial en una zona donde la presencia nazi era elevada, ya que cerca de Vinnytsia se hallaba un destacamento de la Gestapo. La sombra de Hitler en Ucrania, por su cercanía a la Unión Soviética, era aún más alargada.

Ivonne marchaba contenta. En aquella ocasión, Gros tenía encomendada la labor de guardar las espaldas de las violinistas y acompañarlas en la marcha hasta el lugar de la transmisión, ocupándose personalmente de la seguridad de su camarada, cuando el resto de las operadoras se dispersara y cada una se dirigiera a su emplazamiento. La caminata siempre se hacía en silencio, algo que los exploradores exigían cumplir a rajatabla, ya que también actuaban como escuchas y cualquier ruido inadvertido y no analizado podría significar la muerte de todos. Se detuvieron al cabo de unas horas, a pocos minutos de la hora señalada para la radiocomunicación. A ella no le gustó el sitio que habían escogido los exploradores —demasiado cerca de un lago, que imaginó que sería el mismo que se hallaba en las proximidades del campamento: el aparato de radio sufriría con el relente—, pero tenía poco que decir al respecto. Si habían elegido esa ubicación, sería por algo, posiblemente siguiendo unos parámetros de seguridad. Levantó la mirada; allí los árboles seguían siendo muy altos, pero aquella era una zona abierta donde la señal tendría mejor cobertura. Se arrodilló y empezó el protocolo de la transmisión.

Abrió la maleta, movió la clavija de la llave de encendido, situó el interruptor en el modo de transmisión de mensajes —que aquella mañana era el principal cometido—, colocó la batería y los tubos 6v6 a la derecha del panel y los dos 6SK7 a su izquierda para iniciar la conexión, introdujo el conector de los auriculares en su hueco y maniobró las ruedecillas para conseguir una buena señal y la frecuencia indicada. Miró el reloj: faltaban dos minutos para iniciar la transmisión. Colocó a su derecha el libro de códigos con un pequeño cuaderno donde tenía el texto que debía enviar y un lapicero, para cuando acabase de transmitir, girar de nuevo el interruptor y empezar a recibir desde Moscú. En aquel instante, nada de lo que pudiera pasar a su alrededor tendría más importancia que lo que sucediera en aquel aparato. Además, confiaba en sus camaradas; estaba bien protegida. Cualquiera en su lugar podría sentir cierta ansiedad, pero aquel era uno de sus momentos preferidos. El Paraset la cautivaba, con los botones, las ruedas, los interruptores y las clavijas, que se abrían ante ella como un cosmos lleno de estrellas en una noche despejada. Entendía que las denominaran violinistas; el sonido que salía al manipular los pulsadores se le antojaba una melodía hermosa; la musicalidad de las pulsaciones se traducía en un repiqueteo armónico que ella tenía que trasladar a la partitura final. Podía distinguir la cadencia, el ritmo, las diástoles de la señal hasta hacerla eterna, las sístoles hasta constreñirla lo necesario. Y una sola nota mal interpretada, mal leída o mal emitida podría llevar al más estruendoso fracaso. Cómo no sentirse emocionada con lo que tenía entre manos.

Miró por última vez su reloj: era la hora marcada. Se ajustó los auriculares y comenzó el concierto, con ella como principal intérprete de la música. Concentrada, ensimismada por completo en la operación. Debía actuar limpiamente pero con rapidez porque los alemanes estaban pendientes y preparados para interceptar no solo el mensaje, sino la señal y la frecuencia. A unos kilómetros de distancia, cada una de sus compañeras estaría enviando sus mensajes falsos.

Eran una orquesta perfecta que no necesitaba de los aplausos para sentirse satisfecha al final de la actuación.

Le costó encontrar la señal y dar con la frecuencia, posiblemente por la orografía del terreno, pero cuando lo consiguió, sus dedos volaron hasta rubricar el mensaje que debía enviar a Moscú. Una vez completado, viró el interruptor y empezó a transcribir lo que recibía. Cuando por fin terminó, volvió a mirar su reloj: había estado menos de media hora operando. El límite máximo de transmisión estaba fijado en aproximadamente una hora, siempre según la ubicación; todo lo que excediera ese plazo favorecería al enemigo para interceptar la señal. Se sintió satisfecha. Tenía unos minutos antes de iniciar el regreso al campamento y los aprovechó para comenzar a decodificar el contenido del radiograma. Las primeras palabras la inquietaron y cuando terminó de descifrarlo completo supo que debía entregárselo lo antes posible a Medvédev. Por un instante, pensó en transmitirlo por radio a la operadora que permanecía en el campamento, pero lo descartó de inmediato: perdería demasiado tiempo en encriptarlo y no podían correr ese riesgo.

Hasta que se incorporó, no se dio cuenta de que la postura y la tensión habían convertido su cuello en una columna rígida; el latigazo que le dio al enderezarse la mantuvo encorvada durante unos instantes. Cuando logró erguir la espalda, miró a su alrededor e hizo una señal a los exploradores, para avisarles de que había terminado y se disponía a recoger; si lo hacía antes de plegar el equipo y guardarlo, adelantarían tiempo para ir borrando las huellas. Trató de localizar a Gros y, al no verlo, aventuró que estaría escondido entre la maleza o en la arboleda.

Arrodillada en el suelo, escuchó la orden de los exploradores instándola a iniciar la marcha para regresar al campamento; incluso pudo oír sus pisadas alejándose del lugar, que interpretó como el inicio de la operación de borrado de huellas. Pero necesitaba quitar la humedad que se había instalado en el aparato antes de que sus consecuencias fueran fatales: un equipo Paraset mojado resultaba tan útil como un saco de arena en el desierto. Cuando volvió a levantar la mirada no vio a nadie. Se incorporó y examinó atentamente en derredor, girando sobre sí misma hasta dibujar un círculo completo. Estaba sola. No podía haber tardado tanto en impedir la filtración de agua en el aparato ni tampoco en recoger el equipo. Se colocó la radio a la espalda, guardó los libros de códigos y los cuadernos, y empezó a caminar por el sendero en el que había visto por última vez a los exploradores. No lo entendía. Aunque ella se hubiera distraído o entretenido en exceso, ellos tenían la misión de escoltarla; de hecho, uno de ellos portaba una de las baterías nuevas. Tampoco entendía dónde estaba Gros, aunque su desaparición podía tener cierta lógica, ya que encabezarían el grueso de la marcha. Caminó durante unos metros procurando seguir las pisadas de sus camaradas hasta que, en un punto del camino, desaparecieron. No podían haberse volatilizado. Se acercó para observarlas mejor: alguien las había borrado, como solían hacer los últimos exploradores que cerraban las marchas para no dejar ningún rastro de su caminata que pudiera alertar al enemigo. Pero lo habían hecho de una manera irregular y tosca, como si tuvieran prisa, sin prestar la debida atención a la operación. Cada vez entendía menos lo que pasaba. No solo no la habían esperado ni habían ido a por ella, sino que ahora parecían empeñados en que no tuviera forma de seguirlos y encontrarlos. Debía de haber alguna explicación lógica para todo aquello, pero no era capaz de dar con ella. Se había perdido o, para ser más exactos, la habían perdido.

Sabía lo que debía hacer. La instrucción le había servido de algo, y las horas extras de estudio y observación, también. Inspeccionó los árboles que tenía a su alrededor: eran todos de copa alta y tronco despejado. Debía trepar por uno de ellos, lo suficiente para tener una visión clara del horizonte y divisar lo que buscaba, aquello que la ayudaría a salir de allí. Eligió un roble de grandes dimensiones para encaramarse a él. En un principio, pensó en dejar la radio apoyada en el tronco del árbol, pero enseguida comprendió que aquello suponía un gran riesgo; aunque le costara más esfuerzo, escalaría el roble con la maleta a su espalda. Fue ascendiendo por las ramas, dispuestas a modo de escalera, ayudándose de brazos y piernas. Cuando había ascendido unos cuatro metros, miró a su alrededor: solo veía bosque y árboles. Necesitaba seguir subiendo y lo hizo hasta alcanzar los ocho o nueve metros. El proceso fue lento porque la carga ralentizaba sus movimientos. Si aquello no funcionaba, podría guiarse por la vía férrea, siempre que la encontrara. Al fin, alcanzó una altura en la copa para abarcar un ángulo de visión suficiente. A su izquierda vio lo que buscaba: un hilo de humo gris se alzaba hacia el cielo y desaparecía en él: solo esperaba que fuera su campamento y no el de algún destacamento nazi; siempre existía ese peligro, pero no le quedaba más remedio que arriesgarse. Cogió la brújula que llevaba en uno de sus bolsillos y marcó el punto al que debería dirigirse. Bajó con precaución y retomó la caminata sin dejar de darle vueltas al paradero de sus exploradores.

Dejó de hacerlo cuando escuchó un crujir de ramas. Creyó que el sonido se había producido a su espalda, pero el ruido en un bosque tan cerrado y espeso diluía los puntos cardinales, convirtiendo el sentido y la dirección en un temerario juego de espejos, como el viento cuando arrastraba los olores, o como la marea o el cauce de los ríos cuando remolcaba los cuerpos de los soldados. Necesitaba volver a escuchar un nuevo crujido para tratar de localizarlo. Y lo hizo, esta vez más fuerte, con mayor nitidez: estaba cerca y, en efecto, nacía a su espalda. Se agachó rápidamente y se mantuvo en silencio. Se quitó la radio de la espalda y la colocó delante de su cuerpo, con el libro de códigos. Un nuevo chasquido. Dio por hecho que no eran amigos. Actuó con celeridad. Quitó el seguro a una de las granadas y, sin soltar la lengüeta, la sujetó en la mano izquierda, que colocó encima de la radio y del libro de códigos. Luego sacó su revólver, esperando a que saliera de entre los árboles quien fuera que estuviera allí escondido, observándola, de eso no cabía ninguna duda. Estaba convencida de que era algún alemán, pero no tenía miedo. Solo esperaba estar a la altura y cumplir con el juramento de radista. Las ramas en el suelo volvieron a crepitar. Le sorprendió que ni sus pulsaciones ni su frecuencia cardiaca aumentaran, ni rastro del latido en sus sienes, como solía sucederle incluso cuando su apariencia era de tranquilidad. Estaba preparada para todo. Excepto para ver aparecer lo que salió de entre los árboles.

—¡Gros, joder! —exclamó, sin poder evitar que sonara más a reproche que a alivio. Se incorporó como si tuviera un dispositivo con muelle instalado en su espalda, de esos que tan minuciosamente manipulaba el camarada Rivas.

—Cualquiera diría que no te alegras de verme. Si quieres llamo a algún alemán, para que me sustituya. Seguro que él sí se alegrará de verte a ti.

—No es eso —dijo, recuperando el aliento que ni siquiera era consciente de haber perdido—. Es que creía que... Pensaba que iba a aparecer un maldito nazi.

—Y creíste bien. Este sitio está plagado de alemanes. Han capturado a tus exploradores, menos mal que los perdiste o que te escondiste; no sé qué demonios hiciste, pero me alegro de que lo hicieras. Me temí lo peor.

Ivonne se quedó mirándole, sin decir nada. Ahora entendía por qué la habían dejado sola y cómo la tarea de mantener seco el aparato de radio la había salvado. En el bosque, como en la vida, la menor casualidad o el mayor despiste podía suponer la diferencia entre morir o vivir. Aquella vez había tenido suerte.

—Recoge rápido y vámonos —la urgió Gros, al ver que tenía sobre el suelo el aparato de radio abierto y los libros de códigos—. Deja que te ayude.

—Hay un problema...

José Gros la observó con detenimiento, como si fuera a encontrar la respuesta en su rostro, siempre que ambos permanecieran en silencio. Al principio no lo entendió, hasta que vio la granada en la mano de Ivonne.

—¿Por qué le has quitado el seguro? —preguntó en un tono neutro y calmado que no se correspondía con la gravedad de la situación.

—Porque creía que eran alemanes los que saldrían de entre los árboles y debía destruir la radio y los códigos —respondió igual de serena.

Gros se pasó la mano izquierda por la cara, como si abarcara una barba que no tenía, y bajó hacia su garganta, como si pretendiera estrangularse a sí mismo. Era uno de sus tics cuando estaba pensando cómo solucionar algo. Ivonne se lo había visto mil veces, sobre todo cuando tenía ante sí el mecanismo de una mina complicada, por el peso y la cantidad de trilita, que no terminaba de cuadrar como él quería. Ella siempre le decía que tenía una forma rara de pensar. En ese instante le contemplaba en silencio, esperando escuchar la solución.

—¿Y bien? —preguntó después de unos segundos en los que ella fue intercalando vistazos a la arboleda, al lago que tenía a su espalda y a la cara de circunstancias de su camarada: el tiempo apremiaba, y mucho se temía que el enemigo también.

—Estoy pensando —murmuró Gros, mientras seguía observando la disposición de la mano de Ivonne sobre la granada, el equipo de radio, el terreno, la proximidad del lago e incluso la altura de los árboles que los rodeaban.

—Pues piensa más rápido —exigió entre dientes. Quizá era la tensión, pero empezaba a notar que se le dormían los dedos y temió no ser capaz de mantenerlos pegados a la espoleta—. Necesito recuperar mis dedos.

—Sí, sí... Ya sé lo de la magia de tus dedos... —Gros se acercó a su compañera, se pegó a ella y tendió la mano—. Dámela.

—No pienso dártela. Si explota, moriremos los dos. Mejor que solo muera uno.

—No va a morir nadie. Dámela —insistió Gros, que mantenía la mano abierta y tendida hacia su camarada.

Ivonne había llegado a conocerle bien en los meses de entrenamiento: sus reflejos eran los de un felino, y su mirada también; si no hacía lo que le pedía, era capaz de arrebatársela sin que se diera cuenta. De no haber sido guerrillero, Gros hubiese podido ser un excelente ilusionista.

—Tú sabrás mucho de encriptar mensajes y cifrar códigos, pero yo sé más que tú de explosivos y de arandelas. Dámela, despacio y sin hacer movimientos bruscos —le ordenó—. Mejor, déjame hacer a mí. Tú limítate a no moverte. Y no dejes de mirarme.

No supo cómo pasó. Ni siquiera le dio tiempo a observar el juego de manos que su compañero hizo con el explosivo. Solo notó que Gros tiró de ella, la lanzó contra el suelo, después de recorrer unos seis metros, y se le echó encima, situándose con los pies en dirección a la granada, para evitarle en lo posible el impacto de la metralla. En algún momento debió de arrebatarle la granada y arrojarla con todas sus fuerzas a varios metros de distancia, hasta las aguas del lago ubicado a su espalda. El estruendo de la explosión se escuchó durante un buen rato, a consecuencia de la onda de choque

que produjo la bomba de mano en el agua, ya que su fuerza no se comprimía tan rápidamente como lo hubiera hecho al aire libre. El escenario perfecto habría sido el contrario —lanzarse ellos al lago y dejar que la granada explotara en la tierra, lo que sin duda habría minimizado el peligro de resultar heridos por la metralla—, pero eso habría arruinado el aparato de radio, y presentarse ante Medvédev con dos exploradores menos y un equipo radiotransmisor destruido no parecía la mejor opción. Todo eso lo pensó Gros en los segundos en los que Ivonne le apremiaba como una colegiala. Por un instante, se sintió estúpida, aunque aliviada de que su camarada hubiera aparecido.

—Bien... —sonrió Gros, incapaz de abandonar su ironía ni siquiera entonces—. Y ahora que ya hemos advertido a los alemanes de nuestra ubicación, lo mejor será que salgamos de aquí cagando leches.

Esa fue la primera vez que José Gros le salvó la vida, aunque él siempre rechazaba esa expresión; demasiado dramática para un guerrillero. Nada que no pudiera saldarse con un par de cigarrillos, una ración extra de tocino en las alubias o, lo que era más arriesgado y requería vigilancia extra para mantener a los mandos bien alejados, que durante un par de minutos le sintonizara alguna emisora musical en su radio, alguna canción que los transportara a otro lugar, cuanto más lejos, mejor.

Cuando llegaron al vivac, Gros informó de que los alemanes habían capturado a dos exploradores, lo que contrarió a Medvédev; conocía a los nazis y sus técnicas de interrogatorio. Sus guerrilleros eran hombres valientes, pero no podía confiar en que no les arrancaran una confesión que delatara al grupo y su ubicación. En esa tesitura, los habría preferido muertos, como buenos guerrilleros. De nuevo, debían desmantelar el campamento y desplazarse a otro lugar.

Ivonne también tenía noticias para él. Cuando le entregó el radiograma, el color volvió al rostro del camarada comandante, que relajó en parte su expresión. «Puede que no todo esté perdido», dijo dirigiéndose a Stejov después de leer el mensaje.

La información facilitada por Moscú se había remitido por cable desde otro destacamento soviético situado en Rovno. Habían interceptado una comunicación sobre la inminente llegada de un tren residencia alemán a la estación de Budki Snovidovich. Era un tren itinerante que constaba de varios convoyes, tanto de mercancías como de personas, ya que servía de alojamiento a los soldados nazis pero, especialmente, a los altos mandos de la Wehrmacht. Según aseguraban, permanecería en la estación durante dos días. Medvédev vio la ocasión para cobrarse el desagravio de la captura de sus dos exploradores. Incluso valoró la posibilidad de hallarlos con vida. Aunque eso no era lo más trascendental: si la información recibida era correcta, uno de los vagones del tren transportaba un gran cargamento de explosivos. Ahí radicaba la importancia del ataque guerrillero que el coronel ya empezaba a diseñar en su cabeza. Seguramente emplearían esos explosivos en algún acto de sabotaje contra intereses soviéticos, ya fuera contra sus tropas o en las aldeas ucranianas ocupadas: las carreteras, los aeródromos, las estaciones de tren, los depósitos de agua o los puentes eran su blanco favorito. Hacerse con ese botín sería un trofeo para los soviéticos.

Que los alemanes tuvieran programada una estancia de dos días con el tren paralizado en la estación facilitaba las cosas. A Medvédev le daría tiempo a trasladarse con un reducido destacamento de hombres, investigar el terreno, evaluar las circunstancias, calibrar los riesgos y formalizar un plan de ataque. Contaba con algo más de una veintena de efectivos, sin incluir a las operadoras de radio, que procuraba dejar fuera de la ofensiva, aunque Ivonne solía ofrecerse para el combate. Siempre lo hacía, algo que la honraba como guerrillera pero que ponía al comandante en la complicada tesitura de elegir entre una partisana voluntariosa y eficaz tiradora, y una violinista de primera; Ivonne era ambas cosas. El deber obligaba a optar por lo segundo, pero el espíritu bélico reculaba hacia lo primero.

Después de una marcha de varias horas, una avanzadilla del grupo llegó a los alrededores de la estación de Budki Snovidovich. Aprovecharon la oscuridad de la noche para estudiar la situación: la distribución del tren y de sus vagones, con especial atención a la carga que transportaban, el número de alemanes, los horarios de vigilancia, el cambio de turnos, el convoy donde se alojaban los altos mandos, el que transportaba los víveres...

Uno de los guerrilleros más audaces con los que contaba Medvédev era el asturiano Antonio Blanco. Fue él quien, junto a otros guerrilleros que se movían como felinos en la noche, se aproximó al tren a inspeccionar los vagones y tratar de descubrir en cuál de ellos se guardaba el cargamento explosivo. Con ellos iban también los camaradas Jesús Rivas y José Gros, los mejores especialistas en minas, para sondear las características del tren y de las vías, y encontrar el mejor lugar donde colocar las cargas. El resto del grupo los cubría, escondido entre la maleza que cercaba la estación, controlando el deambular de los guardias nazis encargados de la vigilancia, que recorrían los andenes del apeadero y efectuaban rondas alrededor del tren para asegurar que todo estaba en orden. Una vez finalizado el escrutinio, informaron a Medvédev.

—El cargamento de explosivos es mayor de lo que pensábamos —anunció Antonio Blanco—. Por lo que he podido ver, son cajas de cartuchos de dinamita, minas, balas explosivas, pólvora... Todo lo necesario para hacer saltar por los aires media Ucrania. Sin duda están planeando algo gordo y tienen previsto hacerlo de manera inminente: no se arriesgarían a transportar una carga de esas características durante mucho tiempo, por el peligro que supone para ellos mismos. Han tenido la precaución de cargarlo todo en el último vagón, que es el más vigilado. Hay cuatro hombres custodiándolo con fusiles automáticos y ametralladoras, uno en cada costado de la berlina. Y otra cosa: hay varios bidones de gasolina en los extremos laterales de la estación. He contado media docena a cada lado. Podrían sernos útiles.

—Todo lo que nos ayude a que esos fascistas y su tren salten por los aires nos será tremendamente útil. ¿Podemos minar el convoy? —preguntó Medvédev, dirigiéndose a Rivas.

—Sin problema. Hay espacio suficiente entre vagones y no será difícil adherir a las vías unos cartuchos de dinamita. Lo podemos hacer unas horas antes del ataque, cuando haya anochecido. Pero habrá que tener cuidado de que ninguna de las cargas alcance el vagón de los explosivos. A no ser que no queramos requisarlo y nos conformemos con que salte todo por los aires.

—Aquí no estamos para conformarnos —puntualizó el camarada comandante, que tenía en la incautación de esa carga uno de sus principales objetivos—. Idead algo para que a ese vagón no le afecte ni la explosión ni la onda expansiva.

—He estado viendo el anclaje entre los vagones —apuntó Gros—. No será fácil, pero nos han hecho el favor de situarlo a la cola de la caravana, así que podemos desengancharlo del resto. Con las armas indicadas y las manos expertas —miró a Rivas, que asintió en silencio—, podremos intentarlo.

—Haced algo más que intentarlo. Quiero que mañana el cielo se abra y se trague a esos malditos alemanes cuando esta tierra explote —pidió Medvédev como si estuviera dirigiendo una producción audiovisual de Serguéi Eisenstein, uno de los directores favoritos de Stalin, autor de películas como *El acorazado Potemkin* u *Octubre*. Llevado por ese comentario, reparó en el reparto de su grupo, en el que faltaban dos actores—. ¿Sabéis algo de nuestros exploradores capturados? ¿Habéis podido verlos?

—No —respondió Blanco en nombre del resto—. Pueden estar encerrados en uno de los vagones o en alguna sala de la estación. Hay una estancia, justo en la parte trasera, a la que no he podido acceder. No estaba custodiada, pero sí atrancada con barras de hierro. Quizá los tengan ahí...

—O quizá estén muertos y enterrados —replicó Gros.

—Estos animales no entierran al enemigo. —Medvédev volvió la vista hacia el destacamento alemán antes de añadir—: Claro que nosotros tampoco lo haremos.

A las veinticuatro horas de aquella charla, una veintena de guerrilleros esperaba atrincherada en las proximidades de la estación. No solo tuvieron que aguardar a que oscureciera, sino a que finalizara algo con lo que no habían contado: la fiesta organizada por los alemanes en el andén. Por un lado, la celebración jugaba a su favor, a juzgar por las botellas de alcohol que pasaban de una mano a otra y que entorpecerían su capacidad de reacción y sus reflejos. Pero por otro, aquello había congregado a civiles que llegaron de una aldea cercana, la mayoría mujeres jóvenes a las que habían obligado a unirse al espectáculo, bien por la fuerza o con algún trueque de comida, medicinas o ropa de abrigo. Aun así, la fiesta los tendría más entretenidos, por lo que la labor de colocación de las minas entre las vías del tren y en los bajos de algunos vagones podría realizarse con mayor seguridad.

Los hombres de Medvédev tuvieron que esperar más allá de la hora prevista para el ataque, hasta que los aldeanos regresaron a sus casas, la música desapareció del gramófono que habían colocado en la plataforma, las botellas dejaron de rodar por el andén y entre las vías —Rivas se temió lo peor cuando una de ellas fue a parar a escasos centímetros del raíl donde había colocado unos cartuchos de dinamita, el mismo lugar hacia el que se dirigía un oficial antes de desplomarse por la embriaguez—, y los soldados alemanes se retiraron a dormir la borrachera al interior de los vagones y, algunos de ellos, a las dependencias de la estación, tirados o directamente desmayados en el andén. Medvédev advirtió a sus hombres de que no se confiaran ni, mucho menos, infravaloraran al enemigo por las circunstancias en las que parecía encontrarse. Seguía habiendo soldados alemanes vigilando la estación y custodiando los principales vagones, aquel donde se guardaba el cargamento estrella y aquellos donde descansaban los mandos superiores.

Sin música, sin cánticos, sin gritos, sin risotadas, la estación empezó a presentar un aspecto fantasmal. Solo se veían las gavillas de luz de las linternas que portaban los guardias nazis y que quebraban la oscuridad, como guadañas segando la penumbra. Los músculos de los guerrilleros soviéticos sufrían la ansiedad del combate, que por fin presentían cercano. Todos pendientes de la orden de su comandante para saltar sobre el enemigo. En mitad de aquella quietud taciturna, apareció un perro y muchos contuvieron la respiración al verlo: cualquier imprevisto suponía una amenaza. Rivas incluso ladeó la cabeza para observar si el animal llevaba adherido al lomo algún tipo de explosivo; era deformación profesional y de los alemanes se podía esperar cualquier cosa. El perro vagabundeó unos instantes, hasta que se detuvo donde esperaban parapetados Gros e Ivonne. José Gros miró al lebrel con cara de pocos amigos. Su presencia le incomodaba, por cómo pudiera afectar a la operación.

—Piensa que es un lobo —le susurró Ivonne, confundiendo con miedo la inquietud de su compañero.

—Ojalá lo fuera. Pero es un puto perro —dijo oliéndose lo peor.

De nuevo, la experiencia le dio la razón. Confirmando todos sus temores, el animal empezó a ladrar por la presencia de los guerrilleros como lo hacían los chuchos en las aldeas silenciosas donde la población se escondía de los soldados alemanes: con fiereza, taladrando el oído, sin piedad, sin tregua, con ladridos persistentes, monótonos y, sobre todo, delatores. Los haces de luces de las linternas de los alemanes enfocaron el lugar de donde salían los ladridos, y se aproximaron con los fusiles apuntando hacia la oscuridad, refugio de los guerrilleros soviéticos. Por un instante, Gros deseó disparar la primera bala al animal delator, pero no podía perder tiempo ni desperdiciar munición. En ese momento, escuchó la orden de Medvédev de abrir fuego.

Una lluvia torrencial de disparos, balines, granadas y ráfagas de ametralladora cayó sobre la estación, envolviéndola en el interior de un tornado con forma de lengua de fuego. Una de las balas explosivas impactó contra los bidones de gasolina, que rápidamente se transformaron en grandes bocas que expulsaban una vaharada de centelleos y llamaradas que iluminaron el cielo y cegaron a los alemanes. Sin perder un solo segundo, un grupo de guerrilleros soviéticos aprovechó para lanzar granadas de mano contra el convoy, mientras otros se encargaban de alejar y escoltar la última berlina que ya habían desenganchado y que se encontraba a varios metros de distancia del cuerpo de la locomotora. Durante la refriega, Ivonne volvió a escuchar los «¡Hurra!» soviéticos que, aquella vez sí, se entrelazaban con gritos en alemán y en ruso llamándolos perros bolcheviques. «¡Ríndete, ruso bolchevique!», oyó bramar a uno de los soldados nazis, que no tenía muy claro a qué sombra se enfrentaba; eso no evitó que descargara una ráfaga de ametralladora que alcanzó más a los suyos que a los efectivos soviéticos. El fuego y las explosiones fueron extendiéndose por todos los vagones de los que salían los alemanes, algunos de ellos envueltos en llamas y convertidos en bolas de fuego, otros disparando a todo lo que se movía, y los más aturdidos, a medio vestir, intentando encontrar la dirección correcta en la que huir sin conseguirlo, ya que la munición soviética acababa con ellos antes de que iniciaran la fuga.

La operación fue una de las más rápidas y limpias que habían protagonizado en mucho tiempo. En apenas diez minutos, el comando se había hecho con el control de la estación, incluyendo el tren y la vida de casi todos los alemanes que lo ocupaban o lo custodiaban. Medvédev lo contemplaba como si lo viviera a cámara lenta, viendo cómo su sabotaje se asemejaba a la escena de la escalera de *El acorazado Potemkin*, donde las fuerzas zaristas disparan contra el pueblo que apoya a los rebeldes en una espectacular escalinata —la Escalera Potemkin: 142 metros de longitud y 27 de altura, con 192 escalones construidos en perspectiva forzada—, por la que un carrito de bebé se precipita cuando un disparo alcanza a su madre y acaba con su vida. Los ciento setenta planos de aquella secuencia, dilatada hasta los seis minutos de duración, se proyectaron sobre aquella otra escena que había tenido lugar en la estación de Budki Snovidovich, superponiéndose una sobre la otra en la cabeza del comandante.

Apenas hubo supervivientes en el bando alemán, y los pocos que lograron salir con vida estaban heridos; aunque algunos huyeron adentrándose en el bosque, no tenían muchas posibilidades de sobrevivir. En uno de los vagones, colgados de unos ganchos del techo como si fueran piezas de vacuno, encontraron a los dos exploradores soviéticos capturados por los alemanes. Habían sido brutalmente torturados. Ambos seguían con vida, aunque no sabían por cuánto tiempo; al parecer los nazis los reservaban como final de fiesta. Sus camaradas los descolgaron con cuidado de los garfios, intentando no infligirles más heridas de las que ya presentaban, y los llevaron fuera para colocarlos encima de unas mantas que extendieron sobre una zona cercana al bosque. Pero las malas noticias venían del bando soviético. Habían sufrido dos bajas: durante el combate perdieron a uno de los partisanos más populares, Antonio Blanco, el jovial asturiano que, pese a tener solo veintidós años, contaba con un amplio perfil guerrillero; el otro muerto era el joven al que Ivonne había hecho una promesa durante la defensa de la plaza Roja: ya no podría llevarle a ver la campana de la Torre del Gran Reloj de Westminster. Siempre le dolía no cumplir las promesas, pero aquella le dolió de manera especial. El muchacho había muerto en sus brazos, con la muerte anunciada en las pupilas grisáceas, sin que el dolor de la metralla alojada en su abdomen hiciera mella en su semblante, a juzgar por la sonrisa con la que pronunció sus últimas palabras. Salieron de su boca encharcada en sangre y no fueron ni para su madre ni para su novia: «Voy a morir mirando al Este. ¿Lo has visto, camarada? Como siempre soñé hacerlo». Era el orgullo guerrillero soviético de morir luchando contra los alemanes, defendiendo su país del ataque fascista, y destinando el último aliento para mirar en dirección a la patria, al Este. Ella misma se encargó de cerrarle los ojos cuando le pusieron sobre el carro, junto al cadáver de Antonio, para trasladar a ambos al lugar donde se les daría un entierro guerrillero.

De camino hacia la ubicación del nuevo campamento, buscaron un buen sitio para enterrar a sus compañeros muertos. Ivonne nunca había asistido a un entierro partisano y la solemnidad del acto logró conmoverla.

Lo primero fue buscar un lugar en el bosque donde la vegetación se mostrara frondosa, y cavar allí una cárcava. Después envolvieron los cadáveres en una tela oscura y los depositaron en la fosa, lo bastante amplia como para enterrarlos juntos. Los guerrilleros fueron pasando uno a uno ante la improvisada sepultura para mostrar su respeto y arrojar sobre ella un puñado de tierra. Todos permanecieron en silencio mientras otros guerrilleros echaban paladas de tierra sobre los cuerpos hasta tapar por completo la tumba, que cubrieron con ramas y hojarasca para disimular la existencia de un sepulcro guerrillero y evitar que el enemigo lo profanara; incluso colocaron minas a pocos metros para impedirlo. En aquel lapso, se oyó el bisbiseo de una oración que uno de los guerrilleros quiso rezar, y todos se sintieron hermanados aunque no supieran lo que decía ni creyesen siquiera en la fe que él abrazaba. Desearon decir unas palabras, pero el locuaz en aquellas situaciones siempre era Antonio Blanco y finalmente se impuso el silencio. Allí, cubiertos con un manto verde, quedaron los túmulos de los héroes guerrilleros. Si hubiese tenido tiempo, el camarada Rivas habría grabado sus nombres en una placa metálica junto con una pequeña leyenda —CAÍDO POR LA PATRIA o COMBATIÓ COMO UN HÉROE CONTRA EL ENEMIGO—, como se hacía en algunos entierros partisanos, pero ni el momento ni las circunstancias lo posibilitaron.

La muerte de los dos camaradas empañó el botín adquirido: además del cargamento principal de explosivos, se habían hecho con armas, sobre todo fusiles automáticos SV, cajas de granadas alemanas que se caracterizaban por sus mangos romos, así como morteros caseros, cartuchos, pistolas y diversa munición. También con medicamentos, alcohol medicinal, vendas, colchones, ropa de cama, uniformes completos del ejército alemán —incluidos botas, capas y abrigos—, botellas de licor y comida: desde latas de leche condensada hasta sacos de arroz, de patatas, de azúcar, pasando por latas de conserva, especialmente de carne y de un característico pescado de la zona, un arenque muy popular que a Ivonne le provocaba arcadas pero que a los guerrilleros soviéticos y ucranianos les parecía lo más cercano al caviar rojo que encontrarían en esos lares. Rivas cargó con el gramófono que amenizaba el andén de la estación durante la fiesta organizada por los nazis. Estaba agujerado por el impacto de los proyectiles, pero no era una melodía lo que pretendía sacar del aparato.

En cualquier otra circunstancia, el grupo estaría de celebración, bebiendo y cantando alrededor de la hoguera del campamento para festejar la victoria sobre los fascistas, y entonando canciones guerrilleras. Pero la muerte de un camarada, aunque fuera algo asumido y esperado, siempre quebraba la moral de la tropa.

Aquella noche, el silencio dominaba la sentada alrededor del fuego, mientras comían un trozo de carne cocida acompañado por un rancho de alubias. Nadie tenía apetito, aunque sí bebieron para brindar por los compañeros caídos.

—Lo que hemos hecho esta noche es digno del espíritu guerrillero soviético —dijo Medvédev, que por esa noche había levantado tímidamente la prohibición de consumir alcohol que imperaba en el campamento: la memoria de un camarada lo merecía—. Me siento muy orgulloso de todos vosotros. Viéndoos luchar contra el enemigo, con valor y entrega, sin miedo a la muerte, os juro que me pareció estar contemplando una película del camarada Serguéi Eisenstein.

La mención al director soviético hizo que Ivonne se convirtiera por unos segundos en la joven África de las Heras que acudió a un cine de Madrid en compañía de Luis Pérez García-Lago para ver *La línea general*, del mismo director ruso. Volvió a recuperar a su heroína, Marfa Lapkina, que tanto la conmovió en su día. No fueron los únicos recuerdos que la asaltaron, como si su mente fuese una estación de tren saboteada; también recuperó *Octubre*, sobre la Revolución rusa en Petrogrado, que retrasó su estreno cinco meses al tener que eliminar de la cinta las escenas en las que aparecía León Trotski, cuando Stalin lo convirtió en su peor enemigo y, por ende, en el de la Unión Soviética.

Su vida seguía desplazándose a bordo de un tren con todos sus vagones enlazados, tirando unos de los otros, y nutriendo su memoria.

Hasta la próxima estación.

22

«Artículo 133, no lo olviden. Somos guerrilleros y nuestra obligación es cumplir sagradamente con nuestro deber. De lo contrario, estaríamos cometiendo traición a la patria».

Artículo 133. Era la coletilla más repetida en el campamento de Medvédev. Todo pasaba por ese endemoniado artículo y terminaba en él: la bebida, la comida, las guardias, las marchas, el uniforme, la higiene, las transmisiones de radio, la limpieza de las armas, los momentos de distensión alrededor de la hoguera, las labores de reconocimiento... Artículo 133 de la Constitución de la Unión Soviética de 1936. Capítulo X. «Derechos y deberes fundamentales de los ciudadanos».

Esos tres números estaban grabados a fuego en el imaginario guerrillero soviético. Todos oían hablar del artículo 133 pero nadie parecía haberlo leído. Sabían de su existencia, pero nadie lo había visto. Un fantasma. Una sombra en la oscuridad a la que todos se sometían. Por eso tenía tanto poder.

El destacamento de Medvédev era cada día más numeroso. En cada cambio de ubicación, en cada aldea visitada, en cada aproximación o acto de sabotaje se iban uniendo nuevos guerrilleros, algunos provenientes de otros grupos que habían resultado dañados o vencidos por el enemigo, así como muchos partisanos locales que debían adecuarse a la rigidez de su nuevo contingente y, esporádicamente, algunos hombres y mujeres, campesinos en su mayoría, que huían de las aldeas ocupadas por los nazis o por los sanguinarios nacionalistas ucranianos, los *secheviki,* a los que la población civil temía incluso más que a los alemanes. Los civiles reconvertidos en guerrilleros —algunas veces niños con edad de estar en el colegio, agarrarse a las faldas de sus madres y recrearse en cualquier juego que no fuera el de la guerra— empezaban a nutrir el grupo, aunque fuera de manera temporal, marcado siempre por el reencuentro con algún familiar o la llegada a un sitio seguro donde poder iniciar una nueva vida. Todos tenían una misión, adecuada a su edad y características, y ninguna era pequeña: ir a por agua, apilar leña y ramas de abeto, adentrarse en el bosque para recoger bayas, setas, frambuesas, fresas, arándanos o cualquier tipo de fruto, preparar la comida, lavar la ropa en el río... Pero también tenían unas obligaciones que debían cumplir con la misma escrupulosidad que los soldados. Todos los recién llegados estaban bajo la ley del bosque, que se resumía en el incuestionable axioma «La orden del jefe es ley» y que irremediablemente llevaba al artículo 133.

Como toda norma legal, la orden venía cargada con una serie de prohibiciones y sanciones expuestas en cuanto entraban a formar parte de la comunidad guerrillera: el consumo de bebidas alcohólicas estaba prohibido; el alcohol se destinaba al uso medicinal, como anestésico durante las operaciones o para la desinfección de las heridas, y solo se permitía en señaladas ocasiones que pasaban por la aprobación del comandante, que había estipulado una medida de cincuenta gramos de alcohol para cada guerrillero que volviera de una operación en la que hubiera tomado parte. Medvédev no quería borrachos en su regimiento y tampoco tahúres: el juego de naipes o de cualquier otra modalidad, como los dados, también estaba vedado. Quedaba terminantemente prohibido el robo, tanto dentro del campamento como en las aldeas en las que los guerrilleros se adentraran para realizar labores de reconocimiento, de vigilancia y de inteligencia, ya fuera en busca de informantes o para mantener a la población al tanto de la marcha de la guerra, siempre alertándola de la amenaza alemana y de la presencia soviética como aliada en los territorios ocupados por los nazis. La relación con los civiles debía ser respetuosa y el pillaje no era una opción. Todo lo que se encontrara en las casas y en las granjas abandonadas —ya fuera porque sus habitantes habían huido o porque habían acabado muertos a manos de los alemanes— debía llevarse al campamento y entregarse a los responsables de Intendencia que, después de elaborar un informe detallado, se lo pasarían a los mandos superiores que decidirían cómo se distribuía dentro del destacamento, tal y como se operaba cuando la incautación se realizaba al enemigo, como sucedió en el ataque de la estación de Budki Snovidovich. Desobedecer, aunque fuera mínimamente, acarreaba castigos, sanciones e incluso, en casos más graves, el fusilamiento. Ni siquiera se contemplaba la expulsión; eso conllevaría demasiados riesgos de una posible delación. «Nadie decide nada por sí solo. Todo pasa por el jefe. La orden del jefe es ley». Así se aplicaba el artículo 133.

La incorporación de nuevos guerrilleros también obligaba a lidiar con nuevos escenarios y compañeros de viaje, a los que seguía sorprendiendo la presencia femenina en posiciones operativas relevantes dentro del destacamento. La falta de costumbre se traducía en reacciones torpes que solían provocar situaciones divertidas para los partisanos más veteranos.

Un día, después de regresar de su misión de radioperadora, Ivonne llegó al campamento, elaboró los informes y pasó los radiogramas recibidos al alto mando. Habían sido quince kilómetros de ida y otros quince de vuelta, con el aparato a la espalda, por un terreno fangoso que dificultó la marcha y le cubrió de lodo buena parte del uniforme. Llevaban en Ucrania más de medio año, y el invierno había llegado con temperaturas de varios grados bajo cero; aun así ella no perdonaba el aseo personal al regreso de cada misión, algo que no todos los guerrilleros se animaban a realizar, sobre todo en los días más crudos del invierno. Aunque llegara cansada, calentaba un recipiente de agua en la hoguera y se aseaba en un apartado rincón del río, si las temperaturas lo permitían, o si no en el interior de una de las cabañas. Luego corría al calor de la hoguera, donde el resto de los guerrilleros esperaban que los pusiera al día, y viceversa. Aquella noche salió de la tienda mientras terminaba de vestirse. Tenía hambre y necesitaba sentarse con los camaradas para pensar en otras cosas.

—Vaya con las mujeres guapas —comentó Yure, un guerrillero ucraniano recién incorporado como traductor al campamento.

Al escucharlo, José Gros le miró y rápidamente desvió la mirada hacia Ivonne, con una sonrisa: o mucho cambiaba el discurso del ucraniano, o iban a divertirse.

—Camarada Ivonne —dijo ella, pensando que la respuesta sería lo bastante cortante para frenar los pies al ucraniano—. O si lo prefieres, subcomandante Ivonne. Con eso valdrá.

Rivas se dirigió a ella:

—Hoy hemos encontrado oro en una de las aldeas, dentro de un edificio confiscado por unos alemanes que se habían hecho los dueños del pueblo: armas prácticamente nuevas.

—¿Me has traído un regalo, Rivas?

—Yo te consigo una Walter del número 2 cuando quieras —intentó congraciarse el ucraniano, con mejor intención que tino—. Muy manejable, para las mujeres es perfecta —remató sonriente.

—No necesito que el arma sea fácil de manejar, sino rápida, camarada —replicó Ivonne atravesándolo con la mirada.

—Mira esto. —Rivas atrajo su atención sobre un fusil PPSh-42—. Ni siquiera lo habíamos visto nosotros, y esos malditos nazis ya lo tienen. A saber de qué destacamento soviético lo han robado.

—¿Has podido probarla? —Ivonne deslizó los dedos por el cañón rayado de cuatro estrías a dextrógiro, hasta detenerse en la culata metálica plegable—. Me gusta el sistema de puntería mecánico de tipo abierto. Déjame ver... Funciona mediante el retroceso del cerrojo y dispara a cerrojo abierto. Y por lo que veo, con cartucho 7,62 por 25 mm. ¿Dónde han colocado el percutor? ¡Ah! Este modelo lo tiene dentro del cerrojo, conectado al muelle recuperador; se me olvidaba que es del tipo aguja lanzada. Aunque no sé si me convence el gatillo, solo permite fuego automático.

—Lo bueno es que, al tener delante este seguro externo en forma de palanca, evitará disparos accidentales, como dicen que le pasó realmente a Durruti en la Guerra Civil —intervino Rivas con un asentimiento.

—La única pega que le veo es el cargador curvo de 35 cartuchos: aunque puede intercambiarse con los del PPSh-41, no podremos utilizar su tambor y a mí me gusta el de los nuestros; soy una romántica —comentó Ivonne, como si se tratara de una vendedora recitando los encantos de su producto estrella.

Le gustaban las armas. Sentía fascinación por ellas, quizá porque no las utilizaba tanto como quisiera. Después de estudiarlo bien y acariciar su chapa de acero, se lo devolvió a Rivas y aceptó de buen grado el rancho de la cena que le ofrecía uno de los guerrilleros. Mientras removía el contenido del plato con la cuchara, terminó de realizar su análisis:

—He oído que ya están trabajando en el PPSh-43, que entrará en producción a mediados de año y lo tendrán listo dentro de unos meses. Y promete: quieren integrar la camisa de refrigeración al cajón de mecanismos, simplificar el bloqueador de la culata, colocar el eyector en el extremo trasero de la varilla guía del muelle recuperador, acortar el cañón y la culata, y cambiar el ángulo del brocal de alimentación, lo que me parece un gran acierto; así será un arma más fiable. Me tenéis que llevar a una de esas exploraciones vuestras en las aldeas. Se encuentran cosas muy interesantes.

—¡Vaya! —exclamó Yure, el ucraniano de antes. De nuevo, su intervención dibujó una mueca risueña en el semblante de Gros, que cada vez veía más cerca la diversión—. ¿Sabes hacer algo más, camarada?

—¿Quieres ver lo que puedo hacer en tres minutos y cuarenta y seis segundos con estas manos? —preguntó Ivonne con voz insinuante, mientras Gros y el resto de los guerrilleros, que la conocían mejor que el recién llegado, se ponían cómodos y tomaban posiciones—. Y hasta te dejo vendarme los ojos.

—Lo estoy deseando —sonrió el guerrillero novato.

—Pero no te saldrá gratis. A cambio quiero tu *telogreika*. —Se refería a la chaqueta guateada hecha de un tejido térmico especial que el Ejército Rojo popularizó durante la guerra soviética con Finlandia y era lo único que guarecía realmente del frío invierno ucraniano—. Y una ración doble de ese *borsch* que preparas. ¿Tenemos un trato?

—Hecho.

Ivonne hizo que el guerrillero ucraniano se sentara a su lado y le concedió el honor de que fuera él mismo quien le cubriera los ojos con un pañuelo, algo que Yure hizo con el precipitado regusto de quien se prepara para saborear una delicia culinaria. Pero el fuego de los fogones iba por otro lado. Con la colaboración de Gros, que ya se conocía el numerito y colocó el arma en las manos de la camarada, Ivonne empezó a desmontarla y montarla de nuevo, manejando sus piezas con la misma habilidad y magia con que manipulaba las clavijas de la radio y percutía el pulsador con el que tecleaba los códigos. Todos la observaban en silencio, asombrados por la destreza, aunque ya lo hubieran visto con anterioridad. El ucraniano también la contemplaba embelesado, a pesar de que su imaginación había ido por otros derroteros.

—¡Tres minutos cuarenta segundos! —Gros lo había cronometrado.

—Seis menos que tu mejor marca —celebró Rivas.

Ivonne se ganó la ración doble de *borsch* y la *telogreika* del joven ucraniano, que esa noche aprendió que no debía fiarse de las apariencias, además de una regla de oro con valor de ley en aquel campamento: mantenerse en silencio siempre era más seguro. Entre Ivonne y Yure no quedó ningún resquemor, al contrario; pasó a convertirse en un entrañable camarada y siempre la saludaba con un elocuente «mi camarada subcomandante», que dibujaba una sonrisa en el rostro de la violinista.

—No está mal —dijo mientras degustaba su ración doble de aquella contundente sopa rojiza hecha a base de remolacha, carne y vegetales que le gustó desde el primer día que la probó—. Estaría mejor con la crema agria, la *smetana*, y con un acompañamiento de patatas y con algún *pampushky*. —Recordó los bollitos de masa de levadura aderezados con una salsa de ajo que también se servían con la sopa—. Está casi tan bueno como el guiso de judías que el camarada Rivas prepara con tocino y carne de cerdo. Él mismo recoge las judías en el bosque, es un cocinillas.

—Cualquier cosa menos un rancho más de *kasha* —comentó Rivas, después de agradecer el cumplido—. Estoy de esa sémola hervida hasta las narices.

—Ya sabes: llena mucho y cuesta poco; economía guerrillera —rio Gros.

—La *kasha* de cebada era el plato favorito del emperador Pedro el Grande —apuntó Ivonne—. Cómo se nota que él no tenía que hacer marchas de treinta y cuarenta kilómetros con una estación de radio a la espalda.

—Esa especie de gachas rusas pasarían mejor con un chupito y, ni que decir tiene, con un buen vino o un cava de mi tierra. —Gros frunció el ceño—. No sé por qué el comandante es tan reacio a acompañar el rancho con un buen trago.

—Porque los rusos no beben, los rusos agotan existencias y secan destilerías —rio Ivonne, recordando sus tardes en Moscú.

—El otro día me contaron una historia —intervino Rivas—. No sé si será una leyenda, pero es muy ilustrativa. Al parecer, un gobernador de Siberia se cogió una buena cogorza y cuando despertó, en mitad de una resaca tremenda, que según me ha explicado Anatoli —dijo refiriéndose a un guerrillero soviético del grupo— ellos llaman *zapoy*, se acordó de que no había felicitado al zar Alejandro III por su cumpleaños. Para compensar su error, le envió un telegrama en el que le decía: «He estado bebiendo a la salud de su alteza real durante tres días», a lo que el zar le respondió con otro telegrama: «Muchas gracias, pero ya es hora de que te detengas». —Bajó la voz—: Medvédev es nuestro zar particular, no me cabe la menor duda. —Si el aludido se enteraba de que lo estaba comparando con un emperador zarista, posiblemente lo mandaría fusilar.

—Luego llegaron Lenin y Trotski con la Ley Seca en los años de la Revolución rusa y cerraron el grifo. Y mira cómo terminaron: secos.

La mención a Trotski, lejos de perturbarla de alguna manera, le valió para seguir disfrutando de la animada noche. Sus camaradas no tenían ni la menor idea de hasta qué punto había formado ella parte de sus últimos años y de su final. A ella misma le habría costado reconocer algo de María de la Sierra en la guerrillera Ivonne de los bosques de Ucrania.

Las conversaciones alrededor de la hoguera conseguían levantar el ánimo de los guerrilleros, y aún más cuando eran casi exclusivamente españoles. Aquellas charlas revitalizaban el alma más que ese trago de vodka por el que suspiraban los partisanos soviéticos, sobre todo cuando ya habían consumido la cantidad máxima permitida. El alma rusa necesitaba más grados para calentarse; quizá por eso era más permeable a las resacas. O quizá la denominada «alma rusa» era un invento de los escritores soviéticos, y Antón Chéjov tenía razón al escribir que lo único tangible es el alcohol, la nostalgia y el gusto por las carreras de caballos.

—Cuando sonríes, haces que me acuerde de los jazmines —soltó de pronto Eusebio, otro de los guerrilleros habituales, que no necesitaba ningún condimento extra ni ninguna resaca para hacer comentarios de esa índole.

—No me jodas, Eusebio, no te pongas cursi —le recriminó Ivonne, rompiendo todo el encanto pretendido por el español, y provocando una carcajada generalizada—. Acabo de hacer treinta kilómetros de marcha. Estoy yo para jazmines...

—Me gusta tu deje andaluz —insistía—, digas lo que digas.

—No tengo ningún acento: no soy andaluza. Es que me haces hablar mientras como el *borsch*. Y entre que sorbo y que estás sordo, no hay manera de vocalizar nada. Y, además, se me quedan los labios rojos por la remolacha y cuando intento limpiarme es cuando te da por preguntarme cosas y me haces responderte.

—Ese color en tus labios te favorece —le confesó Gros—. Y creo que lo sabes. Deberías utilizarlo más.

La conversación, salpicada de humor y de momentos de nostalgia de un pasado también guerrillero, duró más que el *borsch* pero menos que el calor de la nueva *telogreika* de Ivonne, que aliviaría el frío durante sus continuas marchas por el bosque para transmitir. Estaba encantada con su nueva adquisición, ganada gracias a una apuesta. Por un instante, temió que Medvédev pudiera considerarlo como uno de esos juegos prohibidos en el campamento, pero respiró tranquila. El artículo 133 no la dejaría sin ella. Ahora solo debía reemplazar su *pilotka* —la gorra de cuña militar que, a decir verdad, casi nunca usaba— por uno de esos gorros con orejeras, los tradicionales *ushanka*, hechos con lana natural y piel de oveja —los sombreros del trampero, como los denominaban—, para sobrellevar en mejores condiciones las temperaturas de veinte y treinta grados bajo cero. Una violinista con los dedos congelados no llegaría muy lejos, como tampoco lo harían sus mensajes si tenía que enviarlos tecleando los códigos con las falanges convertidas en carámbanos.

En el contingente de «Los Vencedores» el día a día siempre podía sorprenderlos con un nuevo cambio en la ubicación de su campamento. El último no estaba siendo sencillo. Una infatigable y espesa cortina de agua los acompañó durante todo el trayecto, convirtiendo la marcha en un verdadero suplicio. Las piernas de los guerrilleros quedaban atrapadas en los cenagales, auténticas trampas abiertas en el terreno, con el barro cubriéndolos hasta las rodillas. Era aún peor con las ruedas de los carros, que se hundían en el barro y requerían del esfuerzo de varios hombres para sacarlas de aquella trampa de légamo. A ese ritmo, era complicado que llegasen a su destino antes del anochecer. Alguien propuso dejarlos y volver más tarde a por las carretas, pero Medvédev se negó: transportaban víveres y materiales que necesitaban para construir el campamento y mantener su buen funcionamiento y, además, existía la posibilidad de que los alemanes los interceptasen, y no solo los confiscarían, sino que eso les daría una idea de dónde buscarlos.

El panorama no mejoró cuando tuvieron que cruzar un río sin que la lluvia cesara en ningún momento. No era muy profundo ni tampoco muy ancho, pero el caudal bajaba con rabia y bravura, contagiado por el espíritu partisano. Armados de paciencia más que de valor y dispuestos en fila india, los guerrilleros atravesaron la corriente con los brazos en alto, no en posición de entrega al enemigo, sino para sujetar algunas de las pertenencias y mantenerlas lo más lejos posible del agua, evitando así que se mojasen. Tanteaban el suelo con cautela, como si estuvieran caminando sobre un alambre aunque, como estaba sembrado de rocas y piedras, se les antojaba complicado. Ivonne sujetaba en alto la radio, previamente envuelta en una tela impermeable para minimizar los posibles daños en caso de accidente. En más de una ocasión sintió cómo un inoportuno traspié o un inevitable resbalón la desequilibraban, pero logró enderezarse. Estaba más preocupada por Rivas, que avanzaba entre Gros y ella, por si había que auxiliarle. Los árboles y los ríos no eran la parte de la naturaleza más apreciada por el camarada mecánico.

Estaban a punto de alcanzar la ribera, cuando escucharon un grito a su espalda. La primera reacción de Ivonne fue gritarle a Rivas que ni se le ocurriera girarse para ver qué pasaba, lo que seguramente acabaría con la obligación de rescatarle río abajo. Luego escuchó a Lida, unos metros por delante de Ivonne, que preguntó a voz en grito: «¡¿Ha sido una de mis violinistas?!». El silencio duró unos segundos, suficientes para confirmar sus temores. Una de las radiooperadoras, llamada Shura, había tropezado al introducir el pie entre dos piedras: su Paraset y ella habían terminado bajo el agua y, aunque lo recuperó rápidamente, sabía que presentaría daños serios. Desde la orilla, Medvédev tranquilizó a todos, especialmente a la radista: «No pasa nada. Seguid. No nos preocupemos de eso ahora». Pero sí pasaba: una radio menos, una violinista menos, una señal menos con la que confundir a los alemanes, una transmisión menos; una ventaja más para el enemigo. La pobre Shura vio sobrevolar el fantasma del artículo 133 sobre su cabeza. No había sido culpa suya, pero conocía la ley guerrillera. Los caminos de la traición a la patria sí que eran inescrutables cuando se trataba de la Unión Soviética, aunque hubiera aparecido un afluente en mitad de ellos.

Cuando abandonaron el río y pisaron al fin el relieve firme del bosque, fue como entrar en la tierra prometida. Lida y Shura evaluaron los daños de su equipo de radio. Estaba completamente perdido, aunque Rivas prometió echarle un vistazo en cuanto levantaran el campamento. Si los dedos de Ivonne eran mágicos, las manos de Rivas obraban milagros. Siempre lo arreglaba todo, era difícil que su destreza y su maña no volvieran a hacer funcionar cualquier objeto malogrado. Pero aquella baja llegaba en el peor momento, a unas horas de realizar la transmisión diaria.

Las condiciones climáticas habían ralentizado la marcha. Apenas habían hecho paradas para comer y descansar; Medvédev quería llegar cuanto antes al lugar que los exploradores habían marcado en el mapa y levantar la nueva albergada militar. Pero las transmisiones debían realizarse cada día a la hora prevista, independientemente del viento, la nieve, la lluvia o el frío. Por eso, a la hora indicada y a la señal de Lida Sherstniova, las violinistas se prepararon para empezar a transmitir. Moscú no podía esperar y el enlace con el Centro era lo más importante de la misión. El resto del contingente no podía aguardar por ellas, debía continuar la marcha. Era algo habitual. Las radioperadoras se quedaban en el lugar acompañadas por una escolta de varios guerrilleros; algunas veces, hasta quince y veinte hombres guardaban las espaldas de las violinistas. Cuando acabaron, reanudaron la caminata para alcanzar al grueso del contingente y entregar los radiogramas al mando, pero se les había hecho tarde, avanzar más era peligroso, y se vieron obligados a pasar la noche al raso antes de llegar al nuevo emplazamiento.

El cruce del río y la lluvia torrencial no solo devastaron la radio de Shura, sino que arruinaron las cajas de cerillas, por lo que resultó complicado encender una hoguera, aunque Yure logró hacer fuego, lo que le valió el aplauso de todos, especialmente de Ivonne. Para ella no había nada peor que dormir sobre la tierra mojada. Siempre se despertaba con el cuerpo agarrotado y rara era la vez que la tos y la fiebre no aparecían en las siguientes horas o jornadas. Pero el cansancio le echaba un pulso a la incomodidad y al dolor instalado en los huesos y terminaba ganando el envite. Cubierta por ramas y por una capa impermeable —aunque resultó no serlo tanto—, cedió al sueño.

Amaneció con el cielo seco, la tierra mojada y su cuerpo calado. Al menos, había dejado de llover. Olía a humedad y, guiada por el mismo razonamiento de Gros cuando comprendió lo que podía significar la aparición del perro en la estación de Budki Snovidovich, supo que ese agradable olor a limpio y a rocío no era lo único que dejaría la lluvia torrencial. Enseguida aparecieron centenares de mosquitos dispuestos a dejarles sin sangre y llenos de picaduras. Ivonne agradeció haber guardado la máscara que le entregaron antes de realizar el salto en paracaídas: ponérsela evitó que las picaduras de los insectos le dejaran la cara inflamada como al resto.

Durante el último tramo del trayecto, advirtió que en los troncos de los árboles aparecían unas curiosas construcciones simétricas con forma de pequeño canal, que terminaban unos centímetros más abajo, en una especie de cubos de madera con apariencia de casitas. No era la primera vez que veía algo similar. Lo había visto en un bosque cercano a Coyoacán, donde Eitingon le explicó que era un mecanismo agrícola para recoger la resina. Pensó que habría alguna aldea cerca.

—La próxima vez que vayáis a un pueblo, voy con vosotros —le dijo por segunda vez a Gros.

—Eso si no nos ahogamos antes… —respondió con su habitual humor, dando por buena la propuesta de su camarada.

A media mañana llegaron por fin al lugar donde se emplazaría el campamento, que encontraron ya montado. Fue como volver a casa, aunque fuera la primera vez que pisaran aquella tierra. Además del cansancio, traían buenas noticias.

—Hemos enviado un mensaje a Moscú para que en el próximo avión que nos envíen con víveres y materiales incluyan también un aparato de radio —informó Lida a Medvédev—. Y, por una vez, la suerte ha estado de nuestro lado porque lo enviarán en menos de una semana. Gracias a que Ivonne solicitó las coordenadas del campamento antes de salir, hemos podido enviárselas a tiempo y agilizar la gestión. Esta mujer está en todo.

—Por eso está aquí —comentó el camarada comandante—, porque está en todo. No hay otra manera de ser guerrillero.

A pocos metros de aquella conversación, se iniciaba una nueva.

—Rivas, tengo un problema —dijo Ivonne a modo de saludo.

—Entonces, soy tu hombre.

—Siempre lo serás, camarada —le dijo, mientras le entregaba el fusil PPSh-41 que solía utilizar—. Está roto. No funciona. No sé qué le pasa.

—Que no lo tratas con cariño, eso le pasa. —Rivas se ajustó las gafas para contemplarlo con más detalle—. Y como el pobre te escuchó el otro día detallar las maravillas del fusil que le sustituirá, y todo por un plato de *borsch* y una *telogreika*, pues se ha declarado en huelga. ¿O es que solo pudimos ponernos nosotros en huelga en el 34? Claro que los asturianos nos lo tomamos más en serio que el resto —añadió, levantando la vista y observándola por encima de la montura—. Estás a punto de ver algo prodigioso: destino lo llaman unos, azar lo denominan otros. Yo prefiero hablar de talento —dijo mientras se incorporaba y se acercaba a uno de los carros para rebuscar en él.

—Pero ¿me vas a arreglar el fusil o solo vas a hablar? —le gritó Ivonne.

Le vio regresar con el gramófono que había cogido antes de salir de la estación de Budki Snovidovich.

—¿Te acuerdas de lo que te reíste de mí cuando me lo llevé? —preguntó Rivas sin dejar de sonreír.

—Yo no me reí. Solo estaba feliz por haber hecho saltar por los aires a unos cuantos nazis y a su endiablado tren.

—Tú te reíste, como todos los demás. Pero como no soy un hombre rencoroso... —Comenzó a manipular el aparato, hasta que encontró lo que estaba buscando—. ¡Aquí está!

—¿Un muelle? —El hallazgo le resultaba algo decepcionante.

—Un muelle no. El muelle que hará que tu fusil vuelva a funcionar —anunció con un tono ceremonial, sin tomar en consideración el gesto con el que su compañera acababa de poner los ojos en blanco—. El muelle del disco de tu fusil está roto. Y solo hay que cambiarlo. Al decir «solo», no quiero decir que sea sencillo.

—Lo que hablas, Rivas...

—Y ¡vulá! —exclamó al comprobar que el fusil volvía a funcionar.

—Se dice *voilà!* —lo reprendió Ivonne, mientras recibía el fusil de manos de su compañero. Le encantaba corregirle. A veces pensaba que el camarada lo hacía a propósito, como si fuera un guiño encriptado, algo que solo los uniera a ellos dos.

—Se dice «muchas gracias, Rivas, qué haría yo sin ti». Así se dice, que ahora va a resultar que naciste en Perpiñán hablando un francés de libro...

Ivonne comprobó que el fusil funcionaba como antes, si no mejor. No le dio las gracias como le pidió; prefirió darle un beso que, sin duda, el camarada agradeció más.

—Qué haría yo sin ti, Rivas...

—Tirar piedras a los alemanes, como una salvaje. Eso harías, serrana bonita.

—Menos mal que te bajé del árbol, camarada.

Rivas se había convertido en el mago del contingente. Lo arreglaba todo, tenía solución para cualquier desperfecto y por eso acudían a él cuando algo fallaba: la mirilla de un fusil, la rueda de una radio, el cable de unos auriculares, las flechas indicadoras de una brújula... Podía pasar noches enteras aprovechando la luz de la hoguera para ajustar un imán, la lente de unos prismáticos o el mecanismo de un reloj, hasta que Medvédev le ordenó que descansara por las noches porque le necesitaba reposado para fabricar las minas y los explosivos. Además, las madrugadas de los inviernos ucranianos eran muy frías para estar aguantando el relente helado mientras arreglaba cosas, así que Rivas decidió construirse una lámpara que funcionaba con grasa de caballo, de vaca o de buey —de ahí el encargo que solía hacer a los guerrilleros para que no se deshicieran del sebo ni del saín animal—, lo que le permitiría trabajar dentro de la tienda. Era habitual verle rebuscando en el botín que traían los exploradores, a los que les encargaba cualquier cosa que pudiera resultarle útil para los arreglos, y le traían cajas de utensilios, limas, cuchillos, tornillos, sierras, puntas, corchos, martillos, imanes, tenazas, agujas, tijeras, llaves, candados, alambres y hasta un taladro Sharp, Roberts & Co., que le convirtió en el hombre más feliz del mundo.

—Pero ¿qué vas a hacer con un perno oxidado? —le preguntó uno de los exploradores.

—Un percutor para la ametralladora; dos golpes de lima y como nuevo.

Y tenía razón, como nuevo.

23

El ladrido de un perro era la mejor brújula para encontrar una aldea.

Sus aullidos eran como señales de humo que indicaban a los exploradores que a pocos kilómetros, no más de dos o tres, se levantaba un pueblo. Sin duda, el método rastreador más eficaz que los batidores podrían utilizar. Pero también era una señal que advertía a los vecinos de la aldea de la presencia de extraños en sus tierras. De lo que ya no podían informar los perros era de la identidad de los merodeadores y sus intenciones. A los campesinos no les gustaban los extraños y tenían motivos para desconfiar de todo el que entrara en sus tierras. La gran mayoría lo hacían vistiendo el uniforme de la Wehrmacht, pero también era habitual ver a nacionalistas ucranianos, los denominados *secheviki*, antiguos miembros de la policía y del ejército ucraniano reconvertidos en matones que empleaban los mismos métodos de destrucción y muerte que los nazis. Los campesinos los temían aún más que a los alemanes, porque se ensañaban con la población civil, buscando el favor de los nazis para así sacar rédito económico y social de su traición a Ucrania. Los *secheviki* siempre traían consigo confiscación de bienes, sabotajes, detenciones, asesinatos, violaciones y muerte.

Por esa razón, las visitas, sobre todo si se producían a última hora de la tarde o aprovechando la oscuridad de la noche, no eran bienvenidas en los pueblos.

El silencio fue lo que más impactó a Ivonne mientras recorría las calles de la aldea en la que acababa de entrar junto a un grupo de camaradas soviéticos. No fue la oscuridad ni la ausencia de personas o de niños jugando en los parques; tampoco las casas calcinadas, los carros carbonizados, las ventanas cegadas con tablones o las puertas cerradas a cal y canto; no era el olor a madera quemada o las granjas vacías de animales, ni la ausencia de luces en el interior de los hogares, ni siquiera la de una raquítica vela; y tampoco la sequía de miradas, de conversaciones y de sonidos que tejen la vida cotidiana de una población. Lo que más le impresionó fue la ausencia absoluta de la voz humana, del llanto de un bebé, del grito de un niño, la tos de un viejo o el sonido metálico de una canción que suena en la radio. Un mutismo artificial enmudecía la aldea, aunque más parecía amordazarla. Aquel silencio estaba cargado del mismo miedo, confusión y desconfianza que abarrotaban los vagones de los trenes alemanes atestados de personas, esos que salían de las estaciones y se perdían por raíles fantasmas hacia el interior del este de Europa. Ni siquiera los perros ladraban cuando los merodeadores ya deambulaban por las calles del pueblo.

Lejos de alimentar la concentración y favorecer la confianza, aquel silencio devastador la mantenía en una tensión asfixiante. Gros se lo había advertido la noche anterior, cuando fueron a recoger los fardos con víveres que lanzó en paracaídas un avión soviético: «En la aldea, mantente alerta. No te distraigas con nada. Limítate a observar, no intervengas a no ser que yo te lo diga. Aprende a gestionar el silencio porque es lo que más vamos a encontrar». Y se lo repitió antes de salir del campamento aquella tarde, y una tercera vez cuando estaban a punto de entrar al poblado. Su misión era recabar información sobre los alemanes que habían estado en la aldea, sus movimientos, cuántos eran, qué uniforme llevaban, si iban acompañados, si habían llegado a pie o en coches, camiones o motos, si permanecían en la localidad ocupando alguna casa, y todo ello debían hacerlo sin disparos, altercados, amenazas ni sabotajes. También debían dar con algún campesino que les abriera la puerta de su casa, ofrecerle su ayuda para recuperar los bienes que los nazis le habían arrebatado, así como información sobre la marcha real de la guerra, ya que los alemanes entraban en las aldeas mintiendo sobre la victoria de la Alemania nazi en todos los frentes y su dominio incontestable en Europa, también sobre Ucrania, incluyendo la aldea en cuestión y todo lo que hubiera en ella, también su población. «Y si después de todo eso logramos que nos den algo de comer y de beber, podremos considerarnos afortunados. Pero no será fácil. Los campesinos ya no se fían ni de los suyos, quizá porque ya no saben quiénes son los suyos».

Avanzaban despacio por los caminos de tierra de la aldea, vigilando cada ventana, cada puerta, cada banco, cada árbol, cada esquina. Cualquier ruido suponía un peligro; cualquier sombra, una amenaza. Gros pidió a uno de los camaradas que escupiera el mondadientes que llevaba cabrioleando entre los dientes desde que habían entrado en el pueblo; Ivonne no supo si por nervios o porque aquel desagradable sonido suponía una distracción real.

Al pasar cerca de la iglesia, se fijó en las campanas de la espadaña, que en su quietud absoluta se dirían esculpidas en piedra. Conforme se aproximaban a una de las casas, aferró con más fuerza el PPSh-41, que parecía una prolongación de sus manos. Seguía a rajatabla las indicaciones que Gros realizaba sin hablar, utilizando la mirada, un arqueo de cejas, una leve inclinación de cabeza o un movimiento de fusil para señalar el camino que debían seguir. Se acercaban a una finca desplazándose en formación circular, protegidos desde la retaguardia por un grupo de guerrilleros y cubiertos por delante por los exploradores, que se habían adelantado para tomar posiciones. Caminaban despacio, con zancadas cortas y pisadas suaves, como si transitaran un terreno minado. Siguiendo la mirada de Gros, Ivonne se asomó con cautela al granero de la casa. A punto estuvo de lanzar un grito y caer de espaldas al toparse con la cabeza de un caballo a escasos centímetros de su rostro, observándola, también en silencio, sin saber quién de los dos tenía más miedo. Nunca había visto uno tan cerca, excepto algunos ejemplares muertos en las calles de Barcelona durante las revueltas de 1936. Aquellos no respiraban como lo hacía el que tenía casi encima de ella, ni sus ojos la vigilaban como la mira de una ametralladora. Ni siquiera relinchó ni se movió. Por un segundo presintió que alguien ocupaba las entrañas del jamelgo —flaco y desnutrido, como seguramente estaría su propietario—, y que en cualquier momento saldría y la ejecutaría en el acto. No supo por qué la sobresaltó tanto, pero agradeció la presencia de un camarada para sacarla del shock. Sintió todos los músculos endurecidos como el mármol y su lividez alabastrina no pasó inadvertida a Gros, acostumbrado a su piel azabache.

—¿Estás bien?

—No es nada. ¿Llamamos a la puerta? —preguntó, sacudiéndose la necesidad de explicar su reacción ante lo que había visto en el granero.

—Sí. Pero tú quédate detrás de mí.

—¿Seguro que está todo bien? —quiso asegurarse Rivas, al ver que continuaba pálida.

—En esta aldea ni los caballos relinchan. Demasiado silencio...

Gros golpeó la puerta con el puño. Tres golpes secos que esperaban una contestación. El silencio también regía las respuestas. Hasta tres veces repitió la llamada, siempre con la misma réplica: nada. Aproximó la oreja a la puerta para intentar escuchar algo. Ausencia absoluta de sonidos. Ni un ruido chivato, ni una respiración agitada, ni un llanto nervioso, ni un susurro delator. Después de unos segundos de espera, decidió probar en otra casa. Había iniciado la retirada, cuando a su espalda oyó tres golpes que imitaban su anterior llamada. Al girarse agarrando con fuerza el fusil, vio que era Ivonne quien golpeaba la puerta y murmuraba algo que no entendió. No tuvo tiempo de gritarle que se retirara del portón, ni siquiera de acercarse a ella y asirla del brazo. Se escuchó un ruido metálico al otro lado. Todos levantaron los fusiles y apuntaron en esa dirección. Ivonne se echó a un lado y se puso a resguardo. De nuevo, un rechinar, seguramente de cerrojos, rasgó el silencio sepulcral que lo dominaba todo. La puerta se abrió en una rendija. No apareció nadie, aunque se escuchó una voz apagada, quebrada por el miedo pero con un deje de confianza.

Ivonne miró a Gros, que enseguida la entendió y buscó con la mirada a Yure, el traductor ucraniano que los acompañaba.

—Pregunta quién eres —tradujo él.

—Dile que somos soviéticos —dijo Gros.

—Dile que somos amigos —matizó Ivonne.

Por fin la puerta se abrió del todo y apareció la silueta encogida de una mujer. No tendría más de cincuenta años, aunque a juzgar por su rostro ajado podría haber tenido ochenta. Los observó durante unos instantes a la luz de un candil, que reveló una cara repleta de manchas moradas y verdes; parecían marcas de golpes. Por su expresión, no era la primera vez que un grupo de extraños se plantaba en su casa aunque, en esta ocasión, habían llamado a la puerta en vez de derribarla con una ráfaga de ametralladora y lanzarse a degüello sobre sus moradores.

Después de que el traductor le explicara que eran soviéticos y que habían llegado a la aldea para ayudar, la mujer cedió y les permitió cruzar el umbral. Gros accedió a la vivienda junto a Ivonne, Yure, Rivas y dos camaradas más. Pidió al resto que permaneciera en el exterior vigilando y ordenó que ninguna otra avanzadilla del grupo recorriera la aldea. De momento, se centrarían en aquel golpe de suerte que el puño de Ivonne había provocado.

Mientras todos buscaban su sitio en el interior de la casa, Gros se aproximó a su compañera para hablarle en voz baja:

—Eso que has hecho ha sido una estupidez y una locura. Podría haber habido alemanes detrás de esta puerta.

—Pero no los había.

—Ha sido suicida. Y nos has puesto en peligro a todos. Necesito que lo entiendas para que pueda, para que *podamos* seguir confiando en ti —dijo con la expresión más seria que Ivonne le había visto desde que se conocían.

—Lo entiendo. Perdona —aseguró, aunque realmente ni lo entendía ni lo sentía. Eran guerrilleros, no vendedores de biblias. Pero no pensaba discutir con él, y menos después de haber conseguido entrar en aquella vivienda—. No volverá a pasar —mintió para dejarle más tranquilo. A juzgar por su mueca, lo logró.

La mujer dejó el candil sobre la mesa del comedor y tomó asiento en una de las sillas, mientras los invitaba a ocupar las restantes. Solo Ivonne y el ucraniano aceptaron; los demás se quedaron de pie, un poco más alejados de la mesa. No querían abrumarla, aunque el verdadero motivo respondía a la precaución guerrillera de desconfiar siempre, mantenerse alerta y cubrir todos los flancos posibles. Junto a la dueña de la casa, había una mujer más joven; tal vez una hija, ya que compartían cierto aire en sus facciones. Permanecía en silencio y aparentemente tranquila, aunque miraba a los ojos a cada uno de los recién llegados, sin agachar la cabeza o desviar la mirada, como hacía la mayoría de los aldeanos ante la llegada de desconocidos armados.

La conversación transcurrió entre las voces entrelazadas de la mujer, del traductor ucraniano y de Ivonne que, con la anuencia de Gros, empezó a hablar con la campesina. Su voz, su tono y su rostro parecían más amigables y dignos de confianza que los del resto de los partisanos. Poco a poco, la mujer fue narrando, con un tenue hilo de voz, cómo un contingente alemán había irrumpido en la aldea hacía un par de semanas para informarles de que el pueblo quedaba bajo su gobierno, así como todos los bienes y también las personas que, desde ese momento, estaban bajo su jurisdicción y tendrían que trabajar para ellos. Al principio, intentaron embaucarlos prometiéndoles una buena casa y un buen sueldo con el que mantener a sus familias, pero, como la población se resistía y se negaba a creer aquellos cantos de sirena, cambiaron de estrategia. Sin mediar más explicación, los nazis comenzaron a entrar en las casas para sacar a rastras a sus habitantes y sustraer la poca comida que tenían, sobre todo pan, carne, huevos, arroz, patatas y harina. Si alguien se oponía, lo golpeaban con sus fusiles o lo encañonaban hasta que abandonaba toda resistencia y permitía el saqueo. Invirtieron el día desvalijando y robando todo aquello que encontraban a su paso. Cuando terminaron, se subieron a las motos en las que habían llegado y desaparecieron.

—Todos creímos que no volverían, que estábamos en guerra y que era parte del juego —contaba la mujer—. Pero nos equivocamos. Al día siguiente, a media tarde, regresaron a la aldea y esta vez lo hicieron a bordo de varios camiones. A través de unos altavoces, nos informaron de que debíamos sacar a la entrada de nuestros hogares los objetos de valor, y que también nosotros esperásemos en la calle. Fueron casa por casa, entraban cuando veían que lo apilado no era suficiente y salían con muebles, ropa, colchones, cuadros, vajillas, lámparas, todo lo que había quedado dentro, y preguntaban dónde habíamos escondido el dinero y las joyas. Cuando respondíamos que no teníamos nada de eso, nos golpeaban, nos tiraban al suelo, nos pateaban, encañonaban a nuestros hijos para que habláramos... Al principio, el pueblo se resistió e incluso algunos mostraron sus simpatías por los soviéticos, creyendo que eso los protegería, aunque solo enfureció más a los nazis, y entonces empezó la verdadera pesadilla. Comenzaron a fusilar a personas delante de sus familias, los colgaban de los árboles, de los barrotes de los balcones o del alfarje de los establos, los quemaban vivos en mitad de la calle, rociándolos con la gasolina que succionaban con un tubo introducido en los depósitos de sus vehículos para después arrojarles una cerilla, se lanzaban contra las mujeres para golpearlas y violarlas, sacaban a los bebés de las cunas y a los niños que se escondían detrás de sus madres... Empezaron a quemar las casas, a entrar en las granjas obligando a salir a los animales y cargándolos en los camiones. Mataban a los puercos a hachazos. A hachazos... —repitió la mujer como si esa imagen fuese la que más le había impactado—. Se lo llevaron todo: carros llenos de sacos de semillas y patatas, mesas, armarios, alfombras, espejos, los cabeceros de las camas... —Hizo un alto en la narración y miró al intérprete—. ¿Para qué querrían los cabeceros de las camas? —preguntó lánguidamente, sin obtener respuesta. Luego prosiguió—: Se lo llevaron todo excepto a los muertos, que dejaron sobre un charco de sangre en la calle, en las casas, en las fuentes, colgados de los árboles...

La voz de la mujer parecía inanimada. A Ivonne le sorprendió que en ningún momento de su relato apareciera en ella el más leve atisbo de emoción. Tenía la mirada fija en el tapete de linóleo que cubría la mesa, justo donde había colocado el candil para iluminar la habitación y que abocetaba de sombras las paredes. La española observaba su gesto mientras la traducción de Yure se fundía sobre la voz de la mujer. Ivonne ni siquiera lo miraba cuando le pedía que le hiciera alguna pregunta. Su único horizonte era aquella campesina, que seguía describiendo el horror como si leyese palabras vacías. Tampoco le dio más importancia, sabía que a muchas personas el dolor les anestesiaba las emociones, mientras a otras se las desbordaba hasta ahogarlas.

—Vuelven cada cierto tiempo para subir en sus camiones a los hombres que aún quedan en el pueblo y llevárselos, según ellos, a trabajar a sus fábricas de Alemania. Ninguno quiere ir, pero ya saben lo que les espera si se niegan. La mayoría ha huido a otras aldeas o se ha adentrado en el bosque en busca de grupos guerrilleros soviéticos a los que unirse para luchar contra los fascistas. Pero otros no podemos irnos. Eso sería negarles el sueño del regreso a los nuestros. Y quiénes somos nosotros para negar la esperanza a otra persona... —La mujer alzó la cabeza y ancló su mirada azul en la de Ivonne.

Durante unos instantes, todos quedaron en silencio. Quizá por eso los sobresaltó más que la oscuridad se abriera al fondo de la sala para dar paso a una joven de cabellos rubios, con un pañuelo en la cabeza. Había salido de una habitación contigua adonde no llegaba la luz del candil y que se mantenía en penumbra. Todas las armas apuntaron hacia ella. La campesina que les había abierto la puerta gritó algo que Yure tradujo al instante.

—¡Es su nuera! ¡No disparéis!

La aclaración de la mujer y la pasividad de la joven lograron que todos se relajaran. Todos menos Ivonne, que se quedó observándola como si hubiera algo sospechoso en ella. Le llevó unos instantes entender el galimatías que empezaba a formarse en su cabeza, hasta que al fin dio con ello.

—Yo te conozco —dijo mientras se ponía en pie y empuñaba su fusil.

El resto la imitó, y la tranquilidad que hasta hacía un momento inundaba la casa mudó en tensión. Ivonne no levantó la voz. No gritó. No se mostró nerviosa. Le bastó con incorporarse y aferrarse a su PPSh-41.

—Te he visto antes. Eres ella. Es ella —anunció mientras su mirada se volvía hacia Gros, que la observaba sin terminar de entender lo que estaba pasando—. La chica de la foto, la de las trenzas, la del vestido de flores... —Cuanto más miraba a la joven, más segura estaba y más miedo se intuía en los ojos de la muchacha—. La foto que había en la carta del alemán al que matamos cuando nos atacaron los nazis en el primer campamento. ¿Recuerdas que te la enseñé? ¡Es ella! Esos ojos azules, ¿los recuerdas? La foto con ese extraño color... No tengo la menor duda —aseguró mientras buscaba entre su ropaje. Tenía que estar en el mismo sitio donde la guardó; no la había sacado del bolsillo, estaba convencida. Por fin dio con ella y se la mostró a Gros para que él confirmase su sospecha—. Es una alemana. Es la novia del alemán.

Cuando la muchacha vio su foto y la carta pasando de mano en mano, su expresión se turbó e intentó avanzar hacia ellos para recuperarlas, aunque ellos lo interpretaron como un amago de ataque, por lo que empezaron a gritarle para que se detuviera, mientras apuntaban con sus armas.

—¡Andriy! —acertó a gritar la joven, antes de que uno de los guerrilleros la encañonara y abortara su avance.

Se limitó a frenarla, después de que Gros le gritara que no se le ocurriera disparar. La misión era recabar información, hablar con los aldeanos; no abrir fuego ni buscar confrontación.

—Ya lo creo que es Andriy. Pues tu Andriy está tan muerto como lo estarán todos los alemanes que haya en esta aldea —le gritó Ivonne, y Gros tuvo que calmarla. Se había tensado porque algo no cuadraba: desde la languidez del relato de la campesina hasta la aparición de la joven de la foto. No estaba nerviosa; estaba excitada ante un posible engaño y estudiaba la forma de detectar la farsa a tiempo para que no supusiera una trampa mortal—. Estaba segura —repetía—. Sabía que la había visto antes. Y no me equivocaba.

La muchacha le dijo algo al traductor ucraniano, que apenas podía entenderla entre los sollozos y la ansiedad que mostraba.

—Dice que es la foto y la carta que escribió a su prometido, pero que él no es alemán.

—Sí, німецька... Eso es lo que era tu novio, un maldito alemán. —Ivonne repitió una de las dos palabras que había aprendido en ucraniano antes de ir a la aldea: «alemán», німецька, y «soviético», радянський—. Y yo lo maté, hace meses. Tradúceselo, anda, que le quede claro.

Yure lo hizo, pero la respuesta no fue la que esperaba.

—Dice que a su novio lo mataron al comienzo de la guerra, que lo subieron a un tren, como a otros muchos, para llevarle a Alemania a trabajar en una granja colectiva...

Mientras él iba traduciendo, una nueva voz rumiaba para entrar en escena. La joven silenciosa que permanecía sentada junto a la campesina llevaba un tiempo observando a Ivonne y fue a ella a quien se dirigió.

—Yo hablo vuestro idioma —dijo en un tono tranquilo, captando la atención de todos—. Mi cuñada no es la novia de ningún alemán. Es la mujer de mi hermano, Andriy, y su hijo de un año está durmiendo arriba. Su padre ni siquiera pudo conocerlo porque los alemanes lo mataron en un campo de trabajo en Polonia —explicó sin rastro de emoción, un rasgo que, más que heredado de su madre, seguramente fuera consecuencia de la normalización del horror—. Esa carta se la envió mi cuñada unos días antes de que recibiéramos otra. —Señaló la cómoda que se encontraba cerca de Ivonne, como pidiendo permiso para abrir uno de sus cajones y mostrársela—. En ella se nos informaba de la muerte de mi hermano, por causas naturales, según el documento. Es lo más habitual: morir en un campo de concentración por causas naturales —comentó la joven, como si el sarcasmo aliviara su relato. Miró unos segundos a Ivonne en silencio, antes de continuar hablando—: Ese a quien tú llamas maldito nazi era un joven tornero al que obligaron a subir a un camión alemán junto a mi padre y a un gran número de hombres que antes poblaban esta aldea. Les aseguraron que los llevaban al paraíso, donde nadarían en oro, pero cuesta creerlo cuando te fuerzan a subir a culatazos a la caja de un camión, apretujado junto a otros como arenques en una lata. Al despedirnos de ellos, quedamos en escribirnos y mantenernos informados. En realidad, la idea nos la dio un soldado alemán, que nos dijo que pronto recibiríamos cartas de nuestros hombres y que ellos recibirían las nuestras. Ahí fue cuando se nos ocurrió: no nos fiábamos de ellos, estábamos seguras de que leerían el correo para suprimir todo lo que los perjudicara, así que quedamos en utilizar un lenguaje secreto, unos símbolos cuyo significado solo conocíamos nosotros. Si la vida en aquel lugar al que los llevaban era tan buena como decían los alemanes, romperían una de las esquinas del sobre. Si, por el contrario, habían llegado al infierno, dibujarían flores. Miradlo vosotros...

Esparció sobre la mesa la docena de cartas que acababa de sacar de un cajón de la cómoda. Los guerrilleros las contemplaron: ninguno de los sobres aparecía con el ángulo roto; todas las cartas llegaron llenas de flores dibujadas.

Ivonne fue inspeccionando una a una las misivas. No entendía una palabra de lo que aparecía escrito en ellas, pero en todas había flores garabateadas con menor o mayor acierto. Después de inspeccionarlas, examinó la carta que portaba el alemán muerto en el ataque del mes de junio. Vio dos pequeñas margaritas dibujadas en el sobre, otras en el encabezamiento, una tercera junto a la firma y una cuarta en el reverso de la fotografía que acompañaba a la frase escrita en ella, donde había visto por primera vez los nombres de Anna y Andriy; el código de las flores y las esquinas rotas era bidireccional, y también servía para que los familiares de los presos les informaran de la presencia o no de alemanes en su aldea. Regresó su mirada a la de la joven que le había detallado el particular código.

—¿Cómo podemos saber que él es realmente quien dices? —preguntó—. ¿Cómo podemos estar seguros de que no nos mientes?

—Sois vosotros los que habéis llamado a mi puerta. Nadie os esperaba; difícilmente íbamos a mentiros.

La joven volvió a dirigirse a la cómoda, esta vez para sacar una fotografía enmarcada. Antes de entregársela a Ivonne, desmontó el marco y, de la parte trasera, extrajo unos papeles con una foto. Era un pasaporte con el nombre de Andriy, seguido de un apellido que le resultó ilegible y una fotografía en la que se veía a un hombre de pelo moreno, con la cabeza llena de rizos, de estatura media y con gafas. El joven que aparecía en la foto del documento de identidad coincidía con el que sonreía en la imagen enmarcada junto a su hermana y a su novia, sobre cuyo vientre, ligeramente abultado, había colocado ambas manos.

—¿Se parece este hombre al que mataste? —le preguntó la hermana de Andriy.

—No —admitió Ivonne. En realidad no podría saberlo, porque la cara de aquel alemán estaba prácticamente destrozada y ensangrentada, debido a las heridas, pero sí recordaba su cabellera rubia, sin rastro de ningún rizo de color negro. El alemán que mató no podía ser Andriy—. No se parece en nada.

—¿Ahora me crees?

—Supongo que sí —respondió después de mirar a Gros, que contemplaba la escena en silencio, como todos los allí presentes.

—¿Y nos vais a ayudar, o nos estáis mintiendo como hicieron los alemanes?

—Nosotros no somos como ellos —replicó Rivas.

—Por un momento lo ha parecido —contestó la joven.

—Y te pido disculpas —intervino Ivonne.

Era la segunda vez que se disculpaba desde que había puesto un pie en la aldea; primero ante Gros y después ante la hermana de Andriy. Pensó que para no ser una vendedora de biblias, pedir perdón se le empezaba a dar bien.

—Soy Ivonne. —Le tendió la mano, a modo de ofrenda de paz.

—Oxana. Y como supongo que no lo sabes, mi nombre significa hospitalidad al que viene de fuera.

Después de informar a su madre y a su cuñada Anna de lo que pasaba, Oxana sacó una botella de cristal, sin ningún tipo de etiquetado, y la puso sobre la mesa, donde también colocó varios vasos estrechos. El líquido era tan claro que parecía agua, pero algo les hizo pensar que no lo era.

—*Samohón horilka* —exclamó la joven, mientras la colocaba en el centro de la mesa, golpeando la madera con el culo de la botella.

Todos se quedaron observando la garrafa con gesto confuso, excepto el guerrillero ucraniano: él esbozó una amplia sonrisa que incluso consiguió arrancar otra similar a Anna.

—Es *horilka* casera —explicó Yure—. *Samohón* significa «destilado en casa», y *horilka* viene del verbo «quemar»: bebida quemada. La *horilka* es una bebida alcohólica, variante del vodka, aunque los ucranianos pensamos que el vodka ruso es la variante de nuestra *horilka*. —Calló al ver que posiblemente aquel no fuese el mejor momento para discutir sobre los orígenes del licor.

Al ver que nadie se movía para coger un vaso, Oxana aclaró algo:

—No está bien visto rechazar una invitación cuando se acude de visita a una casa. Y más si debemos brindar por un encuentro que será fructífero para todos.

Los guerrilleros se miraron entre sí, seguramente acordándose de la prohibición de consumir alcohol instaurada por Medvédev. Alguno incluso vio revolotear el espectro del artículo 133 sobre sus cabezas. Se volvieron hacia Gros.

—Bueno, supongo que al no estar en el campamento... —decidió él, ganándose el favor de todos—. Aunque mejor bebamos como si lo estuviéramos, camaradas.

Todos menos Ivonne vaciaron su vaso —ella apenas se mojó los labios: no mezclaba armas y alcohol desde el desastre del Coronelazo Siqueiros—. Alguno repitió, pero no más allá de dos cubiletes.

No tenían tiempo que perder. Oxana les informó de todo cuanto querían saber sobre los alemanes. Aunque durante los días iniciales de la guerra la primera avanzadilla de soldados nazis permaneció en la aldea, ocupando las casas de los campesinos a los que habían matado u obligado a abandonar su hogar, más tarde decidieron esconderse en otro pueblo cercano donde habían tenido el mismo comportamiento con sus habitantes. Era allí donde se asentaba su campamento base, aunque los destacamentos alemanes iban y venían, turnándose en las distintas aldeas.

—Y hay algo más. —La joven recorrió uno a uno los rostros de los guerrilleros, para terminar fijando la mirada en Ivonne. Desde el principio, y a pesar de su reacción al ver a Anna, había confiado en ella—. Pero puede ser peligroso —añadió.

—Nos gusta el peligro —replicó ella, observando a Gros—. Cuéntanos.

—Sabemos dónde guardan la correspondencia que nos interceptan y nos censuran. Es el mismo lugar donde almacenan la suya propia, con sus nombres y apellidos, sus direcciones familiares y lo que puede que os interese un poco más: la ubicación y las coordenadas de sus campamentos, también con los nombres y contactos personales de sus guerrilleros. Es un monumental registro alemán que, en las manos adecuadas, puede hacer saltar por los aires una rama importante de la Werhmacht en tierras ucranianas.

La información había hecho que las miradas de los guerrilleros imitaran el movimiento de bolas de billar rodando sobre el tapete, chocando unas con las otras, haciéndolas cambiar de dirección y de sentido. Si lo que contaba Oxana era cierto, podían sacar de aquella aldea más de lo que llegaron a imaginar. Gros se sirvió un nuevo vaso de *samohón horilka*. Rivas le siguió e Ivonne recuperó la botella para romper la cadena y que no se convirtiera en una nueva ronda. Estaban a punto de escuchar algo realmente grande. El *zapoy* mejor dejarlo para los gobernadores de Siberia que brindaban a la salud del zar durante tres días.

—Es un edificio que suele estar custodiado por soldados alemanes, aunque también por *secheviki*. Esos malditos traidores... —Por fin asomaba la rabia cristalizada en su retina—. No es la guerra lo que los ha empujado a vender a su patria y a sus hermanos. Antes de que comenzara, ya se habían convertido en los alumnos aventajados de los nazis y se mostraban orgullosos de ser los verdugos de la Gestapo. Matan, queman y violan igual o más que sus maestros. Es la peor escoria de todas, la que sale de casa para delatar y vender a su propio pueblo. Los he visto matar a niños que conocían, a los abuelos que los cuidaron de pequeños y a aquellos que habían sido sus amigos, y lo han hecho por envidia o por hacer méritos ante un oficial nazi. Muchos se unieron a las bandas que surgieron en memoria de Simon Petliura, un héroe nacionalista de la guerra de independencia ucraniana contra los bolcheviques. Nosotros teníamos un vecino que estaba enamorado de Anna, pero ella le rechazó porque amaba a Andriy, y cuando estalló la guerra le vimos aparecer con su uniforme de nacionalista ucraniano, luciendo un brazalete blanco con la inscripción *Schutzpolizist*, con un gorro militar, pavoneándose junto a sus amigos y vigilando los movimientos de los que éramos sus vecinos. Fue él quien obligó a mi hermano a subir al camión.

La mirada de Oxana se veló durante unos instantes. Por sus pupilas desfilaban imágenes grabadas a fuego y sangre que, por mucho que lo intentara, su memoria jamás podría desterrar como habían hecho los nazis con ellos. Era imposible aniquilar los recuerdos por muy desagradables que fueran; eso era patrimonio de los soldados alemanes. Todos respetaron el silencio de Oxana, preñado de secretos, hasta que se recompuso y siguió con el relato:

—Estamos convencidos de que él mató a Andriy o, al menos, lo condujo a una muerte segura. No me extrañaría que fuera él quien robó la carta que le envió Anna, que la interceptase de alguna manera y, cuando se cansó de ella, se la pasara a un soldado alemán al que le hubiera gustado la foto, solo para quedar bien con él. Es capaz de cualquier cosa para contentar a los nazis. La última vez que le vi, proponía construir una estatua de oro en honor a Hitler en Braunau am

Inn, el pueblo natal del Führer. Hay que tener mucho cuidado con ellos. En la aldea sabemos muy bien quiénes son. Es fácil identificarlos. —Oxana bajó la voz para contar lo que estaba a punto de decir—: Aquí ya hemos enterrado a tres. Lo llamamos «hacer un tridente», ya sabéis... —insinuó, mientras observaba el despiste que reinaba en la cara de los guerrilleros.

—No. No lo sabemos —se animó a confesar Gros.

—El tridente es su símbolo, con las dos agujas de los extremos más altas que la del centro. Lo llevan en el gorro, en la parte frontal —explicó Oxana, mientras se señalaba la frente—. La primera vez que sorprendimos a uno y lo obligamos a rendirse, levantó los brazos sobre la cabeza y nos dimos cuenta de que formaba un tridente, como el del gorro: los dos brazos y en medio la cabeza. Desde entonces, cuando capturamos y matamos a uno, decimos que hemos hecho un tridente.

Los presentes esbozaron una sonrisa al imaginar la escena.

—Podríamos recuperar esas cartas ya censuradas por los alemanes —pensó Ivonne en voz alta. Desde que Oxana mencionó el registro del correo alemán, le estaba dando vueltas—. No será difícil volver a abrirlas si se han molestado en cerrarlas de nuevo. Soy buena abriendo la correspondencia ajena —comentó, rescatando de su memoria cómo abrió la carta que le envió Orlov a Trotski a la Casa Azul de Coyoacán, utilizando el vapor de una tetera. Aquel recuerdo, como todos los que encontraba cuando miraba atrás, le pareció demasiado lejano—. Y tampoco se me da nada mal imitar la caligrafía de los demás. Como las cartas ya estarán censuradas, podremos escribir en ellas lo que queramos: pasar mensajes a los nuestros, incluir la información que deseemos, incluso podemos utilizarlas para confundir a los alemanes aportando información falsa. —Por un instante, Ivonne recuperó el espíritu de la operación Utka en tierras mexicanas: la eficaz arma de la desinformación—. Podemos distraerlos lo suficiente para quitárnoslos de encima: dar falsas coordenadas de nuestros campamentos, sembrar la duda entre ellos, provocar el enfrentamiento, falsear pruebas que muestren a algunos de sus hombres colaborando con los soviéticos, decir que se reúnen en Moscú con líderes soviéticos, maquinar intrigas sobre sus cabecillas, dejar caer que uno de sus líderes está pasando información al enemigo, descubrir un supuesto topo y que sean ellos mismos los que inicien su cacería... No será difícil jugar con ellos todo lo que queramos. Es perfecto. Teniendo la información, tendremos el poder de hacer con ellos lo que queramos. Se convertirán en nuestras marionetas y ni siquiera lo sospecharán.

Gros y Rivas la miraron como los padres que observan con orgullo a sus hijos. En cuestión de segundos, había improvisado ella sola una misión digna del mejor servicio de inteligencia. Ahora era ella la que bebía por primera vez el vaso de *samohón horilka* que apenas había probado. Fue sentir el líquido arder en su boca y garganta abajo lo que hizo que se levantase y emitiera un bufido seguido de un grito endiablado, como si hubiera visto a un regimiento entero de alemanes.

—¿Demasiado fuerte? —preguntó Oxana, sin poder contener una sonrisa.

—Quema —dijo con la boca aún abrasada. Era como beber un trago del alcohol que había visto verter sobre las heridas.

—Setenta por ciento de alcohol —informó la aldeana.

—Y noventa también —matizó con la lengua todavía anestesiada.

—Menos mal que la camarada apenas fuma —dijo Rivas, sin evitar la risa.

Cuando sintió que las cuerdas vocales dejaban de arderle y recuperaron la movilidad, Ivonne preguntó lo que tenía en la punta de la lengua desde antes de que la bola de fuego la abrasara.

—¿Dónde está ese sitio? ¿Cómo podemos acceder a él? ¿Quién puede llevarnos?

—Es uno de los edificios ocupados por los nazis. Antes era la estafeta de Correos, y también hay una antigua imprenta; así pueden aprovechar los materiales: telégrafos, teléfonos, máquinas de escribir, imprentas, estampas, linotipias... No será difícil entrar. Hablaré con algunos vecinos que trabajan obligados bajo sus órdenes.

Ivonne ya se imaginaba las posibilidades que esa información ofrecía: aquellos trabajadores podrían conseguir planos, mapas, facilitarles los horarios de los alemanes, sus turnos, sus operaciones, lo que transmitían y cómo lo hacían, con quién hablaban, dónde se reunían...

—Los campesinos de esta aldea y de otras muchas están deseando acabar con ellos, pero no sabíamos cómo hacerlo —aseguró la ucraniana—. Ahora, con vosotros, todo será más sencillo.

Los guerrilleros se miraron durante unos segundos. Al ver sus expresiones, a Oxana le asaltaron algunas dudas.

—A no ser que no tengáis pensado volver para ayudarnos...

—Por supuesto que volveremos —respondió Gros—. Y no solo eso: nos comprometemos a ir hasta el campamento alemán, recuperar algunos de vuestros bienes y devolvéroslos. Claro que volveremos.

Al escuchar aquella promesa, Oxana sintió un escalofrío. Era la misma que le hizo Andriy antes de abandonar la aldea, en compañía de muchos otros. Y, hasta la fecha, ninguno de ellos había regresado. ¿Cuánto reconforta la promesa de un muerto? Ivonne notó su desasosiego e intentó calmarla con algo más frívolo pero que alimentaba su curiosidad desde que había visto la fotografía de Anna.

—Dime algo, Oxana. ¿Cómo conseguisteis el azul de los ojos de tu cuñada en la fotografía? —preguntó, viendo cómo el rostro de la joven se distendía y, por unos instantes, las sombras oscuras del miedo desaparecían de él—. Creo que es la primera fotografía en color que he visto en mi vida.

—Es sencillo. Mi padre tenía un estudio fotográfico; en realidad, la fotografía siempre fue su gran pasión. Antes de que estallara la guerra, estaba estudiando el proceso negativo-positivo Agfacolor que la compañía Agfa, con la que él trabajaba, había creado en 1936, justo unos meses después de la invención del kodachrome, ya sabes, la película de color positivo, la diapositiva, elaborada gracias a un proceso sustractivo de fotografía a color que consiguieron en los laboratorios de investigación de Kodak. Como ves, a mí también me apasiona la fotografía —aseguró Oxana—. El proceso estaba tan avanzado que iba a lanzarse en pocos meses. Pero la guerra lo frenó todo, también el color en las fotografías.

—No todo —matizó Ivonne—. A tu padre le alegraría saber que, gracias a su pasión, nos hemos encontrado y nos uniremos para luchar contra sus verdugos.

Los guerrilleros abandonaron la aldea horas más tarde, ya entrada la madrugada. Gros se alegró de haber mandado una avanzadilla del grupo de vuelta al campamento para informar a Medvédev de que el resto se retrasaría un poco, debido al descubrimiento de una importante fuente de información.

—Al final va a resultar que no fui yo quien robó la foto, que solo la recuperé. Cuestión de matices —dijo Ivonne, mientras hundía las manos en los bolsillos de la *telogreika*. Era una noche fría, aunque el fuego del *samohón horilka* y el entusiasmo de la información obtenida sobre las cartas y el edificio de Correos la mantenían ardiendo por dentro.

—Eso es muy guerrillero: no robamos, recuperamos. Como tampoco nos enseñan a matar, sino a sobrevivir. —Gros guardó silencio unos segundos, antes de seguir hablando—: Lo has hecho bien. Eres una inconsciente, pero lo has hecho bien.

—¿Acaso no lo somos todos? Creí que éramos guerrilleros.

Los dos sonrieron. Hablaban el mismo idioma y, lo que resultaba aún mejor, utilizaban los mismos códigos para descifrar un mensaje y decir lo que tenían que decir. Quizá por eso se entendían tan bien.

24

La vida suele cambiar con la celeridad de un rayo. Pero la velocidad se multiplica por mil cuando las novedades que viajan a lomos de ese destello son malas e imprevistas.

Ivonne conocía perfectamente esa sensación de vértigo. Lo había vivido muchas veces ante su aparato de radio, en el momento de transmitir mensajes o recibir órdenes que lo precipitaban todo. Cuando eso sucedía, sus dedos volaban sobre los botones de su Paraset, como si el tiempo fuera una bomba a punto de explotar sobre la que estaba sentada.

Cuando llegaron al campamento, les resultó difícil controlar el estado de efervescencia en el que se encontraban. Gros e Ivonne se reunieron con los altos mandos: Medvédev, Stejov y la jefa de las violinistas, Lida Sherstniova. Necesitaban informarles de las novedades, ponerlos al día de todo lo que habían descubierto en el pueblo: las cartas, la fotografía en color, la aldea donde se escondían los alemanes, el edificio que ocupaban con la pequeña imprenta, el telégrafo, las estampas, las direcciones, cómo podían falsear las cartas para engañar a los alemanes, el contacto hecho con los campesinos y su disposición a colaborar con ellos, incluso una botella del *samohón horilka* que Oxana se empeñó en regalarles... Cuando terminaron de hacerlo, el rostro del camarada comandante permaneció impertérrito, como si no hubiese escuchado nada de lo que le habían contado, o como si ya lo supiera y no le sorprendiese. Después de un silencio que ninguno de los presentes logró descifrar, Medvédev se dirigió personalmente a su violinista.

—Camarada Ivonne, creía que le había ordenado que permaneciera en el campamento —dijo en un tono demasiado oficial como para transportar buenas noticias, mucho menos una felicitación por el éxito del operativo.

Lida conocía bien los tonos del comandante, tanto como el mensaje que encerraban sus facciones. Una experta en comunicaciones como ella no necesitaba más para saber lo que iba a decir. De la misma manera que había disfrutado con el relato de Ivonne y del resto de sus camaradas sobre las novedades halladas en la aldea, ahora Lida necesitaba dejar de oír lo que iba a decirse allí, sobre todo porque sabía que sería injusto. Por eso hizo un gesto de saludo militar y, en una decisión que no pasó inadvertida ni a Medvédev ni a Gros, se fue cuando su mejor violinista comenzaba a hablar.

—Sí, camarada comandante. Así fue. Pero pensé que como el resto de las operadoras...

—¿Pensó? ¿Ahora piensa? —Medvédev interrumpió con un grito a su guerrillera—. Creía que alguien le había dejado claro que su misión es escuchar, transcribir, recibir, descifrar y enviar códigos, no pensar. Para eso ya estoy yo aquí.

—No pensé que... —dijo aún aturdida, intentando entender qué había sucedido en su ausencia, elucubrando qué era eso tan grave que habría pasado para que nublara las buenas noticias que traían de la aldea. Sus pensamientos se vieron de nuevo interrumpidos por la voz de su superior.

—En eso tiene toda la razón: no pensó. Y eso ha podido ponernos en peligro a todos. Usted está aquí para obedecer órdenes y yo para darlas. Espero que no tenga que volver a repetírselo porque será lo último que me escuche decirle.

—Pero las comunicaciones estaban cubiertas —se defendió Ivonne—. Tenemos tres radioperadoras más y ayer mismo nos llegó la radio de Shura. Las transmisiones estaban bien aseguradas —dijo, refiriéndose a la incorporación de las tres nuevas violinistas; a dos de ellas las habían lanzado en paracaídas sobre el territorio, y la otra se incorporó de otro contingente guerrillero que había quedado diezmado por un ataque alemán—. No puse en peligro a nadie.

—Su misión es permanecer en el campamento y no abandonar nunca la estación de radio, el libro de códigos y el resto de los documentos del Estado de Mayor, a no ser que yo se lo ordene.

—No es justo lo que me está diciendo, camarada comandante.

—¿Y es justo que yo pueda perder a mi mejor violinista porque, encomendándose no sé exactamente a qué, haya decidido ir a una aldea para hacer de detective? Ya que piensa en todo, camarada, ¿me puede decir cómo quiere que le explique a Moscú que una ráfaga de ametralladora ha acabado con la vida de una de nuestras mejores violinistas, y no por estar en su puesto, sino por ir de paseo a una aldea atestada de nazis? —Terminó la frase a voz en grito, sembrando un silencio que nadie se atrevió a quebrar—. ¿Dónde la necesito más: matando a un nazi, a un fascista ucraniano, trayendo una colección de cartas al campamento, o interceptando un mensaje del enemigo y escribiendo un informe para enviárselo a Moscú? ¿Dónde cree que la patria la necesita más?

—Lo siento, camarada comandante... No pensé... —repitió Ivonne, más forzada por las circunstancias que porque en verdad creyera que debía disculparse por algo. Volvía el fantasma del vendedor de biblias, y con él, el del artículo 133.

—Sí, eso ya nos ha quedado claro. Piense en esto que le voy a decir, camarada: a partir de este momento deja de ser subcomandante jefe del equipo de radioperadoras de mi grupo. La camarada comandante Lida le dirá cuál es su nuevo cometido. Y ahora, desaparezca de mi vista.

Ivonne obedeció sin decir una sola palabra más y salió de allí. Sería inútil insistir en su inocencia: no había forma de hacer entender a Medvédev que se había ausentado del campamento porque ya habían realizado las transmisiones del día, porque si algo pasaba que requiriese la presencia de una operadora había otras ocho radistas más y, además, contaba con el consentimiento de Lida, a quien no le pareció tan grave que participase en una misión de vigilancia. Pero Medvédev ya había tomado una decisión, tan injusta como absurdo sería intentar rebatírsela.

Gros esperó a que Ivonne se hubiera ido y a que lo hiciera también Stejov para dirigirse al comandante, que acababa de servirse un vaso de agua, como si con eso confiara en quitarse el mal sabor de boca que le había dejado la conversación. Tentado estuvo de tomarse un poco del licor casero que sus hombres habían traído de la aldea, pero la presencia de Gros lo evitó: no era momento para hacer valer sus galones y saltarse su propia prohibición de consumo de alcohol.

—Con su permiso, camarada comandante...

—Creo que no me va a gustar cómo va a terminar esa frase, así que me temo que no le voy a dar permiso para que la empiece, camarada.

—Aun así, voy a hacerlo —tentó Gros a la suerte, amparado por la creencia de que Medvédev no podía permitirse desterrar o perder a uno de sus mejores hombres, sobre todo en la fabricación, el manejo y la colocación de explosivos—. La información que hemos obtenido en la aldea puede ser tan crucial y determinante como conservar nuestros códigos o interceptar los del enemigo. Si no fuera por la camarada Ivonne, no habríamos descubierto el mensaje secreto que encierran esas cartas, y la posición de ventaja en la que esto nos coloca frente a los alemanes. Tampoco sabríamos dónde se esconden los nazis: es una información que podría llevarnos días, semanas o meses descubrir, en el caso de que lo consiguiéramos. Solo ella ha sido capaz de hacerlo, y no solo con la visita de hoy a la aldea, sino con el trabajo de campo realizado en los últimos meses. Ella ve cosas que los demás no vemos ni aunque las tengamos delante. Su mirada es un decodificador permanente; no pestañea, teclea códigos; hasta cuando rechina los dientes por el frío lo hace imitando el código morse que tiene memorizado, y lo hace para que no se le olvide, para poder realizarlo hasta inconscientemente, como cuando se tapa los ojos y manipula a ciegas la radio, para ser capaz de mandar un mensaje aun sin visibilidad. Usted, camarada comandante, es el ciego si no puede verlo. Toda ella es una máquina Enigma y todo el mecanismo lo tiene dentro, inaccesible a los demás. No hay manera de descifrarlo a no ser que lo haga ella —dijo sintiendo la necesidad de defender no solo a su camarada, sino lo que era justo. Le extrañó que Medvédev no le interrumpiera y se limitara a escucharle hasta el final—. Lo de la foto, lo de la carta, lo de la joven de la aldea, cómo ha ido descifrando cada gesto, cada palabra, cada situación... Eso, comandante, lo cuenta y no se lo cree nadie, excepto si es de la camarada Ivonne de quien hablamos. Tiene un olfato como no lo he visto antes, piensa como un agente de inteligencia. Es tan buena enviando información como obteniéndola. Y ambas cosas son necesarias para conseguir la victoria de nuestra patria. A mi entender, merecía más un premio que una reprimenda.

—No me irá a decir cómo tengo que liderar a mis hombres, ¿verdad? —preguntó Medvédev con una mirada desafiante, aunque serena.

—No se me ocurriría, camarada comandante —respondió Gros, consciente de que acababa de hacerlo.

—Mejor. Porque para estar al frente de un destacamento guerrillero hay que tener mucha disciplina y haberse ganado a pulso los méritos para ejercer la autoridad, y eso solo se consigue con respeto o con miedo. O con las dos cosas. —Habló con un tono rudo y contundente, de los que no permiten una réplica—. Y ahora, si ha terminado y no tiene nada más que decirme, con o sin mi permiso...

—No, nada, mi camarada comandante. Eso era todo.

—No sabe cómo lo celebro, camarada Gros —le contestó irónico.

El español estaba a punto de salir de su tienda, cuando Medvédev volvió a dirigirse a él:

—¿Acaso cree que no lo sé? —preguntó mientras observaba los papeles que tenía sobre la mesa. Gros se dio la vuelta y el comandante alzó la mirada hacia él para seguir hablando—: Precisamente por eso no me puedo permitir que un acto de heroicidad local frustre una misión aún mayor. Usted, camarada Gros, no tiene toda la información, y seguramente yo tampoco. Pero lo que sí sé es que no me puedo permitir el lujo de perder a esa camarada en estos bosques. No son esas mis órdenes.

Gros pareció entenderle mejor de lo que el comandante imaginaba. Quizá por eso se fue más satisfecho de lo que hubiese pensado minutos antes de comenzar aquella conversación.

Medvédev sabía que Gros estaba en lo cierto: la camarada Ivonne era una de las mejores guerrilleras del grupo. Su destreza para conseguir información y gestionarla estaba fuera de toda duda. Pero no podía arriesgarse a perder un efectivo tan valioso como ella y no solo por razones tácticas, sino porque no sabría cómo justificarlo ante Pavel Sudoplátov, que le había dejado claro que era un valor en alza dentro de la inteligencia soviética: en cuanto terminara su labor en los bosques de Ucrania, habría otra misión esperándola y de una envergadura todavía mayor. Él también debía obedecer las órdenes de sus superiores y responsabilizarse de sus decisiones si alguna vez no cumplía con los mandatos encomendados.

Cuando Gros volvió a ver a Ivonne al día siguiente, después de regresar de una marcha de veinte kilómetros para transmitir con su radio, estaba sentada frente al fuego, tapada con una manta, con los pies —helados como témpanos— mirando a la hoguera, en animada conversación con el resto de los guerrilleros, todos ajenos a lo que había sucedido con Medvédev la noche anterior. Lo interpretó como una buena señal. Sabía que no la encontraría llorando ni con el semblante triste, ni tampoco exteriorizando sus sentimientos, que amarraba con tanta fuerza como el pasador negro mantenía a raya su cabello. Se sentó a su lado, dispuesto a participar de la conversación que en ese momento monopolizaba Rivas.

—... y es tan burro que todavía no se ha dado cuenta —reía junto a los demás, Ivonne incluida—. Gros, cuéntales lo de los bueyes y la leche, que a mí no me creen. Piensan que exagero, con lo comedido que soy yo.

—¿Lo de Fraile? Pasará por méritos propios a la historia guerrillera. No he visto a nadie con más hambre que ese condenado comunista —aseguró el aludido, antes de comenzar su relato—. Acabábamos de comer una buena ración de rancho, pero no el que preparábamos nosotros en el campamento. Ese día nos dieron de comer como reyes en la aldea, para agradecernos que hubiéramos recuperado para ellos los bueyes, las vacas y los cerdos que les habían arrebatado los alemanes. Nos pusieron un buen caldero de alubias con grandes trozos de tocino e incluso chorizo. Pero el tocino estaba realmente salado; por mucho que intentamos rebajarlo con el pan que nos habían dado, no hubo forma —detalló Gros, tratando de terminar la narración sin que la risa lo interrumpiera—. Y como no había agua ni en el campamento ni en la aldea, le pedí a un campesino que me dejara llenar las cantimploras con leche de sus vacas, y el hombre accedió. Cuando Fraile apareció, muerto de sed, no solo me pidió más comida sino que me rogó que le diera un poco de leche de mi cantimplora. Le dije que se fuera él a ordeñar la vaca como yo lo había hecho. Y aunque no se lo tomó demasiado bien, me preguntó bravucón que dónde estaba la vaca. ¡La vaca! ¡Hasta un niño de teta sabe cómo es una vaca! Entonces, le señalé unos bueyes y le dije que fuera a ordeñarlos, que no le costaría. Y allí que se fue Fraile con un cubo y una banqueta que le dejó el campesino, que no terminaba de entender qué pretendía el camarada hacerle al buey. ¡Tendríais que haberle visto intentando convencer al animal de que se dejara ordeñar! ¡Estaba tan desesperado, que incluso le hablaba! —recordó, acompañado por las carcajadas de los demás—. Media hora después, volvió refunfuñando. «Hay que ver las putas vacas ucranianas, que no se dejan ordeñar», decía. «Sí que son raras las condenadas. ¡En Asturias me gustaría verlas!». No fuimos capaces de explicarle nada. Estaba tan ofuscado que nos hubiera tirado la cantimplora a la cabeza.

Las risas de Ivonne despejaban todos los fantasmas. Era agradable oírla, quizá porque no solía hacerlo. Sus carcajadas parecían las de una niña perdida en una guerra de cosquillas con su padre, en un ambiente tranquilo, en un hogar seguro. Aquella hilaridad infantil pertenecía al mismo cuerpo capaz de apuntar a una joven ucraniana con un PPSh-41 porque pensaba que era la novia de un alemán y podía poner en peligro a todo el grupo. Gros no tenía duda de que habría sido capaz de dispararle, sin importarle que su bebé de pocos meses durmiera en la planta de arriba. Esa mujer tenía la habilidad de desdoblarse en muchas sombras, lo que hacía posible que fuera muchas en un solo cuerpo. Todas ellas eran atractivas, necesarias, únicas, y todas resultaban excitantes y seductoras. Aquella enigmática multiplicidad le permitía ser la mujer más dulce, simpática, risueña y agradable del mundo, o mostrarse como la más cruel, fría, insensible y calculadora sobre la faz de la tierra. Y eso resultaba un imán para todos, también para los problemas y las soluciones.

Ivonne continuaba riendo con la anécdota de los bueyes, la leche y el ordeño de Fraile. Lo hacía como si no estuviera en mitad de una guerra, a pocos kilómetros de las líneas enemigas, como si no hubiera sido el blanco de las iras del comandante, como si su olfato y su sexto sentido no acabaran de descubrir un sistema de mensajes que podría facilitar la victoria de la Unión Soviética sobre los alemanes y, quién sabe, si en el global la guerra. Mientras reía se soplaba los dedos, intentando calentarlos con el vaho de su aliento, ya que la hoguera no parecía conseguirlo. Era el mismo gesto que Gros le había visto hacer cuando se situaba frente a la radio y la helada o la cellisca amenazaban el tecleo de los botones.

—Tienes frío —observó Rivas.

—Estoy bien.

—Tienes los labios morados, como las uñas, y estás tiritando. Puedo escuchar cómo te rechinan los dientes como si fueran castañuelas.

—Los árboles no los ves cuando saltas en paracaídas pero, de lo demás, no se te escapa un detalle —comentó con una nueva risa cantarina. Sabía que con Rivas podía abusar de la broma, como si aquello los mantuviera más unidos—. Y sí, llevas razón. Tengo un poco de frío. Estos guantes alemanes no abrigan tanto como parecen. Son como sus dueños: una gran mentira, todo fachada.

—Mañana te agencio unos, y te conseguiré uno de esos sombreros *ushanka,* aunque le quitaré la estrella roja de delante para evitar dar pistas al enemigo —dijo recordando el detalle del tridente de los nacionalistas ucranianos que Oxana les había relatado—. Eso es mano de santo. Te lo has ganado, por lo de ayer en la aldea. Fue increíble. ¿Qué te dijo Medvédev?

—Piensa como tú, le pareció increíble.

Ivonne se limitó a sonreír mientras seguía escuchando las anécdotas de los guerrilleros alrededor de la hoguera. Gros, que había oído la conversación entre los dos amigos y sabía qué se dijo dentro de la tienda del comandante, se acercó a ella.

—El camarada Medvédev te valora. Para él eres la mejor violinista, pero no esperes que te lo diga. Es ruso, no le gusta hablar de lo suyo. Si se apellidara Martínez o González, otro gallo cantaría. ¿Ves lo de Eusebio y el olor a jazmines? Pues así estaría todo el santo día.

Las palabras de Gros siempre le hacían sentirse mejor, pero ella sabía que las consecuencias podían ser graves. No le gustaba decepcionar; podía admitir que no la felicitaran, pero no que la reprendieran por una supuesta mala praxis. Gros tuvo que esforzarse un poco más para que el semblante de la joven radista volviera a brillar.

—Lo que no quiere el comandante es perderte —concluyó.

—He oído que Lida recibía una información sobre mi posible sustitución en el campamento por una camarada llamada Joana. Y, según he visto en el radiograma, no tardará mucho.

—¿Joana Prat? —preguntó Gros. Sabía perfectamente quién era: una obrera textil inscrita al PSUC con la que había coincidido en Moscú—. Entonces, estate tranquila. Esa mujer tiene un idilio permanente con las fiebres palúdicas que contrajo en Argelia cuando salió de España a finales de 1939. No está para sustituir a nadie, y menos en un lugar como este. Espera un momento... —Impostó un silencio demasiado teatrero—. ¿Escuchas conversaciones en otras radios y lees otros radiogramas que no son los tuyos? No te hacía tan cotilla.

—Por supuesto que lo hago. La información no hace distinciones, puede venir de cualquier lugar. Además, si me quedo con las cartas de amor que lleva un alemán muerto, ¿crees que no voy a leer un radiograma que puede afectarme?

—¿Lo ves? Por eso no puedes arriesgarte a venir a una misión de exploración y vigilancia, como tampoco puedes exponerte a un combate. Eres más valiosa que cualquiera de nosotros.

—Todos valemos lo mismo. Y la especialización siempre me ha parecido una pérdida de tiempo, amén de una estupidez.

—Se nota que no has estado en la fábrica de automóviles Stalin de Moscú: ahí, o te especializas o no tienes sitio en la cadena de producción. —En esa factoría trabajaban muchos de los españoles llegados a la Unión Soviética. Gros siguió bromeando—: Nadie te va a sustituir porque te avala Sudoplátov desde su despacho de la Lubianka, con línea directa al Kremlin, y nadie quiere suicidarse. ¿Acaso no sabes lo que piensa Stalin sobre el suicidio?

Ivonne lo sabía. Había leído y escuchado muchas veces las palabras del Padre de los Pueblos al respecto: «Una persona llega al suicidio porque teme que todo será revelado y no quiere ser testigo de su propia desgracia pública. Es uno de los más certeros y fáciles medios para, antes de morir y por última vez, escupir al Partido y traicionar al pueblo». Le reconfortó recordarlo. Pensó en cómo una mención a la muerte podía tranquilizar una vida, y no solo en una conversación.

—O me equivoco mucho o pronto te devolverán el rango de subcomandante.

—¿Crees que me importa? —preguntó Ivonne—. No me incumbe ni mi nombre, ¿me va a interesar un título militar?

—Fíate de mí, que yo sé lo que me digo. Y además, te he salvado la vida unas cuantas veces. Muéstrame un poco de respeto —sugirió sarcásticamente, con el fin de obtener una de las sonrisas de la camarada.

—¿Llevas la cuenta?

—Claro. Como para fiarme de ti, con esa desmemoria que te traes con los nombres.

—¿Cuándo regresáis a la aldea? —cambió la conversación hacia el tema que realmente le interesaba.

—Suponemos que esta misma semana. Estamos esperando la confirmación del camarada comandante.

Gros no le dio más explicación. Tampoco ella las pidió.

Para Ivonne parecía un tema zanjado. A partir de ese momento, la acción estaba en manos de sus camaradas.

A los pocos días, Medvédev entró en la sección destinada a las operadoras de radio. Lo hizo sin mirar, con los ojos enterrados en el papel que sostenía en la mano. Empezó a hablar con la mirada todavía perdida en sus líneas.

—Cifre y envíe estos datos... —dijo al tiempo que extendía el brazo hacia una de las radistas pero, al levantar la mirada y encontrar a Ivonne en el otro extremo de la tienda, cambió de dirección y encaminó sus pasos hacia ella—. Camarada subcomandante, transmita este mensaje a la mayor brevedad posible.

Ivonne asintió y esperó a que el comandante desapareciera para esbozar una sonrisa. La restitución de su rango no era forma de pedir perdón, pero sí de enterrar el desencuentro.

Aquella misma noche, un grupo de guerrilleros volvió a adentrarse en la aldea en busca de Oxana y con el boceto de un plan trazado para acceder al círculo más íntimo de los alemanes. Gros y Rivas abrían la avanzadilla, dispuestos a convencer a la mujer de que valía la pena correr el riesgo. Dos horas más tarde, ya estaban de vuelta en el campamento. Medvédev se extrañó de que el grupo hubiera regresado tan pronto. Gros le dio la respuesta:

—Hay un problema. Oxana, la mujer de la aldea, la hermana de Andriy, la hija de...

—Sé quién es Oxana, continúe... —replicó impaciente el comandante, como si sospechara que su guerrillero estuviese alargando el momento de dar una mala noticia.

—Solo quiere hablar con la camarada Ivonne. No se fía de nosotros: dice que hablará con ella, o no se arriesgará.

El gesto de Medvédev expresaba a las claras sus temores.

—¿Ve? Por esto no quería exponer a la camarada. Precisamente para evitar que pasara esto y que nos encontrásemos en esta situación.

—Es lo que hay. O lo aprovechamos, o abandonamos —resumió Gros.

No había pasado ni una semana de su primer encuentro, cuando Ivonne volvía a reunirse con Oxana en la casa de su madre. La joven había cumplido con su parte mejor de lo que cabría esperar; en los civiles, el deseo de venganza y el odio solían convertirse en los mejores instructores de combate, porque los dotaban de las dosis necesarias de osadía y determinación. Había conseguido un mapa de la aldea donde se escondían los nazis, sus horarios y el número de efectivos en cada tramo del día, así como su rango y formación, sus nombres, sus costumbres y sus gustos para saber cómo podría engañarlos o convencerlos. Uno de los trabajadores del edificio ocupado le había explicado en detalle la distribución de su interior, lo que permitió a Ivonne elaborar un boceto a modo de plano.

—Lo más complicado será hacerse con las cartas y las direcciones. —Oxana no podía ocultar su decepción—. Las nuestras las guardan en uno de los despachos de la planta superior que siempre dejan cerrado cuando se marchan. Y en esa misma estancia, pero bajo llave, archivan su correspondencia, la dirección de otros soldados, las agendas, los documentos, los mapas... No sé cómo vamos a poder hacernos con ello sin que nos descubran.

—¿Quién te ha dado esta información? —preguntó Ivonne.

—Lesya, una amiga. Ella también habla vuestro idioma. Nos conocemos desde pequeñas: íbamos juntas a la escuela. Fue la primera novia de Andriy. Es como si fuera de la familia, prácticamente mi hermana. Está un poco loca, siempre fue..., bueno, divertida. Y también tiene razones para vengarse de los alemanes: mataron a toda su familia delante de ella. Ellos fueron los primeros: eran los más ricos de la aldea, los que más motivos tenían para resistirse al espolio nazi, y lo hicieron.

—¿Trabaja en el edificio?

—Sí. Es una de las limpiadoras. Hay cuatro mujeres encargadas de la limpieza, todas ucranianas.

—Dices que son cuatro... ¿Van en grupo o a solas? ¿Tienen el mismo turno?

—Suelen ir en parejas; unas hacen el turno de la mañana y las otras dos, el de la tarde. ¿Por qué?

—Porque una de ellas, la compañera de tu amiga, va a caer enferma —sonrió Ivonne—. Aunque no permitiremos que la mierda de los alemanes se quede sin limpiar.

A los dos días, Ivonne y Lesya entraban en el edificio ocupado por los alemanes, dispuestas a cumplir con su jornada de trabajo. Era el primer día de la nueva limpiadora que venía a sustituir temporalmente a la pobre Yeva, aquejada de una intoxicación severa. Cuando el alemán que ocupaba la mesa del despacho principal, situado en la planta superior, reparó en ella, le preguntó cómo se llamaba. «Znoy», respondió Ivonne, mostrándose sumisa, tal y como sabía que debía hacerlo con su nueva tapadera. No era un nombre improvisado; ya lo había utilizado con anterioridad, durante su estancia en París, nada más regresar de México tras el asesinato de Trotski y antes de llegar a

Moscú, entre finales de 1940 y mediados de 1941, cuando colaboró con la Resistencia en labores de vigilancia, intendencia e inteligencia. En París tuvo que infiltrarse en una oficina de la Gestapo y también lo hizo como limpiadora. El papel se lo conocía muy bien y lo interpretaba a la perfección. Gracias a ese bagaje, supo en qué puntos clave debía fijarse para no perder tiempo: un cubo de agua, un trozo de jabón, unos trapos y la colaboración de Lesya para responder a las insinuaciones que, desde el primer día, le había hecho el oficial germano.

A la joven ucraniana le repugnaba ceder a su chantaje y dejarse manosear por un nazi, pero le asqueaba más no hacer nada para acabar con ellos. A Ivonne solo le hizo falta un día para inspeccionar el lugar y tener claro cómo llevar a cabo la misión. Y así se lo explicó primero a sus superiores, y luego a Lesya, a la que necesitaba de su lado y convencida de lo que debía hacer.

—Será esta misma noche, aprovechando que tenemos el turno de tarde. Es el momento perfecto. Lesya, hoy cederás a las pretensiones del alemán y te las ingeniarás para tener un encuentro con él, cuando el edificio esté casi vacío. Mientras tú le distraes, yo cogeré las llaves, haré un molde utilizando la pastilla de jabón y volveré a colgar los llavines en su cinturón. Solo asegúrate de que cuando le quites el pantalón del uniforme, las llaves estén prendidas de su cinturón como es habitual, y de aproximar la prenda tanto como sea posible a la puerta para que yo pueda alcanzarlas sin problema. ¿Lo has entendido? —preguntó a la joven, que la miraba con determinación, aunque su cara no dejaba de reflejar la tensión por el plan que debía acometer en unas horas. A Ivonne no le pasó inadvertido—. Pero tienes que quitarte el miedo de la cara. Porque los nazis, si algo saben, es oler el miedo.

—No te preocupes. Si algo sé hacer bien es...

—Vale, vale... —la cortó Ivonne antes de que detallara sus técnicas de seducción, lo que sin duda habría hecho las delicias de los guerrilleros presentes—. Lo hemos entendido. Y en eso confiamos todos.

El reloj marcaba casi las ocho de la tarde cuando Lesya y su nueva compañera entraron en el despacho principal situado en la planta superior del edificio de Correos. Lo hicieron con sus cubos de agua, sus cepillos de crin, sus trapos y demás utensilios necesarios para realizar una limpieza a fondo de la sala. A la española no se le escapó el gesto lujurioso del oficial nazi cuando miró a Lesya; le repugnó, pero le alivió pensar en lo que esa lujuria permitiría. «Al menos no es de los más feos», se había resignado la ucraniana; era alto, rubio, atlético y tenía una voz que, de primeras, no se asemejaba al ladrido de un perro, como habitualmente ocurría con los nazis.

Tal y como había planeado, el oficial se aproximó a Lesya y le dijo algo inaudible al oído. Antes de que él se diera cuenta, Znoy ya había comenzando a desplegar sus herramientas de limpieza por todo el despacho, empezando con la limpieza del suelo, sobre el que esparció un líquido desinfectante con un olor muy fuerte. Daba por hecho que el oficial no querría mantener relaciones con la ucraniana en el despacho delante de otra limpiadora y preferiría llevarse a su conquista a una habitación contigua, pero más valía asegurarse. Cabía la posibilidad de que abandonaran el despacho, lo que le complicaría hacerse con las llaves, pero Lesya supo explotar su fogosidad para que el oficial optara por la vía rápida y el escondite más cercano.

—Sigue tú con el despacho —le dijo Lesya a su compañera, demostrando lo buena que era en el disimulo—. Yo me encargaré de la otra habitación.

—De acuerdo —contestó la sumisa voz de Znoy.

—Tú —se dirigió el oficial nazi a la nueva limpiadora, que se vio obligada a atender su llamada. No entendía el alemán todo lo que le gustaría, pero sí los gritos, y estando a punto de intimar con la ucraniana, seguro que el oficial no se referiría a Lesya de esa manera—. Si llama alguien a la puerta, le dices que no puede entrar y que vuelva más tarde, que estoy ocupado. ¿Lo has entendido?

Znoy asintió con la cabeza y rápidamente volvió a su tarea, que en ese momento consistía en seguir fregando el suelo. Cuando empezó a oír los primeros susurros, que rápidamente se convirtieron en jadeos y gemidos, se situó cerca de la puerta que su compañera se había encargado de dejar ligeramente abierta, esperando el pantalón del uniforme del nazi. Cuando lo tuvo, desprendió las llaves del cinturón, se situó frente al escritorio buró con persiana y bandeja extraíble, donde Lesya le había dicho que los alemanes guardaban su correspondencia, y probó una a una para ver cuál de ellas encajaba en la cerradura. Había media docena de llaves en la argolla. Introdujo la primera sin éxito, y lo mismo con la segunda y la tercera. Los gemidos en el interior de la habitación aumentaban. Cada vez que probaba con una nueva llave, miraba a su espalda para asegurarse de que todos estaban en su sitio. La cuarta tampoco entró, y la quinta siguió el mismo camino. Los gimoteos de Lesya empezaron a parecer sollozos y quejidos, mientras que los del oficial adquirían el tono de órdenes. Solo le quedaba una por probar en la cerradura. Cuando iba a hacerlo, la argolla se le resbaló de las manos, en las que seguramente quedaría algún rastro de jabón, y el manojo de llaves se precipitó contra el suelo. Antes de recogerlas se quedó quieta, mirando fijamente la puerta de la habitación contigua y escuchando si el ruido metálico había tenido algún efecto en su interior, pero el oficial nazi estaba demasiado ocupado. Introdujo la última llave en la cerradura y por fin cedió.

Rápidamente cogió la pastilla de jabón y hundió en ella la llave, primero por un lado y luego por el otro. Después, envolvió el jabón en un trapo que situó fuera del cubo de agua, y limpió la llave. Antes de volver a atrancar el aparador, no pudo resistirse a inspeccionar su interior. Volvió a mirar hacia la puerta. Permanecía cerrada casi por completo, al contrario que la boca del oficial alemán. Ojeó precipitadamente los papeles que había dentro; era lo que buscaban: órdenes de servicio, documentos con el sello del Tercer Reich, telegramas enviados desde Berlín, cartas de familiares de los oficiales alemanes con sus direcciones y nombres completos, un listado de nombres ucranianos señalados por los nazis para su deportación o eliminación, mapas con la ubicación de los destacamentos alemanes, coordenadas de las aldeas ocupadas y de las líneas nazis, órdenes de vuelo... Y algo que le llamó especialmente la atención: un itinerario en tren para alguien denominado «Águila».

Cuando se disponía a detenerse en los detalles, se percató de que los gemidos en la habitación adyacente habían cesado. Pensó en coger parte de aquella documentación, pero si alguien lo descubría, pondría en peligro, no solo el plan, sino a Lesya y al resto de las limpiadoras; sabía que los alemanes hacían pagar las traiciones extendiendo el castigo a toda la población. Cerró con llave la persiana del mueble, corrió hacia la puerta para volver a colocar el llavero en el cinto del pantalón del oficial alemán y lo dejó de nuevo cerca de la puerta. Llegó justo para hacerlo, ya que pudo notar cómo alguien tiraba con fuerza de la prenda. Znoy se puso ante la mesa sobre la que había una bandeja con las cartas censuradas, pero no tuvo tiempo de coger ninguna. Sin embargo, sí pudo agacharse y coger de la papelera un trozo de papel carbón que vislumbró entre otros papeles, e introducírselo dentro de la camisa en el preciso instante en que la puerta de la habitación se abría de golpe.

—¡Aléjate de ese escritorio! —le gritó el alemán, aproximándose en tres zancadas—. No toques nada. ¿Me oyes? —La agarró del brazo y se encaró con ella.

Znoy se mostró asustada, sumisa, aunque no era miedo lo que sentía. El oficial nazi la observaba minuciosamente. Por un segundo, ella pensó que quizá la conocía, aunque eso era imposible. Al fin, él le soltó el brazo y se dirigió a Lesya:

—Dile a tu compañera que la mesa no se toca. Nunca.

—Claro —dijo la joven, para acto seguido dirigirse a Znoy, gritándole aún más fuerte de lo que había hecho el alemán—: Sal, espérame fuera. Ya termino yo de limpiar aquí.

La nueva limpiadora obedeció, recogió sus bártulos y desapareció del despacho.

Lesya aún tardó unos minutos en salir. Cuando lo hizo, Ivonne la esperaba en la entrada del edificio.

—¿Has podido hacerlo? —le preguntó la ucraniana.

—Sí. Tengo el molde. Y he visto varios documentos que nos serán útiles. —No mencionó el papel pasante que había recuperado de la papelera. No sabía qué iba a encontrar allí ni si le sería de utilidad. Cuanta menos información tuviera Lesya, más segura estaría.

—Pues volveremos y terminamos el trabajo. Me ha preguntado por ti cuando has salido.

—¿Qué te ha dicho? ¿Crees que sospecha algo?

—No. Solo quería saber si te conocía bien. Le he contado que fuimos juntas al colegio, que eres una prima lejana y que estuve a punto de casarme con tu hermano. Se lo ha creído. No ha insistido más, aunque creo que le gustas. Hemos quedado para vernos pasado mañana, a la misma hora. Mañana no estará. Tiene que salir de viaje.

—¿Dónde?

—No me ha dado explicaciones —comentó Lesya irónicamente—. Solo me ha dicho que estará fuera. Pero mejor, así tenéis más tiempo para hacer la llave. La próxima vez irá aún mejor: le tengo comiendo de mi mano, aunque es un poco bestia. —Se tocó un punto concreto entre las costillas y el vientre.

Ivonne se detuvo y asió su brazo de la misma manera que el oficial alemán había hecho con ella, pero sin marcarle los dedos en la piel.

—Tú tienes claro que estos no comen de la mano de nadie, y menos si es la de una mujer, ¿verdad? —le dijo muy seria—. No es un juego. Son asesinos.

—¿Crees que no lo sé? —le espetó Lesya, dejando por primera vez su tono de jovencita inconsciente y endureciéndolo todo lo que pudo—. Él fue quien asesinó a mis padres de un disparo en la cabeza y el que le cortó el cuello a mi hermano pequeño. ¿De verdad piensas que no sé que son unos asesinos?

25

Pocas veces se podía admirar el refinamiento y la excelencia en mitad de un bosque ucraniano, a pocos kilómetros de las líneas enemigas nazis y en mitad de una guerra que volvía a enfrentar al mundo por segunda vez. Pero Rivas era un mago y lo había vuelto a hacer.

Observó la perfección de la llave, colocándola a la luz de la lámpara que él mismo se construyó para poder trabajar en el interior de su tienda. Cualquiera que los viese podría pensar que estaban locos.

—¿Habías visto algo tan bonito? —preguntó el responsable del milagro.

—Es una llave —musitó Gros, dispuesto a arruinarle su momento de gloria.

—No es una llave. Es *la* llave —dijeron al unísono Rivas e Ivonne que, de tanto escuchar aquella coletilla de boca de su camarada, se la había aprendido de memoria.

—Ahora solo falta que entre bien... —comentó Gros.

—No es la herramienta, es la mano que la utiliza. Así que procura tener tino, que no lo puedo hacer yo todo —bromeó Rivas dirigiéndose a Ivonne.

Medvédev no se sentía feliz con aquella situación. Los resultados estaban siendo un éxito, en Moscú estaban contentos y lo estarían aún más cuando empezaran a ver los frutos de aquella misión sobre el asfalto de las calles germanas y en los informes que enviarían en los próximos días, aunque conseguir las coordenadas de los campamentos alemanes y el itinerario de los aviones nazis ya les pareció motivo suficiente para comenzar a preparar condecoraciones, que prenderían en las solapas de los guerrilleros en cuanto regresaran a la Unión Soviética. Pero al comandante de «Los Vencedores» le incomodaba una implicación tan directa de la camarada Ivonne. Era demasiado arriesgado.

Aunque la violinista no había abandonado ni un solo día su labor de operadora de radio, llevaba casi una semana pasando las tardes y las noches en la aldea ocupada por los alemanes. Solo le consolaba que su infiltración y su tapadera de limpiadora estaban a punto de terminar. En esos días había conseguido las direcciones en Berlín y en otras ciudades de Alemania de un gran número de oficiales nazis y de sus familiares, a los que tenían previsto enviar varios paquetes que incluirían cualquier cosa que quisieran junto a una mina con mecanismo de relojería. Rivas ya estaba trabajando en ellas. Alguien había tenido la idea de que fuera la misma estafeta de Correos ocupada por los alemanes la encargada de realizar esos envíos, aunque esperarían a que la misión estuviera casi finalizada. La propia Ivonne se ofreció para llevar personalmente algunos de los paquetes y dejarlos en el departamento de envíos durante su turno, aprovechando la noche para asegurarse de que nadie la viera hacerlo.

Habían adelantado mucho con las cartas censuradas. Para que nadie sospechara que las habían sustraído para trazar en ellas mensajes cifrados e informaciones falsas, se dedicaron a escribir unas nuevas, con remitentes, direcciones y destinatarios inexistentes, con el fin de sustituirlas por las primeras. Nunca pensaron que el servicio postal alemán fuese a estar al servicio de la resistencia ucraniana y de la lucha soviética; los juegos de la guerra, como decía Ivonne.

Solo faltaban unos días para dar por concluida la misión, cuando Gros se presentó ante Medvédev.

—Hay un problema.

—Estaría bien que algún día se presentara ante mí diciéndome algo distinto —dijo el comandante—. Voy a terminar pensando que solo ve problemas.

—Es la mejor manera de solucionarlos —aseguró Gros ante la

silenciosa presencia de Ivonne, a quien Medvédev observó preocupado. No le gustaban los silencios de la violinista, que siempre decía lo que pensaba, incluso cuando no debía.

—¿Y bien? —preguntó.

—El teniente nazi, el que viene desde Kiev, el que habíamos previsto que se encontrara con la limpiadora amiga de Oxana para entretenerle en un encuentro íntimo mientras sacábamos información de...

—Camarada Gros, se lo pido por favor, vaya al grano.

—No es con la limpiadora Lesya con quien quiere encontrarse esta vez. Es con la nueva, con Znoy, con la camarada Ivonne. Al parecer, se ha encaprichado de ella.

—Ni hablar. Por eso sí que no paso. No pienso exponerla de esa manera. No puedo correr ese riesgo.

—Mi camarada comandante, yo estoy dispuesta a hacerlo —intervino Ivonne, cansada de que la mantuvieran al margen de una decisión que le afectaba directamente.

—Eso ya me lo temía. Pero soy yo el que decreta quién de mis guerrilleros está o no dispuesto.

—Para ser justos, creo que nos conviene este cambio de planes —insistió ella.

—Tiene una especial querencia hacia la justicia, camarada —comentó Medvédev, recordando sus quejas al respecto cuando la amonestó por haberse ausentado del campamento para adentrarse en la aldea.

—Es una oportunidad única de... —empezó a decir Ivonne.

—... de que la maten —la interrumpió Medvédev—. Y a pesar de que lamentaría perder a una guerrillera, me resultaría más doloroso e inconveniente perder a mi mejor violinista. La respuesta es no. Un no rotundo. Un no que no admite consideraciones, ni quejas, ni réplicas, ni contestaciones. ¿Lo han entendido?

A las pocas horas, Ivonne salía hacia la aldea en compañía de un grupo de guerrilleros. Lesya la esperaba en el lugar acordado. Gros sonreía por dentro; no sabía qué le había dicho la camarada a Medvédev cuando pidió quedarse a solas con él, pero cuando salió de su tienda pasados unos minutos, lo hizo con una sonrisa en la cara que la designaba como clara vencedora. Pensó que esa mujer podría convencer de lo que quisiera a quien quisiera, incluso a aquel que se negara a escucharla, y rezó para que esa noche también lo consiguiera cuando se hallara ante el teniente alemán.

Aquella tarde acompañaba a las limpiadoras un destacamento de guerrilleros con Gros y Rivas a la cabeza, por si la situación se complicaba antes de llegar a la entrada del pueblo. Era algo habitual que los planes que estaban saliendo bien se enmarañaran en el último momento. Mejor ser precavidos.

Ivonne entró en el despacho disfrazada de limpiadora y sabía que lo hacía por última vez. Lo había hecho junto a Lesya, pero en esta ocasión los papeles estaban intercambiados. Sería la ucraniana la que se quedaría limpiando, y su compañera la que tendría que ceder a los favores sexuales del oficial nazi. No era el único cambio en el guion: en lugar de un trozo de jabón, Ivonne se había preocupado de introducir una Mauser en el cubo donde llevaba las herramientas de trabajo. Los alemanes ponían mucho celo en cachearlas exhaustivamente antes de acceder al edificio, pero la diligencia no la conservaban a la hora de inspeccionar sus bártulos de limpieza, sobre todo en el interior de las botellas.

Le había advertido a Lesya que se limitara a vigilar la entrada del despacho. Y así lo hizo cuando vio que el teniente nazi entraba en la habitación contigua acompañado de Znoy. Esa noche no se escucharon gemidos sino órdenes en alemán, protestas acalladas y golpes, que Lesya creyó identificar como bofetadas. Estuvo tentada de abrir la puerta, pero sabía que eso los pondría a todos en una situación más complicada y no resolvería nada. Intuyó que el alemán había elegido a su compañera para mostrarse más violento de lo que se ponía con ella. Después de varios gritos ahogados en los que reconoció la voz de Znoy, algo hizo que se tropezara con el cubo de agua que tenía a sus pies, derramando su contenido por el suelo: había oído unos disparos en el interior de la habitación. Impactos secos y consecutivos; no pudo advertir cuántos. Una ráfaga de detonaciones que, aunque parecían más sordas que otras que había escuchado, como si algo amortiguara su sonido, pudo distinguir perfectamente; era imposible olvidar el trueno de una descarga de plomo.

Al igual que hizo cuando vio asesinar a su familia, se quedó inmóvil. Su mirada iba de la puerta de la habitación que permanecía cerrada, custodiando el silencio que siguió a los disparos, al agua que continuaba esparciéndose por el suelo del despacho. La confusión siempre le resultaba paralizante. La puerta del despacho principal se abrió de pronto.

—¿Qué sucede? —preguntó el soldado nazi encargado de la vigilancia del edificio, que sin duda había escuchado el ruido, aunque estuviera en la planta de abajo o incluso en la entrada del inmueble.

—Ha sido el cubo de agua. Lo tenía sobre la mesa, no me di cuenta y se me cayó al suelo. Es culpa mía. Ahora mismo lo recojo —improvisó como pudo Lesya, a la que el soldado observaba en silencio, mientras accedía lentamente al interior y escrutaba el despacho.

—¿Y tu compañera?

—Está haciendo la limpieza del otro despacho. —La ucraniana señaló con los ojos la puerta de la habitación contigua, en un claro intento de evitar que el oficial entrara a inspeccionarla—. El teniente nos ha mandado que nos separemos para ir más rápido. Hoy tenía prisa.

—Ya —se limitó a decir el soldado, después de lanzar una última mirada alrededor. Conocía las costumbres de su teniente con las encargadas de la limpieza del edificio—. Limpia todo este desastre antes de que vuelva.

Cuando el oficial cerró la puerta tras de sí, Lesya recuperó la respiración. En ese momento, la portezuela de la habitación contigua se abrió, e Ivonne se asomó con cautela, hasta que encontró la mirada de su compañera y comprobó que no había nadie más cerca.

—¿Qué ha pasado? —susurró Lesya.

—Lo que tenía que pasar. Se ha puesto demasiado cariñoso: era él o yo. —Ivonne no decía toda la verdad. Matar al teniente nazi no fue fruto de una improvisación sino algo que tenía previsto desde hacía días: quería hacerlo y, sobre todo, podía hacerlo. Se lo debía a todos los aldeanos que habían sufrido la violencia de los alemanes, a modo de compensación. Era su particular concepto de justicia.

—¿Estás herida? —preguntó la ucraniana, al verle la mano ensangrentada.

—Estoy perfectamente. La sangre no es mía.

Ivonne se dirigió al escritorio para abrirlo, esta vez utilizando la llave original que le había cogido al oficial alemán después de matarlo. Llevaba consigo la que le había hecho Rivas y que ya había usado en ocasiones anteriores, pero no le haría falta; su dueño no iba a necesitar más la suya.

—Ven, ayúdame. Hay que llevarse toda esta documentación. Tú coge las cartas censuradas y sustitúyelas por las que hemos traído —le ordenó, mientras escondía un fajo de papeles debajo de su ropa e instaba a su compañera a hacer lo mismo.

Antes de salir del despacho, tuvieron la precaución de dejarlo recogido y limpio, asegurándose de que todo quedaba en su sitio y nada hiciera sospechar que un oficial nazi había sido asesinado, a no ser que se accediera a la habitación contigua. Para evitar esto mismo y retrasar aún más el hallazgo del cadáver, la cerraron con llave. Lesya se asomó a la pequeña estancia. Vio el cuerpo inerte y a medio vestir del teniente alemán. Tenía tres impactos en el pecho y otros dos en el cabeza, tal y como le habían enseñado a la camarada Ivonne durante sus prácticas de tiro. Podría haberle bastado con dos únicos disparos, incluso con uno preciso en la cabeza, pero las circunstancias lo permitían y casi lo exigían. En aquella ocasión, no necesitó calibrar la distancia que la separaba de su blanco, ya que lo tenía encima. Por eso los disparos sonaron más amortiguados, aunque eso le dejó varias quemaduras en la mano que empuñaba la Mauser. Al contemplar al nazi tirado en el suelo y ensangrentado, el mismo que había asesinado a su familia y que había abusado de ella en esa misma habitación, no pudo evitar escupirle y propinarle varias patadas.

—No pierdas el tiempo —le indicó Ivonne desde el umbral de la puerta. Por un segundo, lamentó no haberle confiado su intención de matar al nazi, al considerar que los planes partisanos no se comparten con civiles inexpertos. Pero al ver su reacción supo que Lesya no solo lo habría entendido, sino que se hubiese ofrecido para matarle ella misma—. Está muerto.

—Pero yo no. Y necesito hacerlo. Me hace sentir mejor —se justificó ella. Al mirar a su compañera se percató de los golpes en su rostro—. Tienes sangre en la cara.

—Más tiene él —dijo mientras intentaba limpiársela con un paño. Aquella sangre sí era suya.

A los pocos minutos, las dos limpiadoras abandonaban el edificio por la puerta principal, por donde habían entrado unas horas antes.

—¿Os lo habéis pasado bien? —preguntó con una sonrisa lasciva el soldado alemán que minutos antes había entrado en el despacho para cerciorarse de que todo estaba bajo control.

«Mejor que nunca», pensó Ivonne, sin atreverse a verbalizar su respuesta.

Las dos mujeres desaparecieron en el vientre oscuro de la noche. Lejos ya de la estafeta, se abrazaron y se observaron en silencio, porque no había palabras que expresasen lo que sentían mejor que sus miradas: alegría por la venganza, orgullo, resarcimiento, justicia, victoria, expiación. Lesya le entregó todas las cartas que llevaba escondidas y ambas tomaron direcciones opuestas, una hacia la aldea y la otra hacia el bosque, donde la esperaban sus camaradas, no sin antes hacerle una última recomendación a la ucraniana: «Recuerda lo que os hemos dicho: no podéis permanecer en la aldea, es demasiado peligroso. Los nazis no tardarán en comprender lo que ha pasado, atarán cabos y buscarán venganza».

Cuando Gros vio que el cerrojo de la Mauser de Ivonne estaba en la última posición, la miró. Había disparado todo el peine contra el teniente alemán.

—Le tenías ganas.

—He aprovechado para hacer prácticas de tiro. Ellos matan a los cerdos a hachazos —recordaba el relato de la campesina, la madre de Andriy y Oxana—; yo con los puercos prefiero utilizar un arma de fuego.

Mientras la documentación robada a los nazis se distribuía sobre la mesa del comandante, este reparó en las marcas del rostro de Ivonne. Las imaginó fruto de los golpes del teniente alemán, que le habían partido el labio superior y magullado uno de los pómulos. La camarada sintió la mirada de Medvédev. Si el comandante le preguntaba por el asesinato del teniente nazi, tendría una buena coartada como respuesta, pero sabía que no lo haría: Medvédev conocía a sus hombres y las licencias que otorga la guerra.

—No es nada, comandante. A estos nazis les gusta ponerse cariñosos antes de intimar con una mujer. Él ha quedado con peor aspecto que yo, puede creerme.

—La creo, camarada. Puede estar segura de que la creo.

A los pocos días, llegó al campamento la noticia que nadie quería escuchar. Extremando las precauciones, se acercaron a la aldea para comprobar si los rumores eran ciertos. En aquellas situaciones, siempre lo eran. Lo confirmaron nada más llegar.

Los cuerpos de Oxana y de Anna colgaban de las ramas más altas del árbol que presidía la plaza, paso obligado de los pocos vecinos que aún quedaban. El cadáver de la madre de Oxana, la campesina que les abrió la puerta la primera vez que los guerrilleros soviéticos fueron a la aldea, yacía degollado a las puertas de su casa; los alemanes la dejaron con vida el tiempo suficiente para que contemplara la ejecución de su hija y su nuera, sin poder evitar que los soldados nazis se llevaran al hijo de Anna, de cuya suerte nadie sabía.

El cuerpo de Lesya colgaba de uno de los balcones del nuevo edificio que acababan de ocupar los nazis. Otros cadáveres alfombraban las calles, las carreteras, las cunetas, los márgenes de los ríos, los parques y el cementerio del pueblo. Era la particular justicia del Führer. Un teniente nazi había sido asesinado; la muerte de uno de los suyos se pagaba con ejecuciones sumarias y arbitrarias.

El rostro de Ivonne se esculpió en acero, como si una máscara lo cubriera. Como si fuera una proyección en una pantalla de cine, el artículo 133 fue desfilando en su mente con tanta nitidez que parecía desplegarse sobre su retina:

«La traición a la patria —la violación del juramento, la deserción al campo enemigo, el detrimento del poderío militar del Estado y el espionaje— es castigada con todo el rigor de la ley como el más grave de los crímenes». Capítulo X. «Derechos y deberes fundamentales de los ciudadanos». Constitución soviética de 1936.

En silencio, pensó que el artículo 133 no era solo patrimonio del texto soviético y que el enemigo también tenía uno idéntico, que aplicaba con la misma mano de hierro.

—No es culpa de nadie excepto de los nazis. Ellas sabían a lo que se exponían, igual que nosotros —murmuró Gros, intuyendo lo que podría estar pasando por la cabeza de su compañera—. No mires atrás.

—Nunca lo he hecho. Un guerrillero jamás lo hace.

Días más tarde, les fueron notificados varios atentados con paquetes explosivos en distintos domicilios de oficiales nazis y de sus familiares en Berlín, Colonia, Núremberg, Múnich y Dresde, que dejaron varios muertos. También se registró una fuerte explosión en el edificio de Correos donde fue hallado el cadáver del teniente nazi: causó daños de consideración en el inmueble y entre los oficiales alemanes, lo que obligó a su inmediato desalojo. Mientras Ivonne cifraba el informe sobre lo sucedido para enviarlo a Moscú, pensó que la justicia siempre es bidireccional, como las comunicaciones por radio, como la comunión entre el músico y la partitura que interpreta. A la violinista le enorgullecieron algunas de las melodías que salían de su instrumento, aunque muchas tocaran a réquiem.

Los guerrilleros de Medvédev necesitaban desaparecer de aquel lugar y lo hicieron antes que los alemanes, que ya se preparaban para desalojar la aldea. Los nazis se congregaron con sus camiones, coches y motocicletas en la plaza principal, antes de abandonar el pueblo. Allí encendieron unos cigarrillos mientras revisaban una vez más los mapas que tenían desplegados sobre los capós de sus vehículos, en los que sus manos golpeaban y sus dedos trazaban los caminos. Nadie salió a despedirlos, quizá porque ya no quedaban campesinos en la aldea, razón por la que ni siquiera se molestaron en quemarla, como solían hacer siempre que arrasaban un pueblo ucraniano donde la resistencia había sido importante. Pero su salida no sería silenciosa.

Apostados en los márgenes de la carretera por donde sabían que pasaría el enemigo, los guerrilleros soviéticos esperaban. Gros y Rivas habían pasado la noche colocando potentes minas ciegas a ambos lados del camino, conectadas por un cable que escondieron bajo la tierra y taparon con piedras. Se mostraron generosos en las cargas;

era mucha la venganza que cobrarse. La columna del contingente alemán era más numerosa de lo que pensaron en un primer momento. Cuando la caravana nazi se puso en marcha, los soviéticos tomaron posiciones. Ellos dos aguardaron con paciencia a que el grueso de la expedición germana cruzara por el lugar minado y en ese instante, escondidos en la arboleda que flanqueaba la carretera, Gros y Rivas tiraron del cable y la comitiva enemiga saltó por los aires. Sin concederles un respiro, los soviéticos se lanzaron sobre ellos disparando sus fusiles automáticos para rematar a todo el que quedara con vida.

Una operación limpia, rápida y exitosa, como le gustaba a Medvédev, sin importarle si el sabotaje se realizaba en una estación ferroviaria, en un aeródromo, en un puente, en un edificio de la Gestapo o en una carretera. El fuego y la dinamita no hacían distinciones. Ivonne cerró los ojos e inspiró el olor a quemado, mientras alzaba el rostro hacia el cielo. Cuando los abrió de nuevo, contempló el resplandor anaranjado que asomaba en la bóveda celeste y que ya empezaba a cubrirse de una espesa capa de humo negro. Olía a goma quemada, a hierro cauterizado, a sangre y a carne carbonizada. Se convenció de que las almas que fueron arrebatadas de la tierra a manos de los nazis disfrutarían tanto como ella de ese olor a victoria.

26

A mediados del 1943, el grupo de Medvédev estaba instalado en un nuevo campamento en un bosque de pinos centenarios con copas espesas, una ubicación perfecta para asentar un destacamento militar. Un lugareño le informó de que aquel lugar frondoso, donde el musgo cubría los árboles y la tierra en igual medida, se denominaba Tzumansk. Ivonne lo buscó en los mapas, pero no lo encontró. No le dio mayor importancia; le interesaba poco que fuera un bosque fantasma, llevaba mucho tiempo sin confiar en los nombres de las personas ni de los lugares. Unos y otros cambiaban con demasiada facilidad y frecuencia dependiendo de las circunstancias. Lo mismo sucedía con las ciudades ucranianas ocupadas por los nazis, que, de la noche a la mañana, aparecían con letreros en alemán, informando del nuevo nombre de las avenidas. Los rótulos en alemán invadían el callejero como lo hacían con las aldeas. La palabra reconvertida en bandera que el enemigo clava no en la cumbre de una montaña, sino en el callejero y las aldeas conquistadas. Todas pasaron a ser calles alemanas, todas rebautizadas con el sufijo de *strasse*.

Coincidiendo con la derrota alemana en Stalingrado en febrero de 1943, el grupo de Medvédev vivía un momento mesuradamente tranquilo. La unidad se había ubicado en ese nuevo emplazamiento con mejor topografía, algo que permitió que aviones soviéticos lanzaran en paracaídas sobre la zona fardos con víveres, revistas y periódicos, cartas de familiares para los guerrilleros —siempre utilizando un código especial, en el que los nombres reales se sustituían por alias, motes o seudónimos acordados de antemano—, armas, municiones, uniformes, ropa de abrigo, botas y zapatos, tabaco —insistían desde Moscú en que debía ser tabaco alemán para evitar que las boquillas de los cigarrillos soviéticos alertaran a los nazis de la identidad de quienes lo habían fumado y que su presencia fuera descubierta—, lápices, cuadernos, baterías para las estaciones de radio, alimentadores y algunos regalos personales para los partisanos. Esta vez, y debido al relieve del terreno, Moscú ordenó que, en vez de hogueras, emplearan bengalas rojas y verdes, enviadas en un transporte anterior, para que el avión pudiera ver a varios kilómetros de distancia dónde lanzar su carga. A Medvédev no le convenció la idea por el peligro que suponía de que los alemanes los avistasen. Solo lo hicieron una vez. La madre de uno de los guerrilleros le había tejido una bufanda con colores tan llamativos que, cuando el comandante la vio, a punto estuvo de tirarla a la hoguera por su nula discreción. Otro de los partisanos recibió una edición de *Hamlet* que su mujer le envió y que le convirtió en el hombre más feliz del campamento. Los periódicos se devoraban con fruición y pasaban de mano en mano como si fueran las fotografías de la persona amada: les gustaba leerlos y olfatearlos, como si el olor a tinta les devolviera el contacto con la vida que habían dejado tiempo atrás aunque, después del largo trayecto realizado desde Moscú, los diarios podían oler a todo menos al líquido de imprenta. Ivonne prefería las tabletas de chocolate que venían forradas por un grueso papel de color vainilla y circundado por una banda ocre donde aparecía la leyenda ETIQUETA DE ORO. Le gustaba el sabor de aquel cacao que había descubierto por primera vez en una de las aldeas ucranianas: se lo obsequiaron los vecinos, en agradecimiento por la defensa del pueblo frente al asedio alemán. Rivas no recordaba con tanto cariño el queso que le dieron los aldeanos, que le tuvo ocupado con retortijones y diarreas durante días.

—No fue culpa del queso —le explicaba Ivonne—. ¡A quién se le ocurre mezclar la crema fresca con la miel! Lo mínimo que te puede dar es un cólico.

—Encima la culpa es mía —se quejaba él—. De toda la vida mi madre le ponía miel al requesón y en mi casa nadie se cagaba por las esquinas.

—Ya te lo dije, camarada —terció Fraile, que aún recordaba su intento de ordeñar lo que él pensaba que era una vaca, aunque en realidad fuera un buey—. Las becerras ucranianas tienen muy mala leche. Menudo carácter se gastan las cabronas.

El grupo de Medvédev había crecido de manera exponencial, llegando a superar los setecientos efectivos. Esto obligó al comandante a escindir su contingente en dos: uno con trescientos guerrilleros y otro con cuatrocientos, en el que se quedaron Ivonne, Gros, Rivas y casi todos los miembros del embrionario «Los Vencedores». El primero quedó al mando de Stejov. El segundo, de Medvédev, se dirigió a otro emplazamiento más alejado de Rovno, en dirección a Kiev. Eso facilitaría la operatividad del grupo y la gestión del campamento.

El lugar no solo era más frondoso, sino también más húmedo. El invierno había dejado grandes nevadas y heladas de treinta y cuarenta grados bajo cero, por lo que construyeron las tiendas del campamento como los tradicionales *chums*, las tiendas de campaña de los nativos siberianos, siguiendo las indicaciones de uno de los guerrilleros que había vivido allí durante años. El armazón de la choza lo construían con palos de abeto, dispuestos en forma de cono, que cubrían con las ramas de los árboles sobre las que colocaban telas, pieles de animales —los siberianos utilizaban pieles de reno, pero en mitad de Ucrania resultaba complicado encontrarlos—, para después revestirlo con una capa de tierra y barro, sobre la que volvían a poner ramas de abeto. En el techo de algunas de las tiendas, las más grandes, solían abrir un agujero por donde salía el humo si encendían una hoguera dentro, lo que permitía a los guerrilleros dormir y permanecer calientes en el interior de la tienda. Pero no a todos los convencía esa idea, ya que la fumarada se concentraba dentro y, en cuestión de minutos, empezaban a sentir picores y molestias en los ojos y en la garganta.

—En el *chum* de mi familia teníamos una estufa de metal y colocábamos unas maderas para nivelar el suelo —señaló el guerrillero que estaba dando las indicaciones.

—Claro, chaval —le respondía Rivas, sabiendo que no le entendía demasiado—. Y seguramente tendrías una sauna y una piscina, pero esto es un campamento guerrillero en mitad de un bosque de Ucrania... ¡Anda que no se vive bien en Siberia!

—Mi padre siempre dice: si no bebes sangre caliente, normalmente de reno, y no comes carne fresca, estás condenado a morir en la tundra. Es un lema de oro para la supervivencia en Siberia.

—Casi prefiero la crema fresca con la miel —musitó Rivas, haciendo reír a Ivonne.

Rivas prefería la hoguera del exterior para seguir realizando sus arreglos, aunque también echaba mano de su lámpara portátil, que seguía alimentando con grasa animal. Bajo su luz, continuaba haciendo magia para responder a las necesidades estratégicas y operativas del grupo. En una de las aldeas, había encontrado una pequeña imprenta y una máquina de escribir con caracteres ucranianos y alemanes. Aquello fue una de las mejores confiscaciones realizadas por los guerrilleros. Eso les permitía elaborar cualquier tipo de documento falsificado que necesitaran para sus misiones.

Ivonne, convertida en Znoy en el edificio de Correos ocupado por los alemanes, había incautado hojas en blanco, sellos y estampillas con los anagramas y los símbolos nazis impresos, así como varias barras de lacre rojo. Armado con algunas herramientas que los exploradores seguían trayéndole —desde agujas hasta compases, navajas, abrecartas y cortaplumas—, Rivas iba confeccionando pases, visados, salvoconductos, vales e incluso pasaportes, que resultarían útiles en algunas operaciones. Contaba con la camarada Ivonne para calcar las caligrafías. Podía elaborar cualquier documento, incluso falsificar los siempre complejos sellos alemanes. Cada día iba agrandando su leyenda: mago, falsificador, grabador, relojero, mecánico, armero y experto constructor de minas.

Ivonne seguía volcada en su radio. Fue a través de ella como, a finales del mes de abril de 1943, le llegó la noticia de la sentencia dictada el 17 de ese mes contra el asesino de Trotski, el supuesto Jacques Mornard o Frank Jacson. La condena era de veinte años de prisión: diecinueve años y seis meses por asesinato, seis meses por portar armas y

3.485 pesos para la viuda, Natalia Sedova, en concepto de reparación moral. A la española le pareció barato el desagravio comparado con los trescientos mil dólares que había costado la operación Utka, según le había escuchado a Pavel Sudoplátov, aunque años más tarde algunos cálculos elevarían ese gasto hasta los cinco millones de dólares que seguramente incluían los gastos de representación legal y el dinero que costaría mantener con vida y en condiciones óptimas a Ramón Mercader durante su cautiverio en la cárcel mexicana.

Aquel tsunami cifrado que llegó a los bosques de Ucrania la devolvió a un pasado demasiado lejano para ella: parecía otra vida, aunque aún no habían transcurrido ni tres años. La noticia hizo que aflorase a su memoria un rostro que seguía ocupando un lugar en su corazón, por más que su cabeza hubiese trabajado para exiliarlo: el de Ramón. Según la información, el condenado había acudido elegantemente vestido a escuchar la sentencia y cuando supo que la lectura del veredicto se emitiría por radio, lanzó su sombrero sobre el micrófono del juez. A Ivonne, ese gesto le recordó la bravuconería del hijo de Caridad. Quizá no era cierto, pero de serlo, le definía.

Sus fantasmas personales seguían apareciéndose ante ella; aquella vez no lo hicieron ante el espejo, como sucedía cada vez que se encontraba con Ramón, sino entre las clavijas de su estación de radio, enredados en cables y escondidos entre códigos. Ese día agradeció apagar la radio y perderse en el bosque, inhalando el olor a tierra mojada, a musgo, a rocío, a resina, olores que siempre conseguían despejarle la mente.

El grupo de radioperadoras había llegado a tener quince violinistas aunque, desde la escisión realizada por Medvédev, en su unidad eran seis. Seguían los mismos rituales, la misma práctica, los mismos ejercicios. Y seguían siendo las primeras del campamento en conocer las noticias más impactantes. Eso le sucedió a Ivonne una mañana.

Como le dijo Ramón Mercader muchos años atrás en Barcelona, después de la detención del general Goded en la Capitanía General, las cosas importantes siempre se escuchan por la radio. Acababa de descifrar un mensaje que la dejó petrificada. Lo comprobó una vez más. Y una tercera. No quería pecar de entusiasta ni que las prisas la traicionaran. Revisó de nuevo los códigos, los libros, el cifrado, comprobó la encriptación... Y siempre obtuvo el mismo resultado, que le remitía a uno de los documentos encontrados en el escritorio del despacho principal del edificio de Correos donde ella misma había terminado con la vida de un teniente nazi. Debía llevárselo rápidamente a Medvédev.

—Camarada comandante, un radiograma desde Moscú. —Le entregó el papel—. Y otros dos de los camaradas de Sarni y Lutsk.

Medvédev, que en ese instante estaba reunido con parte de sus oficiales, advirtió en su tono de voz que la violinista traía algo importante y no se equivocaba: el cable facilitado por los operadores de radio de Lutsk y Sarni informaba de una próxima reunión del Estado Mayor alemán para analizar la situación de Alemania en la guerra. El encuentro se realizaría a bordo de un tren blindado en algún punto secreto comprendido entre Kiev y Rovno. Y eso no era todo: se informaba de la posible presencia de un altísimo cargo alemán. El más alto de todos. El único. El principal enemigo de la Unión Soviética en aquel momento.

—¿Hitler saliendo de Kiev en dirección a Rovno en un tren blindado? ¿Es eso lo que me está diciendo?

—Lo que le estoy diciendo es que en los mensajes interceptados por los camaradas de Rovno se menciona a Águila, camarada comandante. Quizá sea el mismo Águila que aparecía en el itinerario ferroviario que robamos a los alemanes en el edificio de Correos y que no dudamos en identificar con la posible presencia del Führer. Y eso no es todo. Hay algo que no le he contado. —La inesperada confesión hizo que la mirada de Medvédev se clavara en la violinista—. Una de las veces que estuve en el despacho del edificio de Correos, cogí de la papelera un trozo de papel carbón. Fue algo instintivo; pensé que podía contener algún tipo de información, el calco de alguna carta o documento que escribieran los nazis. Y no me equivoqué. —Sonrió, mientras sacaba de su cuaderno la lámina carbónica y se la entregaba al comandante—. La primera vez que lo examiné al trasluz de la lámpara de Rivas solo encontré un carrusel de palabras amontonadas, superpuestas las unas sobre las otras, aparentemente sin sentido; un amasijo de letras y símbolos carente de significado... Hasta hoy. Después del cable recibido de nuestros camaradas, he encontrado algunas palabras que se corresponden y coinciden con las que aparecen en el papel pasante: «Rovno», «Águila», «tren blindado», «Kiev»... No creo que sea una casualidad. Llevan tiempo preparándolo.

El silencio dejaba claro hasta qué punto era grave e importante lo que insinuaba el radiograma. Medvédev se volcó sobre el mapa extendido en su mesa para trazar con el índice la distancia entre las dos ciudades ucranianas mencionadas: Kiev y Rovno.

—Son poco más de trescientos kilómetros. Puede que cinco horas de trayecto. Y muchos kilómetros de vía férrea. Esté él o no esté —dijo refiriéndose a Hitler—, hay que obtener información más precisa sobre esa reunión. Necesitaremos una comunicación más estrecha con Moscú. En realidad, con todos los destacamentos desplegados en la zona. —El camarada comandante los miró a todos—. Esto puede cambiar la marcha de la guerra y no creo que me equivoque mucho si digo que podría significar un nuevo orden mundial.

Los oficiales salieron de la tienda, pero Medvédev ordenó a Ivonne que se quedara.

—No sabía que era usted aficionada a guardar secretos a sus mandos, camarada.

—Solo cumplía órdenes —respondió la violinista sin abandonar su media sonrisa, recordando el comentario de Medvédev durante la entrevista que tuvo con él en la Lubianka para formar parte del grupo de «Los Vencedores»—. Alguien me dijo que «es más complicado guardar un secreto que arrancárselo al enemigo». Me he limitado a ponerlo en práctica.

—Ya veo. No puedo decir que me sorprenda su buena memoria, aunque espero que no vea a su camarada comandante como a un enemigo —le confesó con ironía, mientras le devolvía el papel carbónico que le había teñido los dedos de un color negruzco—. Sería de gran ayuda que encontrara en esa maraña de palabras algo que nos ayude a averiguar el lugar exacto donde se realizará esa reunión. Y si lo encuentra, haga el favor de decírmelo; será nuestro secreto.

Los artificieros comenzaron una actividad frenética para confeccionar las minas. Habían estudiado las posibilidades sobre qué tipo de tren blindado se utilizaría y no había demasiados de esas características en los que pudiera viajar el máximo mandatario del Tercer Reich. Partiendo de la posible presencia del Führer, empezaron por valorar el modelo de ferrocarril más importante de toda Alemania, para luego ir descendiendo por las demás categorías válidas para el transporte de altos mandos, y que pudieran desplazarse por las vías férreas en territorio ucraniano. Necesitaban muchas manos partisanas para el trabajo, pero, en cuanto al manejo de explosivos, debían ser expertos los encargados de manipular las cargas.

—Aquí hay trilita para volar una aldea —dijo uno de los guerrilleros, contemplando el compuesto químico explosivo.

—No la suficiente para borrar el fascismo de la faz de la tierra —replicó Gros.

—Se parece a unos polvos que mi madre ponía en los bizcochos que nos hacía de pequeños —aseguró otro, mientras valoraba el color amarillo del material.

—Este es un poco más indigesto, sobre todo si eres nazi y vas a bordo de un tren —bromeó Rivas—. Yo que tú no metería mucho la nariz en esa caja, si quieres volver a probar la repostería de tu madre.

En esos momentos, Ivonne se dedicaba a observar desde un segundo plano y en silencio. La labor de un experto en minas se parecía a la de una operadora de radio: no le gustaba tener testigos a su alrededor mientras trabajaba. Hablaban demasiado e, incluso mudos, suponían un peligro. Pero los artificieros permitían su presencia porque sabían que se comportaría. Le asombraba ver cómo Rivas introducía diez kilos de trilita en una pequeña caja de madera, le hacía un agujero y colocaba en su interior el detonador. Solo a veces preguntaba, siempre tras un carraspeo o una leve tos, para que su voz no desestabilizara a quien operaba con los explosivos.

—¿Y ese detonador? —se interesó curiosa; era la primera vez que veía ese tipo de carga.

—Es de una granada limón. Aquí la llaman *Limonka*. La granada de mano de fragmentación rusa F-1. Se llama así porque para la fabricación de la primera granada rusa utilizaron la granada de mano francesa F-1 y el sistema de granadas inglesas de limón. Y con ese nombre se quedó —le explicó Rivas con voz suave, sin dejar de manipular los materiales—. Tú estás más habituada a las polacas, tanto ofensivas como defensivas, que utilizamos en el bando republicano durante la Guerra Civil, y ahora con la granada defensiva soviética. —Se la mostró—. Las granadas que les confiscamos a los alemanes son esas de palo de madera, la Stielhandgranate, esas que según tú se parecen a los morteros que tu madre tenía en la cocina para machacar patatas y ajo. Pero esas son muy complicadas de manejar y nada útiles para construir minas. Son mejores las Eihandgranate 39, granadas de fragmentación ofensivas, muy efectivas para paracaidistas y blindados. Pero para esto que estoy haciendo, la mejor es la limón. Su metralla tiene una fuerza destructiva que puede alcanzar un radio de doscientos metros. Y si Hitler está en ese tren, por mucho que se esconda, le pillará.

—Me gustan los limones. Cuanto más ácidos, mejor.

—Pues verás cuando enganche un cable en el seguro del detonador de la granada limón y lo extienda unos doscientos metros hacia el tren. Limonada de la buena.

Ivonne sonrió. Se le estaba haciendo la boca agua.

Los días posteriores recibieron la información suficiente desde otros campamentos situados en Goscha y Dubno para creer que el tren blindado pararía en la estación de Zdolbúnov, a escasos quince kilómetros de Rovno, la capital de la Ucrania ocupada por los alemanes. Para los germanos, tenía su lógica; en ese emplazamiento se sentirían seguros, resguardados por los suyos, ajenos a cualquier posible asalto del enemigo que, de producirse, sería rápidamente repelido por la maquinaria alemana. La lógica nazi nunca casó bien con la estrategia soviética.

Desde ese momento, el trabajo se intensificó y comenzaron a formarse las primeras avanzadillas de reconocimiento del lugar. Necesitaban acercarse a la estación para estudiar sus características, su orografía, su disposición y diseño, las posibles vías de escape... En ello se encontraba Medvédev, reunido en su tienda con el resto del alto mando, cuando entró Ivonne. Por primera vez se le olvidó pedir permiso a su comandante. La información que traía le ardía en la boca.

—Hay un problema —dijo nada más entrar, haciéndose con la atención de todos los allí congregados, Gros entre ellos—. Instalaciones localizadoras goniométricas.

—Traduzca, camarada —le pidió Medvédev mientras todos los demás la miraban en silencio—, para que podamos entender algo de lo que está diciendo.

—Los alemanes han enviado varios camiones a este bosque con instalaciones localizadoras goniométricas. Están localizando nuestra señal. Y si no lo han hecho ya, están muy cerca. Con esos dispositivos pueden triangular la señal y saber la ubicación exacta de nuestras estaciones de radio y, en consecuencia, de nuestro campamento —explicó Ivonne, que seguía observando el rostro imperturbable de quienes la escuchaban. Se esforzó en ser más explícita—: Cualquier señal que enviemos, por pequeña y breve que sea, puede hacer que nos localicen en pocos minutos. Estaremos vendidos. Caerán sobre nosotros y seremos presa fácil.

—En cuanto localicen nuestro destacamento, no les costará rodearlo y aniquilarnos a todos —advirtió Gros—. Una maniobra envolvente de libro de la que nos será imposible salir.

—¿De dónde ha sacado esa información? —preguntó Medvédev con gesto serio.

—De donde me ordenó mi camarada comandante que la sacara —dijo, mostrando la lámina de papel carbono—. He tenido que unir las letras y cotejarlas con los mensajes enviados por los camaradas. Todo cuadra.

—Apaguen todas las estaciones de radio —ordenó Medvédev. Por fin lo había entendido—. No quiero ni una encendida, no se mandan ni se reciben mensajes.

—¿Cómo afecta esto al sabotaje de Águila? —quiso saber Rivas.

—No lo hace. Seguimos con el plan. Pero a partir de ahora estamos sordos y mudos —anunció el camarada comandante.

—Es muy arriesgado —advirtió Gros.

—Mucho menos que permitir que Hitler salga con vida de ese tren —sentenció Medvédev, que tuvo a bien matizar—: Él, o quienquiera que sea el que lo ocupe.

La orden fue clara: el campamento quedaba incomunicado. La

vigilancia se extremó, los turnos se intensificaron, los exploradores se reforzaron y las violinistas silenciaron sus violines. Por primera vez, eran los músicos los que debían amoldarse a su instrumento, y no al revés. La palabra clave era «adaptación», como insistían en los periodos de instrucción. La mudez de la radio le dio la oportunidad a Ivonne de participar más en otras labores, como las de reconocimiento.

Medvédev envió una avanzadilla para inspeccionar el lugar donde supuestamente se realizaría el encuentro entre los gerifaltes nazis. No esperaban verlo así: estaba vacío, abandonado, sin rastro del ferrocarril. Esto último era previsible porque todavía quedaban varias jornadas para que llegara el tren blindado —si las informaciones de los radiogramas seguían siendo correctas—, pero esperaban cierto movimiento que indicara que se estaba preparando algo importante. La estación de Zdolbúnov parecía desierta; al menos en el exterior tenía un aspecto espectral. Por un segundo, se preguntaron si no se habrían equivocado de apeadero, quizá por una mala interpretación de las coordenadas. En otras circunstancias podrían confirmarlas, pero ni Ivonne cargaba a su espalda la maleta con la radio, ni encender el Paraset era una opción. A Gros no le gustó tanta tranquilidad. Algo no le cuadraba. Demasiado silencio, de ese impregnado de un peligro que acecha. Aguardaron unas horas más, confiando en que algo pasaría. Finalmente Gros y otros cuatro guerrilleros se acercaron a examinar el interior de la estación a través de las ventanas. Mientras se aproximaban al edificio, José Gros se fijó en unas colillas de cigarrillo aplastadas y medio enterradas en el suelo. Al agacharse para verlas mejor, reparó en que era tabaco soviético. No era posible que los soviéticos hubieran estado allí y que no hubieran tenido la precaución de recoger los restos de los cigarrillos, como les habían ordenado para evitar dejar huella de su presencia. Recordó entonces la cruzada de Hitler contra el tabaco, que le llevó a aprobar un decreto en noviembre de 1941 para gravar los impuestos sobre los cigarrillos hasta un 95 % e imprimir folletos en los que se avisaba de que aquel «veneno genético propiciaba la degeneración de la raza aria», con lemas tan directos como «Nuestro Führer no fuma» o «Las mujeres alemanas no fuman», y panfletos en los que se advertía a los alemanes: «Hermano nacionalsocialista, ¿sabes que tu Führer está en contra del hábito de fumar y piensa que cada alemán es responsable de sus actos y misiones frente a todas las personas, y que no tiene el derecho de dañar su cuerpo con drogas?». Hitler fue incluso más lejos, diciendo que los soldados nazis perderían la guerra si no abandonaban el hábito de fumar, y que el nazismo no habría llegado al poder si él mismo no hubiera dejado el tabaco el día que arrojó su último cigarrillo al Danubio, convencido de la peligrosidad de aquel vicio. Pero la guerra no era el escenario más propicio para dejar de fumar, por muy perjudicial que fuera; muchos de los militares alemanes decidieron fumar cigarrillos soviéticos, más baratos aunque de peor calidad y de más fácil adquisición, con los que además despistarían a los exploradores soviéticos.

La bota de Gros removió una vez más las boquillas de los cigarrillos. Solo podían significar una cosa: los alemanes estaban allí. Al levantar la cabeza, vio que un camarada miraba por una de las vidrieras de la estación y que al instante corregía su posición, prácticamente lanzándose cuerpo a tierra. Supo que sus sospechas eran acertadas. A su señal, todos volvieron a esconderse en los alrededores del bosque. El guerrillero les informó:

—Hay una docena de nazis ahí dentro, todos alrededor de una mesa ocupada por un mapa enorme que no dejaban de señalar. No he podido ver más, pero no hay duda: están preparando algo. Creo que este es el lugar. Los informes eran ciertos.

—¿Estaban fumando? —preguntó Gros, sorprendiendo a su camarada.

—Claro que fumaban. ¿Has visto algún soldado que no lo haga?

—Yo no fumo —objetó Ivonne.

—Tú eres mucho más que un soldado, camarada —le dijo Rivas.

A los pocos días, más cerca de la jornada indicada para el sabotaje, otra avanzadilla salió del campamento soviético. Necesitaban más información sobre las características de las vías, el terreno en el que se asentaban y los puntos estratégicos. Toda esa exploración resultaría imprescindible para elaborar las minas, a la hora de calcular la carga, el tipo de explosivo y el lugar donde se colocaría. Esta vez Rivas lideraba la patrulla de reconocimiento que marchó hacia la estación, mientras Gros e Ivonne se quedaban. Medvédev estaba considerando quebrar el silencio de radio durante unos minutos al día. Llevaban demasiadas jornadas sin comunicaciones, mucho tiempo sin contacto con Moscú. «Hemos podido matar a Hitler o incluso ganar la guerra, y no tendríamos manera de enterarnos», comentaba con sarcasmo. Acordó con Lida la partida de las cuatro violinistas más expertas hacia el interior del bosque, en una marcha que las alejara más de veinte kilómetros del campamento. Sería una conexión rápida, donde como siempre solo una de ellas emitiría en la frecuencia y con la señal correctas. La elegida fue Ivonne. Era rauda y eficaz, justo lo que necesitaban para una misión así.

Las cuatro violinistas salieron en diferentes direcciones con la radio a su espalda y escoltadas por varios guerrilleros y dos exploradores cada una. Ya durante el trayecto, Ivonne iba concentrada en la celeridad que debía imprimir a su transmisión. Ni siquiera el característico olor a humedad y vegetación en el que siempre se recreaba logró distraerla. Hasta que uno de los exploradores hizo la señal acordada para que detuvieran la marcha y se agacharan. Siempre que se veía en comunión con el suelo, recordaba el primer axioma militar que aprendió durante los entrenamientos: «La tierra es la mejor amiga de un soldado». Los exploradores les comunicaron que habían visto a un grupo de soldados alemanes con auriculares en uno de los senderos del bosque, con un cajón de madera al hombro, del que salía un instrumento con forma de mortero hueco que sostenían en el aire. «Están triangulando posibles señales. Sería suicida transmitir ahora. Volvemos al campamento». En el bosque, sobre el terreno, los informes de los exploradores se transformaban en órdenes.

Cuando los vieron de regreso antes de tiempo, ya sabían que algo iba mal. Ningún guerrillero, y más llevando un aparato de radio, regresaba precipitadamente a no ser que hubiera un problema. Los exploradores informaron a Medvédev, que no parecía dispuesto a aceptar más reveses.

—Si están aquí, no hay duda de que estarán por toda esta zona del bosque —dictaminó uno de los rastreadores—. Su radio de acción coincide con el nuestro, sobre todo ante la inminente llegada del tren blindado.

—Si eso es cierto, el destacamento de la estación está en peligro —dedujo el camarada comandante.

—Habría que avisarlos —intervino Gros—. Esto puede poner en peligro toda la operación. Si descubren lo que estamos preparando, si interceptan el comando de Rivas...

—Ya me dirá cómo lo hacemos; ni ellos llevan radio ni nosotros podemos utilizarla —resumió Medvédev que, una vez más, intentó controlar la adversidad con cierto sarcasmo—. Como no tiremos una de las bengalas que utilizamos la última vez para señalar nuestra ubicación al avión...

Por una vez, el pesimismo del comandante estaba justificado. Ivonne, presente durante toda la conversación, recordó a uno de los críos que vivían en el campamento desde que se asentaron en aquel terreno del bosque. El niño había huido de las garras de los nazis cuando estos entraron en la aldea donde vivía con su familia, a la que vio asesinar mientras él estaba escondido en el sótano de la casa; los alemanes no repararon en él y se limitaron a acribillar el suelo con varias ráfagas de ametralladora sin que, milagrosamente, ninguno de los proyectiles alcanzara al niño. Como muchos otros, el pequeño se adentró en el bosque y fue acogido en el campamento soviético. El chaval no tendría más de ocho o diez años, pero la expresión rebelde de su rostro le otorgaba unos improvisados galones de arrojo. Ivonne se fijó en su gorra y en sus pantalones y eso le hizo recordar cómo había llegado ella a Asturias en 1934, a bordo de un tren desde Madrid, con un mensaje para los mineros sublevados escondido en el forro de su sombrero de fieltro y en el dobladillo de su vestido; el mismo mensaje en los dos improvisados escondites, previendo que uno de ellos pudiera perderse o ser descubierto. Recordaba aquella sensación de peligro y heroicidad que la acompañó durante todo el trayecto, que se disparaba cada vez que un revisor entraba al vagón para pedir los billetes, la documentación y controlar cada gesto de los viajeros. Aquella vez funcionó. Había llegado el momento de probar ese método de comunicación en aquel recóndito lugar de los bosques de Ucrania.

—No —le dijo Gros, al escuchar su propuesta—. Es muy arriesgado para el niño. Es solo un crío.

—¿Tienes alguna idea mejor? —preguntó Ivonne—. Además, hace tiempo que dejó de ser un niño: es un superviviente.

A los pocos minutos, el pequeño se encaminaba hacia su misión. En el forro de la gorra llevaba el mensaje para los camaradas que se encontraban en la estación de Zdolbúnov, el mismo que también portaba en el bajo del pantalón. Ella misma lo había cosido, asegurando bien los pespuntes y procurando que el zurcido no se notara. Antes de partir, se agachó frente al chico y le dio unos consejos.

—No te toques nunca la gorra ni el dobladillo del pantalón, sobre todo en presencia de los alemanes. Eso indicaría que estás nervioso y los guerrilleros como tú y como yo no nos ponemos nerviosos, ¿verdad? —le dijo mientras el crío asentía, feliz de que le consideraran uno de los suyos—. Y otra cosa: si en algún momento ves que te siguen, que no te sientes seguro y quieres deshacerte de los mensajes, acuérdate de esconderlos en algún árbol, entre las grietas de la corteza, y taparlo con musgo. Y si ves que no puedes hacerlo, deberás introducirte el papel en la boca, mojarlo bien con tu saliva y tragártelo. —Los ojos del pequeño se abrieron en señal de sorpresa—. Está rico, yo me he comido muchos. Pero para que pase mejor, vas a llevar un trozo de chocolate en el bolsillo.

Sin duda, la onza de cacao que le introdujo en la faltriquera del pantalón le convenció para encarar la misión con otra predisposición.

Cuando vieron regresar al niño, Ivonne sintió un inmenso alivio. Se acercó al muchacho como hicieron muchos guerrilleros, pero frunció el ceño al verle restos de chocolate alrededor de la boca. Se temió lo peor.

—¿No pudiste entregarlo? —preguntó como lo haría una madre, entre la tristeza y la consideración hacia su retoño.

—Claro que pude. Soy un guerrillero. Y no me puse nervioso ni tuve miedo —respondió orgulloso el niño.

—Y entonces, el chocolate...

—Me lo he comido. —El gesto travieso del chaval sí denotaba su edad, y no la misión que acababa de realizar—. Es que tenía hambre y el camino de vuelta se me hizo más largo que el de ida.

—¿Sabes qué? —Ivonne desplegó una de sus mejores y más cómplices sonrisas—. Te espera una tableta del mejor chocolate para ti solo. Por valiente. Y el camarada Rivas te hará una placa como guerrillero de honor de este grupo —le prometió, haciendo feliz al chaval como no lo había sido desde que llegó al campamento.

El pequeño guerrillero tenía su chocolate; Rivas, su mensaje, que le hizo replegarse junto al resto de la avanzadilla y regresar de la estación; e Ivonne empezaba a madurar una nueva idea en su cabeza. Tampoco entonces había tiempo que perder.

27

—¿Sabe cuántos millones de aparatos de radio había en Alemania en 1941?

La pregunta salió de la boca de Ivonne como si formara parte de un concurso radiofónico, de esos en los que solían regalar perfumes para las señoras y cigarros para los caballeros. Pero ella estaba pensando en otro tipo de regalos.

Ante el silencio de Medvédev, que la observaba sin saber si debía ser él quien contestara a la pregunta o si la respuesta vendría por sí sola, Ivonne contestó:

—Dieciséis millones de aparatos receptores. Goebbels las coleccionaba porque se le hacía la boca agua al pensar lo que podría llegar a hacer con ellas. ¿Y sabe lo que escribió Hitler en 1925?

—¿No pretenderá que haya leído esa bazofia del *Mein Kampf*? —objetó Medvédev.

—Debería, camarada comandante, porque la información es poder, venga de donde venga —señaló Ivonne para, inmediatamente, volver a la pregunta recién formulada—: Hitler considera que la radio es un arma terrible en manos de quienes sepan hacer uso de ella. Un instrumento perfecto en la guerra psicológica contra los enemigos y un arma inigualable para la propaganda que lo ayudará a manipular a las masas. Por eso, lo primero que hizo al llegar al poder en 1933 fue hacerse con el control de la radio y de los mensajes que se emitían, y colocar a Goebbels al frente del Ministerio de Propaganda y Educación Popular.

—Sé que me está intentando decir algo, camarada, pero no acierto a entender qué. —El soviético no se acostumbraba a la verborrea que siempre acompañaba a los camaradas españoles—. Creo que lleva demasiado tiempo cifrando mensajes.

—Convendría que nos hiciéramos con los equipos de radio de los alemanes y sus localizadores goniométricos. Eso nos ayudaría a controlar los mensajes y facilitar información falsa a los nazis. Y a punto de llegar el tren blindado a Zdolbúnov, sería un arma importante para nosotros.

—¿Y cómo sugiere que lo hagamos? ¿Mandando a un niño con un trozo de chocolate en el bolsillo del pantalón?

—Con los nazis no vale la dulzura —respondió ella, obviando la ironía de Medvédev.

Cuando Ivonne expuso su idea, al comandante le pareció una temeridad sin ninguna posibilidad de éxito. Mandar a un grupo de tres o cuatro mujeres, vigiladas de lejos por los guerrilleros, para distraer a los operadores alemanes que recorrían aquel bosque con el propósito de interceptar las señales de las radios soviéticas no le parecía un plan brillante desde el punto de vista militar. Dejando a un lado el resquemor del comandante, Ivonne se ofreció a ser una de ellas; ya tenía experiencia en ese campo y además había confeccionado una lista con las posibles candidatas. Sería conveniente que fueran violinistas, pero había campesinas ucranianas realmente hermosas en el campamento que podrían colaborar en la misión. Se trataba de entretener a los nazis hasta conseguir que bajaran la guardia el tiempo suficiente para que los guerrilleros soviéticos pudieran lanzarse contra ellos, ejecutarlos, robarles sus radios y sus códigos, y, de paso, los localizadores goniométricos. Para Ivonne, era un plan perfecto. Para el comandante, una auténtica locura.

—¿Cree que los alemanes han llegado a dominar Europa siendo unos completos imbéciles? —preguntó el comandante—. Una cosa es que sean nuestros enemigos y otra muy distinta es considerarlos estúpidos. No hay nada más peligroso que infravalorar al enemigo. ¿Dónde estaba usted cuando lo explicábamos durante la instrucción?

—Allí mismo, tomando buena nota de todo —respondió Ivonne, dispuesta a defender su idea hasta el final—. No es infravalorar al enemigo. Es valorarlo en su justa medida. Es más, vamos a utilizar sus mismas armas. El propio Hitler nos ha dado la clave en uno de sus discursos en la radio: «Hay que reducir tanto más el nivel intelectual de la propaganda cuanto mayor es la masa de hombres a los que se quiere llegar». Las multitudes son insanas, están viciadas. Cada uno de sus individuos se rige por impulsos emocionales vanos y fútiles. ¿Por qué cree que funcionan tan bien las trampas de miel en los servicios de inteligencia de todo el mundo? ¿Por qué cada vez hay más espías mujeres, a poder ser bonitas y simpáticas? Porque el sexo es algo inherente al ser humano, sea un Führer, un operador de radio o el maquinista que controla la caldera de un tren blindado.

—Deje de citar a ese bastardo o empezará a preocuparme —le ordenó Medvédev, que comenzaba a vislumbrar como posible la idea expuesta por la violinista.

—Para derrotar al enemigo, hay que conocerlo bien. Cuanto más cerca estemos de él, cuanto mejor sepamos cómo piensa, cómo reacciona y cómo es en realidad, más posibilidades tendremos de vencerlo.

Con la ayuda de los exploradores, pudieron encontrar de nuevo a los alemanes que peinaban el bosque con los auriculares puestos y la radio en busca de las señales de las estaciones soviéticas. No resultó complicado; sabían que su presencia se repetiría cada día, a distintas horas de la mañana y la tarde, y se ampliaría aún más cuanto más próxima estuviera la llegada del tren blindado a la estación de Zdolbúnov. Los nazis necesitaban que la seguridad fuera máxima durante la reunión clandestina y la presencia del Águila.

Como el primer día que los avistaron, era un grupo de cuatro hombres. Esta vez, también vislumbraron el coche en el que uno de ellos permanecía, con esa especie de mortero detector pegado al techo del automóvil. El plan era tan claro como simple: las cuatro mujeres, que se harían pasar por unas jóvenes ucranianas de una aldea cercana, fingirían que estaban recogiendo frutos en el bosque, semillas, moras, bayas y algunas de las piñas que en esa zona proliferaban. No vestían como guerrilleras, sino con vestidos ligeros, floreados en su mayoría, y, como mucho, una fina chaqueta superpuesta, aprovechando que la temperatura en esa época estival lo permitía. Todas llevaban el pelo suelto y habían utilizado las hojas de algunas flores rojas para dar un toque de color a sus mejillas y a sus labios. A partir de ahí, solo tenían que dejarse llevar, siguiendo un guion que conocían a la perfección.

Primero deberían mostrarse sorprendidas y asustadas por la presencia de los soldados nazis, pero luego se tornarían dóciles y joviales. La relación entre los alemanes y los ucranianos no siempre había sido de desconfianza, sobre todo en las poblaciones más occidentales que, al principio de la guerra y debido a su mala relación con la Unión Soviética por su marcado antisemitismo y la política de colectivización forzosa de Stalin que provocó una hambruna en Ucrania —Holodomor—, veían a los alemanes como posibles aliados, una especie de liberadores que los salvarían del yugo soviético y los ayudarían a alcanzar su añorada independencia; incluso muchos de ellos se ofrecieron a colaborar con los nazis, también en el ejército alemán y en las SS, donde incluso se creó una división ucraniana. Los alemanes solían esperar a ver la reacción de los ucranianos ante su presencia para considerarlos amigos o enemigos. Y las jóvenes que habían aparecido en el bosque con cestas de frutos y vestidos floreados, sin duda eran de los primeros. Unas miradas, unas sonrisas y un acercamiento tímido de las muchachas ofreciendo algo de lo que llevaban en sus capazos bastaron para relajar la actitud de los oficiales nazis. En cuanto los hombres fueron tomando confianza y empezaron a perderse por el cuello de las mujeres o a deslizar su mano por el escote o entre sus piernas, los guerrilleros soviéticos escondidos en el bosque se abalanzaron sobre ellos, los desarmaron y mataron a todos menos a uno, con el objetivo de sacarle algo de información en cuanto llegaran al campamento.

Al arribar al vivac, con el prisionero y el botín radiotransmisor, los recibieron con aplausos. Cuando se percataron de que también traían el coche alemán, los vítores aumentaron. Durante horas estuvieron intentando sacar información al soldado alemán, sin ningún éxito. Ivonne se ofreció a interrogarle, dada su experiencia en las checas de Barcelona —desconocida por casi todos excepto por Gros, e intuida por Medvédev, quizá porque el propio Pavel Sudoplátov se lo había comentado—, y esta vez el comandante dio su visto bueno. Después de unos minutos de interrogatorio, el oficial nazi les había facilitado los códigos, el cifrado y la frecuencia en la que emitían los alemanes, incluso algún dato más sobre el itinerario del tren blindado. A Ivonne le resultó demasiado fácil, aunque a todos les pareció una confesión creíble. «Camarada comandante, déjeme quedarme a solas con el prisionero», pidió. No se fiaba de él. Medvédev accedió y el alemán fue conducido al bosque.

A los pocos minutos, escucharon una fuerte detonación. Cuando llegaron al lugar del estruendo, vieron al alemán tirado en el suelo con un orificio de bala en la cabeza y a Ivonne con la Mauser en la mano. Medvédev la miró con la misma expresión que cuando supo que había matado al teniente nazi en el edificio de Correos: en silencio, esperando que fuera ella la que se explicara. En el gesto de Ivonne no había ningún rastro de vacilación o desconcierto. Tampoco lo hubo en su voz.

—Pretendía engañarnos ofreciéndonos información falsa. Nos habría dejado vendidos —le reveló ella.

El comandante dio por buena la explicación. Lo único en lo que no había mentido el oficial nazi fue en el día que el tren blindado llegaría a la estación Zdolbúnov. A Ivonne le llevó un tiempo interpretar, descifrar y averiguar los códigos correctos para hacerse pasar por operadores alemanes. Si las violinistas hubieran utilizado los códigos que les facilitó el soldado alemán, habrían quedado expuestas. De esa manera, los nazis recibieron los informes confirmando que el lugar al que llegaría el tren blindado reunía todas las características que exigía un encuentro de esa magnitud: un sitio apartado, discreto y bien protegido.

De nuevo una bandada de patos volaba sobre los bosques de Ucrania. De nuevo, los *utka* levantaban el vuelo.

El calendario y el lejano traqueteo de un convoy pesado desplazándose sobre la vía férrea por territorio ucraniano indicaron que el día clave había llegado. El tren blindado entró en la estación de Zdolbúnov, de la que no tenía previsto moverse en un par de días. Los hombres de Medvédev no esperarían tanto. Esa misma noche iniciarían el sabotaje. Escondidos entre los árboles, observaron los distintivos que hacían de aquel tren un convoy especial: las cortinas blancas que cubrían las ventanas de los vagones, las letras doradas incrustadas en la superficie de las berlinas, la pulcritud y la limpieza de la carrocería exterior, incluso el humo que sus calderas lanzaban al aire parecía más blanco que el rastro negruzco de las rudimentarias locomotoras que solían transitar por aquellos raíles.

Les resultaba imposible confirmar si el Führer ocupaba uno de los vagones, pero eso no afectaría a la operación. De lo que estaban seguros era de que no se trataba del Amerika, el tren que empleaba Hitler, el *Führersonderzug*: un búnker de dos locomotoras, 1.200 toneladas, 430 metros de largo distribuidos entre los diez o dieciséis vagones según las condiciones del viaje, dotado con la tecnología más puntera y capaz de alcanzar los 120 kilómetros por hora. Ivonne se alegró de no tener que contemplar el *Befehlswagen* del Amerika: el vagón de comunicación equipado con los mejores y más modernos aparatos tecnológicos para descifrar, encriptar y enviar mensajes, incluso con varias máquinas Enigma, aunque toda esa disposición solo podía usarse cuando el tren permanecía parado, y tenían que conformarse con una estación de radio de onda corta de 700 vatios para comunicarse cuando el tren acorazado estuviera en marcha. Aunque habían preparado sus cargas para efectuar el mayor daño posible, llegara lo que llegara, Gros y Rivas también se congratularon de no tener que enfrentarse al blindaje especial del vagón privado de Hitler, el *Führerwagen*: un Pullman DRB de 63 toneladas de peso, con dos guardaespaldas custodiando la antecámara, su habitación particular, más otras tres para invitados, un baño de mármol acondicionado con un subsuelo de hormigón armado y con bañera y lavamanos chapados en oro, un salón para reuniones y, cerrando el coche, otra antecámara con dos guardaespaldas más. En realidad, nadie esperaba que el tren de Hitler, construido por la compañía ferroviaria alemana Deutsche Reichsbahn, entrara en aquella estación: eso habría ido en contra de la discreción y la naturaleza clandestina del encuentro.

Las órdenes eran claras: los guerrilleros debían desatornillar los raíles para situar con comodidad las minas, cortar los tubos de los frenos del convoy, colocar explosivos en las calderas del tren, adherirlos a los depósitos del combustible y ocultarlos en la parte inferior de los vagones. La carga explosiva, casi toda la confiscada en el ataque a la estación de Budki Snovidovich, superaba con creces la utilizada en el resto de los sabotajes, pero la ocasión lo merecía. Si las sospechas eran correctas y se confirmaba que Águila era Hitler, no habría dinamita suficiente en la tierra para hacer volar aquel tren.

Auspiciados por la oscuridad y burlando la vigilancia de los oficiales de las SS que custodiaban el tren, Gros y Rivas colocaron la mina de 40 kilos, la mayor de todas las que iban a utilizarse en el sabotaje, que iría bajo el vagón donde se ubicaban la caldera y los depósitos de combustible, para abortar cualquier intento de huida de los nazis cuando se vieran atacados. La habían traído prácticamente montada desde el campamento en una maleta, y otra pequeña parte en un cajón de madera con trilita fundida en un bloque, pero faltaba ensamblar los últimos cables y colocar una granada de mano F-1 como detonador. Eso les daría entre cuatro y seis segundos desde que retiraran la espoleta hasta que se produjera la explosión. Para asegurar el mayor daño destructor posible, Rivas había colocado alrededor de la bomba unas pastillas de trilita prensada. Había carga suficiente para volar un puente, pero no se fiaba del blindaje del tren. La operación presentaba demasiados riesgos como para quedarse cortos con los explosivos.

También habían fabricado otro tipo de minas, algunas de madera con el fulminante metálico, dando por hecho que los oficiales nazis vendrían equipados con potentes detectores de metales, que resultarían ineficaces para captar la presencia de este tipo de minas, que además constaban de un aislante eficaz. Los guerrilleros —todos armados con fusiles ametralladores, granadas, cartuchos de dinamita y pistolas enganchadas al cinturón e incluso atadas al tobillo— fueron escondiendo las minas entre los árboles, enterrándolas en los agujeros que habían hecho en la tierra y cubierto con piedras, ramas o musgo, adhiriéndolas a los raíles o posicionándolas bajo las vías. Habían talado algunos árboles que cruzaron en la carretera que conducía a la estación y, entre sus troncos, escondieron cargas explosivas de

200 y 300 gramos, como lo hicieron en el interior de algunos bidones que encontraron en la estación.

Rivas se alegró de que aquella reunión clandestina no se celebrara en los meses de invierno, porque colocar las minas en la tierra helada habría dificultado el emplazamiento y la conservación de las cargas. «Si la dinamita se congela, los componentes más explosivos se cristalizan en la superficie de los cartuchos y pueden detonar», le había explicado a Ivonne, con la misma serenidad didáctica con que le detalló las cualidades de la *Limonka*. La mayoría de las minas colocadas para aquella operación eran de 15, 20 o 30 kilos; hasta la más grande, de 40 kilos, que fue la más complicada de emplazar.

Escondido en el bosque, cerca de las vías del tren y de la estación, esperaba el coche que los soviéticos confiscaron a los operadores alemanes unos días atrás. Habían colocado en él una ametralladora pesada de 22 mm, requisada de un avión alemán derribado hacía semanas.

Los guerrilleros iban tomando posiciones. La agitación era enorme y la actividad continua, pero no se oía un ruido por parte de los soviéticos. La noche acogía uno de esos silencios que inspiraban precaución, zozobra y sospecha a partes iguales.

Desde su posición, ajena a la colocación de los explosivos —por expresa orden de Gros y antes de Medvédev—, Ivonne vio cómo uno de los enigmáticos viajeros del tren blindado se apeaba de un vagón. Desde luego, no podía ser Hitler, porque lo primero que hizo al pisar el andén fue encender un cigarrillo con un mechero que cerró de golpe, provocando un sonido metálico que se escuchó en toda la estación. Los focos colocados en las torretas proyectaban un haz de luz no demasiado potente, pero aun así la española pudo ver el brillo rectangular que emanaba de la solapa izquierda de la chaqueta. No sería el Führer pero, a juzgar por las condecoraciones, era un oficial superior de las SS. Vestía el uniforme negro del Cuerpo; sin duda, era un alto mando, seguramente un general, de los que en las paradas militares añaden al uniforme una banda, un fajín de tela blanca con la cruz gamada y las SS-Runen, las hojas de roble bordadas en plata, mientras que en los meses de invierno tendría el privilegio de usar un abrigo de cuero para protegerse de la lluvia, o una capa especial en los meses de verano.

El oficial nazi caminó por el apeadero con pasos amplios pero pausados; sus pisadas, gracias a sus botas, resonaban como sentencias en mitad de la noche. Solo los alemanes parecían hacer ruido, como si hubieran nacido para ello. El oficial se detuvo en un punto del andén y miró justo hacia el lugar que ocupaba Ivonne. Si no supiera que la oscuridad la protegía, juraría que la había descubierto. El alemán dio un par de caladas más a su cigarrillo, sin apartar la mirada del bosque. Se le acercó otro hombre, de rango inferior, y ambos hablaron unos minutos. En mitad de la conversación, el recién llegado sacó de su bolsillo una pequeña placa ovalada de metal, sujeta por una cadenita que, al moverla, emitió un destello. Ivonne conocía ese tipo de clisé. Lo había visto en más de una ocasión en las aldeas ocupadas por los nazis y quien lo portaba pertenecía a la policía criminal. Era un agente de la Gestapo. No parecía faltar nadie en aquella reunión.

Fue Medvédev quien dio la orden de iniciar el asalto al centenar de guerrilleros que había agrupado para la operación. Nunca antes habían realizado un despliegue de efectivos tan numeroso para un sabotaje.

Una fuerte explosión fue el inicio de todo, a la que siguieron otras muchas programadas con una simetría digna de la destreza de Rivas. La caldera de la locomotora explotó en mil pedazos, la cisterna de gasolina engrandeció la deflagración, las llamas rojas y anaranjadas iluminaron el lugar, todo el tren se convirtió en una descomunal bola de fuego de la que salían gritos y gemidos, y emergían siluetas, que caían al suelo después de unos segundos envueltas en coléricos aspavientos. En la monumental masa de acero en llamas crepitaban rugidos y ruidos extraños, como los que se escuchan en las fábricas de hornos industriales. Sin dar tiempo a los alemanes parapetados en el interior de la estación para entender lo que pasaba y reaccionar, el vehículo con la ametralladora de 22 mm emergió del bosque donde había permanecido escondido, regando el lugar con interminables ráfagas. Fue entonces cuando los soviéticos empezaron a descargar una lluvia de proyectiles sobre la estación y contra el tren blindado.

La percepción del tiempo desapareció mientras el combate se libraba en el apeadero de Zdolbúnov. En la cabeza de los guerrilleros solo había lugar para lo encerrado en la mira de sus PPSh-41. Era así incluso para los más inexpertos, como el muchacho de quince años cuya madre le pidió a Gros, dos días antes del sabotaje contra el tren blindado, que lo llevara con él al campamento porque ya sabía empuñar un arma; el español accedió, al ver la buena disposición del joven y la desesperación de la madre, convencida de que su hijo estaría más seguro con los soviéticos. Entre el bramido de explosiones, los impactos de los proyectiles sobre el acero del tren y la piedra del edificio de la estación, las ráfagas de ametralladora, mezclado todo con los gemidos de los heridos, los gritos en alemán y los «¡Hurras!» guerrilleros, el sonido del combate fue amainando a la vez que lo hacía la resistencia alemana. Los soviéticos avanzaron hacia las posiciones nazis para asegurar la zona y comprobar el balance del combate. Medvédev ordenó a un grupo de sus hombres adentrarse en el bosque para perseguir a los huidos. También dio orden de inspeccionar el interior de los vagones libres de fuego, así como la estación, para asegurarse de que no quedaba nadie con vida, mientras previno de mantener la cautela en la vigilancia de los coches que aún continuaban en llamas o prácticamente carbonizados.

Cuando los soviéticos fueron conscientes de su victoria sobre los alemanes, arreciaron de nuevo los vítores al grito de «¡Muerte a los verdugos fascistas!» o «¡La victoria será nuestra!». Medvédev templó la celebración y dio orden de evaluar el estado de su tropa. Ivonne encontró a Eusebio, a Fraile, a Sebastián, a Ortuño, a Cecilio, a todos los camaradas españoles con los que más trato tenía, y a muchos otros camaradas rusos y campesinos ucranianos que llevaban tiempo incorporados al grupo y que se ofrecieron para participar en la operación contra los alemanes. Casi todos estaban auxiliando a los heridos o lamentando la muerte de algunos compañeros, cuyos cadáveres trasladarían en carros hasta el campamento. Muchos de ellos, sabiéndose heridos de muerte, entregaban su reloj, su brújula, el mechero, el cuchillo, los últimos cigarrillos y la cartera donde solían guardar fotos de sus esposas, novias o hijos, y una última carta que siempre llevaban consigo por si no salían con vida del combate, esperando que algún camarada se la hiciera llegar a su ser querido. Ivonne hizo tres rondas por el infierno en el que quedó convertida la estación. Vio a Rivas, que auxiliaba a un camarada herido sobre el arcén: a juzgar por los alaridos, había recibido el impacto de una bala explosiva, temidas por el dolor y los desgarros que producían en los cuerpos.

—¡Rivas, ¿has visto a Gros?! —le preguntó a unos metros.

—¡No! —gritó él sin apartar los ojos de la herida.

No había rastro de él. Pensó que quizá se había adentrado en el bosque detrás de los alemanes huidos, pero era poco probable. En ese momento, uno de los camaradas solicitó su ayuda: asomaban por su abdomen unos centímetros de intestino. Ivonne los introdujo de nuevo en la cavidad ventral con las manos —como le habían enseñado a hacer en el curso de enfermería de la estación de tren de Losinoostrovkaya, nada más llegar a Moscú—, le arrancó un trozo de tela que empapó en permanganato de potasio rebajado —los guerrilleros solían llevarlo encima para realizar las primeras curas a los heridos en combate— y envolvió la zona afectada con un vendaje lo más apretado que pudo. «Asegúrate de que permanece despierto. Si para conseguirlo tienes que echarle sal sobre la herida, lo haces», ordenó al guerrillero que mantenía al herido. Sobre el terreno no se podía hacer nada más.

Gros seguía sin aparecer. Ivonne preguntó a varios guerrilleros por él, pero nadie lo había visto. La mayoría de los heridos y muertos ya estaban en los carros. Los partisanos que se habían adentrado en el bosque persiguiendo a los alemanes huidos ya habían regresado. Nadie sabía nada del camarada Gros, como si se lo hubiese tragado la tierra. Ivonne realizó la enésima ronda, y entonces lo vio.

Estaba tendido boca abajo cerca de las vías del tren; lo reconoció por sus botas de fieltro, unas *valenki* que Rivas le había conseguido porque siempre se estaba quejando del frío y había visto demasiadas amputaciones de pies congelados, completamente ennegrecidos, de otros camaradas. Era algo que le obsesionaba. Corrió hacia él, le dio la vuelta y le buscó el pulso. No se lo encontraba. Acercó la oreja a la nariz y a la boca de Gros; respiraba, pero muy débil, y tenía la boca llena de sangre. Fue entonces cuando reparó en la que tenía en el pecho. Le abrió la chaqueta y la camisa, y siguió el recorrido de la hemorragia hasta localizar la herida: una bala le había entrado por el hombro. Volvió a girarlo para comprobar si tenía orificio de salida: el proyectil seguía dentro, seguramente instalado en algún músculo o, lo que sería más grave, en algún órgano vital, quizá en un pulmón, teniendo en cuenta la entrada de la bala y su posible trayectoria. Comprobó que la sangre de la boca era consecuencia de un vómito y no de una herida en la cavidad bucal; tenía el pulmón afectado, bien por resto de metralla o por la propia bala. Solo había una posibilidad de que salvara la vida y era que la bala no fuese explosiva. Llamó a gritos a Rivas para que se acercara y este lo hizo con un grupo de guerrilleros, que recogieron el cuerpo de su camarada y lo depositaron en un carro. Lo llevaron rápidamente al campamento para que los médicos le operaran con urgencia.

Se habían instalado quirófanos al aire libre, cercados por el telar de varios paracaídas, y se habían habilitado más camastros para los heridos; algunos de ellos estaban siendo operados en ese momento. Muchos presentaban gangrena gaseosa, lo que requería una amputación rápida para evitar una muerte segura. Aunque los heridos que podían hablar rogaban que no les cortaran la pierna o el brazo, los síntomas no dejaban lugar a duda: inflamación, pigmentación parduzca, tejido rojo ladrillo, fiebre alta, pulso rápido, crepitación, secreción acuosa con olor a ácido sulfhídrico... Las órdenes de los médicos se escuchaban en todo el campamento: «Aplica ahí sulfanilamida», «Aspira la herida intratorácica, tapónala con compresas y sutura», «Tiene perforaciones contiguas múltiples, necesita resección intestinal», «¡Hay que amputar ya, necesito éter!», «¡Quince miligramos de sulfato de morfina!»...

Gros despertó al día siguiente, casi veinticuatro horas después, algo desorientado y entre gritos. Le llevó unos minutos serenarse, con ayuda de Ivonne, que había permanecido a su lado la mayor parte del tiempo, cuando no se requería su presencia para otros menesteres.

—¡Joder! ¡Si no estoy muerto! ¡Aún estoy vivo! —gritó.

—A ti no hay manera de matarte —le dijo ella.

—¡Ya era hora, pedazo de holgazán, que llevas durmiendo casi un día! —lo celebró Rivas, al escuchar los gritos—. Ya estoy aburrido de hacer todo el trabajo yo solo.

Pasaron la siguiente hora poniéndole al día sobre el resultado final del combate, las bajas entre los suyos y la situación del contingente y del vivac.

—¿Viajaba Hitler en el tren blindado? —quiso saber Gros.

—El águila en cuestión resultó tener un plumaje menos vistoso —informó Medvédev, que acababa de acercarse al saber que su hombre había despertado—. Pero fue una buena jornada de caza. Les hemos hecho daño, también en la moral, y esa es una zona muy delicada para los alemanes.

—Los estamos dejando sordos con nuestros hurras guerrilleros —añadió Rivas.

—Guerra psicológica —intervino Ivonne, y Medvédev resopló a su lado:

—No empiece otra vez con Hitler.

—No viene de él. Eso es así desde que el hombre es hombre, es decir, desde que empieza a tener enemigos y está dispuesto a morir y a vivir para defender su patria y su identidad —explicó la violinista, a quien le pareció buen tema de conversación para distraer a Gros—. ¿Habéis oído hablar del Ka Mate? Es una haka maorí, una danza guerrera que compuso Te Rauparaha, jefe de la tribu Ngati Toa, hace más de un siglo, después de salir con vida de un encuentro con el enemigo. La acompañan con unos gritos a modo de canción: *Ka mate! Ka mate! Ka ora! Ka ora!* «¡Muero! ¡Muero! ¡Vivo! ¡Vivo!».

—¿Me estás diciendo que me levante a danzar? —bromeó Gros—. Bonita manera de pedirme un baile.

—Ya ha oído, camarada: vaya preparándose —le aconsejó Medvédev, antes de volver a su tienda para encargarse de otros temas urgentes en el campamento, como la transmisión por radio de la petición realizada a Moscú de enviar un avión para recoger a los numerosos heridos que había en el campamento—. Camarada Ivonne, la necesito conmigo, en la radio.

Dejaron solo a Gros y, al ladear la cabeza, vio sobre una de las camillas improvisadas el cuerpo sin vida del joven de quince años a quien había acogido en el grupo a petición de su madre. Prometió que si salía de esa, iría a la aldea para informar a la mujer personalmente. Cumplió su promesa días más tarde, cuando pudo incorporarse y acercarse al pueblo. La madre del joven no lloró. Era el quinto hijo que los alemanes le habían matado. Ya no le quedaban lágrimas. Tampoco las necesitaba.

Durante los días posteriores al ataque al tren blindado, Ivonne apenas se separó de la radio. Medvédev aguardaba la respuesta de Moscú y, cuando por fin llegó, no fue la esperada. Las condiciones estratégicas, la marcha de la guerra y las consecuencias del último ataque contra los nazis no lo permitían. El temor de Moscú coincidía con los mensajes que recibió la violinista a través de la estación de radio: los alemanes preparaban una gran ofensiva contra los soviéticos como respuesta al ataque contra su tren en la estación de Zdolbúnov. Los informes remitidos desde otros campamentos hablaban de una campaña militar contra los guerrilleros orquestada por el comisario del Reich en Ucrania, el temido Erich Koch, nombrado por el propio Adolf Hitler. Su principal cometido era arrasar con la presencia soviética en las proximidades de Rovno, así como la persecución y detención de polacos, judíos ucranianos y rebeldes locales, que enviaba a los campos de concentración nazis o ajusticiaba en el acto, así como la planificación de asesinatos masivos de civiles ucranianos. Junto a él, el coronel de las SS, Joachim Peiper: hombre de confianza del *Reichsführer* de las SS, Heinrich Himmler. Ambos se encargaron de llevar a cabo operaciones de castigo contra la población ucraniana, quemando varias aldeas y ejecutando a sus vecinos, y también contra los guerrilleros soviéticos.

Ante esas informaciones, los soviéticos se vieron forzados a desplazar el campamento hacia otra ubicación del bosque, huyendo de un más que posible ataque. La confirmación llegó de boca de un hombre vestido con el uniforme negro de las unidades Panzer, que intentaba ocultar bajo una *Wenderjake* reversible, la parka alemana. Lo habían encontrado merodeando por los alrededores del campamento de Medvédev y lo traían preso. Cuando Ivonne lo vio y a pesar del uniforme, lo reconoció al instante; imposible olvidar aquel rostro aniñado y el pelo rubio de aquel joven de profundas convicciones, un tanto bohemias, con quien había coincidido en Moscú durante su periodo de instrucción.

—¡Soltadle! —gritó la violinista para sorpresa de Medvédev—. No es alemán, es uno de los nuestros. Es el camarada Nikolái Ivánovich Kuznetsov, un guerrillero y espía soviético.

El NKVD lo había reclutado, y él mismo se había ofrecido para combatir como partisano en Ucrania. El 25 de agosto de 1942, dos meses después de que lo hiciera el grupo de «Los Vencedores», el joven fue lanzado en paracaídas sobre Ucrania. Desde entonces, y gracias a su conocimiento del idioma alemán, se había infiltrado en los círculos nazis próximos a Erich Koch, lo que le dio la opción de realizar numerosos actos de sabotaje y atentados contra colaboradores cercanos al comisario del Reich en Ucrania. Siempre vestía un uniforme alemán con rango de teniente, lo que no pocas veces le puso en una situación complicada con sus verdaderos camaradas, los guerrilleros soviéticos.

Cuando los nervios se calmaron y la desconfianza hacia Kuznetsov desapareció, el espía pudo explicar por qué estaba allí arriesgando su vida.

—Llevo once meses sobre el terreno, trabajando mano con mano con los alemanes. Sabía de vuestra presencia en estos bosques y del ataque que planeabais contra el tren blindado. Yo mismo intercepté algunos de esos mensajes. Unos días antes, intenté comunicarme con vosotros por radio para advertiros de que los nazis estaban en la zona provistos de localizadores goniométricos. Mandé varios mensajes utilizando los códigos correctos para que pudierais descifrarlos, buscando que abortarais el envío por radio de más detalles de la operación.

—¡Fuiste tú! —exclamó Ivonne, que nunca supo quién había enviado ese radiograma—. Yo recibí ese mensaje. No estaba completo, pero me bastó para atar cabos. ¿Por qué no utilizaste el nombre de Grachov? —preguntó, refiriéndose a su alias.

—No quise arriesgarme. No sabía si los alemanes interceptarían ese mensaje, pero supuse que lo recibisteis cuando, al intentar comunicar de nuevo con vosotros, me fue imposible encontrar vuestras señales. Quise pensar que habíais descifrado el mensaje y optado por silenciar las radios. Y cuando vi al chico que enviasteis, no tuve dudas. Le conocía de antes, le había visto en la aldea y sabía que lo habíais acogido en vuestro campamento. Procuré que no me viera: el uniforme le habría asustado y a saber cómo hubiera reaccionado, pero me encargué de protegerle hasta que entregó el mensaje a los guerrilleros en la estación de Zdolbúnov.

—Ahora todo encaja —asintió Ivonne.

—¿Y por qué te has arriesgado a presentarte en el campamento? —preguntó Medvédev—. Sabemos que estamos bajo la amenaza de un ataque alemán después de lo del tren blindado. Te podíamos haber matado.

—Ese peligro lo vivo a diario. Desde que conseguí llegar hasta la guardia de Erich Koch y entrar en su círculo más próximo, he atentado varias veces contra ellos; la última, contra el casino de oficiales alemanes, y he asesinado a varios de sus hombres de confianza y a otros altos cargos militares nazis. Pero cada día es más complicado. Koch sospecha que hay un traidor, un topo entre sus filas; no se explica cómo se puede romper permanentemente su barrera de seguridad. —Kuznetsov hizo una pausa para coger la taza de café que le ofrecía Medvédev—. Pero correr el riesgo de presentarme aquí era necesario. Debo informaros de algo: están planeando una ofensiva contra la Unión Soviética en Kursk, en los primeros días de julio. Y también he oído que planean una posible operación en Teherán durante el mes de noviembre. Interceptaron un código de la Armada de Estados Unidos informando sobre una reunión que se celebrará en Irán, eso les dio la idea. —Guardó silencio para que sus camaradas empezaran a encajar los datos.

—¿Noviembre de 1943 en Teherán? —repitió Medvédev, más como brújula de sus pensamientos que como mera pregunta. Cuando halló el norte en sus elucubraciones, le cambió el gesto—. Planean asesinar a Stalin, a Churchill y a Roosevelt. Quieren descabezar a los principales aliados de la Segunda Guerra Mundial —dijo, y obtuvo la confirmación en la mirada del espía soviético.

—Eso es imposible. ¿A los tres juntos, al presidente estadounidense, al primer ministro británico y al líder de la Unión Soviética? —preguntó Gros.

—Se trata de la operación Weitsprung. Es algo que viene de arriba —explicó Kuznetsov.

—¿Cómo de arriba? —quiso saber Medvédev.

—Del ático del cielo. De Adolf Hitler. Ya ha dado su aprobación. Él mismo ha designado al general de las SS Ernst Kaltenbrunner, para planificarlo. Íntimo colaborador de Himmler y de Koch, gran amigo del coronel Joachim Peiper... Una maldita cadena nazi. El mismo Koch me lo comentó, al igual que me insinuó la ofensiva de Kursk, y uno de mis contactos en los servicios secretos alemanes me lo ha confirmado. Así es como ha llegado a mí. Y así debéis comunicárselo a Moscú; yo no puedo arriesgarme ahora mismo a hacerlo —reconoció Kuznetsov, que sentía la necesidad de explicar, no la veracidad de su información, sino el riesgo asumido para presentarse en el destacamento soviético más cercano, que en su caso era el de Medvédev—. No soy un suicida, amo la vida, aún soy muy joven. Pero si para la patria, a la que amo como a mi propia madre, es necesario sacrificarla, lo haré. Que sepan los fascistas de qué es capaz un patriota ruso y bolchevique. Que sepan que es imposible someter a nuestro pueblo, como es imposible apagar el sol. Aunque muera, en el recuerdo de mi pueblo, los patriotas son inmortales... «¡Aunque mueras! ¡Mas en la canción de los audaces y fuertes de espíritu tú serás un ejemplo vivo, un orgulloso llamamiento a la libertad, a la luz!» —dijo, recitando de memoria las últimas frases, haciéndolas suyas. En realidad, tenía memorizada toda la arenga, la misma que escribió en una carta y entregó a sus compañeros para que la hicieran pública en caso de ser asesinado—. Es de mi obra favorita de Gorki, espero que la juventud de todo el mundo, especialmente la soviética, lo lea con frecuencia.

Todos los guerrilleros acogieron la soflama con el pecho hinchado. A esas alturas de la guerra, en el corazón partisano de la Ucrania ocupada, les reconfortó oír el discurso entregado y sentido de un joven patriota. Todos se sintieron identificados con él. Especialmente Ivonne, a quien la mención de Gorki la retrotrajo a los días de la Comisión Dewey en el lejano Coyoacán, en la primavera de 1937, cuando Trotski se quejaba de los ataques del escritor ruso contra su persona. El pasado seguía con su particular ronda de visitas.

Aquella misma noche, mientras el resto de los guerrilleros desmantelaba el campamento, una única violinista se encargó de transmitir a Moscú el mensaje de Nikolái Kuznetsov. Ivonne estuvo tentada de incluir el fragmento de Gorki en el informe, pero no quería perder tiempo. El radiograma que recibieron en el Kremlin fue breve, conciso e incendiario.

De camino al nuevo emplazamiento, oyeron los bombardeos alemanes sobre las aldeas que habían dejado atrás. Su campamento habría corrido la misma suerte si la visita de Kuznetsov no hubiese precipitado la huida. Empezaba a amanecer. Mientras veían el resplandor lejano de las explosiones en el horizonte, donde se hermanaba con las llamas que escalaban hacia el cielo desde las casas incendiadas, Ivonne volvió a pensar en el joven espía Nikolái Ivánovich Kuznetsov y en sus palabras.

Él tenía razón: seguía siendo imposible apagar el sol.

28

—¿Por qué siempre parece que hay alguien tosiendo en el micrófono? —preguntó Rivas, al escuchar los ruidos en la señal de la radio—. Es como si Levitán estuviese expectorando sangre, como si tuviera restos de metralla en los pulmones, igual que le pasó a Gros cuando no paraba de vomitar.

—Gracias por recordármelo, camarada —musitó el aludido.

Las voces de Rivas y Gros no la ayudaban a sintonizar correctamente la señal. Aquel día, 7 de noviembre de 1943, era una fecha importante. No solo porque se conmemoraba el 26.º aniversario de la Revolución rusa, sino porque todavía resonaba el eco de la victoria soviética del día anterior sobre los alemanes, cuando el Ejército Rojo liberó Kiev, la capital de Ucrania. La batalla de Kursk, la denominada operación Ciudadela —una de las más importantes de la Segunda Guerra Mundial, en la que participaron tres millones de soldados, 6.600 tanques y 4.400 aviones, gracias en parte a la información facilitada por Nikolái Kuznetsov—, significó el principio del fin de la ofensiva nazi por el este y los primeros signos de la derrota alemana en la guerra. Por esa razón, los guerrilleros se agolparon alrededor del altavoz de la radio; querían escuchar la sesión solemne del sóviet de Moscú antes de celebrarlo por todo lo alto en el campamento.

—¡Queréis callaros! —exclamó Ivonne con tono de institutriz, ese que sus camaradas temían más que al propio Medvédev—. Así no hay manera de oír nada. Solo escucho *El lago de los cisnes* y, encima, con interferencias dobles: las de la radio y las vuestras. Ni con los auriculares logro encontrar la señal. Así que u os calláis u os planto a Tchaikovski.

Por fin, la española limpió la voz de Yuri Levitán, el locutor de Radio Moscú, se quitó los auriculares y encendió el altavoz para que todos pudieran oírlo. Los guerrilleros escucharon las primeras palabras del presentador convertidas en consignas: «Habla Moscú. ¡Gloria a nuestras guerrilleras y guerrilleros!», a las que respondieron todos a una con el «¡Hurra!» partisano. Las violinistas se dispusieron a copiar el informe del presidente del Comité del Estado de Defensa y la orden del jefe supremo. Después de la solemnidad de los discursos oficiales, llegó la celebración guerrillera. La moral estaba alta en el campamento. Comenzaron escuchando «La marcha de los entusiastas», de Isaak Dunayevski. Según contaron los camaradas, al joven se le consideraba el Mozart soviético y no había festejo en la URSS que no comenzara con aquella composición. Luego fue el turno de canciones más populares, que los guerrilleros entonaban a voz en grito y que casi siempre tenían como protagonistas a jóvenes soviéticas pacientes y patrióticas que esperaban a que su amado regresara de la guerra. Aunque la melodía más habitual entre los soviéticos era una a la que denominaban «La chabola», una canción sobre la historia de un acordeón, un amor ausente, la muerte y la felicidad, que Ivonne nunca llegó a entender. Su preferida era «Katyusha», compuesta en 1938 por Matvéi Blánter con letra de Mijaíl Isakovski y cuya versión más popular era la que cantaba Lidia Ruslánova. Se convirtió en un himno durante la Segunda Guerra Mundial y no había guerrillero que no se dejara llevar por su pegadizo estribillo.

Florecían manzanos y perales,
flotaba neblina sobre el río;
a la orilla salió Katyusha,
a la alta, escarpada ribera.

Había visto llorar a guerrilleros escuchando esa melodía sobre una joven que añoraba a su amor y aguardaba su regreso del servicio militar. Compartía el nombre con el lanzacohetes soviético MB-13, los temidos Katyusha, una de las armas secretas de la Unión Soviética que resultó devastadora para los alemanes, que los bautizaron como «los órganos de Stalin», por la similitud de la batería de cohetes con el tubo musical de un órgano y con su sonido cuando se disparaban.

Los cánticos alrededor de la hoguera dieron el relevo a los bailes. Ivonne los conocía todos y se divertía observando a sus camaradas entregados a la danza, pero nunca participaba de manera activa: el Gopak ucraniano, el Chechetka y el Kamarínskaya soviéticos, el Lezginka georgiano... Durante esa jornada, Medvédev había dado permiso para dejar las restricciones sobre el alcohol a un lado.

A principios de 1944 recibieron un nuevo envío de fardos con municiones, víveres, baterías de radio y varios ejemplares del diario *Pravda*. En uno de ellos, con fecha 17 de diciembre de 1943, se informaba del asesinato del juez del Tribunal Supremo de Ucrania en la ciudad de Rovno, el SA *Oberführer* Alfred Funk, el 16 de noviembre de 1943, mientras se encontraba en su despacho. No tuvieron dudas de la identidad del autor de aquella ejecución: Nikolái Kuznetsov llevaba mucho tiempo intentando asesinar a los más próximos a Erich Koch, incluso a él mismo, como planeó hacer por primera vez el 20 de abril de 1943, pero siempre había fracasado. Cuando Ivonne se enteró del secuestro de un general jefe de las tropas especiales orientales, y del conductor personal de Koch, tampoco necesitó confirmación de la autoría.

Otro de los ejemplares de *Pravda*, del 19 de diciembre de 1943, informaba de la declaración del presidente de Estados Unidos, Franklin D. Roosevelt, durante una conferencia de prensa sobre la verdadera razón por la que se había instalado en la embajada soviética y no en la estadounidense:

> El mariscal Stalin me comunicó la organización de un posible atentado contra la vida de todos los participantes en la Conferencia de Teherán. Me rogó que me instalase en su embajada para evitar trasladarme por la ciudad donde, al parecer, se encontraba un centenar de espías nazis. Para los alemanes era un asunto bastante ventajoso si hubiesen podido acabar con el mariscal Stalin, con Churchill y conmigo durante nuestra estancia en Teherán.

Al leer las palabras de Roosevelt, en su cabeza solo podía ver el rostro de Kuznetsov. Se sintió orgullosa de su camarada, de todos, también de ella misma.

Pero la alegría motivada por las informaciones que llegaban al campamento no duró mucho: en una de sus últimas transmisiones por radio, recibió una noticia que logró desolarla. La muerte del guerrillero y espía Nikolái Ivánovich Kuznetsov, alias Grachov, el 9 de marzo de 1944. El cable hablaba de que la muerte se había producido durante un combate con el Ejército Insurgente Ucraniano cerca de la ciudad ucraniana de Leópolis, al confundirlo con un oficial alemán de las SS. Otro informe enviado desde Moscú calificaba la pérdida de acto heroico por parte del joven espía que, al verse rodeado por nacionalistas ucranianos y antes de ser capturado vivo, se suicidó con una granada. La realidad era que el joven guerrillero que citaba a Gorki y que veneraba a la patria como a su madre había muerto a los treinta y dos años. La última vez que Ivonne había pensado en él fue al leer una noticia publicada en *Pravda* el 15 de febrero de 1944 y acontecida en Estocolmo:

> Según informa la agencia Aftenbladet, en una calle de Lvov, a plena luz del día, un desconocido vestido con el uniforme militar alemán mató al vicegobernador de Galitzia, el general Otto Bauer, y a un alto funcionario. El autor no fue detenido.

Sabía que había sido Kuznetsov.

La vida del joven espía no era lo único que llegaba a su fin en aquellos primeros meses de 1944. Fue Medvédev quien le dio a Ivonne la noticia de que su aventura en los bosques de Ucrania había terminado.

—Kiev liberado por el ejército soviético, Rovno evacuada por los nazis, muchas ofensivas de los alemanes descabezadas por el Ejército Rojo... Nuestra labor aquí está finalizando. Hemos estado a la altura, como buenos patriotas y guerrilleros soviéticos. No nos ha temblado el pulso a la hora de realizar sabotajes contra el enemigo, dinamitar puentes y trenes, vigilar carreteras estratégicas, infiltrarnos en las líneas enemigas para conseguir información y pruebas. Hemos velado por la seguridad de los ucranianos y reforzado su resistencia contra el opresor nazi, hemos localizado campamentos alemanes, sus tropas, sus reuniones clandestinas. Hemos liquidado a más de doce mil soldados y oficiales nazis como también a sus colaboradores, los nacionalistas ucranianos, un número muy superior a nuestras pérdidas humanas: ciento diez muertos y doscientos treinta heridos que lamento cada día. Hemos interceptado sus mensajes y confiscado su armamento, sus mapas, sus estaciones de radio y sus códigos, aun a riesgo de nuestras propias vidas. Y ahí entra usted, camarada Ivonne, una de mis mejores violinistas y una guerrillera infatigable. Y quiero felicitarla por ello. Esta unidad no hubiese sido la misma sin usted y estoy convencido de que tampoco usted será la misma después de formar parte de «Los Vencedores». Ahora toca regresar a casa. Volvemos a Moscú, donde la esperan grandes cosas.

—Camarada comandante... —se limitó a decir Ivonne, impedida por un nudo en la garganta, pero henchida de valor por las palabras de Medvédev, que todavía quiso sincerarse un poco más con ella.

—Me lo ha hecho pasar mal, camarada —bromeó.

—Yo podría decir lo mismo. Llegué a pensar que quería deshacerse de mí.

—No crea, ese pensamiento me cruzó la mente en varias ocasiones pero siempre terminé desechándolo. En el momento oportuno, aparecía diciendo o haciendo algo que me convencía de lo contrario... Eres la definición perfecta del guerrillero: valiente, resistente y terca —la tuteó por fin, tras tantos meses de guerra a su lado. Y aún tenía algo más que confesar—: Quiero que sepas que he solicitado al Sóviet Supremo el título de Héroe de la Unión Soviética para Nikolái Kuznetsov. Pensé que te gustaría saberlo.

Ivonne regaló a su comandante una de sus últimas sonrisas en tierras ucranianas.

Después de casi dos años en los bosques de Ucrania, en abril de 1944 el grupo de «Los Vencedores» de Medvédev regresaba a Moscú. Lo hicieron como héroes y como tal fueron condecorados. Tocaba hacer recuento de los méritos y todos tuvieron el suyo. También África de las Heras recibió varias medallas, aunque lo que más ilusión le hizo fue recibir un certificado por parte de la dirección de las Unidades Especiales del Ejército Rojo de la URSS, con fecha de 4 de abril. Leyó una y mil veces el texto de aquel pergamino con pretensiones de currículo de méritos.

> Este documento certifica que África de las Heras formó parte de una unidad especial guerrillera desde junio de 1942, mostrando siempre su condición de valiente soldado y eficaz radista. Por su brillante labor, la camarada De las Heras fue laureada con la Orden de la Estrella Roja y la Medalla de Guerrillera de primer grado, y se la propuso para la condecoración de la Gran Guerra Patria.

Al leerlo recordaba cada noche en el campamento, cada conversación, confidencia, canción y silencio alrededor de la hoguera, cada nombre y cada rostro de los campesinos ucranianos, cada mensaje transmitido, cada código descifrado, cada ruido y cada sombra escondida en los bosques de Ucrania, cada ráfaga de ametralladora, cada camarada muerto en sus brazos, cada aliento del teniente nazi sobre su cara, cada expresión de los oficiales alemanes al sentir la amenaza de su Mauser apuntando a sus cabezas, cada broma de Rivas, cada ánimo de Gros, cada mirada de Medvédev, cada cursilería de Eusebio, cada queja de Fraile, cada palabra de Oxana, cada destello azul de la mirada Anna... Todo quedaba encerrado entre las líneas de aquel certificado de la Unidad Especial Guerrillera. Por eso significaba tanto para ella.

El Primero de Mayo de 1944 fue especial para todos los españoles que formaron parte de la unidad de «Los Vencedores» del comandante Dmitri Medvédev. Todos ellos se reunieron alrededor de una mesa para celebrar la festividad del trabajador y hacerlo con una fabada asturiana, un manjar que hizo que Rivas derramara más de una lágrima de nostalgia. La cocinera y anfitriona había conseguido los ingredientes necesarios en un Moscú que adolecía de falta de productos. Pero ella podía lograrlo. Dolores Ibárruri se encargó de obtener las fabes, el tocino, el chorizo y la morcilla, y preparar la sabrosa fabada que agradó al paladar de todos los convidados. Nunca habían comido una igual, y estaban seguros de que jamás volverían a degustar una como aquella.

Ese día apenas se habló de la situación política en España. La sombra de la URSS era demasiado alargada. Fue la Pasionaria la única que se refirió brevemente a ella. «A veces hay que sacrificar lo que más quieres. Sacrificar la República fue doloroso pero necesario. Tenía que perderse y la perdimos a favor de una misión mayor: el destino de la URSS, la casa mayor del comunismo, la patria de los revolucionarios».

Lo que sí hicieron todos fue brindar por los camaradas que no estaban porque se quedaron bajo la tierra de los bosques ucranianos, y recordarlos con sonrisas, hurras guerrilleros, pero nunca con lágrimas.

Desde el regreso a Moscú, África esperaba órdenes. Prefirió no encontrarse con sus antiguos camaradas, ni siquiera con los que compartió espíritu guerrillero en los bosques de Ucrania ni con los que colaboró de la flema revolucionaria en España y en México, aunque tuvo contacto y comunicación con estos últimos cuando así lo requerían ellos.

Fue durante las celebraciones del Día de la Victoria, el 8 de mayo de 1945, cuando quedó con José Gros. Un encuentro con sabor a despedida, a pesar del vodka con el que llenaron sus vasos para brindar por la derrota del fascismo y la victoria de los aliados en la Segunda Guerra Mundial, la Gran Guerra Patria para los soviéticos. Habían sido seis años de guerra, de muerte, de batallas ganadas y perdidas, hasta llegar al suicidio de Hitler y la rendición de la Alemania nazi. El arma que empleó el Führer para quitarse la vida fue motivo de bromas por parte de África, que recordaba cómo Yure, el traductor ucraniano, se ofreció a conseguirle una Walter del número 2 porque se ajustaba más a las características de una mujer, al ser más fácil apretar su gatillo. Hitler se había suicidado con un arma recomendada para las mujeres por su fácil manejo. «Y tú le soltaste que no necesitabas que el arma fuera fácil de manejar, sino rápida», se rio Gros al recordar la cara que se le quedó al chaval. Aquella anécdota alimentó más de una vez las bromas alrededor de la hoguera del campamento, casi tanto como el comentario del general Rodión Malinovski asegurando que la guerra no era un asunto de mujeres, el mismo general que mes y medio más tarde, el 24 de junio de 1945, participaría en el Desfile de la Victoria en la plaza Roja. «A pesar de ese comentario, siempre me cayó bien —aseguraba África—. Alguien que después de participar en la guerra civil española sale de España con un ejemplar de *Bodas de sangre* de Federico García Lorca en la maleta merece todos mis respetos».

Ese 8 de mayo de 1945, el adiós les quemaba en la garganta más aún que aquel *samohón horilka* de Oxana, y por unos instantes se abandonaron a un silencio cargado de memoria.

—Regreso a España —confesó Gros al fin—. Allí todavía hay mucho que hacer, aunque sea desde la clandestinidad. Y tú, ¿qué tienes planeado? ¿Sabes ya dónde vas a ir?

—Yo estaré donde tenga que estar, como siempre. Iré donde me necesiten —respondió África, que vio cómo su camarada sonreía ante su falta de concreción. Gros sabía que el servicio de inteligencia de la URSS tenía grandes planes para ella, al igual que entendía que no podía compartirlos ni siquiera con él—. Pero no olvido tus enseñanzas. No cometeré el error del novato, salir corriendo nada más tirar la granada: hay que echarse a tierra y esperar a escuchar la explosión. Y ahí estoy yo ahora mismo, en la tierra, la mejor amiga del guerrillero.

África de las Heras era consciente de que su lugar no estaba en España. Lo que no sospechaba es que el mapa del mundo volvería a plegarse a modo de alfombra para que encaminara sus pasos sobre ella. Fue en la Lubianka donde le comunicaron su nuevo destino, después de que se le concediera la ciudadanía soviética.

—París es una ciudad preciosa en primavera, ¿no le parece, camarada?

El itinerario ya estaba preparado. Un avión la trasladaría hasta Berlín. Desde allí, a bordo de un coche negro, de esos que tanto le gustaban a Leonid Eitingon, atravesaría Alemania con un pasaporte falso para, más tarde, subir a un tren que la llevaría a la capital francesa, donde la esperaba una nueva sombra y una nueva identidad.

Ella solo tuvo que elegir el nombre que utilizaría como agente ilegal para comunicarse con el Centro. No lo dudó. Sería Patria. Era un homenaje al país que consideraba su verdadero hogar, la URSS, una manera de mostrar lo que el corazón y la cabeza sentían como su auténtica nación.

Los primeros rayos de sol a través de la ventanilla del vagón en el que viajaba con destino a París le devolvieron el recuerdo de Nikolái Kuznetsov: «Es imposible apagar el sol. ¡Aunque mueras! Mas en la canción de los audaces y fuertes de espíritu, tú serás un ejemplo vivo, un orgulloso llamamiento a la libertad, a la luz».

Una vez más, se encaminaba a la luz. En esa ocasión, a la ciudad que la congregaba toda.

La Ville Lumière la esperaba.

París

5 de marzo de 1946

Pues voló entre las ráfagas el Ángel de la Muerte
y tocó con su aliento, pasando, al enemigo:
los ojos del durmiente fríos, yertos, quedaron,
palpitó el corazón, quedó inmóvil ya siempre.

LORD BYRON, *La destrucción de Sennacherib*

29

La voz de Winston Churchill sonaba metálica a través de la rejilla del aparato de radio de color ámbar que África de las Heras tenía sobre el aparador del salón de su apartamento de París.

«Desde Stettin, en el Báltico, hasta Trieste, en el Adriático, ha caído sobre el continente un telón de acero. Tras él se encuentran todas las capitales de los antiguos Estados de Europa central y oriental. Varsovia, Berlín, Praga, Viena, Budapest, Belgrado, Bucarest y Sofía, todas estas famosas ciudades y sus poblaciones y los países en torno a ellas se encuentran en lo que debo llamar la esfera soviética, y todos están sometidos, de una manera u otra, no solo a la influencia soviética, sino a una altísima y, en muchos casos, creciente medida de control por parte de Moscú».

Con el mismo vigor de siempre y la capacidad de oratoria intacta, ese 5 de marzo de 1946 Churchill pronunciaba su discurso en el Westminster College de Fulton, en Misuri, donde iba a ser investido doctor *honoris causa* junto al presidente de Estados Unidos, Harry S. Truman, que se encargó de presentar a su colega al inicio de su discurso. En la parte superior del primer folio, escrito a máquina, un tachón cruzaba el título inicial «Los pilares de la paz», sobre el que alguien había escrito a mano uno nuevo: «Telón de acero».

Winston Churchill seguía hablando a través de la radio:

«Por cuanto he visto de nuestros amigos los rusos durante la guerra, estoy convencido de que nada admiran más que la fuerza y nada respetan menos que la debilidad, en especial la debilidad militar. Es preciso que los pueblos de lengua inglesa se unan con urgencia para impedir a los rusos toda tentativa de codicia o aventura».

El 8 de mayo de 1945, Churchill se había asomado al balcón del palacio de Whitehall en Londres para saludar a la multitud reunida tras conocer la rendición de Alemania, la claudicación del nazismo y la victoria de los aliados. Ese día lo vitorearon como a un héroe; dos meses después, le daban la espalda en los comicios. El hombre que había participado activamente en la derrota del nazismo ya no era el primer ministro: en julio de 1945 el Partido Laborista ganó con inmenso margen las elecciones y Clement Attlee se hizo con el poder, con la promesa de edificar un nuevo estado del bienestar sobre las cenizas de la Segunda Guerra Mundial. Aquella traición del pueblo británico llamó poderosamente la atención del mundo, que no entendió semejante muestra de ingratitud, pero a África no le sorprendió; como decía Stalin, las masas suelen ser desagradecidas, olvidan rápido y tienden a recordar lo que se les insta a recordar desde determinados estamentos.

«Se presenta ahora una oportunidad clara y brillante para nuestros países respectivos. Negarse a admitirla, o dejarla marchitarse, nos haría incurrir durante mucho tiempo en los reproches de la posteridad. [...] La edad de piedra puede presentarse bajo las alas deslumbrantes de la ciencia. [...] Tened cuidado, os digo, es posible que apenas quede tiempo».

Desde el otro lado del Atlántico, rodeado de estudiantes y de micrófonos, hambrientos ambos de palabras, anuncios y revelaciones, Winston Churchill acababa de bautizar su nueva misión: la Guerra Fría. El mundo comenzaría a utilizar el nombre de la nueva amenaza que aterrorizaría al orden internacional, como años antes había hecho el fascismo: el telón de acero. África sonrió al escucharlo.

En realidad, no era Churchill el autor del concepto: el término «telón de acero» ya lo había utilizado el ministro nazi Goebbels, y mucho antes, en 1917, el ruso Vasili Rózanov. Pero a nadie parecía importarle la autoría, sino la autenticidad de las palabras.

Y de estas últimas, la radio seguía despachando una buena ración.

«Una sombra se cierne sobre los escenarios que hasta hoy alumbraba la luz de la victoria de los aliados. Nadie sabe qué pretende hacer la Rusia Soviética y su organización Comunista Internacional en el futuro inmediato, ni cuáles son los límites, si existe alguno, a su tendencia expansiva y proselitista».

Las palabras del otrora primer ministro británico cesaron al mismo tiempo que ella terminó de arreglarse, ajena a la conmoción que el discurso causaba en el mundo. Se miró en el espejo: el maquillaje suave, los labios pintados de un color rojo pasión, la sombra de ojos llamativa con un grueso kohl negro que bordeaba sus pestañas —esas que Gros decía que parecían teclear mensajes en morse— y ampliaba su mirada, dándole una expresión felina, el colorete marcando sus pómulos... Esa era su nueva sombra, quizá la misma que se cernía «sobre los escenarios que hasta hoy alumbraba la luz de la victoria de los aliados», de la que hablaba Churchill. Se separó unos pasos del espejo para observar su imagen de cuerpo entero. Había sido un acierto el color de su traje chaqueta: el rojo siempre le había sentado bien, sobre todo cuando la tela se ceñía como un guante, resaltando su cintura, su pecho y unas prominentes caderas; una retaguardia que, como le había dicho muchas veces Eusebio en los bosques de Ucrania, para sí quisieran los nazis. Pero ninguno de ellos estaba allí. Solo ella, tan distinta a la violinista Ivonne en los bosques ucranianos, a la limpiadora Znoy en el París de la Resistencia frente a los nazis, a la secretaria y traductora María de la Sierra infiltrada en la Casa Azul para espiar a Trotski mientras se planificaba su asesinato, a la férrea interrogadora África de las Heras en la checa de San Elías que patrullaba las calles en Barcelona... Como había hecho en aquellas ocasiones anteriores, pronunció su nuevo nombre ante el espejo: «María Luisa de las Heras», repitió varias veces.

Esa era su nueva identidad, su actual tapadera, su renovada sombra. Una exiliada española, joven, de exuberante belleza, con la palabra «viuda» en la casilla de su estado civil y modista de profesión, que había llegado a París hacía dos meses, en enero de 1946, para iniciar una nueva vida. Esa era su particular *maskirovka*, la táctica de camuflaje o «decepción militar», el término castrense para denominar un engaño o una desinformación que tan bien le había funcionado al ejército de la Unión Soviética. Su próximo paso sería *pronikno-*

veniye, la penetración en el territorio enemigo, con sagacidad, para que su misión no fuera descubierta.

Echó un último vistazo al mapa de París desplegado sobre la mesa. Aún se estaba familiarizando con las calles, las avenidas, los parques, las tiendas, las cafeterías, las plazas, los restaurantes y los museos que vertebraban el nuevo escenario en el que representaría su estrenada tapadera. Tenía la obligación de conocer los nombres aunque ella ocultara el suyo. La ciudad había cambiado desde la última vez que estuvo, al igual que ella misma, ya que durante su anterior estancia en París colaborando con la Resistencia, su escenario eran las sombras y la noche, mientras que, esta vez, su misión estaba impregnada de luz y de mañanas. Su dominio del francés le facilitaría las cosas, también a la hora de hacer amistades —«No demasiadas, ya te iremos contando», le habían dicho en la URSS— y conseguir posibles clientas que justificaran su tapadera, aunque de engrosar esa cartera de negocio, así como de nutrir su bolsillo, se encargaba el Centro desde Moscú. Buscó la zona que convendría evitar para no ser reconocida: avenue Kléber; allí estaba la sede del Partido Comunista de España. Mejor que no la vieran para no tener que dar explicaciones ni inventarse más excusas ni alimentar rumores. Desplazó la yema del dedo por el mapa hacia la place de la République, donde los españoles, especialmente simpatizantes del PSUC, solían encontrarse para compartir conversaciones llenas de nostalgia y alguna consigna política. Torció el gesto. Esa zona era más complicada de evitar, ya que quedaba demasiado cerca de uno de sus escaparates favoritos: los de la tienda de moda La Toile d'Avion, ante los que siempre se arremolinaba una nube de personas, mujeres en su mayor parte, para deleitarse con el mundo creado tras el cristal; la mayoría de las veces el escaparate lo ocupaban maniquíes estilosos, pero en ocasiones se realizaban pequeños desfiles de modelos, siempre de moda femenina y, entonces sí, aumentaba la asistencia de caballeros *voyeur*. Aquellos almacenes eran tan conocidos que incluso aparecieron en unos sellos franceses de cincuenta céntimos. Para una modista, era visita imprescindible. Sus catálogos vistosos y coloridos le inspiraban para sus creaciones textiles, en las que la española aunaba su gusto por el dibujo y su buena mano con el diseño. Por ahora lo había esquivado, ya vería cómo se las apañaría para solventar ese contratiempo. El contacto con los españoles, incluso con sus propios camaradas de partido, debía ser mínimo. Esas eran las órdenes del NKVD: su nueva identidad no debía tener pasado, nada de familia ni amigos y tampoco conocidos, que solo traerían complicaciones. Su apellido era lo único que se salvaba de la quema: así lo consideró Moscú, ante la numerosa presencia de refugiados españoles en París. Obedecer las órdenes no resultó un problema para ella: hacía años que se había desvinculado de su estirpe en Ceuta y su única familia era el servicio de inteligencia de la URSS.

María Luisa de las Heras abrió la puerta de su casa, situada en el tercer piso de la rue Lauriston número 82, en el elegante y elitista barrio parisino de Passy, y nada más salir del portal se encaminó por la orilla derecha del Sena. Ya casi podía sentirse la primavera: el aire era limpio, como el cielo; las flores ya empezaban a llenar las avenidas, y los cafés habían sacado sus mesas y sus sillas al exterior. Como cada día, los artistas salían a las calles con sus caballetes y sus paletas de color para pintar los Campos Elíseos, inmortalizar Le Dôme Café y La Rotonde de Montparnasse, la basílica del Sacré Coeur, la Madeleine, el Arco del Triunfo o el Palais Garnier, y exponer sus cuadros en la place du Tertre, cerca de la iglesia de Saint-Pierre en Montmartre.

Estaba en París, en la Ciudad de la Luz. Había oído que la llamaban así desde 1667, a partir de un decreto del prefecto de la policía, Gilbert Nicolás de la Reynie —nombrado por Luis XIV—, que ordenaba a la población instalar en las puertas y ventanas de sus casas lámparas de aceite, velas y cualquier tipo de antorcha, con el fin de acabar con el creciente índice de criminalidad en las calles. También había leído en una revista que debía su sobrenombre a la Ilustración y al Siglo de las Luces, o al alumbrado de gas desarrollado por el ingeniero francés Philippe Lebon e implantado en cada rincón de París en 1830. El porqué de su denominación le resultaba completamente indiferente. Siempre le habían importado tan poco los nombres como los motivos: le parecían necesarios, pero nunca trascendentes.

Paseó por la place Saint-Michel antes de ir a comprar unos rollos de tela que necesitaba para realizar uno de sus primeros encargos en la ciudad. Era para la mujer de un embajador: le convenía que su nombre como modista de alta costura fuera sonando entre los círculos de la alta sociedad parisina, donde el dinero se movía tanto como los contactos. Ese primer encargo fue fruto de la engrasada maquinaria de la inteligencia soviética, que le había encomendado consolidar su tapadera durante un tiempo y olvidarse de todo lo demás. Debía trabajar en su particular operación *maskirovka*, sin preocuparse por el dinero o por la aparente inactividad. Sabía que los servicios secretos soviéticos estaban atravesando un momento delicado desde que, en noviembre de 1945, decidieron paralizar sus actividades de espionaje en Estados Unidos, a raíz de dos grandes traiciones protagonizadas por dos espías y colaboradores soviéticos.

La primera fue la deserción de la espía Elizabeth Bentley, una estadounidense que había trabajado para la inteligencia soviética desde 1938 —aunque en un principio, ella pensó que solo espiaba para el Partido Comunista de Estados Unidos— y que mantuvo una relación amorosa con su contacto, el espía del NKVD Jacob Golos, que participó como informante en la planificación del asesinato de León Trotski. La segunda fue la defección del editor de *The Daily Worker* Louis Budenz, el mismo que había facilitado que su secretaria urdiera una trampa a la joven Sylvia Ageloff para que cayera en las redes amorosas de Jacques Mornard —en realidad, Ramón Mercader—, mientras asistía a la constitución de la Cuarta Internacional en París en 1937.

A María Luisa de las Heras todo aquello le resultaba muy familiar; lo había vivido en primera fila. La deserción de Aleksandr Orlov en 1938 provocó la precipitada salida de México de María de la Sierra, en plena planificación del asesinato de Trotski, y esa sombra seguía siendo alargada para la inteligencia soviética casi ocho años más tarde. La red de los servicios secretos de la URSS seguía extendiéndose por todo el mundo, aunque cayeran algunos activos importantes.

El campo de acción de la española estaba ahora en París y debía aprovecharlo, convirtiéndose en una parisina más, calcando sus costumbres y absorbiendo su modo de vida. Sus apariciones, como su presencia física, debían ser estudiadas y calculadas.

Esa mañana se dirigió a la terraza del Café de Flore en el boulevard Saint-Germain, aprovechando que el paseo y los recados le habían llevado a aquella zona de la ciudad, en el margen izquierdo del Sena. Pidió un café con leche y uno de los deliciosos *croissants* de mantequilla a los que se había aficionado quizá más de la cuenta. Le gustaba sentarse en una de las mesitas circulares —esas que los soldados alemanes evitaban frecuentar durante la ocupación nazi—, imaginar a Hemingway en algunas de esas sillas, departiendo con sus amigos Gertrude Stein, Picasso, Scott Fitzgerald, Jean Cocteau o Dalí, y rememorar aquella comida en el campo de entrenamiento de Benimámet, en tierras valencianas, junto a Orlov, Eitingon y el escritor estadounidense, en plena guerra civil española. Allí no tuvieron las quince modalidades de whisky que ofrecía el café parisino, pero supieron degustar el Macallan con el que brindaron al final de la visita. Recordó lo que en su día le contaron sobre Hemingway: para celebrar la liberación de París, bebió cincuenta y un martinis secos en Le Petit Bar del hotel Ritz, con sonoros brindis a la place Vendôme. Ignoraba si la anécdota era real, pero sí podía dar fe del saque del escritor.

La española apenas bebía alcohol, pero eso no le impidió concluir que el cóctel de Hemingway estaría mejor que el *Samohón horilka* ucraniano. Ella seguía prefiriendo el sabor del café, servido en las tazas blancas con letras doradas del Café de Flore. Pronto se enamoró de los cafés de París, aunque no de todos. Solo una vez había acudido a La Closerie des Lilas, en el bulevar de Montparnasse, y lo hizo por morbo, porque allí Hemingway había firmado algunos de sus escritos en los años veinte. Quería ver la placa que los propietarios habían colocado en su honor junto a la barra pero, sobre todo, quería examinar el lugar donde Trotski y el poeta francés Guillaume Apollinaire solían enfrentarse en una partida de ajedrez para medir cuál de los dos era mejor estratega, con el resplandor bermellón de las lámparas del local sobre el damero. Trotski era mejor jugador, pero Lenin solía dar al traste con su victoria, auxiliando la torpeza de Apollinaire y evitándole la humillación de la derrota. No sería la última vez que los movimientos de Lenin impidieran la victoria de Trotski. Pero eso era ya leña quemada en el fuego de la historia.

El tiempo devoró el calendario, en el que las estaciones ardieron como madera en una hoguera. La vida de María Luisa de las Heras en París se limitaba a patrones, agujas sujetas entre los labios apretados, tejidos en gabardina de algodón, seda salvaje y popelín, que ocupaban gran parte de su taller, ubicado en su casa de la rue Lauriston número 82, así como a los metros de tela, los centímetros de cintura, el ancho de hombros, las clases en la École des Beaux-Arts de París —a las que se había apuntado para reforzar sus conocimientos y mejorar su técnica— y la lectura del periódico *L'Humanité* en alguno de los cafés. Le gustaba estar informada de lo que sucedía en el mundo, aunque en ningún momento se mostró interesada por la política en público ni mantuvo ninguna conversación que pudiera ponerla en una situación delicada.

Uno de esos días, sentada en el Café Dôme —que le gustaba frecuentar desde que una de sus clientas le comentó que Tolstói fue uno de sus habituales—, terminó de leer el periódico, lo dobló y lo puso sobre la mesa, antes de acercarse la taza de porcelana a la boca. Mientras saboreaba el café, posó la mirada en la calle; la gente caminaba de un lado a otro, unos con prisas, otros riendo, los más conversando con sus acompañantes y alguno paseando en solitario, con la mirada perdida más en sus pensamientos que en quienes lo rodeaban. Le parecieron desinhibidos, como si hubieran perdido la memoria de la guerra. Tanta tranquilidad empezaba a inquietarla. Hasta que una voz la sustrajo de su ensimismamiento.

—¿Me permite? —preguntó un desconocido, sentado en la mesa contigua.

Tenía una voz suave, quizá demasiado dulce para un hombre. María Luisa de las Heras le observó. Los ojos del caballero brillaban y sus labios mantenían una media sonrisa. No recordaba haberle visto cuando se sentó en la terraza, debía de haber llegado después. Ante la falta de reacción, el desconocido insistió, señalando el periódico:

—¿Le importaría prestármelo para que pueda ojearlo?

—Por supuesto, cójalo. Disculpe —se excusó por su tardía respuesta—. Estaba pensando en otra cosa, y no comprendía...

—No se preocupe. A mí me pasa a menudo —replicó cortés—.

Esta ciudad es tan mágica y enigmática, que es fácil sentirse atrapado en ella y abstraerse de todo.

Le extrañaron las palabras escogidas: «mágica», «enigmática», «atrapada»; le resultaron demasiado familiares. Regresó a su café e intentó ignorar a su vecino de mesa. No le gustaba entablar conversación con desconocidos. Pasados unos minutos, dio el último sorbo de café, y al observar la marca roja de sus labios sobre la taza, abrió el bolso y sacó su polvera de mano de metal dorado, marca Stratton, y el carmín para retocarse. Se observó en el diminuto espejo. Luego lo giró ligeramente hacia su izquierda, justo donde se encontraba el hombre, y fue a toparse con la mirada directa del desconocido. Aquello la sorprendió, aunque procuró que no se le notase. Cerró el estuche, lo guardó en el bolso, dejó unas monedas sobre la mesa y se dispuso a marcharse. Fue entonces cuando el desconocido volvió a dirigirse a ella.

—Se lo devuelvo —dijo entregándole el periódico—. Ha sido usted muy amable.

—Puede quedárselo —contestó ella, con una retocada sonrisa bermellón en el rostro—. Ya terminé de leerlo.

—No lo creo. —El hombre empleó un tono menos dulce que el que había utilizado hasta ahora, e hizo que ella lo mirase con mayor detenimiento—. Siempre queda algo por leer y suele ser lo más interesante.

El desconocido se levantó de su asiento, se abrochó la chaqueta y, tocándose el ala del sombrero, se despidió galante. María Luisa de las Heras lo observó hasta que desapareció tras doblar la esquina de una calle adyacente. Entonces, sus ojos se perdieron en el periódico, buscando algo que ni siquiera sabía qué era. No le costó encontrarlo. Él tenía razón, siempre quedaba algo por leer. Una flecha recién dibujada señalaba el anuncio de un acto público que se celebraría dos días más tarde, organizado por *L'Humanité*. Un enorme círculo del mismo color rojo que la flecha enmarcaba la noticia. Valoró la situación mientras la sangre bombeaba con violencia en sus sienes. En ella, era una buena señal. Abandonó el café con el periódico entre las manos.

Durante el trayecto de regreso a casa tuvo la impresión de que alguien la seguía; quizá solo era eso, una impresión, aunque su radar interno no solía fallar. Continuó caminando al mismo ritmo, sin acelerar ni ralentizar su marcha. Miraba los escaparates de la calle e incluso se detuvo en alguno de ellos tratando de hallar el reflejo de una silueta desconocida, por si llevaba alguna cola. Hacía mucho tiempo que no usaba esa expresión, «llevar cola», lo que denotaba su falta de actividad. Aquella situación, lejos de inquietarla, le supuso una inyección de energía y vitalidad.

Introdujo la llave en la cerradura de la puerta de su casa, la cerró tras de sí y se asomó a la mirilla para asegurarse de que nadie la había seguido hasta el portal. Cuando lo confirmó, corrió hacia uno de los ventanales de su apartamento para realizar la misma comprobación, antes de encender ninguna luz en el interior de la vivienda. No vio a nadie. Ni una sombra. Nada. Abrió el ejemplar de *L'Humanité* sobre la mesa, encendió una lámpara y examinó el anuncio, la flecha que lo señalaba y el círculo que lo rodeaba. Entonces vio que la hora programada para el evento estaba subrayada y corregida, retrasándola cuarenta y cinco minutos sobre el horario previsto. No tenía ninguna duda de que debía acudir. Estaba convencida de que el Centro había decidido entablar contacto después de medio año de silencio, en el que solo el envío de fondos por diferentes vías —casi siempre por medio del telégrafo o en forma de cheques de viajero, evitando las cuentas en los bancos— había permanecido como muestra de cooperación. El teléfono no era seguro, el buzón de su residencia tampoco. Estaban extremando las precauciones desde mucho antes del discurso de Churchill que advertía de la caída de un telón de acero sobre Europa. Los aliados ya no lo eran y tampoco parecían serlo sus comunicaciones. Cabía la posibilidad de que fuera una trampa, pero le costaba creerlo: nadie conocía su nueva tapadera, no parecía sospechosa y no había ninguna razón para que la siguieran si no sabían que era una espía soviética, una *rezident*, una agente ilegal, sin misión encomendada hasta el momento. Un agente durmiente no dejaba de ser un espía, le había dicho Leonid Eitingon. Se sintió feliz al intuir que quizá esa inactividad estaba a punto de llegar a su fin.

A los dos días, entraba en la dirección indicada en el anuncio: se trataba de una conferencia sobre política y humanidades. Escogió para la ocasión un conjunto de vestido y chaqueta, de la que sobresalía un pequeño faldón que se proyectaba sobre el cuerpo del vestido, ajustado, ceñido y de color cerúleo, discreto y elegante, sin la sobriedad del negro. Cuando llegó al lugar, el acto ya había finalizado y los asistentes se encontraban de pie, distribuidos en grupos y enredados en animadas charlas. María Luisa de las Heras se deslizó entre ellos, bordeando cada grupo como si fueran islas. Las conversaciones saltaban de un tema a otro según avanzaba por el recinto, de manera pausada, tranquila, con soltura y sin prestezas.

—¿Alguien ha ido a ese invento del Festival de Cine de Cannes? —comentaba una mujer elegantemente vestida y con un vaso de vino en la mano—. Mi marido cree que no pasará de este año... Espero que se equivoque. Si algo necesitamos para pasar página es cultura, cine, glamour y luces. Lo que nos está costando salir del túnel...

—Algunos siguen dentro o están a punto de entrar —respondió otro de los asistentes—. Mira el Estado de Israel y Palestina: ahora hablan de partición, pero por mucho que diga la ONU, eso solo traerá más problemas. Son dos polos opuestos. Jamás se entenderán. Deberían volver a nacer para hacerlo.

—Parece que no sepamos vivir en paz. Y qué injusto es todo: Estados Unidos y Gran Bretaña cerrando las puertas a los judíos mientras algunos Estados fascistas europeos facilitan pasaportes falsos a los nazis para que huyan a países sudamericanos como Argentina.

Durante unos minutos, María Luisa de las Heras recorrió el interior de la sala. En su caminar observaba los rostros de los asistentes, sus expresiones, sus gestos, sus atuendos, su acento... Su mirada, felina y templada, saltaba de unos a otros sin entablar tertulia con nadie. Tocaba observar, oír y, de momento, callar.

—¿Qué piensas realmente sobre la Guerra Fría? Creía que cuando Churchill anunció hace meses la caída del famoso telón de acero sobre Europa estaba viendo fantasmas, pero ahora pienso que es un visionario, como lo ha sido siempre. ¿Crees realmente que Stalin se estará armando?

—¿Acaso lo dudas? No se va a quedar de brazos cruzados, y menos después de las bombas *Able* y *Baker* en el atolón Bikini —sentenció uno de los invitados, refiriéndose a las bombas atómicas detonadas por Estados Unidos en el mes de julio.

—No entiendo cómo, después de lo de Hiroshima y Nagasaki, les quedan ganas de seguir con eso... Nos van a terminar exterminando a todos. Y lo del genocidio nazi contra los judíos se va a quedar corto...

—Querida, viendo las irrisorias sentencias de los juicios de Núremberg contra los gerifaltes nazis, podemos decir que ya se ha quedado corto.

—Al menos, Alemania está pagando la factura: Berlín dividida en cuatro bloques gobernados por los aliados. A ver si no se descontrolan de nuevo.

—La URSS será quien más se beneficie de eso. Como no nos espabilemos el resto, nos comerán el terreno como lo hizo Alemania... Stalin no es tonto; ya se estará preparando.

—Los rusos nacieron preparados. Aunque lo mejor para todos es que no salgan de la URSS, que ya vemos lo que organizan cada vez que lo hacen. Cuanto más quietecitos estén y más fuera de nuestra órbita se mantengan, mejor para todos.

Llevaba más de media hora merodeando por el lugar y nadie había aparecido ante ella. Por un momento, pensó que había sido una broma, que quizá el desconocido quería una cita con ella y no se le había ocurrido nada más original que garabatear el periódico. Se resistía a pensar que fuera así, no le encontraba ninguna lógica.

Después de mirar varias veces la pequeña esfera blanca de su reloj de pulsera, decidió irse de allí. Estaba a punto de franquear el umbral de la puerta de salida, cuando oyó lo único que no pensaba escuchar en aquel lugar:

—¿África?

El sonido de aquel nombre en París y en un perfecto español le hizo dudar entre atender a la llamada o, directamente, obviarla y salir del recinto. Aquel nombre de mujer no se correspondía con ella; al menos, no debía, y menos en aquel instante. Sin embargo, optó por la primera opción.

—África de las Heras —repitió un hombre de baja estatura, poco pelo, cara redonda y gafas. No tardó en reconocerle.

—Santiago... —respondió ella, más decepcionada que sorprendida—. Santiago Carrillo.

—Dudé de si eras tú. Estás muy cambiada... —La observaba con un gesto de contenida admiración—. Aunque sigues siendo la bella mujer que acudía a la Modelo de Madrid a visitar al camarada Luis Pérez García-Lago y que nos tenía a todos enamorados. Allí te vi por última vez, si no recuerdo mal.

—Sí que ha pasado tiempo, sí —comentó, mientras maquinaba el modo de salir de allí lo antes posible. A juzgar por la sonrisa de Carrillo, no iba a ser tan fácil.

—Y dime, ¿qué haces aquí? —preguntó él.

—De momento, llegar tarde a este acto —intentó disimular, recurriendo a la risa para no tener que contestar. Se temía aquella pregunta desde que había escuchado su nombre real, el que ponía en peligro su tapadera, el que amenazaba con enterrar a María Luisa de las Heras y complicarle las cosas. Trató de reconducir la conversación; le costaba incluso hablar en español—. ¿Sabes algo de Luis?

—Sí. Está bien. Lo último que supe es que estaba en México. Se casó, ya lo sabrás.

—Sí, claro. Algo oí. Me alegré de que formara una familia, siempre quiso hacerlo. Luis siempre fue un hombre muy familiar. Hablando de eso, me vas a tener que disculpar, pero tengo que regresar a casa.

—Me comentó Dolores que te había visto en Moscú. Algo de una fabada entre camaradas... —dijo Carrillo, abortando la apresurada despedida de la mujer.

—No sé si este es el lugar más indicado para hablar de Moscú. —Se acercó a él y bajó la voz. No le había gustado aquella mención, aunque no tenía intención de decírselo de una manera directa—. Ese caballero que ves ahí, el del traje oscuro con raya diplomática, cree que Stalin está preparando una bomba nuclear; y aquella mujer del sombrero con esa especie de pluma saliéndole de la parte central, considera que los rusos no deberían salir de la URSS. Imagínate lo que ambos pueden pensar de los exiliados españoles asentados en París, tan dados a abrazar al camarada soviético y plantarles los tres besos de rigor en vez de nuestro par de besos reglamentarios —dijo, mientras le regalaba una de sus mejores sonrisas. Estaba segura de que la teoría sobre los besos le tendría entretenido los segundos que necesitaba para escapar. Estaban en París; se estilaba una despedida a la francesa—: Me ha alegrado verte, Santiago. Mucho. Seguro que volveremos a hacerlo. Ahora, si me disculpas...

Abandonó el lugar mientras procuraba poner en orden lo que acababa de pasar. ¿Era él quien la había convocado en aquel lugar? Imposible, no se habría dirigido a ella como África. Y además, ¿para qué tanto misterio? ¿Había sido una casualidad? Quizá le estaba dando demasiada importancia, pero si no había sido él, ¿quién quería situarla en aquel evento?

—Interesante, ¿no cree?

La pregunta a su espalda la obligó a darse la vuelta. No conocía al dueño de esa voz. No sabía quién era.

—¿Disculpe?

—El acto de *L'Humanité*. Interesante, aunque algo aburrido.

—Si le soy sincera, he llegado tarde. Si me disculpa, tengo un poco de prisa —intentó desembarazarse de aquel hombre. Tenía la mente demasiado ocupada para alojar más encuentros.

—Será un placer para mí ponerla al día.

—No lo creo.

—Yo, en cambio, considero que sí, María Luisa de las Heras..., camarada. —El hombre seguía sonriendo como si estuviera en un set de rodaje y supiese que todos le observaban. La película se convirtió en una cinta muda para el espectador, cuando él se acercó a ella y bajó la voz—. Creía que Carrillo no te iba a dejar marchar nunca. Casi tengo que intervenir exponiéndome a que me viera. ¿No te parece que hace una noche estupenda para sentarse en un rincón de la ciudad y disfrutar de una buena compañía? —dijo al tiempo que le tendía el brazo para que se asiera a él.

Subieron por la calle más antigua de París, la rue Saint-Rustique, y se sentaron en la terraza de La Maison Rose, en Montmartre. A María Luisa de las Heras le extrañó el lugar elegido, pero la tarde noche estaba siendo pródiga en sorpresas, así que una más no importaría. Por un momento pensó que habría sido curioso optar por el Au Lapin Agile, a menos de cien metros, en la parte anterior de la basílica del Sacré Coeur, justo en la esquina de la rue des Saules con Saint-Vincent: el lugar daba igual, aunque le parecía irónico que aquel establecimiento, en sus inicios, llevara el nombre de Cabaret de los Asesinos.

El Centro había tardado en comunicarse con ella. Por fin estaba ante el contacto soviético por el que tanto había esperado. Lo primero que hizo fue felicitarla por el buen trabajo que estaba realizando. Su tapadera era sólida, su actitud intachable y en Moscú estaban satisfechos. Y después, la puso al día.

—La deserción de Elizabeth Bentley nos ha hecho más daño del imaginado. La *Umnitsa* —ese era el nombre en clave de la desertora, que significaba «Buena chica» o «Chica lista»— ha resultado ser demasiado lista y nada buena. Esa borracha del demonio... No debimos presionarla tanto para que cediera sus fuentes al NKVD. Había creado el Grupo de Silvermaster, una red de espías e informadores comunistas clandestina que operaba en el país y que se fiaba por completo de ella. Ceder todo ese operativo a Isjak Ajmerov, por muy jefe del espionaje clandestino del NKVD que fuera, era arriesgado. Alguien debió prever que Bentley se enfadaría. Y no solo eso, sino que se deprimiría a raíz de la muerte de su amante, Golos, y decidiera bebérselo todo. Una espía desertora borracha es una bomba de relojería. No me extraña que se presentara en las oficinas del FBI y empezara a soltar todo lo que sabía. Supongo que entonces no apareció ebria como hizo en sus últimas reuniones con los agentes soviéticos, pero vomitó todo lo que llevaba dentro: nombres y direcciones de nuestros espías, operaciones, contactos, informes confidenciales... Más de ciento cincuenta efectivos soviéticos desenmascarados. Un absoluto desastre. El trabajo de décadas a la basura por una desertora alcoholizada.

—¿Y entonces? ¿Qué va a pasar? ¿Estamos todos en peligro? —preguntó María Luisa de las Heras.

—En Estados Unidos, desde luego. Y los que hemos estado operando en Europa durante la Segunda Guerra Mundial, también. Menos mal que tenemos a Philby en el servicio de inteligencia británico como jefe de la Sección IX del MI6 y ha podido avisar a Moscú. —Se refería al agente doble soviético, uno de los Cinco de Cambridge, el grupo reclutado por Aleksandr Orlov.

Aquel nombre hizo que su memoria volara a la España de 1937, cuando Kim Philby llegó como corresponsal para cubrir la Guerra Civil y, gracias a sus crónicas encomiásticas hacia las tropas franquistas —siempre como parte de su tapadera— y a salir con vida de un ataque perpetrado contra el coche en el que viajaba, se ganó una condecoración de manos del propio Francisco Franco, en marzo de 1938. La voz del contacto soviético volvió a un primer plano:

—De lo contrario, la inteligencia soviética habría saltado por los aires cuando el director del FBI, John Edgar Hoover, informó a la inteligencia británica de la deserción de Bentley y de parte de lo que estaba largando, con la condición de mantenerlo en secreto para no alertar a la Unión Soviética.

—¿Y nuestros agentes no pudieron prever esas deserciones, no vieron ni oyeron nada que les hiciera sospechar?

—¿Sospechaste tú de Aleksandr Orlov en 1938, cuando desertó huyendo a Canadá y amenazó con contarlo todo si a Stalin se le ocurría ir contra él o contra su familia? —preguntó el enlace, que parecía muy bien informado. Fue la primera vez que María Luisa de las Heras dudó de si aquel hombre era un simple contacto, un mero correo de Moscú, o quizá ocupaba un puesto más alto en el escalafón.

—Supongo que no —reconoció, procurando que sus palabras no se interpretaran como una crítica a sus colegas. A nadie le gustaban los traidores, ni los desertores ni tampoco los que criticaban a los suyos haciendo fuerte al enemigo.

—Quizá podríamos haber reaccionado con mayor diligencia cuando desertó nuestro hombre en la embajada rusa en Ottawa, Ígor Gouzenko, el encargado de descifrar y encriptar los mensajes. Se llevó los libros de códigos y toda la documentación que comprometía a la inteligencia soviética, y reveló el deseo de Stalin de hacerse con los secretos nucleares de Estados Unidos. Esa traición se produjo poco antes de la de Elizabeth Bentley. Al principio, la inteligencia canadiense no creyó a Gouzenko, como tampoco el FBI; les pareció demasiado fantasioso. Pero cuando su información empezó a coincidir con la de Elizabeth, y después con la de Louis Budenz, todo se vino abajo. Ahí empezó realmente la Guerra Fría: el 5 de septiembre de 1945, con la deserción de un anodino funcionario, aunque eso no lo contó Churchill en su famoso discurso —comentó el enlace, como si hubiera analizado previamente lo ocurrido, o tal vez, lo hubiese vivido demasiado cerca.

María Luisa de las Heras le observaba, escuchando con atención todo lo que decía. Le interesaba el tema, sobre todo después de ver los efectos devastadores de *Little Boy* sobre Hiroshima, el 6 de agosto de 1945, y de *Fat Man* sobre Nagasaki, tres días más tarde.

—Pero supongo que nuestros agentes, tanto Philby como los demás, estaban más enfocados en cumplir las órdenes del Centro sobre el espionaje atómico —continuó el contacto—. Es comprensible. Todos lo estaban, desde Stalin hasta el mismo Pavel Sudoplátov, al mando del Departamento S creado por Beria para gestionar el espionaje atómico. —No le pasó desapercibido que la mención de Sudoplátov aumentó aún más la curiosidad de la mujer—. Imagino que redactar informes sobre las investigaciones de la bomba de uranio y la necesidad de controlar los neutrones del núcleo del átomo para potenciar su fuerza destructora debe de llevar su tiempo. Eso te lo cuento otro día. Y encima ese maldito Churchill hablando de la Guerra Fría, iluminando al mundo sobre telones de acero... Deberíamos haber dejado que lo mataran en Teherán en 1943.

La miró unos segundos. Lo llevaba haciendo desde que la mujer llegó a París en enero de 1946, pero de cerca su belleza era más palpable. Estaba advertido: las pequeñas distancias multiplicaban el magnetismo que ejercía aquella presencia femenina. Era complicado romper el hechizo de sus labios y de su mirada, excepto cuando esta se volvía intimidante, como empezaba a serlo en ese momento. Remató su comentario sobre Teherán con cierto sarcasmo:

—Pero los servicios de inteligencia no siempre hacen honor a su nombre...

—Ahora entiendo el silencio todo este tiempo —admitió ella, que no estaba acostumbrada a un periodo tan largo de inactividad. Habían pasado demasiados meses desde su llegada a París, esperando un contacto y una misión. Necesitaba acción, tocar una radio, coger un arma y, de momento, solo manejaba telas, bobinas de hilo, botones y tejidos delicados.

—Replegar velas, pero solo en apariencia. Permanecer callados y a la espera. Figuradamente dormidos, pero sin dejar de hacer el trabajo de campo. Esas son las órdenes. Sigue afianzando tu tapadera. Sabemos que tienes talento y que eres leal. Pronto nos pondremos de nuevo en contacto contigo y te informaremos. Estamos trabajando en algo importante que puede cambiarlo todo. Ten paciencia, procura pasar inadvertida y sigue evitando los círculos comunistas y de exiliados españoles. Ahora eres una modista de alta costura por cuyas manos quieren pasar todas las mujeres de la alta sociedad parisina. Trabajemos en eso. Estaremos en contacto —dijo el enlace, mientras se incorporaba.

Tomó su mano e hizo el ademán de depositar un beso sobre ella, sin que sus labios rozaran la piel, como mandaban los cánones. Manejaba aquella galantería; no era la primera vez que lo hacía. El hombre se alejó, callejeando por las pequeñas travesías, después de que ella rechazara su oferta de acompañarla a casa. María Luisa de las Heras prefería pensar en la conversación recién mantenida mientras caminaba por las calles de Montmartre con la complicidad de la mísera luz de las viejas farolas que en su día alumbraron a Modigliani, Zola o Stendhal, que ahora descansaban en un cementerio próximo a la parte baja del barrio.

Le seguía asombrando la facilidad de algunas personas para convertirse en sombras, tanto como los camposantos se convertían en testigos mudos de la vida cultural de una ciudad.

30

La revolución había llegado para quedarse. Al menos, en el cuerpo de la mujer. Y ella iba a ser testigo del nacimiento de esa sublevación como lo había sido de otras muchas.

El 12 de febrero de 1947, María Luisa de las Heras acudió a una cita importante: la presentación de la primera colección de Christian Dior, recién instalado en la avenue Montaigne de París. El desfile se convirtió en una declaración de intenciones que marcaría la vida y la imagen de la mujer durante varias décadas, y ella salió de allí convencida de que había asistido al nacimiento de una nueva silueta que la redactora jefe de la revista *Harper's Bazaar*, Carmel Snow, calificó como *new look*. Se había sentado junto a ella durante el desfile, tan cerca que pudo ver cómo escribía en su libreta de notas lo que más tarde publicaría en la edición estadounidense de la revista: «Lo ha cambiado todo». La irlandesa, con fama de arisca y cruel, y a la que muchos se referían como «pequeño petardo irlandés» —apelativo que acabó extendiéndose a su revista—, no abandonó el acto sin observar a la modista española: «La elegancia es buen gusto, con un toque de osadía. Y usted la tiene, querida. No la pierda». Le gustó aquella mujer de pelo rubio, corto y ensortijado, embutida en un traje de chaqueta más próximo al estilo de Coco Chanel que al de Christian Dior, quizá como una estudiada provocación al encarnizado enfrentamiento entre los dos grandes diseñadores sobre cómo debía ser la moda femenina. De momento, la revolución de Dior era la que agitaría al mundo. Y así se lo hizo saber la periodista en el encuentro que tuvieron después de la presentación de la colección.

—Querido Christian, ¡tus vestidos tienen un aspecto tan moderno y novedoso!

—Mi querida Carmel. No podía hacer otra cosa. Hemos dejado atrás un periodo de guerra, de uniformes, de mujeres soldados con hombros dignos de boxeadores —dijo el diseñador, emocionado por el éxito de sus creaciones—. Quería convertir a las mujeres en flores de hombros suaves, senos florecientes, cinturas delgadas como sarmientos y faldas abiertas como rosas. Y creo que lo he conseguido. Se lo debía a las mujeres. A todas y, en especial, a una.

El creador se refería a su hermana, detenida por la Gestapo por unirse a la Resistencia durante la ocupación nazi. Era un dato que María Luisa de las Heras desconocía, y que supo gracias a la confidencia que el fotógrafo Cecil Beaton le hizo a Carmel Snow sobre Dior durante el desfile:

—Por fuera parece un blando cura de pueblo hecho de mazapán rosa, pero su aparente serenidad es un engaño que oculta una tensión y un nerviosismo innatos. Y eso dará fuerza a sus creaciones y traspasará las fotografías que le hagan. Hazme caso, querida Carmel. Sé de lo que hablo. Tengo un ojo clínico para los grandes artistas.

—Para mí no supone ninguna sorpresa, siempre he confiado en su talento. El año pasado ya le pedí a Henri Cartier-Bresson un retrato de Christian para la revista. Le dije: Lucien Lelong tiene a un nuevo diseñador cuya colección es sensacional, llena de ideas. Su nombre es Christian Dior. Tenemos que apoyarle. Escribirá grandes páginas de la historia con sus pespuntes. Y no me equivoqué.

La moda estaba dispuesta a enterrar las limitaciones impuestas por el conflicto bélico mundial, imponiendo nuevas formas exuberantes sobre el cuerpo de la mujer, con faldas vaporosas y abombadas, conquistadas por unas recuperadas enaguas, vestidos largos con escotes amplios, talles ceñidos con el regreso del corsé, pechos marcados, líneas estilosas. Una revolución femenina que las maniquíes pasearon ante los ojos sedientos de las mujeres, que pedían reinventarse y luchar contra el aire retrógrado que, durante años, las había constreñido.

La española salió del local con varias ideas de bocetos rondándole por la cabeza, y uno de los folletos del desfile en la mano. Aún era pronto, y decidió sentarse en una terraza para tomar algo caliente antes de volver a casa y dar salida a la creatividad que la colección de Dior había despertado. No pudo esperar a hacerlo. Mientras el camarero le servía la consumición, comenzó a trazar un primer esbozo sobre el folleto.

—Creo que ha sido todo un acontecimiento —dijo el hombre sentado a su lado.

María Luisa de las Heras levantó la mirada del cuadernillo del desfile. Era su contacto, el mismo con el que había compartido mesa en La Maison Rose, hacía unos meses, y se había marchado sin darle un nombre con el que dirigirse a él. «Mejor así. Los nombres solo aumentan el peligro. Además, no son fiables», le había dicho.

—Revolucionario, en una palabra. Inspirador —replicó ella.

—Espero que esta rebelión no la apaguen como intentan hacer con otras muchas. —Su contacto cerró la revista literaria que estaba leyendo e hizo ademán de entregársela—. Se la cambio por el folleto de Dior. Me encantaría conocer algo más de esa cacareada revolución textil. Y estoy seguro de que a usted le gustará conocer algo más del panorama literario de esta ciudad.

Ella cogió la revista y observó la cabecera: *La Licorne*. No recordaba haberla visto en los quioscos de prensa junto a otras de las revistas culturales que proliferaban, especialmente literarias. Se quedó observando la ilustración del unicornio que aparecía en la portada y la suerte de constelación dibujada en ella.

—Es Monoceros, unicornio, la constelación invernal del hemisferio norte. Es casi invisible; tiene pocas estrellas, todas de cuarta magnitud; la más brillante es Lucida, una estrella anaranjada que se encuentra a 144 años luz. También es una constelación moderna, aunque no tanto como las creaciones de Christian Dior —dijo el contacto mientras ojeaba el folleto del modista, para rápidamente volver a la publicación literaria—. La revista también es nueva: el primer número saldrá esta primavera. —Tuvo que matizar al ver la expresión de la mujer—. Tengo mis contactos... La dirige la escritora uruguaya Susana Soca, que estudió ruso solo para poder leer a Boris Pasternak.

—Interesante.

—La ilustración es de la artista francesa Valentine Hugo, una ilustradora y diseñadora de teatro que ha trabajado mucho para los ballets rusos de Serguéi Diáguilev. Dígame, ¿le gusta el ballet?

—Puedo llegar a aficionarme.

—Creo que el ballet es la verdadera simiente de todo baile.

—El baile me apasiona. Sobre todo cuando empieza —reconoció ella, cayendo en el juego de palabras que intuía en su contacto.

—Léala. —El hombre señaló el ejemplar de *La Licorne*—. Nada mejor que informarse sobre los grandes escritores para conocerlos bien y poder apreciar sus posibilidades.

Cuando llegó a casa, ni siquiera perdió tiempo en quitarse el abrigo y descalzarse a la entrada, como solía hacer al regresar de la calle. Corrió hacia la mesa y, sobre ella, empezó a inspeccionar la revista. La esquina doblada de una hoja marcaba el artículo sobre un joven escritor uruguayo de nombre Felisberto Hernández. Venía acompañado de un cuento suyo y una foto que le mostraba jovial, delgado, con el pelo rizado y un extraño bigote con las puntas afiladas y peinadas hacia arriba, estilo manillar, un tanto barroco, fino y alargado, como siempre había imaginado que sería el bigote del detective Hércules Poirot de Agatha Christie. En otra de las fotografías aparecía ante un piano negro, pero no miraba hacia la partitura que tenía ante sí, apoyada en el atril, sino directamente al objetivo de la cámara. En una tercera imagen, lucía ya sin bigote, con más años y menos porte. Leyó su cuento «El balcón», la primera traducción del texto al francés. No entendió nada. Según se contaba en la revista, el relato se incluía en *Nadie encendía las lámparas*, el nuevo libro del escritor que la Editorial Sudamericana acababa de publicar en Buenos Aires. Leyó una y otra vez aquel cuento sobre un pianista que iba a tocar a la casa de un anciano cuya hija no salía a la calle y se pasaba el día en el balcón. Advirtió el deseo del escritor de humanizar los objetos, de darles vida, y el baile en el que obligaba a danzar juntos a la música y al silencio. «A medida que se iba la luz, ellos se acurrucaban en la sombra como si tuvieran plumas y se preparaban para dormir. Entonces ella dijo que los objetos adquirían alma a medida que entraban en relación con las personas». Se preguntó si aquel cuento no encerraría algún mensaje oculto, pero no fue capaz de encontrarlo. Y si ella no era capaz, los soviéticos y su alma rusa, mucho menos.

Al día siguiente, unos nudillos golpearon la puerta del apartamento.

—Buenas tardes. Vengo a traerle los bocetos que me pidió. Me envía Christian Dior —dijo, en un tono de voz excesivamente alto, el elegante caballero apostado ante su puerta.

Era el contacto soviético, pero los vecinos debían creer que era un comerciante o el marido de una clienta. Cuando accedió a la casa, los supuestos bocetos guardados en una carpeta desaparecieron para dar paso a un informe. Su voz bajó varios tonos y el tuteo se implantó entre ellos: estaban solos y en el interior de una casa particular; no había razón para fingir.

—¿Has empezado a conocer a tu nuevo objetivo?

—Sí. Y no he entendido nada de lo que escribe: un vidrio rojo, otro verde, ropas viejas, un camisón blanco, una enana llamada Tamarinda, seres de la vajilla, un poema en el que «camisón» rima con «balcón», un cordón que sube escaleras arriba... Tengo ansiedad cada vez que miro el balcón de mi casa. He llegado a pensar que necesitaría un libro de códigos para descifrarlo —bromeó María Luisa de las Heras.

—¡Vaya! Como crítica literaria no puede decirse que te haya conmovido. Aquí tienes todo lo que necesitas saber sobre él. —El contacto desplegó sobre la mesa el informe.

—¿Queréis que me acerque a un enemigo acérrimo del comunismo?

—Para acercarse a Stalin ya están Olga Lepeshínskaya y Vera Davídova —dijo refiriéndose respectivamente a la bailarina del Bolshói y a la cantante de ópera, por las que el Padre de los Pueblos sentía predilección y algo más.

—Veo que los gustos de los mandatarios soviéticos no cambian: bailarinas y mecanógrafas...

Era una frase de María Svanidze, la cuñada de Stalin, hermana de su primera esposa, Yekaterina. Así lo había escrito en su diario íntimo, el mismo que fue interceptado por Stalin y que contribuyó a que ella acabara en prisión. María Luisa de las Heras siempre había tenido una memoria excelente, una cualidad que su enlace no tardaría en aprovechar.

—Haz lo que tengas que hacer para conocerle más: lee todo lo que puedas encontrar de él y de sus amigos. Te he traído un poema de Susana Soca que seguramente te gustará, aunque si no te ha gustado «El balcón»... Sería buena idea que le siguieras, saber qué lugares frecuenta, quiénes son sus amistades, si le gustan los gatos, los perros o las urracas, si sale de la ciudad, qué hace por la mañana, con quién se acuesta por la noche, qué le gusta comer y beber... —enumeró el contacto, hasta que un pensamiento le hizo callarse y mirar a la mujer, que le observaba desde que había entrado en la vivienda y a la que toda su arenga comenzaba a sonarle a música celestial—. ¿Es que no me vas a invitar a un café o algo un poco más fuerte? Te traigo lo que llevas meses esperando; lo mínimo es brindar por ello.

Su compañera se levantó en el acto con una sonrisa en el rostro, se acercó a la vitrina del aparador, sacó dos copitas de cristal y una botella de licor y las colocó sobre la mesa.

—También tengo café recién hecho.

—Eres una mujer de recursos. No mienten sobre ti —sonrió el contacto, que, por primera vez, parecía tan entusiasmado como ella. Después de beber un sorbo de aquel licor y de asentir con un gesto de agrado, prosiguió dibujando el perfil de Felisberto Hernández—: Lo único que sabemos seguro sobre él es que odia tanto el comunismo como ama a las mujeres, especialmente a las guapas, aunque le gustan todas. Ha estado casado dos veces. En 1925 contrajo matrimonio con su primera esposa, María Isabel Guerra, una maestra con la que tuvo a su primera hija, Mabel, nacida en 1926. Se divorció en 1935 para casarse dos años más tarde, en 1937, con Amalia Nieto, una conocida pintora, de cuya unión nació otra hija: Ana María. Hasta el momento, tiene más libros escritos que hijos engendrados, algo que, viendo su ajetreada vida amorosa, resulta todo un milagro. *Fulano de tal*, *Libro sin tapas*, *La envenenada*, *El caballo perdido*... Quienes los han leído han llegado a la conclusión de que, o bien está loco, o bien es un genio, un revolucionario de las palabras, una especie de Prokófiev en la literatura. —El gesto de desconcierto de María Luisa de las Heras le animó a explicarse—: Serguéi Prokófiev, el compositor y pianista ruso, león de la revolución musical según el *Brooklyn Daily Eagle*. Casado, por cierto, con una española: Lina Codina... Aunque no por mucho tiempo; pronto será detenida, por orden del propio Stalin; no tardará en verse en un gulag. Toda una pasión rusa. Pero no te alarmes, la tuya será una pasión más uruguaya —la tranquilizó.

—¿Qué hace él en París? —preguntó la anfitriona después de volver de la cocina con una taza de café con leche, que prefirió a la copa de licor. Había escuchado con interés el drama de Prokófiev y su mujer española acusada de espía, pero le importaba más la misión que tenían entre manos—. Si es un reconocido escritor, ¿por qué no se quedó en Uruguay escribiendo y publicando?

—Porque no es tan reconocido. No hablamos de Hemingway; al menos, de momento. Para ser más exactos, en su país le conocen, pero ¿qué escritor puede vivir de vender libros?

—¿Hemingway? —preguntó irónica, a modo de respuesta.

—Creía que vivía de cubrir guerras... —Ahora fue él quien arqueó una ceja, un gesto característico de la española, a quien se lo había visto hacer en más de una ocasión, cuando algo la contrariaba o lograba sorprenderla—. Volviendo al personaje que nos ocupa: en su país natal trabajó como pianista en algunos locales, incluso en algunos cines, acompañando las películas mudas. Es bueno, muchos recuerdan su interpretación de los tres movimientos de *Petrushka*, la pieza de Ígor Stravinski que Felisberto empezó a tocar en 1935. La primera vez que lo hizo fue en Uruguay y, más tarde, la interpretó en Brasil, en Argentina y en otros lugares de Latinoamérica, aunque se recuerda especialmente su concierto en el Teatro del Pueblo de la calle Corrientes de Buenos Aires, en 1939. Era tal su pasión por *Petrushka*, que Amalia Nieto dibujaba en las cartas que se escribían unos muñecos a los que llamó «petrushkos», una especie de marionetas, de monigotes, a modo de contraseñas y lenguaje privado, que terminaron convirtiéndose en el cartel que anunciaba la actuación de Felisberto... —El hombre desplegó sobre la mesa algunos de los dibujos y las cartas de los que hablaba, así como algunas de las composiciones musicales escritas por Hernández: «Canción de cuna», «Un poco a lo Mozart», «Primavera», «Negros», «Tres Preludios»—. Al parecer, fue un ciego quien le enseñó a tocar el piano, Clemente Colling, el organista de la iglesia de los Vascos en Montevideo, un tipo algo rarito, con fama de antisocial. Felisberto le aprecia mucho, incluso le ha dedicado un libro: *Por los tiempos de Clemente Colling*, que fue premiado por el Ministerio de Instrucción Pública.

—Eso habla bien de él. Y nos puede ayudar a nosotros: sabemos que es agradecido. —María Luisa de las Heras disfrutaba conociendo cada uno de los detalles del informe.

—No creas. Felisberto Hernández tiene querencia al aprecio, pero se le pasa pronto. Pregunta a sus mujeres, si no me crees —dijo mientras se servía otro trago—. ¿No son muy pequeñas estas copas? Soy ruso, por el amor de Dios... —se justificó antes de seguir dibujando el perfil del escritor uruguayo—: En 1942 tuvo que vender el piano para hacer frente a sus deudas y ahí se acabó su carrera musical para centrarse más en su faceta de escritor. Tanto se centró, que un año más tarde se separó de Amalia Nieto, aunque su relación es muy cordial. Llegó a París en noviembre del año pasado, diez meses después de que lo hicieras tú. Lo hizo gracias a una beca que le consiguió un amigo, el poeta Jules Supervielle que, desde que Felisberto llegó a París, se ha convertido en una especie de mecenas: le ha puesto en contacto con otros escritores, le ha ayudado a publicar sus artículos, hacer colaboraciones, dar alguna conferencia y presentar su obra. Al parecer, hay un editor que se ha mostrado interesado en ella, Roger Caillois.

Mientras hablaba, iba poniendo sobre la mesa fotografías, documentos, artículos, revistas, libros, recortes de periódico, con los que ilustrar sus palabras.

—La excusa de su presencia en París es internacionalizar su obra, que Europa le conozca, hacer contactos y aprender el idioma. Aunque puede que la razón principal esté en esta inglesa. —Señaló la fotografía de una joven postrada en una silla de ruedas: rubia, menuda, con gesto triste y melancólico.

—¿La tercera mujer? —se adelantó ella.

—Creemos que es un mero pasatiempo. Una mujer sin más atractivo que la devoción que siente por Felisberto, aunque las malas lenguas aseguran que lo que realmente le interesa a él es aprender inglés, un idioma que le puede abrir otros mercados. Además, el título de tercera mujer ya está adjudicado. —El hombre guardó silencio unos instantes, algo que no había hecho desde que entró por la puerta—. Tú serás su tercera mujer.

María Luisa de las Heras lo observó sin pestañear. En su rostro no encontró la mínima huella de ironía, ni una sombra de sarcasmo, ni una media sonrisa que indicara que estaba bromeando. No mentía. La expresión de sorpresa de ella, tampoco.

—Es siete años mayor que tú —informó el contacto, con la intención de romper el silencio que se había instalado entre ambos.

—¿Y qué tiene que ver la edad?

—Mucho, teniendo en cuenta que vas a tener que conquistarle. Pero sabemos que eso no te costará demasiado —dijo, alabando tanto su inteligencia como su belleza: la piel morena, los labios llenos, los ojos grandes y negros que lo atravesaban en ese momento—. Es la tapadera perfecta. Es tan buena que ni siquiera podría haber salido de nosotros. Es un regalo del destino. Nadie lo esperaba, él solito se ha cruzado en nuestro camino.

—¿Y adónde nos lleva ese camino?

—A Suiza. —Vio que la española arqueaba una ceja y añadió—: Pero a la Suiza de América. A Uruguay.

—¿Uruguay? ¿Qué voy a hacer yo en Uruguay?

—Historia. Construirás la mayor red de espías soviéticos en el cono sur americano. En Estados Unidos está William Fisher, alias Rudolf Abel. En Europa, Kim Philby sigue haciendo su magia. Y tú te encargarás de Sudamérica. El mundo estará en nuestras manos. ¡Es perfecto! La conquista de América. España la conquistó por primera vez y, ahora, una española la reconquistará para la URSS.

—¿En Uruguay? —preguntó de nuevo.

—*Desde* Uruguay —matizó la preposición—. Desde allí volverás a deleitarnos con tu magia. Vete afinando el violín, camarada. El baile vuelve a empezar... Felisberto se hospeda en el Rollin —le informó él, mientras se ponía el abrigo para marcharse, no sin antes entregarle un trozo de papel con el nombre del hotel—. Yo comenzaría por ahí.

—¿No necesitaré un arma? Desde que llegué a París estoy desarmada.

—Es escritor. Lo máximo que puede hacer es matarte de aburrimiento. Y tú eres una preciosa modista de alta costura, no una guerrillera en los bosques de Ucrania. Con tu sonrisa y una caída de ojos de esas que guardas en tu repertorio, seguro que lo hieres mortalmente —dijo a modo de despedida.

Al salir al descansillo, volvió a elevar el tono de voz, pensando en los vecinos curiosos apostados tras las mirillas, y abandonando el tuteo:

—Muchas gracias. Le diré al señor Dior que está usted encantada con los diseños.

María Luisa de las Heras puso los ojos en blanco: después de haber pasado más de media hora en su casa, los vecinos ya sospecharían que eran amantes.

Volvió a la mesa a estudiar toda la información sobre Felisberto Hernández. Pasó la mano por los diferentes documentos del informe. Luego levantó la foto de su objetivo hasta la altura de sus ojos. «Bueno, Felisberto Hernández. Encantada de conocerte —pensó—. A ver dónde nos lleva todo esto».

Al día siguiente, ya estaba en la rue de la Sorbonne, frente al hotel Rollin donde se hospedaba su objetivo. Le dio tiempo a tomarse tres cafés antes de que Felisberto saliera por la puerta: el uruguayo no era demasiado madrugador. Cuando finalmente le vio, tuvo que comprobar que aquel hombre de aspecto elegante se correspondía con el que aparecía en la foto. Parecía más adulto, más formado, aunque quizá era el traje, que le confería un empaque más *gentleman* y menos bohemio, fiel a la imagen que su imaginación había esbozado a raíz de las fotografías del informe. Se preparó para seguirle y empezar a conocer a su próximo marido.

Durante días y semanas estudió cada uno de sus pasos. Sabía que nunca tomaba el primer café en su hotel: prefería los cafés callejeros, que convertía en lugares de encuentro con amigos y desconocidos; estos últimos, en su mayoría, del género femenino. Pronto descubrió qué platos eran sus favoritos, entre ellos, la tradicional *soupe à l'oignon* —siempre coronada con rebanadas de pan con queso gratinado—, qué vino le gustaba beber y en qué situaciones, en qué punto le gustaba la carne —sobre todo de buey o de ternera, aunque también la degustaba en otras variantes como el *cassoulet*, un plato de alubias con trozos de carne de todo tipo, desde salchichas a costillas pasando por tocino—. No se le escapó que los *escargots à la Bourguignonne* no eran de su agrado, excepto por el Chablis con el que solían acompañarse. Reparó en su abuso de la mantequilla, su predilección por la *baguette* y su afición por todo tipo de quesos —especialmente el Reblochon, sin hacerle ascos al Mimolette, el Crottin de Chavignol, el Emmental de Savoie, el Roquefort, el Époisses, el Morbier, el Maroilles o el Rocamadour—, que convertía el *aligot* —un puré de patatas contundente, mezclado con *tomme fraîche*, un queso sin refinar, y generosamente regado con ajo, mantequilla y nata fresca— en uno de sus manjares predilectos. No solo averiguó qué le gustaba comer, sino en qué restaurantes lo hacía: modestos cuando los costeaba de su bolsillo; de mayor calidad si lo convidaban sus amigos. Su economía no era boyante, y muchos días acudía a los cafés para actuar como pianista y ganarse un dinero extra. Aquellas actuaciones esporádicas no le impedían realizar numerosas excursiones, habitualmente en solitario y lejos de París, donde solía pasar hasta dos semanas, como la que hizo a Blois. María Luisa de las Heras lo siguió hasta allí, siempre guiándose por la discreción y la cautela. En Blois comprobó que el escritor uruguayo pasaba la mayor parte del tiempo escribiendo libros, artículos o conferencias.

Uno de los días le vio echar una carta al correo, en un pequeño buzón dispuesto en la recepción del hotel. Aprovechando un cambio de turno de los empleados, la espía fingió que la había escrito en un arrebato y que ahora se arrepentía; entre lágrimas, imploró recuperarla, y como el empleado vio que en el interior del casillero solo había una, entendió que debía de ser suya y que no violaba ninguna confidencialidad al hacerlo. La española no le dio siquiera la ocasión de leer el remitente; tan pronto como él abrió el buzón, se la arrebató con una sonrisa aún llorosa y un «gracias» que enamoró al muchacho, y se alejó con ella en la mano.

Una vez fuera de la vista del conserje, abrió el sobre como había abierto otros muchos y empezó a leer. Era una carta para su familia:

les informaba de sus días en Blois, de la buena marcha de su trabajo y de lo emocionado que se sentía con el cuento que estaba empezando a escribir, del que solo su amigo Supervielle tenía conocimiento. Siguió leyendo hasta final. No era la primera vez que inspeccionaba su correo, y nada en aquella carta le resultaba útil, más allá de confirmarle que guardaba buena relación con su familia, en especial con su madre, Juana Hortensia. Sabía que le escribía con asiduidad, y que la llamaba cariñosamente Calita. Pero esa relación epistolar no era tan constante como la que mantenía con su segunda mujer, Amalia Nieto, con la que seguía en contacto, a pesar de estar separados desde 1943.

No fue el único viaje que el escritor realizó por Francia, e incluso fuera del territorio galo. La espía también lo siguió hasta Londres, donde Felisberto impartiría una conferencia en el Instituto Millington Drake, alargando la estancia durante casi dos semanas.

Gracias al seguimiento, conoció a sus amigos más leales, que se correspondían con los nombres y las fotografías del informe facilitado por su enlace: la poetisa Susana Soca, el poeta Jules Supervielle y el editor Roger Caillois. También logró ver en persona a la amante británica: fue una única vez, ya que los encuentros con el escritor se producían en su casa de París, de la que apenas salía y donde muchas veces el autor pasaba la noche. La pareja fue a comer a un establecimiento de la capital, después de dar un paseo, con él empujando la silla de ruedas de su amante.

Durante casi diez meses, siguió las huellas de Felisberto Hernández, se convirtió en su sombra. A menudo recordaba el poema «Sombras» de Susana Soca que le había entregado su enlace, asegurándole que le gustaría. Al menos, se sintió identificada:

No temo a mi sombra por
otra sombra devorada.
Ella me sigue o la sigo,
y por años yo olvidaba
la dimensión de la mía.
En la noche con exacta
soltura se superpone
a la mía y se desplaza

conmigo sin hacer ruido.
Durante el día descansa
en objetos singulares
y en figuras cotidianas.
Y por años una sombra
sin esperanza
tomó el lugar de mi sombra.

Hasta que un día, avanzado ya el otoño, la silueta clandestina decidió abandonar la oscuridad y salir a la luz, tan pronto como se lo indicó su enlace en París y, por ende, Moscú. Había llegado el momento de pasar a la acción.

Sabía que Felisberto había quedado esa tarde noche con unos amigos en La Coupole. Conocía el lugar, un exponente del *art déco* en Montparnasse, un oasis de colores, madera, vidrios, mosaicos y pinturas que hacía las delicias de su selecta clientela, principalmente intelectuales y artistas que podían permitírselo o, en su defecto, con amistades que lo costeasen.

María Luisa de las Heras se vistió para la ocasión. La colección «Corolle» de Dior, que había llevado la revolución al cuerpo de la mujer, inspiró su imagen aquella tarde: un elegante traje Bar de chaqueta estructurada y falda midi, de cintura ceñida y remarcada en las caderas, más cercano al corsé que a una chaqueta, hombros suaves y torneados, pecho erguido y una talla muy estrecha. El rojo seguía siendo su color fetiche, tanto en el traje Bar que envolvía su cuerpo, recreándose en la cintura para esculpir su silueta femenina, como en su boca, dando el máximo protagonismo a sus labios, remarcando su belleza y explotando su sensualidad. Iba a ser el primer encuentro y debía ser impactante. Conocía sus armas y la sed de batalla de Felisberto. La estrategia estaba clara. Llevaba en la mano dos ejemplares de revistas de moda, uno de *Vogue* y otro de *Harper's Bazaar*, y un pequeño bolso con forma de sobre, del mismo color que su vestido, bajo el brazo.

A cien metros divisó el enorme toldo de color bermellón de La Coupole y le pareció una buena señal. Estaba a punto de entrar en el escenario que Simone de Beauvoir eligió para una de las escenas de su novela *La invitada*, la historia de un triángulo amoroso entre una pareja perfecta —Françoise y Pierre, escritora y dramaturgo— y una joven de nombre Xavière, que haría saltar por los aires la idealización del matrimonio y sus conceptos morales, en una maraña de celos, traiciones y egoísmo.

Al abrir la puerta del local y acceder a su interior, se sintió en la piel de Xavière, la invitada que estaba a punto de cambiarlo todo y de hacerlo para siempre. Inspeccionó el interior del establecimiento. No había rastro de la banda de jazz ni del club de baile privado habituales durante los felices años veinte, pero sí de Felisberto Hernández y de sus tres acompañantes. Mientras se encaminaba hacia una mesa libre, cercana a la de ellos, fue atrayendo las miradas de los comensales. Iba marcando el paso de manera consciente y segura, al igual que punteaba los pulsadores en su radio; sus tacones rememoraban el tecleo de los códigos; el contoneo de su cuerpo, el oscilar de las ruedecillas del Paraset hasta dar con la frecuencia y la señal adecuadas. La conexión fue inmediata. El primer paso de la operación había sido un éxito. Como el personaje de *La invitada*, la espía sintió que «vaya donde vaya, el mundo se desplaza conmigo». Se sentó a la mesa, y agradeció con un gesto que el camarero le retirara solícito la silla para que pudiera acomodarse; cruzó las piernas envueltas en unas finas medias de seda que terminaban en unos zapatos de tacón alto, a juego con el vestido, y se despojó de los guantes rojos, demorándose en retirar, uno a uno, la tela que cubría sus dedos, con una perfecta manicura de color bermellón. Fue consciente de que las miradas de los caballeros permanecían sobre ella. Ni una sola vez miró a sus vecinos de mesa, como si su presencia no le importase.

La velada transcurría entre platos de pescado y generosos caldos, salpicados por conversaciones que se iban acalorando cuando la política entraba en ellas. La voz de Felisberto le pareció chillona y exaltada, tal vez por los efluvios del vino o por el interés de hacerse notar.

—No hizo falta que viniera Churchill a explicarnos nada sobre el telón de acero. En Uruguay ya sentimos el frío de ese acero diez meses antes de su famoso discurso en Fulton —contaba el escritor, captando la atención de sus compañeros de mesa—. El 2 de mayo de 1945, caído ya Berlín, en la sede del diario *El Día* no quisieron incluir la bandera de la URSS entre los estandartes de los países aliados que habían ganado la Segunda Guerra Mundial, algo que, en mi opinión, fue una muestra de buen gusto. El Partido Comunista de Uruguay protestó, blasfemó y calentó los ánimos ante lo que consideraba un insulto, y las calles se llenaron de disturbios, de heridos, de detenciones y seguramente de muertos, aunque no nos lo contasen. Acusaron al diario y al periodista y político César Batlle de antisoviético y de fomentar el odio a los comunistas. Fue un escándalo. Todo lo propiciaron ellos; aquello no surgió de la nada. Como siempre, el comunismo llevando la violencia y la sangre a las calles, pero no la suya propia, sino la de los desgraciados que siguen sus consignas con los ojos cerrados.

—¡Hombre! La verdad es que no les hubiera costado nada incluir la bandera de la URSS. Al fin y al cabo, los rusos ganaron la guerra y era el estandarte que ondeaba en Berlín —le rebatió uno de los comensales—. Tu obsesión con el comunismo no te deja verlo con claridad, Felisberto. No eres imparcial.

—¿Qué es lo que tengo que ver? ¿Ese trapo sucio con una hoz y un martillo? Stalin es igual o peor que Hitler, y solo cuando se os caiga la venda de los ojos podréis verlo. Me han dicho que el presidente Truman está empeñado en echar una mano a los países sudamericanos para luchar contra el comunismo, incluso prestando apoyo y colaborando con los servicios de inteligencia de sus países. —Felisberto se llevó el tenedor a la boca antes de añadir—: Qué queréis que os diga. A mí me parece perfecto el Plan Truman, el Tratado Interamericano de Asistencia Recíproca y la creación de la futura Organización de Estados Americanos. Mientras se comprometan a borrar del mapa el comunismo, que hagan lo que quieran y se organicen como crean oportuno.

—A veces hablas como un fanático, querido amigo.

—¿Eso te parece? Pues escucha esto: después de acabar con la amenaza nazi y fascista, ahora deberíamos acabar con el nuevo terror que amenaza al mundo: el comunismo. Es como una plaga, quiere abarcarlo todo. ¿Acaso estás ciego? ¿No has visto a qué velocidad se han instaurado regímenes comunistas en Polonia, Bulgaria, Rumanía, Hungría, Checoslovaquia, Alemania del Este...? Los soviéticos quieren hacer del mundo un enorme satélite al servicio del caravirue-la de Stalin. Dicen que planea llegar hasta África, no sé si para hacer negocios con las armas o para terminar de hacer lo que no pudo en España.

—Ahí tienes razón. El comunismo es como un cáncer. Se extiende por todo el mundo —comentó otro de los acompañantes, mientras rellenaba las copas de sus compañeros.

—Bueno, bueno, haya paz, que siempre terminamos igual —intervino el cuarto de los amigos, intentando calmar los ánimos. Era complicado hacerlo si no se tenía la destreza de Felisberto para hablar, beber y masticar a dos carrillos al mismo tiempo—. Además, este encuentro es para celebrar la buena acogida de *Nadie encendía las lámparas* de nuestro querido Felisberto y la traducción al francés de uno de sus relatos, y no para divagar sobre argumentos ideológicos ni políticos, que ya bastante daño nos han hecho a todos.

—¡Por Felisberto! —Uno de los amigos alzó su copa e hizo que el resto le imitara—. Que la luz de esas lámparas te deje ver el camino correcto.

Finalizado el brindis, la mujer de rojo, que había asistido callada a toda esa charla, se incorporó de su asiento, recogió las revistas, el bolso y los guantes, y se dispuso a abandonar el lugar, no sin antes dirigirse a Felisberto.

—Discúlpeme, señor, no querría molestarle... —dijo en un perfecto español con un tono dulce y suave, algo que, sumado a su belleza exuberante, logró lo que nadie había conseguido en toda la velada: dejar al escritor sin palabras—, pero debo decirle que es un orgullo escuchar hablar español de esa manera en París. Permítame que le felicite.

En un ademán completamente seductor, tendió la mano hacia el escritor, que solo tardó un segundo en incorporarse, recoger la mano de la hermosa mujer y acercar a ella sus labios. No le extrañó sentir el poco protocolario beso en la piel; es más, lo esperaba. Fingió sentirse complacida, y le dedicó una de sus miradas enigmáticas y penetrantes y una sonrisa enmarcada en rojo que terminó de desarmarlo: Felisberto ya no se acordaba ni de Stalin ni de la bandera de la URSS. La mujer mantuvo su mirada en la suya durante unos instantes más, consciente de que estaba marcando el territorio y emboscando por la retaguardia a las líneas enemigas.

—Me ha hecho usted sentirme muy feliz —reconoció mientras recuperaba su mano, que el escritor uruguayo parecía empeñado en quedarse, y se dirigió al resto de los comensales—: Les deseo que terminen de pasar una buena velada. No me cabe la menor duda de que así será.

Los aludidos acertaron a asentir, en un gesto que suplía la sequía de palabras; ninguno de ellos quería que un balbuceo los delatara. Observaron cómo la mujer caminaba hacia la puerta del establecimiento, dejando tras ella la misma estela que en la mesa de los caballeros. Sintiéndose más que nunca en la piel de la Xavière de Beauvoir, empleó unos segundos en mantener una pequeña conversación con el camarero sobre un tema insustancial, para dar tiempo a que el cuarteto reaccionara, en especial Felisberto, y pudiera poner en marcha la siguiente fase de la operación.

—¿Ha dicho que es un placer escuchar español, o a un español hablando así en París? —preguntó el uruguayo, sin dejar de observar a aquella fascinante desconocida.

—¡Y qué más dará lo que haya dicho! Pero ¿tú la has mirado bien? —le instó uno de sus amigos—. En mi vida he visto a una mujer así, excepto en el cine y en las portadas de las revistas. Y se ha fijado en ti. ¿Es que no vas a reaccionar? A ver si resulta que solo correrías detrás de Stalin si te lo encontraras en la calle...

—¿Tú crees? —preguntó el autor, como si necesitara escuchar una respuesta que conocía de sobra.

—Será la primera vez que nos preguntas si debes ceder a los encantos de una mujer... —bromeó el que, minutos antes, intentaba salvar la gloria de Marx.

Cuando María Luisa de las Heras intuyó con el rabillo del ojo, en complicidad con un espejo ubicado en una de las paredes del local, que se aproximaba Felisberto, se despidió con una sonrisa del camarero y se encaminó hacia la salida.

—Disculpe —la detuvo Felisberto cuando ya estaba a punto de pisar la calle—. Ni siquiera me ha dicho cómo se llama, y eso sería fatal para mí, porque no podría poner nombre a mi obsesión.

—María Luisa —respondió la mujer, improvisando un gesto de complacencia ante la galantería—. María Luisa de las Heras.

—Felisberto Hernández. Soy escritor. Y me temo que, desde hace unos minutos, un hombre enamorado. Acaba usted de dar vida a mis textos: algo se transforma en poesía si lo miran ciertos ojos.

—Por favor... Qué cosas dice usted.

—Si no lo considera un atrevimiento por mi parte, me gustaría que se uniera a nosotros en un brindis. Será breve, no quisiera entretenerla y, mucho menos, importunarla. Verá, es que acaba de publicarse en francés un relato mío incluido en mi último libro y estamos celebrándolo.

—¡Oh! Enhorabuena. Debe de sentirse muy orgulloso. Nunca había conocido a un escritor —mintió como la buena actriz que era, imbuida en su papel de mujer bella, educada, simpática y admiradora del hombre que tenía ante sí. Solo esperaba que Hemingway y Orwell supieran disculpar su embuste—. Es un verdadero placer.

—¿Nos acompaña entonces?

—¡Cómo podría negarme!

La mujer de rojo volvió a la mesa, donde la recibieron con sonrisas y comentarios elogiosos. El homenajeado pidió una botella de champán y mientras esperaban a que el camarero la trajera, trató de indagar en el misterio de su invitada.

—Y dígame, ¿de dónde es usted? —preguntó—. Su acento me tiene un poco perdido.

—Nací en España, pero hace ya tiempo que salí de allí, ya saben, la Guerra Civil y todo lo que vino luego... —Esbozó un gesto de contrariedad que todos entendieron sin necesidad de más preguntas. París estaba lleno de refugiados españoles, y el mundo lo estaba de refugiados europeos. De alguna manera, todos compartían la condición de exiliados.

—¡De España! Vaya, ¿sabe que yo tengo sangre española? —reconoció Felisberto, entusiasmado—. Mi padre, don Prudencio Hernández, era de origen canario —dijo para júbilo de todos y algo sobreactuado, teniendo en cuenta que se trataba de una mera coincidencia geográfica en su árbol genealógico. Pero era un momento de celebración y cualquier excusa era buena—. ¿Y qué hace en París una belleza como usted?

—Soy modista de alta costura. Tengo un taller en la rue Lauriston, en el barrio Passy, donde también vivo —explicó, asegurándose de dar toda la información sobre su lugar de residencia para dejar claro su buen estatus económico y social—. Y, la verdad, me va muy bien.

—¡Modista de alta costura! Ahora entiendo que parezca usted un maniquí —volvió a piropearla Felisberto, mientras el camarero empezaba a servir el champán—. ¿Y ha venido sola a París? ¿Alguna madre, hermano, amiga..., quizá un marido?

—No, nada de eso. Soy viuda. Mi marido murió en la guerra —dijo, y esta vez no mentía.

Su primer y único marido había sido el capitán Francisco Javier Arbat, ya que con Luis Pérez García-Lago nunca llegó a casarse. El capitán Arbat había perdido la vida el 15 de marzo de 1937, al frente de la XI Bandera en la Batalla del Jarama, por lo que le fue concedida la Medalla Militar. El recuerdo de la última vez que vio a su esposo, en 1934, en el andén de la estación de tren de Oviedo, donde una joven África de las Heras había acudido para unirse a la sublevación de los mineros asturianos, le dio mayor credibilidad a su gesto apesadumbrado. No tenía por costumbre odiar a los muertos; no tuvo que fingir tanto para resultar convincente ante su entregada audiencia.

—Por favor, discúlpeme, no quería entristecerla —terció Felisberto, algo apurado; con la pregunta solo buscaba saber si tenía alguna posibilidad con ella.

—No, no se preocupe, es algo que sucedió hace tiempo y lo tengo asumido. Pero ya sabe, los recuerdos lo complican todo... Mejor brindemos por el homenajeado, por el escritor y por su libro, ¿cómo ha dicho que se titula?

—*Nadie encendía las lámparas*, un título que viendo la luz que usted proyecta, es completamente absurdo —dijo el escritor, devolviendo la sonrisa al rostro de la invitada, así como al del resto de los comensales.

—Y ustedes, ¿son también escritores, intelectuales? —María Luisa de las Heras intentó abrir la conversación a la mesa y dejar que

Felisberto la observara como venía haciéndolo desde que entró en el restaurante: embelesado y casi de manera reverencial.

—No, qué va. Aquí la estrella es nuestro buen amigo. Yo soy periodista —dijo uno de ellos, que decidió presentar a los otros dos compañeros—: Él es editor, y aquí el señor es un compatriota uruguayo, cuatro amigos que solemos juntarnos para hablar de política e intentar arreglar el mundo, ya ve usted qué pérdida de tiempo...

—¿A usted le interesa la política, María Luisa? —preguntó el que había sido presentado como editor.

—Yo de política no entiendo nada. Como la mayoría, solo sufro sus consecuencias. Lo mío es la belleza, el cuerpo de la mujer, la moda...

—Son temas que también apasionan a nuestro querido Felisberto. —El compatriota uruguayo no pudo reprimir el comentario.

—No les haga caso y continúe hablando. A usted sí es un placer escucharla —rogó el escritor, que solo tenía ojos y oídos para la mujer de rojo.

—Me temo que se me hace tarde. Tengo que terminar un pedido. Mañana a primera hora recibo en el taller a la mujer de un embajador y es tan exigente como su marido. Me van a disculpar, pero debo marcharme.

—Si no puedo convencerla de que se quede un poco más... —insistió Felisberto.

—Han sido ustedes muy amables. Y créame que lamento irme, pero... —insinuó dirigiéndose a él con el mismo candor y sensualidad en la voz que en la mirada, lo que animó al escritor uruguayo a hacerle un ofrecimiento.

—Sé que tendrá cosas más importantes que hacer. Pero, por si le apetece y le viene bien, dentro de unos días, el 13 de diciembre, doy una conferencia en el Pen Club —Extrajo de su bolsillo una de las invitaciones que su editor le había entregado durante la cena—. Me encantaría volver a verla y seguir con esta conversación.

—No puedo prometerle nada. —Ella se aseguró de que sus gestos y su tono mostraran una ambigüedad que contradijera sus palabras, trabajándose un halo de misterio e indecisión que atrajera aún más a Felisberto—. Pero créame que haré todo lo posible para asistir.

—Haga usted un poco más, y verá como será una noche inolvidable. Para mí sería todo un placer que estuviera entre el público.

Se despidieron educadamente y, aunque Felisberto se ofreció a acompañarla hasta su casa, ella insistió en que continuara la fiesta con sus amigos. Solo le permitió escoltarla hasta la salida del restaurante para abrirle la puerta.

María Luisa de las Heras abandonó La Coupole satisfecha con el resultado de la misión. Al igual que Françoise en la novela de Beauvoir, Felisberto se había quedado prendado de la belleza, la ingenuidad y la personalidad de aquella Xavière exótica envuelta en rojo.

Al abandonar el local, le vino a la memoria un diálogo de *La invitada*:

> —La mentira es una cosa tan gratuita...
> —Siempre es gratuita cuando se descubre —dijo Françoise.

La mentira de la invitada sorpresa en aquella velada en La Coupole se había consumado. Haría todo lo posible para que la farsa valiera su peso en oro.

31

Estaba nervioso. Apenas podía mantener quietas las manos e insistía en frotarlas entre sí, como un cirujano empeñado en enjabonarlas a conciencia antes de operar.

La inquietud no era solo por su presentación en el Pen Club, un distinguido club de intelectuales reunidos bajo el paraguas de unas siglas —«Poetas, Ensayistas y Novelistas»— al que todo escritor soñaba con ser invitado. El escenario lo manejaba, el temario era su propia obra y la literatura uruguaya, y un amigo suyo, el poeta Jules Supervielle, se haría cargo de la presentación. Todo estaba controlado excepto el público, en concreto una asistente especial y su promesa de que intentaría acudir.

Cuando llegó la hora de iniciar la conferencia, todos ocuparon su sitio. El asiento en la primera fila que Felisberto había guardado para su invitada permanecía dolorosamente vacío y, aunque hacía esfuerzos para evitar dirigir la mirada hacia allí, sus ojos se rebelaban contra su voluntad en una incorregible actitud masoquista. La puerta de acceso al salón de actos se abrió en varias ocasiones, pero nunca era ella. Comenzaba a perder la esperanza.

Las primeras palabras de Jules Supervielle a modo de bienvenida a la ponencia coincidieron con una nueva apertura de la puerta. Y entonces sí: una silueta femenina inconfundible para el uruguayo caminó por el pasillo central que dividía en dos el patio de butacas del auditorio. La reconoció al instante. La exuberante mujer de rojo para quien era «un orgullo escuchar hablar español de esa manera en

París», avanzaba por el Pen Club tal y como lo hizo por el interior de La Coupole. Él siguió aquel contoneo femenino hasta que uno de los trabajadores del centro le indicó el asiento reservado para ella. Jules Supervielle tuvo que repetir dos veces el saludo de bienvenida «a nuestro querido y admirado escritor, Felisberto Hernández, buen representante de las letras uruguayas», que agradeció los aplausos no por vanidad, sino porque le sirvieron para arrancarlo del embrujo en el que la entrada de María Luisa de las Heras le había sumergido. En esa ocasión, iba vestida con un llamativo vestido verde, de falda plisada y cuerpo recto, y un delgado cinturón marrón marcaba su cintura, justo el lugar que Felisberto anhelaba abarcar con sus manos.

El auditorio siguió con atención e interés la conferencia. Sentada en la primera fila, pudo sentir las miradas que el escritor le dedicaba, aunque procuraba no recrearse en ellas para evitar distraerse. Desde donde estaba, Felisberto podía oler el perfume de su admiradora, dulce, floral y ligeramente cítrico, el mismo que percibió la noche que la vio por primera vez en La Coupole y que había impregnado su memoria.

Al acabar el acto, María Luisa de las Heras permaneció pacientemente en uno de los extremos de la sala, esperando a que él atendiera a los requerimientos de sus colegas y de parte del público. Cuando por fin pudo desembarazarse de aquella obligación, Felisberto se acercó a la asistente más importante.

—Al final pudo venir.

—No me lo habría perdido por nada del mundo. Si quiere que le diga la verdad, he contado los días, y hasta me he puesto un poco nerviosa. No suelo salir mucho y me hacía ilusión volver a verle —dijo con una admiración medida y planeada, provocando que el rostro del escritor se iluminara como lo había hecho con los aplausos y las palabras de elogio de sus colegas.

—Pues debería salir más, porque el mundo de hoy necesita recuperar la belleza cuanto antes, y usted la derrama a cada paso —la alabó sin dejar de observarla, como si todo a su alrededor hubiera desaparecido o careciera de importancia, ya fueran escritores, editores o admiradores. Cuando volvió en sí, reparó en la presencia del que había sido su presentador en la conferencia—. Déjeme presentarle a mi gran amigo y colega Jules Supervielle. Gracias a él estoy en París. Y lo más importante de todo, gracias a él la he podido conocer a usted.

—Señora... Veo que mi amigo no exageraba al hablar de su belleza.

—¿Le ha hablado de mí? —fingió sorprenderse.

—¿Acaso se puede hablar de algo más después de conocerla?

Felisberto estaba empeñado en conquistar a aquella mujer hermosa, seductora, elegante, que transpiraba clase por cada centímetro de su piel y le miraba con ojos de admiración. Y ella estaba preparada para dejarse conquistar aunque, en su caso, la conjugación de aquel verbo solo cabría en una ficción. El plan seguía adelante sin presentar fisuras que lo amenazasen.

A raíz de ese día, la pareja se veía a diario, como unos novios incapaces de estar separados un solo minuto. La espía sabía lo que tenía que hacer para conservar ese interés: retrasar el sexo todo lo posible y mantenerle contento, henchido de orgullo y cubierto de vanidad. «Es un escritor, un bohemio, un intelectual. Aliméntale el buche y el ego, y todo irá bien». Agradeció el consejo de su contacto en París, pero ella, mejor que nadie, sabía cómo hacer su trabajo.

La nueva pareja frecuentaba lugares públicos, paseaba por los jardines y los parques de la capital francesa, visitaba exposiciones, comía en restaurantes caros —siempre costeados por ella, que insistía en hacerlo, ya que el dinero no parecía un problema dada la buena marcha de su taller—, se dejaba ver en las terrazas de los cafés, asistía a presentaciones de libros, conciertos, ballets y algunas conferencias más de Felisberto. Ambos compartían tiempo y aficiones, aunque ni la política ni la literatura estaban entre las devociones de la modista, que le hizo saber que las únicas palabras que le interesaban eran las que hablaban de su amor. Al uruguayo le valía, le llenaba todo aquello que viniera de su nueva musa.

La mujer de la que se había enamorado era todo lo contrario a sus anteriores conquistas, todas interesadas en el mundo cultural, en especial Amalia Nieto, su todavía esposa, a la que quería pero no de la misma manera. Hacía tiempo que sabía que esa relación, basada más en intereses literarios y musicales que en la pasión amorosa, había llegado a su fin, y la aparición de la española solo había precipitado lo que ya venía barruntando desde su separación: el divorcio. Sus devaneos anteriores con la escritora Paulina Medeiros y con otras colegas de profesión, como Susana Soca, o con admiradoras que se le acercaban al término de cada conferencia o presentación, como la británica que le esperaba en su silla de ruedas, no eran más que meros entretenimientos. Pero con la española era diferente. A pesar de su debilidad por las mujeres, Felisberto se consideraba un romántico que solo necesitaba enamorarse para abrazar la fidelidad. Desde que ella entró en su vida, no había sentido la necesidad de buscar amor y compañía en otros brazos femeninos. Lo único que no hacía la nueva pareja era pasar la noche juntos, a pesar de que el escritor frecuentaba el apartamento de la modista. Se había aficionado a la comida que la mujer le preparaba, especialmente aquella de reminiscencia española, como los huevos fritos acompañados de pimientos verdes, chorizo y patatas a lo pobre, y la tortilla de patata bien cuajada, el plato que se convirtió en el favorito de Felisberto. Ella se encargaba de todo, también de la elección de buenos vinos, sobre todo tintos, con los que acompañaba la carne y los guisos caseros. El escritor solía aportar a las veladas detalles como flores, bombones o alguna variedad de queso del amplio abanico del que se enorgullecía Francia. En una ocasión, para conmemorar el Día de los Enamorados, llegó con un Coeur de Neufchâtel, un queso de leche cruda de vaca con corteza enmohecida, que se caracterizaba por su peculiar forma de corazón. «Es el queso más antiguo de Normandía. Desde hace casi mil años se elabora en la zona de Neufchâtel-en-Bray. Ya no sé de qué manera entregarte mi corazón», le confesó Felisberto. Otro de sus preferidos era el queso Banon, un queso de cabra de pequeño tamaño, de especialidad prealpina procedente de la Alta Provenza, que según le explicó el charcutero, se lavaba con un aguardiente casero y se envolvía en hojas de castaño, y que le gustaba por su textura cremosa fácil de fundir y por el regusto del aguardiente. La leyenda aseguraba que Antonino Pío había muerto después de comer una buena cantidad de ese queso; a juzgar por las siestas que se echaba Felisberto en el apartamento de la rue Lauriston, la historia no solo era cierta, sino que el escritor podía compartir linaje con el emperador romano del siglo II.

La pareja vivía en un permanente idilio. El uruguayo cada vez se sentía más a gusto con aquella española que no dejaba de halagarle, de prestarle toda su atención, de desvivirse por él y deshacerse en mimos. Le ofrecía no solo la compañía de una mujer hermosa, sino un ambiente familiar del que el literato andaba falto. Incluso le gustaba que se mostrara celosa si él quedaba con amigos o debía asistir en solitario a algún compromiso laboral porque, siguiendo su propio criterio, eso significaba que le amaba. María Luisa de las Heras no podía agradecer lo suficiente las salidas nocturnas de su enamorado, pero eso jamás se lo mostraría.

A mediados del mes de marzo de 1948, Felisberto recibió la visita de unos buenos amigos recién llegados de Uruguay: el profesor Carlos Benvenuto y sus dos hijos, Luis Carlos y Sergio.

—Diles a tus amigos que vengan a casa a comer y a cenar. Me encantará recibirlos. Aquí estarán más cómodos —le propuso la española—. Y si quieres, yo me encargo de buscarles un hotel bonito cerca de aquí, a no ser que ya hayan elegido uno.

—¿Estás segura? —preguntó Felisberto, agradecido por aquel detalle que entendió como un gesto de amor hacia él.

—Por supuesto. Quiero compartir contigo todo. Y eso incluye a tus amigos.

—No sé qué he hecho para merecerte —dijo antes de acercarse a besarla.

Los amigos uruguayos aceptaron la hospitalidad con agrado y pasaron en el apartamento de la rue Lauriston gran parte del tiempo, sobre todo el dedicado a las comidas. La española les parecía una mujer encantadora, bella, amable, divertida, de trato fácil y dispuesta a hacer feliz al escritor. Todos disfrutaban de su compañía, en especial el joven Luis Carlos, que enseguida le cogió cariño, y no solo por los postres caseros con los que le agasajaba —provocando unos celos impostados de Felisberto por dejar de ser el favorito de la casa—, sino porque advertía una emoción especial en ella cada vez que le miraba. No se equivocaba.

—Me recuerdas tanto a alguien que un día perdí... —suspiró antes de pasarle la mano por el pelo y depositar en la cabellera del joven un beso que pareció maternal.

—Me voy a poner celoso como sigas así —bromeó Felisberto, dando por hecho de que se trataba de un antiguo novio de juventud.

—No, mi amor, no es eso. Es que mi hijo, el que perdí al poco tiempo de nacer, hoy tendría su edad —reveló para sorpresa de todos, también para el escritor, que desconocía aquel detalle de la biografía de su amada.

Todos intentaron insuflarle ánimos, y el joven Luis Carlos se levantó para abrazarla y besarla como ella había hecho con él unos segundos antes. La confesión no había sido improvisada, sino algo calculado para alimentar la empatía de los presentes hacia ella, y una vez captada toda la atención, fingió justificarse:

—Perdonadme, no quiero incomodaros ni poneros tristes. Ahora mismo vamos a abrir una botella de vino que he comprado para la ocasión. Hay que brindar por la gente que amamos y que tenemos cerca, y dar las gracias a la vida por ponerla en nuestro camino. ¿Traes tú las copas, cariño, o prefieres abrir la botella? —preguntó dulcemente, mientras se enjugaba los restos de emoción en el rostro. Se dijo que la Metro Goldwyn Mayer había desperdiciado una gran ocasión al no haberla descubierto antes que el NKVD. No tenía nada que envidiarle a su estrella, Esther Williams, que acababa de estrenar *Fiesta* junto a Ricardo Montalbán. Aunque su interpretación en aquel apartamento en París se asemejaba más al perfil de la bella y enigmática Audrey Totter, una *bad girl* de la Metro en su nueva producción cinematográfica, *La dama del lago*.

Todos brindaron y saborearon el excelente vino que llenaba sus copas. En aquel apartamento siempre se consumía lo mejor «para los mejores», como solía apostillar su inquilina.

—Ahora que estamos en familia, quiero compartir una noticia con vosotros —dijo Felisberto en un tono ceremonioso, haciéndose con la atención de todos, también de María Luisa de las Heras, entre intrigada y preocupada. No le había dicho nada sobre ningún anuncio ni ninguna novedad, pero eso no le hizo borrar la perenne sonrisa con que siempre le miraba—. Es algo importante para mí, yo diría que trascendental, y espero que no solo para mí. Como sabéis, llevo unos meses viviendo una historia de amor con María Luisa, este ángel de mujer que la vida ha puesto en mi camino y por el que nunca podré dar suficientes gracias. Es bella, generosa, buena, divertida, amorosa, paciente, comprensiva, tierna, me mira como nunca nadie me ha mirado, me hace sentir lo que nadie antes me ha hecho sentir... Y, por si todo eso fuera poco, es una excelente cocinera que me ha hecho engordar cinco kilos en estos últimos meses —dijo provocando la sonrisa cómplice de sus amigos—. Es normal que no pueda concebir mi vida sin ella; ni puedo ni quiero. —Cuanto más hablaba, más turbación iba asomando al rostro de la mujer, no por la emoción de lo que parecía estar a punto de decir, sino porque se veía más cerca de lograr su objetivo—. Por todo esto, y por otras cosas que me vais a permitir que me guarde para la intimidad, y aprovechando que estamos en familia, quiero pedirle a María Luisa, aquí, en este momento y ante testigos, que se case conmigo.

El anuncio provocó una sorpresa inicial entre los amigos que, tan pronto como escucharon el «sí» emocionado de la peticionada, mudó en vítores, aplausos y parabienes. Era difícil controlar la alegría, especialmente para ella, que hacía esfuerzos ímprobos para que la emoción no la dejara sin habla y envuelta en un mar de lágrimas. Mientras para la gran mayoría de los presentes aquella declaración era la culminación del amor, para ella era el cénit de su misión, al menos, de la primera parte.

Los días posteriores al compromiso, se dedicaron a seguir con su cotidianeidad y sus quehaceres, y a intercambiar continuas bromas sobre el futuro estado civil de la pareja, llamándose marido y mujer, el uno al otro, cada vez que se mencionaban.

Felisberto debía dar una conferencia el 17 de abril en el anfiteatro Richelieu de la Sorbona, la universidad más antigua y legendaria de París, fundada en 1257 por Robert de Sorbon, confesor del rey Luis IX, con el propósito de impartir teología a los estudiantes con escasos recursos económicos. Era una oportunidad única y el escritor estaba orgulloso de entrar a formar parte de los invitados a uno de los templos del conocimiento humanista más prestigiosos del mundo. María Luisa de las Heras se ofreció a ayudarle a traducir su conferencia al francés. Su dominio del idioma, a años luz del que podía tener el literato, se lo ponía fácil, y además le servía para subrayar su dedicación a su futuro marido.

Una de las tardes en las que se encontraba entregada a la transcripción del texto, mientras Felisberto se echaba una siesta después de comer, se levantó de la mesa sobre la que descansaba el discurso —así como el manuscrito de un cuento titulado «Las Hortensias», en el que él llevaba tiempo trabajando—, para dirigirse a la cocina y prepararse un café; así el uruguayo lo encontraría recién hecho cuando se despertara. Al volver con la taza, reparó en la chaqueta de su prometido situada sobre el respaldo de una de las sillas. Por deformación profesional de su nueva tapadera, no le gustaba ver una prenda colgada de esa manera, ya que no tardaría en deformarse, sobre todo a la altura de los hombros. Al coger la americana para colgarla en una percha, vio que un sobre sobresalía del bolsillo interior de la chaqueta. Lo extrajo: era una carta de Felisberto para su madre, Calita. Después de mirar hacia la puerta de la habitación donde él descansaba, aprovechó el vapor de la cafetera para abrirla sin marca. Un *déjà vu* la trasladó a la Casa Azul de Coyoacán. En un mundo tan inestable, había cosas que no cambiarían nunca.

> Mi querida madre:
>
> Me llenó de alegría saber que estás bien y que me añoras. Por fin puedo confirmarte que pronto me reuniré contigo en Uruguay. Ya he comprado el billete que me devolverá a tu lado. Será el día 20 de mayo cuando parta en un barco desde el puerto de Burdeos y espero que me estés esperando. Debo decirte que estoy muy contento porque dentro de unos días daré una conferencia en la Sorbona. Me hace inmensamente feliz porque sé que tú también te sentirás muy orgullosa de mí. Pronto volveré a escribirte para confirmarte el día y la hora de mi llegada...
>
> Te ama,
>
> TU FELISBERTO

Inspeccionó la carta renglón a renglón. Le preocupó que no le hubiera dicho nada de su inminente partida a Uruguay, pero le inquietó aún más que no hiciera una sola mención a ella, la mujer a la que acababa de pedir en matrimonio. Si iba a convertirse en su tercera esposa, qué mínimo que una alusión para informar a su madre de su existencia. Dobló la carta por los mismos pliegues originales, la introdujo en el sobre y la devolvió al bolsillo donde la encontró. Percibió la sombra de una traición cerniéndose sobre ella, y no le gustó.

En ese momento se abrió la puerta del dormitorio. Felisberto se levantaba siempre de buen humor y con un exceso de cariño que a ella se le antojaba insufrible, pero que sabía controlar. Aquella vez no iba a ser una excepción. Sabía por experiencia que con los hombres, fueran o no artistas, no cabía el enfrentamiento directo si se quería obtener algo de ellos. Se dejó besuquear como a él le gustaba, simulando ser un niño pequeño al amparo de un pecho materno y unos brazos que lo acogieran solícitos en su regazo. Por cómo hablaba de su madre, siempre le dio la impresión de que estaba demasiado apegado a ella; el posible complejo de Edipo no le incumbía en ese instante, aunque le sirvió para tender el primer puente de la ofensiva.

—¿No crees que deberíamos llamar a tu madre para informarle de nuestro compromiso? —le preguntó, mientras le servía una humeante taza de café, acompañado de un vasito de licor—. La verdad es que tengo muchas ganas de conocerla.

—Lo haré. Y la conocerás muy pronto —dijo Felisberto, que hacía esfuerzos para terminar de sacudirse el letargo en el que siempre le abandonaba la siesta.

—¿Cuándo? —insistió ella, esta vez prescindiendo de cualquier sutileza.

—Antes de lo que piensas —respondió el escritor, con una racanería extraña para alguien que se ganaba la vida con las palabras.

—Ya sabes que no pienso mucho. Para eso ya estás tú. Dime cuándo.

—Está bien —exclamó, sintiéndose descubierto—. Iba a ser una sorpresa, pero mi adorable futura esposa tiene el ansia de una niña pequeña. Me voy a Uruguay en poco más de un mes.

—¿Te vas a Uruguay? —fingió sorprenderse.

—Por supuesto, no me queda otro remedio, ya lo sabes. La beca se me acaba y el permiso de residencia, también.

—¿Y yo? ¿Qué va a pasar conmigo? —dijo con voz de enamorada, como si de verdad le importara. Le incumbía, pero por razones bien distintas.

—Tú te vienes conmigo. Acabo de pedirte matrimonio y te recuerdo que me has dicho que sí. ¿O acaso piensas que voy a dejarte aquí para que sigas enamorando a todos los hombres que se crucen contigo?

—Pero no tengo pasaporte. No me dejarán viajar.

—Lo arreglaremos, te lo prometo. Ya estoy trabajando en ello, confía en mí. No quería decírtelo porque todavía no está hecho, pero tengo contactos, amigos importantes tanto aquí como en Uruguay. Una gran amiga, colega y mecenas, Esther de Cáceres, está muy bien relacionada con el embajador uruguayo en París. Lleva un tiempo trabajando en tus papeles, pero no quería decírtelo hasta que estuviera todo solucionado. Quería que fuera una sorpresa... —reconoció, mientras sentaba a su futura esposa sobre sus rodillas—. Menos mal que conozco muy bien a las mujeres. Sois tan impacientes...

—Si te pierdo, si por cualquier motivo me alejan de ti... —comenzó a interpretar su papel como si fuera la mismísima Audrey Totter—, me moriría.

—También yo, mi amor. —Felisberto besó a su futura mujer que, sin embargo, parecía seguir teniendo dudas.

—Pero ¿estás seguro de que esa amiga tuya podrá arreglarlo? Los papeles oficiales siempre son complicados...

—Son solo papeles, celulosa y tinta; nada más. El trámite es farragoso pero, una vez conseguidos, ya ni siquiera los miran. En realidad, a nadie le importa lo que aparece en ellos. Te voy a contar un secreto: durante un tiempo, mi nombre oficial no se correspondía con mi verdadero nombre. El funcionario del Registro Civil se equivocó y me inscribió como Feliciano Félix Verti, en vez de Feliciano Felisberto. ¡Tenías que haber visto el disgusto de mi madre! Para ella fue un drama pero, pasado un tiempo, todo se arregló: se pidió al funcionario que corrigiera el error y punto. Tan fácil como eso. Celulosa y tinta, mi amor, nada más. Confía en mí; todo se arreglará antes de lo que piensas.

La promesa de Felisberto no la convenció. No tenía por costumbre fiarse de nada y, mucho menos, de nadie. Sabía de la falsedad de las palabras, empezando por las suyas propias. Se planteó la posibilidad de un inesperado cambio de papeles en el que ella pasaría a ser la engañada en ese baile de máscaras. Sinceramente, no veía al escritor uruguayo capaz de urdir una compleja añagaza, a no ser que la maniobra sucediera en la prosa de uno de sus cuentos. Pero su engaño quizá se debiera a un ardid sentimental de baja calaña, un convencional lío de faldas, más que a una astucia estratégica digna del mejor servicio de inteligencia del mundo.

Esa misma noche, cuando Felisberto abandonó la rue Lauriston, colocó una maceta en uno de los balcones de la casa que daban a la calle, como hacía cuando quería contactar con su enlace en París. Pasaron tres días y no tuvo noticias de él. Comenzaba a inquietarse. Tenía un número de teléfono al que podía llamar, pero el hombre de Moscú siempre le remarcó que lo utilizara solo en caso de urgencia. Para ella, la situación era de una necesidad apremiante. El objetivo iba a desaparecer de su vida en poco más de un mes y eso dejaría sin efecto todo el trabajo realizado durante más de un año detrás de Felisberto. Decidió esperar un par de días, hasta que pasara la conferencia, y, si seguía sin tener noticias, cogería el teléfono y haría esa llamada.

El 17 de abril de 1948, se vistió con sus mejores galas para acudir a la Sorbona. Debía lucir su mejor imagen, digna de la mujer que acompañaría al protagonista de la jornada y que pronto se convertiría en su nueva esposa, la que siempre le permitía al escritor presumir y pavonearse en público de la belleza de su acompañante, la que conseguía que todas las miradas fueran a ella y luego rebotaran en él, preguntándose, unos guiados por la envidia y otros por la incomprensión, qué tenía aquel hombre para hacerse con la compañía de aquella mujer de bandera. Consiguió ese perfil gracias a un traje de chaqueta color burdeos, marcado levemente en la cintura, recorrido por una amplia botonadura simétrica y con un largo que le cubría más allá de la rodilla, un diseño que realzaba su silueta femenina pero no la constreñía en exceso como cuando acudía a cualquier otro acto más liviano; al fin y al cabo, el evento iba a celebrarse en una universidad y exigía un mayor recato. Completaba el look un discreto tocado negro y unos zapatos de tacón, a juego con el bolso y los guantes. Ninguna joya, excepto un sencillo broche de plata, regalo de Felisberto, que lucía en la solapa de la chaqueta y que su elegancia natural convertía en un detalle distinguido. No necesitaba más complemento que el brazo del escritor, del que llegó asida al Distrito V de la ciudad, muy cerca del jardín de Luxemburgo por el que tanto le gustaba pasear y del Panteón de París, en el Barrio Latino.

Pronto se vio ante la estatua de Michel de Montaigne, en una plaza a pocos metros de la Sorbona: el pensador permanecía sentado, con las piernas cruzadas y un libro en la mano, en una actitud relajada y tan viva que parecía a punto de incorporarse y enunciar su carismático «¡Qué sé yo!». Como una estudiante más, siguió el legendario ritual que le achacaba un poder mágico y se acercó a tocar el pie dorado de la estatua para asegurarse el éxito; la buena suerte nunca era demasiada.

Al acceder al vestíbulo, creyó entrar en un pasadizo secreto que le devolvía a una época pasada, con un aroma salpicado a partes iguales por la Antigüedad, la huella de Napoleón y la Revolución francesa. Sintió cómo las estatuas de Arquímedes y Homero la observaban, cómo las pinturas murales, ubicadas en los distintos pisos del peristilo, se abrían ante ella al igual que en su día lo hicieron otros murales en La Pedrera de Barcelona; la historia de la Sorbona tenía más que ver con las letras y las ciencias que con la mitología, pero ambas compartían un simbolismo innegable. Visitando la tumba de Richelieu —enterrado en la capilla universitaria por expreso deseo del que fuera su *proviseur*—, apreció que por esas instalaciones también paseaban fantasmas, y se sintió extrañamente en casa.

Ya en el anfiteatro que llevaba el nombre del antiguo director de la universidad, donde Felisberto daría su conferencia, se encontró con 312 metros cuadrados de sala forrados en madera, con capacidad para seiscientas personas a lo largo de su escalonada platea, con un piano de cola negro en uno de los extremos de la tarima, y presidida por un enorme cuadro. Le gustó sentarse en uno de los bancos de madera y compartir el mismo espacio por el que habían pasado Simone de Beauvoir, Marie Curie, Victor Hugo, René Descartes, Jean-

Paul Sartre, Louis Pasteur o san Ignacio de Loyola. No se sintió cohibida ni impresionada; simplemente le agradó estar allí, aunque sus fines fueran muy distintos a los del resto de los asistentes. Observó el lienzo que ocupaba gran parte del escenario: era una imagen costumbrista, de clara evocación humanista, donde una mujer con una especie de arpa en la mano se dirigía a un grupo de personas que la escuchaban a la sombra de un árbol. Ignoraba si era obra de algún pintor famoso; tampoco le importaba. Encima de él, pintadas sobre una de las paredes, aparecían las palabras *Pacem summa tenent.* Tampoco sabía qué significaba aquella expresión y pensó en preguntárselo a la persona que tenía a su lado, aunque fuese para entretener la espera. Su gestó mudó al hacer el ademán y girarse ligeramente hacia su derecha. Le alegró saber que aún funcionaba el código de la maceta.

—«Las cosas supremas son las que mantienen la paz» —dijo el hombre, sin esperar a que le formulara la pregunta, como si tuviera la facultad de escuchar su pensamiento—. *Pacem summa tenent.* Del poema épico «Farsalia», de Lucano. Este lugar resulta inspirador. Nada más sentarte en uno de estos bancos sabes que escucharás algo trascendente. Y eso reconforta.

—Tengo algo importante que contarte —musitó María Luisa de las Heras entre dientes, sin dejar de sonreír, asegurándose de que cualquiera que los viese lo entendería como una charla entre dos desconocidos que acudían a escuchar la misma conferencia.

—Pues estamos en el lugar más indicado para decir cosas importantes.

La entrada de Felisberto y del resto de los intervinientes a la sala cortó la conversación en seco. No supo si la conferencia se le hizo larga porque conocía al dedillo lo que había escrito en los papeles, o por la desazón que le provocaba estar al lado de su enlace sin poder informarle de las novedades. Cuando por fin cesaron las intervenciones y el auditorio estalló en un aplauso, volvieron las confidencias a su oído.

—En las *toilettes*. Ahora —dijo el contacto soviético, sin dejar de aplaudir y asentir con la cabeza, como si compartiera con ella el agrado por la conferencia.

La agente asintió a su vez con una sonrisa, como si coincidiera en su juicio. Antes de verle abandonar el auditorio por el ala izquierda de la sala, María Luisa de las Heras sabía que ese era el camino de los servicios. Era una de las dos ubicaciones que primero buscaba cuando entraba en un local: los aseos y las salidas, también las traseras; nunca sabía en qué momento podría necesitar una huida precipitada. Esperó un par de minutos antes de seguir a su enlace. Cuando apenas le quedaban tres metros para salir de la sala, un brazo detuvo su avance.

—Mi amor, acércate. Quiero presentarte al rector —dijo un Felisberto pletórico por la buena acogida de su charla—. Ha sido muy amable. Quiere que vuelva el año que viene a dar una nueva conferencia.

—Por supuesto. Pero antes tengo que ir al excusado...

—Estoy seguro de que puedes esperar un minuto. Es que no quiero que se vaya sin que le conozcas. Además —dijo, observándola con un gesto de admiración—, estás preciosa, no te hace falta ningún retoque.

La insistencia del escritor la forzó a asentir, mientras se preguntaba por qué los hombres siempre daban por hecho que cuando una mujer va al aseo es para empolvarse la nariz, retocarse el pintalabios o mirarse al espejo. Había otras muchas cosas que hacer ahí dentro, entre ellas hablar con un enlace al que llevaba varios días esperando para intercambiar con él una información primordial. El escritor la tenía cogida por el brazo de tal manera que no podía desentenderse de él sin que pareciera un gesto brusco. Lo intentó un par de veces, pero siempre había una pregunta, una sonrisa que devolver, una expresión que traducir, un amigo al que saludar o una risa que fingir. Cuando por fin dejó de sentir la mano de Felisberto en el antebrazo, en la cadera o el omóplato, abandonó el anfiteatro para dirigirse a las *toilettes*, pero al llegar no vio a nadie. Comprobó uno a uno los cubículos del baño para asegurarse de que estuvieran vacíos. Pensó rápido: quizá el enlace se refería a otros aseos.

Se disponía a ir en su busca, cuando reparó en la repisa de la ventana que daba a un pequeño patio interior. Había una maceta con unas extrañas flores de color bermellón, parecidas a las que ella solía colocar en el balcón para apremiar un contacto, y al levantarla encontró un pequeño papel doblado: «Yo te buscaré». Suspiró mientras rompía el papel en varios pedazos y los arrojaba al inodoro; tuvo que tirar varias veces de la cadena para que los trozos de celulosa desaparecieran por completo. Nunca pensó que un mensaje necesitara tantos litros de agua para ser eliminado.

El día terminó como había comenzado: con emoción, alegría, nervios contenidos y una sensación de felicidad inconclusa por lo rápido que había pasado todo y por la imposibilidad de mantenerla en el tiempo. Fueron a celebrarlo a un local muy especial en el centro de París, componenda de uno de los responsables de la organización del evento en la Sorbona: el restaurante Louis XIV.

Cuando María Luisa de las Heras vio el nombre del establecimiento ubicado en la place des Victoires, volvió a felicitar al destino por su endemoniado juego. Era el mismo donde David Alfaro Siqueiros, «el Coronelazo», el responsable del primer intento de atentado contra León Trotski en la Casa Azul de Coyoacán, había cenado con Pablo Neruda y con André Malraux, en 1939 —después de la derrota republicana en la guerra civil española—, fecha que los tres escribieron bajo sus nombres en el libro de visitas. No quiso irse del local sin buscar aquellas rúbricas: nueve años después, allí seguían, no así sus protagonistas, ni su brindis ni tampoco sus planes de futuro. Una vez más, pasado y presente se enredaban en el laberinto del destino.

Esa noche, Felisberto durmió en el apartamento de la rue Lauriston. La velada había sido larga, con demasiadas copas de vino sobre la mesa y en las manos de los comensales, que no se cansaban de elevarlas en el aire, entrechocarlas y beber el caldo como si fuera agua. La modista estuvo tentada de acceder al ofrecimiento de Jules Supervielle de ser él mismo quien acercara al escritor a su hotel, pero declinó amablemente su oferta al entenderla absurda. Estaban prometidos, iban a casarse; en esas condiciones, sería incoherente no hacerse cargo del perjudicado Felisberto que, en cuanto puso un pie en el dormitorio, cayó sobre la cama y empezó su idilio con Morfeo. Su prometida, en cambio, no pudo conciliar el sueño en toda la noche. Salió al balcón donde permanecía la maceta que ella misma había colocado hacía unos días e inspeccionó en vano la calle en busca de alguna sombra familiar. Tampoco escuchó ladridos que informaran de la presencia de un desconocido en los alrededores, como sucedía en las aldeas ucranianas. Sintió un ligero escalofrío. Ya estaban en primavera, pero las noches aún no eran demasiado cálidas. Los vientos gélidos de la Guerra Fría se dejaban sentir.

Recordó lo escrito por Fiódor Dostoievski en sus *Noches blancas*: en el mundo comenzaba a hacer frío.

32

El timbre sonó en toda la casa con la urgencia de un telegrama que debe ser leído de inmediato.

La fuerza de la costumbre hizo que María Luisa de las Heras creyera que Felisberto se había dejado algo olvidado y volvía sobre sus pasos para remendar la memoria. Aquella vez se lo perdonaba; las resacas nunca le permitieron pensar con lucidez. Al abrir la puerta, después de dos timbrazos más que confirmaban la premura, se dio cuenta de su error.

—Buenos días. Le traigo unos nuevos bocetos del señor Dior. —El enlace había llegado, con una carpeta en la mano y elevando la voz como excusa para los vecinos.

—¡Acaba de irse! —dijo la española una vez cerró la puerta, valorando el riesgo de que Felisberto y él pudieran haber coincidido.

—Por eso acabo de llegar yo. Llevo esperando toda la madrugada ahí abajo. Tu prometido se ha tomado su tiempo para despejarse... —replicó con sarcasmo, mientras se frotaba las manos para intentar entrar en calor.

—Pues nosotros no lo tenemos —le dijo apresurada y sin molestarse en idear preámbulos—. Regresa a Uruguay el 20 de mayo. Ya tiene el billete.

—Lo tienes comiendo de tu mano. Eso te da un margen en el calendario más que suficiente.

—Me lo daría si tuviera mis papeles en regla. Él mismo se ha ofrecido a comprar los billetes, pero María Luisa de las Heras no tiene pasaporte, a no ser que hables con Moscú y lo arreglen ellos.

—Eso no va a ser posible —aseguró el enlace, como si ya se hubiera interesado por ese extremo. La modista había entrado en la vida del escritor como un fantasma, sin que nadie supiera quién era ni de dónde había salido. Pero debía salir de Francia y desembarcar en Uruguay con toda la visibilidad carnal y legal que le fuera posible—. Debes trasladarte como una ciudadana legal, no como la agente ilegal que eres. Los papeles deben ser auténticos. Con ellos podrás obtener en Montevideo los documentos legales de residencia y también la carta de ciudadanía. Esos papeles son indispensables. Los necesitamos para que puedas operar en Uruguay y moverte por todo el continente americano sin problema, una vez que Felisberto ya no esté.

—¿Que no esté? ¿Tendré que matarle? —preguntó con cierta sorna, pero sabiendo que no sería la primera vez que un objetivo se convertía en un lastre tras finalizar la misión, y se requería su rápida eliminación.

—Eso no va a ser necesario. Ni siquiera se huele quién eres, ni creo que se lo huela nunca. A no ser que las cosas se compliquen...

—Me ha dicho que está intentando arreglarlo. Que una amiga suya, Esther de Cáceres, tiene contactos en la embajada uruguaya en París y que está realizando los trámites.

—Es cierto. Lo hemos comprobado. Esther de Cáceres y su marido Alfredo, ambos con muy buenas relaciones en la esfera política, diplomática y económica de Uruguay, con los que intimarás cuando llegues al país. Te abrirán puertas sin siquiera saber que lo hacen. —El enlace le tendió un informe en el que se detallaba el perfil de la pareja.

Esther de Cáceres era una afamada poetisa y escritora, doctora en Medicina, una intelectual que también actuaba de mecenas de muchos artistas uruguayos a los que solía reunir en su casa situada en el último piso del Edificio Rex de Montevideo. Según el informe, era hija de madre soltera, de familia acomodada, y se había criado en casa de su abuelo, un maestro orfebre que le enseñó disciplina además del amor por las letras y la cultura. En su juventud se había mostrado próxima al anarquismo y al socialismo, colaborando incluso con el Partido Socialista Uruguayo, pero la religión se cruzó en su camino, al tiempo que el humanismo y las distintas corrientes filosóficas que le hicieron alejarse del activismo político. María Luisa de las Heras se fijó en la foto. Esther era una mujer hermosa; no pudo dejar de pensar que Felisberto también habría tenido algo con ella. Uno de los datos llamó su atención.

—Se matriculó en la Sorbona en 1945 —advirtió.

—Así es. Estudiaba aquí hasta que hace unos meses regresó a Uruguay. No has llegado a conocerla por muy poco. Y puede que en breve se convierta en agregada cultural de la embajada de Uruguay en Washington. Se maneja muy bien en ese mundo, por lo que conseguirte los papeles no será un problema para ella, pero le llevará un tiempo obtener el pasaporte. Lo más seguro es que tu futuro marido tenga que irse solo a Uruguay. Tú te unirás a él más tarde; te vendrá bien para ultimar algunos aspectos de la misión.

—No me convence. Corremos el riesgo de que se le pase este enamoramiento. ¡Es un hombre! Y ya hemos visto lo que piensa de la fidelidad y del compromiso.

—Es un hombre perdidamente enamorado de ti. No sé por qué te cuesta tanto entenderlo. Lo ve todo el mundo menos tú. Además, nos consta que en Uruguay ya se están tramitando los papeles para el divorcio de Felisberto y Amalia Nieto. Ni siquiera a ella le ha sorprendido.

—¿Lo habéis comprobado? ¿Es que ya tenéis a alguien sobre el terreno? —se asombró, no tanto por la capacidad del Centro, sino por miedo a que otro agente le estuviera comiendo el territorio.

—Nosotros siempre tenemos a alguien sobre cualquier terreno posible. Y son amigos tuyos. Si me pones un café, te lo cuento: me he quedado helado ahí fuera, aún noto el frío en los huesos. Y procura que esté caliente y que venga acompañado de algo más fuerte. Ya no tengo edad de trasnochar, y menos para congelarme... —bromeó el enlace. No retomaron la conversación hasta que llegó el café a la mesa—. Presta atención porque lo que voy a contarte marcará un antes y un después en tu vida, y también en la del resto del mundo.

Ella esbozó una sonrisa. Sabía de la habilidad de su contacto para adornar un buen relato: no es que fuera un fanfarrón, estaba lejos de serlo. Seguía pensando que el hombre que se había convertido en su sombra durante su estancia en París era algo más que un simple enlace. Lo supo desde el instante en que se negó a facilitarle su nombre o incluso un alias, y lo confirmaba cada vez que le escuchaba hablar, atesorando una cantidad de información inasumible para un simple agente de contacto del NKVD. Este extremo, lejos de alimentar la desconfianza, le hacía sentirse más segura. Y así estaba mientras se disponía a escuchar lo que él tenía que decirle.

—A principios de 1941 llegó al despacho de Stalin un informe de seis páginas elaborado por los Cinco de Cambridge, con la inestimable ayuda de John Cairncross, un funcionario de la inteligencia británica y el último en incorporarse al quinteto. A raíz de eso, el Padre de los Pueblos se dio cuenta de la importancia de unas investigaciones relacionadas con el uranio, que versaban sobre la construcción de una bomba tan potente, que quien la tuviera podría dominar el mundo. La energía atómica con fines militares pasó a convertirse para él en un caramelo, hasta el punto de que denominó operación Urano al contraataque sobre las tropas del 6.º Ejército alemán del mariscal germano Von Paulus en Stalingrado.

—A lo mejor fue por el planeta —replicó ella—. Stalin siente devoción por el número siete, y Urano es el séptimo planeta del sistema solar.

—Los caminos de Stalin son inescrutables... —sonrió el enlace—. Fuera como fuese, decidió poner a trabajar a sus mejores efectivos en ese terreno. No quería llegar tarde a la carrera nuclear. Sabía que los americanos nos llevaban ventaja y, junto a Beria, decidió infiltrar a varios agentes soviéticos en las instalaciones estadounidenses donde se trabajaba en la investigación de la elaboración de esas bombas.

—Y lo consiguió...

—En buena medida, sí. Nuestros infiltrados en el proyecto Manhattan nos dijeron que los norteamericanos tenían uranio de sobra y que, si quisieran, podrían construir varias bombas en un solo mes. Eso forzaba a Stalin a buscar uranio como fuera, y no solo en Asia Central y en los Urales. Nuevos objetivos y nuevos modelos de actuación que obligaron a reformar el sistema de inteligencia. En 1943, mientras tú estabas en los bosques de Ucrania, Stalin creó un departamento especial por el que pasara toda la información relacionada con el espionaje atómico y puso al frente a tu viejo amigo Pavel Sudoplátov, siempre bajo la órbita de Lavrenti Beria, máximo jefe del espionaje atómico. Ninguno de los dos era un erudito en cuestiones científicas ni en bombas de uranio, pero sí lo eran en lo referente a los servicios de inteligencia. Sudoplátov se aseguró de tener en su equipo a buenos aliados con los que ya había trabajado, y con los que tú también lo has hecho... —dejó caer mientras echaba un chorrito de aguardiente al café solo.

—¿Te refieres a Leonid Eitingon? —preguntó María Luisa de las Heras, sin reprimir la sonrisa.

—El mismo. Eitingon aparece en cualquier operación de la inteligencia soviética que se precie. Incluso estuvo a punto de encabezar la operación Gnomo, y te lo cuento porque sé que te une una especial amistad con el protagonista: el propio Stalin ordenó a Sudoplátov, como director del Departamento en el Extranjero, que diseñara un plan para liberar a Ramón Mercader de su encierro en la prisión de Lecumberri. Pero Eitingon no pudo hacerlo; estaba en Turquía cumpliendo otra orden del Kremlin para deshacerse del embajador del Tercer Reich, Franz von Papen, que, según decían, participaba en una conspiración con el Vaticano y con algunos opositores alemanes del Führer para derrocar a Hitler y dejar a Stalin fuera del posterior reparto del botín europeo.

La mujer recordó el día que Caridad, en su piso de Moscú, le explicó la ausencia de Eitingon por una misión importante que pronto vería en los periódicos. Lo que desconocía era la existencia de un plan para evacuar a Ramón de México.

—No pudo ser —continuó su enlace— y, quizá por eso, la operación Gnomo fue un fracaso: Mercader sigue preso, y el sustituto de Eitingon en la misión se fugó con el dinero destinado a la operación y con la esposa de un funcionario de la embajada soviética en México. Como ves, todo muy ruso; Tolstói hubiese disfrutado escribiéndolo. —Advirtió cómo el rostro de su compañera se tensaba. No se había equivocado en su apreciación anterior; entre Ramón y ella había existido una amistad especial que la distancia y el silencio no habían dinamitado—. Pero volviendo al espionaje soviético, no solo me refería a Leonid Eitingon, también a alguien más, otro viejo amigo...

—Grigulévich. —María Luisa de las Heras empezaba a unir las piezas del rompecabezas, mientras intentaba dejar fuera la inesperada alusión a Ramón Mercader. No podía entretenerse en sentimentalismos, debía seguir con el entramado urdido por la inteligencia soviética—. La última vez que supe de él fue el día del asesinato de Trotski. Solo sé que todos salimos de México.

—Eitingon y Caridad Mercader huyeron a Cuba y de allí se trasladaron a Nueva York, donde les dimos nuevas identidades con las que pudieron viajar a Moscú.

—Y allí me encontré yo con Caridad —dijo la espía, recordando los días que pasó en su casa, brindando con el vino enviado por Beria.

—Iósif Grigulévich recibió la orden de organizar una red de espías en Sudamérica y de convertirse él mismo en un *rezident*. Trabajó con varias tapaderas, aunque principalmente operaba bajo el alias Artur. Primero en México, donde supo esquivar todas las sospechas del asesinato de Trotski, incluso cuando la policía revisó la casa donde estuvo y solo encontró unos calzoncillos de marca francesa.

La mención de la prenda íntima hizo que algo se despertara en la memoria de María Luisa de las Heras. Algo que la obligó a retrotraerse al París de 1939, al lugar que compartió con Eitingon, Caridad, Ramón y Grigulévich antes de iniciar viaje a México para llevar a cabo la ejecución de Trotski.

—¡Espera! Esos calzoncillos los compró con Ramón, aquí en París, en unos grandes almacenes. Ramón estaba desesperado porque Grigulévich se pasó horas hasta encontrar unos que le gustaran —rio la joven—. Todavía me acuerdo. No puedo creerlo. No podía ser una casualidad...

—La policía mexicana tampoco pudo —sonrió el enlace, al recordar cómo los investigadores mexicanos se volvieron locos: los calzoncillos les hicieron aventurar todo tipo de conjeturas sobre un tercer hombre implicado en el asesinato de Trotski, un judío de origen francés—. Tampoco fue casual que Stalin decidiera abrir una embajada soviética en México el 12 de junio de 1943, con la excusa de establecer una relación comercial con el país azteca. A nadie pareció importarle, quizá porque el mundo estaba demasiado ocupado contando los muertos y los heridos de la Segunda Guerra Mundial.

—Déjame adivinar. La relación comercial se basaba en importación y exportación de agentes de la inteligencia soviética. Pocos países tan bien situados estratégicamente como México, a un paso de Estados Unidos...

—... por donde nuestros agentes podrían entrar y salir, e interesarse en temas tan importantes como los estudios que llevaba a cabo en la Universidad de Chicago un científico italiano de nombre Enrico Fermi, sobre un mecanismo que controlaba una reacción en cadena generada al bifurcar neutrones e isótopos del uranio 235. Sudoplátov estaba feliz con la continua remesa de información que se estableció entre su Departamento S y la embajada mexicana.

—Entonces, Iósif Grigulévich...

—No ha parado de moverse por todo el cono sur del continente americano: Chile, Cuba, Guatemala, Bolivia, Argentina, luchando contra las redes nazis en Sudamérica y organizando y coordinando una red de espías sobre el terreno. Luego se instaló durante un tiempo en Estados Unidos, en Santa Fe, Nuevo México, donde administraba un negocio...

—... una farmacia, que fue una de las bases de operaciones del asesinato de Trotski —recordó la agente que, como María de la Sierra, ya había oído de la función estratégica que ese establecimiento tuvo durante la planificación del asesinato del líder bolchevique.

—Y que cedió por orden del Centro a unos agentes para que la convirtieran en una de las bases por las que pasara el espionaje atómico realizado en Estados Unidos. Sudoplátov ordenó que Eitingon se hiciera cargo de las actividades de espionaje nuclear, en concreto, de la operación Enormoz, un espléndido operativo de inteligencia que nos permitiría conseguir la información para la construcción de nuestra propia bomba atómica. Era solo un eslabón más de la inmensa maquinaria de la inteligencia soviética para hacerse con los secretos nucleares estadounidenses —explicó el contacto sin apenas respirar, mientras sacaba un pañuelo blanco del bolsillo del pantalón. Le goteaba la nariz: el relente de la pasada madrugada comenzaba a pasarle factura—. Había miles de operaciones, de misiones, incluso se abrió una especie de centro de internamiento con más de cien mil presos trabajando, pertenecientes a trece gulags distintos, un enorme gulag atómico: el Directorio Principal del Sistema de Campos de Trabajo dedicados a la Producción Industrial, dependiente del macrocomisariado secreto, el Directorio Principal del Sovnarkom bajo la dirección de Boris Vannikov, al que se le unió el Directorio Principal de los Campos de Minería y Metalurgia y, a principios de 1946, la red de trabajo de campos industriales con casi doscientos mil prisioneros más. El monstruo no dejaba de crecer, y los americanos ni siquiera se lo olieron —comentó, incapaz de disimular su orgullo por la capacidad de la inteligencia soviética—. Como tampoco sospecharon que el 24 de abril de 1945 no solo se tomó Berlín, sino el centro de investigación nuclear nazi, el instituto Kaiser Wilhelm, donde el Ejército Rojo se apoderó de doscientas cincuenta toneladas de uranio metálico y tres más de óxido de uranio, crucial para el programa nuclear soviético.

—¿Y la inteligencia estadounidense jamás sospechó? ¿Dónde estaban sus agentes?

—Su gran problema siempre ha sido infravalorar al enemigo. Ese es el peor pecado del espionaje. ¿Sabes lo que le consultó el presidente Harry Truman al físico Robert Oppenheimer, el padre de la bomba atómica, apenas cuatro días antes de que *Little Boy* reventase Hiroshima? —inquirió el enlace a su compañera, que asistía impaciente a la revelación de secretos—. Nada más terminar la Conferencia de Potsdam, a la que también había asistido Stalin, le preguntó que cuándo consideraba él que los soviéticos tendrían la bomba nuclear. Oppenheimer le confesó que lo desconocía y Truman le espetó un contundente: «Nunca», vaticinando que los rusos tardarían al menos veinte años en conseguirla. La soberbia de los estadounidenses, la fanfarroneada grandeza del capitalismo. Estábamos en el corazón de su investigación nuclear, en el mismo epicentro del proyecto Manhattan, y no solo no se dieron cuenta, sino que se pavoneaban de su superioridad. Como cuando Roosevelt y Churchill se negaron a compartir con los soviéticos el secreto atómico, como propuso el físico danés Niels Bohr, porque ellos se consideraban los amos del mundo y no querían repartir su parte del pastel con nadie más, mucho menos con la URSS.

—Pero Truman se equivocaba... —se anticipó María Luisa de las Heras al relato.

—Ya lo creo. El 25 de diciembre de 1946, casi un año después de tu llegada a París, el primer reactor nuclear soviético se puso en funcionamiento y pudimos obtener plutonio para crear nuestra bomba nuclear. Pero todo se ralentizó: como te conté hace tiempo, a raíz de las deserciones de varios agentes soviéticos que amenazaron con descabezar los servicios secretos de la URSS, Stalin ordenó a Sudoplátov suspender el espionaje atómico. Se rompieron los enlaces, los contactos, se abandonó a los científicos estadounidenses y se reorganizó, una vez más, la inteligencia soviética. Sin embargo, desde hace meses hemos vuelto y estamos muy cerca de probar nuestra primera bomba atómica. Tan cerca que incluso ya tiene nombre —le confesó, mientras se acercaba a ella y bajaba la voz, un recurso innecesario ya que se encontraban solos en el apartamento, pero que resultó efectivo—: «Primer relámpago», una bomba de plutonio de entre veinte y veintidós kilotones: RDS-1.

—¿Cuándo? —le podía la impaciencia.

—Eso no puedo decírtelo todavía; nadie puede. Por eso debemos seguir trabajando y engrandeciendo el poder soviético con un férreo y eficaz servicio de inteligencia. Y ahí apareces tú.

—¿Desde Uruguay? —preguntó.

—En parte, sí. Trabajando estrechamente con nuestro hombre fuerte en Estados Unidos, William Fisher, alias Rudolf Abel, a la cabeza de una vasta red de espías que él mismo está creando en el país y que necesitará extender hasta Sudamérica. Y es ahí donde te necesitamos. Fisher es un agente que ya trabajó a las órdenes de Sudoplátov, es un especialista en las comunicaciones por radio y en las operaciones de sabotaje, y necesita a personas especialmente cualificadas en estos dos terrenos. Y quién mejor que tú. ¿Te das cuenta de la entidad de la operación en la que estás a punto de embarcarte y la responsabilidad que tendrás en ella? —Parecía empeñado en hacer valer y comprender cada una de sus palabras, como si su entendimiento significara la diferencia entre la vida y la muerte.

—Por supuesto que lo entiendo. Y lo asumo con satisfacción.

—No podemos caer en el mismo error de la inteligencia estadounidense cuando infravaloró a la soviética.

—¿Por qué dices eso?

—Antes te he dicho que Truman se equivocó en sus predicciones. Nosotros también lo hicimos, aunque fue por un exceso de celo de Stalin y del propio Beria. Podríamos haber tenido la bomba atómica mucho antes, si hubiéramos hecho caso de los informes que nos enviaba nuestro agente Klaus Fuchs, un científico infiltrado en el proyecto Manhattan, nuestro primer y mejor espía atómico, que nos advirtió de que Estados Unidos pretendía utilizar la bomba atómica en agosto de 1945.

El enlace hablaba con pasión del físico alemán Fuchs, un estalinista de libro que había trabajado como operario del Directorio Principal de Inteligencia (GRU), creado por Lenin en 1918 para el control de la inteligencia militar. Con el permiso de la URSS, había emigrado a Gran Bretaña coincidiendo con la llegada al poder de Hitler, y en 1941 entró a trabajar en el proyecto nuclear británico, cuyo nombre en clave era *Tube Alloys*, «aleaciones de tubo». Fuchs logró deshacer la desconfianza inicial mostrada por el servicio de contraespionaje británico, que conocía su militancia en el Partido Comunista alemán. Desde entonces, y en su atalaya británica, fue pasando los informes secretos de los estadounidenses a su enlace soviético, una agente que fingía ser una refugiada judía en Inglaterra que había huido de los nazis. Hasta que en diciembre de 1943, Fuchs se incorporó al proyecto Manhattan en el Laboratorio Nacional de Los Álamos: eso le permitió acceder a toda la información, que iba entregando a la URSS a través de un agente veterano de la inteligencia soviética. Era entendible la admiración del enlace hacia su trabajo.

—Fue él, Klaus Fuchs, con la ayuda de otros agentes infiltrados, quien también informó a Moscú de que el 16 de julio de 1945, Estados Unidos efectuaría el primer ensayo de la bomba atómica, el primero de un arma nuclear, en Alamogordo, un campo de tiro situado a doscientas millas de Los Álamos. Pero Stalin no se fio de ese informe sobre la prueba Trinity. Tampoco a su regreso de la Conferencia de Potsdam, que terminó el 2 de agosto de 1945. Decía que, si así fuera, se habría dado cuenta de algo. Y la desconfianza que Beria mostraba hacia los científicos y los físicos nucleares que trabajaban para la URSS de una manera leal tampoco ayudó a hacerle cambiar de opinión y que se fiase del informe de Fuchs. Pero cuando Stalin presenció la semana siguiente los efectos de la bomba atómica en Hiroshima y posteriormente en Nagasaki, con el mismo plutonio que el utilizado en la prueba Trinity, se dio cuenta de su error. No había confiado en los suyos por miedo a la traición, a la exageración o a un exceso de cautela. No era la primera vez que le pasaba: en 1941 tampoco confió en la información de uno de sus espías advirtiéndole de la operación Barbarroja —recordó el enlace, con un gesto de tristeza—. Dos semanas después del lanzamiento de la primera bomba atómica, sobre Hiroshima, Stalin firmaba una resolución del Comité de Defensa del Estado, por la que decretaba la formación de una nueva estructura para la gestión del proyecto nuclear que otorgara a la URSS la fabricación de su propia bomba atómica: «Tarea Número Uno», ese fue su nombre cifrado. El propio Stalin ordenó al director del programa nuclear, Ígor Kurchátov, que se apremiara y que todo lo que pidiera para conseguirlo se le concedería; hablan de diez mil técnicos, y de entre 330.000 y 460.000 operarios trabajando en el proyecto nuclear. —El hombre de Moscú guardó silencio unos instantes y perdió la mirada entre los informes desplegados sobre la mesa. Después la alzó para reencontrarse con su compañera—. Si hubiéramos hecho caso a esos informes, si Stalin no hubiera recelado de sus propios agentes ni de sus científicos, llegando al punto de ocultárselos al propio Kurchátov, que no pudo acceder a ellos hasta marzo de 1943, después de Stalingrado, ¿te imaginas dónde podríamos estar ahora en la carrera nuclear, dónde estaría la URSS en el mapa de poder atómico? —preguntó, sintiéndose escrutado por la lúcida mirada de la agente. Dio fe de que era tan fría como el acero y tan intensamente negra como la que contempló en el rostro del inquilino del principal despacho del Kremlin—. No te equivoques. No es una crítica a Stalin; es fácil revisar un suceso cuando ya ha pasado. En la resaca de los hechos, al examinar la ecuación no yerra nadie, pero se obvia uno de los factores más determinantes: el riesgo. Por supuesto que no es un reproche a Stalin. Es una alabanza a esa inteligencia soviética a la que tú y yo pertenecemos. Por eso es tan importante seguir trabajando y contar con los mejores. Ahora Stalin ya sabe que puede confiar en sus espías. Y ahora, tú también sabes por qué has estado congelada todo este tiempo en París, como lo han estado muchos agentes en Sudamérica y en Estados Unidos. Habéis sido *Zakonservirovat*, agentes durmientes. Y el momento de despertar ha llegado.

Las previsiones de su enlace se habían cumplido, como de costumbre. Aunque continuaban en la buena dirección, las gestiones de Esther de Cáceres con el pasaporte de la española no habían llegado a tiempo para que María Luisa de las Heras pudiera viajar junto a Felisberto Hernández a bordo del barco que zarparía rumbo a Uruguay el 20 de mayo de 1948. La burocracia demoraba su salida, pero solo temporalmente. En pocos meses se reuniría con él. Así se lo prometió el escritor uruguayo en el andén del tren que lo llevaría hasta Burdeos, donde embarcaría en el vapor a Montevideo.

—Está todo preparado para que más pronto que tarde obtengas tus documentos de viaje. Es cuestión de tiempo —se esforzaba en decirle a su futura mujer, que impostaba unas lágrimas que enternecieran al escritor—. Tú solo preocúpate de estar pendiente del teléfono, del buzón y de pasar cada semana por la embajada uruguaya en París. ¿Tienes bien apuntada la dirección?

—Sí, la tengo —respondió, teatralmente compungida, María Luisa de las Heras, ante la inminente partida de su prometido y la imposibilidad de viajar junto a él—. Pero se me va a hacer muy largo todo este tiempo sin verte, sin besarte, sin estar contigo, sin prepararte la comida, sin leer tus escritos, sin escuchar tu voz.

—Pasará más rápido de lo que piensas, mi amor. Yo también estaré contando los días, las horas, los minutos, los segundos para volver a abrazarte. Se me va a hacer eterna la espera. No podré pensar en otra cosa.

Los besos se multiplicaron en el andén de la estación del ferrocarril, a la que también habían acudido a despedir a Felisberto su amigo Carlos Benvenuto y los hijos de este, que ayudaron a acomodar el equipaje del escritor. A María Luisa de las Heras le pareció más reducido que el que había salido de casa. Cuando el tren desaparecía por el horizonte, Carlos se ofreció a acompañarla a casa, pero ella rechazó la oferta, improvisando una excusa rápida sobre que prefería caminar para airearse un poco y consolarse en los aromas de la primavera parisina. Se alejó lo suficiente de la estación, hasta quedar fuera de la vista de Benvenuto y sus hijos, y luego se dirigió a un coche aparcado en una de las calles aledañas donde la esperaba su enlace, que había contemplado toda la escena.

—Por fin. Creí que no se iba a ir nunca —suspiró ella mientras se acomodaba en el asiento del copiloto.

El enlace se limitó a sonreír y a preguntarle:

—¿Quieres ver algo divertido?

—Siempre. Aunque debería preguntar divertido para quién.

—Te estropearía la sorpresa. Te invito a un café mientras esperamos.

No había pasado ni media hora desde la salida del tren, cuando Felisberto volvió a aparecer en la estación donde se había despedido de su prometida. Allí lo esperaba Carlos Benvenuto para ayudarlo de nuevo con el equipaje, que volvió a introducir en su coche, junto al resto de las maletas que la modista había echado en falta. Una vez acomodados, el vehículo inició un trayecto por las calles del viejo París, seguido muy de cerca por el vehículo donde viajaban los agentes del NKVD que permanecían en silencio, aunque el enlace soviético apenas podía disimular un amago de sonrisa.

El primer coche paró ante un edificio que María Luisa de las Heras conocía: era la casa de la británica postrada en una silla de ruedas con la que el escritor mantuvo una aventura antes de conocer a la española. Vio cómo el hombre al que había despedido compungida en el andén de la estación caminaba hacia el portal y desaparecía en su interior.

Felisberto había dejado de contar los días, las horas, los minutos y los segundos tal y como le prometió a su futura esposa. La eternidad antojada por el escritor, anhelando el regreso de la española, caducó antes de tiempo.

—Pues sí que le ha costado olvidarte... —bromeó el enlace, consciente de que a su compañera no le afectaría la ironía, ya que sus sentimientos hacia el escritor eran tan falsos como las identidades de los espías—. Esperemos que le dure algo más cuando llegue a Montevideo...

—Creía que era la única que no sabía ver lo enamorado que está ese hombre de mí —repitió las palabras que el contacto había pronunciado hacía unos días—. Y tú sabías esto...

—Te juro que no. Empecé a sospecharlo al ver que no sacaban todo el equipaje del coche. ¿Quién dejaría parte de sus maletas en el maletero, si no es porque piensa volver a por ellas? —reconoció el enlace—. Lo bueno de esto es que tienes la seguridad de que puedes fiarte de los amigos de tu futuro marido... —siguió tirando de ironía, sin poder ni querer evitarlo.

—Lo estás disfrutando, ¿verdad? —preguntó la española—. Verás como se vaya al traste la operación porque el objetivo no sabe mantener la bragueta cerrada. Me encantará saber cómo se lo explicas a Stalin.

—¡Vamos! Es una broma. El hombre va a casarse por tercera vez, puede que no vuelva a Europa en su vida y quiere despedirse de la mujer que le ha dado consuelo todo este tiempo, hasta que apareció el huracán español de nombre María Luisa de las Heras. Es normal que quiera despedirse. ¿No lo harías tú?

—Por supuesto que no. Si vas a desaparecer, lo haces y punto. No pierdes el tiempo en anuncios fútiles que los hechos confirmarán por sí solos —respondió tajante.

—Tienes mentalidad de espía. Tu futuro marido tiene la mentalidad de un escritor bohemio. Debes comprenderlo.

—Deja de llamarle mi futuro marido. Ese infierno me lo voy a comer yo solita.

—Pero yo estaré muy cerca. Todos lo estaremos. ¿Quieres esperar a ver cómo sale de la casa de su amante o prefieres volver a la tuya? Aunque te advierto que va a pasar la noche ahí —se adelantó a la pregunta de su compañera—. Ha sacado un billete para mañana a mediodía, que le permitirá llegar a tiempo para coger el barco. A no ser que haga más paradas que no conocemos...

No las hizo. Felisberto revivió la escena de la despedida en el mismo andén de la estación de ferrocarril que protagonizó veinticuatro horas antes. En esta ocasión, el equipaje estaba completo y las lágrimas, mucho más sentidas, salían de los ojos de una mujer que insistió en acompañarle para, al menos, tener el derecho de agitar un pañuelo, sudario de su dolor y su llanto, mientras veía alejarse el tren donde viajaba su, para ella sí, verdadero amor. La espía soviética, que no había querido perderse la escena junto a su enlace, comprendió que el alma rusa estaba sobrevalorada.

A los siete meses de aquella rocambolesca despedida, el 3 de diciembre de 1948, era María Luisa de las Heras la que pisaba la estación de ferrocarril para subirse a un tren que la llevaría al puerto de Burdeos. Allí embarcaría en el transatlántico Kerguelen, en un camarote de primera clase, para reunirse con Felisberto Hernández en Montevideo. Gracias a Esther de Cáceres, viajaba con un pasaporte provisional, suficiente para permitirle salir de Europa e ingresar en el país sudamericano. Una vez allí, todo iría más rápido para obtener los papeles de residencia y de ciudadanía, algo que su matrimonio con el escritor uruguayo le facilitaría.

Observó aquel pasaporte en el que aparecía estampado el sello de la Dirección General de Policía con la firma del prefecto y con una fecha de validez que le otorgaba un amplio margen de acción: 2 de junio de 1949. Para entonces, si todo salía como estaba previsto, ya sería la mujer oficial y legal de Felisberto Hernández.

Había otra fecha en aquel documento que le hizo volver a creer en los juegos del destino: el 16 de noviembre. Era la que aparecía en el visado de residencia permanente en Uruguay, que le fue expedido ocho días más tarde por el cónsul uruguayo en París. Se fijó en esa fecha. Sabía que el agente soviético William Fisher había llegado a Norteamérica el 16 de noviembre de 1948 a bordo del vapor Scythia procedente de Le Havre y con destino Quebec, bajo la identidad falsa de Andrew Kayotis y utilizando por alias «Arach», como previamente había entrado en Francia. Un día más tarde entró en Estados Unidos desde Montreal, y el 26 de noviembre, en Nueva York. Allí lo esperaba Griguléwich para hacerle entrega de mil dólares y de documentos que respaldarían su nueva identidad bajo el nombre de Emil Robert Goldfus, con la que se trabajaría su tapadera como galerista de arte en Nueva York, donde no solo acogería las obras de otros artistas, sino también las suyas propias. Ninguno de los dos lo sabía en aquel instante, pero esos documentos los había obtenido la inteligencia soviética en España durante los últimos meses de la guerra civil española. La única credencial auténtica que le entregó fue el certificado de nacimiento; el resto de los papeles los había fabricado la inteligencia soviética.

África de las Heras entraría en Uruguay como María Luisa de las Heras de Arbat, un híbrido entre su nombre de soltera y el de casada que le legó el apellido del capitán Francisco Javier Arbat. Los nombres, como los fantasmas, también regresaban a su vida. No la estaría esperando Griguléwich, sino su futuro marido, pero sabía que las sombras del NKVD estarían próximas, observando, silentes y guarecidas en la oscuridad hasta que tuvieran que salir a la luz.

Ambos agentes soviéticos, África de las Heras y William Fisher, habían logrado la primera parte de su misión, la *maskirovka*, el engaño, el camuflaje bajo una nueva identidad y leyenda, otra sombra en su haber. El peor enemigo es aquel que el rival no ve.

Los dos estaban a punto de pasar a la siguiente fase, *proniknoveniye*, la misión de penetrar en el terreno para acabar con el enemigo e infligirle el máximo daño posible con un firme propósito: instaurar la soberanía de los servicios secretos soviéticos destruyendo desde dentro la inteligencia estadounidense.

Disponían de la mejor hoja de ruta: cuando la mentira es evidente, nadie es capaz de verla.

Montevideo, Uruguay

27 de diciembre de 1948

Las historias verdaderas que uno cuenta son falsas; a las falsas les queda al menos la posibilidad de llegar a ser verdaderas.

ELIAS CANETTI

33

—¿Ve algo que no le guste?

La pregunta salía de la boca delineada en rojo de la atractiva mujer que esperaba ante el mostrador, con forma de atril, del Departamento de Inmigración del puerto de Montevideo, donde el aduanero revisaba las dieciocho páginas del Certificado de Identidad y de Viajes expedido por las autoridades parisinas. Cada vez que leía algo, levantaba la mirada e inspeccionaba a la viajera para después volver a enterrarla en los papeles sin pronunciar ninguna palabra, con una parsimonia que rayaba en lo insoportable para un europeo acostumbrado a un ritmo distinto. María Luisa de las Heras no perdía la compostura pese a la lentitud del funcionario, de los veinticuatro días de travesía a bordo del Kerguelen, de varias escalas en Amberes, Le Havre, Santos o Río de Janeiro y de los casi quinientos pasajeros a los que intentó evitar durante todo el viaje; en especial, a un argentino que insistía en detallarle las características y la historia de aquel barco de 10.123 toneladas, construido en 1920 con el nombre de Meduana y destinado al servicio de América del Sur en 1928, incautado por los alemanes en Burdeos el 6 de agosto de 1940 y recuperado para el servicio por la empresa Chargeurs Réunis ese mismo año de 1948 que ya estaba a punto de acabarse.

El calor reinaba en el puerto y empleó su billete a modo de abanico, con movimientos cada vez más rápidos y continuos. Extrajo su polvera Stratton, modelo Queen —con la novedosa tapa de apertura automática diseñada, según la publicidad, para que las damas no se rompieran las uñas al abrirla, y con un mecanismo interior patentado en 1948 que mantenía el polvo suelto de manera segura—, la abrió delante del aduanero y, valiéndose del espejo, utilizó la esponja aplicadora para matizar los brillos de su rostro. Había salido de París en pleno invierno y llegaba a Uruguay en un sofocante verano. Un ambiente demasiado estuoso para estar en plena Guerra Fría.

Si el funcionario terminaba de leer el certificado en algún momento, se encontraría por fin con su futuro marido, al que hacía siete meses que no veía, aunque había mantenido un continuo contacto con él a través de cartas, telegramas y llamadas telefónicas que siempre realizaba ella por el alto gasto que suponían. Debía procurar que la primera imagen que Felisberto tuviera de ella en aquel reencuentro fuera impactante y espectacular, de ahí la elegancia de su atuendo. Llevaba un ligero vestido de corte femenino hecho con seda y gasa, de color verde agua, largo hasta media pierna y con corte en la cintura. El cuerpo con escote a la caja cerraba en la parte delantera sobre el lado izquierdo, con unos botones forrados en el mismo tejido que el vestido, y la falda, sin costuras laterales, se ceñía con pinzas a ambos lados y un fruncido delantero con caída horizontal que estilizaba aún más su figura. Pero el toque llamativo era la torera o bolero superpuesto sobre el vestido, inspirada en la colección de invierno de 1947 de Balenciaga, con clara reminiscencia de las chaquetillas cortas de los matadores, realizada con una elaborada pasamanería y abalorios, típica de la indumentaria dieciochesca española. La chaqueta con cuello a la caja y manga tres cuartos se cerraba en la parte frontal con un paño de encaje decorado con caireles, al igual que las mangas, y estaba armada con una aplicación de cordoncillo y mostacillas de pasta vítrea con diseños florales y en forma de corazón.

El oficial aduanero leía la descripción de la mujer detallada en el certificado: un metro y sesenta centímetros de estatura, cabellos negros, ojos castaños, frente y nariz rectas, mentón redondo, cejas negras, cara ovalada, tez mate... Volvió a mirar el número de expediente: 00851, aunque un inoportuno sello, estampado por algún funcionario que no se molestó en poner cuidado, no permitía ver con claridad si el 0 era un 8, el 5 un 6 o el 1 un 9. Era un milagro que alguien pudiera comprobar algo que no fuera la autenticidad de los documentos y, mucho menos, confirmar la veracidad de los datos personales que aparecían en ellos; ella misma los había rellenado, permitiéndose algún desliz biográfico, como la fecha de su nacimiento, que varió del 26 de abril de 1909 al 10 de abril de 1910, así como su segundo apellido, el materno, que perdió en favor del Giménez, y el nombre que aparecía en la casilla del progenitor, donde decidió escribir el de su tío Julián, enterrando por segunda vez a su verdadero padre, Zoilo. Si los nombres no parecían importarle en su vida, las fechas le despertaban el mismo desdén.

—¿Ve algo que no le guste? —insistió ante el silencio del aduanero.

—Me gusta todo lo que veo, señora —respondió él—. Pero tengo que comprobar los datos; que para algo los escriben, ¿sabe usted? Ustedes los gallegos, siempre con prisas... —Intentó dulcificar la crítica con una media sonrisa mientras estampaba el sello de entrada en el pasaporte—. Bienvenida al Uruguay. Y recuerde que aquí vamos a otro ritmo.

María Luisa de las Heras se despidió con un asentimiento de cabeza y un guiño cómplice, que el hombre agradeció después de ver demasiadas caras cansadas, apresuradas y alguna desagradable. Ahora solo le faltaba recoger el equipaje.

Cuando por fin salió de la zona migratoria, escrutó con la mirada la amplia explanada donde amigos y familiares se congregaban para recibir a los viajeros. No le costó verle. Por los aspavientos que hacía para captar su atención, Felisberto podría haber estado en un aeródromo guiando a un bimotor soviético. En ese instante, como si hubiera escuchado la claqueta que conminaba a iniciar la acción, lució su mejor sonrisa y caminó hacia él como lo había hecho en La Coupole y en el Pen Club. Era difícil no mirarla, aunque uno no fuera a casarse con ella. Elegantemente vestida y maquillada, oliendo al mismo aroma floral con un toque cítrico que usaba desde que estaba con el escritor, y controlando sus andares con la misma precisión con que examinaba a los acompañantes de su futuro marido —al tiempo que inspeccionaba en busca de las posibles sombras soviéticas que estarían contemplándola—, María Luisa de las Heras hacía su entrada en el país que aventuraba a convertir en su patria de papel.

Fue el escritor uruguayo el que corrió hacia ella. Leonid Eitingon le dijo una vez que el primero de la pareja que corría para encontrarse con el otro era el que estaba más enamorado. También fue él quien le descubrió que cuando un ruso quería enfatizar sus palabras, se golpea el pecho con la mano, mientras que un español golpea el de su interlocutor. En ambas circunstancias, le asistía la razón.

—Amor mío, por fin. ¿Cómo he podido vivir todo este tiempo sin ti? —exclamó Felisberto, antes de besar a su futura mujer.

—No puedo creer que ya esté contigo. Creía que nunca iba a llegar este momento —dijo entre lágrimas la española, que parecía no tener cuerpo suficiente para atender a tanto abrazo de su enamorado.

La pareja estuvo un buen rato expresando con gestos y palabras cuán grande era su amor y cómo la distancia no había podido disiparlo; muy al contrario, lo había fortalecido. Cuando al fin dieron una tregua a tanta pasión, el escritor le presentó a sus amigos, a los que la recién llegada saludó uno a uno, con su mejor sonrisa, sus mejores palabras y su perfil más encantador. Tuvo que emplearse a fondo, ya que Felisberto había traído consigo una comitiva propia de una conferencia en el anfiteatro Richelieu de la Sorbona.

—Esther, querida Esther, no sé cómo voy a poder agradecerte tus gestiones —aseguró mientras abrazaba a la mujer que había hecho posible su llegada al país y a la que, según las indicaciones del Centro, tendría que ganarse desde el primer minuto—. De no ser por ti, yo no estaría aquí y no podría haberme reunido con mi amor.

—Querida, no tienes que agradecerme nada. Solo viendo lo feliz que haces a mi amigo, ya está todo compensado.

—Sí debo, sí. Y lo haré si así me lo permites —insistió.

—Qué linda eres. Y qué bella y elegante. —Esther de Cáceres admiró su vestimenta, especialmente el bolero de inspiración española que le cubría los hombros, del que no había podido apartar la mirada—. No había visto nada tan bonito y delicado en toda mi vida, ni siquiera en las revistas de moda.

—No se hable más. —La española se desprendió de su torera—. Desde ahora mismo, es tuya. Y no me la rechaces porque me partirías el corazón. Por favor, acéptala; créeme, me hace más ilusión regalártela de la que pueda hacerte a ti recibirla.

Cuando descubrió que el matrimonio formado por Esther y Alfredo Cáceres había ofrecido a la pareja su residencia en el último piso del Edificio Rex, el emblemático lugar de reunión de la intelectualidad uruguaya, supo que debía priorizar la amistad con aquella mujer sobre otras muchas. El generoso gesto del matrimonio pondría fin a la necesidad de que los enamorados vivieran en casas separadas aunque ubicadas en la misma calle Juan Manuel Blanes —él en el número 1.324 y ella en el 1.138—, como hicieron durante los primeros días. Solo sería por un tiempo, hasta que encontraran un apartamento para ellos. Felisberto había apalabrado uno muy bonito, según le explicó, con todo tipo de lujos: portero, ascensor, calefacción, teléfono, altos techos, amplias vidrieras que aumentaban la luminosidad del piso, tres balcones a la calle, suelos de madera de primera... Pero el alquiler se fue demorando tanto como los papeles del divorcio se estancaban en un juzgado por una incidencia burocrática sin importancia que no tardaría en resolverse. Y lo hizo incluyendo un guiño del calendario a la pareja: la fecha del enlace sería el 14 de febrero de 1949, el Día de los Enamorados.

Esa misma mañana, Felisberto le regaló a su mujer el cuento que había comenzado a escribir en París, «Las Hortensias», con una dedicatoria muy especial: «A María Luisa, el día en que dejó de ser mi novia. 14-II-1949. Felisberto». La novia, que ya era esposa, se lo agradeció emocionada y entre lágrimas, y aseguró que lo leería con devoción, algo que tardó en cumplir. De haberlo hecho antes, quizá las cosas habrían salido de otra manera y ella habría reaccionado de diferente forma, ante la sospecha de saberse descubierta. Lo importante es que María Luisa de las Heras se había convertido en la mujer de Felisberto Hernández, el sueño tanto tiempo ansiado por la pareja, aunque por razones bien distintas. Él, con cuarenta y seis años, unía su vida a una mujer de bandera, buena, guapa, simpática, que se ganaba la vida mejor que él y que sabía cuidarle, mimarle, admirarle y alimentarle como lo había hecho su madre. Ella, de treinta y nueve —uno menos en su pasaporte—, empezaba el camino hacia la obtención de sus papeles de residencia legal y, posteriormente, su documento de ciudadanía. El primero lo consiguió seis meses después, en agosto de 1949, y la convertía en residente legal de acuerdo con la ley

9.604 de 13 de octubre de 1936 y su decreto reglamentario de 28 de febrero de 1947, según rezaba el documento oficial que le entregaron, elaborado por la Dirección de la Policía de Inmigración. El segundo, el certificado de ciudadanía, el que le facilitaría una independencia total de su marido, tardaría un poco más. Mientras tanto, su obligación era seguir penetrando en los distintos estamentos de una sociedad uruguaya que se abría ante ella como un campo de batalla. Uruguay era como ella, la tapadera perfecta. Quién iba a desconfiar de una bella y encantadora mujer, esposa de un escritor de fuertes convicciones antisoviéticas para quien Stalin era un dictador equiparable a Hitler y el comunismo, como el fascismo, merecía ser erradicado de la faz de la tierra.

En Uruguay nadie sospechaba de nada ni de nadie. Ni siquiera las señales de radio y las frecuencias corrían el riesgo de ser interceptadas. En ese país eran muchos los radioaficionados —algunos hablaban de una cifra cercana a los cincuenta mil— que se ponían ante un aparato para realizar las gestiones más nimias, y nadie estaba interesado en conocer esas charlas ni en detectar las transmisiones. Aquello no eran los bosques de Ucrania, ni el París de la Resistencia, ni la Alemania nazi, ni el Berlín Oriental capital de la Alemania comunista, ni el Moscú de la Lubianka, ni siquiera Argentina, donde la creciente llegada de oficiales nazis huidos de Europa para evitar que los juzgaran por crímenes contra la humanidad —como en los juicios de Núremberg o en Cracovia— hacía que las radiofrecuencias se controlaran más. Tiempo atrás, el centro de radiotransmisiones nazis se había trasladado a Argentina, hasta que los estadounidenses lo descubrieron; eso alertó a Grigulévich y le obligó a extremar las precauciones: las comunicaciones por radio se limitaron a determinados días del mes y únicamente a través del código Q internacional. Pero nada de aquello ocurría en Uruguay, un remanso de paz, uno de los países más bellos, tranquilos y discretos del mundo, donde nadie podría imaginar que la URSS desplegaría una nutrida red de espías dispuestos a operar en todo el continente americano. Y a los mandos de esa red, una modista española, María Luisa de las Heras que, llegado el momento, firmaría sus informes secretos enviándolos a Moscú con el nombre que ella misma había elegido antes de abandonar la URSS: Patria.

Hasta entonces, lo que firmaba la modista eran contratos y encargos para vestir a la alta sociedad uruguaya, gracias a los contactos diplomáticos, políticos, sociales y culturales que había hecho por mediación de Esther de Cáceres. Como planeó ya en el puerto de Montevideo, no tardó en hacerse amiga íntima de ella, hasta el punto de convertirse en la madrina de una de las hijas del matrimonio, y en una habitual de su residencia en el bulevar Artigas. Todos querían que los vistiese la gallega simpática y encantadora que tan buen gusto tenía con el hilo, los patrones y las telas. En Uruguay había dinero. La economía del país presidido por Luis Batlle Berres desde 1947 era una de las más ricas del hemisferio sur, debido en parte a las exportaciones realizadas durante la Segunda Guerra Mundial, en particular a Gran Bretaña: el Gobierno inglés había adquirido una deuda con el de Batlle a raíz de sus importaciones de carne uruguaya, y la saldó permitiendo que Uruguay nacionalizase ciertas empresas británicas, como la de Ferrocarriles y Aguas Corrientes ese 1949. No exageraban quienes denominaban al país «la Suiza de América». El nivel de vida de Uruguay —con su desahogada economía, su creciente industria y el empleo progresivo— era alto, y eso se veía en la calle, uno de los mejores barómetros de la buena marcha de un país, especialmente en la manera de vestir de sus ciudadanos. Y ahí, la espía soviética encontró el mejor patrón para esbozar su cobertura como *rezident*.

Gracias al floreciente negocio de la costura y al dinero que iba llegando enmascarado desde Moscú, el matrimonio pudo dejar el apartamento cedido por los Cáceres en el Edificio Rex y establecerse en un bonito y amplio departamento en la calle Colonia 876, donde no solo estaría la residencia de la pareja, sino también el taller de la modista. Era lo bastante espacioso para alojar la vivienda, el atelier de moda y el despacho del escritor, que seguía escribiendo sus cuentos, sus novelas y sus conferencias.

En los primeros meses de casados, él quiso enseñarle a su mujer los lugares más emblemáticos de Montevideo para empezar a construir recuerdos que les pertenecieran a ambos, aunque fuese a partir de los suyos propios: emplearon algunas mañanas en dar largos paseos por el Jardín Botánico, donde las parejas escondían sus muestras de amor de miradas ajenas; los domingos visitaban la feria de Tristán

Narvaja en el barrio Cordón: un mercadillo callejero que a ella le recordó al Rastro madrileño; cruzaban la plaza de la Independencia para sentarse a comer en algún establecimiento desde donde contemplaban el palacio Salvo, una torre alta y recargada, con una arquitectura algo farragosa y un estilo llamativo que contrastaba con el resto de la ciudad, y que soliviantaba a Felisberto lo suficiente para exclamar: «Al próximo que me diga que tiene un aire al Kremlin, lo mato. Dejémoslo en monstruosidad arquitectónica, sin más». Su día a día era un peregrinar turístico por Montevideo. Se perdían por la plaza de los Treinta y Tres; ocupaban una de las mesas del café Las Misiones, donde la mano de la modista recorrió la fachada de azulejos verdes esmaltados y rememoró el peculiar trencadís gaudiniano de La Pedrera, aunque fueran tan diferentes; comían asados de carne en el Mercado del Puerto, donde, por primera vez, la española bebió un medio y medio, una mezcla de vino blanco seco con espumoso dulce que le resultó difícil de calificar; y terminaban la jornada transitando por la Rambla.

—¡Qué bello camino sobre el Río de la Plata! —exclamó María Luisa de las Heras, contemplando los veintidós kilómetros de paseo que bordeaban el río platense.

—A los montevideanos nos gusta llamarlo mar. Por eso admitimos llamar paseo marítimo a la Rambla.

Su círculo de amistades fue aumentando a lo largo de ese primer año en Uruguay, hasta alcanzar casi todas las esferas, tanto sociales, como políticas, culturales, literarias, universitarias y económicas del país. Una de las parejas con las que el matrimonio Hernández-De las Heras terminó intimando más fue la formada por el profesor de Historia Arbelio Ramírez y su mujer, Esther Dosil, hasta el punto de que —igual que pasó con los Cáceres— la española no pudo negarse a amadrinar a uno de sus hijos. De seguir así, se alzaría con el título oficial de madrina de Uruguay. A nadie le extrañó, viendo el especial cariño y apego que sentía la nueva mujer de Felisberto por los niños, para los que siempre tenía una palabra amable, un beso, un delicioso dulce hecho por ella misma o comprado en alguna de las famosas confiterías de la ciudad, un juguete, un libro o un mimo maternal. Aquel amor por los más pequeños no era fingido, como el que mostraba hacia su marido; aquel sí era verdadero y lo evidenciaba el brillo que aparecía en sus ojos, cuando aupaba a un crío en brazos o lo sentaba sobre sus rodillas. Aquella estampa hacía que muchos cedieran a la pregunta obligada sobre una futura maternidad, pero ella siempre sonreía, negaba con la cabeza y el brillo se transformaba en melancolía acuosa, no siempre simulada. «Ya es tarde. Tuve a mi pequeño y murió. Ahora es demasiado complicado», decía.

La economía familiar iba creciendo gracias a la modista y eso animó a la pareja a mudarse de residencia y alquilar un apartamento en la calle Brito del Pino número 829, aunque mantuvo el antiguo piso de la calle Colonia como atelier. Allí contrató los servicios de una ayudante, María Barrios, que la asistía con el exceso de trabajo que se acumulaba en el taller y que pronto se convirtió en una amiga por la que llegó a sentir un gran aprecio, mucho más auténtico que por el resto, ya que el cariño no venía condicionado por ningún interés como la mayoría de las amistades que fue labrando. Eran estas últimas las que acudían con asiduidad a las cenas y fiestas que organizaba en casa, donde la nutrida conversación, la buena comida y la bebida espirituosa nunca faltaban. La española actuaba como una elegante y carismática anfitriona, velando por la comodidad de sus invitados, haciendo gala de su generosidad infinita, sembrando la simpatía en cada corrillo al que se acercaba, escuchando sus conversaciones, sus gestos, sus opiniones, sus preguntas, sus reacciones —que más tarde incluiría en sus informes—, y rehuyendo intervenir en asuntos de política. «Yo no entiendo de eso. Me aburre. Esos temas os los dejo a vosotros. Lo mío son los pespuntes, el hilo y la máquina de coser», se disculpaba siempre que alguno de sus invitados le preguntaba su opinión, sin imaginar que aquella mujer que se mostraba despreocupada y ajena a debates ideológicos era la única de los presentes que conocía la presencia de pesqueros soviéticos anclados en aguas argentinas.

En una de esas fiestas carismáticas en la casa de la calle Brito del Pino, sucedió algo imprevisto. Era una velada especial que María Luisa de las Heras había preparado para celebrar la publicación del cuento «Las Hortensias» que, después de muchos esfuerzos, aparecería a finales de aquel 1949. Los amigos más destacados e influyentes de la pareja se dieron cita en la residencia, donde degustaron una buena cena a base de aperitivos exclusivos, marisco y carne uruguaya con una salsa especial que Felisberto devoraba con la misma gula que el resto de la comida, lo que explicaba su considerable aumento de peso desde que había contraído matrimonio con su tercera esposa. Siempre regado con los mejores vinos y los más selectos licores. La anfitriona estaba en todo y sobre todos, luciendo como una diosa, con un elegante vestido negro que dejaba los hombros al aire y caía sobre su cuerpo hasta besar sus tobillos, como si la prenda también se rindiera a sus pies al igual que el resto de los convidados. No había detalle que se le pasara por alto, nada de lo que sucediera en aquella casa escapaba a su vigilancia, tanto en el interior como fuera. Y fue allí donde algo llamó su atención.

Lo hizo de una manera inconsciente. Cuando lo vislumbró por primera vez no pensó que podría tratarse de un mensaje. Pero algo en su cabeza se activó, como un interruptor que se dispara y salta en una central de energía nuclear. Al otro lado de la calle, alguien estaba utilizando el sistema de comunicación mediante destellos de luz con codificación morse, el denominado Scott, empleado en la Marina militar para comunicarse entre los barcos cuando atraviesan unas coordenadas que obligan a silenciar la radio. Desconocía si el emisor de esas señales estaba utilizando un reflector o una simple linterna, pero estaba claro que se trataba de luz «todo horizonte», las tradicionales lámparas direccionales Aldis, atravesadas horizontalmente por una especie de persianas venecianas. No podía ser una casualidad. Solo tuvo que fijarse bien para confirmar que no lo era. Podía traducir de oído cualquier mensaje de telegrafía en morse, basándose en los tonos y en los intervalos de las señales; había soñado con aquella música durante años, aquellos pitidos eran como letras escritas negro sobre blanco en cualquier texto, y la experiencia le permitía descifrar el característico sonido del di-dah-di-dah del morse, sin necesidad de escribirlo. Pero con las señales luminosas, la descodificación no era inmediata. Necesitaba apuntarlo en un papel para observar el jeroglífico de puntos y rayas que componía el mensaje. Debía salir del salón, buscar una excusa rápida antes de que las señales desaparecieran. Fingió que iba a la cocina a por un poco de hielo.

—¿Hielo? —se extrañó Felisberto, al ver rebosantes las dos cubiteras—. Amor mío, hay hielo de sobra. Relájate y disfruta de la fiesta.

—Me refería a hielo picado. Estoy deseando brindar por la publicación de tu cuento. Quiero preparar unos combinados especiales y necesito picar hielo —improvisó ella, zafándose de la mano de su marido con un beso en la boca que hizo que este, entregado, le soltara la muñeca.

Al entrar en la cocina, buscó papel y lápiz, aunque solo vio pilas de platos, fuentes de aperitivos, copas sucias, cubiertos usados, servilletas de tela mal dobladas, botellas de vino vacías, ceniceros repletos de colillas —algo que odiaba, porque el olor a tabaco se impregnaba en la estancia—, restos de comida, tazas de café, el calentador de leche... Pero ni un mísero papel, ni un bolígrafo. Miró a través de la ventana de la cocina, que daba a la misma calle que el salón, para comprobar si las señales lumínicas continuaban parpadeando. Las vio. Cogió del fregadero un cuchillo de hoja afilada. La idea se le pasó por la cabeza; sería un corte pequeño, lo suficiente para convertir la yema de su dedo en un bolígrafo con el que escribir sobre el papel que envolvía los pasteles de nata y crema comprados para la fiesta. Se disponía a hacerlo, cuando la voz de Felisberto llegó en forma de grito desde el salón: «¿Cómo va ese hielo, cariño? ¿Te ayudo?». La pregunta resultó reveladora: era la primera vez que las palabras del escritor le resultaban útiles para su trabajo. Abrió el congelador, extrajo un bloque de hielo y lo colocó en el seno del lavadero. Armada con el cuchillo a modo de punzón, comenzó a trasladar las señales luminosas sobre el hielo. Quizá era una locura, pero seguramente pensaron lo mismo cuando enviaron el primer mensaje a través de puntos y rayas del código morse de Washington D. C. a Baltimore, el 24 de mayo de 1844. Todo se reviste de locura hasta que se consigue. Los ruidos de la fiesta desaparecieron de sus oídos, solo había cabida para el repiqueteo del acero del cuchillo sobre el hielo. Tenía esa extraña habilidad: enmudecer el mundo mientras se centraba en el sonido de lo importante.

Con la vista fija en las señales luminosas, fue picando el mensaje sobre el bloque helado y escuchando atentamente el punteo. Cualquiera que la viese desde el exterior habría creído que estaba hipnotizada o sonámbula. El golpeo convirtió en sonido el alfabeto morse, y el mensaje apareció escrito con nitidez en su mente, como un libro abierto. Era una dirección, un día, una hora y una clave que tendría que utilizar con su contacto: *Pacem summa tenent.* Lo había comprobado dos veces, aunque la última frase era reveladora: la misma que aparecía escrita en el anfiteatro Richelieu de la Sorbona donde Felisberto dio una conferencia, y que el contacto soviético le tradujo. No era consciente de que permanecía en un estado de sordera selectiva, de modo que no escuchó los pasos que se aproximaban a su espalda. La voz del escritor la sobresaltó tanto que a punto estuvo de clavarle el cuchillo al darse la vuelta en un acto reflejo. Las acciones maquinales, motivadas por el instinto, solían ser más rápidas y certeras en los espías que en el común de los mortales.

—¡Cuidado, mi amor! Vengo en son de paz. A no ser que quieras quedarte viuda antes de tiempo —sonrió Felisberto con los brazos en alto, sin saber lo cerca que había estado de que la hoja del cuchillo se clavara en su pecho o en la parte baja de su estómago. Se asomó a la pila del fregadero y vio el bloque de hielo maltrecho—. ¿Es así como piensas picar el hielo para los cócteles? ¡No acabaremos nunca! Anda, déjame, que ya lo hago yo.

—Creo que no te digo lo suficiente todo lo que te amo —exclamó María Luisa de las Heras, convirtiendo la exhalación en un suspiro. Aquella vez, realmente pensaba lo que decía—. Voy a cambiarme. Me he puesto perdida con el hielo.

Entró en su dormitorio con esa excusa, pero en realidad lo hizo para apuntar la dirección en un trozo de papel. «Café Sorocabana / 12 dic. / 10.30 horas / *Pacem s...*». Empezó a escribir el texto en latín pero abortó el ademán. Esas palabras ya las tenía grabadas en la memoria.

Al salir del dormitorio, su marido la esperaba con un cóctel en la mano. Ella no sabía qué era, pero el granizado estaba teñido de rojo. Le gustó el color, su favorito; el sabor nunca le había importado. Notó la mirada inquisidora de Felisberto. Por un momento temió tener a un agente de inteligencia encubierto en su cama.

—Creía que ibas a cambiarte —observó el escritor, al darse cuenta de que su mujer llevaba el mismo vestido negro.

—Iba a hacerlo... —explicó, sin que su tono de voz le diera mayor importancia al descuido—, pero con este calor, creo que me vendrá bien tener la ropa un poco mojada. A no ser que tú quieras que me lo quite...

—Prefiero ser yo quien lo haga. ¿Los mando a todos a casa? —preguntó en tono juguetón.

—Eso no sería propio de un referente de las letras uruguayas —sentenció ella, antes de besarle en los labios. El beso le supo a granadina mezclada con alcohol, pero le dio igual. Llevaban diez meses casados y había que evidenciar el amor.

Aquella noche, el insomnio la llevó a recoger los vestigios de la fiesta y rehusar la invitación de Felisberto de ir con él a la cama. Recibir aquel mensaje, y de la manera en que lo hizo, le había devuelto a su verdadero yo, lejos de patrones, revistas, metros y bobinas de hilo. La excitación la invadía, y esa carcoma la seducía. Conocía esa sensación tentadora; llevaba mucho tiempo esperándola. Iba a cumplirse un año de su llegada a Uruguay y el Centro se limitaba a enviarle dinero y a insistir en que construyera una tapadera sólida, especialmente nutrida de amistades y contactos. Su pecho estaba agitado, tanto como su mente. Cuando el salón quedó recogido, al igual que la cocina, excepto por las bolsas de basura donde se acumulaban los desperdicios, se sentó en un sofá del salón. Había abierto la ventana para ventilar la estancia y que el humo del tabaco desapareciera. Hacía una noche agradable, pero seguía sin poder dormir. Se acordó entonces del motivo de aquella fiesta, la publicación del cuento de Felisberto, y recordó el ejemplar de «Las Hortensias» que le había regalado su flamante marido el día de su boda. Pensó que quizá un poco de lectura le vendría bien, sin sospechar que aquello iba a hacer crónico su desvelo.

Lo habían publicado en la revista *Escritura*, con ilustraciones de la artista Olimpia Torres. Los dibujos mostraban a la pareja en distintos momentos; en uno, ella asomaba acostada en un diván con un abanico en la mano; en otro, aparecía junto a Felisberto, ambos vestidos de novios, montados en un triciclo sobre el que daban rienda suelta a su felicidad. Agradeció que los retratos no fueran fidedignos, al menos en lo referente al rostro; solo faltaba que alguien la reconociera a esas alturas, un pensamiento que le hizo acordarse de Ramón Mercader y su afán por ocultar su rostro cuando los fotógrafos de prensa intentaban inmortalizarle sobre la cama del hospital, horas después de asesinar a Trotski. Se sacudió los fantasmas y decidió concentrarse en la lectura para descubrir qué hacía tan especial a su marido. No tardó mucho en hacerlo, pero no como había imaginado. Cuanto más leía, más abría los ojos.

El cuento recogía la historia de un hombre llamado Horacio, que colecciona muñecas; de su mujer, María, y de cómo una de las muñecas llamada Hortensia, que además era el segundo nombre de su mujer, es casi idéntica a la esposa: un doble, una copia casi exacta, a la que obliga a hacer cosas que su mujer nunca haría y con la que lleva una vida distinta, oculta, secreta y clandestina. Una trama repleta de enigmas, de secretos velados, de ambigüedades, de misterios, de verdades e identidades ocultas, de mensajes falsos, de encubrimientos, y con el uso recurrente de una palabra que resaltaba sobre el resto: «espía»... Demasiado real para ser pura ficción. Conforme avanzaba en el texto, encontraba fragmentos que disparaban sus pulsaciones y cuarteaban su retina: «mientras se dirigía allí, en puntas de pie, pensó que ella lo espiaba»; «Las muñecas parecían seres hipnotizados cumpliendo misiones desconocidas o prestándose a designios malvados...»; descubría a la muñeca Eulalia, apodada «espía de la guerra», o a Alex, el criado, un ruso blanco con espíritu de vigilante, el guardián que aseguraba haber visto espías. Por un momento, una correlación entre ficción y realidad se asentó en su mente: la manera en la que el personaje de Horacio manipulaba a sus muñecas, haciéndolas representar escenas creadas por él, podía entenderse pareja a cómo los servicios secretos soviéticos manejaban los hilos del espionaje internacional y a sus agentes secretos. El devenir del cuento no contribuyó a aliviarla pensando que todo había sido un mal sueño: Horacio decide rellenar de agua caliente a su muñeca Hortensia, la doble de su mujer, su sombra, el *alter ego* de su esposa, con el fin de volverla más carnal y, cuando su verdadera mujer lo descubre, coge un cuchillo, apuñala a la muñeca y huye de casa, dejándole una nota escrita:

«Me has asqueado la vida». Cuando Horacio la lee, se muestra indiferentemente frío: no le importa, ha encontrado a una nueva muñeca, esta vez rubia, no morena.

Cuando María Luisa de las Heras acabó la lectura, era ella la que se había llenado de sospechas, de dobles sentidos, de misterios, de secretos, de incógnitas. Su vida tomó forma de jeroglífico. Arrojó el relato al suelo con violencia y se incorporó para intentar que el corazón dejara de cabalgar en su pecho. Comenzó a deambular por el salón, pero las paredes se le echaban encima. Necesitaba respirar y el aire que entraba por los ventanales abiertos no era suficiente. Corrió a la cocina donde, por un instante, le distrajo el cuchillo afilado que había dejado sobre la mesa. Cogió las bolsas de basura y las llaves de la casa y se lanzó a la calle, buscando poner en orden sus pensamientos. Las dudas la asaltaron una tras otra, como en un endiablado rompecabezas cuyas piezas no paraban de danzar, como si se deslizaran por una pista de baile resbaladiza, como lo estaban los adoquines de la plaza Roja durante la defensa de Moscú. Las elucubraciones sobre si Felisberto conocía realmente la identidad de su tercera mujer, o si al menos estaba al tanto de parte de su misión como espía, iban tomando forma en su cabeza.

Era imposible que lo sospechara, pero más insostenible parecía que, sin sospecharlo, hubiera escrito aquel texto. Se empeñaba en convencerse de que todo era fruto del azar, un albur, un juego del destino al que tan habituada le tenía la vida, pero las casualidades en inteligencia solían cobrarse vidas y operaciones. Quizá esa era la razón por la que su marido siempre levantaba la voz en las reuniones de amigos, fueran en casa o en un lugar público, para remarcar su férrea aversión al comunismo. Pero eso sería demasiado obvio; al fin y al cabo, era un intelectual, no podía mostrarse tan burdo. Necesitaba analizar la situación con claridad, sin que la agitación del instante turbara sus cavilaciones. Recordó que Felisberto había comenzado a escribir «Las Hortensias» en París, al conocerla; de hecho, lo tenía sobre la mesa el día que ella traducía al francés la conferencia que Felisberto daría en la Sorbona. Ese pensamiento hizo amainar el caudal de especulaciones próximas a las conspiraciones más maquiavélicas que poblaban su mente. No podía ser que un escritor uruguayo de claro sesgo anticomunista fuera más perspicaz que toda la inteligencia soviética. Al menos, debía confiar en ello.

A la mañana siguiente, ya vestida para salir a hacer unas gestiones relacionadas con su atelier, se sentó junto a Felisberto para tomarse su segundo café del día, el primero para el escritor, que se había levantado tarde a pesar de que su mujer había hecho todo el ruido posible para despertarlo y arrancarlo de las sábanas. Pero el sueño del escritor era tan profundo como el insomnio de su esposa. A diferencia de él, ella no había dormido nada, pero no por culpa de los ronquidos de su marido, que la acompañaron buena parte de la madrugada, sino por las palabras transcritas en «Las Hortensias».

—Ayer leí tu cuento —le dijo dulcemente, mientras le servía el café.

—¿Ayer? Sí que has tardado... —comentó con una sonrisa, aunque algo dolido en su orgullo. Estaba vaciando medio azucarero en la taza, como si así fuese a aliviar la resaca.

—Quiero decir que lo leí por segunda vez. Los clásicos admiten y requieren varias lecturas —justificó reparando su vanidad.

—¿Y te gustó? —Ignoró a sabiendas el peligro que aquella pregunta representaba para todo escritor. Se lo había advertido su editor en París: «Nunca preguntes eso, es como si le dieras al lector carta blanca para lanzarte todo lo que no le ha gustado. Conferir a un lector la posibilidad de erigirse en crítico conlleva un riesgo que un autor nunca debe correr». Pero aquella mañana el lector era su mujer; y quizá pensó que si no podía confiar en ella, en quién podría hacerlo.

—Hay cosas que me han hecho pensar, que no entiendo.

—Pues permíteme darte la enhorabuena, querida, porque estás casada con quien lo ha escrito. No todos los lectores disponen de ese privilegio.

—¿Quién soy yo en ese cuento? Sé que Horacio debes de ser tú, por esa afición suya de coleccionar muñecas, pero ¿y yo? ¿María? ¿Hortensia? ¿Y quién es Alex, ese ruso blanco? ¿Y cómo se te ocurre ponerle el segundo nombre de tu madre a la muñeca? Verás cuando Juana Hortensia lo lea y vea que se ha convertido en la muñeca a la que rellenas de agua para...

—Ella no lo leerá —aseguró, tranquilo a ese respecto.

—Pero los demás sí. Y, sinceramente, no sé si los lectores lo entenderán —sentenció, sabiendo que ese era el punto débil de su marido. Acertó.

—¿Demasiado complicado? ¿Crees que el lector no razonará el juego de palabras? ¿Es demasiada la carga simbólica? ¿Piensas que anula al texto? Sabía que esa metáfora de la comunicación entre dos personas quizá era excesiva, muy recargada para el lector. Quizá me ha traicionado mi egoísmo de escritor, he pecado de vanidoso... —musitó afligido, con un velo de preocupación en el rostro. Le había costado mucho publicar aquel cuento, para que ahora el público decidiera darle la espalda y condicionar un posible futuro literario—. Yo solo quería establecer un diálogo con el lector, hacerle partícipe de mi juego, acercarle más a mí, pero... ¿De verdad crees que no lo entenderán?

María Luisa de las Heras observó el miedo en los ojos de su marido. Cuanto más crecía la ansiedad de Felisberto, más se alejaban de ella las sombras que habían surgido la noche previa. En el fondo de aquella mirada, comprendió la gratuidad de sus sospechas. Felisberto no sospechaba nada; de ser así, no le angustiaría que el lector pudiera o no comprender su obra.

De nuevo, al igual que ocurrió al abandonar La Coupole donde ella misma provocó el primer encuentro, un fragmento de *La invitada* de Simone de Beauvoir se proyectó sobre su mente, aquel que aseguraba que las mentiras siempre son gratuitas, salvo que no se descubran.

Dejó a Felisberto herido, hundiéndose en un mar de dudas. Ella había sobrevivido al naufragio. Su marido no conocía su secreto. Estaba segura.

34

Sentada en una de las mesas del Café Sorocabana, observó el interior del legendario establecimiento en la esquina noreste de la plaza Cagancha y la avenida 18 de Julio. Era el primer Sorocabana que abrió sus puertas en Uruguay en 1939, por la necesidad de Brasil de colocar un excedente de café; de ahí su nombre, referido a la ciudad de Sorocabá, en la zona cafetera de San Pablo. El Gobierno de Getúlio Vargas no quiso arrojar los excedentes de café al mar para poder mantener los precios y decidió subvencionar a empresas que sirvieran su café brasileño. Quizá no era el mejor motivo para la apertura de un negocio que tuviera que competir con las leyes del mercado, pero, como recordaba haber leído en palabras de Cervantes durante su época de escuela —y como su tío Julián repetía a modo de mantra—, la necesidad carece de ley.

Le gustaba aquel lugar, excepto por los tubos lux que, a su entender, le restaban encanto. Era moderno comparado con otros cafés de la ciudad, como el Brasilero de la Ciudad Vieja, y en su interior no predominaba el olor a comida porque no se servía, como tampoco se dispensaba alcohol ni tenía billar, como sucedía en muchos otros. Quizá por eso en las mesas se veían más mujeres, que dejaron de ir a confiterías como Conaprole, El Telégrafo o La Americana. Otro de los motivos por los que le agradaba aquel establecimiento era por su disposición, con rincones donde la clientela podía refugiarse sin ser vista y con columnas que permitían esconderse de miradas indiscretas, aunque quien quisiera ser visto tenía la opción de los grandes ventanales que daban a la plaza. Dejó el bolso sobre la mesa redonda con la superficie de mármol y se recostó contra el respaldo semicircular de la butaca, tapizada en verde. Pidió un café Sorocabana, glaseado y preparado con filtro, de esos que aborrecían los amantes del café expreso, y lo saboreó mientras observaba el mostrador y las columnas cubiertas de madera oscura. Pensó que si las tablas fueran de bambú, podrían ser un buen lugar para esconder micrófonos; no podía evitarlo, su condición de espía prevalecía sobre todo lo demás.

La primera vez que estuvo allí fue junto a Esther de Cáceres, fue ella quien le descubrió aquel lugar. Estaba tranquila: la poetisa no iría a esa hora de la mañana, y aunque lo hiciera, improvisaría una excusa y no sería un problema. Felisberto también lo frecuentó en su día, pero por algún motivo que no quiso contarle a ella, había dejado de ir. Prefería el viejo Café Tupí Nambá de la plaza de la Independencia, que muchos consideraban el gran café del centro; justo al contrario que el poeta Carlos Sabat Ercasty, que decidió hacer el trueque de establecimientos a la inversa.

El reloj marcaba las once menos cuarto. Su contacto se retrasaba. Miró a través de los ventanales aunque, cuando se percató de la inutilidad de aquel gesto, regresó a su postura inicial. No había nada en el mensaje que facilitara el reconocimiento del contacto: ni un detalle de la vestimenta, ni si llevaría un ejemplar del diario *La Mañana*, una rosa o un libro de poemas. Así que solo quedaba una opción: sería el enlace quien la reconociera a ella. Para aliviar la espera, pidió otro café y una medialuna porteña. Estuvo tentada de pedirse el tradicional café helado de Sorocabana, en vaso de capuchino, con hielo y batido lo suficiente para dejar en la superficie una densa capa de espuma, pero optó por otro café preparado al baño maría en cafetera cilíndrica. El camarero le sirvió su pedido en una taza blanca, inmaculada, sin ninguna inscripción comercial en su superficie; le gustó que también ellos silenciasen su nombre. El logo solo aparecía en el papel que envolvía los terrones de azúcar, que nunca introducía en su taza de café pero que le gustaba extraer de su envoltorio, para verter sobre ellos un poco de café con la cucharilla y ver cómo se deshacían.

Se acercó la taza a la boca, y cuando volvió a dejarla en el plato observó la marca roja de los labios. Se disponía a limpiarla cuando una voz la detuvo:

—No lo borres. Bien mirado, es un código con el que puedes mandar un mensaje —dijo el hombre que tomó asiento en su misma mesa.

Cuando le vio, una sonrisa se dibujó en sus labios, un reflejo de la dibujada sobre la loza blanca de la taza. La última vez que le había visto había sido en Coyoacán, horas antes del asesinato de Trotski.

—No sabes lo que me gustaría darte un abrazo ahora mismo.

—Camarada, está usted casada... —bromeó Iósif Griguléviich, asegurándose de pronunciar ese «camarada» en voz muy baja y después de comprobar que el camarero seguía en la barra, atendiendo a otros clientes.

—Por eso mismo —le siguió la broma—. Además, sé que tú también lo estás. Veo que no perdiste el tiempo en México. Tu mujer es una auténtica belleza.

—Y agente, como tú y como yo. —Hablaba de Laura Araujo Aguilar, con nombre en clave «Luiza»—. Y la quiero, pero guárdame el secreto; creo que el Centro piensa que es un matrimonio concertado entre agentes. Ya sabes, un agente operando solo es más sospechoso.

—Sobre todo si es mujer... —coincidió ella—. ¿Me explicas lo de *Pacem summa tenent*?

—Para confundir. Soy espía soviético, la desinformación se me da muy bien —volvió a elegir la ironía para su respuesta. Le gustaba ver sonreír a su compañera, siempre le cautivó aquella mueca en su rostro. Se alegraba de volver a verla. Él había sido uno de los primeros en valorar su potencial y así se lo había hecho saber a Eitingon y a Gerö en Barcelona. Y no se equivocó—. Sabía que pensarías en tu enlace en París y eso te daría confianza. Hablé con él y está encantado contigo. No es un simple enlace, pero de eso ya te habrás dado cuenta.

—Algo me temía —aseguró la española, que siempre pensó que aquel hombre estaba demasiado bien informado para ser un mero correo—. Y dime, ¿serás tú mi enlace?

—No. Yo me voy del país, a empezar una nueva vida —anunció Griguléviich con demasiada grandilocuencia—. Seré Teodoro Castro

Bonnefil, el embajador costarricense en Roma, hijo ilegítimo de un millonario empresario del café que se gana la vida con la exportación y la importación.

—¿De café? —bromeó la agente.

—No, de espías —dijo bajando la voz con un gesto revoltoso—. Es el producto en alza. Hay que especializarse en lo que uno sabe. Voy a entrar hasta el Vaticano, accederé a la misma alcoba del papa Pío XII, ese anticomunista relamido que ha hecho ganar las elecciones a los democratacristianos con la inestimable colaboración de la CIA. El mundo se va a la mierda como no hagamos algo. En Uruguay ya no me necesitan. Ahora estás tú y quedas al frente de todo. Se pondrán en contacto contigo para explicarte el tema de la financiación de la red y la provisión de fondos; ya sabes: cheques de viajero, fondos por medio del telégrafo, cantidades en mano en tu taller de costura, evitando siempre las transferencias en los bancos... Pero tú ya controlas todo eso. Te van a pedir que obtengas documentos para dar cobertura a los agentes ilegales aunque, antes de hacerlo, debes obtener los tuyos, para que puedas actuar sin levantar sospechas. Ya te lo explicarán. Aquí se trabaja bien y, por ahora, sin tensiones, pero no bajes la guardia. Uruguay es un lugar tranquilo. No tuvo mala idea Erno Gerö... ¿No lo sabes? —preguntó al ver el rostro de sorpresa de su compañera—. Fue él quien lo propuso: ya había estado en Montevideo en 1933, en el buró sudamericano de la Internacional Sindical Roja, y conocía las posibilidades del país.

La mención de aquel nombre, escuchado por última vez en Barcelona, le hizo recordar otros muchos con los que había tenido un mayor contacto.

—¿Qué sabes de los demás? —preguntó, refiriéndose a Leonid Eitingon y a Pavel Sudoplátov. Del resto de los compañeros ya tenía la información que necesitaba: Ramón Mercader seguía, desde hacía nueve años, en la cárcel mexicana de Lecumberri, y Caridad permanecía entre Moscú y París. El silencio de Grigulévich no auguraba nada bueno—. ¿Qué pasa?

—De momento, nada. Todo está en orden. Sudoplátov está en su castillo de la Lubianka, controlando lo que pasa aquí y un poco más arriba, en Estados Unidos, con William Fisher y todo el espionaje atómico. Y Eitingon es ya teniente coronel: le nombraron director adjunto de un departamento especial del NKVD, encargado de gestionar la información sobre el espionaje nuclear, siempre pegado a Sudoplátov. Lo último que oí es que se encontraba en Lituania, en una misión encomendada por el Centro —dijo sin mirar a los ojos a su compañera, hasta que la mirada de María Luisa de las Heras le obligó a encararla. Sabía que había algo que no le estaba contando—. Hay ruido en Moscú —admitió al fin—. Demasiadas llamadas de teléfono a los agentes soviéticos que operamos en España y, más tarde, en México. Pero tú no te preocupes. Céntrate en tu cometido.

—Puedo hacer dos cosas a la vez: preocuparme y centrarme. Y si me provocan, puedo incluso disparar al mismo tiempo o montar una mina que haga explotar el puñetero Uruguay. Así que, dime, ¿de qué ruido hablas?

—Ha llegado información de nuestros agentes en Estados Unidos sobre una posible publicación en la revista *Life* de unas memorias o una entrevista a un viejo conocido nuestro. —Buscó la complicidad en su mirada, dándole el tiempo necesario para que descubriera el nombre del aludido.

—Orlov —adivinó ella.

—Exacto. Al parecer, Aleksandr tiene ganas de hablar. Y ya sabes en qué lugar nos dejaría eso.

—No puede hacer eso. Moscú le ha respetado a pesar de su deserción, no fueron contra él ni contra su familia.

Recordaba la carta que ella misma interceptó entre la correspondencia de Trotski en la casa de Coyoacán, en la que Orlov advertía al viejo bolchevique de que alguien próximo estaba dispuesto a atentar contra su vida y le aconsejaba no fiarse de los comunistas españoles que aparecieran en su residencia. Por culpa de esa carta ella tuvo que salir precipitadamente de México. Se pensó dos veces su respuesta: claro que Orlov podía hacerlo.

—Tampoco podía traicionar a su patria y lo hizo. Y de paso, al resto de nosotros —replicó Grigulévich—. Puede hacerlo y lo hará. Está por saber cómo, cuándo y hasta dónde hablará. Moscú teme que empiece a dar detalles sobre algunas operaciones de la inteligencia soviética que no dejarían a la URSS en un buen lugar de cara a la opinión pública: la desaparición de Andreu Nin, el oro que salió de las arcas de España con dirección a Moscú, el asesinato de Trotski, el reclutamiento de los Cinco de Cambridge... Orlov estuvo en todo, conoce a todos y a cada uno de los agentes implicados, con nombres y apellidos, reales y en clave, y guardó todo tipo de documentos y material fotográfico; siempre fue previsor, lo malo es que no lo supimos ver a tiempo. Puede hacernos un gran agujero con sus filtraciones, en las que también dará nombres.

—Y ahí estarán los nuestros. —Volvió a recordar la sobremesa que pasó con Orlov, Eitingon y Hemingway en Benimámet, cuando el primero era el máximo responsable del NKVD en España. Ahora, ese hombre podía ser su mayor amenaza.

—Ese es el ruido. Sobre todo el que se escucha en las plantas más nobles del Kremlin y, por qué no decirlo, de la Lubianka.

—Pero Sudoplátov, Eitingon... Es imposible que en Moscú planeen nada contra ellos, con sus hojas de servicios. Lo han hecho todo, han cumplido cualquier misión que les han encomendado, tienen las más altas condecoraciones... —Confiaba en que el timbre de su voz acallara los malos augurios que la asaltaban.

—Precisamente por eso... Saben demasiado. Además, hay algo más; está el tema de Ramón Mercader.

—¿Qué ocurre con él? —se sorprendió.

—Que el pasado siempre vuelve, eso es lo que ocurre. Al parecer, alguien de la policía mexicana ha estado metiendo las narices en los registros policiales de España y ha encontrado en la Dirección General de la Policía de Madrid la ficha policial de Ramón cuando fue detenido en Barcelona el 12 de junio de 1935, en el bar Joaquín Costa. Sus fotos y sus huellas dactilares aparecen en esa ficha y no les ha costado atar cabos. Y el maldito Julián Gorkin, al que todavía escuece lo sucedido con el POUM y con su querido Andreu Nin, reconoció enseguida a Ramón en las fotografías publicadas en la prensa y no ha dudado en colaborar con la policía mexicana, filtrando información sobre la verdadera identidad del asesino de Trotski al coronel Sánchez Salazar, que lleva la investigación en México. Incluso le ha confiado la cicatriz que Ramón tiene en una de las manos por una herida de bala durante la Guerra Civil.

La mención de aquella cicatriz anudó el estómago de María Luisa de las Heras que, por unos segundos, volvió a la piel de África: recordaba esa sutura que delineó con los dedos en el primer encuentro íntimo que tuvo con Ramón en Barcelona. Una cascada de emociones y pensamientos se desató en su interior, convirtiendo la voz de Griguléвich en un eco lejano; tuvo que hacer un esfuerzo por que no la ahogara y regresar a la superficie.

—Y de ahí han seguido tirando para consolidar su investigación —continuaba el lituano—. Han conseguido hasta los retratos que el fotógrafo barcelonés Agustín Puértolas le hizo al joven Mercader en el frente de Aragón. Sabemos que el jefe del Departamento de Investigaciones Especiales del Banco de México, el criminólogo Alfonso Quiroz, tiene pensado viajar a España, concretamente a la Dirección de Seguridad de Madrid. Mucho nos tememos que vaya en busca de la ficha policial de Ramón Mercader: sus huellas y sus fotografías le delatarían. Es cuestión de tiempo que se conozca la verdadera identidad del asesino de Trotski. Saber que lo mató un español entrenado por la URSS tampoco nos va a beneficiar mucho. Y llega ahora que Moscú estaba feliz tras el éxito de la prueba con la RDS-1 el 29 de agosto en las instalaciones de Semipalátinsk.

—La bomba atómica soviética —asintió ella, recordando todo lo que su contacto en París le avanzó sobre ese tema.

—Una copia exacta de la *Fat Man* estadounidense que destruyó Nagasaki en el 45. Y justo ahora que la URSS se ha convertido en la segunda nación atómica del mundo, los ataques se multiplican por todos los frentes. Demasiada casualidad, a mi entender.

—Demasiados cabos sueltos... Esas fotografías tendrían que haber desaparecido, y la ficha policial de Ramón, también.

—No he debido contarte nada. —Griguléвich negó con la cabeza, al advertir la preocupación en el rostro de su compañera—. Pero siempre has tenido la capacidad de obtener información y, hasta que no te haces con ella, no paras. Te repito, no te preocupes. Tú estás a salvo. Orlov siempre te apreció; si da nombres, no dará el tuyo. Y Moscú acaba de confiar en ti para crear la mayor red de espías en Sudamérica, con relación directa con William Fisher en Estados Unidos, otro de sus niños bonitos. Ni Stalin ni Beria estarían tan locos, por mucha información que aparezca en *Life*. Quizá no ocurra nada.

Las miradas de los dos agentes se hermanaron en silencio. Sus ojos decían lo que no se atrevían a pronunciar sus palabras. Si algo podía salir mal, saldría aún peor: una de las máximas de los servicios de inteligencia.

—Te he traído algo. —El lituano rompió el silencio y las miradas, demasiado intensas para seguir manteniéndolas sin que hicieran daño. Le entregó un pequeño maletín, más pesado de lo que parecía a simple vista—. Seguro que te hace recordar viejos tiempos. No lo abras ahora. Espera a hacerlo en casa y procura que nadie lo vea.

—¿Qué es? —preguntó la agente, todavía inquieta por las confidencias de su colega.

—Tu nuevo violín.

Aquel era el mejor regalo que podían hacerle, mucho mejor que cualquier relato lleno de personajes enrevesados, misteriosos y repletos de dobleces. Aquellos enigmas no tenían ninguna posibilidad de competir con el nuevo aparato de radio que le había facilitado el Centro por mediación de Grigulévich, más próximo al diseño de la máquina Enigma que al antiguo Paraset que tuvo en los bosques de Ucrania. Una vez sola en casa, encerrada en su dormitorio, abrió la maleta y contempló aquel aparato que parecía nuevo, cuidadosamente diseñado, mucho más moderno, con un teclado muy similar al de una máquina de escribir normal y con parte de sus teclas transformadas en interruptores eléctricos. Levantó también la cubierta de la estación de radio y ahí estaban los rotores con forma de disco circular, los cables, los pulsadores, los reflectores, las ranuras... Aquello sí que era poesía, con permiso de Esther de Cáceres y Susana Soca. Cerró la tapa de la radio y, acto seguido, la de la maleta que la contenía. Volvía el baile.

El año 1950 no pudo empezar mejor. Tenía su radio nueva, había restablecido el contacto con el Centro y ya podía empezar a planear el paulatino desapego de Felisberto. Debía hacerlo bien, para que nadie sospechara de una precipitada e inesperada separación. Al igual que había diseñado su tapadera, debería perfilar la crisis de pareja que pondría fin a su convivencia. Aprovechaba los encuentros con amigos para mostrarse triste y decaída, y cuando estos se interesaban por los motivos de su desconsuelo, ella confesaba que llevaban tiempo sin estar bien, que las peleas con el escritor eran cada vez más frecuentes, que el pobre Felisberto no se sentía seguro con sus textos y esa incertidumbre profesional la pagaba con ella. Gimoteaba al relatar cómo la vida en común se limitaba a prepararle la comida y plancharle las camisas, que el matrimonio se había convertido en un infierno, que incluso sospechaba que la buena marcha de su negocio despertaba la envidia del autor y que muchas de las discusiones venían por sentirse infravalorado, ya que su aportación a la economía familiar era mucho menor que la de ella. Como la encomiable actriz que era, a menudo acompañaba sus palabras con un llanto desconsolado, y sus amigos no podían entender cómo el escritor era incapaz de hacer feliz a una mujer tan encantadora y amable, tan servicial y amorosa. La calumnia suele encontrar el camino libre en un terreno poco formado y demasiado predispuesto a realizar juicios de valor sin disponer de toda la información.

—Y por si fuera poco, ahora su madre ha venido a vivir con nosotros —anunció María Luisa de las Heras, fingiendo una relación difícil con su suegra.

En realidad, ambas mujeres se soportaban, sin más: nunca había existido una gran confianza entre las dos, pero tampoco tensiones que dinamitaran la paz familiar. Incluso agradecía que Felisberto estuviera tan enmadrado, porque así pasaba más tiempo junto a su madre, lo que le permitía a ella una mayor libertad de movimientos. Pero la presencia de su suegra bajo el mismo techo era un riesgo añadido en una casa en la que no solo dormía el matrimonio, sino la radio clandestina. Cualquier descuido, cualquier indiscreción por parte de Juana Hortensia, podría resultar fatal.

—Y no es que yo no quiera a mi suegra pero, la verdad, no ayuda tenerla cerca todo el santo día. Cualquier roce entre Felisberto y yo, ella siempre aparece para inclinar la balanza hacia su hijo, y resulta irritante.

—Cómo lamento escuchar eso. —Esther de Cáceres la veía sufrir y no podía más que darle su pañuelo de tela, recién sacado del bolso—. Jamás lo habría imaginado. Se os ve tan bien juntos en las fiestas, en las reuniones, en las cenas...

—Pero, por favor, no comentes nada —rogó la española, sabiendo que era la manera más rápida de que una información corriera de boca en boca—. No quiero que la gente empiece a murmurar y que los chismes hagan daño a Felisberto. Yo le quiero y estoy convencida de que, si pongo de mi parte, lograré arreglarlo —comentaba para enfatizar más su papel de víctima.

La semilla ya estaba sembrada; solo hicieron falta unas lágrimas, unos gimoteos y una capacidad interpretativa propia de Sarah Bernhardt. Y a partir de ahí, esperar a que la simiente floreciera.

Repitió la misma escena con diversos amigos de la pareja y todos se quedaron con la misma opinión; el papel de damnificada lo ocupaba María Luisa de las Heras, mientras que Felisberto, ajeno a la supuesta crisis de su matrimonio, ni siquiera tenía oportunidad de ofrecer su versión de los hechos. Era ella la que necesitaba la ayuda de todos, la parte más débil, la víctima, la que requería que estuvieran a su lado, brindándole consuelo, comprensión y compañía. Mientras tanto, ella seguía con sus planes de hacerse con los documentos legales que le garantizarían una mayor autonomía, independencia y libertad de movimientos.

En el mes de marzo, acudió a unas dependencias públicas donde obtendría la cédula de identidad, acompañada por dos testigos que contestaron a todas las preguntas que el funcionario les planteó acerca de la mujer: su profesión, su estado civil, su lugar de nacimiento, el nombre de sus padres, la fecha en la que contrajo matrimonio, su dirección en Uruguay... Los dos testigos, ambos amigos del matrimonio, con los que casualmente no había compartido sus desavenencias conyugales, iban bien aleccionados y respondieron sin titubeos, aunque eso no evitó que hubiera un par de contradicciones que fueron pasadas por alto. Cuando el funcionario escuchó dos respuestas diferentes sobre la fecha de nacimiento de María Luisa de las Heras, no le dio importancia, atribuyéndolo a un error de memoria o a una mentira de la propia interesada, fruto de un ardid para rejuvenecerse. La española recordó el error del empleado del Registro Civil que inscribió a Felisberto como Félix Verti, y las palabras de su todavía marido: «Son solo papeles, celulosa y tinta; nada más. En realidad, a nadie le importa lo que aparece en ellos».

Más allá del baile de fechas, lo importante era que María Luisa de las Heras ya tenía su cédula de identidad. Observó la fecha de expedición, la única que le interesaba conocer: 11 de marzo de 1950. Cuatro meses más tarde, el 10 de julio, obtenía su pasaporte. Era el último paso previo para conseguir la tan ansiada carta de ciudadanía que expedía la Corte Electoral de Montevideo. Pero para eso debería esperar un poco más.

Un mes antes de conseguir su pasaporte, justo cuando se dirigía a recoger un encargo de telas en una de las tiendas textiles del centro de la ciudad, se encontró con Carlos Benvenuto. En realidad, aquel día de mediados de junio de 1950 había quedado en la embajada soviética en Uruguay con su enlace, que utilizaba el nombre clave de Mijaíl, para entregarle la información sobre la inminente invasión de Corea del Norte sobre Corea del Sur; según los mensajes recibidos por radio, se produciría a finales de ese mes, probablemente el día 25. El informe, elaborado con parte de la información llegada desde Estados Unidos a través de la red de agentes de William Fisher, hablaba de un contingente humano de 135.000 soldados norcoreanos invadiendo el territorio de su vecino del sur con la intención de anexionárselo. También detallaba el plan del presidente Harry S. Truman para enviar fuerzas de combate como apoyo a Corea del Sur sin pasar previamente por el Congreso de Estados Unidos para su aprobación, tal y como requería la Constitución; así evitaría declarar la guerra a otra nación, pero no su presencia en el conflicto. La invasión era algo que se venía preparando desde hacía tiempo. Ya en marzo de 1949, el líder norcoreano, Kim II Sung, había pedido permiso a Stalin para unir las dos Coreas bajo un régimen comunista, pero el mandatario soviético prefirió esperar para evitar un posible enfrentamiento con Estados Unidos, cuyas tropas aún permanecían en Corea del Sur. Cuando el ejército estadounidense se retiró del país surcoreano en agosto de ese mismo año, Stalin solo le puso como condición a Corea del Norte que se ganara el apoyo del líder de la China comunista, Mao Zedong, que no tardó en mostrar su aprobación. Desplegada la jugada sobre el tablero, solo faltaba entrar en acción y esperar a ver las consecuencias de aquella nueva guerra que enfrentaría al mundo.

Mientras repasaba en su cabeza los detalles de aquella reunión con el enlace, apareció de improviso ante ella Carlos Benvenuto. Un cambio de registro demasiado brusco entre lo que alojaban sus pensamientos y lo que debía aparentar ante el amigo, pero supo controlarlo. La alegría inicial del inesperado encuentro pronto se tornó en un nuevo episodio teatral de la espía, cuando el íntimo amigo del escritor le confió que conocía los rumores sobre una crisis en su matrimonio.

—¿Quién te lo ha dicho? —Fingió una sorpresa y un estado de nervios tales, que obligó a Carlos Benvenuto a sentarse con ella en la terraza de un café para serenarla—. No es algo agradable para mí, Carlos. Y no creo que tampoco beneficie a Felisberto. Está pasando por un momento complicado y pretendo arreglarlo. Pero si la gente no deja de murmurar chismes... ¿No se lo habrás dicho a él?

—Tranquilízate. No le he contado nada, pero no creo que tarde mucho en saber que está siendo el centro de los rumores entre sus amigos —confesó Benvenuto, mientras le instaba a beber un vaso de agua que el camarero del local acababa de depositar sobre la mesa—. Estas cosas no se pueden silenciar durante mucho tiempo, es tan inevitable e incontrolable como un tsunami. Quizá convenga que seas tú quien lo hable con él antes de que se entere por cualquier otro. Eso resultaría aún más doloroso para ambos.

—¿Hablar? Nosotros ya solo nos gritamos —dijo falseando la realidad. Aunque era cierto que su relación se había enfriado, nunca habían tenido una gran discusión, mucho menos gritos; si acaso, más silencio del habitual—. Te ruego que no le comentes nada, no quiero que nada le haga sufrir.

Con ese ruego, consciente de que caería en saco rato, acababa de rubricar el principio del fin de su matrimonio con Felisberto Hernández.

Carlos Benvenuto no tardó mucho en confiarle a su amigo lo que, al parecer, estaba sucediendo en su matrimonio: el relato del supuesto sufrimiento de su mujer por una relación abocada al fracaso. El gesto del escritor al escucharlo le extrañó sobremanera, como si todas las muñecas de «Las Hortensias» se hubieran confabulado contra él, traicionando a su creador.

—Pero ¿eso te lo ha dicho ella? —preguntó estupefacto, sin poder creer que viviera en una realidad tan distinta a la que le contaba el otro.

—De voz propia. Y no he sido el único al que le ha confiado el ocaso de vuestra relación. A decir verdad, creo que me he enterado el último.

—Ese lugar, amigo mío, creo que me corresponde a mí —reconoció abatido Felisberto—. Y si debo ser sincero, no entiendo nada. Estaba convencido de que éramos felices. A no ser que sea otro parecido a mí el que esté viviendo mi vida, ocupando mi lugar junto a mi mujer, y yo esté en otro plano de la realidad.

El escritor era más de aceptar la derrota que de enfangarse en el campo de batalla. Había perdido la guerra sin necesidad de combatir: dominaba la palabra escrita pero no la hablada, y menos en un ambiente de tensión. No importaba nada de lo que pudiera decirle a su mujer, porque la conocía bien: María Luisa había tomado una decisión y nada de lo que él dijera le haría cambiar de opinión. Se convenció de que todo en la vida tenía un final, ajeno a que su historia de amor terminó de la misma manera que había empezado: cuando María Luisa de las Heras lo decidió.

A principios de 1951, después de las escasas ocho semanas que la 8.ª División del Ejército de Estados Unidos logró mantener bajo control la ciudad de Pionyang, también ella tenía novedades. Sin necesidad de que las tropas chinas entraran en combate para vencer al ejército estadounidense, como sucedió en la guerra de Corea, la situación del matrimonio entre el escritor uruguayo y la modista española ya era completamente insostenible y, lo que más le interesaba a ella, sus desavenencias eran públicas. Se multiplicaban los reproches, los largos silencios, las salidas nocturnas de Felisberto, las camas separadas, los platos de comida guardados en el horno esperando a ser recalentados cuando el escritor llegara a casa, el distanciamiento, la desconfianza, el frío del telón que se cernió sobre ellos, parecido al telón de acero anunciado por Winston Churchill en Fulton, en marzo de 1946.

—No me dejas otra salida —reconoció al fin Felisberto su derrota—. Meteré el violín en la bolsa.

Aquel anunció la sacudió por dentro. Miró a su suegra, que la observaba como si fuera la encarnación del diablo. En la mirada de la madre del escritor no cabía más odio ni decepción, unos sentimientos que nunca encontró en Felisberto, ni siquiera en aquellos instantes de ruptura y deserción. Pero aquella frase había logrado turbarla.

—Pero ¡qué dices de violines! —exclamó, presa del pánico ante la posibilidad de verse descubierta, una alarma que la inquisidora presencia de Juana Hortensia no ayudaba a calmar. Temió que hubiera descubierto su radio, su particular violín, el instrumento que seguía confiriéndole la categoría de violinista de la inteligencia soviética. Sin embargo, era su marido quien la miraba con el ceño fruncido, como si se hubiera perdido algo.

—Que voy a recoger mis cosas y que me voy —dijo en un tono más pausado, traduciendo aquella frase coloquial en Uruguay de meter el violín en la bolsa, que se refería a retirarse cuando no se consigue lo deseado—. Por lo que veo, mi presencia en esta casa te altera más de lo que pensaba.

María Luisa de las Heras se sintió estúpida por sobresaltarse ante una frase hecha, que a punto estuvo de dar al traste con todo. Lo achacó a un exceso de control de la situación. Felisberto no solía usar modismos, ni siquiera tenía un acento marcado, quizá por sus raíces españolas o la influencia de sus viajes a Europa. Por eso, aquella frase hecha sobre meter el violín en la bolsa la descolocó. Pero supo recomponerse.

—No hace falta que te vayas ahora mismo. Va a anochecer. Tu madre y tú podéis quedaros hasta mañana. Será lo mejor para todos. Alargar esta situación solo conseguirá que nos hagamos más daño y yo no quiero eso. Si no podemos salvar nuestro matrimonio, al menos que podamos preservar nuestra amistad.

Cuando al día siguiente los vio abandonar la casa, respiró aliviada. Llevaba aguardando ese momento desde que se mudaron a la calle Brito del Pino número 829. En realidad, desde que llegó al mostrador de inmigración del puerto de Montevideo a finales de 1948. El tiempo parecía tan elástico como el fuelle de un acordeón, aunque su melodía, lejos de ser melancólica para ella, resultaba alentadora.

Como si el Centro hubiera estado vigilando aquella dirección del callejero uruguayo, controlando las entradas y salidas del edificio —un extremo que a ella le constaba—, esa misma noche recibió una llamada. La voz al otro lado solo dijo tres palabras antes de cortar la comunicación: *Pacem summa tenent*. Era la señal para reunirse con Mijaíl en el lugar acordado durante su anterior encuentro. Como de costumbre, se limitó a escuchar y luego colgó el auricular. Debía advertirle a su enlace la conveniencia de cambiar aquella contraseña. Era la segunda vez que la utilizaba y eso aumentaba el riesgo de ser interceptada, pese a hallarse en un país como Uruguay donde no había espacio para la sospecha. El exceso de confianza había dado al traste con demasiadas operaciones, y la inteligencia estadounidense, como la soviética, tenía ojos y oídos en cualquier lugar.

Pacem summa tenent. Esas tres palabras, a pesar de la repetición, se tradujeron en música para sus oídos.

Tocaba salir al escenario pero, esta vez, sería una pieza para violín solo, que no desmerecería a los *Caprichos* de Paganini.

35

Lo sintió como una bofetada fuerte y sonora.

Observó los ojos y la boca de la modelo que aparecía en la fotografía. Demasiado realista para su gusto, quizá por el excesivo contraste entre el blanco y el negro del revelado. En Nueva York todo era excesivo, cualquier nimiedad se sobredimensionaba, todo debía hacerse a lo grande o, de lo contrario, estaría abocado al fracaso. Estaba en la capital del mundo de la plétora y debía adaptarse a las circunstancias. Por eso había acudido a la inauguración de la nueva exposición en una galería de arte neoyorkina con un sugerente vestido cóctel de color negro, de cadera y busto pronunciados, que dotaba a su cuerpo de la llamada silueta de reloj de arena, con escote en forma de corazón, los hombros descubiertos, zapatos de tacón alto, sombrero, guantes, una cartera de mano y un maquillaje llamativo en ojos y labios. Nueva York podría llegar a amarla y, si el guion así lo estimaba, ella también adoraría aquella ciudad insomne. Era allí donde el Centro la había enviado para encontrarse con el espía soviético William Fisher, alias Rudolf Abel.

—¿Vestida para matar?

Al girarse hacia la voz, a María Luisa de las Heras le llamó la atención el físico del hombre: más nariz de lo previsto, menos pelo de lo esperado, pero una mirada que taladraba si se lo proponía. Y se lo propuso, con aires seductores.

—Yo siempre estoy dispuesta a conjugar ambos verbos —le respondió entrando en su juego—. No sé si puede decirse lo mismo de tu fotografía.

—¿No te gusta?

—La realidad es ya demasiado explosiva como para agrandarla. Hay que normalizar el arte; tiende a desmadrarse y eso suele traer problemas. Los intelectuales acostumbran a invadir terrenos que no les corresponden.

William Fisher no pudo evitar reírse ante el mordaz comentario de su colega. Miró él también el retrato de enormes dimensiones y habló sin volverse hacia ella.

—¿Y cómo sabes que es mía? —preguntó extrañado.

—Porque es una de las dos expuestas en la galería que no llevan letrero con el nombre del autor y las dimensiones del retrato. Y porque sé que te encanta incluir tus creaciones en las exposiciones de los demás, por si alguien se enamora de tu obra y paga por ella más que por la del artista invitado. ¿Me equivoco?

—Me matas.

—Tu vanidad lo hará por mí —le dijo, mientras miraba descaradamente el reloj de su muñeca—. ¿Me vas a sacar de aquí para ponerme al día o voy a tener que soportar mucho más el engreimiento de tus artistas?

Recorrieron el centro de la ciudad hasta llegar al apartamento que Fisher tenía en Brooklyn. Era espacioso, muy luminoso incluso en los días nublados, y decorado con mucho gusto y con dinero. A Fisher le gustaba vivir bien y se notaba. María Luisa de las Heras no entendió la fama de austero que solía acompañarle; no parecía que se privase de nada, ni en decoración ni en vestuario ni tampoco en la elección del perfume: una fragancia agradable, marcadamente varonil; le gustó.

Después de ayudarla a quitarse el abrigo, que se molestó en colgar en una percha y guardar en el armario de la entrada, invitó a su colega a tomar asiento y le preguntó si quería algo de beber mientras él se preparaba un whisky. La mujer le dijo que tomaría lo mismo.

—Pero sin hielo ni agua. Solo. Y en vaso bajo.

—Como los hombres —sonrió Fisher—. Creo que vamos a entendernos.

Tras colocar dos posavasos en la mesa, sobre los que situó sendos recipientes cilíndricos de vidrio labrado, se dirigió a la cocina americana del apartamento, se acuclilló ante el horno y extrajo de él una pequeña llave. Después, se dirigió a uno de los rodapiés del salón, que terminó cediendo, y rescató del hueco una caja rectangular. La abrió con la llave y sacó una serie de documentos que fue desplegando sobre la mesa. Era previsor, de eso no había duda. Y también brillante e incisivo, directo y práctico, mordaz y cruel si las circunstancias lo exigían. Nada que no conociera y compartiera la española. Podrían ser almas gemelas; quizá por eso Moscú los había unido.

—Ante todo, quiero que sepas que me consta que eres la mejor operadora de radio con la que cuenta el Centro; nuestra mejor violinista, así me lo han vendido. —Guardó silencio, como si esperase un ejercicio de modestia por parte de la agente, que nunca llegó. Ella sabía y asumía su capacidad, no necesitaba ponerse ni quitarse importancia. También aquella reacción le gustó a Fisher, que continuó sin más prolegómenos—: Te necesito en esta misión más que en ninguna para que seas tú la que envíe toda la información a Moscú. Quiero que todo pase por ti, que seas tú el principal canal de comunicación. Además, en Estados Unidos, el aire está muy cargado, demasiado contaminado —dijo, refiriéndose a la alta presencia de agentes interceptando señales y frecuencias para hacerse con los mensajes y los códigos del enemigo.

—Por mi parte, no hay problema. Pero puedo hacer mucho más.

—Lo sé. Y también lo vamos a necesitar. Si nuestra información es correcta, podemos estar ante la Tercera Guerra Mundial. Estados Unidos está preparando un plan para detonar trescientas bombas atómicas en territorio soviético. Ocho de ellas caerán sobre Moscú y un número similar sobre Leningrado. Pero te cuento cómo vamos a funcionar —le anunció Fisher, mientras jugueteaba con el vaso de whisky—. Cuando llegué al país, la inteligencia soviética ya tenía en Estados Unidos tres grandes focos desde donde actuaban sus agentes, todos legales, cubiertos por el manto protector de la diplomacia de la URSS, no como nosotros. Funcionaban desde la embajada en Washington, y desde los consulados de San Francisco y Nueva York. También había un *rezident* ilegal, Isjak Ajmerov, que creó una red de informantes, especialmente entre los funcionarios estadounidenses y que logró información relevante para Moscú.

La española recordaba ese nombre, lo había oído en labios de su contacto en París: Ajmerov era el agente que se hizo cargo del operativo que hasta entonces coordinaba Elizabeth Bentley, un movimiento que aceleró la deserción de ella en 1945. Fisher seguía hablando:

—Cuando llegué a Nueva York, utilicé esa red y la amplié. No solo dentro del país, donde tengo entre mis colaboradores al matrimonio Cohen, Morris y Lona. A ella quizá la conozcas, aunque sea por referencias, porque participó como brigadista internacional en la guerra civil española bajo el alias de Leslie.

—No sabría decirte —respondió la española, al no reconocer a la mujer de la fotografía que le mostraba Fisher.

—La información sobre secretos atómicos que ambos me facilitaron resultó reveladora para la URSS. Ellos, a su vez, trabajaban con un físico destinado en Los Álamos: Theodore Hall.

—¿Trabaja con Klaus Fuchs? Me consta que tenemos a alguno más infiltrado.

Ante la mención del físico alemán, ese al que su contacto parisino parecía admirar, notó un extraño gesto en Fisher que en aquel momento no supo interpretar. Él no contestó a su pregunta.

—Lo importante es que necesito reforzar la red que opera en Estados Unidos con la red de América del Sur, y ahí es donde entras tú. Tengo a Vladímir Grinchenko en Argentina, junto a su mujer, Simona Krimker; antes de que llegaras a Uruguay ya empezaron a preparar su cobertura como judíos procedentes de Checoslovaquia y supervivientes de los campos de exterminio nazis.

—A Simona la conozco, de ella recibí algunas de las informaciones sobre la guerra de Corea. Es radioperadora, como yo.

—Sí, aunque no es exactamente como tú —matizó Fisher, a modo de halago hacia la española—. Otro de los colaboradores es Mijaíl Filonenko, que opera indistintamente desde Brasil, Chile, Paraguay, Argentina y México, haciéndose pasar por un empresario checo huido de los comunistas chinos de Shanghái.

—Los conozco a todos. Ellos fueron los que instruyeron en la colocación de explosivos a comunistas chinos en California.

—Exacto. Aunque, de momento, no ha sido necesario ningún acto de sabotaje, en los que me consta que también tienes experiencia. Y luego estás tú, en quien confío en especial no solo porque así me lo ha pedido el Centro, sino porque me lo dice mi instinto. Necesito dos cosas: que canalices la información que te llegue desde Estados Unidos y Sudamérica como vienes haciendo hasta ahora, recopilando desde documentación sobre el tráfico naval hasta cualquier tipo de averiguación a través de funcionarios en diversos estamentos de la sociedad uruguaya, y algo un poco más complicado: que desde el Cono Sur seamos capaces de conseguir documentos de identidad legales que permitan a nuestros agentes moverse sin dificultad. Esto último es primordial, pero no sé cómo hacerlo de una manera rápida, limpia, reglamentaria y sin levantar sospechas. Por eso confío en ti, porque sé que te mueves bien en ese campo, y seguramente tendrás más recursos que cualquiera de nosotros. Además, tienes el apoyo estratégico y funcional de la embajada soviética.

—En cuanto vuelva, me pondré a ello. Tengo un par de ideas pero todavía debo materializarlas.

Fisher terminó el whisky que le quedaba en el vaso, mientras recogía la maraña de papeles, los guardaba de nuevo bajo llave en la caja rectangular y volvió a esconderla en el rodapié del salón, antes de devolver la llave al interior del horno. Mientras le observaba, María Luisa de las Heras se preguntó cuántas veces habría hecho esa misma operación mecánica y si la habría ensayado para dotarla de mayor velocidad. Al regresar a la mesa del comedor junto a ella, notó que había algo más que Fisher quería decirle.

—Hay otra cosa... —empezó a decir el espía, como si le costara contarlo.

—¿Lo de la revista *Life*? —aventuró la española, teniendo en cuenta que estaba en suelo estadounidense—. Lo sé, me lo contó Grigulévich cuando nos encontramos en Montevideo, antes de que se trasladara a Roma.

—No. Eso está controlado, por ahora: que me conste, Orlov no ha cerrado ninguna entrevista ni la publicación de sus memorias con ellos. Es otra cosa. —Fisher volvió a guardar silencio mientras le rellenaba el vaso de whisky como si temiera que fuese a necesitarlo, aunque ella apenas lo había probado—. En Moscú están preocupados por una conjura nacionalsocialista judía. Temen que ciertos agentes que han tenido demasiado contacto con Occidente estén preparando una serie de actos terroristas contra miembros del Politburó y, en concreto, contra Stalin. El Gobierno soviético ha empezado una purga de militares, desde coroneles hasta generales judíos del Ministerio de Seguridad del Estado, pero seguirán hasta alcanzar todas las capas de la sociedad. Seguramente, todo se debe a que Israel ha decidido acercarse más a Estados Unidos y rechazar la idea de abrazar el comunismo, como pretendía la Unión Soviética. Han comenzado a arrestar a intelectuales judíos que formaban parte del Comité Judío Antifascista que, hasta ahora, contaba con el apoyo de Stalin. Y muchos temen que esa limpieza siga con agentes de la inteligencia soviética y también con los médicos. En Moscú, ahora mismo, cualquier sionista es un agente de la inteligencia estadounidense.

—No necesito tanto contexto —le apremió ella. Sentía que Fisher quería decirle algo más concreto y no sabía cómo—. Dime qué sucede y por qué piensas que va a afectarme.

—Leonid Eitingon ha sido arrestado junto a otros tres agentes; uno de ellos, Víktor Abakúmov. —Se refería al jefe de la contrainteligencia soviética en 1943, el actual director del Ministerio de Seguridad del Estado: Abakúmov era el fiel escudero de Lavrenti Beria, y fue el primero que le mostró a Stalin una caricatura del nacionalismo judío para advertirle del peligro que suponía para el comunismo y para la Unión Soviética—. Al parecer, encontraron explosivos y unas minas en unos dispositivos electrónicos en el despacho de trabajo de Eitingon.

«Cómo no iban a encontrarlo. Él trabajaba con ese material en las operaciones de sabotaje que le encargaba el Centro», pensó la española, como si necesitara defender a Eitingon. Sin embargo, se limitó a beber de un sorbo el whisky color ocre que quedaba en su vaso, como para ayudarse a pasar el trago.

—Ninguno de los cuatro detenidos ha confesado ni ha reconocido las acusaciones que les imputan —siguió Fisher—. Pero Abakúmov ha quedado inválido a causa de las torturas.

—Entiendo.

Mentía. No podía entenderlo. La imagen de Eitingon apresado o quizá incluso torturado en los sótanos de la Lubianka no le resultaba fácil de gestionar. No tenía sentido. Era imposible. Le costaba creerlo.

—Quería que lo supieras —insistió él.

—Te lo agradezco. —Cambió de tema. Lo que acababa de confiarle su compañero era demasiado complicado para asimilarlo en ese momento—. Yo también tengo algo importante que decirte: recuerda a tus agentes que deben cambiar las claves en cada transmisión. Que no se confíen. Sé que la compleja encriptación de los códigos soviéticos hace casi imposible que los servicios de inteligencia enemigos puedan descifrar nuestros mensajes, incluso siendo interceptados, pero no podemos correr riesgos.

—Creí que eso ya se hacía —reconoció extrañado por la petición de la española, sobre todo después de confiarle la detención de Eitingon. Entendió que era una manera de sobreponerse de la noticia y de centrar la mente en el trabajo—. Pero ¿por qué lo dices? ¿Has observado algo extraño?

—Algunos de los agentes repiten códigos, contraseñas, utilizan la misma plantilla de signos, palabras y números. No pueden hacerlo, es muy arriesgado. Comprendo la urgencia por pasar la información, pero es más imperante enviar el mensaje de forma segura que simplemente remitirlo. Podemos poner en peligro todo el engranaje de la inteligencia soviética.

Fisher maduró en silencio lo que acababa de escuchar sin dejar de asentir con la cabeza, y la española agradeció que se lo tomase en serio. Sabía que su colega era perfeccionista, que valoraba los pequeños detalles porque en ellos podía estar el éxito o el fracaso de una misión, y lo tenía bien presente a la hora de elegir a sus colaboradores. Fisher había rechazado a buenos agentes por el hecho de verlos borrachos en la barra de un bar o caer en las redes de la primera mujer hermosa que se cruzara en su camino. No soportaba la debilidad ante las tentaciones. «Las distracciones hacen bajar la guardia y, en ese desnivel, caemos todos», solía decir. Pero había algo más que le estaba obligando a guardar un silencio tan prolongado.

—Te advierto que por ahora no intercepto pensamientos —bromeó ella—. Si tienes algo que decir, hazlo.

—Es solo una sospecha, pero...

—Necesito algo más palpable, alguna palabra, algún punto, alguna raya...

—¿Sabes lo que le pasó a Klaus Fuchs una noche de borrachera? Se coló en el Laboratorio Nacional de Los Álamos junto al físico estadounidense Richard Feynman, al que ya habían llamado la atención más de una vez por saltarse los protocolos de seguridad con demasiada alegría, y allí entre copas, risas y confidencias, Feynman le dijo que, de los dos, el que más posibilidades tenía de ser un espía era él. Imagínate la cara de Klaus al escuchar algo semejante mientras aún trabajaba en el proyecto Manhattan.

—Espera... ¿eso es que ya no trabaja? —preguntó, reparando en el tiempo verbal que había empleado Fisher.

—A Fuchs le detuvieron hace casi un año, pero no lo hemos sabido hasta ahora. Lo descubrieron, no sabemos cómo. Posiblemente interceptaron un mensaje, un informe de los que entregaba a Sonia —dijo refiriéndose a su contacto soviético, la agente Ruth Kuczynski, que se encargaba a su vez de enviar el mensaje a Moscú—. O puede que se lo dijera a una de sus múltiples conquistas femeninas. O quizá cometimos el error de que nunca recibiera ninguna contraprestación por pasar la información nuclear a la URSS para que construyéramos nuestra bomba atómica.

—¿Y ha dicho algo? ¿Ha revelado algún nombre, alguna identidad?

—Lo único que sabemos del juicio que le hicieron es que duró noventa minutos y que Fuchs aseguró que sufría esquizofrenia calculada. Pero algo ha debido de decir. Lo han condenado a catorce años de cárcel, la condena máxima por traición. —Fisher bebió otro trago de whisky y, por su expresión, le ardió en la boca—. Mucho me temo que todo pueda ser consecuencia de una operación de contraespionaje por parte de Estados Unidos en la que estamos metidos y ni siquiera lo sabemos. Y también sospecho que su declaración arrastrará a otros agentes, especialmente a los que conforman mi red, los que operan en territorio estadounidense.

—¿Tienes alguna información que te haga pensar eso?

—Tengo mi instinto, que no suele fallarme. Y, ahora, también el tuyo. Después de lo que me acabas de advertir sobre la repetición de los códigos en nuestras transmisiones, me he acordado de Klaus Fuchs. No sé si sabes que cuando estaba en Gran Bretaña, tenía la orden de acudir a un determinado pub para encontrarse con un contacto con el que debía intercambiar las contraseñas. Pues bien, nunca quiso cambiar aquel santo y seña, siempre utilizó el mismo: «La cerveza negra no me gusta mucho, prefiero la Lager», le decía el contacto. Y él respondía: «Creo que Guinness es la mejor». No fueron capaces de sacarle de este bucle.

—No creo que la cerveza vaya a hundir la inteligencia del país que solo la utiliza para meter un vaso de vodka en ella y bebérselo como si fuera agua —valoró María Luisa de las Heras, recordando lo que había visto tantas veces durante su estancia en Moscú y solían hacer muchos de los espías soviéticos con los que había trabajado.

Fisher sonrió, alzó su vaso de whisky y brindó por ello.

—Tanto hablar de bebida, me ha abierto el apetito. ¿Tienes hambre? —preguntó después de la larga disquisición.

—No demasiada —reconoció ella.

—Respuesta errónea. —Se puso en pie—. En Nueva York siempre se tiene hambre. Hay un mundo ahí fuera esperando a ser devorado. —Se ajustó el sombrero antes de abandonar el apartamento.

—Mientras no nos devore a nosotros...

La noticia de la detención de Eitingon siguió merodeando por su cabeza hasta que regresó a Montevideo. Le hubiese gustado hacer algo para obtener más información, pero sabía que cualquier gestión podría resultar sospechosa y repercutiría gravemente en contra de los dos, sobre todo de él.

El espía de la inteligencia soviética que mejor contaba los chistes, aquel que era capaz de leer un libro de quinientas páginas en una noche, el admirador de Pushkin y gran apoyo de Caridad Mercader, el que actuó como un padre para Ramón, estaba encerrado en los sótanos de la Lubianka. Por su cabeza desfilaron momentos compartidos con el bielorruso en La Pedrera de Barcelona, en el piso de París donde se planeó la operación Utka, en los apartamentos de Shirley Court de México, ultimando los detalles del asesinato de Trotski...

Recordó la última vez que sus miradas se cruzaron. Fue el 20 de agosto de 1940, hacía más de una década: él conducía el automóvil que pasó por delante de la casa de Coyoacán en la que estaba María de la Sierra, huyendo de la finca donde Ramón Mercader acababa de atentar contra Trotski valiéndose de un piolet. A su lado iba Caridad Mercader, con los ojos clavados en la carretera. En ese instante, mientras sonaban las sirenas de la policía y de los servicios de emergencia sanitaria, las miradas de Eitingon y la española se cruzaron por última vez, en un vestigio del éxito de la operación Utka pero también del fracaso por no haber podido sacar a Ramón de aquella casa y ayudarlo a huir. La riada de recuerdos venía de un tiempo que le parecía demasiado remoto; necesitaba regresar al presente.

Quiso pensar que alguien ayudaría a Eitingon. Quizá Sudoplátov, Caridad, Grigulévich... Se preguntó si la amenaza de Orlov de descubrirlo todo y a todos habría empezado antes de tiempo. Debía seguir con su misión. Es lo que Eitingon le hubiera ordenado. Y también tenía que dejar de pensarle en pasado; no estaba muerto, percibirle de esa manera sería subestimarle.

María Luisa de las Heras seguía avanzando en su cometido, al igual que el tiempo iba braceando entre las hojas del calendario, devorando semanas y meses con la voracidad de un hambriento ante una fuente de comida.

Habían quedado en el Café Brasilero. Llevaban más de un año sin verse. El tiempo no había pasado igual para ambos. Felisberto parecía mayor y vestía «informal», tal y como suelen definirse los artistas bohemios para justificar su aspecto desaliñado, lejos de la cuidada imagen de la que hacía gala mientras estuvo casado con la española. Ella a él lo notó triste; él a ella, rejuvenecida, más guapa, con un brillo especial que le daba un aire más jovial y, como de costumbre, elegantemente vestida. Las separaciones sentimentales siempre decantan la crueldad hacia el lado de la balanza donde reside más amor y entrega.

—Siempre te gustó este café —dijo la espía mientras se desprendía de sus guantes y su sombrero, y admiraba el interior del local—. Mucho más que el Sorocabana. Le pregunté a Esther de Cáceres por qué dejaste de frecuentarlo, pero no supo decírmelo; tampoco ella lo entendía.

—Te mintió —respondió Felisberto con una sinceridad que no era propia de él—. Lo sabía perfectamente pero, por algún motivo, no quiso decírtelo. Supongo que para no herirte. La gente empezó a hablar demasiado sobre cómo alguien como yo, con una ideología tan conservadora, podía haberse casado con una mujer con ideas tan distintas a las mías. Pronto empezaron a elucubrar sobre mis verdaderas intenciones y si no estaría camuflando mi verdadera ideología política para sabe Dios qué. Así que dejé de ir a un lugar tan chismoso. Y fue una lástima, porque el café era una delicia.

La confesión del escritor enmudeció a su ya exmujer, aunque aún quedaran unos trámites para obtener los papeles del divorcio. No le inquietaba el dolor que aquellos rumores podrían haberle causado a Felisberto, sino el daño que le hubieran acarreado a ella. Jamás había escuchado esos chismes, y se preguntó si existían realmente o si solo habitaban en la imaginación del escritor, como una artimaña infantil para hacerla sentir mal por su decisión de romper el matrimonio. La sombra de la sospecha que apareció al leer «Las Hortensias» volvió a cernirse sobre ella. Pero no podía dejar que sombras que no fueran las suyas le arruinasen el verdadero motivo de aquel encuentro. Sonrió y lo miró con ternura.

—Sabes que eso es falso. Ni siquiera yo sé si tengo ideología alguna. Nunca me ha interesado la política.

—¿Y yo? ¿Te he interesado alguna vez? —preguntó con vehemencia, como el náufrago que se aferra a la única tabla de salvación que le queda.

—¿Cómo puedes preguntarme eso? —Fingió sentirse herida en su dignidad—. Lo abandoné todo por estar a tu lado. Me fui de París para seguirte hasta aquí; dejé mi vida, mi trabajo, mis clientes, mis amigos... ¡Todo! Y no me arrepiento. Pero el amor es así; unas veces funciona y otras se acaba antes de tiempo. Creía que ya habíamos hablado de esto...

—Lo hicimos. Pero parece que tú lo has entendido mejor que yo —confesó el escritor, contemplando la evidente diferencia de aspecto entre ambos.

—Mira, no quiero hacerte daño, Felisberto. Ni tampoco deseo que te lo sigas haciendo a ti mismo. Te he querido y te quiero, pero nuestra convivencia es imposible. Solo estoy aquí para pedirte un favor: necesito obtener la ciudadanía legal en Uruguay y tú eres el único que puede ayudarme. Legalmente, aún eres mi marido y sin tu firma y tu declaración como prueba de convivencia matrimonial jamás la conseguiré. Así que estoy en tus manos. Tú decides. Si tanto me odias, puedes negarte ahora mismo y tu decisión me condenará a estar a tu sombra permanentemente, o a marcharme de Uruguay.

—Te he prometido que lo haría, y lo haré —reconoció el escritor, mientras sacaba un papel del gastado portafolios que traía—. Aquí lo tienes. Perdóname, no quería incomodarte, nunca lo he pretendido. Y jamás podría odiarte, no vuelvas a decir algo así. Da igual lo que pase entre nosotros, nunca sería capaz de sentir algo así por ti.

—Nunca he sentido que lo hicieras —reconoció la espía, al tiempo que cubría con una mano la mano que Felisberto tenía sobre la mesa, y con la otra asía el escrito que había dejado en ella.

Lo leyó durante unos segundos, mientras el camarero disponía los cafés que habían pedido:

Montevideo, 6 de abril de 1952

> Yo, Felisberto Hernández, declaro que doña María Luisa de las Heras, en calidad de mi esposa, ha cohabitado conmigo de manera prolongada desde la fecha de nuestro casamiento.

Levantó la vista del papel y lo miró a los ojos.

—Muchas gracias. De verdad que te lo agradezco. Esto me permitirá trasladarme para poder realizar compras de materiales para el taller. De lo contrario, todo sería más complicado.

—No tienes nada que agradecerme. Ya sabes que puedes acudir a mí para lo que necesites. Y antes de que me preguntes por ello, te aseguro que los papeles de divorcio ya están en marcha, pero el trámite es largo.

—No iba a preguntarte nada de eso —reconoció ella, que ya sabía que el divorcio legal se dilataría al menos un par de años, aunque esa formalidad no era algo que le preocupase—. Quiero que sepas que sigo en contacto con tu hija Mabel. Entre nosotras siempre ha existido un vínculo muy especial.

—Lo sé —musitó Felisberto—. Me preocupa su deriva hacia el socialismo. Supongo que es la rebeldía lógica de una hija hacia su padre conservador. Quizá si hablaras tú con ella...

—Sabes que yo no entiendo de eso —replicó la española, que temía volver al fantasma de los rumores sobre su supuesta ideología comunista en el Sorocabana—. Y tu hija ha salido a ti: tiene las ideas muy claras, sean las que sean. Ya ha cumplido los veintiséis años y no permite que nadie trate de disuadirla y menos una neófita ideológica como yo. No sabría ni por dónde empezar.

—Será mejor que me vaya. —Felisberto no podía permanecer un segundo más al lado de la mujer a quien todavía amaba sin perder la compostura—. Procura no ponerte nerviosa cuando tengas que comparecer en la Audiencia de Prueba. Si te muestras tranquila y respondes con franqueza y sinceridad, todo saldrá bien.

Ella le miró y asintió como la mujer obediente que no era. Para que todo saliese bien, haría justo lo contrario a lo que le aconsejaba el escritor. Le besó antes de que él desapareciera para ocultar sus lágrimas. María Luisa de las Heras pidió otro café y releyó la declaración de su exmarido. Jamás entendería cómo algunas personas se mostraban más fuertes al estar enamoradas, cuando ese sentimiento solo conseguía derrumbarlas y convertirlas en marionetas sin decisión propia.

A los dos meses de aquel encuentro, el 2 de junio de 1952, la espía entraba en la Audiencia de Prueba y se disponía a contestar a las preguntas del funcionario. Respondió mecánicamente. Desde su llegada al puerto de Montevideo el 27 de diciembre de 1948, había contestado siempre a las mismas preguntas, hasta el extremo de sentir que podría contestar aun dormida. Sin embargo, el funcionario formuló una pregunta que le divirtió y con la que estaba dispuesta a mostrarse juguetona. No tenía muchas oportunidades de recrearse en esas circunstancias y sabía que controlaría la situación.

—¿Conoce y es consciente de que la Constitución y el Código Penal de la República Oriental del Uruguay establece y castiga con pena de prisión, una condena que nunca será menor de tres meses, cualquier declaración e información falsa concerniente a la identidad, la residencia, la profesión o la edad para obtener esa carta de ciudadanía?

—¿Y por qué iba yo a mentir sobre todo eso? Qué tontería.

—Conteste sí o no, señora, y acabaremos antes —ordenó el funcionario, que veía cómo el reloj de la pared estaba próximo a marcar la hora del almuerzo, que se retrasaría si no terminaba antes con aquella gestión ya iniciada.

—Sí, sí, conozco y soy consciente. Pero vamos, que nada de nada, quédese usted tranquilo.

—¿Declara bajo juramento que no forma usted parte de ninguna organización de índole social, política ni criminal que utilizando la violencia quieran atentar contra las bases fundamentales de nuestra nación, determinada en las secciones I y II de la Constitución de la República del Uruguay?

—Pero ¿qué me está diciendo? ¿Por qué razón iba yo a querer atentar contra nadie? —respondió teatralmente indignada—. ¿Qué le hace pensar que yo quiera cometer semejante disparate?

—Señora, haga usted el favor de no apostillar —rogó de nuevo el burócrata, a punto de perder la paciencia—. O jura usted, o se queda sin carta de ciudadanía.

—Discúlpeme, por supuesto. Sí a todo. Declaro todo lo que usted me diga.

—Entonces ¿lo jura o no lo jura? —exclamó el empleado, que continuaba mirándola por encima de sus lentes.

—Sí, sí, claro que lo juro. Lo juro todo.

No pudo escuchar lo que musitó el funcionario entre dientes, pero seguro que no sería algo agradable. Al menos se estaba divirtiendo. Antes de marcharse, agradeció al burócrata su paciencia, que asintió repetidamente con la cabeza hasta el punto de que ella dudó de si sería un tic nervioso. Cuando ya estaba cerca de la puerta, regresó de nuevo a la mesa del oficinista.

—¿Sabe usted si tardará mucho en estar listo?

—Créame, señora, que en cuanto lo esté se le mandará el documento a su domicilio para que no tenga usted que molestarse en venir a recogerlo —dijo mientras terminaba de colocar la funda gris sobre su máquina de escribir, apagaba la lamparita ubicada sobre su mesa y cerraba con llave los cajones, dispuesto a abandonar su lugar de trabajo, sin saber cómo evitar que aquella mujer, por muy hermosa y simpática que fuera, volviera a entrar en su despacho.

Antes de que llegara el otoño, María Luisa de las Heras salía de la Corte Electoral con su carta de ciudadanía en la mano. Miró la firma, el sello y los números impresos en el documento: «Carta número 42.807. Expediente número 47.942. Carta de Ciudadanía expedida el 10 de septiembre de 1952». No había querido esperar a que le llegara a casa, y besó el certificado, que, ahora sí, le otorgaba libertad total de movimientos.

Lo que no podía imaginar es que, en ese mismo lugar y en un edificio próximo, el de la Jefatura de Policía de la ciudad de Montevideo, encontraría otra libertad soñada.

Algo que haría feliz a William Fisher, a Moscú, al Centro, a todos.

Algo que daría nombre a los sin nombre.

Algo que dotaría de identidad a los fantasmas.

36

La primera impresión fue de desconfianza. Luego, incredulidad. Y por último la embriaguez eufórica del colonialista que pisa tierra conquistada.

La primera pista la escuchó de la boca de un ciudadano contrariado que salía de la Corte Electoral al mismo tiempo que ella, pero sin los documentos anhelados.

—Ahora resulta que tengo que acreditar quién soy. Que si no voy a la Jefatura de Policía a que me den una copia renovada de mi cédula de identificación, no vale nada de lo que he hecho y se niegan a darme los papeles. ¡Vaya! Que no existo, que me convierto en invisible. ¡Pero no ven que estoy aquí y que aquí llevo sesenta y cinco años! Para pagar mis impuestos no me piden demostrar mi identidad; entonces la dan por supuesta, sin necesidad de comprobación alguna —se quejaba manifiestamente enfadado a la mujer que lo acompañaba—. La cosa es ponérselo difícil al ciudadano honrado. Dan ganas de no cumplir con el trámite y desaparecer. Convertirnos en fantasmas para que nadie nos vea. Explícales tú a estos señores, Paulina, que llevas cuarenta años casada con un espectro, a ver si a ti te hacen caso.

—Bueno, cálmate, Venancio —intentaba amansarle su mujer—. Y de esto ni una palabra a mi madre, que ya la estoy oyendo haciendo bromas sobre fantasmas.

María Luisa de las Heras los siguió hasta acceder a las dependencias policiales. No era una comisaría, sino un centro administrativo donde se tramitaban y se gestionaban los documentos oficiales de los que se alimentaba la burocracia. No sabía por qué, pero su intuición le decía que estaba a punto de abrírsele un mundo de posibilidades.

El deambular de las personas por el interior del edificio era continuo y algo confuso pero, dentro del caos aparente, todo seguía un orden establecido. Se dejó guiar por los acalorados pasos de Paulina y Venancio, que hicieron el mismo trayecto que quienes acudían a realizar un trámite para obtener el pasaporte o cualquier otro tipo de certificado que acreditara su identidad. De sala en sala, de funcionario en funcionario, de sello en sello que permitiese al ciudadano pasar al próximo eslabón de la cadena. En realidad, eso es lo que parecía aquel lugar: una enorme fábrica de producción en cadena de identidades. «Al final, todo acaba industrializado», pensó mientras el enésimo funcionario indicaba al marido de Paulina su siguiente paso.

—¿A la tercera planta? —preguntó Venancio, con más tono de protesta que de duda.

—Sí, a la tercera, la que está entre la segunda y la cuarta —reprendió el numerario público, harto de repetir las mismas indicaciones a quienes se acercaban a su ventanilla. Aunque, para él, todos tenían el mismo rostro—. Allí le tomarán las huellas dactilares. ¡El siguiente!

Ya en la tercera planta, después de aguardar en otra larga cola de ciudadanos igual de cansados y enfurecidos a consecuencia de la tediosa espera, otro burócrata recogía los documentos timbrados en plantas inferiores y estampaba una a una las huellas del ciudadano sobre una cartilla, antes de señalar el siguiente paso.

—Cuarta planta.

—Cuarta planta, pero ¿dónde? Y no me diga que encima de la tercera porque puedo perder los nervios.

—Usted suba a que le hagan una foto —dijo el funcionario sin entrar en polémicas—. Sonría y ya está.

—Para sonreír estoy yo. Voy a salir guapo en la foto... —refunfuñaba mientras subía las escaleras que conducían al piso superior, y miraba hacia arriba para saber cuántas más debía subir para terminar con los trámites.

Al llegar a la cuarta planta, una larga fila de personas le esperaban para engrosar la hilera. El hombre alargó el cuello en un intento de ver dónde estaba el principio de la línea y supuso que era en un lugar, cubierto por unas telas negras a modo de cuadrilátero, del que escapaban fogonazos de luz de tanto en tanto.

—Debe usted dar su nombre en esa salita que hay al fondo de la planta. Allí toman nota de cómo se llama y del número de su expediente, y después aguarda a que le llamen —le explicó una joven que no parecía tan molesta como él por la espera—. Pero esté atento porque suelen llamar por el número del expediente, no por el nombre; este número de aquí, ¿lo ve?

—Ya voy yo a darlo, Venancio —dijo Paulina, que veía a su marido cada vez más irritado—. Tú quédate ahí sentado.

Más de una hora esperaron: el hombre, enfadado; la mujer, resignada; y María Luisa de las Heras, expectante al ver cómo su plan iba cobrando forma. Hasta que por fin un funcionario pronunció a voz en grito el número de expediente de Venancio, y el hombre accedió al pequeño y oscuro recinto, donde otro funcionario —al que no había visto nunca y que tampoco le había visto a él con anterioridad— salió para recoger el papel donde figuraba el número y el nombre del ciudadano al que iba a fotografiar, así como el resto de sus datos de identificación.

—¿Venancio González Parra? —se limitó a preguntar.

—Para servirle.

—Pues haga usted el favor de mirar a la cámara y no sonreír demasiado, que esta foto es para la cédula de identidad y no para el álbum familiar de las vacaciones en Punta del Este.

El potente fogonazo cegó a Venancio y le obligó a cerrar los ojos, mientras María Luisa de las Heras los abría aún más. Acababa de descubrir la manera de convertir en legales a los ilegales, de trocar a los fantasmas en seres de carne y hueso. Solo necesitaba el nombre de una persona, viva o muerta, daba igual, y a otro individuo, en este caso el agente ilegal, que apareciera solo para posar ante la cámara de fotos cuando el funcionario de turno gritara el número de su expediente, rellenado con los datos verdaderos —huellas dactilares, firma y dirección— y amparado por toda la legalidad posible.

Mientras Venancio abandonaba el edificio con su Paulina, que le intentaba convencer de que se tranquilizara porque ya había dejado de ser un fantasma, la espía sonrió. Lo tenía, tal y como le había prometido a William Fisher en Nueva York. Ahora necesitaba un reparto de actores reales a los que su verdadero nombre no importara demasiado, y estuvieran dispuestos a alquilarlo, prestarlo o cederlo durante el tiempo que durase el trámite, a cambio de una buena componenda. Todo estaba inventado. Era la ley del mercado. Igual que toda regla tenía su trampa, la enmarañada burocracia poseía su laguna. De nuevo recordó las palabras proféticas de Felisberto Hernández, el mismo que durante un tiempo vivió como «Félix Verti» por el error de un funcionario al inscribir su nombre en el Registro: «Son solo papeles, celulosa y tinta; nada más. El trámite es farragoso pero, una vez conseguidos, ya ni siquiera los miran. En realidad, a nadie le importa lo que aparece en ellos».

María Luisa de las Heras volvió varios días más al mismo edificio para comprobar que tenía razones para estar contenta. También visitó otras dependencias oficiales donde gestionaban los trámites para obtener partidas de nacimiento y de defunción, cédulas de identidad, pasaportes, certificados de residencia... Todos funcionaban igual, la misma cadencia, el mismo mecanismo de producción industrial de documentos legales.

Una vez comprobado que sus planes podían llegar a buen puerto, la española reclutó a indigentes; enfermos desahuciados que encontraba en sus visitas a los hospitales; enfermos mentales de centros psiquiátricos, cuyos cuidadores se alegraban de que alguien se molestara en visitarlos y llevarles a merendar fuera de los muros de su encierro, aunque fuera durante unas horas; ancianos, muchos de ellos con principio de demencia, abandonados en residencias, que se aferraban a cualquier visita con la excusa de salir a dar un paseo o comprarles algún regalo. Todo con la única condición de pasar antes por un lugar para hacer unas gestiones que les permitieran poner al día sus asuntos. Eran todas personas a las que su nombre no les influía en su devenir diario ni, prácticamente, en su existencia. Pero, a diferencia de otros, eran legales: personas inscritas en un registro oficial, que con su documento de identidad podían votar, pedir una hipoteca, comprarse un coche, adquirir un billete de tren, de barco o de avión en el que apareciera su nombre, salir y entrar del país... Vivir, en una palabra; moverse por el mundo con total libertad, a plena luz del día y sin esconderse entre las sombras.

Y aún daría una vuelta más a la endiablada estrategia de blanqueamiento de identidad: pensó que no necesitaba que los nombres pertenecieran a personas vivas. Los muertos solían dar menos problemas. Así comenzó a esbozar la manera en que obtendría partidas de nacimiento reales de personas fallecidas, que le servirían para confeccionar documentos falsos con los que dotar de una identidad legal a los *rezidents*. Una base real para un documento falso, una apariencia veraz para una cobertura lícita: qué mejor comienzo para confeccionar una identidad ficticia que una partida de nacimiento auténtica, un nombre real, un registro verídico. Los muertos ya no necesitarían sus nombres, pero los fantasmas soviéticos y sus sombras sí los requerían para llevar a cabo sus misiones. Esos muertos revivirían con nuevos rostros para convertirse en espías ilegales o en comunistas perseguidos en otros países. Era un plan brillante. Escarbaría en el agujero negro del corazón burocrático del país, y sacaría de ahí un ejército.

María Luisa de las Heras quedó con su contacto de la embajada soviética en Uruguay. Normalmente se veían en un café, en la Rambla, recorriendo el mismo paseo marítimo, rodeando el Río de la Plata por donde transitó tantas veces con Felisberto. Pero aquel día algo le urgía y el banco de un parque céntrico, próximo a su taller de costura en la calle Colonia y a la embajada soviética, sería testigo de su encuentro. No perdió el tiempo en saludos cordiales.

—¿Tienes contactos en las funerarias? —preguntó la espía—. ¿Alguna manera desde la embajada de conseguir los registros de los fallecidos en Uruguay?

—Supongo que sí. Pero ¿para qué? ¿Buscamos a alguien en particular?

—Busco a todos los muertos, cuanto más jóvenes y menos vida tengan tras de sí, mejor. Lo ideal serían recién nacidos, pero me vale cualquiera que esté muerto, no importa la edad, la profesión, si era hombre o mujer... Solo necesitaré su nombre, su existencia legal, su partida de nacimiento, ese documento que nos sobrevive a todos. ¿Entiendes ya de lo que te hablo?

—Creo que sí. —Mijaíl comenzaba a vislumbrar la verdadera naturaleza de la petición—. Quieres utilizar esos documentos para legalizar a nuestros agentes ilegales.

—Sí, es exactamente eso. Aunque prefiero decir que vamos a resucitar a los muertos, pero dotándoles de una vida más apasionante que la que tuvieron en su día. Suena más bonito, ¿no te parece?

María Luisa de las Heras enlutó su silueta de modista de alta costura y empezó a recorrer los cementerios. Había pasado de leer los cuentos y las conferencias del escritor Felisberto Hernández a descifrar las lápidas y las actas de defunción de extraños que pronto se convertirían en conocidos. Sus ojos saltaban de lápidas de piedra a sepulcros de mármol, pasando por sarcófagos de jaspe, nichos de yeso y catafalcos de madera, cera o hierro. En esas visitas descubrió que también en el mundo de los muertos había clases y condición social.

Solo con mirar el estado de una tumba, el tipo y color del mármol, la inscripción que aparecía labrada en la lápida, si había flores sobre ellas o depositadas cuidadosamente en un jarrón, si el césped que rodeaba el sepulcro estaba arreglado o si una grieta en el granito amenazaba el descanso del ser amado muerto, podía saberse si la familia lo quería, si la esposa lo añoraba, si el marido la olvidó, si los hijos la recordaban o si el difunto era alguien querido. En cualquier rincón, por muerto que estuviera, había un mensaje por descifrar, que encerraba tanta información sobre el difunto como cuando estaba vivo.

También descubrió que la extensión de una vida era directamente proporcional al lugar elegido para su descanso eterno. Los nichos, las lápidas y las tumbas de los bebés y de los niños de corta edad presentaban dimensiones más pequeñas que el resto, como si no quisieran molestar, remarcando su naturaleza infantil, habitando lugares más discretos en el camposanto, casi inadvertidos para el visitante, una muestra de su efímero paso por la vida. Tal y como ella lo veía, rescatarlos de la iniquidad de una muerte temprana y siempre inaceptable sería una suerte de justicia poética, de reparación *post mortem*, una especie de venganza de ultratumba hacia los designios de un creador cruel e inhumano. A veces, su presencia ante una tumba llamaba la atención del encargado de la necrópolis, que se acercaba para interesarse y ofrecerse por si necesitaba algo, y entonces ponía un gesto compungido y alguna excusa que la explicara, asegurándose antes de volver a mirar la lápida para no errar con los datos.

—Estoy bien, muy amable. Es que no nos acostumbramos a la ausencia del pequeño Gabriel. ¡Cómo vamos a poder! —dijo ese día sin escatimar en lágrimas, condenando a un respetuoso silencio al encargado o bien a su comprensión brindada en palabras de ánimo.

—Es normal, señora. Siempre pasa lo mismo. —El hombre se retiró la gorra de la cabeza en un gesto de consideración—. Es todo muy reciente. De hecho, sus padres no han debido de tener fuerzas ni para pasarse a recoger el registro funerario y el resto de los documentos. Ahí los tengo desde el día que vinieron a enterrar al pequeño.

La indiscreción espoleó su respuesta, rápida y precisa.

—¿Y usted cree, buen hombre, que podríamos ahorrarles más dolor gratuito si yo les acercara esos documentos? Cualquier gesto que los ayude a aliviar el sufrimiento sería bueno. Creo que, como buenos cristianos, estamos casi obligados a ello —planteó.

Y quién era él para ahondar en el desgarro de una madre y en el desconsuelo de un padre que habían perdido lo que más querrían en el mundo.

—Supongo que podríamos, sí —accedió él, aún titubeante—. Al fin y al cabo usted es...

—La tía de Gabriel. Tía por parte de madre. Y también era su madrina. Mi hermana está destrozada... —dijo con un hilo de voz. Un nuevo gimoteo ahogó sus palabras y aumentó el desconcierto del empleado hasta incomodarle.

—Haga usted el favor de pasar conmigo a la oficina —le pidió, señalando una especie de garita destartalada—. Allí está todo.

Y así, con mañas e historias trágicas de pérdidas irreemplazables, María Luisa de las Heras entraba acompañada en la oficina del camposanto, lograba quedarse sola en su interior con alguna excusa peregrina —«Qué descuido el mío: he dejado el monedero sobre la lápida de mi niño, ¿le importaría a usted...?»— y en lo que tardaba en regresar el encargado, ella abría la carpeta con los documentos de los fallecidos que aún no habían recogidos sus familiares —«Aunque tendrán que venir tarde o temprano, si quieren inscribir la defunción en el registro...», explicaba el encargado— y los guardaba en su cartera, colocando en su lugar otros papeles que nada tenían que ver, antes de volver a cerrarla y dejarla tal y como estaba en un principio. Cuando el hombre quisiera darse cuenta del desbarajuste, ella ya estaría lejos, y él habría prestado un gran servicio a la inteligencia soviética. Aunque nunca lo sabría.

El proceso continuó especializándose cada vez que la vida le brindaba a María Luisa de las Heras una nueva oportunidad para captar sujetos inocentes que validaran las nuevas identidades de los espías ilegales. En una de las cenas que continuaba dando en su casa —ya sin la presencia de Felisberto, pero sí con sus amigos—, le presentaron a un general uruguayo cuya debilidad, más allá del ejército, era el bienestar de los niños pobres abandonados por sus padres o huérfanos por alguna otra arbitrariedad del destino, indigentes muchos de ellos, necesitados del calor de una familia y de unos cuidados que la vida les había negado. La española enseguida se mostró profundamente conmovida ante el relato de las vicisitudes que vivían los pequeños, sobre todo cuando el militar empezó a narrarle cómo él personalmente gestionaba la ayuda a través de camiones militares que repartían ropa, alimentos, material escolar y atención médica en inclusas y centros infantiles. La espía no tardó en desplegar su estrategia:

—Me gustaría ayudar de alguna manera. No hay nada más sagrado en esta vida que los niños, nadie más inocente que ellos. Es todo tan injusto... Me parte el corazón.

—¿Tiene usted hijos? —preguntó el militar, al ver la emoción de la anfitriona que, ya antes de expresar su preocupación por los pequeños, había logrado captar su interés por su belleza serena y su elegancia.

—Lo tuve, hace muchos años. Pero por desgracia mi hijo falleció muy pequeño. La vida me privó de ese tesoro. Quizá por eso me derrito cada vez que veo un niño, y ellos conmigo. Los niños son muy inteligentes, mucho más que los adultos; perciben enseguida de quién se pueden fiar y de quién no. —Ya había comenzado a dotar a su mirada y a su voz de un cariz suave, seductor, amable, ese con el que tantos réditos había logrado. Y estaba a punto de seguir haciéndolo.

—Sin duda son el mejor termómetro para la confianza. Tienen una especie de radar. No es fácil engañarlos —reconoció el militar, encantado de contar con la admiración de la bella anfitriona, que ya había dejado caer que su padre también era militar e incluso infló su mentira calificándolo de héroe de guerra, por lo que su consideración hacia el estamento castrense estaba fuera de toda duda.

—Dígame, general, ¿cómo podría yo ayudar en su noble causa? Estaría encantada de poder hacerlo.

—¿Por qué no viene un día a conocer las instalaciones? Me complacería mucho mostrárselas. Y así tendrá oportunidad de estar con ellos y que le cuenten su historia.

Quedó así lanzado el sedal a las aguas de un caudaloso río que haría las delicias de la agente soviética. Conocía la técnica de arrastre, sabía cuándo tirar del hilo y cuándo soltarlo, y tenía claro cuál iba a ser su señuelo, qué tipo de cebo elegir y hasta qué profundidad utilizarlo.

A partir de ese momento, el general y la modista se convirtieron en algo más que conocidos, pasando su afecto por diferentes fases: primero cenas con amigos, luego comidas al albur de las visitas al centro donde ella no solo se encontraba con los niños necesitados, sino con sus fichas y sus nombres; después llegaron las cenas privadas, los paseos nocturnos por las calles de Montevideo, guarecidos entre las sombras, las confidencias y la confianza, hasta llegar a la esfera más íntima, aquella que los mantenía entrelazados entre las sábanas, un territorio ideal para desprenderse de las pasiones, las tensiones, las fantasías, los placeres y, de paso, de algún secreto velado o revelación que ardía de vanidad en la boca del militar y caía en el oído ávido de la espía. Bravuconadas en apariencia baladíes, dichas para impresionar y presumir ante su amante, pero cargadas de importancia cuando recorrían los cables y las frecuencias de radio de Uruguay a Moscú.

Los gemidos de María Luisa de las Heras no solo abrazaban las embestidas del general, sino las informaciones sobre las instalaciones militares del ejército uruguayo, secretas o no, la relación de su Gobierno con el de Estados Unidos, el grado de infiltración del ejército estadounidense en las bases militares tanto de Uruguay como de todo el territorio sudamericano, o el emplazamiento de los buques de guerra. Los besos se cruzaban en los labios con el número de tropas destinadas en Cuba, Chile, Brasil y Paraguay; los bocados atrapaban, además de centímetros de piel, las operaciones militares previstas en distintos países, sus futuras incursiones en territorio extranjero, los horarios, los puntos clave, el número de efectivos; el efecto sorpresa planificado en los despachos marciales se desvanecía entre el sudor y los resuellos de los amantes. Y mientras el guerrero descansaba tras la batalla, la espía memorizaba datos, coordenadas, ubicaciones, nombres, emplazamientos, fechas...

Gracias al general, María Luisa de las Heras no solo había descubierto otra grieta por la que acceder al paraíso burocrático donde florecían las nuevas identidades que darían cobertura a los espías ilegales, sino a secretos y estrategias militares que ayudarían a la Unión Soviética a jugar bien sus cartas.

Los encuentros amorosos con el general uruguayo —al que no parecía importarle mantener una aventura con la modista pese a estar casado— y las visitas a camposantos, inclusas y hospitales la mantenían ocupada la mayor parte del tiempo, casi tanto como la confección y redacción de sus informes y sus transmisiones por radio. El taller de costura quedaba cada vez más en manos de su ayudante, María Barrios, que se mostraba encantada con su mayor protagonismo en el atelier y su considerable aumento de sueldo para suplir las ausencias de su jefa. Las prioridades dictaban el itinerario.

Cada vez que lacraba los sobres con los papeles que contenían las nuevas identidades, el olor de la quemadura del sello rojo la extasiaba. Uno más. Una nueva sombra en un mundo con demasiadas luces. Se lo hizo saber a Moscú, que renovó su confianza en ella; también a su colega William Fisher, que se alegró al ver que su instinto seguía intacto y que con aquella mujer había acertado. Unas veces entregaba a Mijaíl las nuevas identidades, para que él se encargase de coordinarlas; otras, era ella misma quien se desplazaba a algún país vecino para entregarlas en mano a sus nuevos propietarios. Pensar que repoblaría el mundo con sus criaturas le hizo experimentar algo parecido al instinto maternal que la vida le había negado. El brillo en su cara lo evidenciaba. Irradiaba paz, felicidad, complacencia, la satisfacción del trabajo bien hecho. Las sombras siempre necesitan luz para existir. Ella era el claro ejemplo de que hasta el ser más luminoso termina proyectando oscuridades; tenía la facultad de reflejar la luz sobre siluetas opacas y transformarlas en sombras.

Y en ese mundo de claroscuros, la vida le tenía preparada otra sorpresa inesperada.

37

No necesitó encender la estación de radio que permanecía bien guardada en la pequeña maleta de color marrón, cuando no estaba oculta en la mesa de su máquina de coser Singer.

Siempre le gustó aquella reliquia como eficaz camuflaje, con su tapadera de madera y su pie de hierro custodiado por un pedal, más allá de la especial comunión que existía entre las agujas y los discos de bordar y los de su aparato de radio. Fueron varias las ocasiones en las que había utilizado el catálogo de la máquina de coser para codificar y encriptar mensajes, en especial el correspondiente al modelo 215G, un librito de color verde y letras naranjas, y cuyas clasificaciones de agujas, bobinas e hilos ofrecían todo un abanico de posibilidades. Ella tenía un modelo más moderno, una Singer Featherweight 221 de 1952, pero le faltaba el encanto de aquella, empezando por la serigrafía dorada que solo tenían los modelos más antiguos.

Sin embargo, ese día de principios de marzo de 1953 no le hizo falta acudir al libro de códigos para descifrar ningún mensaje. Le bastó con encender la pequeña radio situada en la cocina. El locutor dio la noticia de última hora mientras ella terminaba de arreglarse para acudir a su cita con el militar uruguayo. La voz masculina adquirió ese tono de solemnidad inherente a las grandes noticias, las inesperadas, las que sorprenderán al oyente, las que marcan un hito y luego te hacen preguntarte dónde estabas cuando sucedieron. Lo que escuchó logró paralizarla durante unos instantes. En un acto reflejo, corrió hacia el salón para encender el televisor, como si aquel aparato resultase más fiable; o puede que necesitara verlo con sus propios ojos.

El líder de la Unión Soviética, el Padre de los Pueblos, el Faro de la Humanidad, Iósif Stalin, había muerto.

«El mandatario sufrió una hemorragia cerebral en la noche del pasado 1 de marzo mientras se encontraba en su dacha de Kuntsevo. Fue encontrado al día siguiente, tirado sobre la alfombra, sin poder hablar y en estado semiinconsciente. Según ha relatado su hija Svetlana Alilúyeva, la agonía de Stalin fue espantosa, asegurando que en un momento determinado, en su último minuto de vida, abrió los ojos y dirigió la mirada hacia todos los que le rodeaban. "Era una mirada terrible, tal vez demente, tal vez furiosa y llena de terror ante la muerte y ante los rostros desconocidos de los médicos que se inclinaban sobre él", ha asegurado. La muerte de Iósif Stalin se declaró el 5 de marzo. Y en otro orden de cosas...».

Un ejército de sombras se cernió sobre ella.

Stalin muerto. El hombre por el que había luchado, matado, espiado, torturado, mentido, aquel por el que juró entregar la vida, había dejado de existir. Más que ningún otro, el hombre de acero se había convertido en una sombra; en una verdadera, no como esas que la espía dotaba de visibilidad. Una extraña sensación de orfandad amenazó con arrastrarla en su caída por un precipicio recóndito y oscuro. Pensó en cancelar su cita con el general, pero enseguida se dijo que sería un error. Miró el reloj: faltaba menos de una hora para el encuentro. Su mirada saltó al teléfono que descansaba en la mesita auxiliar ubicada en uno de los costados del sofá que presidía el salón. Sabía que sería arriesgado llamar a su enlace de la embajada soviética y, mucho más, acudir a sus instalaciones, donde reinaría el desconcierto y la desinformación. Como última estación, sus ojos se detuvieron en la Singer. Aún tenía tiempo para encender la radio e intentar conectar con el Centro: seguramente no estarían disponibles en aquellos delicados momentos, pero no por eso iba a dejar de intentarlo.

Corrió a sentarse ante su aparato de radio. Hizo todas las comprobaciones, tomó las medidas de precaución necesarias antes de conectarlo y se dispuso a recibir cualquier señal que le permitiera contar con algo más de información. Trató de encontrar alguna transmisión segura. Nada. El silencio más absoluto. Buscó alguna frecuencia en la que sintonizar al menos la voz del locutor estrella de Radio Moscú, Yuri Levitán, pero ni siquiera eso encontró. Se disponía a cambiar la orientación de la clavija para empezar a transmitir, anhelando que alguien recibiera su mensaje y comenzara a informarle, cuando el estruendo de un timbre la desconcertó, a pesar de tener puestos los auriculares. La llamada venía del exterior, y se repitió pasados un par de segundos. Había alguien en la puerta de la vivienda.

Apagó el equipo y lo recogió tan rápido como pudo mientras se preguntaba quién podría llamar con tanta insistencia. Deseó que fuera Mijaíl, su contacto en la embajada, que hubiese acudido para ponerla al día, más allá de lo que pudieran decir los medios de comunicación. Sabía por experiencia que la información más fiable, la real, la verdadera, la que no admitía versiones ni relatos interesados, no solía aparecer en la radio, ni en los periódicos ni en la televisión, sino en los círculos de poder secretos. Y más tratándose de la muerte de uno de los líderes más importantes del mundo, uno de los dos actores principales en el escenario de la Guerra Fría.

Sin embargo, cuando abrió la puerta de la casa no era Mijaíl quien esperaba, sino Mabel, la hija mayor de Felisberto. La aparición de la joven no podía ser más inoportuna. Desde cualquier prisma que se observara, aquella visita resultaba del todo inadecuada.

—¿Te has enterado? —preguntó Mabel mientras entraba sin más en el piso, sin esperar una invitación, como solía hacer dada la confianza que las unía—. Stalin ha muerto.

—Sí, algo he oído en la radio —se limitó a responder, intentando disimular el interés real que aquella noticia le había provocado—. Mabel, cariño, estoy a punto de salir a una cita ineludible. Es una clienta especial y me he comprometido a que sería puntual. Quizá si vienes en otro momento, podemos...

—Veo que no has oído lo que dicen —terció la hija de Felisberto, haciendo caso omiso—. Hay rumores. Dicen que Stalin tuvo una fuerte discusión con Lavrenti Beria y Gueorgui Malenkov y que, en mitad de un forcejeo, cayó al suelo y se golpeó la cabeza contra el mármol. Cuentan que, viendo su estado, ningún médico quiso ir a auxiliarlo en venganza por el envío masivo de doctores al gulag.

María Luisa de las Heras sabía que se refería al complot de los médicos, vinculado a la supuesta conjura nacionalsocialista judía que ya en su día le aventuró William Fisher durante su visita a Nueva York. El complot se había iniciado meses antes, en enero de ese 1953, cuando el médico personal de Stalin, Vladímir N. Vinogradov, recomendó al líder soviético que se tomara un tiempo de descanso y abandonase la primera línea de poder debido a sus mareos, su hipertensión descontrolada y la debilidad que el mandatario empezó a sentir cuando regresó de unas vacaciones en Sochi, durante el otoño de 1952. Stalin lo interpretó como una traición, que, unida a una carta que recibió de la doctora Lidia Timashuk, del hospital del Kremlin —en la que le confiaba que un gran número de doctores soviéticos estaban organizándose para atentar contra los principales mandatarios del país, comenzando por él—, le llevó a ordenar la detención de una serie de médicos, la mayoría de origen judío. La espía recordaba haber leído en los informes la única explicación que dio Stalin al respecto de las represalias iniciadas contra los doctores: «Una sola muerte es una tragedia; un millón de muertes es estadística». En sus propias palabras, Stalin acababa de convertirse en una tragedia.

—Cariño —la española intentó retomar el relato—, eso no son más que chismes, rumores interesados de unos y de otros. No te creas nada, es mejor que...

—También dicen que pudieron envenenarle porque, cuando empezó a sentirse mal, estaba bebiendo una copa de coñac francés.

—Pues quizá sí, con esta gente nunca se sabe. Pero ¿por qué te afecta tanto? Tampoco es que le conocieras personalmente. —Escuchando sus propias palabras, sintió que también podían aplicarse a ella.

—Porque soy socialista y porque comparto las ideas comunistas.

—Y yo soy modista. Y comparto la idea de no hacer esperar a mis clientas —replicó mientras descolgaba el abrigo de la percha y cogía su bolso, en un claro ademán de marcharse—. Y tú vas a hacer que llegue tarde.

—Puedo acompañarte —propuso Mabel.

—Por supuesto que no puedes —zanjó el tema, temiéndose un posible encuentro entre el general uruguayo y la hija del escritor—. Vete a casa y más tarde hablamos.

Celebró deshacerse de la joven. Solo le faltaba que Felisberto se enterase de aquella relación interesada con el militar. No es que le importara la reacción de su exmarido, una vez conseguidos los papeles de residencia y la cédula de identidad. Sabía que él no había dejado de frecuentar amigas, en especial una maestra, de nombre Reina y de apellido Reyes, con la que, por el momento, solo tonteaba. Siendo el escritor que era, tan amigo de dobles sentidos, ambigüedades, misterios y simbolismos, debía haber supuesto que la reiteración excesiva de aquel nombre, Reina Reyes, no presagiaba nada bueno. En palabras de Mabel, era «una maestra, gorda y rubia», sin más datos que aportar, excepto que realmente amaba a Felisberto y que se desvivía por él, aunque este no fuera capaz de escribir una sola línea desde que terminó su tercer matrimonio y le abandonó la musa que le había inspirado para «Las Hortensias».

María Luisa de las Heras prefería que su intimidad se mantuviera como su radio: oculta. En el coche que la trasladaba al encuentro con el general, dos pensamientos ocuparon su mente: cómo hacer para conocer la situación real en la que quedaba la inteligencia soviética después de la muerte de Stalin y su papel dentro de ella, y cómo cortar la relación con el militar, del que llevaba tiempo intuyendo que poco más podría obtener. Era el momento de recoger la caña y abandonar la pesca: había un exceso de hilo en el carrete y corría el riesgo de que el sedal se enredara. Necesitaba una solución rápida y quirúrgica que no resultara traumática para ninguno de los dos y, así, evitar escándalos y polémicas que no beneficiarían a nadie. La encontró en la escritura.

Sabía que el general jamás dejaría a su mujer, por una cuestión de principios y de deber; ni se lo prometió nunca ni era algo que la amante anhelara, más bien lo evitaba. Pero él tampoco quería dejar a la modista española, que le hacía sentirse joven e importante. La violinista pensó en una solución intermedia: esa misma noche, después del encuentro, escribiría una carta anónima a la esposa del militar poniéndole al día de su aventura con otra. No haría falta más; ni nombres, ni direcciones, ni detalles, ni descripciones, ni fotografías de la traición. Un anónimo sobre una aventura en el seno de un matrimonio tiene valor de ley para quien lo recibe, aunque el remitente sea un fantasma, alguien que se cobija entre las sombras para ocultar su cobardía. Besó por última vez al oficial uruguayo, aunque hasta el día siguiente él no sabría que aquel encuentro había sido el último.

De regreso en su casa, se descalzó, se soltó el pelo, se quitó la ropa y se sirvió un vaso de whisky. No solía beber sola, ni siquiera en compañía excepto por compromisos sociales, pero la muerte de uno de sus referentes vitales tampoco acontecía todos los días. Necesitaba pensar, relajarse, desconectar y el alcohol era un buen vasodilatador. Lo decían los doctores; incluso esos a los que Stalin mandó al gulag lo confirmarían. Necesitaba que la sangre fluyera y que las arterias se dilatasen. Desinhibirse por un instante.

Encendió el televisor y vio las imágenes que mostraban el cuerpo de Stalin expuesto en la Sala de Columnas del Kremlin. No pudo evitar acordarse de Trotski y de cómo en aquella misma sala que ahora acogía las exequias de su mayor enemigo, del hombre que había dado la orden de acabar con su vida y con la de todos sus hijos, se habían celebrado diecisiete años atrás los denominados Procesos de Moscú, que terminaron con la condena a muerte de muchos líderes bolcheviques y, gracias a los cuales, ella apareció en 1937 en la Casa Azul de Coyoacán como María de la Sierra, convertida en secretaria y traductora para la Comisión Dewey. El recuerdo, lejos del sentimentalismo propio de la nostalgia, le resultó frío y distante. Apagó el televisor y terminó de vaciar su vaso de whisky, con la mirada perdida más allá de los ventanales del salón. La noche en Uruguay estaba calmada, silenciosa, luminosa y serena, todo lo contrario a cómo imaginó Moscú: oscura, fría, maquiavélica, presa del ruido de sables y también de un ejército de silencios. Tuvo claro dónde debía estar.

No tardó en volver a situarse ante su aparato de radio con la esperanza de percibir algún latido electromagnético que indicara que el corazón de los servicios secretos soviéticos seguía latiendo y que una de las líneas que trazaba aquel cardiograma disparado sería ella. Pero la conexión no devolvió ningún latido: muerte súbita. Una radio sin mensajes era una radio sin vida.

Pasaron meses hasta que su enlace en la embajada contactó con ella. En todo ese tiempo, María Luisa de las Heras no dejó de realizar su trabajo en los registros públicos, lacrando sobres, elaborando informes, recogiendo información transmitida por los agentes en todo el continente americano y enviándola encriptada a Moscú, que continuaba enmudecido. Para intentar aplacar la impaciencia, un día se acercó a la embajada soviética en Uruguay, el elegante edificio ubicado en la esquina de la calle Ellauri y el bulevar España. Siempre le había gustado aquella vivienda de aspecto colonial, construida en los años veinte por encargo de Fernando Darnaud, un empresario acaudalado y experto en arte, y que, en 1944, la Unión Soviética alquiló para adquirirla una década más tarde. Atravesó el jardín y accedió al interior del edificio, admirando una vez más los frescos que adornaban el techo de la embajada y algunas de sus paredes, aunque no tuvo tiempo de contemplar la enorme mesa de billar que en su día trajeron desde Inglaterra y que siempre llamaba su atención. Vio allí demasiadas caras nuevas y temió dar el nombre de Mijaíl por precaución, ante la posibilidad de que hubiera caído en desgracia y eso la lastrara también a ella. Tampoco quiso dejarle ningún mensaje que pudiera suponerle un problema. Ni siquiera sabía si continuaba trabajando en la embajada o se había convertido en un desaparecido más de los muchos soviéticos con afición a la escapada.

Una de las noches, tras apagar su radio después de otra jornada sin noticias del Centro, se fijó en la Singer que la resguardaba y tuvo una idea. No podía utilizar papel y lápiz para dejar un mensaje en la embajada, pero sí otros materiales. Preparó su máquina de coser, se descalzó para sentir el contacto del pedal con el pie y se dispuso a enhebrar: colocó el carrete de hilo, lo pasó entre los discos de tensión, nivelándolos con la pequeña rosca que le permitía ajustar la tirantez, metió la canilla en el canillero, sacó el hilo por la canilla y bajó la aguja. Ya podía empezar a coser, a pespuntear el mensaje que, utilizando el código morse, zurció con hilo rojo en el interior del dobladillo de un pañuelo de caballero que enviaría a la embajada soviética a la atención de Mijaíl.

En un primer momento, se planteó hilvanar con puntos y rayas el *Pacem summa tenent*, pero no lo hizo. Ella misma había alertado de la conveniencia de utilizar los códigos y las contraseñas una única vez. Recapacitó. Rememoró los versos del poeta Paul Verlaine que el mando aliado eligió el 5 de junio de 1944 para anunciar el desembarco en Normandía, durante la transmisión francesa de la BBC, advirtiendo así a la Resistencia el inicio de la liberación:

Les sanglots longs des violons de l'automne
blessent mon coeur d'une langueur monotone.

Los largos sollozos de los violines del otoño
hieren mi corazón con monótona languidez.

Mientras bordaba en morse aquellos mismos versos en el dobladillo del pañuelo utilizando su máquina de coser Singer, solo esperaba que los nuevos funcionarios de la embajada soviética no interceptaran el mensaje y supieran descodificarlo, como hicieron en 1944 los agentes del Abwehr —el servicio de inteligencia y contraespionaje militar alemán—, que consiguieron descifrar la clave oculta en los versos de Paul Verlaine con una celeridad sorprendente, aunque por las condiciones meteorológicas en la zona y al creer que Eisenhower no iba a encargar a la BBC el anuncio del desembarco, relajaron las medidas de control; no así el servicio de inteligencia británico, el MI5, que decidió personarse en las oficinas de la BBC y, para su sorpresa, no fueron capaces de descubrir cómo había sido emitido aquel mensaje, ya que ningún locutor lo había hecho.

Mijaíl, gran aficionado a la literatura y a la poesía, había celebrado la anécdota cuando la propia María Luisa de las Heras se la contó tiempo atrás. Sin duda, sabría reconocerla. Y en caso de no hacerlo, la mención de los violines le serviría como señuelo. Solo debía esperar. Si su enlace permanecía en la embajada, sabría responder al mensaje y ponerse en contacto con ella. Si no recibía contestación alguna, supondría que todo se había perdido, también el pañuelo y, por supuesto, el contacto.

En ese intervalo de espera, también puso fin a su relación con el militar uruguayo, que la llamó para invitarla a tomar un café y explicarle que su aventura debía terminar de manera inmediata porque su mujer lo había descubierto todo.

—Un malnacido le envió un anónimo —le dijo con los ojos inyectados en rabia, mientras cogía las manos de su amante y le rogaba que lo comprendiera—. Te juro que si tuviera delante al autor de ese escrito lo mataba.

—Lo entiendo —respondió con tono triste la amante, preguntándose si realmente el general sería capaz de matarla de saber que había sido ella.

A finales del mes de julio, la aparición de Mijaíl por la Rambla de Montevideo remediaba la sequía informativa desde la muerte de Stalin. La única información que María de Luisa de las Heras tenía hasta entonces le llegó de sus amigos políticos, empresarios, intelectuales, profesores, diplomáticos y escritores que seguían reuniéndose en su casa muchos sábados. Eran noticias que presagiaban nuevos tiempos y que hablaban de borrón y cuenta nueva, de levantar alfombras, de limpiar expedientes, de destruir sombras, informes y pasados ignominiosos, de un Nikita Jrushchov como primer secretario del Partido Comunista de la Unión Soviética dispuesto a iniciar la *destalinizátsiya*, la desestalinización de la Unión Soviética, la única bandera que debería enarbolar la URSS para mantenerse fuerte y firme en un mundo gélido a causa de la Guerra Fría.

Le alivió ver que Mijaíl parecía relajado.

—Tu situación no ha cambiado —le informó el contacto, acomodándose en uno de los bancos del paseo que seguía el curso del Río de la Plata. Llevaba al cuello el pañuelo en el que ella misma había bordado los versos de Paul Verlaine en morse.

—Pues debe de ser lo único —replicó la espía.

—No solo no ha cambiado, sino que va a mejorar. Ha pasado algo grave en Estados Unidos.

—¿Fisher? —preguntó concisa.

Llevaba semanas sin recibir mensajes del agente soviético en suelo estadounidense y tampoco lo habían hecho los otros dos grandes agentes ilegales en Sudamérica —Filonenko y Grinchenko—, con los que había intercambiado unos mensajes por radio para anunciarles el envío de un sobre con nuevos documentos y la dirección de un pueblo mexicano, en cuyo registro civil confiaba obtener certificados oficiales con los que poder conseguir nuevas identidades.

—Él está a salvo —le aseguró el contacto—, pero no así sus más directos colaboradores, y eso le deja comprometido y expuesto. La detención de Klaus Fuchs hace ya tres años reveló más de lo que pensábamos. Puso en peligro la red de espías de Fisher y está teniendo un efecto dominó: el matrimonio Cohen tuvo que huir de Estados Unidos, y Harry Gold, que durante un tiempo fue contacto estadounidense de Fuchs, también fue detenido y no tardó en delatar a nuestro agente en Los Álamos, David Greenglass, quien a su vez delató a su hermana y a su cuñado, los Rosenberg. Ese fue un golpe duro: Julius y Ethel eran dos de nuestros mejores agentes en espionaje atómico. Los detuvieron a ambos en el verano de 1950, los juzgaron por traición, y el mes pasado los ejecutaron en la silla eléctrica en la prisión de Sing Sing.

—No logro entenderlo. El servicio de inteligencia estadounidense siempre ha tenido difícil acceder a nuestra red de espías. —María Luisa de las Heras no disimuló su desconcierto—. Llevan años intentándolo sin éxito. El primer agente de la CIA que enviaron a Moscú se enamoró de su criada rusa, que resultó ser coronel del servicio secreto soviético y que hizo con él lo que quiso. En todo este tiempo no han parado de intentarlo, pero siempre sin éxito; incluso alguno de sus agentes ha sido descubierto y expulsado de la URSS. Hasta el presidente Eisenhower pidió al director de la CIA, Allen Dulles, que evitara otro Pearl Harbor. ¿Cómo ha podido pasar? Fisher ya se temía algo, me lo dijo cuando estuve con él en Nueva York.

—No ha sido fallo de Fisher. El agujero nos lo hicieron hace años, suponemos que a partir de 1942 o 1943. Alguno de nuestros agentes cometió el error de repetir una clave, un código, o quizá fue un error en el sistema de cifrado que los estadounidenses interceptaron. No sabemos si han podido desencriptar nuestros códigos y nuestros mensajes, pero sí consiguieron descubrir la procedencia de las señales y no les costó llegar hasta Los Álamos y detener a Fuchs.

—¿En 1943? Por entonces, la URSS era aliada de Estados Unidos.

—Y Hitler también era amigo de Stalin cuando ordenó invadir la

Unión Soviética, convirtiendo en papel mojado el pacto Ribbentrop-Molotov de 1939. Para que te fíes de los aliados y de los amigos...

—¿Y de los espías? ¿Moscú se fía de sus espías? —preguntó María Luisa de las Heras, que llevaba meses sin recibir respuesta del Centro.

—Moscú no se fía de nadie. Ni se fiaba Iósif Stalin ni se fía Nikita Jrushchov. La confianza se ha vuelto sospechosa. Desconfían incluso de sus propias sombras. El 26 de junio detuvieron a Lavrenti Beria acusado de traición y de participar en el enésimo complot contra el Kremlin. —Mijaíl pudo ver el impacto de aquella revelación en la espía, el mismo que había sentido él cuando supo la noticia—. Beria, que tras la muerte de Stalin fue aupado al poder como ministro de Interior, y que solo tardó veintitrés días en anunciar una amnistía para algunos presos encerrados en los gulags, entre ellos Eitingon, liberado en marzo; el mismo Beria que escribió un informe donde reconocía que de los dos millones y medio de personas que permanecían en el gulag solo doscientos mil podían ser consideradas criminales, ese Beria que inició la desestalinización de la URSS después de haber sido uña y carne con Stalin, fue convocado a una reunión en el Comité Central donde supuestamente iba a tratarse un levantamiento puntual en Berlín Oriental. Allí mismo fue apresado y acusado de traición, de ser espía de los británicos y enemigo del pueblo.

—¿Y eso dónde nos deja a nosotros? ¿Dónde me deja a mí?

—El Centro confía en ti. No me preguntes por qué, pero lo hace. De lo contrario, ya te hubiesen llamado para que acudieras a Moscú con la excusa de condecorarte o mantener una reunión urgente. La pregunta es hasta cuándo.

—¿Y por qué no iban a confiar en mí? ¿Es que acaso no he cumplido con todo lo que han encargado? —No estaba dispuesta a dudar de Moscú ni a creer que el Centro pudiera dudar de ella. Ni una sola crítica había salido de su boca en todo este tiempo y no iba a permitir que la sombra de la duda nublara su conciencia patriótica; eso solo beneficiaría a los enemigos de la URSS. Estaba dispuesta a seguir entregándose en cuerpo y alma por la Madre Rusia. No había tiempo para dudas, temores o sospechas. El eco de las posibles purgas jamás encontraría acomodo en sus oídos; esos fantasmas no la asustarían.

—Lo has hecho, y con creces. Pero también lo hicieron Eitingon y Sudoplátov. Por no hablar de Beria...

—¿Ha pasado algo con ellos? Acabas de decirme que Beria amnistió a Eitingon.

—Sí, pero esa orden la dio un hombre que ahora ha sido acusado de traición. Los dos han caído en desgracia. La semana pasada, el día 15, fueron denunciados y calificados de sujetos poco confiables. Y no voy a engañarte, no pinta bien. A Eitingon le van a condenar a doce años de cárcel; ya están preparando su celda en la prisión de Lefórtovo. El hecho de que su hermana sea cardióloga no ayudó en mitad del complot de los médicos judíos. Y Sudoplátov ha pasado de ocupar el despacho 735 de la séptima planta de la Lubianka a ser el preso número 8 de sus sótanos. Los cargos contra él son numerosos: desde conspirar con Hitler para firmar un pacto secreto contra los intereses de la Unión Soviética, hasta orquestar cientos de asesinatos contra camaradas del Partido, pasando por sabotear el plan diseñado por Stalin para asesinar al mariscal Tito, presidente de la República Federal Socialista de Yugoslavia, encargado a Grigulévich.

La mención de ese nombre hizo que el rostro de ella se tensase.

—¿Y Grigulévich? ¿Cómo queda? —Se temía lo peor.

—De momento, se salva. Sigue comiendo pasta y bebiendo *limoncello* en Roma.

Le costó mucho digerir todo aquello. Se acordó de lo que le había contado el propio Grigulévich en una de las mesas de mármol del Sorocabana, sobre la caída en desgracia de todos aquellos agentes soviéticos con intachable hoja de servicios que habían tenido un papel importante durante la guerra civil española, así como en el asesinato de Trotski. Grigulévich seguiría comiendo pasta en Roma, pero quizá se le iba a atragantar en un futuro no muy lejano. También ella podría ser la siguiente en caer: cumplía con todos los requisitos para convertirse en la próxima represaliada. Pero no tenía miedo ni mostraría temor ante nada, excepto ante la suerte de sus camaradas Eitingon y Sudoplátov, como en su día lo hizo por la de Ramón Mercader.

La aparición de aquel nombre propio la llevó a formular su siguiente pregunta.

—¿Esto tiene que ver con la supuesta entrevista de Orlov en *Life* y sus posibles revelaciones sobre la inteligencia soviética?

—Eso no ayuda. Como no ayudó que el año pasado se publicara la verdadera identidad del asesino de Trotski. No hizo falta esperar a que me llegara la revista *True* —dijo refiriéndose a la publicación estadounidense que primero informó en 1952 de la revelación, teniendo como fuente al jefe del Departamento de Investigaciones Especiales del Banco de México, el criminólogo Alfonso Quiroz, que presumía de haberse presentado en la Dirección de Seguridad de Madrid en 1950 y obtener la ficha policial de Ramón en «un minuto y medio»—. Un amigo en España me llamó para leerme la información publicada en *La Vanguardia* el 20 de septiembre: «Sensacional revelación sobre el asesino de Trotski», titularon. Es curioso, cuando faltaban solo unos meses para que Ramón Mercader cumpliera dos tercios de su condena y, según la ley mexicana, tenga derecho a solicitar la libertad condicional. Aunque dudo que lo haga, no el mismo año de la muerte de Stalin. No se lo permitirán desde Moscú. No es un mensaje que el mundo pueda digerir ahora mismo. Además, Jrushchov hará todo lo posible para demostrar que la actual Unión Soviética nada tiene que ver con todo aquello. Y no dudará en sacrificar a quien tenga que sacrificar para conseguirlo.

—¿Eso es lo que explica el silencio de Moscú hacia mí?

—No. No hay ningún silencio hacia ti; hay un silencio en las transmisiones de radio, nada más. Lo que eso explica es que confían en ti, que te dejan fuera de toda sospecha. Ya te lo he dicho. No sé por qué, pero eres impermeable. Quieren que seas tú la que capitanees la red de espías de la nueva inteligencia soviética. Fisher está tocado y el sistema de radiotransmisión de su red de espías en Estados Unidos, también. Tú mejor que nadie sabes que cada vez que un agente deserta o es detenido debemos cambiar los códigos, las frecuencias, las claves... Una revolución que sabemos cuándo empieza pero no cuándo podremos tener controlada. No sabemos hasta dónde llegarán las consecuencias por la confesión de Fuchs. Por eso necesitan que todas las comunicaciones de y con Moscú pasen por ti y por tu radio. ¿Tenemos tu compromiso?

—Siempre lo habéis tenido. Mi amor por la patria está por encima de todo y de todos.

—Moscú lo sabe. Ahora olvídate de todo lo que te he contado y, especialmente, de todos. Empieza una nueva época, una nueva URSS, y tú formas parte de ella. De ti depende cómo escribas esas páginas de la historia y qué lugar quieras ocupar en ellas.

El encuentro con Mijaíl había resultado revitalizante. Le sorprendió aquella sensación, teniendo en cuenta que una gran parte de los camaradas con los que había hecho el camino de la revolución estaban detenidos, acusados de alta traición y encerrados en cárceles y gulags.

Unos meses después, las noticias informaban de que Lavrenti Beria había sido ejecutado en diciembre de 1953. No le costó imaginar qué suerte correrían sus antiguos camaradas. Solo parecía haberse salvado Caridad Mercader, a quien sus informaciones situaban en París.

Así se escribía la historia, una historia de suerte y traiciones, de complots y venganzas, de intereses e injusticias, de padres que destrozan a sus vástagos como reflejó Goya en su obra *Saturno devorando a su hijo*. Aquel óleo no era una más de las pinturas negras del artista que tanto apasionaba a Ramón Mercader y a David Siqueiros; era una pintura expresionista, en exceso realista, que definía la idiosincrasia de la humanidad, ya tratada en la mitología; la historia de Crono, el dios Saturno, dios del tiempo, que devora a sus hijos por miedo a verse destronado por uno de ellos, como él mismo había hecho con su padre Urano, al que llegó a castrar con una hoz; Crono, el rector del séptimo cielo, esos cielos que tantos camaradas anhelaron asaltar.

Ramón siempre hablaba del portentoso claroscuro empleado por Goya en aquel lienzo. Y ella, en su particular reino de luces y sombras, sabía mucho de contraposiciones.

El arte siempre es un fiel reflejo de su tiempo, como devoto escribano de la historia.

38

«Una mujer sola siempre es sospechosa. Y si es agente del KGB, mucho más».

La orden de Moscú era clara y de inmediato cumplimiento, como lo había sido el cambio de siglas que, desde el 13 de marzo de 1954, había convertido al antiguo NKVD en el moderno KGB. Los nuevos mandatarios soviéticos eran conscientes de que las palabras tenían su importancia a la hora de construir la narrativa de una historia.

Hacía cinco años que María Luisa de las Heras se había separado del escritor Felisberto Hernández, aunque el divorcio no se hizo efectivo legalmente hasta 1955, y el hecho de que continuara sola no era una buena tarjeta de visita para dar cobertura a su tapadera. Más allá de rancios criterios sociales imperantes en la segunda mitad del siglo XX, el lema del KGB era que la sospecha siempre es culpable y delatora, por lo que urgía buscarle pareja a la agente soviética. Esta vez no había tiempo para trampas de miel ni conquistas apasionadas, tampoco para caídas de ojos ni contoneos de cadera enmascarando engaños amorosos. En 1956, la elegante modista seguía siendo una mujer atractiva, pero sus cuarenta y seis años pedían un amor más reposado, menos acalorado y ardiente, más regio y profesional. Y qué mejor compañero de viaje que otro trotamundos de idéntica condición: un espía.

El elegido fue un italiano con quien debía encontrarse en Argentina. Era un viejo conocido de los servicios secretos soviéticos. Su nombre, Valentino Marchetti Santi. No era el suyo verdadero, como tampoco el de María Luisa de las Heras, pero ambos eran nombres «legales», y en un mundo regido por la continua amenaza de la Guerra Fría, la legitimidad estaba por encima de cualquier realidad bohemia. No corrían buenos tiempos para la verdad, demasiado deslegitimizada para ser creída, aunque eso siempre había jugado a favor de los servicios secretos.

Valentino Marchetti era en realidad Giovanni Bertoni. Su contacto en la embajada soviética, Mijaíl, le había comunicado que, sobre el papel, el italiano la ganaba en jerarquía dentro de la inteligencia soviética, pero en la práctica no actuaría como su superior, sino que ambos formarían un equipo sólido. A ella no le importó; el escalafón nunca le había supuesto un problema, siempre que se siguieran los criterios del Centro.

Si a decir de Simone de Beauvoir las personas felices no tienen historia, cabría pensar que la vida de su nuevo compañero no había sido un camino de rosas. El italiano tenía una larga vida, sustentada sobre dos grandes pilares: el Partido Comunista y su trabajo en los servicios secretos soviéticos. El primero le marcó desde su nacimiento en Faenza, el 27 de abril de 1906, en una familia de condición obrera que le llevó a trabajar desde joven en una fábrica de automóviles Fiat; el segundo comenzó de manera precipitada cuando, siendo secretario de las Juventudes Comunistas de Rávena, se vio implicado en el asesinato de un joven fascista y obligado a huir de Italia mientras la justicia le condenaba en ausencia a veintiséis años de prisión. Se refugió en la Unión Soviética, donde enseguida lo captaron los servicios de inteligencia, después de convertirse en militante activo del Partido Comunista y de la Internacional Comunista, actuando como ayudante y secretario del líder comunista italiano Palmiro Togliatti. En 1944, volvió a Italia para infiltrarse en el Ministerio de Asuntos Exteriores como agente del NKVD, utilizando el nombre en clave de «Marko», pero tuvo que regresar a Moscú cinco años más tarde porque su tapadera estaba a punto de ser descubierta. España, México y Argentina habían sido sus posteriores escenarios, allí había desempeñado diversas operaciones de inteligencia que el informe entregado a María Luisa de las Heras no detallaba, algo que no le preocupó en absoluto. Lo importante era lo que quedaba por escribir en ese dosier y las misiones que definirían la vida de ambos en un futuro próximo.

Todo eso lo leyó la española en el expediente que le facilitó Mijaíl antes de su partida a Argentina, donde viajó con la excusa de reunirse con nuevos proveedores textiles. Siempre le había gustado el país. En los últimos años había viajado por toda Sudamérica, especialmente a Chile, Venezuela, Cuba, Paraguay y México. Pero el aire porteño era distinto. Buenos Aires olía a buena piel, a cuero curtido, lo que convertía a la ciudad en un escenario perfecto para los buenos encuentros.

El primero se produjo unas horas después de registrarse en un hotel de la calle Corrientes. El recepcionista llamó por teléfono a su habitación para comunicarle que había un caballero esperándola, su primo, para más señas. Se trataba del contacto con el que debía reunirse en Buenos Aires, antes de conocer al espía italiano. La primera impresión que tuvo de Marino —así se llamaba— fue la de un hombre bello, de aspecto juvenil y con un aire cercano. Cuando abrió la boca y escuchó su acento, el verdadero, ese que intentaba disimular con el deje argentino, supo que Marino era español. No se equivocaba. Aquel agente de la inteligencia soviética se uniría a ella y a su futuro segundo marido en Uruguay, bajo la tapadera de ser un empresario exportador afincado en Montevideo. Eso sería una vez pusieran la nueva misión en marcha; hasta entonces, se limitaría a actuar como correo y enlace entre los dos espías.

Marino no estaba solo. Le acompañaba un joven de belleza exótica y rasgos perfectos, delineados con la precisión de un cincel clásico, de piel bronceada, ojos rasgados y un pelo negro que parecía dibujado sobre su cabeza por el uso de la brillantina; a ella le dio la impresión de que se arrancaría a bailar un tango en cualquier momento. Marino le entregó una carpeta con información sobre la nueva identidad de Valentino Marchetti, para que la memorizara. Con él haría lo mismo, aunque todavía no se había registrado en el hotel acordado de la capital bonaerense, situado en la esquina de la avenida Alvear y Ayacucho, en el barrio de la Recoleta. Le informó que el encuentro se celebraría a última hora de la tarde en una conocida confitería: Las Violetas, en la calle Rivadavia esquina con Medrano. También le facilitó un código de vestimenta, como si más que una toma de contacto entre dos agentes soviéticos fuera la etiqueta para asistir a una fiesta. Ambos debían llevar un pañuelo amarillo; el lugar del cuerpo donde lo lucieran lo elegirían ellos.

Al día siguiente, María Luisa de las Heras se sentó en una de las sillas de la confitería Las Violetas. Como de costumbre, había llegado antes de la hora prevista para tener tiempo de analizar el lugar, el diseño del establecimiento, las salidas en caso de tener que marcharse precipitadamente, la posible presencia de agentes extraños, quiénes entraban o salían, los rostros de los clientes, sus características físicas, el contenido de sus conversaciones... Nada más llegar se fijó en el suelo de mármol italiano del establecimiento, brillante y pulido a conciencia, que apenas presentaba vetas, lo que le confería una alta calidad amén de un alto precio en el mercado, y se preguntó si Marino se habría esmerado en elegir el lugar únicamente para agradar a Valentino. Esperó durante varios minutos, más allá de la hora acordada. Le dio tiempo a saber de boca del amable y servicial camarero que aquel negocio había abierto sus puertas en septiembre de 1884 y que a su inauguración oficial había asistido el ministro Carlos Pellegrini, que más tarde prosperó y llegaría a ocupar la presidencia del país, como lo hizo la confitería, que pronto se convirtió en un lugar de encuentro de artistas, escritores e intelectuales, la *crème de la crème* de la cultura, la vida social y la política bonaerense. Mientras el joven entretenía su espera detallándole que fue en la década de 1920 cuando se construyó el nuevo edificio —con amplias cristaleras a la calle, puertas de vidrios curvos y vidrieras artísticas de inspiración francesa—, la española pensó que cada ciudad del mundo, grande o pequeña, importante o discreta, contaba siempre con un café donde la gente acudía a ver y ser vista, a escuchar y ser escuchada, a encontrar y ser encontrada, un lugar reconocido por todos, fueran o no clientes, que daba cuenta de la necesidad que tenían las personas de comunicarse. Aguardó durante algo más de una hora, que se convirtió en hora y media, y llegó hasta las dos horas. La elegante mujer vestida de azul celeste y con un pañuelo amarillo al cuello pidió la cuenta, y le agradeció al camarero su atención con una buena propina. No era la primera vez que sucedía en los encuentros con agentes: siempre podría surgir algo, un imprevisto que exigiera adoptar una medida de seguridad y que retrasara su encuentro no solo horas, sino días o semanas. Llegado el caso, el protocolo de actuación era claro: volver al lugar todos los días y a la misma hora hasta que el agente apareciera o se recibiera una orden al respecto.

Al día siguiente, la española regresó a la hora señalada a la confitería Las Violetas, esta vez con un traje verde esmeralda y el pañuelo amarillo envolviéndole la cabeza en vez del cuello. El camarero sonrió al verla. La reconoció del día anterior, algo que no le hizo mucha gracia a la espía, aunque en ningún momento dio muestras de ello. Pidió «un café bien cargado, en taza, no en vaso alto» y se dispuso a esperar mientras contemplaba la marca de sus labios rojos en la porcelana de la taza.

Le había hecho caso a Grigulévich: ya no limpiaba la huella del pintalabios, a no ser que llevara cola o abortara un encuentro, en cuyo caso se encargaba de hacer desaparecer la marca de carmín. Era un código creado por ella, que siempre daba a conocer a sus contactos, correos y agentes con los que trabajaba. Después de tantos años utilizando los códigos instituidos por otros, tenía el derecho de crear uno propio. Para ser justos, José Gros había sido el primero en decirle que el color rojo en la boca le favorecía, cuando el *borsch* tintaba sus labios de bermellón. El recuerdo de su antiguo camarada en los bosques de Ucrania le dibujó una sonrisa roja.

Pasaban cinco minutos de la hora prevista cuando le vio llegar. No le hubiera hecho falta el pañuelo amarillo, que asomaba del bolsillo superior de la chaqueta, para saber que era él. Le observó minuciosamente mientras caminaba hacia ella, analizándole al igual que lo había hecho con el entorno. Quizá era la luz del sol que tocaba a retirada por el horizonte y cuyos últimos rayos hilvanaban la silueta del italiano con un trazo luminoso dorado que le envolvía en un halo misterioso, pero le dio la impresión de que aquel hombre flotaba sobre un andar pausado, un punto seductor, sin que su caminar denotara prisa ni urgencia, sino control de la situación, como si se supiera observado y eso le agradara. Conforme se iba acercando, la sombra del hombre, que el sol proyectaba sobre ella velándole parte de su rostro, se fue despejando hasta mostrar unas facciones marcadas y varoniles que desvelaban a gritos un mensaje nítido: bajo esa piel morena ya curtida, el traje hecho a medida de sus hechuras, y la espesa cabellera peinada hacia atrás en la que aparecían algunas vetas grises, trazadas en apariencia con la precisión de un compás, había habitado, hacía no muchos años, un gran seductor capaz de conseguir lo que quisiera de quien quisiera. Tenía ese atractivo latino que gustaba por igual a hombres y a mujeres, un imán ambiguo que había visto muchas veces y siempre ofreciendo pingües beneficios.

Cuando apenas los separaban dos o tres metros, María Luisa de las Heras se levantó de su asiento con su mejor sonrisa y salió a su encuentro. Se dejó abrazar y él la besó en los labios, sin mediar presentación alguna, asiéndola de la cintura como si hubieran compartido una historia y una vida. El camarero que había servido a la mujer dos días consecutivos sonrió al ver la escena y asintió ante el apasionado encuentro: la dama había estado veinticuatro horas esperándole, no cabía otro recibimiento entre los amantes. En realidad, lo eran; al menos, así habían quedado en encontrarse en aquel lugar. Dos viejos amigos y antiguos amantes que habían separado sus caminos veinte años atrás, en la vieja Europa, y ahora se reencontraban en Buenos Aires, dispuestos a recuperar el tiempo perdido. Esa era su historia, y cuanto antes la asumieran como propia, antes podrían ponerse a diseñar su leyenda, una con la que sumarían nuevos éxitos para la inteligencia soviética.

Solo por su forma de besar, ella pudo adivinar que su nuevo compañero tenía personalidad, desbordaba carácter, le gustaba controlar la situación aunque disfrutaba con el riesgo y con las novedades. Le sobraba experiencia en las artes amatorias y rebosaba encanto personal. Y en cuanto abrió la boca para dirigirse primero a la mujer y más tarde al camarero, a ella le quedó claro que era simpático, embaucador, con una educación exquisita y evidentes dotes en el arte de la conversación. Se alegró de que, por una vez, el Centro hubiera acertado. Quizá era cierto lo que decía la prensa y las cosas estaban empezando a cambiar en Moscú.

—Disculpa, no pude venir ayer. Por un momento creí que traía cola desde Brasil —dijo el italiano, mientras terminaba de retirarse con el pulgar y el índice el carmín que su compañera le había dejado en los labios—. Sabe bien... —dijo con un guiño.

—¿Algún problema? —preguntó ella, refiriéndose a un posible seguimiento.

—No, falsa alarma. Todo controlado. —Le dio un sorbo al Dry Martini que el camarero acababa de servirle y cambió las gafas de sol por unas de lectura—. Ya tengo los billetes: salimos hacia Uruguay en una semana. Y desde hoy, nos alojamos juntos en el hotel Alvear. Habitación doble.

—Muy francés.

—¿La habitación de matrimonio?

—El estilo arquitectónico del hotel, muy *savoir vivre* del siglo XVIII francés —dijo, dejándole claro que ella también venía preparada.

—Soy un clásico. Siempre me ha podido lo victoriano.

—Así que habitación de matrimonio. ¿No crees que vas muy rápido?

—¿Te lo parece? —Valentino recogió con gusto la broma—. Es para compensar los diez años que tardaron en inaugurarlo.

—¿Estabas allí?

—¿El 3 de septiembre de 1932? No. En esa época estaba en otro hotel, en el Mayak de Moscú, preparando el asesinato de un comunista italiano de nombre Grandi, que estaba a punto de convertirse en un traidor a la patria apoyando a Trotski. Andaba un poco ocupado siendo Giovanni Bertoni. ¿Y tú?

—En 1932 yo todavía no sabía ni quién era. Pero luego ya me aclaré y también recuperé el tiempo perdido.

—Oí hablar sobre ti cuando estuve en España, a principios de la guerra. Siempre creí que lo que contaban de ti, incluyendo tu belleza y elegancia, era una leyenda, pero veo que me equivoqué; no exageraban. —Tendió la mano hacia ella, en una caricia de enamorado que delatara su condición de pareja ante el resto, aunque la conversación discurriera por otros derroteros.

—Les pasa a muchos. A la gente le gustan los misterios, mejor cuanto más enigmáticos. Ayer estuve con Marino. Me dio un dosier con la biografía de Valentino Marchetti. Supongo que haría lo mismo contigo.

—Sí, me lo ha dejado en el hotel. Sé dónde y cómo nos conocimos, el nombre de tus padres, tu plato y tu vino favoritos, tus manías, cuántos cafés te tomas al día, cómo confeccionas tus trajes, cómo llegaste a

Uruguay, cómo conociste a tu exmarido y por qué fracasó ese matrimonio... Ya lo sabemos todo el uno del otro.

—Haz el favor de no cargarte el misterio tan pronto. Siempre queda algo por descubrir.

Al llegar al hotel se registraron como pareja.

—¿Sabes que la sala de baile ubicada en el sótano del hotel Alvear se llamaba África y que se convirtió en una de las joyas de la ciudad, el lugar donde todos querían ir? Ignoro si sigue llamándose así, pero en 1932 lo hacía.

Ella ladeó la cabeza y sonrió al oír de los labios del italiano su nombre auténtico: una extraña manera de decirle que la conocía, que esta vez no era una trampa de miel, que estarían juntos en esto.

—¿Y tú sabes lo que le dijo el dueño del hotel a los arquitectos que lo diseñaron? —preguntó divertida ante el reto de mantener aquel duelo de palabras y de miradas—: «Quiero que este hotel sea la última palabra en elegancia».

—Una belleza que no pase de moda —le dijo Valentino, mirándola a los ojos.

—¿Eso dijo?

—Ahora no estaba hablando del hotel, ni de su primer dueño.

Esa misma noche compartieron habitación y no tardaron en interiorizar el papel que les exigía su tapadera. Ninguno de los dos quiso negar la atracción inmediata que sintieron el uno por el otro. No corrían el riesgo de incumplir ninguna norma del Centro respecto a las relaciones entre agentes, claramente prohibidas y desaconsejadas. Era su tapadera oficial; cómo la defendieran dependía de ellos.

Aun así, después de aquel primer encuentro, Valentino sintió la necesidad de dejar las cosas claras para que aquel proceso de conocimiento mutuo, algo más íntimo de lo esperado, no confundiera a ninguno de los dos.

—Supongo que sabes que seré tu superior en esta misión —dijo encendiéndose un cigarrillo.

—Lo sé... Al menos, sobre el papel —respondió ella después de sonreír y arquear una ceja—. Y yo supongo que sabes que vivirás en mi casa, dentro de mi cobertura, bajo mi tapadera. Y en mi casa no me gusta que se fume. Esa manía la tenía mi exmarido, Felisberto Hernández, y sabes que la convivencia no terminó bien.

—Me han informado de ello —dijo Valentino con una sonrisa en la boca, con la que reconocía que quizá había sido demasiado directo y no había elegido el mejor momento para hablar de jerarquías. Apagó el cigarrillo en un cenicero y abrió el balcón para que el aire disipara el humo—. No quería insinuar nada, solo comprobar que ambos teníamos la información correcta.

—La información sirve de poco si no se tienen los códigos necesarios para descifrarla —replicó la española mientras abría el embozo para que el italiano regresara junto a ella.

Ambos tuvieron la sensación de que se iban a divertir en la nueva misión encomendada por Moscú.

De vuelta en Montevideo, empezaron a construir la nueva vida en pareja. Lo primero fue cambiarse de casa, mudándose a un apartamento más grande en la calle Williman número 551. No respondía a un capricho o a la necesidad de abandonar una casa plagada de recuerdos de su anterior matrimonio, como la española justificó ante sus amistades, sino a que la nueva residencia de la pareja debía constar de dos habitaciones separadas —a ojos del Centro, la convivencia marital no era requerida—, y además necesitaban un lugar para acoger el laboratorio fotográfico de Valentino, que justificaría como archivo y parte importante de su tapadera como anticuario.

Mientras tanto, el italiano inició los trámites para poner en regla sus papeles y obtener su cédula de identidad en Uruguay, para lo que contaba con las expertas manos de su futura mujer, que no tardó nada en obtener un certificado de nacimiento con número 10412, expedido en una pequeña localidad de Italia, en Fiume, el 9 de julio de 1941. El documento cumplía con la legalidad y eso era lo importante, aunque ni el nombre que aparecía en él —Valentino Marchetti—, ni la fecha de nacimiento —17 de agosto de 1909— se correspondieran con los de su propietario original. Fue esa partida de nacimiento la que Valentino presentó en las mismas oficinas de la Jefatura de Policía donde la espía había descubierto años atrás la manera de legalizar a los ilegales, y que le valdría para obtener la cédula de identidad uruguaya en agosto de ese mismo año.

María Luisa de las Heras decidió comunicar la noticia de su compromiso con Valentino en el transcurso de una de las habituales cenas de los sábados que, por primera vez, se celebraba en la residencia de la calle Williman. Su grupo de amigos era cada día más amplio y variado: aún conservaba la mayor parte de sus antiguas amistades —esas que compartía con su exmarido, como Esther de Cáceres o Arbelio Ramírez y su mujer Esther Dosil—, aunque había aumentado la presencia de miembros destacados de la política nacional y local, muchos de ellos simpatizantes de la política de izquierdas del que había sido presidente del país hasta 1951 y actual consejero del Consejo Nacional de Gobierno, Luis Batlle. Entre ellos, Eduardo Lezama y su hija Beranka. También ellos estaban allí esa noche.

La anfitriona tenía algo importante que anunciar y así se lo había comunicado a sus invitados que, cuando la vieron pedir silencio golpeando un cuchillo contra la copa de vino, la miraron expectantes y sonrientes: la presencia del misterioso italiano en la mesa, justo a su lado, ya les había dado una pista.

—No soy buena con las palabras, ya me conocéis. Lo mío son los dobladillos, las costuras y el patronaje, pero quiero compartir con todos vosotros, a quienes considero parte de mi familia, una noticia que espero que os haga tan felices como a mí. La vida no siempre me ha tratado bien, pero esta vez ha vuelto a poner en mi camino a un antiguo amigo...

—Mientes —la interrumpió el misterioso hombre que había sido presentado con el nombre de Valentino. La reacción del italiano cogió por sorpresa a todos, hasta que vieron aparecer la misma sonrisa traviesa en su rostro y en el de la española—. Y a la gente que quieres no se le debe mentir.

—Cierto. No es un antiguo amigo, es un antiguo amor —matizó la anfitriona entre un coro de suspiros de señoras y sonrisas entendidas de los caballeros, mientras buscaban con la mirada al aludido—. Y como veo que me acaban de estropear el resto del discurso que tenía preparado, lo digo sin más: ¡me caso con Valentino! ¡En julio! ¡Y estáis todos invitados!

Los comensales superaron el desconcierto inicial, para explotar en una ola de aplausos, parabienes, felicitaciones y brindis por la nueva pareja.

—Ahora me explico tantos viajes a Argentina —expuso uno, sin ser consciente de lo equivocado de su comentario.

—Siempre por trabajo —reconoció infantilmente María Luisa de las Heras, que sabía cómo aparentar felicidad como si de verdad la sintiera. Y en parte la sentía.

—Ya era hora, querida —le dijo Esther de Cáceres—. Nos tenías preocupados. Era imposible que un ser tan maravilloso como tú no encontrara a alguien que la hiciera volver a sonreír como este apuesto caballero consigue que lo hagas.

—La verdad es que estoy feliz. He encontrado al hombre que necesitaba.

—¿Y no es un poco precipitado...? —preguntó otro de los invitados.

—Le conozco desde hace casi treinta años y llevo cinco separada de mi exmarido. ¿Cuánto tiempo más crees que debo esperar para no precipitarme, querido? —preguntó sin poder evitar una carcajada, que rápidamente contagió al resto.

—No le hagas caso. Carlos está celoso —añadió Beranka Lezama—. Siempre esperó poder tener alguna posibilidad contigo y la aparición de Valentino ha dado al traste con sus planes.

—¿Y cómo fue? —intervino otro de los asistentes, cuya curiosidad aglutinaba la de todos.

—Como en las películas... —contestó María Luisa de las Heras, que no dejaba de mostrar su felicidad en cada gesto y comentario, haciendo cómplice a Valentino de cada uno de ellos.

—Nos conocimos cuando éramos adolescentes. María Luisa viajó con su familia a Italia, a mi pueblo natal, a Fiume; allí nos conocimos. Al principio, debo decir que me pareció un poco insolente, caprichosa y muy cursi: su madre, doña Virtudes, siempre la peinaba con grandes lazos blancos en la cabeza... —dijo en tono divertido, ganándose el favor de todos y una pequeña reprimenda de su futura mujer, que él aceptó como buen enamorado—. Pero todo eso no era más que un ramillete de excusas pueriles para intentar negar que me gustaba y que, a pesar de mis pocos años de experiencia en el tema, estaba seguro de haber encontrado a la mujer de mi vida. Empezamos a salir, llegaron las primeras miradas, los primeros besos... Y, como soy un caballero, no pienso seguir dando detalles.

—Luego vino la guerra en España y todo se rompió... —continuó la española—. No volvimos a vernos. Yo intenté escribirle varias veces, ponerme en contacto con él, a pesar de que mi padre me decía que era absurdo, que las comunicaciones no estaban bien, que ni España ni Italia ni Europa entera estaban para escribir historias de amor...

—... y el bueno de don Julián, del que siempre guardé un recuerdo muy cariñoso al igual que mi padre, tenía razón —añadió Valentino, que se traía bien aprendida la lección, incluso con los datos biográficos cambiados por la propia María Luisa de las Heras a su llegada a Uruguay, permutando el nombre de su padre por el de su tío en sus documentos de identidad—. El mundo no estaba para vivir historias de amor, pero nosotros estábamos enamorados y ese sentimiento no hay guerra que lo mate. Nunca la olvidé, aunque no supe cómo localizarla. Intenté hacerlo después de la guerra, a través de algunos amigos españoles. Incluso tanteé a un par de clientes de mi familia, que tenían una empresa de transportes, y muchas veces se encargaban de llevar y traer mercancías de Italia a España, pero nadie sabía nada de ella. Hasta que un día...

—... el destino lo hizo por nosotros, de la manera más tonta o más inocente. Como siempre ocurre con las cosas importantes de la vida.

—Nos encontramos en Buenos Aires. Un amigo me dijo que tenía una clienta especial, una modista de Uruguay que acababa de llegar a la Argentina y que se había encaprichado de unas telas que se elaboraban en una fábrica de Italia, pero mi amigo no tenía manera de importarlas así que, como mi familia sigue muy relacionada con el tema de exportaciones e importaciones, me preguntó si podía facilitarle algún contacto. Yo me ofrecí a hacer la gestión...

—... y la sorpresa llegó cuando le vi aparecer por el gran vestíbulo del hotel Alvear de Buenos Aires... —dijo María Luisa de las Heras a un auditorio embelesado, que asistía a la narración al alimón como si estuviera viendo una película—. En cuanto le vi, supe que era él. No dudé ni un segundo, era como si le viera por primera vez en la plaza de Fiume, aquel verano de hace mil años...

—Vuelve a mentir —bromeó Valentino—. La que estaba exactamente igual de bella y de arrebatadora era ella. Y entenderéis que un hombre no puede dejar escapar a la mujer de su vida dos veces. Sería merecedor del peor de los castigos, de la peor de las muertes.

Valentino no tardó en hacerse con la simpatía y la amistad de todos. Era un hombre encantador, tremendamente educado, capaz de mantener cualquier tipo de conversación, sin importar de qué tema versara, con una cultura extensa que le permitía tener una opinión sobre todo, también sobre política, un tema del que su futura mujer seguía manteniéndose al margen, aunque le gustaba escuchar a todos sin mostrar sus auténticas ideas. El italiano no escondía su ideología de izquierdas —más centrada en el socialismo, nunca en el comunismo—, siempre con mesura y guiado por una regia formación, avalada no solo por su lucha contra el fascismo en Italia, sino por el estudio posterior de las ciencias políticas. Incluso llegó a explicar a los presentes que su leve cojera —apenas perceptible y que se acentuaba en los días de lluvia— era consecuencia de una herida de guerra durante la época en la que participó en la resistencia italiana contra el fascismo. Sus amigos no tuvieron duda: eran la viva imagen de una pareja que se quería y se entendía, siempre cómplices, por encima de dificultades, de trampas del destino, de guerras, de distancias, de diferencias políticas y culturales y de todo aquello con lo que la vida se había empeñado en ir colocando en su camino para separarlos. El amor parecía tener la última palabra.

María Luisa de las Heras y Valentino Marchetti contrajeron matrimonio el 28 de julio de 1956, contando con dos padrinos de excepción: Eduardo Lezama, el gran amigo del expresidente uruguayo Luis Batlle, y su hija, la joven Beranka. Así legalizaron su situación como matrimonio y empezaron a asfaltar el nuevo camino que emprendería la pareja. Se avecinaban cambios, que expuestos ante sus amigos parecían lógicos. La española dejaría su taller de costura para dedicarse a trabajar en el nuevo proyecto empresarial de su marido. Con la ayuda inestimable del agente Marino, ya establecido en Uruguay —con la tapadera de dueño de una empresa de exportación—, buscaron un local para abrir una tienda de antigüedades y lo encontraron en la calle Bartolomé Mitre número 1.437, en el centro de la ciudad, en una de las zonas con más solera y mejor ubicación para hacerse con una buena y selecta clientela deseosa de dejarse un buen dinero en la compra de objetos únicos, lo que ayudaría a la pareja a justificar los ingresos que seguía recibiendo de Moscú.

Ya tenían nombre para la nueva aventura empresarial, Antiquariat, que abriría sus puertas en los primeros meses de 1957.

El día de la inauguración, a la que fueron invitados todos sus amigos y conocidos interesados en el mercado de antigüedades, ya prometía convertirse en uno de los negocios más rentables y frecuentados por la alta sociedad de Montevideo. Nadie podía sospechar la verdadera naturaleza del negocio que, desde el primer día, actuaría como tapadera de las actividades secretas de la pareja. Pronto se convertiría en un lugar de encuentro con otros agentes, contactos y enlaces, que acudirían al establecimiento como coleccionistas de arte, comerciantes o amantes de las antigüedades. Su actividad comercial era la excusa perfecta de los cada vez más frecuentes viajes de María Luisa de las Heras fuera de Uruguay, para establecer nuevas redes de espías o mantener encuentros con otros agentes.

Uno de esos viajes llevó a la española a México para reunirse con William Fisher. La reunión se celebró en un lugar alejado de los escenarios donde la sombra de María de la Sierra pudiera suponer un peligro para ella. Siempre era un placer verle, pero aquel precipitado e imprevisto encuentro la sorprendió. Debía ser algo muy importante para que insistiese en verse cara a cara y no utilizar las transmisiones por radio o la red creada por ambos.

—Tengo algo más que sospechas de que la inteligencia de Estados Unidos accede a nuestros mensajes —confesó Fisher—. No sé si es a través de algún topo en nuestra red o si tienen a un genio interceptando nuestras comunicaciones por radio, pero es imposible que siempre sepan cuál será nuestro próximo paso y conozcan dónde están nuestros agentes y colaboradores. Nadie tiene tanta suerte. Mucho me temo que nos están devolviendo la que les hicimos al infiltrarnos en su proyecto Manhattan en Los Álamos.

—Creía que los americanos estarían demasiado ocupados con la guerra de Vietnam. Está claro que no pueden vivir sin los soviéticos. —Por la expresión de Fisher, intuyó que el conflicto bélico en la península de Indochina no le interesaba en absoluto, aunque su finalidad fuera evitar que un régimen comunista controlara el país después de su reunificación. Se concentró en lo que parecía quitarle el sueño—: ¿Qué tienes para estar tan seguro de que han interceptado nuestros mensajes?

—Un agente soviético infiltrado en la inteligencia estadounidense, William Weisband, me dio un nombre: proyecto Venona. Creo que Estados Unidos está accediendo a nuestros mensajes desde 1943. Y no son los únicos.

—Algo me comentó Mijaíl... —admitió María Luisa de las Heras, recordando su reunión con el contacto de la embajada soviética a los pocos meses de fallecer Iósif Stalin.

—El sabotaje es más grave de lo que pensábamos. Creíamos que habían interceptado nuestros mensajes por algún descuido nuestro con los códigos, como bien me advertiste cuando estuviste en Nueva York, pero pensamos que no serían capaces de desencriptarlos por la complejidad del cifrado soviético. Sin embargo, algo ha debido de pasar porque lo están haciendo con más efectividad que antes. Weisband tenía acceso libre a la zona de Arlington Hall donde estaban realizando la decodificación de mensajes soviéticos cifrados, y así me lo confirmó. El problema es que Weisband ha sido descubierto e ignoramos si habrá contado a los estadounidenses que uno de nuestros agentes, Kim Philby, es quien recibe toda esa información en Washington. Eso nos pone en peligro a él, a mí y a todos los que han tenido contacto con él. Eso te incluye a ti también.

—Mi contacto con Philby es radial, como con casi todos. Al menos, en los últimos años.

—Hasta que lo detengan y dé tu nombre. O me detengan a mí... o a ti.

—Yo no daré ningún nombre.

—Ninguno lo hacemos hasta que lo hacemos. —Recordaba bien

la confesión de Klaus Fuchs, que desencadenó la detención y posterior delación de Harry Gold y David Greenglass y que se saldó con la ejecución de los Rosenberg—. He venido a decirte que suspendas toda comunicación conmigo o con cualquier agente soviético residente en Estados Unidos. E informa a Moscú del peligro al que nos enfrentamos. Ya se inventarán algo para mantener el contacto de otra manera. Más vale ser cautos. No es normal que todos nuestros agentes en Estados Unidos y Europa estén cayendo como moscas. Una de esas moscas la tiene Philby detrás de la oreja desde lo de la operación Oro y el maldito túnel bajo Berlín Oriental —reconoció Fisher.

Se refería al túnel de medio kilómetro construido en 1954 por estadounidenses y británicos que les permitió interceptar un millón de comunicaciones telefónicas, hasta que el KGB lo descubrió. Pero cuando los soldados soviéticos entraron en el túnel y la URSS denunció el acto de sabotaje en la prensa internacional, la inteligencia británica y la estadounidense ya sabían que había un topo infiltrado en el MI6. De momento, desconocían su identidad, pero Philby estaba sobre aviso; en realidad, el topo al que descubrieron era George Blake, un agente soviético de la inteligencia británica en Berlín, aunque eso se sabría en 1961, cuatro años más tarde de este encuentro en México. El miedo de los agentes dobles a ser descubiertos los obligaba a extremar la prudencia.

—Está bien. Lo haré.

—Me han dicho que te has casado con Marko. —Fisher cambió de registro, y las sombras huyeron de su rostro—. Es buen agente. Duro, valiente y muy preparado. Me alegro de que estéis juntos. Formáis un buen equipo.

—Ha sido una orden del Centro.

—Bueno, las ha habido peores, de eso estoy seguro —admitió él con complicidad—. Vaya tiempos nos ha tocado vivir. Espero que cuando todo esto acabe, plasmen nuestras caras en un sello. Eso le gusta mucho a Moscú.

—Eso es lo que te gustaría a ti y a tu vanidad, William; a mí no me engañas.

Poco después de aquella conversación en México, la noticia llegó a Uruguay como lo hizo al resto del mundo. El 21 de junio de 1957, el FBI había detenido al espía soviético William Fisher. La historia del supuesto galerista de arte neoyorkino, que en realidad era uno de los más grandes espías soviéticos de la historia, asombraba a la opinión pública. En el momento de la detención, Fisher llevaba cuatro mil dólares en el bolsillo y dos fotos de un hombre y una mujer. Al escuchar ese detalle, María Luisa de las Heras temió que la suya fuese una de ellas, y solo al conocer que las fotografías correspondían al matrimonio Cohen, Morris y Lona, antiguos colaboradores del espía, respiró aliviada.

Junto a él cayó también la red de espías que él mismo había creado en Estados Unidos, al igual que los códigos, las transmisiones, las frecuencias y las señales de radio utilizadas. La detención de William Fisher —al que la prensa ya comenzaba a denominar Rudolf Abel— prometía sentar un precedente, un antes y un después en el desarrollo de la Guerra Fría, cuyo balance se inclinaba, entonces, a favor de Estados Unidos.

Moscú quedaba herida de gravedad pero, como solía decir el coronel Medvédev en los bosques de Ucrania, hacía falta mucho más para matar a un buen soldado.

La radio de María Luisa de las Heras enmudeció.

Tocaba dar un descanso al violín afinado que la violinista manejaba con tanto acierto. Pero la música no podía parar. Un mundo sin música no era mundo. La Unión Soviética solo necesitaba elaborar una nueva partitura que volviera a hacer que sus notas embelesaran los oídos de los amantes de las buenas composiciones. También debía cambiar el escenario. Estados Unidos ya no era el gran teatro del mundo. La nueva capital que acogería el concierto soviético se hallaba en Sudamérica, más concretamente, en Uruguay, en Montevideo.

El mapa del mundo estaba a punto de iniciar una nueva revolución.

39

—Todos tenemos secretos. Y cuanto más importante es uno, más grandes son sus secretos.

La aseveración de María Luisa de las Heras tomó forma de sentencia. En cierto modo, lo era. Iba a ser la condena de un hombre importante, una personalidad de la escena política de Uruguay, con las mejores relaciones nacionales e internacionales, que sabía moverse en los círculos más próximos al poder y en las esferas más elitistas de la sociedad uruguaya. Una figura respetada que contaba con un gran prestigio y una férrea reputación ganada a pulso, de regias ideas cristianas, casado con una hermosa mujer, hija de un acaudalado industrial con la que había tenido tres hijos, y que solo tenía dos debilidades. Una de ellas era pública: su gusto por las antigüedades, por el lujo, por la historia; la otra se mantenía en el ámbito más privado, un secreto que ni siquiera su familia conocía. Todo eso hacía de él el candidato perfecto para convertirse en el informante involuntario del matrimonio de espías, parapetados bajo la tapadera de Antiquariat, la bella tienda de antigüedades en el centro de Montevideo de la que el político uruguayo era cliente asiduo.

Moscú urgía a sus agentes a obtener resultados. Necesitaban información confidencial y comprometida de la política exterior de Estados Unidos y del Reino Unido para que la Guerra Fría dejara de calentarse solo por un lado de la conflagración. Los soviéticos habían sufrido demasiadas pérdidas en sus filas. Demandaban un golpe de efecto, una nueva batalla de Stalingrado pero, esta vez, en el hemisferio sur.

La trastienda del local de antigüedades sirvió como escenario inicial de la trama orquestada por María Luisa de las Heras, Valentino Marchetti y el agente Marino, y los días previos a la misión era un hervidero.

—Ya hemos intentado todo —resumió Valentino, que procuraba manejar la impotencia de la situación como mejor sabía—. A un hombre como él no se le puede comprar con dinero porque tiene el suficiente para vivir cinco vidas. Y debe de ser el hombre más recto que existe sobre la faz de la tierra. Le hemos tentado con las mujeres más bellas de todo Uruguay, y no ha habido manera. Está enamorado de su mujer. Son la pareja perfecta con la familia perfecta.

—La perfección no existe —replicó ella—, pero sí el error de cálculo. Y nosotros hemos caído en él. Hemos errado el tiro, camaradas.

El desconcierto en el rostro de los dos hombres era manifiesto. Aguardó unos segundos, esperando que alguno de ellos entendiera su insinuación, pero fue tiempo perdido, como los cerca de tres meses que habían empleado en captar al político uruguayo como informante.

—Se espía por dinero, por miedo o por idealismo —concretó la española, recordando las palabras que le dijo Kim Philby en su día—. En el caso que nos ocupa, no vale el dinero ni el idealismo. Hay que propiciar el miedo.

—¿Qué quieres decir? ¿Que secuestremos a su mujer, a sus hijos...? —preguntó Marino, un poco perdido.

—Da igual las mujeres que le pongamos a ese hombre en el camino, no le gustará ninguna. Sus gustos son otros... —dijo la espía, sin lograr aún el efecto deseado en sus compañeros—. ¡Madre mía! Sí que os cuesta enteraros de las cosas. A ver: si él entrara ahora mismo en esta recámara, yo sería la última persona con la que tendría una relación amorosa.

—¿Cómo sabes eso? —preguntó Valentino cuando al fin entendió a qué se refería su mujer.

—La pregunta correcta es cómo no lo sabéis vosotros. ¿Acaso no ves que, cuando viene a la tienda, siempre prefiere que le atiendas tú, que cada vez que le vemos en un restaurante está comiendo con hombres, que siempre va acompañado por señores que se empeña en presentar como miembros de su seguridad, personas de su confianza, familiares de su mujer o primos lejanos? La cantidad de primos lejanos que atesora la historia de la homosexualidad masculina es infinita. Está claro como el agua. Hay que buscar en otra dirección.

—Yo conozco esa dirección. Tengo al cebo perfecto, el «primo lejano» de confianza —informó Marino. Ahora era él quien saboreaba el gusto de ser el único que conocía la respuesta—: Rodolfo. María Luisa, tú le conociste la última vez que estuviste en Argentina.

—Rodolfo... —repitió la española, mientras ponía en orden sus recuerdos.

Se trataba de aquel joven de belleza exótica, que a María Luisa de las Heras le dio la impresión de que se arrancaría a bailar un tango en cualquier momento y que había visto en compañía de Marino el día que se conocieron en el hotel de Buenos Aires, cuando fue a entregarle el dosier con la biografía de Valentino. Era el mejor candidato posible para tenderle una trampa al político uruguayo.

—Es perfecto —dijo al fin—. ¿Y podrá hacerlo?

—¿Rodolfo? Disfrutará haciéndolo —confirmó Marino con una sonrisa cómplice.

Solo había que pasar del papel a la acción.

Tardaron unos días en arrancar el operativo. Siguiendo las órdenes del matrimonio de espías, Rodolfo se trasladó a Uruguay desde Argentina para conocer su papel en la nueva misión. Era el reclamo perfecto: hermoso, joven, de complexión atlética, con unos ojos negros rasgados y mirada felina, piel broncínea y brillante, labios carnosos, pelo azabache ensortijado, imagen varonil y una planta de dios griego que le permitiría tener un lugar propio en el Olimpo.

Valentino se encargó de preparar el primer paso de la trampa. Había recibido una colección de objetos pertenecientes a la época imperial rusa, unas piezas únicas de *cloisonné* de 1890, una tetera y un delicado y exquisito muestrario de cucharas con el mismo esmaltado. El político era un gran apasionado del arte de aquel periodo, especialmente del esmaltado *cloisonné* ruso de finales del siglo XIX y principios del XX, y no dudó en acudir a la tienda de antigüedades en cuanto recibió la llamada de Valentino. Al día siguiente, ambos estaban frente al mostrador de Antiquariat, contemplando la obra de arte.

—Fíjate en el detalle del esmalte vidriado —señaló el político, mientras recorría con la yema de los dedos la mayólica alveolada que cubría la tetera y las cucharas desplegadas sobre el mostrador—. Es una labor de orfebrería única. Sencillamente delicioso, roza la perfección. Y está en un estado excelente. ¿Cómo has podido hacerte con esta maravilla?

—Todo es cuestión de voluntad. Me gusta cuidar a mis mejores clientes. En cuanto me hablaron de las piezas, pensé en ti. Sabía que podría interesarte. Y también me ha llegado este anillo Fabergé que perteneció a un oficial de la marina rusa de la época zarista, engarzado en plata. El esmalte, en color azul y blanco, está en perfecto estado. —Valentino le mostró la sortija que había sacado de la cajita de piel marrón, cuyo interior estaba forrado de terciopelo color caramelo y una fina seda blanca—. Como ves, lleva una piedra preciosa de color verde incrustada en el metal, justo aquí, en el vértice del ancla. Lo hemos tasado; es una esmeralda pequeña, pero con un valor que realza aún más la belleza de la pieza.

—Es una auténtica joya. No sabes cómo te lo agradezco...

En ese preciso instante, siguiendo el plan establecido, la llegada de un nuevo cliente hizo sonar la campanilla colocada en el dintel de la puerta y atrajo todas las miradas, olvidando por unos segundos el *cloisonné.* La única que no miró al atractivo joven que acababa de entrar fue María Luisa de las Heras, que no quiso perderse la reacción del político para confirmar sus sospechas. Había acertado de pleno. Conocía esas miradas de admiración y deseo. Ella misma las había despertado en demasiadas ocasiones como para no saber distinguirlas.

—Buenas tardes, caballero, ¿en qué puedo ayudarle? —preguntó mientras se acercaba al joven, interpretando su papel.

—Buenas tardes. He llamado antes, por unos retablos de arte sacro.

—Sí, habló conmigo —intervino Valentino en la conversación—. Enseguida le atiendo, en cuanto termine con el señor...

—No, por favor, ocúpese de él. Yo no tengo ninguna prisa y así aprovecho para examinar la pieza —dijo el político, sin saber si se refería al conjunto de cucharas de *cloisonné* o al joven recién llegado.

—No quisiera molestar. —Rodolfo fingió cierto reparo.

—No lo hace. El señor en un cliente asiduo y un buen amigo —aseguró ella—. Si les parece, voy a preparar un café o un té. O pensándolo mejor, con este calor, quizá les apetezca más un poco de *champagne* bien frío —propuso, remarcando el francés.

—Será solo un minuto. Se lo tengo aquí preparado. Hizo bien en llamar antes de venir —disimuló Valentino.

Desapareció en la trastienda, dejando a los dos hombres solos, mientras su mujer se entretenía abriendo la botella de champán y eligiendo las copas para sus clientes.

—Hermosa pieza —dijo el joven, señalando el objeto que el político tenía en sus manos—. Parece un sostenedor ruso de plata maciza y vidrio dorado con esmaltado *cloisonné* de 1890, de Iván Saltykov. —El azar acababa de designar el alias que adjudicarían al político: Iván—. ¿Me permite verlo?

—¿Entiende de *cloisonné*?

—Creo que es el más bello esmaltado que puede haber en el mundo del arte. Mi familia guardaba un antiguo quemador de incienso muy parecido a este *cloisonné*. Mis padres son muy aficionados a las antigüedades...

—El joven es un escritor que ha venido a Uruguay en busca de documentación para su próximo libro. Alguien le habló de nuestra tienda y estamos encantados de poder ayudarle —explicó Valentino, mientras dejaba sobre el mostrador de la tienda el retablo sacro y un libro que versaba del mismo.

—¿Escritor? Qué interesante... —asintió Iván, como si la profesión del joven realmente le importara más que su belleza, en la que había reparado desde el mismo instante en que le vio entrar por la puerta.

Si no controlara la escena como buen político que era, le hubiese resultado imposible no apartar la mirada de aquellos ojos negros y de sus marcados pómulos. Atrapado en su belleza como el emperador romano Adriano ante el bello Antínoo.

—Me parece tan difícil escribir una novela: inventarse una historia en la que todo cuadre, idear sus tramas, perfilar los personajes, imaginar sus encuentros, preparar los escenarios... —comentó María

Luisa de las Heras, mientras ofrecía las copas de champán a los dos hombres.

Estos se enzarzaron en una pródiga conversación sobre arte, literatura, libros y exposiciones, mostrándose ambos como amantes del arte en cualquiera de sus vertientes. La charla se extendió lo suficiente para vaciar la botella de champán y hacer que las agujas del reloj volaran sobre su esfera, hasta marcar la hora de cierre de la tienda. Había sido una tarde de hallazgos y encuentros, todos relacionados con la belleza, el arte y el misterio. Los dueños del establecimiento se mostraban encantados de servir a sus clientes y ellos no dudaron en salir de la tienda juntos, cuando Rodolfo preguntó por el mejor camino para ir a su apartamento, situado cerca de la playa. Todavía no manejaba la ciudad y, mucho menos, las distancias.

—¿En el barrio Malvín? —se interesó el político, al escuchar la dirección—. Eso queda un poco lejos. Si quiere le acompaño. Yo también voy hacia allí.

Mientras Valentino cerraba la puerta de Antiquariat y colocaba el cartel de CERRADO, observó cómo los dos hombres se alejaban enredados en una animada conversación. La primera etapa de la misión parecía haber funcionado. Ahora solo quedaba esperar que Rodolfo fuera el experto agente del que todos hablaban.

Los informes no exageraban. El joven espía del KGB de origen argentino supo ganarse rápidamente la confianza de Iván y fabricar una trampa de miel en la que no le costó que cayera el uruguayo. Incluso le pareció demasiado fácil. Estaba claro que el político llevaba tiempo necesitando expresar su verdadera identidad y condición sexual, y la aparición del bello Rodolfo había precipitado las cosas. Eso congratuló al Centro, que seguía pidiendo resultados; estaban destinando mucho dinero a la operación, tanto para surtir la tienda de verdaderas joyas del arte ruso como para financiar la cobertura de los agentes, y querían ver los frutos de aquel dispendio. El tiempo apremiaba.

Cuando Rodolfo informó de que era el momento adecuado para intentarlo, los tres agentes al mando se presentaron en el apartamento del joven, que habían alquilado con el dinero de Moscú en el barrio residencial de Malvín, cerca de la playa, y empezaron a preparar el escenario del futuro chantaje. Antes de arrendar el piso, se habían asegurado de la posibilidad de construir un tabique falso en el amplio dormitorio principal, hasta donde conduciría a la víctima de la coerción. Detrás de aquella doble pared se situaría un equipo fotográfico y de filmación que inmortalizara el encuentro sexual entre los dos hombres, con el que poder obligar al político a ceder a las pretensiones de la inteligencia soviética y convertirse en un informador. No por convicción, ni por dinero, ni por ideología, como mantenía Kim Philby, sino por miedo a que su secreto más íntimo fuera revelado y se desatara un escándalo.

El día señalado se fue abriendo paso en el calendario. Sería un jueves —el día de la semana más tranquilo para el político, tanto en el despacho como en casa—, y a primera hora de la tarde, cuando la luz que entraba por los ventanales les proporcionaría una iluminación perfecta. Rodolfo esperaría allí a su amigo, con la excusa de enseñarle cómo iba su novela, un extremo que a los dos les importaba bastante poco. El argentino se había vestido para recibir a su amante como el gran invitado que era: una camisa blanca liviana, ligeramente vaporosa y abierta hasta el tórax, para dejar entrever el marcado trazo de su musculatura pectoral, y un pantalón de hilo fino, de color negro y etérea caída, que marcaba bien la cintura y sellaba el final de la espalda. Iba descalzo, ya que sabía que los pies y las manos eran un fetiche para el político, y desprendía el olor a madera de cedro, vainilla negra y hojas de tabaco de la colonia que Iván había advertido el primer día y por la que expresó su agrado. Al otro lado de la pared del dormitorio esperaban María Luisa de las Heras y Valentino Marchetti, que examinaba por última vez su equipo fotográfico, poniendo especial cuidado en el examen de la Leica situada sobre un trípode, a la altura precisa para obtener el enfoque y el encuadre apropiados en las fotografías.

Hacía calor aquella tarde, sobre todo en el zulo fotográfico. En el apartamento, las vidrieras estaban abiertas y los estores plegables permanecían recogidos en la parte alta de la ventana. Cuando sonó el timbre, Valentino ocupó su sitio detrás de la cámara y la española se convirtió en una sombra a su espalda, desde donde controlaría la operación. Sería él el encargado de realizar las fotos. Rodolfo esperó a que su visita hiciera sonar por segunda vez el timbre —se notaba el ansia en esa llamada—, sonrió y vació en su boca el whisky que acababa de servirse. Se aproximó a la puerta con calma, saboreando el amargor dulce del licor mientras se pasaba los dedos por el cabello ensortijado para darle ese toque de rebeldía calculada para embelesar al político. Cuando abrió el portón, notó la mirada de Iván desnudándole, mientras le daba las buenas tardes y anunciaba que había traído una botella del mejor vino tinto, como dictaba el protocolo de una visita ilustrada. También le obsequió con otro pequeño detalle que dejó sobre la mesa de cristal en el centro del salón. Rodolfo agradeció el regalo y le ofreció algo de beber.

—Me estaba tomando un whisky pero, si quieres, abro la botella de vino.

—Un whisky está bien para esta hora. El vino puede esperar. —Iván se quitó la chaqueta y Rodolfo la recogió, asegurándose de rozar la espalda de su invitado—. Tienes una vistas espectaculares de la playa —dijo frente a las vidrieras del salón.

—Seguro que las hay mejores, pero a mí me valen. —El joven le entregó el vaso labrado con el líquido ambarino en su interior, haciendo, nuevamente, que sus manos se rozaran.

Iván sintió que necesitaba aquel trago con urgencia.

Ni siquiera les hizo falta cruzar dos palabras sobre la supuesta novela que los había reunido en ese apartamento o sobre el tiempo caluroso que estaban viviendo. La ligera brisa que entraba por los ventanales y el sabor a madera de roble y al tostado de la malta del whisky, que ambos reposaron en la boca durante unos segundos, bastaron para acortar las distancias y desembarazarse de las máscaras y los ambages baladíes que llevaban sosteniendo demasiado tiempo. Sus bocas se encontraron con un ímpetu cercano a la violencia, que los arrastró a ambos hasta que la espalda del joven chocó contra la pared del salón. Iván estaba muy excitado, Rodolfo podía sentirlo, y notó que pretendía llevarle hasta el amplio sofá de la estancia; necesitó emplearse a fondo para resistirse: ese no era el escenario planeado. Tuvo que empujarlo con fuerza para separarlo unos pasos y luego caminar de espaldas, retándole, desafiándole, hacia el dormitorio con el tabique falso. Iba quitándose la ropa conforme retrocedía, sin dejar de mirarle a los ojos, a los labios, y el político lo seguía sin oponer resistencia, como un cordero rumbo al matadero, hechizado por la promesa del cuerpo. Una vez dentro de la habitación, fue Iván quien se abalanzó sobre el joven argentino, dejando claro quién mandaba allí. Lo hizo hasta que reparó en algo que logró distraerle lo suficiente para despegar sus labios de la piel del amante.

—Los estores... —dijo con un gesto hacia el amplio ventanal del dormitorio.

La mención de aquel detalle dejó claro que no era la primera vez que se encontraba en una situación similar. Conocía los peligros. Una mirada indiscreta desde el exterior podría dar al traste con su posición social.

—No importa... —murmuró Rodolfo, consciente de que cerrar los estores reduciría la luz y restaría nitidez a las fotografías que Valentino estaba tomando en ese instante. No podía arriesgarse.

—Sí, sí importa. Pueden vernos...

Iván hizo el amago de levantarse para bajar los estores, pero Rodolfo lo atrajo hacia sí de nuevo, empleándose a fondo con la boca y las manos sobre el cuerpo de su amante para vencer su resistencia.

—Ahí fuera solo hay playa y mar. Pero yo estoy aquí —susurró pegado a su oído, mientras con manos expertas buscaba recuperar la atención de su presa—. Soy el único que te ve. Y no quiero que tú veas nada salvo a mí. A no ser que tengas a alguien mejor ahí fuera...

El argumento y las pruebas que lo mantenían fueron lo bastante contundentes como para que el político se olvidara de ventanas indiscretas y siguiera sus instintos más básicos. Al otro lado del tabique, Valentino obtenía las fotografías del encuentro sexual bajo la atenta mirada de su mujer, que se acercó a él para pedirle que ampliara el objetivo, las imágenes debían ser más palmarias y límpidas. Necesitaban que fueran lo más explícitas posibles. Los detalles siempre aportan veracidad al relato.

El sexo transformaba al político, alejándolo de la corrección que siempre le había definido. En la intimidad se mostró como quien realmente era, sin máscaras, sin embustes, sin maquillaje, sin mentiras que coartaran su verdadero yo, libre al fin de cadenas sociales y de imposturas personales. Su realidad social era un disfraz demasiado pesado y entre aquellas paredes se lo arrancó como si le quemara en la piel: con ferocidad, con cierto salvajismo y con una violencia controlada, como si lanzara un grito de supervivencia.

Fueron horas de entrega, de gemidos y jadeos, de órdenes lascivas, de suspiros intercalados con conversaciones más o menos livianas, tragos de whisky, risas cómplices, comentarios soeces, un breve descanso para alimentarse y retomar fuerzas antes de volver a la acción y, finalmente, promesas de un próximo encuentro. Cuando el político abandonó el apartamento, después de darse una ducha, Rodolfo se incorporó de la cama y se dirigió al tabique detrás del cual estaban sus compañeros. Golpeó dos veces el pladur con la palma de la mano y obtuvo la misma respuesta. Todo había salido bien. Todo estaba controlado. El argentino entró en la ducha, y al salir, con una toalla envuelta a la cintura, encontró a sus camaradas en el salón, disfrutando del vino que el incauto Iván había llevado a la cita.

—Buena cosecha. —Las palabras de Valentino, que sonreía con la copa en la mano, encerraban una ambigüedad que no escapó a ninguno.

—No exageraban sobre ti: eres bueno en las coberturas —dijo con sorna la española.

Rodolfo lo aceptó de buen grado, mientras se servía también una copa de vino y abría el regalo que Iván había depositado sobre la mesa de cristal. Era el sostenedor ruso con esmaltado *cloisonné* de 1890 que el político estaba viendo el día que se conocieron en Antiquariat.

Los encuentros sexuales entre ambos hombres se repitieron varias veces, las suficientes para que Rodolfo pudiera hacerse con pruebas, testigos y situaciones que evidenciaran su relación en un futuro. Se les vio juntos comiendo en un restaurante del puerto, tomando un café, paseando por la Rambla, acudiendo a un teatro, una librería o una tienda de ropa donde vendían los mejores trajes de todo Montevideo y cuyo dueño era amigo del político, charlando animadamente en su despacho oficial, donde había presentado a Rodolfo como un joven escritor que estaba documentándose para su próximo libro... Cuando entendieron que la leyenda estaba bien formada y la maquinaria del chantaje bien engrasada, se produjo el que sería el último encuentro entre los amantes.

Fue en uno de los cafés cercanos a la playa, a una cuadra del apartamento del argentino. Cuando Rodolfo llegó, Iván ya estaba esperándole. Era obvio quién ansiaba más la cita.

El político lo miraba, embriagado por la presencia de su nuevo amigo. Había tenido muchas aventuras con hombres, siempre jóvenes, pero aquel muchacho tenía algo especial que le impedía dejar de pensar en él y convertir la aventura en algo eventual. Con Rodolfo tenía la libertad de ser él mismo; pensó que podía hacer todo tipo de locuras y eso, para alguien de su posición, se antojaba peligroso, aunque se convenció de que controlaba la situación.

—¿Qué tal va tu libro? —preguntó Iván—. ¿Has avanzado en tu historia desde la última vez que nos vimos?

—Ya lo creo que sí. —Rodolfo sonrió, igual de atractivo que siempre, pero con un rictus más frío y menos seductor que en encuentros anteriores.

Utilizando las mismas manos con las que había complacido al diplomático tantas veces, abrió el sobre color naranja que llevaba consigo y extrajo una serie de fotografías que fue desplegando sobre la mesa, como naipes en la mano ganadora de una jugada de póquer.

—Creo que he dado con la documentación que necesitaba para que mi historia resulte un éxito.

A cada fotografía que posaba sobre el tablero, el semblante del político iba cincelándose en mármol, frío y lívido, como si le sobreviniera la muerte. No podía apartar los ojos de ellas, incapaz de creer lo que estaba viendo, como si despertara de un bonito sueño y descubriera que todo había sido mentira. El miedo le aceleró las pulsaciones. El detalle de las instantáneas era preciso y minucioso, demasiado perfecto y profesional para ser obra de un aficionado.

—¿Qué significa esto? —preguntó Iván, como si de verdad necesitara una explicación de lo que tenía ante sí.

—Esto es lo que tendrás que explicarle a tu mujer y a tus tres hijos cuando reciban una copia de las fotografías, y puede que hasta una película. Seguro que les encantará verte en acción.

—Eres un hijo de puta... —Iván hacía esfuerzos ímprobos para no perder los nervios. Ahora entendía por qué el joven había insistido en verse en un sitio público con demasiados testigos a su alrededor, y no directamente en su apartamento.

—No perdamos las formas. No se te da bien; no como a mí, que soy un verdadero maestro. Conmigo siempre tendrías las de perder en ese enfrentamiento y tú eres un ganador, al menos, hasta este momento. Si quieres el consejo de un amigo *íntimo*, no lo intentes.

—¿Qué es lo que quieres? O, mejor dicho, ¿cuánto quieres? —preguntó Iván, que, aunque nunca pensó verse en esa tesitura, en algún momento había elucubrado cómo actuaría llegado el caso.

—¿Crees que esto es por dinero? Te equivocas. Los políticos siempre pensáis en lo mismo. Te quiero a ti, pero no como en estas últimas semanas... ¿Te has fijado en la buena resolución de las fotos? —Trató de coger una y ponérsela delante de los ojos, pero la mano de Iván lo evitó de manera brusca.

—Dime qué quieres.

—Que trabajes para nosotros.

—¿Quiénes sois vosotros?

—Eso no importa. Queremos que obtengas información sensible del Gobierno de Uruguay y de sus relaciones con Estados Unidos, con el Reino Unido y con otros países; encuentros con mandatarios, acuerdos comerciales, secretos de Estado, reuniones en las altas esferas, operaciones militares, informes confidenciales... Ya sabes, de esa que se lleva ahora. —Volvió a dirigir la mirada a las fotografías que había sobre la mesa, aunque Iván se había apresurado a darles la vuelta al intuir la cercanía de camareros y de otros clientes—. Queremos que seas nuestros ojos ahí dentro.

—¿Y si me niego?

—Entonces tu familia recibirá otro tipo de información sobre ti.

—No puedo hacerlo. —Iván negó con la cabeza, desesperado—. No iré contra mi propio país ni contra mis convicciones éticas.

—¿Convicciones éticas? —resopló el argentino—. ¡Por favor! Eres un hombre que presume de unas creencias religiosas firmes, mientras se encama con jovencitos para dar rienda suelta a sus fantasías sexuales y deja a su mujer al cuidado de sus tres hijos. ¿Que no puedes hacerlo, dices? A veces, la diferencia entre poder y no poder hacer algo solo depende de la voluntad de cada uno.

—Nadie te creerá. —Iván intentó quemar sus últimos cartuchos. Sabía que estaba acorralado como un animal. Solo esperaba que la cacería no terminara con un disparo de gracia.

—El mundo está deseando creer cualquier mentira que le vendas con un bonito relato, así que imagínate lo dispuesto que se mostrará con una verdad tan evidente como esta. No son solo las fotos, ni el vídeo; soy yo y mis declaraciones en los periódicos, en las radios, en los programas de televisión y puede que hasta en comisaría. Son los testigos que nos han visto juntos, ¿recuerdas?: tu secretaria, tus colegas del despacho, el camarero del restaurante del puerto, el acomodador del teatro Solís, el dependiente de la librería, el dueño de la sastrería... Todos tendrán algo que decir, un detalle que recordar, de esos que lo agrandan todo. La gente está ansiosa por salir en la prensa, tener su minuto de gloria y gritarle al mundo que ellos estuvieron ahí, que lo vieron, que siempre lo sospecharon... Ya sabes cómo funciona esto: la imaginación, el boca a boca, la exageración... Es un espectáculo maravilloso.

El silencio de Iván evidenció que le creía; el político no tuvo duda de que aquel chantaje se había preparado a conciencia, con una precisión milimétrica, sin dejar cabos sueltos. Eran profesionales y le tenían bien cogido.

—Tú decides. —Rodolfo se levantó de la mesa, al ver que su alegato había surtido el efecto deseado: atemorizar a su víctima, dejándola sin más salida que claudicar y obedecer, o hundirse y perderlo todo—. Tienes hasta mañana a primera hora para pensarlo o para ir preparando una explicación convincente que satisfaga a tu familia. Y no solo para ella. Estas fotografías llegarán a tu despacho, a tu partido, a la presidencia del Gobierno, a tu famoso suegro, al director del colegio de tus hijos, a tus padres, a tus amigos, a tus enemigos, y desde luego a las redacciones de los principales diarios y televisiones nacionales e internacionales, que, como sabes, siempre están dispuestas a prestar un servicio público; libertad de expresión, lo llaman. Tú mejor que nadie debes saber lo que es eso. Solo hay que ver las fotos para entender lo bien y libremente que te expresas. Quédatelas como recuerdo. Son solo una copia. —Le acercó el sobre anaranjado—. Mañana, aquí mismo, a las nueve de la mañana. Si te retrasas cinco minutos de la hora convenida o si no te presentas, no habrá agujero en la tierra lo suficientemente profundo donde puedas esconderte para huir del escándalo.

—No serás capaz.

La mirada gélida y punzante del argentino hizo las veces de respuesta. No solo sería capaz, sino que disfrutaría haciéndolo. El agente se alejó unos metros, pero algo le detuvo y le hizo volver sobre sus pasos.

—Una cosa más: si se te pasa por la cabeza acabar con tu vida esta misma noche, debes saber que las fotografías se publicarán estés vivo o muerto. Intenta recordarlo antes de hacer una tontería. Piensa en cómo afectaría eso a tus hijos, esos a los que quieres tanto y que tanto idealizan a su padre.

A la mañana siguiente, Iván llegó puntual a la cita y, a pesar de eso, el joven argentino ya ocupaba una de las mesas. Lo recibió con una amplia sonrisa e incluso le tendió la mano, aprovechando la presencia del camarero, que haría imposible que el político se negara a estrechársela: era una humillación más, una manera de evidenciar quién dominaba la situación. Rodolfo notó la mano del que había sido su amante fría y sin fuerza, tan diferente a cómo había actuado sobre su cuerpo. También su mirada permanecía apagada, sin vida. No le costó entender que había sido una noche larga e insomne para el político que, a pesar de su imagen impoluta, tenía mala cara. Aquel semblante débil y lastimero era una buena noticia para la inteligencia soviética.

—¿Y bien? —preguntó el agente del KGB.

—Si os ayudo, ¿qué pasará con las fotografías? ¿Me las entregaréis?

—Primero de todo, no nos ayudarás, trabajarás para nosotros; no se trata de solidaridad ni de una buena obra, digna de un buen samaritano. Esto no es gratuito, amigo mío: vas a realizar un trabajo y el pago a tus servicios será recuperar tu dignidad y mantener tu reputación. —Rodolfo habló con una rudeza desconocida para el político, que siempre había llevado las riendas y marcado el tono en aquella relación—. Y segundo, en cuanto recibamos la información y comprobemos que es lo bastante útil, te entregaremos todo el material que tenemos. Créeme si te digo que no nos interesa lo más mínimo tu vida sexual. Por lo que a mí respecta, la conozco muy bien.

—¿Cómo puedo estar seguro de eso?

—¿Seguridad? La seguridad no existe, es otra gran mentira. ¿Acaso ves seguridad en el mundo por algún lado? —preguntó con sorna—. Te contaré algo: la Lubianka, el edificio que acoge las instalaciones de los servicios secretos soviéticos desde el triunfo de la Revolución rusa de 1917, fue la sede de una compañía de seguros en la época zarista. Esa es la mejor definición de seguridad que vas a encontrar en la vida.

El político le observó durante unos instantes. Le había escuchado con atención y su mirada parecía haberse cristalizado como un bloque de hielo: un inmenso iceberg que amenazaba con quebrar su vida.

—Mantener mi reputación... —repitió Iván, consciente de que lo habían vencido y tendría que ceder a lo que le pidieran—. ¿Sabes lo que decía Shakespeare sobre eso? Que es un prejuicio inútil y engañoso que se adquiere a menudo sin mérito y se pierde sin razón.

—«No habéis perdido reputación ninguna, a no ser que vos mismo la reputéis perdida....» —completó Rodolfo de memoria; conocía *Otelo* tan bien como él—. Muy sabio el inglés. Algunos de sus compatriotas deberían leerle más. —Se recostó contra el respaldo y esbozó una sonrisa tan cruel y dulce que Iván casi notó la miel de la trampa en los labios—. Y entonces dime: ¿qué das tú por perdido?

La información facilitada por el político empezó a fluir y a llenar los informes que María Luisa de las Heras elaboraba y enviaba a Moscú, bien entregándolos en mano a los enlaces de su red de espías, bien por mensajes cifrados a través de su estación de radio. Cuando el material incluido en los dosieres era demasiado explícito y delicado, y requería un soporte de papel para revelar toda la importancia de su contenido, utilizaba a los correos humanos que ella misma había seleccionado y entrenado personalmente durante los años que llevaba en Uruguay. Procuraba no emplear en exceso la valija diplomática que le permitían sus contactos en las distintas embajadas asentadas tanto en Uruguay como en Argentina, en Brasil, en Chile y en Cuba. Había informaciones que solo podían entregarse y recibirse en mano y muchas de ellas, dada su confidencialidad y su gravedad, requerían que Marino, como enlace del KGB, viajase hasta Moscú para informar de viva voz y cara a cara.

La captación de Iván como informador había sido un gran acierto que el Centro supo apreciar y premiar. Gracias a él la inteligencia soviética se hizo con reportes, datos, secretos concernientes a la política nacional e internacional que no podría haber conseguido de otra manera y que le permitieron abortar importantes acuerdos entre países, así como tomar la delantera en las decisiones que afectarían al curso del orden mundial. La Guerra Fría volvió a equilibrar la temperatura en los dos bloques que la mantenían. El político uruguayo cedió a las presiones y a las continuas exigencias de Rodolfo, que siempre le requería ir más allá de la documentación entregada, aunque esas peticiones lo expusieran a serios riesgos: todo quedaría compensado con la recuperación de los negativos y la película de su chantaje sexual.

Iván nunca supo que los amables propietarios de Antiquariat estaban implicados en la extorsión y continuó acudiendo a la tienda cada vez que recibía la llamada de Valentino, así como a las fiestas y aperturas especiales celebradas en el establecimiento de antigüedades, a las que solo invitaban a sus clientes más selectos. Llevado por el vértigo del riesgo, intrínseco a los espías, Valentino quiso poner a prueba la discreción y la integridad que se le exigía. Fue una tarde que el italiano se encontraba a solas con el político en la tienda.

—Siempre he querido preguntártelo... ¿Volviste a ver al joven escritor? ¿Cómo se llamaba?... ¿Rodolfo? —preguntó con una expresión de curiosidad, como si algo le hubiera hecho acordarse de él después de tanto tiempo.

—No, nunca más. Le acompañé ese día para indicarle el camino hasta su apartamento, y poco más.

—Supongo que terminaría el libro y desaparecería. Estos escritores son así, aparecen y desaparecen como fantasmas cuando han conseguido lo que necesitaban... Entonces ¿quieres que te pida la cornucopia italiana? Mi contacto me la dejaría a buen precio. Y por ser tú, no te cobraría los portes ni la gestión.

—Por supuesto, me la quedo. Eres un amigo, Valentino.

María Luisa de las Heras escuchó la conversación; pensó que las amistades, como las mentiras, seguían teniendo querencia por la gratuidad.

Tuvieron que pasar unos meses, plagados de informaciones confidenciales e informes secretos, para que Iván pudiera recibir el cobro por sus servicios. Eso no significaba que dejara de actuar como informante y de acudir a los encuentros clandestinos con Rodolfo, a quien de manera periódica entregaría un informe puntual con sus pesquisas. Cuando el argentino le hizo entrega de los negativos y del rollo de película, Iván al fin pudo relajar el gesto, después de meses sometido a la presión de unos fórceps de acero. Su rostro había envejecido más de lo que dictaba el calendario, y su mirada nunca recuperó el brillo de sus primeros encuentros con Rodolfo. Le había derrotado en vida; a pesar de aquellos negativos, sabía que siempre sentiría sobre sí la espada de Damocles, empuñada por aquel joven de mirada azabache y cuerpo perfecto.

—No te lo tomes como algo personal. Son solo negocios, juegos políticos: tú me das algo y yo te entrego otra cosa a cambio.

—Negocias con la vida de las personas, con sus valores, te apropias a la fuerza de sus posesiones más íntimas y personales...

—¿No es eso lo que haces tú cuando adquieres un objeto que perteneció a la vida de otra persona? ¿Acaso te importa si fue robado, expropiado o arrebatado con violencia a su propietario? ¿O esa negociación y esa apropiación no te parece tan rastrera si eres tú quien la realiza?

Cuando esa tarde el político llegó a su despacho, encontró un paquete sobre la mesa. Su secretaria le informó de que un mensajero lo había traído y dejado en la recepción del edificio; ni siquiera había subido a la planta noble que ocupaba el diplomático. Cerró la puerta y pasó un tiempo observándolo. Sin remitente ni etiqueta, sin una dirección, sin el sello de alguna oficina postal, nada que indicara quién lo había enviado. Estaba envuelto exquisitamente con un papel de color marrón, atado con un cordel delgado de cáñamo y con una tarjeta blanca prendida del bramante, en la que alguien había mecanografiado su nombre y apellido.

Durante unos minutos, se planteó la posibilidad de que fuera algún tipo de explosivo con el que Rodolfo y sus jefes, fueran quienes fuesen, buscaran deshacerse de él sin dejar huellas, zanjar la misión de manera limpia y sin testigos. Solo pudo rezar: si lo mataban, confiaba en que al menos tuvieran la decencia de no hacer pública su traición, tanto personal como profesional. Era consciente de que le habían entregado los originales, pero sin duda se habrían quedado con una copia, aunque el argentino le juró que no era así. No confiaba en él. Cómo podría.

Cogió aire y tiró del cordel, deshizo el nudo, retiró el papel y abrió la caja, ayudándose de un afilado abrecartas que encontró sobre su escritorio. Y entonces lo vio. Era el sostenedor ruso de plata maciza, vidrio dorado y esmaltado *cloisonné* de 1890 de Iván Saltykov. Lo cogió con rabia en la mano e hizo ademán de estrellarlo con todas sus fuerzas contra la pared. Pero algo le detuvo.

Volvió a dejarlo sobre la mesa, se sirvió un whisky y contempló la pieza durante toda la tarde. Cuando llegó a casa, informó a su mujer de su nueva adquisición en Antiquariat y lo colocó en el dormitorio del matrimonio. Quizá como recordatorio de lo que hizo o de lo que nunca debió hacer. Consideró que aquel sería un buen epitafio.

40

—Tenemos a la CIA encima.

El agente Marino había irrumpido en Antiquariat cuando ya no quedaban clientes en la tienda. Él mismo se encargó de cerrar la puerta y poner el cartelito de CERRADO, antes de compartir la información que Iván acababa de pasarle a Rodolfo.

—¿Encima de quién, exactamente? —A María Luisa de las Heras le disgustaba que los agentes jóvenes tronasen titulares como si fueran verdades absolutas, como si les hirviera en la boca tanto como la sangre—. ¿Encima de mí, de ti, de Valentino, de Iván, de Rodolfo, de Mijaíl...? ¿De quién?

—De Berto.

Bastó la mención de ese alias para que todos entendieran que la cosa iba en serio. Berto era el nombre en clave del funcionario del Ministerio de Relaciones Exteriores de Uruguay que la violinista había captado como informante a cambio de jugosas cantidades de dinero en efectivo —siempre entregadas en un sobre—, y de otros regalos, lujos y caprichos. A través de un contacto en la embajada soviética que mantenía una relación sentimental con una secretaria de la cancillería uruguaya, la española, que llevaba tiempo intentando que Iván no fuera la única fuente de información dentro del Gobierno de Uruguay, supo de la existencia de Berto y pensó que cumplía todos los requisitos para convertirse en informador. Era un hombre de mediana edad, con una imagen anodina, nunca había tenido problemas en el trabajo ni con sus jefes ni con sus compañeros, llegaba a la hora y se iba cuando terminaba su jornada laboral, sin ruidos, sin levantar sospechas, sin quejas, sin escándalos, sin conciencia política ni ardor patriótico, pero con un gran problema: una precaria situación económica motivada por los juegos de azar, y complicada por los problemas de su esposa con el alcohol. Eso lo convertía en alguien vulnerable en las expertas manos de la inteligencia soviética. Sabían que sería capaz de llegar hasta donde fuera, asumiría cualquier riesgo, pondría en peligro a su familia o vendería a su país si hacía falta, todo a cambio de dinero. Y eso fue lo que hizo.

Su misión era sencilla, ni siquiera tendría que verse con frecuencia ni cara a cara con ningún agente soviético, como era el caso de Iván con Rodolfo; bastaría con que dejara la información en un punto acordado y desapareciera. Aquel punto era el malecón de la Rambla montevideana, más concretamente las grietas que presentaba su muro, que se convirtieron en buzones improvisados en los que Berto y los agentes soviéticos dejaban y recogían notas y mensajes con información confidencial. El funcionario solo debía acudir a la hora acordada a dar un agradable paseo por la playa de Pocitos, en solitario o en compañía de su esposa, y dejar con disimulo la información en las ranuras de la tapia, vigilada por agentes soviéticos que custodiaban el lugar y el correo. A cambio, él recibía mensualmente una cantidad de dinero que compensaba con creces el riesgo que corría. Nunca hubo problemas, la información facilitada era veraz y sustanciosa, y el peculio por la traición, suficiente. Lo había sido hasta que el agente Marino entró en la tienda de antigüedades.

—La información es limpia. Viene de Iván —recordó el espía, al observar que sus colegas no reaccionaban ante el anuncio.

—Le hemos entregado los negativos. Quizá ha decidido embarcarse en una venganza —planteó Valentino.

—No es idiota; sabe que sus chantajistas se han guardado una copia. Además, le enviamos el sostenedor, es un claro mensaje. Si no cumple, sabe que dejaremos de mantenerle a salvo y desvelaremos su secreto —concluyó la española—. La verdad, me fío más del miedo de Iván que de las urgencias económicas de Berto.

—La información le viene de un contacto próximo al director de la CIA en Uruguay, el mismísimo Howard Hunt —apuntó Marino.

Aquel dato preocupó aún más a sus compañeros. Acababa de nombrar al primer secretario de la embajada de Estados Unidos, un hombre con fama de duro, conspirador, abrupto, inasequible al desaliento, dispuesto a todo para conseguir lo que perseguía. Había sido instructor en la escuela de inteligencia de la Fuerza Aérea de Estados Unidos y tenía fama de bravucón, de gustarle demasiado los focos y las portadas de las revistas, adicto a los momentos de gloria mediática, con los que había alternado cuando la industria de Hollywood le propuso comprar una de sus novelas para adaptarla al cine. Pero la tentación de entrar en la CIA resultó mayor. María Luisa de las Heras tenía varios informes sobre la actuación de Hunt en México y especialmente en Guatemala, durante el golpe de Estado ideado por la inteligencia estadounidense para derrocar al presidente guatemalteco, Jacobo Árbenz. Él mismo participó en la elaboración de la operación PBSUCCESS, una misión encubierta de la CIA bajo la presidencia de Dwight D. Eisenhower, al entender que la política de Árbenz estaba demasiado influenciada por la Unión Soviética, sobre todo a raíz de decretar una reforma agraria contraria a los intereses de una multinacional estadounidense, la United Fruit Company. Para Estados Unidos, había muchas posibilidades de que Guatemala se convirtiera en un país satélite comunista, por lo que decidió dar apoyo logístico, tanto material como humano, a un grupo de rebeldes liderados por el coronel golpista Carlos Castillo Armas, que invadió Guatemala el 18 de junio de 1954, logró la renuncia del presidente Árbenz el 27 de junio y proclamó como nuevo presidente a Castillo Armas el 1 de septiembre de ese año. A Castillo lo asesinaron tres años más tarde, el 26 de julio de 1957. María Luisa de las Heras todavía recordaba la fotografía de Frida Kahlo en silla de ruedas, acompañada de Diego Rivera y David Siqueiros, protestando en las calles en contra del golpe de Estado en Guatemala auspiciado por Estados Unidos. Aquella fotografía de la artista mexicana engrosaba los informes en los que también se advertía de la presencia en Guatemala de un joven Ernesto Guevara —que empezaba a simpatizar con el comunismo, aunque rechazó iracundo la propuesta de afiliarse al Partido Guatemalteco del Trabajo, ya que pretendía trabajar como médico—, y de algunas pruebas documentales de que Jacobo Árbenz abrazaba ideas nacionalistas, más que una doctrina comunista.

Fue la última vez que la española había visto a Frida Kahlo antes de conocer su muerte, el 13 de julio de ese mismo 1954 en Coyoacán, a los cuarenta y siete años de edad. Supo por sus contactos en México que la artista era consciente de que se moría y que quiso celebrar su último cumpleaños el 6 de julio con una gran fiesta en la Casa Azul, donde no faltaron los invitados cantándole «Las mañanitas» y las fuentes de mole de pavo, tamales con atole y las flores de calabaza, cuyo olor seguía impregnando el patio de la residencia añil. También conoció sus últimas palabras escritas de puño y letra en un papel: «Espero alegre la salida y espero no volver nunca más».

«Murió la niña Frida». Con esa expresión el chófer familiar comunicó el fallecimiento a Diego Rivera. En el informe que recibió la espía, se señalaba que las causas de su muerte no estaban claras: embolia pulmonar, sobredosis, suicidio, incluso una versión poco conocida sobre que habían descubierto el cuerpo de la pintora en el baño, con algunos moratones, algo que Diego Rivera obvió, como también eludió realizar una autopsia. «Frida, tejiendo misterios hasta el mismo momento de su muerte», pensó la agente. Había visto las fotografías del cuerpo de la artista durante el velatorio en el Palacio de Bellas Artes, con un vestido de tehuana, huipil blanco de Yalalag, un collar de Tehuantepec y anillos en todos los dedos de las manos. Distinguió en las fotos a David Siqueiros, a Lázaro Cárdenas, a varios miembros de la embajada soviética en México, a militantes del Partido Comunista Mexicano y a la hermana de Frida, Cristina, que pidió a los presentes que cantaran el corrido de Cananea y que sonara el himno mexicano. Nadie vio el momento exacto en el que un alumno de Frida colocó sobre su féretro una bandera con la hoz y el martillo, que Rivera se negó a retirar a pesar de la petición de los responsables del Palacio de Bellas Artes, que no querían que aquello se politizase. El cortejo fúnebre avanzó por la avenida Juárez, que tantas veces había cruzado María de la Sierra, hasta el crematorio del Panteón Civil de Dolores. Cuando la española leyó en el informe que Siqueiros se había asomado a la ventana del horno crematorio mientras incineraban el cuerpo de la artista, y que aseguró que Frida sonreía como si estuviera dentro de un girasol, comprendió por qué había fracasado el primer ataque contra Trotski en marzo de 1940.

El nombre de Howard Hunt había removido su fábrica de recuerdos. La voz del agente Marino la devolvió al presente, a la tienda de antigüedades, a los rostros taciturnos de los camaradas que ocupaban su universo actual, dejando atrás el pasado.

—Por lo que escuchó Iván en una recepción privada, la única y principal misión de Hunt ahora mismo en capturar a Berto y destapar a los espías soviéticos a los que pasa información. Se lo ha tomado como una cuestión personal. Y no parará hasta conseguirlo.

—¿Por qué sabe que son soviéticos? —preguntó Valentino.

—Porque siempre somos los soviéticos. —El gesto de la española revelaba que ya estaba pensando en un plan para evitar el sabotaje ideado por Hunt.

Mientras los tres agentes conversaban y evaluaban la situación, alguien golpeó con insistencia el cristal de la puerta del establecimiento, obviando el cartel que anunciaba que el negocio estaba cerrado. María Luisa de las Heras reconoció al hombre que llamaba y que le hacía gestos con las manos a modo de saludo. Era Eduardo Lezama, buen amigo y padrino en su boda con Valentino, acompañado por alguien a quien jamás había visto antes. Se maldijo por el error de haber mantenido las luces de la tienda encendidas y no haber pasado a la trastienda a debatir sobre el posible seguimiento de la CIA. Se dirigió a Marino:

—Espera un par de minutos y luego discúlpate y vete de la tienda. Tienes que ponerte en contacto con Rodolfo. Necesitamos presionar a Iván para que consiga algún dato más preciso sobre cuán alargada es la sombra de la inteligencia estadounidense sobre Berto y hasta qué punto quedamos comprometidos.

El enlace del KGB asintió con un gesto de cabeza, y María Luisa de las Heras se encaminó hacia la puerta con una sonrisa en el rostro, como si se alegrara de ver a Lezama al otro lado del cristal.

—Pero qué sorpresa, mi querido Eduardo. Qué alegría. Espero que no vengas a decirme que no podéis venir este sábado a la cena que organizamos en casa. Valentino va a preparar sus *cannelloni ricotta y spinaci*, ya sabes...

—*Sono un primo piatto tipico della mia mamma* —dijo el italiano, mientras salía de detrás del mostrador para saludar a los recién llegados.

En ese momento, María Luisa de las Heras vio cómo su rostro se esculpía en cera. Conocía a Eduardo, así que la reacción solo podía deberse al desconocido que lo acompañaba. Casualmente, cuando la española lo buscó con la mirada, el hombre lucía la misma expresión de estupor que su marido. No fue la única que se dio cuenta.

—¿Estás bien? —preguntó Eduardo con cierta preocupación, al observar que a su amigo Valentino estaba a punto de darle un vahído.

—No es nada —improvisó la dueña de la tienda mientras se acercaba a su marido, buscando en su mirada una respuesta que no encontró, excepto la que ya sabía: el causante de aquella turbación era el desconocido—. Lleva unos días con la tensión por las nubes. Y como no deja el café, ni el tabaco, ni el *limoncello*...

Eduardo Lezama no erraba en su apreciación: el dueño de Antiquariat había visto un fantasma. Aquel convidado de piedra que lo acompañaba era un espectro venido del pasado de Valentino, de aquel recóndito lugar que dejó entre Italia y la URSS casi veinticinco años atrás. Se trataba de un ciudadano uruguayo, Luis Fierro Vignoli, miembro de la Tercera Internacional, con el que Giovanni Bertoni —antes de convertirse en Valentino Marchetti— había coincidido en Moscú durante el tiempo que ejerció como ayudante de Palmiro Togliatti, secretario general del Partido Comunista de Italia desde 1927. Fierro había pertenecido muchos años al Partido Comunista de Uruguay, reconocido legalmente en el país y con actividad política parlamentaria, por lo que nunca tuvo necesidad de actuar en la clandestinidad. Los dos hombres se reconocieron, aunque en ese momento solo ellos supieron de qué. Valentino no tardó en recomponerse, le dio la razón a su esposa sobre sus problemas de tensión alta, mientras saludaba a Eduardo Lezama y alargaba la mano al desconocido, que le fue presentado por su nombre verdadero, ya que él no necesitaba coartada, ni cobertura ni una identidad diferente a la suya. No era ese el caso del italiano, que se presentó como Valentino Marchetti, anticuario.

Los dos hombres se observaron hasta el fondo de sus miradas, en aquel fondeado territorio que permite la búsqueda más íntima del uno en el otro, hasta cerciorarse de encontrarse. La presión del saludo los mantuvo unidos más tiempo del protocolario, como si se estuvieran pasando un mensaje codificado, de esos que la española tecleaba en su radio. Parecieron hablarlo en clave de silencio, descifrando mudeces y destellos visuales en las retinas y, lo más sorprendente de todo, se entendieron.

—Y dime, Eduardo, ¿a qué debemos este honor? —preguntó la española, satisfecha al ver que la normalidad volvía a la tienda y al rostro de su esposo.

—Mera casualidad. Beranka me dijo que tenía que pasarse a recoger unas copas que te había encargado y, al comentarle que tenía previsto pasar por la zona para encontrarme con mi amigo Luis, me ofrecí a acercarme yo y ahorrarle el paseo.

—Y has hecho muy bien. Se las tengo preparadas a tu hija desde ayer; ahora mismo las saco —confirmó la anticuaria, dirigiéndose a la trastienda y encontrándose nuevamente con la mirada de su esposo, que ya había recuperado el color.

—Espera, ya voy yo —terció Valentino mientras franqueaba el paso a su mujer—. Quizá al señor Fierro le apetezca ver los entresijos de una tienda de antigüedades. Es como un pasadizo a la historia. Créame, le gustará.

—Me encantaría —aceptó Fierro el envite, obligado por la mirada del italiano. Recordaba bien su poder de persuasión, como si solo hiciera unas horas desde la última vez que se habían visto.

A los pocos minutos, los dos hombres salieron de la dependencia trasera de la tienda. Valentino llevaba en las manos el encargo de Beranka Lezama y había agregado como regalo una primera edición de una antigua comedia italiana por la que se había interesado la joven en una visita anterior. El padre se lo agradeció y, antes de abandonar el local, volvieron a recordarse la cita para cenar el sábado. Valentino se atrevió a improvisar y cursó una invitación para Fierro, que amablemente agradeció el convite pero disculpó su ausencia por otro compromiso previo. Era la manera que tenía el italiano de comprobar que la visita a la trastienda había resultado efectiva.

—¿Me lo explicas? —preguntó su mujer una vez se quedaron solos.

Tan pronto como le contó de qué conocía a Fierro, ella entendió la gravedad del asunto. Aquel fortuito encuentro podía poner en peligro la tapadera de los agentes soviéticos no solo en Uruguay, sino en el resto del continente americano. Toda la extensa red de espías construida durante años podía venirse abajo, exactamente igual que le había sucedido a William Fisher —en prisión desde 1957, condenado a treinta años de cárcel por delitos de espionaje—, así como a la inteligencia soviética, anulada durante un tiempo en Estados Unidos y, en consecuencia, en buena parte del mundo. Ella era la única agente de la red elaborada por Fisher que se mantenía en activo. La aparición de Luis Fierro podía dar al traste con todo el operativo y con la cobertura de los agentes soviéticos.

—¿Y si habla?

—No lo hará —aseguró Valentino, convencido de lo que decía—. He tenido una conversación con él en la trastienda.

—¿Qué le has dicho?

—Eso da igual. Lo importante es lo que me ha dicho él. No volverá por aquí. No me conoce. Ni siquiera nos hemos visto. No hablará.

—¿Crees que tiene que ver con lo de Berto?

—¿Fierro confidente de la CIA? Eso es lo más absurdo que he oído en la vida. Antes se pega un tiro en el corazón.

—Esperemos que ese tiro de gracia no sea para nosotros. Tengo que informar a Moscú.

—No lo hagas. Te digo que lo tengo controlado.

—Tengo que hacerlo —insistió la española.

—Te estoy diciendo que no informes de nada. Es una orden —dijo Valentino con una inflexión severa en la voz. Era la primera vez que ponía la jerarquía sobre la mesa desde que la mencionó aquella primera noche en el hotel Alvear de Buenos Aires. Se dio cuenta del tono empleado y trató de suavizarlo, pero sin cambiar de criterio—. No quiero tener al Centro encima de nosotros otra vez. Nos acaban de felicitar por nuestra labor. Si les dices algo, los tendremos encima a cada movimiento que hagamos y así no podemos trabajar. Recuerda la presión que han estado ejerciendo sobre nosotros con el tema de Iván, de la embajada española, de Cuba... Nosotros estamos aquí, conocemos el terreno y los tiempos, y no siempre son los que marcan desde Moscú. Hazme caso.

María Luisa de las Heras obedeció. Valentino tenía razón: era su superior y debía obedecer. De lo que ya no estaba tan segura era de si esa orden era acertada y si acarrearía más problemas que soluciones.

Pero, de momento, tenían algo más urgente de lo que ocuparse. Hasta nueva orden, suspenderían todo contacto con Berto.

A los pocos días, el agente Rodolfo llegó con nuevas noticias, y no eran buenas. La mujer de Berto era la responsable de facilitar a la CIA toda la información sobre la colaboración de su marido con la inteligencia soviética. La esposa no pudo dar nombres concretos, ni descripciones físicas, puesto que nunca había visto a los agentes en persona, pero sabía cómo y dónde realizaba su marido el intercambio de información. En principio, eso era suficiente para los hombres de Howard Hunt, que procedieron a realizar un seguimiento exhaustivo del funcionario, un operativo de rastreo y observación que prolongaron durante las veinticuatro horas del día. Su principal objetivo era descubrir a los agentes soviéticos que se encontraban detrás de la operación y, más tarde, proceder a la detención y posterior enjuiciamiento del funcionario.

—La mujer de Berto es una borracha —comentó Rodolfo—. Supongo que la CIA le habrá dado dinero o le habrá prometido una vida mejor, o quizá solo quiera vengarse del marido porque esté harta de él.

—No pueden fiarse de una alcohólica —frunció el ceño Marino.

—¿Ya no te acuerdas de Elizabeth Bentley? —replicó María Luisa de las Heras, refiriéndose a la espía que protagonizó una de las más duras deserciones que sufrió la inteligencia soviética y que levantó la veda para otras muchas.

—Si la CIA detiene a Berto, estamos vendidos. Quizá haya que tomar medidas más drásticas —propuso Valentino.

—¿Crees que hacer desaparecer a un funcionario corrupto y a la alcohólica de su mujer no levantará más sospechas? ¿Cómo crees que los chicos de Eisenhower venderán la historia al mundo? —La española negó con la cabeza—. Es mucho mejor y más efectivo dejar a la CIA en ridículo.

—¿Y cómo propones hacerlo?

La sonrisa de la espía convenció a todos sin necesidad de pronunciar una sola palabra.

Lo primero que hizo fue mandar a Berto un correo de cara limpia —un enlace al que el funcionario traidor no había visto nunca ni volvería a ver— para informarle sobre la traición de su mujer y prevenirle de que no apareciera por el muro de la Rambla bajo ningún concepto. Por supuesto, el correo le recordó lo que podría pasar si se le ocurría dar algún tipo de información sobre los intercambios de documentación que había realizado, aunque pocos detalles podría facilitar sobre a quién le entregaba esa información ya que nunca había visto a los cabecillas de la trama; incluso la captación se había producido a través de un funcionario de la embajada soviética que nunca se presentó como tal.

Mientras esto sucedía, María Luisa de las Heras, disfrazada con una peluca rubia y vistiendo de forma opuesta a como solía hacerlo, se paseaba por las calles de Montevideo observando los rostros de los indigentes que pedían limosna. Después de varios días de inspección, se acercó a uno de ellos, el que más problemas tenía con el alcohol y con otras sustancias, y le preguntó si quería ganar un dinero fácil. Lo único que tenía que hacer era dejarse asear, lo que incluía un baño completo, un corte de pelo, un afeitado y vestir un traje. El mendigo lo hizo, después de disfrutar la comida a la que le invitó aquella generosa señora, que no era ni alta ni baja, ni gorda ni delgada, ni guapa ni fea. Acto seguido, la mujer le entregó un buen puñado de billetes, como él nunca antes había visto, y le dio las instrucciones que debía seguir: adentrarse en la Rambla, acercarse al muro de piedra del paseo marítimo, introducir un papel en una de sus ranuras, marcharse del lugar y esperar sentado en uno de los bancos a que llegara la mujer con otro fajo de billetes como el que acababa de entregarle.

—¿Y para qué tengo que meter un papel en un agujero?

—Tú hazlo y ya está. ¿Te pregunto yo en qué vas a utilizar el dinero que voy darte?

El argumento convenció de inmediato al sintecho, y la mujer se alejó de allí, no sin antes recordarle que estaría vigilándole, por lo que le aconsejaba no salir corriendo con el dinero.

María Luisa de las Heras no mentía. Le siguió a cierta distancia, junto a otros miembros del Operativo Berto, ya desprovista de la peluca rubia y del estrafalario atuendo. El indigente, con una imagen muy distinta a la que tenía unas horas antes, siguió al pie de la letra el itinerario marcado. Como si hubiera actuado de correo toda su vida, caminó tranquilamente por el paseo de la Rambla, se acercó al malecón, metió la mano en el bolsillo, sacó un sobre plegado, lo introdujo en una de las grietas de la pared de piedra, dio media vuelta y, sin mirar hacia ningún lado, como si todo aquello no fuera con él, se dirigió al banco donde había quedado con la misteriosa mujer para que le diera el resto de su recompensa. Ni él ni los agentes de la CIA que lo observaban podían imaginar que tenían a media inteligencia soviética desplazada en Uruguay escrutando sus pasos.

Unos minutos más tarde, María Luisa de las Heras vio cómo unos hombres se acercaban al mendigo —perfectamente peinado, afeitado, trajeado, con unos buenos zapatos y colonia cara— para detenerle y meterlo a la fuerza en un coche, como si se tratara de un peligroso terrorista o del enemigo público número uno de Estados Unidos. Lo que ya no pudo ver, pero sí imaginar, fue cómo Howard Hunt se desgañitaba en las dependencias de la CIA en Uruguay, adonde fue trasladado el indigente, preguntando quién era en realidad, qué hacia allí y quién demonios era la misteriosa mujer que le había pagado aquel dinero y convencido de que interpretara aquel paripé. El sintecho solo podía contar lo que sabía. «Qué quiere que le diga. No era ni alta ni baja, ni gorda ni delgada, ni guapa ni fea. Era simplemente una mujer, de los miles que pueden verse cuando uno sale a la calle», dijo.

La única baja inevitable fue la de Berto, al que las acusaciones de su esposa condenaban más de lo que podía hacerlo su colaboración con la inteligencia soviética. El funcionario no solo fue apartado de su puesto en el Ministerio de Relaciones Exteriores de Uruguay, sino que fue detenido, acusado, juzgado y condenado a prisión por traición, a pesar de que siempre negó los cargos, argumentando que su mujer se dejaba llevar por sus adicciones al alcohol y a las drogas, además de por un afán de venganza porque sospechaba que su marido mantenía una relación con una compañera del trabajo. Sus gritos clamaron en el desierto, el mismo por el que desapareció el funcionario de la embajada soviética que habría contactado con él por orden de la violinista para captarle como informante, y del que nunca más se supo.

El escándalo saltó a la prensa y se convirtió en la comidilla de cualquier tertulia, reunión o café de Uruguay. No solo se hablaba de la traición del funcionario, sino del ridículo que habían hecho los agentes de la CIA al detener a un mendigo disfrazado de traidor, que no tuvo ningún problema en dar su versión de los hechos a los periodistas. Los gritos en los principales despachos, tanto de la cancillería gubernamental uruguaya como en las instalaciones de la CIA, se podían escuchar en las plantas inferiores. Un alarido sobresalía sobre los demás y salía de la garganta de Howard Hunt: «Pero ¿quién demonios es esa misteriosa mujer?».

«Esa misteriosa mujer» se preparaba para recibir a los invitados que la noche del sábado acudieron a su casa. En aquella ocasión, los únicos asistentes eran una joven pareja con la que el matrimonio de espías había entablado una especial amistad, al menos, todo lo especial que el siempre activo radar de la inteligencia soviética permitía. Se trataba del diplomático Mario César Fernández y su mujer Chichí Bonelli. Se habían conocido en una de las veladas de fin de semana organizadas en la residencia de un amigo común y nació entre ellos una buena amistad que, aunque interesada por parte de los espías, aún no se había puesto a prueba.

Para esa velada, los anfitriones habían organizado un número especial. Como en todo Uruguay, la detención del funcionario del Ministerio de Relaciones Exteriores que había pasado información a los soviéticos a cambio de dinero ocupó parte de la cena.

—¿Habéis visto su foto? Parece tan normal... —dijo la dulce Chichí, al respecto de la fotografía de Berto que publicaban los periódicos—. ¡Quién iba a imaginar que estaba en tratos con espías! No sé dónde vamos a llegar. Es que una no va a saber quién es su vecino o el padre del niño que juega con su hijo en el colegio.

—Cuando leo esas cosas, me da la impresión de que los periódicos exageran para vender más ejemplares —comentó María Luisa de las Heras—. Yo no me creo la mitad de lo que publican. Es imposible que haya agentes soviéticos en Uruguay, me suena demasiado disparatado, ¿verdad, Mario César?

—No creas. Se oye de todo, aunque nos sorprendería mucho más lo que no se oye.

—A mí lo que más me preocupa es la seguridad personal —volvió a tomar la palabra la española—. No sé si deberíamos contárselo, Valentino...

—¿Contarnos el qué? —Chichí mordió el anzuelo.

—No queríamos preocuparos, pero ya que María Luisa ha sacado el tema... —empezó a decir Valentino—. Hace unos días nos entraron a robar en casa.

—¡Dios mío! —Chichí se llevó la mano al pecho con cara asustada, siempre propensa a la sobreactuación—. Pero ¿estáis bien? ¿Os hicieron algo?

—Gracias al cielo, no estábamos en casa. Sobre todo revolvieron cajones, armarios, papeles... Alguna joya se llevaron, sí —resumió Valentino—. Lógicamente, nos preocupamos. Y más teniendo la tienda de antigüedades. Uno ya no sabe qué pensar. Imagínate si entran en Antiquariat, el destrozo que podían haber hecho.

—No nos ha quedado más remedio que aumentar las medidas de seguridad —remató la violinista, observando los rostros de preocupación de sus amigos.

—¿Lo habéis denunciado? —preguntó Mario César—. Si queréis, me puedo personar para interesarme y...

—No lo hemos denunciado. ¿Para qué? El daño ya está hecho.

—Deberíais compraros unos perros, Valentino. Son buenos vigilantes, mucho más fiables que cualquier sistema de seguridad. Y, además, a vosotros os gustan los animales.

—Esa es muy buena idea, Chichí.

Con la semilla sembrada y bien arraigada, el aumento de barrotes, candados, verjas y demás medidas de seguridad que mostraba la vivienda del matrimonio en la calle Williman ya tenía justificación ante sus amigos, aunque no la real, motivada por la amenaza de un posible hostigamiento de la inteligencia estadounidense. Un intento de robo que nadie vio y que tampoco se denunció, a pesar del consejo de Mario César.

—Quizá sí que tengan razón los periódicos y cada vez haya más inseguridad. Con tanto comunista suelto, nunca se sabe.

—¡Mujer! Qué tendrá que ver...

—No te pongas en plan diplomático, Mario César, que estamos entre amigos. ¿Habéis visto lo de Fidel Castro en Cuba? No ha hecho más que llegar al poder y ya ha empezado a nacionalizar empresas, expropiar, prohibir partidos políticos... Política de economía socialista, dice. ¡Ja! —exclamó Chichí—. Ahora lo llaman así. Un Estado socialista marxista-leninista, eso es lo que es. Pero claro, qué se va a esperar de un guerrillero, de un revolucionario marxista.

—Nada bueno, querida —asintió la española, mientras servía más vino en las copas de sus amigos.

—Lo bueno de estos bolcheviques es que se terminan matando entre ellos. Solo hay que sentarse y esperar —dijo Valentino, cuyo juicio parecía demasiado sincero, o así le sonó a su mujer.

—Hablando de eso, ¿sabéis lo del asesino de León Trotski? —intervino Mario César, sorprendiendo a todos, en especial a la anfitriona de la velada—. Nos ha llegado la noticia de que va a salir antes de tiempo.

—¿Antes de tiempo? Pero si lleva veinte años encerrado... —replicó Chichí.

—¿Veinte? —preguntó Valentino.

—Veinte, sí —insistió la amiga—. Veinte justos, desde 1940.

—Me refiero a que estaba previsto que le pusieran en libertad en agosto, pero prevén sacarlo antes, el 6 de mayo de este año, para evitar curiosos, peregrinaciones y circos mediáticos. ¿Y sabéis dónde va a ir en primer lugar? —preguntó el diplomático, sin remediar una expresión divertida. Bebió de su copa para demorar la respuesta y mantener la atención del resto de los comensales, antes de añadir—: ¡Cuba!

—A mí esta historia siempre me sonó rara —reconoció Chichí, que tenía la facilidad de vocalizar correctamente a pesar de comer a dos carrillos—. Yo creo que al pobre hombre lo engañaron y lo dejaron abandonado para que se pudriera en la cárcel.

—¿Quiénes lo engañaron? —La anfitriona fingió que todo aquello le venía de nuevas.

—¡Los soviéticos! —dijeron al alimón Mario César y Chichí, provocando, primero sus risas, y luego las miradas cómplices del matrimonio anfitrión que se sumó a la carcajada colectiva—. ¿Quiénes si no? Los de siempre.

Aquella misma noche, María Luisa de las Heras, más África que nunca, encendió su radio con la esperanza de escuchar alguna información sobre la puesta en libertad de Ramón Mercader, pero fue en vano. Tuvo que hacer memoria para recordar la última vez que tuvo alguna noticia de él. Fue en un artículo publicado en una revista francesa, seguramente *Paris Match*, en 1955, aunque no estaba segura. Recordaba las fotografías de Ramón fregando el suelo de su celda de la prisión mexicana. Se referían a él como la máscara de hierro de México y aseguraban que no tenía miedo a abandonar la celda 27. En aquel momento, le fue denegada la libertad condicional.

La espía soviética tendría que esperar unos meses más, hasta septiembre de 1960, para leer en prensa que, después de dos décadas encerrado en una prisión mexicana, el asesino de Trotski había sido puesto en libertad. Sin embargo, nada leyó sobre la llegada de un tal Ramón Pavlovich López a Moscú, donde fue recibido por el director del KGB, Aleksandr Nikoláievich Shelepin, con el que acudió al Sóviet Supremo donde le fue impuesta la medalla de Héroe de la Unión Soviética, se le hizo entrega de las llaves de un apartamento de cuatro habitaciones en el barrio residencial de Sokol, una dacha en Krátova y una pensión vitalicia correspondiente a la de un general retirado. Se preguntó si le habría compensado.

La vida siempre la llevaba hasta él. Tumbada en la cama, con los ojos fijos en las sombras más allá de la ventana, mientras Valentino dormía a su lado, María Luisa de las Heras se permitió mudar de piel y recuperar a África. El silencio de la noche era el único oasis de libertad en el que se autorizaba a pensarle, mirarle a los ojos, recuperar los besos no dados y las palabras no dichas en las últimas dos décadas. En ese recreo de su imaginación, se sentía renacer. Estaba a punto de cumplir cincuenta y un años, y Ramón tendría ya cuarenta y siete: no eran los jóvenes guerrilleros llenos de ideales que se buscaron y de algún modo se quisieron en una Barcelona en guerra, corriendo con el fusil al hombro por unas calles tan incendiadas como lo estaban ellos. Tampoco los espías infiltrados que planeaban cambiar el mundo matando a un solo hombre, ciegos al hecho de que el mundo no cambiaría sin destrozarse primero en una guerra. Se preguntó si él la recordaría igual; si, como ella, no se permitía pronunciar su nombre en voz alta por miedo a romper el hechizo y solo consentiría hacerlo en su presencia, cuando su voz le dibujara de verdad. En ese oasis, ellos eran los mismos, pero fuera el mundo era otro bien distinto. Todo había cambiado muy deprisa, como si todo girara y girara en un baile de máscaras y solo permanecieran inalterables los principios de acero de la violinista, su fe inquebrantable en el timón moral y social del comunismo, sin importarle la mano que lo dirigiera.

El estruendo de los cristales rotos de aquel espejismo la obligó a perderse en otros vericuetos de su memoria.

Esa madrugada de sábado, recordar a Ramón Mercader le hizo preguntarse también por la suerte que habrían corrido Leonid Eitingon y Pavel Sudoplátov, de los que no había vuelto a saber nada desde que fueron encarcelados. En aquel momento recuperó la frase que Valentino había pronunciado durante la cena, esa que le había sonado extrañamente sincera: «Lo bueno de estos bolcheviques es que se terminan matando entre ellos. Solo hay que sentarse y esperar».

Cerró los ojos y trató de dormir, mientras se preguntaba por qué la sinceridad de su marido le había sonado tan extraña y amenazante aquella noche.

41

El pasado tiene la condenada costumbre de desandar el camino, y eso siempre levanta un polvo que se aferra a la garganta, nubla la visión e impide avanzar.

Felisberto Hernández había vuelto a su vida. Y lo había hecho en el momento menos oportuno, al contrario de cómo había sido habitual en él. Su nombre aparecía como uno de los intelectuales que firmaban el manifiesto «Amigos de Cuba Libre y Democrática», aparecido en los principales periódicos de Uruguay. María Luisa de las Heras perdió la mirada entre las líneas:

> Condenamos las prácticas y los métodos imperantes en la Nación Cubana y expresamos nuestra esperanza de que el heroico pueblo de Cuba encuentre rápidamente su camino a la libertad y la democracia. [...] Repudiamos la intromisión en la esfera de las relaciones internacionales del imperialismo soviético, esclavizador de pueblos y perturbador permanente de la paz y de la armonía mundial.

No era la primera vez que el escritor lanzaba sus arengas públicamente en contra del comunismo y del peligro que las ideas marxistas suponían para el mundo. Ella misma le había escuchado a menudo en diversas emisoras de radio, especialmente en radio El Espectador, que, según le había contado su hija Mabel cuando fue a presentarle a su pequeño Walter, financiaban grupos simpatizantes de derecha.

Felisberto había publicado algunos artículos contrarios al comunismo, a la Unión Soviética y al propio Stalin en el diario *El Día*. Recordaba dos en particular: uno publicado en diciembre de 1957 —«Cuatro Sputniks de la libertad», donde aprovechaba el envío del primer satélite artificial soviético para rememorar cómo el despotismo de Lenin y Stalin había traicionado la Revolución de 1917, así como para criticar la posición de la URSS en la redacción de la Declaración Universal de los Derechos Humanos—, y otro publicado en enero de 1958 bajo el título «El estilo literario comunista», en el que el escritor uruguayo hablaba sin filtros sobre el comunismo: «En el estilo comunista, el Estado era, en aquellos días, Stalin. Hoy el Estado es Jrushchov. Ahora bien, como Stalin soñaba con ser el dueño del mundo, la palabra Estado no solo era sinónimo de Stalin sino que para él la palabra Estado era muy singular, o más bien dicho, era exclusivamente singular, no tenía plural. En el mundo no habría Estados, sino un Estado: el Estado de Stalin».

—Creo que está obsesionado —repetía Mabel que, como socialista, se sentía herida por las palabras de Felisberto—. Lo peor que pudo hacer fue separarse de ti. Antes, estas cosas las decía en privado, pero en los últimos años las escribe en periódicos y las pronuncia en la radio y en las conferencias.

—Ya sabes cómo es tu padre —intentaba terciar la española para quitar hierro al asunto, mientras jugaba con el pequeño Walter.

—Claro que lo sé, pero siempre me sorprende. El otro día estaba hablando de una disertación psicológica que había hecho sobre Hitler y le estaba recomendando a un amigo que se leyera el libro *Hitler Speaks*, de un tal Hermann Rauschning. Y no es la primera vez: hace años ya le recomendó el mismo libro a su amigo Lorenzo Destoc. ¿Puedes creerlo? ¡Recomendar leer sobre Hitler!

—Mientras no lo diga en público.

—Lo ha hecho, en una alocución sobre la figura de Stalin. ¿No lo has leído? Jugaba con las iniciales de la URSS para llamarle Un Reo Sin Salvación, Un Renegado Sin Suerte, Un Reverendo Sin Santidad, Una Risa Sin Sentido, Un Rico Sin Sesos...

—Déjale tranquilo. Ya se le pasará.

Cuando compartió con Valentino lo que le había contado Mabel sobre Felisberto, el italiano optó por quitarle importancia.

—El libro de Hermann Rauschning no es un libro a favor de Hitler. Yo mismo lo he leído: es una especie de entrevista larga con el Führer donde advierte de su visión fascista del mundo y expone su opinión sobre los judíos, la pureza de la sangre, los experimentos médicos, las guerras bacteriológicas... De hecho, los aliados lo utilizaron como arma contra la Alemania nazi. Quizá si muchos lo hubiesen leído antes y descubierto lo que se proponía hacer el fanático de Hitler, nos habríamos ahorrado una Segunda Guerra Mundial.

—Estás muy raro. —Mintió, quizá para justificar su actitud ante él. A su mente regresaron los días en los bosques de Ucrania, cuando ella misma recomendó al comandante Medvédev leer los escritos de Hitler, porque conociendo al enemigo se le vencería mejor.

—No lo estoy. Tan solo un poco cansado. No veas fantasmas donde no los hay.

No especificó la naturaleza de ese cansancio, pero la española había empezado a leer entre líneas las afirmaciones y los tonos de su marido. Ahí se terminó la conversación. Pero ambos estaban seguros de que muy pronto la retomarían.

María Luisa de las Heras no tenía tiempo para las disquisiciones sobre Stalin y el comunismo de su exmarido. En esos momentos, Cuba le preocupaba más, ya que la situación política y estratégica de la isla caribeña inquietaba a Moscú; que Felisberto anduviera firmando manifiestos a favor de la libertad de Cuba y en contra de la maligna influencia del comunismo soviético no le venía bien, aunque tampoco le quitaba el sueño.

Ese año de 1961 había comenzado con la expulsión del embajador de Cuba en Uruguay, Mario García Incháustegui, y con su posterior declaración de *persona non grata*, así como la del primer secretario soviético, Mijaíl Samoilov, por orden expresa del presidente del Consejo Nacional de Gobierno de Uruguay, Benito Nardone, que los acusó de intromisión ilegítima en los asuntos internos del país. La CIA aún tenía una gran influencia en la política uruguaya, aunque esta decisión no la había orquestado Howard Hunt —que seguía preguntándose quién demonios era aquella misteriosa mujer que logró ridiculizarle—, sino el hombre que le sustituyó al frente de la agencia de inteligencia en Uruguay, Thomas Flores. Hunt estaba demasiado ocupado con lo que sucedía en Cuba y, más concretamente, en una de sus playas, en playa Girón. Ni por un segundo pudo imaginar que la misteriosa mujer que se la había jugado en la Rambla de Montevideo estaba a punto de repetir jugada ganadora en la bahía de Cochinos, en la costa sur de Cuba.

A la violinista le habían llegado informaciones sobre la operación de reclutamiento y adiestramiento de líderes cubanos y de grupos guerrilleros, amparada por la CIA y encomendada a Hunt, con el propósito de instruirlos en la formación de un futuro gobierno provisional, cuando Fidel Castro fuera apartado del poder. Los informes que llegaban a sus manos insistían en una clave: «Brigada 2506». Era el grupo integrado por entre mil doscientos y mil quinientos hombres que conformaban la fuerza combatiente preparada desde abril de 1960 por Estados Unidos para invadir Cuba y que, durante varias semanas, se entrenaron en Guatemala en técnicas de guerrillas, supervivencia y en el desembarco anfibio. La espía soviética recorría los números, las cifras y los datos que tejían el informe: componían la brigada siete batallones; entre ellos, paracaidistas, unidades de infantería, camiones y carros blindados M41, y armas pesadas. Aquel era el destacamento contrarrevolucionario que habían preparado los estadounidenses, la oposición anticastrista y un grupo de exiliados cubanos a favor de Bautista. Cuando llegó a la partida de los cinco barcos comprados por la CIA a una empresa cubana —a bordo de los cuales se trasladaría a la Brigada 2506 hasta la bahía de Cochinos—, las estaciones de radio empezaron a arder y los correos a volar. Moscú tenía la información y no tardó en actuar.

Si los rebeldes contaban con material armamentístico estadounidense —la gran mayoría perteneciente a los excedentes militares de la Segunda Guerra Mundial—, los milicianos castristas dispondrían de material soviético, checo y belga. La aportación soviética no se limitó al material bélico, sino a las técnicas guerrilleras con las que habían salido victoriosos en la Gran Guerra Patria, como el camuflaje de los aviones cubanos para evitar que fueran descubiertos y bombardeados por los aviones estadounidenses que sobrevolaron el territorio, bombarderos B-26 que alguien había ordenado pintar con los colores de la fuerza aérea cubana. En aquella pequeña isla caribeña se estaba desplegando una maqueta a escala de la Guerra Fría. Pero en el momento más decisivo, el presidente John Fitzgerald Kennedy reculó y el apoyo aéreo y armamentístico cesó, dejando a los rebeldes a su suerte en playa Girón.

El balance de la invasión estaba lejos de cualquier operación militar de gran envergadura: el ejército cubano contabilizó 161 muertos y aproximadamente trescientos heridos, mientras que en el bando contrario, en la Brigada 2506, fueron cerca de 120 los muertos y varios centenares de heridos. Aun así, existía otra manera de medir las victorias. Fidel Castro tomó buena nota de las técnicas propagandísticas soviéticas y no tardó en vender al mundo aquella frustrada invasión como la primera derrota del imperialismo capitalista. El fracaso de Estados Unidos en la fallida invasión de bahía de Cochinos no solo dañó a la Administración Kennedy, sino también a uno de los agentes estrella de la CIA, Howard Hunt, que, no obstante, volvió a Washington como asistente personal del director de la Agencia, Allen Dulles. Los grandes beneficiados habían sido el presidente cubano Fidel Castro, la URSS y la inteligencia soviética, que a través de sus agentes, entre ellos María Luisa de las Heras, había logrado interceptar mensajes e interpretar correctamente la información.

Sin embargo, esa labor de la red de espías destapó algo más ante la mirada de la espía. Gracias a la información que le facilitaron sus colaboradores y correos, sospechó de la posible existencia de un topo en sus filas, que explicaría por qué había llegado información detallada sobre la estrategia militar trazada por el Kremlin al principal despacho de la agencia de inteligencia estadounidense: uno de los suyos estaba filtrando informes altamente confidenciales sobre el diseño y la construcción de armamento militar, en concreto de misiles, y de la guerra química. Cuando expresó sus temores al Centro, le ordenaron que procediera a una investigación exhaustiva.

Moscú, al igual que Roma, no pagaba traidores.

De hecho, iba un paso más allá: los aniquilaba.

La sombra de Fidel Castro seguía alargándose sobre la vida del matrimonio de espías soviéticos, así como sobre la ciudad de Montevideo. En agosto de 1961, justo cuando Valentino y María Luisa de las Heras presentaban sus nuevos perros a sus amigos durante una de las cenas de los sábados, conocieron la noticia que robó todo el protagonismo a los nuevos miembros de la familia. Lo anunció uno de sus grandes amigos: Arbelio Ramírez, profesor de Historia en la Facultad de Humanidades y Ciencias y padre de uno de los ahijados de la española:

—Ernesto Guevara dará una charla en la Universidad de Montevideo.

—¿Es eso posible? —preguntó Chichí, que seguía sin disimular su fobia a cualquier personaje relacionado con el comunismo.

—Viene como representante del Gobierno cubano ante el Consejo Interamericano Económico y Social —informó Arbelio.

—No sé qué viene a representar —comentó irónicamente el diplomático Mario César—. Fidel Castro se ha negado a firmar la Carta de Punta del Este porque lo entiende como parte de la colonización económica del presidente. Sinceramente, Guevara podría ahorrarse la visita. No traerá más que problemas, y no solo diplomáticos, sino de seguridad. No creo que su visita sea bien recibida en Uruguay.

—A mí me suena a provocación. Sobre todo sabiendo que Salvador Allende estará esos días en el país —objetó Chichí, antes de beber un sorbo de vino para ayudar a tragar el delicioso asado que había preparado la anfitriona.

—A ti todo te suena provocador —bromeó Esther Dosil, la mujer de Arbelio, buscando la complicidad de María Luisa de las Heras.

La española la correspondió con una sonrisa y, rápidamente, saltó a la mirada de Valentino, que ya la esperaba. Estaban muy al tanto de las visitas del Che Guevara y de Salvador Allende a Uruguay; el matrimonio había mantenido reuniones con colaboradores e informantes de ambas comitivas, especialmente ella, que se había reunido con un agente infiltrado en la del líder chileno. La URSS había puesto en él su foco; puede que algo desenfocado, pero foco al fin y al cabo.

—Sea como sea, Guevara va a estar varios días en Uruguay —continuó Arbelio—. El día 8 dará un discurso en la jornada inaugural que se celebrará en el hotel Nogaro de Punta del Este. Y volverá a participar en la clausura, el 16 de agosto. Entre medias, el domingo 13 está invitado a un asado al que también acudirán representantes de la política y la prensa con los que charlará sobre la situación de Cuba. Y finalmente, el jueves 17 acudirá a la universidad, con Allende.

—Tiene una agenda de primera figura.

—Lo es para muchos —dijo Mario César, y a su lado su mujer dejó escapar una risita desdeñosa.

—Yo pienso ir a escucharle. —Arbelio Ramírez hablaba calmado, pero firme—. Creo que hay que estar informado y dar la oportunidad de expresarse a todo el mundo. Es como cuando me critican que escriba en *El Día* o en la revista *Comentario*, que, según dicen, edita la embajada de Estados Unidos, porque estos medios tengan una tendencia hacia la derecha. Yo escribo donde me dejen exponer mis ideas, siempre que no me coarten —comentó como si necesitara justificarse de los reproches que venía escuchando en los últimos tiempos—. Y creo que Uruguay es uno de los pocos países de América del Sur que hoy permite exponer esa pluralidad de ideas.

—Algunos solo entienden la libertad de expresión si les permite despotricar, injuriar y calumniar a los que no piensan como ellos —dijo Chichí, sin dejar de dar comida a uno de los perros por debajo de la mesa, como llevaba haciendo toda la noche—. Desde luego, conmigo que no cuenten para ir a escuchar a un guerrillero comunista.

—Yo también iré y me llevaré a tu ahijado —anunció Esther, mirando a la española—. Y el mayor irá seguro, no piensa perdérselo. Claro que él es miembro de la Juventud Comunista, como para negarle que vaya. Tiene quince años, pero cuando se trata de política, debate con quien haga falta, ¡hasta con su padre!

—Hay mucha crispación —intervino Valentino—. Llevan meses pidiendo que se vete la entrada de Guevara. El propio César Batlle ha pedido que se le declare *persona non grata*. Benito Nardone ha dicho en el Consejo de Gobierno que Guevara le da asco y gran parte de la prensa sigue esa consigna. Periódicos como *El Debate* y *La Mañana* llevan días insinuando que se están preparando atentados contra los representantes cubanos. La policía y el Gobierno uruguayo deben de estar preocupados por la seguridad, ¿no es así, Mario César?

—Imagínate. El país será un hervidero de líderes mundiales, invitados de primera, ajuste de agendas, política de protocolos, jornadas interminables de diplomacia extrema... Un estrés innecesario, sobre todo para mi úlcera de estómago. Supongo que todo quedará en lo de siempre: manifestaciones donde unos gritarán «régimen castrista, comunismo agresor», y otros bramarán «Cuba sí, Rusia no». —El diplomático llevaba semanas cuadrando agendas y cerrando reuniones con los representantes de otras delegaciones—. ¿Por qué lo preguntas? ¿Te gustaría ir a escucharle? Puedo mover unos hilos...

—No podría aunque quisiera. El trabajo... —se justificó Valentino mientras miraba a su mujer, esta vez sin disimulos.

—Alguien tiene que quedarse en la tienda. Yo estaré fuera: debo viajar a México. Uno de los anticuarios con los que trabajamos allí nos ha reservado unas piezas precolombinas y quiero verlas antes de comprarlas —explicó la española—. Pero de estar aquí, yo tampoco habría ido. No sé qué puede decir un líder revolucionario cubano que pueda interesarme.

—Allende es un líder interesante. A él sí me hubiese apetecido escucharle.

—Cierra antes la tienda y vente conmigo —se apresuró a proponerle Arbelio, al oír las palabras de Valentino. También le dijo que, en caso de no poder, él pensaba llevar una grabadora y le pasaría la cinta más tarde.

—Puede que lo haga. Si cambio de opinión, te lo digo. ¿Más vino? —preguntó el italiano, con su mejor sonrisa.

Así quedaba sembrada su posible coartada en caso de que, el día en que el Che Guevara y Salvador Allende coincidirían en la universidad, alguien le viera en las inmediaciones. Tenía previsto encontrarse ese mismo día, a pocas horas del inicio de la conferencia, con un miembro de la inteligencia soviética que, como muchos agentes de los principales servicios secretos del mundo, estaría en el único lugar donde podía estar un espía aquel mes de agosto de 1961: en Montevideo.

El jueves 17 de agosto llegó como solían arribar las visitas incómodas: demasiado pronto. María Luisa de las Heras había viajado fuera del país y Valentino se disponía a cumplir con el itinerario marcado: por la mañana abriría la tienda de antigüedades y por la tarde se reuniría con uno de sus enlaces para intercambiar información de última hora. Todo seguía en marcha, ninguna contraorden llegó de Moscú, ningún problema en la universidad. «Lo normal en estos casos: unos manifestantes de derecha contrarios a la presencia del Che en la universidad han entrado en las instalaciones y han lanzado unas cápsulas de ácido fétido para causar el caos, pero poco más, aunque se nota el ambiente caldeado», le comentó el colaborador.

Valentino tuvo tiempo de pasarse por Antiquariat antes de regresar a casa. No tenía prisa por llegar a su domicilio de la calle Williman 551. Su mujer estaba de viaje y nadie lo esperaba. La consigna de Moscú había sido clara. Algo importante iba a suceder y había que evitar la presencia de los principales activos de la inteligencia soviética en Uruguay. Había otros agentes, otros colaboradores que podían encargarse de ello. Era la primera vez que Valentino tenía una información tan poco precisa sobre los detalles de una operación, pero Moscú insistía en que el matrimonio de espías no se expusiera. Marino se pasó por la tienda y salieron juntos a tomar algo. Los dos llevaban días ultimando los preparativos de lo que iba a ocurrir en pocas horas; se merecían una copa y, por una vez, observarlo todo a cierta distancia. Habían sentado las bases, ahora les tocaba a otros ejecutar el plan, en el sentido más literal de la palabra.

Al llegar a casa dio de comer a los perros y puso un poco de agua en uno de los cuencos reservados para los animales. Estaban sedientos, como también él. La adrenalina siempre le secaba la boca; le pasaba desde joven, también cuando mató al comunista italiano Grandi en el hotel Mayak de Moscú, o cuando disparó en plena calle a un dirigente fascista en Faenza. «Me estoy haciendo viejo», pensó. Rememoraba con mayor nitidez los recuerdos devorados por las hojas del calendario que los que acababa de construir. Se sirvió otra copa, esta vez más cargada y con menos hielo, mientras notaba el latido de la sangre en las sienes: comenzaba a dolerle la cabeza.

Miró el reloj, pasaban de las ocho de la tarde. A esa hora ya debía de haber empezado la conferencia en el Paraninfo, y seguramente el Che ya había iniciado su intervención, que duraría alrededor de una hora. Se imaginó a Ernesto Guevara y a Salvador Allende sentados juntos en el escenario, uno frente al otro. Le habían informado de que los acompañarían el profesor universitario Luis Gil, el dirigente comunista Victorio Casartelli y un representante de la Federación de Estudiantes Universitarios de Uruguay. También aventuró qué lugar ocuparía su amigo Arbelio Ramírez, sentado ya en el patio de butacas.

El bueno de Arbelio... No sabía por qué, pero desde hacía unos meses no se veían tanto como antes, como si algo hubiera pasado entre ellos que hacía que el profesor de Historia prefiriera mantener las distancias o, al menos, espaciar los encuentros. Por eso le agradó que acudiera junto a su mujer a la última cena celebrada en la casa de la calle Williman 551. Le caía bien aquel hombre, igual que su esposa, Esther, a la que imaginó asimismo sentada entre el público junto a su hijo pequeño, como había comentado durante la velada, porque el mayor habría ido con sus compañeros de partido.

Imaginó la densa aglomeración de personas en la avenida 18 de Julio, entre Eduardo Acevedo y Tristán Narvaja, intentando acceder a la universidad. Se alegró de que Arbelio fuese a llevar la grabadora que la propia Esther le compró durante uno de sus viajes a Estados Unidos; así él tendría ocasión de escuchar el acto más adelante. Lo que no podía imaginar era que, a esa misma hora, Ernesto Guevara estuviese pronunciando una de las frases que se popularizaron más tarde, aunque, cuando lo hizo, los asistentes con ideas de izquierdas le criticaron por alabar al Gobierno uruguayo: «Ustedes tienen algo que hay que cuidar: la posibilidad de expresar las ideas, la posibilidad de avanzar por cauces democráticos hasta donde se pueda ir; la posibilidad, en fin, de ir creando esas condiciones que todos esperamos algún día se logren en América, para que podamos ser todos hermanos, para que no haya la explotación del hombre por el hombre, ya que no en todos los casos sucederá lo mismo sin derramar sangre, sin que se produzca nada de lo que se produjo en Cuba, que es que cuando se empieza el primer disparo, nunca se sabe cuándo será el último».

Valentino pensó en encender el televisor, pero el dolor de cabeza iba aumentando y necesitaba cerrar los ojos un rato; mejor poner la radio. Se disponía a hacerlo, cuando el sonido del teléfono le puso en alerta a mitad de camino. Había sonado dos veces antes de cesar en seco. Esperó unos segundos. Volvió a sonar otras dos veces, y de nuevo, el silencio. Era la señal acordada: la próxima llamada sería la buena. Cuando descolgó el teléfono, sabía que al otro lado estaría María Luisa de las Heras. Lo que no esperaba era escuchar lo pronunciado al otro lado del auricular. La frase pareció tener vida propia:

—Le pareció que el piano era un gran ataúd.

La voz de la española insistió de nuevo, pronunciando las mismas palabras y en el mismo tono, antes de cortar la comunicación. Valentino sabía que era una de las frases pertenecientes a «Las Hortensias» de Felisberto Hernández que su mujer había elegido como código de que algo había salido mal en la misión. No sabía qué era, pero no tenía dudas de que debía dirigirse a la universidad. Ese era el lugar, lo que no sabía era por qué.

Le costó llegar a las inmediaciones del Paraninfo, mientras las palabras de su mujer se repetían en su cabeza: «Le pareció que el piano era un gran ataúd». No tardó mucho en confirmarlo.

De entre la algarabía de gritos salió una sentencia en forma de serpiente que se escuchó con total nitidez: «¡Lo han matado! ¡Lo han matado!». Cuanto más se escuchaban aquellos bramidos, más corría la gente de un lado a otro, más pánico mostraban sus caras, más avalanchas se producían a las puertas de los comercios, más cierres metálicos caían como persianas de acero para mantener los locales cerrados, más golpeaban las manos de los manifestantes contra las vidrieras y las puertas de los establecimientos para que les permitieran entrar por miedo a ser ellos los próximos en recibir el impacto de una bala perdida, más empujaba la policía a los que se encontraban en las calles para que se dispersaran y se alejaran del lugar, más cuerpos caían al suelo presa del miedo, más heridos se producían al estrellarse contra el asfalto ante la descontrolada fuerza del alud de gente...

Un nuevo grito surgió de entre la muchedumbre, aupado, como aspira a emerger la verdad del nido de mentiras más tenebroso: «¡Han matado al Che! ¡Lo han matado! ¡Han matado a Ernesto

Guevara!». El miedo se transformó en cólera e incendió el aire, y Valentino pensó que aquella era la prueba de que la gente no estaba preparada para escuchar la verdad, mucho menos en los momentos de máxima tensión y mayor peligro, ya que la irracionalidad solía guiar a las masas.

La calle era una maraña de gritos, llantos, gases lacrimógenos, rostros de terror y órdenes lanzadas por la policía, que se confundían con las sirenas de los coches de emergencia. Entre la multitud, logró encontrar al agente infiltrado en la comitiva de Salvador Allende, que le informó de que el mandatario chileno ya estaba en un coche, a salvo, pero que había oído que el muerto podía ser el argentino, el Che Guevara.

—¿Lo tienes confirmado? —le preguntó el italiano.

—¿Aquí? ¿Ahora? —Miró a su alrededor y abrió los brazos—. Imposible confirmar nada.

El italiano caminó unos metros más, en los que invirtió alrededor de veinte minutos. Transitar por una avenida atestada era complicado; avanzar abriéndose paso a brazadas entre una multitud enfurecida, aterrada, desinformada y con el instinto de supervivencia a flor de piel resultaba prácticamente imposible. A pesar del tumulto, reconoció a algunos agentes comunistas entre el bullicio, así como a varios miembros de la embajada soviética; algunos de ellos también le vieron a él. A lo lejos, encontró una cara conocida: era Marino. Pensó en preguntarle qué hacía allí, pero imaginó que lo mismo podría preguntarle él, y mucho se temía que la respuesta iba a ser la misma. Prefirió ser práctico.

—¿Ha sido el Che? ¿Lo han matado?

—No. Guevara salió por la puerta de la facultad que da a la calle Eduardo Acevedo. Yo mismo lo he visto. Lo hizo incluso antes de que saliera Allende por el lado opuesto.

La pregunta de Valentino saltó de su cabeza a su boca, sin siquiera ser consciente de haberla verbalizado.

—Si Guevara está vivo y Allende está a salvo, ¿a quién demonios han matado?

Terminada la conferencia, el senador chileno y el representante del Gobierno de Cuba habían abandonado la universidad por distintas puertas, ubicadas en lados opuestos del edificio, por motivos de seguridad y para evitar avalanchas de quienes esperaban en los alrededores de la facultad. Los ríos de gente que salían del recinto universitario se cruzaban con los que se agolpaban a la entrada, intentando ver a los protagonistas del evento y formando una marabunta ingobernable. Fue entonces cuando se escucharon unos disparos. Nadie supo decir cuántos. Todo el mundo empezó a correr de un lado a otro, guiados únicamente por la sinrazón y el miedo. No sabían qué había pasado ni a quién habían disparado, solo que los disparos habían sido reales.

Las emisoras de radio y los periódicos no tardaron en pronunciar el nombre de la víctima. Para sorpresa de Valentino, él también lo escuchó antes de que se hiciera público y mucho antes de que la policía llamara a la residencia de la calle Cerrito, próxima al puerto de Montevideo, para informar a la esposa del fallecido su nueva condición de viuda: el profesor de Historia, Arbelio Ramírez, había recibido el impacto de uno de los disparos efectuados por un tirador desconocido. Un proyectil de arma de fuego le había destrozado el cuello. Los primeros indicios hablaban de una bala perdida, más tarde se dijo que el asesino había errado el disparo, ya que la bala iba dirigida a Ernesto Guevara. Algunos empezaron a hablar de balas comunistas y otros de la sombra de la extrema derecha en el asesinato. La confusión era total. Lo único cierto es que Arbelio Ramírez estaba en la morgue del hospital Maciel de Montevideo, con su viuda, Esther Dosil, y sus dos hijos.

Valentino regresó a casa y llamó a Esther a su domicilio, pero nadie contestaba al teléfono o directamente comunicaba, hasta que en un momento dejó de haber señal. Pensó en ir al hospital o directamente a la morgue, pero prefirió esperar. Encendió el televisor y la radio, todo a la vez. Quería ver si contaban más cosas, aunque sabía que la información de los medios estaría tamizada por el poder que fuera, como de costumbre, y el ruido se comería a la realidad. Pensó en la radio de María Luisa de las Heras. No era un experto en su manejo pero alguna noción tenía, la suficiente para intentar escuchar algo que proyectara un haz de luz sobre lo sucedido. Cuando entró en el dormitorio y abrió el armario donde su mujer solía guardarla, no encontró nada. Buscó la máquina de coser Singer donde ella solía esconderla, justo bajo su mesa; retiró la tapa de la máquina y el resultado fue el mismo: nada. Se convenció de que no podía utilizar el teléfono para llamar a nadie, no era seguro. En cierto modo, se alegró de no haber encontrado la radio porque no sabría si su señal sería interceptada, ya que imaginó que los últimos acontecimientos habrían puesto en alerta a la policía y a una buena parte de los servicios de inteligencia. Lo que no entendió es por qué su esposa se había llevado la radio; si es que lo había hecho.

Apenas durmió aquella noche. Y cuando lo hizo, fue rayando el alba, momento en el que cayó en un duermevela que parecía narcotizado.

Al levantarse, se encontró con su mujer sentada en el salón, tomando un café y acariciando a uno de los perros. El maletín de piel que contenía la estación de radio descansaba en uno de los extremos del sofá. Le sorprendió que estuviese ya de vuelta, no la esperaba tan pronto. Debió de mirarla con gesto escéptico, porque ella arqueó una ceja y le dijo con cierto sarcasmo:

—Cualquiera diría que no te alegras de verme.

—¿Sabes lo de Arbelio? Lo mataron ayer. Ni al Che ni a Allende: mataron a Arbelio, a nuestro amigo, al marido de tu querida Esther, al padre de tu ahijado.

—Claro que lo sé. No se habla de otra cosa. Algo debió de salir mal —replicó ella con una frialdad que le sorprendió.

—¿Algo? —Valentino intentó no perder la compostura. Últimamente se habían escuchado algunos gritos en esa casa y no convenía que los vecinos empezaran a quejarse ni a sospechar que algo no iba bien en el matrimonio, más allá de lo que podían entender como una riña doméstica—. Pero ¿a ti qué te pasa?

—La pregunta correcta sería qué te pasa a ti. Se organizó un operativo y ha salido mal. Punto. Déjate de sentimentalismos. Te estás haciendo mayor, Valentino.

—Pero ¿quién era entonces el objetivo? ¿Y quién apretó el gatillo? Creía que estábamos protegiendo a Allende.

—Y lo hacíamos. Por eso te llamé, porque recibí una información sobre un posible atentado contra Salvador Allende y el Centro quería protegerlo.

—¿Y a quién fuimos a matar, entonces? ¿Al Che?

—¡No lo sé! —respondió ella, levantándose del sofá, como si necesitara coger aire—. Guevara se ha convertido en alguien incómodo, pero no sabría decirte. Sé lo mismo que tú. Moscú decidió contar con otros agentes para llevar a cabo la misión, y era tan secreta que solo los implicados conocían los detalles más importantes. Nosotros únicamente debíamos dar cobertura y eso es lo que hicimos.

—Yo creo que no. —Avanzó hasta quedarse a dos pasos, de pie ante ella. Sus ojos inyectados en rabia atravesaron los de su mujer, que pudo sentir el frío de aquella mirada como si fuera un cuchillo afilado. Valentino intuía que le habían dejado al margen, empezaba a sospechar que alguien había decidido no hacerle partícipe de toda la información, y esa posición de desventaja le contrarió. Él seguía siendo el activo de mayor jerarquía en ese equipo. La sombra de la traición por parte de su mujer, por inesperada, le llenó de cólera y a punto estuvo de no poder refrenarla—. Yo creo que tú sabes algo más y que, por alguna extraña razón que se me escapa, no me lo quieres contar. Lo que no tengo claro es si tu silencio es cosa tuya o en connivencia con Moscú.

—No digas estupideces. Te recuerdo que eres mi superior.

—Me temo que hace mucho que dejé de serlo. —Se encontró con la mirada fría de su mujer. En ese momento, un pensamiento inesperado le nubló el semblante—: A no ser que Arbelio fuera el objetivo real, que tú misma lo hayas matado y que hayáis montado todo este circo para taparlo —dijo, con una cadencia en la voz propia de quien va tejiendo poco a poco un telar—. Aquello que hablamos de intentar captar a Arbelio como informante y que al final desechamos... Supongo que no se te ocurriría planteárselo, que no sería esa la razón por la que últimamente estaba más distante, sobre todo contigo, cuando siempre había mostrado adoración por ti...

—Creo que ayer bebiste demasiado. O eso o te has vuelto loco.

—¿Por qué has regresado tan rápido? ¿O es que, en realidad, nunca abandonaste el país?

—Quizá sea mejor que dejes de hablar. Nunca se te ha dado bien decir tonterías.

—¿Por qué te llevaste la radio? —preguntó él, dirigiendo la mirada al aparato que no logró encontrar la noche anterior.

—No me la llevé. No funcionaba bien y la estaban arreglando. La he recogido hoy nada más salir del aeropuerto. Me pillaba de paso antes de venir a casa —dijo la espía, sin molestarse en dotar de credibilidad a su mentira.

El italiano se llevó la mano a la nuca y respiró hondo: notaba cómo el dolor de cabeza de anoche se iba desperezando de nuevo con cada palabra de ella, como el latido de un sónar que avisa de un impacto, cada vez más fuerte y rápido. Le dio la espalda a su mujer y regresó al dormitorio.

Esa misma tarde, la pareja de espías acudió al velatorio de Arbelio Ramírez. La española aconsejó no ir y retrasar el pésame a Esther unas horas más, en la tranquilidad de su hogar, pero Valentino ignoró su recomendación. Llevaba todo el día sin dirigirle la palabra, saltaba a la vista su desconfianza. María Luisa de las Heras procuraba sembrar de voces el desierto instalado entre los dos, pero todo resultó en vano. Sería cuestión de esperar. Y eso hizo.

El ambiente estaba aún más enrarecido que hacía unas horas. Las escaleras de la universidad se hallaban cubiertas de flores y alguien había envuelto el féretro del profesor Arbelio Ramírez con una bandera. Se produjeron altercados a la salida, donde se escucharon los gritos de siempre, tan dispares como de costumbre, desde «Comunismo agresor, comunistas asesinos», hasta aquellos que injuriaban la memoria del fallecido: «Bien muerto está». En los corrillos del velatorio, las teorías manaban de las bocas de los presentes como las lágrimas lo hacían de los ojos de Esther Dosil: que si la CIA estaba detrás del asesinato; que si había sido Fidel Castro; que si la policía lo sabía y no hizo nada; que si el Gobierno de Uruguay era responsable; que si la bala llevaba el nombre del Che; que si la agencia de inteligencia estadounidense pagó cincuenta dólares a todo el que fuera a reventar el acto de Ernesto Guevara y que lo pactaron en el Club Social Deportivo Sayago; que si Arbelio se lo había ganado a pulso por su pasado comunista y revolucionario; que si acudió con una bandera de Cuba en la mano; que si otros le habían oído gritar contra Guevara; que si se había acercado demasiado a Estados Unidos; que si todo había sido fruto del azar; que si el asesinato no pudo ser fortuito ni tampoco un error de cálculo en el disparo, porque el profesor y el revolucionario argentino estaban lejos uno del otro y no había modo de confundirlos, ya que las diferencias físicas eran manifiestas; que cómo fue posible que siete balas salieran de la oscuridad sin que nadie viera al tirador... Las teorías de la conspiración llegaron hasta el mismo Cementerio Central, adonde llevaron los restos mortales del profesor.

La rumorología no cesó durante los días, las semanas y los meses posteriores, y así se lo confirmó la propia Esther un día que recibió al matrimonio amigo en su casa.

—Lo están politizando todo. Arbelio no estaba adscrito a ningún partido, no tenía militancia política activa, ni siquiera iba a las manifestaciones. Su arma era la palabra. Era un hombre honrado, bueno y pacífico, que siempre luchó por la libertad y por el derecho a defenderla, sin importar del bando del que viniera. Tú lo sabes, María Luisa, lo conocías bien...

—No hagas caso de lo que digan, ya sabes cómo es la gente en estas circunstancias, siempre buscando sombras donde no las hay. —La española tomó entre las suyas la mano de la viuda—. Valentino y yo hemos pensado que, si te parece bien, podríamos llevarnos a los niños a...

—¿Qué fue lo que le dijiste a Arbelio una de las últimas veces que os visteis, antes de...? —preguntó Esther, cortando abruptamente la arenga de su amiga, ante el asombro de la pareja de agentes soviéticos—. Estaba preocupado por algo que le mencionaste. Intenté que me lo dijera pero me respondió que prefería no darle más importancia, que ya me lo contaría en su momento.

—No le dije nada. ¿Qué podría decirle yo que preocupara a tu marido? —La española mostró su asombro ante la pregunta.

—La policía me preguntó por ti —confesó Esther. En un acto de contención emocional, la española se limitó a arquear la ceja—. Para ser exactos, yo les hablé de ti. Les dije que pasó algo entre vosotros que le tenía preocupado.

—¿Por qué les dijiste eso, querida? Te digo que no pasó nada, jamás haría nada que perjudicara a tu familia. Al contrario. ¡Soy la madrina de vuestro hijo menor!

—Esther... —intervino el italiano, con gesto apesadumbrado—. Eso es una locura...

—Eso mismo me dijo la policía. Alguno hasta me miró con cara de lástima, como dando a entender algún tipo de infidelidad de Arbelio con María Luisa. Les faltó llamarme loca. También me dijeron que no creían que la CIA estuviera detrás del asesinato ni que su verdadero objetivo fuera Ernesto Guevara, como defienden muchos. Dicen que si fuera así, la inteligencia estadounidense habría tenido cien oportunidades de matarlo en cualquier lugar mejor que el interior de una universidad.

—Tiene su lógica.

—Nada tiene lógica, Valentino. La policía de aquí está conchabada con la CIA, lo sabe todo el mundo, y no digamos los servicios secretos uruguayos. Por eso no están haciendo nada para encontrar al asesino de mi marido. No han hecho más que intentar ensuciar su memoria. Llegaron a decirme que Arbelio llevaba fotografías pornográficas en su portafolio, pero ni el juez pudo verlas ni a mí me las enviaron junto a las pertenencias de mi esposo: me devolvieron su agenda, la credencial cívica, seis cintas magnetofónicas, una grabadora, su reloj, un llavero, un micrófono, un libro de historia de Grecia, un bolígrafo, la cédula de identidad, dos fotografías, una de mis hijos y otra mía, pero nada de material pornográfico. Se lo inventaron para desviar la atención hacia grupos violentos de extrema derecha.

La voz de Esther se volvía cada vez más metálica, como las grabaciones en la grabadora de Arbelio. Parecía ausente, tal vez por efecto de algún tranquilizante o por el dolor crónico del duelo, lo que confería a su relato un carácter sombrío, pero igual de lúcido.

—Tuvieron el valor de decirme que podría tratarse de un crimen pasional, hasta me hablaron de drogas, en vez de dedicarse a hablar con los testigos, tanto con los que estaban en el bar La Peña Estudiantil como con el dueño del bar El Refugio de la calle Eduardo Acevedo, o con muchos ciudadanos que aseguraron que habían visto al autor de los disparos huyendo del lugar revólver en mano, sin que la policía hiciera nada para detenerlo. Tampoco se molestaron en buscar a los dos jóvenes que llevaron a Arbelio al hospital y les dijeron a los médicos que había sido la policía, y cuando al fin la policía les citó en comisaría, los muchachos salieron diciendo justo lo contrario.... —La viuda hablaba con la mirada fija en las dos alianzas que llevaba en el dedo anular, la suya y la de su marido, y que no dejaba de tocar—. Nunca van a descubrir quién mató a Arbelio, porque no quieren hacerlo, o porque no les interesa, o porque no perjudicaría a los que los perjudican a ellos. Todos los que ocupan puestos claves en la policía, en el Gobierno, en la justicia, todos están implicados en su asesinato, de una manera u otra. La prensa ya se ha olvidado de la muerte de mi marido, lo hizo un mes después de su asesinato. Y yo solo veo sombras a mi alrededor.

A la salida del domicilio de la familia Ramírez, Valentino cogió del brazo a su mujer y la arrinconó contra la pared de una callejuela adyacente.

—No serías capaz de matar a Arbelio... —le preguntó con la mirada inyectada en rabia.

—Sería capaz de matar a cualquiera. Y eso te incluye a ti —respondió ella con tranquilidad, pese a la presión de la mano de su marido en el brazo, aunque percibió que la mirada del italiano contenía más violencia.

Ambos sabían que era cierto y que iría incluso más allá, incluyéndose ella misma en la ecuación, si era lo que necesitaba la patria. Ya lo había demostrado en los bosques de Ucrania, donde juró sacrificar su propia vida en la lucha contra el enemigo. Todo por Moscú. No había más ley que esa.

De nuevo, la desconfianza entre los dos. De nuevo la distancia. De nuevo, la espía sabía que debía esperar.

Unos meses después del asesinato de Arbelio Ramírez, María Luisa de las Heras logró poner en orden sus pesquisas sobre el supuesto traidor en las filas de la inteligencia soviética, una traición que había empezado a intuir durante la elaboración de los informes sobre la invasión de bahía de Cochinos. Tenía las pruebas y el nombre, y nada de ello iba a gustar a Moscú.

Se trataba del coronel de la inteligencia militar soviética (GRU), Oleg Penkovski, uno de los agentes más considerados del Ejército Rojo en la lucha contra los nazis: apodado «Agent Hero», era integrante de la cúpula del GRU por mediación del director del KGB, Iván Serov, amigo y confidente desde hacía años, al que Jrushchov destituyó al conocer su amistad con el traidor. El espía había entregado a Estados Unidos varias fotografías e información confidencial sobre la instalación soviética de misiles balísticos de medio alcance P-12 en Cuba, que los U-2 estadounidenses no tardaron en confirmar sobrevolando la isla. La traición obligó a la URSS a retirar esos misiles para evitar un nuevo enfrentamiento con Estados Unidos y su imagen quedó dañada ante el mundo en mitad del escándalo de la denominada crisis de los misiles.

Penkovski fue detenido el 22 de octubre de 1962, ocho meses después de que William Fisher, más conocido en Moscú como coronel Rudolf Abel, fuera canjeado por el piloto estadounidense Francis Gay Powers, derribado en mayo de 1960 cuando pilotaba su avión espía U-2 sobre territorios estratégicos de la URSS. El intercambio se realizó el 10 de febrero de 1962, a las 8.52 horas, en el puente de Glienicke que separaba la ciudad de Potsdam de Berlín a lo largo de sus 148 metros de pasadera sobre el río Havel, protagonizando el primer intercambio de agentes secretos entre Estados Unidos y la URSS en el que se denominó, a partir de ese momento, como el Puente de los Espías.

El informe sobre la detención y muerte de Oleg Penkovski que estaba leyendo María Luisa de las Heras detallaba cómo agentes del KGB habían envenenado al espía soviético para internarle en una clínica durante unos días, tiempo que utilizaron para registrar su apartamento —donde encontraron un pasaporte falso— e instalar micrófonos y cámaras ocultas. Buscaban pruebas que confirmaran las sospechas expresadas no solo por la española, sino por el espía doble británico George Blake, cuyo nombre aparecía en los informes elaborados por la inteligencia británica como posible agente doble y confidente de los soviéticos. No tardaron en ratificar la traición, sobre todo después de un encuentro mantenido por Penkovski con el agente británico Greville Wynne en un hotel de Ucrania. El expediente también especificaba los detalles de su muerte: lo habían atado a una tabla de madera e introducido lentamente en un horno crematorio. Ese fue el calvario que eligieron sus camaradas por haber pasado información a la CIA y al MI6 británico, y hacerlo a cambio de nada, guiado solo por su conciencia, por convicción, por la gran decepción que aseguraba haber sentido ante la deriva que estaba tomando la Unión Soviética, con la que ya no se identificaba. El informe incluía una última nota: «Cenizas arrojadas a una fosa común».

La española no se dio cuenta de que a su espalda, leyendo esos informes, estaba Valentino.

—¿Era necesario actuar como los nazis? —preguntó el italiano.

—¿Te parece mal que se castigue la traición de un camarada a su patria y a sus propios compañeros?

—Me parece que el ensañamiento es algo gratuito. Con un encierro en un gulag o en una celda de Lefórtovo hubiera bastado. Sencillamente, es despiadado. Es todo lo que digo.

—Es justo. La lucha del proletariado lo justifica todo.

—¡Por Dios! Pero ¿tú te escuchas? —gritó Valentino—. Estamos en 1963, no en 1917. ¿De qué proletariado me estás hablando?

—Del mismo por el que llevamos luchando toda nuestra vida y por el que hemos sacrificado tantas cosas.

—Quizá Oleg Penkovski, con su traición, que otros pueden entender como sacrificio, haya evitado una guerra nuclear —dijo, refiriéndose a los trece días de octubre de 1962 en los que la Unión Soviética y Estados Unidos estuvieron a punto de declararse la guerra a causa de la crisis de los misiles de Cuba—. No era el único que pensaba que Jrushchov está loco y que sus decisiones pueden abocarnos a una inminente guerra nuclear. Los misiles se emplazan como se desenfundan las armas, con el propósito de ser disparados.

—A ver si lo entiendo: Estados Unidos pudo instalar misiles balísticos en Turquía hace un año, pero si la Unión Soviética lo hace en Cuba para restaurar el equilibrio nuclear en el mundo y evitar un nuevo ataque estadounidense, aunque eso provoque que Kennedy ejecute un bloqueo militar y un embargo contra la isla, es la URSS la que está declarando una guerra nuclear. ¿Es eso lo que estás diciendo? Porque sería un análisis interesante, sobre todo teniendo en cuenta que a los Rosenberg los ejecutaron en la silla eléctrica por pasar secretos nucleares a los soviéticos —enunció entre la sorpresa y la irritación.

—¿Equilibrio nuclear? Estados Unidos tiene cuatrocientos misiles balísticos intercontinentales; la URSS cuenta con setenta y ocho. Eso sin contar con los submarinos Polaris y los mil trescientos bombarderos estadounidenses frente a los escasos doscientos de los soviéticos. No sé dónde ves tú el equilibrio —respondió Valentino. Durante unos instantes se quedó observando a su mujer, antes de añadir—: Y a tu pregunta, te diré que no, no es eso lo que estoy diciendo.

—Hay auténticos héroes soviéticos encerrados en prisiones de la URSS, titanes revolucionarios que lo han dado todo por su país y han encabezado todo tipo de misiones por la grandeza de su patria —dijo la agente, recordando a sus camaradas Eitingon y Sudoplátov—. Ellos sí son héroes, los que aceptan su destino y las decisiones de la Madre Rusia, no los que la traicionan por el motivo que sea.

—Ese es el problema: los héroes de la Unión Soviética no deberían estar encerrados ni ser torturados y, mucho menos, ejecutados por los suyos. ¿Es tan complicado de entender? ¿Qué clase de patria, de paraíso proletario, mata a sus héroes?

María Luisa de las Heras no respondió. Tampoco oyó ninguna palabra más por boca de Valentino. Lo único que escuchó fue un pequeño crujido en su interior a modo de alarma, como si algo dentro de ella se hubiera roto, semejante al engranaje de la decepción que se siente cuando alguien querido abandona, cede o traiciona.

No era la primera vez que Valentino Marchetti se expresaba en esos términos. Tampoco la primera vez que la española debía decidir si comunicar o no a Moscú aquella debilidad preñada de duda y desesperanza que comenzaba a mostrar el italiano.

En agosto de 1961 se empezó a construir un enorme muro en Berlín, que separaba la ciudad en dos partes: la República Federal de Alemania, Berlín Oeste, y la República Democrática Alemana. En esa misma fecha, comenzó a levantarse un muro similar entre los dos agentes soviéticos que, hasta entonces, se habían entendido sin grietas ni fisuras. Mientras que la crisis de los misiles hizo posible que el 20 de junio de 1963 se instalara un teléfono rojo entre la Casa Blanca y el Kremlin para que sus mandatarios tuvieran una línea de comunicación directa en caso de urgencia o peligro inminente, la crisis que siguió a la muerte de Arbelio Ramírez había ido debilitando la conexión entre Valentino Marchetti y María Luisa de las Heras, semana tras semana, mes tras mes. Y esa señal de alarma se escuchó finalmente en Moscú.

42

Los ecos del asesinato del trigesimoquinto presidente de Estados Unidos, John Fitzgerald Kennedy, el 22 de noviembre de 1963 en Dallas, todavía resonaban en todo el mundo cuando la muerte por leucemia de Felisberto Hernández conmovió a Uruguay a principios del año 1964.

La noticia de su fallecimiento no pareció afectar por igual a la que había sido su tercera mujer, la «gallega», la modista española que vino desde París con la promesa de amor eterno que quedó rota dos años más tarde. Tuvo dudas sobre si presentarse o no en el cementerio. Nunca fue amiga de ceremonias fúnebres ni de sepelios, ni siquiera de los enterramientos guerrilleros ni de las tumbas de los héroes soviéticos que vio abrir en la tierra de los bosques de Ucrania. Ya había pisado suficientes camposantos para toda una vida, en busca de muertos que diesen cobertura legal a los espías ilegales. Pero el qué dirán que tejen las conversaciones de las malas lenguas pesaba como una losa. Decidió asistir solo para acallar comentarios maliciosos, evitar reproches de los amigos comunes que aún mantenía el antiguo matrimonio y no desagraviar a Mabel, la hija del primer matrimonio de Felisberto, con la que seguía manteniendo una buena relación. Se ubicó en un lugar discreto, a cierta distancia de Juana Hortensia y de la viuda oficial, la suficiente para no herir el duelo ajeno pero susceptible de hacer notar su presencia ante los ojos que la buscaban entre crisantemos y salmos. En realidad, una vez allí, se alegró de haber ido. Felisberto Hernández siempre se había portado bien con ella; de no ser por él, no estaría donde estaba y su vida como agente soviética habría sido otra. Él hizo posible que se asentara en Uruguay y siguió ayudándola incluso cuando su matrimonio ya estaba roto, en la obtención de sus documentos de identidad. Otro en su lugar, guiado por la venganza del abandono, podría haberse desinteresado, pero el escritor no. Qué menos que acompañarlo en su último adiós.

A los pocos días del entierro, supo que el verdadero final de Felisberto Hernández parecía salido de uno de sus relatos. La familia había decidido incinerar sus restos y alguien del cementerio escribió con tiza el número identificativo sobre la urna funeraria. Según le contaron, un inoportuno aguacero cayó sobre el lugar donde se apilaban, con tan mala suerte, que el agua borró el trazo de tiza, por lo que fue imposible identificar la urna que contenía sus cenizas. Una jugarreta del destino que un hombre bueno como Felisberto no se merecía. Pero, como bien sabía la española, el mundo no era un lugar bonito ni justo para las personas buenas.

Cuando llegó a casa, lo comentó con Valentino.

—Cualquiera diría que lo ha organizado Moscú. No ha podido salir peor —dijo Valentino con cierta sorna, aunque consciente de que su insinuación no tenía ninguna gracia.

Llevaba tiempo criticando y poniendo en duda la política de la Unión Soviética y las decisiones del Centro. Pensaba que sus disposiciones, tanto logísticas como del personal reclutado, eran ruinosas, equivocadas, alejadas de los ideales que siempre habían guiado la lucha revolucionaria contra todo tipo de fascismo, y que el actual comunismo interpretado por el Kremlin requería una revisión urgente.

El comentario hizo reaccionar a la española.

—No sé qué te sucede últimamente, pero convendría que recapacitaras y dejaras de cuestionar las decisiones de Moscú. Y también estaría bien que parases de buscar enfrentamientos conmigo.

—¿O qué? —preguntó él con una mirada desafiante—. ¿Se lo dirás a Moscú? O puede que ya lo hayas hecho.

—La paranoia no te sienta bien, te hace parecer débil y, lo que es peor en un agente, ridículo —contestó la española, reparando en el vaso de whisky que sujetaba en la mano Valentino. Miró la botella de vidrio labrada sobre el mueble bar del salón; seguramente no sería el primero que se tomaba—. Siempre hemos trabajado bien en equipo, nos hemos respetado, hemos caminado juntos...

—Es verdad. El problema es que cuando en ese camino aparecen piedras que impiden avanzar por él, tú te conviertes en una kamikaze y nada ni nadie te hace replantearte la sinrazón de seguir por la misma senda.

—Ya, y según tú, el mariscal Tito entiende mucho mejor cuál debería ser la senda del comunismo actual —le reprochó la agente.

Ya le había escuchado alabar la noción del comunismo defendida por el presidente de Yugoslavia frente al desacierto político de Jrushchov y, anteriormente, del propio Stalin, quien incluso llegó a planear el asesinato de líder yugoslavo: se lo encomendó a un amigo de la española, Iósif Grigulévich, pero el plan quedó abortado por la repentina muerte del mandatario soviético.

—¿Es que no ves la sinrazón de todo esto, el engaño en el que nosotros mismos hemos colaborado? —insistió el italiano—. Todo ha sido una gran mentira desde el principio. Jrushchov acabó con Beria no porque el jefe del KGB secuestrara y violara a las jóvenes rusas que deseaba, sino por la ridícula acusación de que pretendía restaurar el capitalismo. A Aleksandr Orlov, el hombre fuerte del NKVD que terminó desertando y chantajeando a Stalin, lo enviaron a España por un solo motivo: porque Galina Voitova, la joven agente con la que mantenía un romance, se suicidó frente a la Lubianka y el escándalo fue tan grande que tuvieron que sacarle de allí. Lo mandaron a tu país para que empezara a contar los quinientos millones de dólares de las reservas de oro de la República española, esos que realmente pagaron las armas, el apoyo a los nobles luchadores contra el franquismo y la emigración de miles de españoles a Moscú. Porque, déjame decirte, Stalin no lo hizo por amor al comunismo como le aseguró a Díaz en el 36.

Hablaba Valentino del telegrama que el mandatario soviético envió, el 16 de octubre de 1936, al secretario general del Partido Comunista de España, José Díaz: «Los trabajadores de la Unión Soviética solo cumplen con su deber, prestando ayuda a las masas revolucionarias de España. Ellos se dan perfectamente cuenta de que la liberación de España del yugo fascista reaccionario no es una tarea privada de los españoles, sino una tarea común de toda la humanidad progresista y de vanguardia. ¡Salud hermanos!».

El italiano bebió de un trago el whisky que todavía le quedaba en el vaso y observó la mirada inquisidora de su mujer.

—Yo vi ese telegrama con mis propios ojos. No me lo contó nadie —dijo mientras se servía otro vaso, que no sería el último—. Como también pude ver el telegrama encriptado que mandó Stalin a Orlov cuatro días más tarde, ordenándole que organizara en secreto el traslado de las reservas de oro a la URSS y advirtiéndole de que no firmara nada y prometiera a Largo Caballero que el Banco del Estado les enviaría una factura oficial desde Moscú.

—¿Ahora eres un experto en la guerra civil española? Que yo recuerde, estuviste unos meses en España —intentó ridiculizarle la espía.

—Tú no estuviste mucho más, por lo que tengo entendido... —la calló él al instante—. Estuve allí lo suficiente para ver que la Guerra Civil y la República se perdieron en España en el momento en que descolgasteis los cuadros de Zurbarán, de Goya y de Velázquez de las paredes para colgar los retratos de Stalin y de Lenin. Ahí, justo entonces, el sueño republicano se esfumó al igual que la guerra se escapó de las manos de los españoles y ni siquiera hoy, más de treinta años después, sois conscientes de eso. A Stalin, España, como Italia, le importaba una mierda. El Kremlin estaba en bancarrota, pero supo encontrar dinero para acabar con Hitler, y te aseguro que no lo pagó en rublos. El propio Stalin lo reconoció durante una fiesta celebrada el 24 de enero de 1937, en la que brindó por el triunfo de la operación Oro: «Los españoles jamás volverán a ver su oro, como uno jamás podrá ver sus orejas». —Valentino negó con la cabeza, incapaz de entender que la violinista no viera lo que él veía—. Menudo fraude, menudo expolio, menuda estafa se tragó Negrín, engañado por su querido amigo Artur Stashevski, el agregado comercial de la embajada soviética; igual que se la tragaron Largo Caballero, el PSOE y toda la España republicana... El Padre de los Pueblos solo quería tener a los españoles comiendo de su mano hasta que os pudiera utilizar como baza estratégica, como carne de cañón o como moneda de trueque en sus tratos con el Führer, si estos hubieran salido bien. En ese preciso instante, Stalin os hubiera dado la patada, como hizo con todos, incluso con su propio hijo y con su propia esposa. ¿Es que no lo ves? —preguntó hundido—. ¿No ves la gran mentira que nos han vendido?

—Porque te conozco bien y sé que el alcohol habla por tu boca. Si no, pensaría que ya no te sientes comunista, que reniegas de todo aquello por lo que has dado la vida.

—Tú no conoces bien a nadie, como nadie te conoce a ti. Eres un fantasma, da igual el nombre que tengas, el lugar del mundo donde estés, la leyenda que te hayas creado... —dijo Valentino, más desde la tristeza que desde el reproche—. Tú no necesitas conocer a nadie para dar la vida por él o para matar por él. Te has entregado a un hombre a quien ni siquiera conocías: y no hablo de Felisberto, ni de mí, ni de todos aquellos que hayan pasado por tu cama, sino de Iósif Stalin, el Padre de los Pueblos, el Faro de la Humanidad... ¿Quién mata por alguien a quien ni siquiera conoce personalmente?

—No por él, Valentino. Sino por cómo nos hizo él ver el mundo.

—¡Nos convirtió en ciegos! No quería que viéramos cómo el mundo se volvía más roto, más vacío.

—¡Más justo!

—¿Justo, dices? Tan justo que él era la justicia. Tan comprometido con la igualdad que él vivía rodeado de oro mientras su pueblo moría por inanición. Háblale de justicia a los millones de personas que Stalin mató de hambre en Ucrania entre 1932 y principios de 1934, por la colectivización forzosa de sus cosechas. —Valentino se refería a la hambruna ucraniana, el Holodomor, que causó la muerte de entre cinco y siete millones de personas y afectó a más de cuarenta millones de soviéticos, y que años más tarde se reconoció crimen contra la humanidad—. Se comían las ratas, la corteza de los árboles, las suelas de los zapatos... ¡Se comieron los cadáveres de sus propios hijos! Tú tuviste un hijo, maldita sea... ¿Ni siquiera eso hará que reacciones?

—Deberías dejar de leer ciertos periódicos.

—Y tú deberías leer a tus amigos. Puedes empezar por *Rebelión en la granja*, de George Orwell: «Todos los animales son iguales, pero algunos animales son más iguales que otros». Prueba a ponerles nombres, a ver si los reconoces como hace el resto del mundo, ese que sigues sin ver por lo ciega que estás.

La voz de Valentino no solo silenció su voz, sino su capacidad de respuesta. Necesitó unos segundos para recomponerse y poder ofrecer una contestación libre de dudas, de insultos y de titubeos. Si el italiano pensaba que recurriendo al sentimentalismo iba a derrotarla, es que no la conocía.

—Ahora es fácil criticarle, los muertos lo aguantan todo. Y los vivos lo saben, por eso se aprovechan.

—Díselo a Jrushchov, fue el primero en hacerlo en 1956, durante el XX Congreso del Partido, cuando denunció todos los crímenes cometidos por Stalin, como si ellos no supieran nada de cómo se venía actuando en la Unión Soviética. Se presentaron como los salvadores de la patria, los nuevos, porque hemos tenido unos cuantos. No te engañes, África...

—No me llames así —le cortó en seco la española—. ¿Es que te has vuelto loco?

—Te digo que no te engañes, son los mismos perros con diferente collar. La única diferencia es que ellos siguen vivos. Hemos entregado nuestra vida a algo que ya nació muerto. Toda esta podredumbre empezó en el mismo momento en que nació, ahí comenzó a prostituirse: traiciones entre amigos, acusaciones falsas de camaradas, farsa judicial apoyada en tribunales del pueblo para justificar las luchas de poder, asesinatos y ejecuciones sumarias por venganzas personales... Llevan décadas matando a los que han asesinado por ellos, a los que lo han dado todo por un ideal, por un país, por una patria... —insistió el italiano, mientras se servía el enésimo vaso de whisky—. Tú debes saberlo muy bien, has sido testigo de ello; estabas ahí, en primera fila. Mataron a Trotski, uno de los padres de la Revolución rusa junto con Lenin. Mataron a Andreu Nin, que solo vivía con una idea en la cabeza: la revolución... y la lista es enorme.

—Ya está bien. No sabes de lo que hablas. —La violinista le arrebató el vaso, como si el alcohol fuera el único responsable de la perorata del italiano, que parecía más lúcido que nunca—. Y baja la voz, te lo ruego. Los vecinos van a escucharte.

—¿Y sabes lo peor? Que nosotros los hemos ayudado. Cuando el sistema político nos crucifique, no podremos quejarnos porque hemos sido cómplices de su construcción y de todas sus atrocidades. Esa será nuestra penitencia. Y seguramente el futuro que nos espera es el presente que están viviendo Eitingon o Sudoplátov, como antes les pasó a otros muchos, solo por el hecho de cumplir órdenes y saber de la existencia de esos preceptos. Nuestros camaradas han sido ejecutados o enviados al gulag porque conocen demasiados secretos y eso siempre incomoda al poder, da igual quién lo ostente. No pienses ni por un segundo que a ti no te llegará. Tú también tienes un expediente en los archivos secretos de la Lubianka, uno que lleva tu nombre, el verdadero. ¿Quieres abrir los ojos de una maldita vez?

—No sabes lo que dices.

—¿Y tú sí? ¿Acaso crees que cuando ya no te necesiten no recibirás un telegrama o una llamada, diciéndote que debes regresar a Moscú para una condecoración, para una nueva misión o para un ascenso, y lo único que encontrarás son los sótanos de la Lubianka? No cometas el mismo error que cometió Eitingon cuando asistió a los Procesos de Praga y creyó que él no se vería en la misma situación que los catorce líderes comunistas condenados a muerte por un supuesto complot sionista. De repente, el sionismo es tan peligroso como el fascismo contra el que se supone que luchamos. Los sacamos de los campos de concentración nazis, fue el Ejército Rojo el que liberó Auschwitz, ¿recuerdas? ¿Y ahora ellos son el enemigo, el nuevo fascismo? Supongo que lo mismo pensó Trotski cuando mandaba matar a los suyos: que los suyos nunca mandarían matarlo. ¡Si han purgado incluso a Stalin! Eso sí, han esperado a que muriese, con él solo se atrevieron cuando lo vieron metido en un ataúd. Así expresan su gratitud los mandatarios del Kremlin. Así es la URSS, querida. Se inventaron lo del alma rusa solo para hacer la crueldad y la sinrazón más literaria, para que Tolstói, Dostoievski o Pasternak pudieran escudarse en un concepto y denunciar lo que realmente sucedía en su país saltándose la censura. Y luego se extrañan de que los nuestros deserten. ¡Demasiado han tardado algunos en hacerlo! Te voy a contar un secreto que ni siquiera tú conoces.

—Creo que ya has contado suficiente.

—Es sobre Ramón Mercader, ese hombre cuya mención consigue que te cambie la cara, como ahora, ¿ves? —dijo Valentino, señalando el rostro mudado de su mujer—. ¿Sabes cuál fue la verdadera orden que dio Stalin sobre él? ¿Cuál era el verdadero plan de aquel 20 de agosto de 1940?

—¿Me vas a explicar algo que yo misma viví? Esto puede ser divertido.

—Que estuvieras allí no equivale a que conozcas la verdad. La orden era que los guardaespaldas, infiltrados soviéticos, mataran a Ramón Mercader después de que asesinara a Trotski. No podía salir con vida de aquella casa, de ningún modo. Pero como siempre que organiza Moscú, algo salió mal. Y el hombre se ha comido veinte años en una prisión de México para que, al salir, le den una casa, una medalla, una pensión y le hagan miembro de honor del KGB. En el fondo, ha tenido suerte. Si un día le vuelves a ver, coméntaselo. A ver qué te dice.

—Aunque fuera así, fue una decisión suya. Cada uno debe responsabilizarse de sus decisiones.

—Vuelves a equivocarte. Ni siquiera lo decidió él. Fue Moscú quien decidió arriesgar a Ramón porque era más joven e idealista que Eitingon y, en el caso de no lograr eliminarlo después de que él asesinara a Trotski, sabría soportar mejor el martirio de la tortura y la cárcel, y hacerlo en silencio. ¿Te das cuenta? Incluso la historia que nosotros mismos hemos escrito, Moscú se ha encargado de contárnosla a su manera.

No hubo más respuestas por parte de la española. Ya eran demasiadas las veces que Valentino mostraba sus dudas sobre el comunismo y la política de Moscú y lo había disculpado siempre, incluso decidió silenciarlo ante el Centro para evitar que tomara algún tipo de represalias contra él. Pero el descontento del italiano iba en ascenso y ya no se conformaba con desahogarse con su mujer, incluso lo había hecho en presencia de Marino, que le escuchaba sin decir nada, buscando siempre la mirada de María Luisa de las Heras. Su actitud los ponía en peligro a todos, y a la española no le quedó más remedio que comunicar a Moscú lo que sucedía, aunque intentó transmitirlo de una manera laxa para aliviar cuanto fuera posible las medidas disciplinarias.

La respuesta de la inteligencia soviética no tardó en llegar. La orden de Moscú de relegar a Valentino a un segundo plano, por debajo de ella en el escalafón jerárquico, no sorprendió al italiano, aunque eso no significaba que no le doliera. Lo entendió como una traición tanto del Centro como de su mujer, y ya conocía la deriva que solían tomar las traiciones. No dijo nada. Solo ancló la mirada en la de su compañera unos largos instantes —ninguno de los dos espías se rebajaría a verbalizar lo obvio—, luego se sirvió un dedo de whisky, lo bebió de un trago y salió por la puerta en busca de oxígeno, incapaz de respirar el aire viciado del apartamento. Regresó a la casa a medianoche. Su mujer le oyó entrar en su habitación —hacía meses que dormían en estancias separadas—, y vio por la ranura inferior de la puerta cómo la luz desaparecía de su dormitorio.

A la mañana siguiente, la española descubrió una maleta en la entrada de la casa y a Valentino terminando el café que acababa de prepararse. Era la primera vez que el italiano se levantaba antes que ella.

—Me voy a hacer esas fotos de las que hablamos. —Se refería a una misión de vigilancia de una planta de electricidad que el Centro había ordenado para un posible futuro sabotaje. No era la primera vez que lo hacía. Aquellos viajes de exploración, principalmente a industrias y a instalaciones militares ubicadas tanto en Uruguay como en otros países limítrofes, era algo habitual para Valentino, y solía ir solo—. Si alguien pregunta, ya sabes.

—Estás de pesca —María Luisa de las Heras repitió la excusa con la que solían disfrazar aquellas misiones ante sus amigos, que podían alargarse varios días, y de las que él siempre regresaba con algún recuerdo de un lugar donde nunca había estado.

—¿Te parece bien? —preguntó, como si la respuesta fuera a cambiar su intención.

—Claro —contestó.

Un minuto después vio cómo su marido, el espía por el que había sentido un afecto sincero que aún permanecía, salía por la puerta de la casa. No pudo evitar preguntarse si regresaría o si sería la última vez que lo vería.

Valentino no era torpe. Volvería.

El regreso del agente se demoró más días de lo esperado, poniendo al resto de la red de espías en una situación delicada, ya que su ausencia se tradujo en una dejación de sus funciones, que tuvieron que asumir otros agentes. Al principio, la española intentó maquillarlo y hacer que la grave falta quedara entre sus colaboradores más próximos, especialmente Marino y Rodolfo. Pero pronto entendió que la actitud irresponsable de Valentino podría traducirse en serias sanciones del Centro si llegara a conocer lo que estaba sucediendo. No podía tener la certeza de que sus agentes no se quejaran a la cúpula moscovita; no por falta de confianza en ellos, sino porque la lealtad hacia el KGB era y debía ser mayor que a cualquiera de sus espías. No le quedó más remedio que comunicar la situación a Moscú, que en pocas horas emitió una sentencia.

Solo la conoció ella.

Días más tarde, el 1 de septiembre de 1964, Valentino volvía a entrar por la puerta de la residencia de la calle Williman 551. Parecía más relajado o quizá la ausencia de tensión en sus facciones respondía más a un ejercicio de conformidad, muy similar a la rendición. Aquella era una palabra que no solía formar parte del vocabulario del italiano, pero quizá la vida tenía nuevas reglas y un nuevo lenguaje.

—He necesitado más días para llevar a cabo la misión —se justificó mientras dejaba la Leica sobre la mesa, así como los carretes donde aparecían las fotografías de las instalaciones eléctricas y militares que había ido a vigilar—. Voy a revelarlas.

—Podías haber llamado —replicó su mujer, con un gesto más cercano al desánimo que a una reprimenda carente de sentido a esas alturas.

—Pensé que era mejor así. —El italiano cogió los carretes para dirigirse al laboratorio fotográfico que tenían en el domicilio, pero ella le detuvo.

—Date una ducha, yo me encargo de revelarlos. No hay prisa, las órdenes de Moscú han cambiado.

—¿Alguna novedad?

—Ninguna importante —contestó María Luisa de las Heras, mientras se dirigía al mueble bar para servirle una copa a su marido—, pero me gustaría que hablásemos. No me gusta estar contigo de esta manera. Hemos compartido mucho y confío en que sigamos haciéndolo, ¿te parece bien? —Le tendió el vaso de whisky, pero él no quiso cogerlo.

—No me apetece —se disculpó—. Tengo mal cuerpo.

—¿También me vas a cuestionar que te sirva una copa? —preguntó con una estudiada ironía que surtió su efecto cuando Valentino, finalmente, aceptó el vaso.

Se quedó contemplando el líquido ambarino durante unos instantes, como si estuviera descifrando los códigos de un mensaje escrito en el fondo del vidrio. Alzó la mirada para encontrarse con la de su mujer, a la que le llevó unos segundos reaccionar.

—¿De verdad? —preguntó, antes de arrebatarle el vaso de la mano y dar un sorbo que le quemó en la garganta—. ¿Me vas a tener como a los catadores romanos, que debían probar la comida y la bebida antes de que lo hiciera el césar?

—Es bastante práctico. Ernesto Guevara lo hizo cuando vino a Montevideo. —Valentino recuperó el vaso y bebió de él—. Yo tampoco quiero discutir más contigo. No me sienta bien.

—Me alegra escuchar eso. Date esa ducha. Voy a comprar la cena y algo bueno con lo que poder brindar —dijo María Luisa de las Heras, al tiempo que cogía su abrigo y el bolso para salir a la calle—. ¿Necesitas algo más?

—Tengo todo lo que necesito.

Pasaron horas hasta que la española regresó a casa. Quiso acercarse a la tienda de antigüedades, desde donde llamó a varios clientes y recibió la visita de otros. También se entretuvo en tomar un café con Chichí Bonelli, que tenía algo importante que anunciarle: a su marido lo enviaban a la embajada uruguaya en Estados Unidos. Ambas celebraron la buena noticia que suponía un ascenso para Mario César, aunque eso significaba que dejarían de verse tan a menudo; prometieron hacerlo y viajar en cuanto pudieran para que los dos matrimonios pasaran unos días juntos y no dejaran enfriar la especial amistad que existía entre ellos.

—Habéis sido como unos padres para nosotros, siempre a nuestro lado, siempre ayudándonos, colmándonos de regalos, de atenciones, de buenos consejos... —le reconoció Chichí, y no dudó en acompañar a su amiga a una vinoteca donde la española quería comprar un buen vino italiano.

—Hoy ha vuelto Valentino de su viaje. Ha estado de pesca, pero tuvo tiempo de pasarse por Buenos Aires. Tiene que hablarme de unas primeras ediciones de libros italianos que ha encontrado en Argentina y qué mejor que un Brunello di Montalcino para ambientarse —bromeó con gesto pícaro—. Le encanta este vino toscano. Yo creo que le recuerda cuando estuvo en Siena. Últimamente habla mucho de volver a sus raíces...

Caída la tarde, María Luisa de las Heras introducía la llave en la cerradura dorada de la puerta de su casa. Dejó las bolsas con la cena y el vino toscano sobre la misma mesa donde permanecía la Leica de Valentino. En el apartamento reinaba un absoluto silencio. Empleó más tiempo del normal en quitarse el abrigo y colgarlo en el perchero, así como en dejar el bolso sobre uno de los sofás. Se ajustó el jersey sobre las caderas, acomodándolo sobre la falda.

Antes de caminar hacia el pasillo, se miró en el espejo. Lo hizo en silencio, como si necesitara confirmar que era ella quien se reflejaba en la luna ovalada colgada de la pared. Se fijó en cada arruga de su piel, en cada pliegue, en cada sombra, en su pelo, más claro y menos rebelde de lo habitual; en sus labios, tan rojos como siempre pero menos voluptuosos, y en su mirada azabache, que parecía más fría que nunca. Recordó lo que José Gros le dijo una noche en los bosques de Ucrania, sobre que su mirada podía volver negra la nieve. Pensó un poco en aquella imagen: un enorme manto de nieve negra.

Se dirigió hacia el largo corredor de la casa y lo vio. El cuerpo de Valentino Marchetti estaba tendido en mitad del pasillo, con una toalla alrededor de la cintura, boca abajo, con los brazos estirados y el vaso de cristal labrado a un metro de él. No se había roto en la caída, seguramente habría rodado de la mano del italiano, lo que indicaba que había caído poco a poco al suelo, no de golpe. No había sido algo fulminante, se había dado cuenta de que algo iba mal. Se arrodilló junto al cuerpo de su marido y le buscó el pulso en la carótida, luego en las muñecas. No lo encontró. Estaba muerto. Le acarició el pelo como le gustaba que lo hiciera. Se incorporó y, al hacerlo, se fijó en el picaporte de la puerta del aseo antes de desviar la mirada hacia donde había rodado el vaso. Lo recogió y se lo acercó a la nariz para olerlo, lo llevó a la cocina y lo lavó a conciencia, lo secó con un trapo y lo colocó en el mueble bar de donde lo había sacado horas antes. Luego entró en el cuarto de baño y, con el mismo trapo, limpió el pomo de la puerta. Cuando terminó, volvió al cuerpo de su marido y lo cubrió con una toalla, tapándolo por completo excepto la cabeza, como si le preocupara que cogiera frío. Le miró de nuevo. Tenía la córnea opaca, supuso que había muerto con los ojos abiertos. Se inclinó y le besó en los labios. Notó un sabor extraño, metálico, el mismo regusto a muerte que muchos habían notado en la boca tras encontrarse con un agente soviético. Le observó durante unos segundos: a pesar de los años transcurridos, seguía siendo un hombre atractivo, con ese porte de emperador que vislumbró el primer día que le vio acercarse a la confitería Las Violetas, en Buenos Aires.

La sombra del emperador Claudio pareció cernirse sobre Valentino, mientras que el espectro de su cuarta esposa y sobrina, Agripina, lo hacía sobre María Luisa de las Heras. Agripina envenenó al emperador para conseguir un objetivo mayor: que su hijo Nerón llegara al poder. Lo hizo en el año 54, con la complicidad del catador del emperador, que envenenó un plato de setas. Agripina no imaginó —aunque así se lo anunció una profecía cuando él nació— que aquel por quien había matado para que pudiera reinar se lo agradecería asesinándola. Lo hizo apenas cinco años más tarde: después de intentar envenenarla y ahogarla, logró al fin su objetivo en la villa de Antium, el lugar donde Agripina había dado a luz a Nerón y donde falleció cuando una espada atravesó el vientre que gestó a su hijo. Había pasado mucho tiempo, pero las personas y sus acciones apenas cambiaban. Pensó que los griegos y los romanos ya lo habían inventado todo y que la historia de la humanidad que vino después era una mera réplica de lo que hicieron ellos.

Unos minutos más tarde, se dirigió al teléfono, levantó la mancuerna y marcó el número de urgencias. Mientras esperaba la llegada de los servicios de emergencia, se detuvo en la fecha que marcaba el calendario: era el 25.° aniversario de la invasión alemana de Polonia que dio inicio a la Segunda Guerra Mundial; menos mal que no creía en las señales, aunque sí en los detalles.

Cuando la policía se presentó en la vivienda, María Luisa de las Heras ya era una viuda desconsolada. Había encontrado muerto a su marido al regresar a casa después de abrir la tienda y de tomar un café con una amiga; su marido, el diplomático Mario César Fernández, acababa de entrar por la puerta después de que la española llamara a Chichí para contarle lo ocurrido. Valentino Marchetti había muerto de un ataque cardiaco fulminante. Cuando los sanitarios le preguntaron si tenía antecedentes de insuficiencia cardiaca, su viuda contestó que era ella la enferma del corazón, que su marido siempre había sido un hombre sano, aunque quizá trabajaba demasiado y bebía en exceso, y con la presión arterial más alta de lo aconsejable, como después reconoció ante la policía el propio Eduardo Lezama, al recordar el episodio vivido en Antiquariat cuando acudió a la tienda junto a su amigo Luis Fierro.

Aun así, la policía empezó a tener dudas después de hablar con algunos vecinos del matrimonio, que declararon que últimamente la pareja discutía mucho y que escuchaban sus gritos a través de las paredes. Se abrió una investigación en la que la viuda fue interrogada en varias ocasiones. Las pesquisas policiales se alargaron durante unos días, apenas una semana, hasta que la autopsia confirmó la muerte de Valentino Marchetti por causas naturales; al menos, todo lo natural que podría ser un infarto. El informe policial fue claro: el hombre salió de la ducha, se encontró mal y sufrió un fallo cardiaco que le hizo desplomarse en mitad del pasillo. Pero aquella sentencia no evitó que por el barrio comenzara a correr el rumor de que «la gallega» podría haber tenido algo que ver en esa repentina muerte, más aún al advertir cómo el azar había hermanado la muerte de sus dos maridos en el calendario: primero el escritor uruguayo; a los ocho meses el anticuario italiano. Las miradas ajenas se transformaron en sucursales de la Gestapo, en filiales de la Stasi, el órgano de inteligencia de la República Democrática Alemana, y en delegaciones de la SIE, el Servicio de Inteligencia y Enlace de Uruguay.

María Luisa de las Heras evitaba quedar enredada en esa selva de miradas, asiéndose de las lianas para impulsarse hasta el territorio amigo de los abrazos y el consuelo de sus conocidos, aquellos que copaban sus cenas y su agenda, de sus clientes, que prometieron seguir yendo a su tienda de antigüedades, y que estuvieron a su lado y no la dejaron un momento, excepto cuando la española necesitaba estar sola. Todos ellos se congregaron para dar el último adiós a su amigo Valentino Marchetti en el Cementerio del Norte de Montevideo, el más grande de la ciudad, y acompañar a su desconsolada viuda. Eran muchos los amigos que se acercaron a dar el último adiós al amigo fallecido. Algunas presencias, como la de Iván —el político uruguayo al que un chantaje sexual convirtió en informante del KGB, ajeno al hecho de que el atento dueño de Antiquariat estaba implicado en la extorsión—, le confirmaron la vida de mentira que había tenido Valentino y, por ende, ella misma. La española cruzó una mirada con el agente Marino. Solo él podía intuir la realidad de lo que había ocurrido el 1 de septiembre de 1964 en la vivienda de la calle Williman. Jamás hablaron de ello. Las miradas seguían suplantando a las palabras, justo como sucedía con las identidades de los muertos en los vivos; era el lenguaje de los agentes de la inteligencia soviética.

Dos muertes habían puesto bajo la lupa de la policía montevideana a la propietaria de Antiquariat. La primera, el asesinato de Arbelio Ramírez, cuando su viuda Esther Dosil dejó caer la sospecha de que algo había sucedido entre la española y su marido. Y tres años más tarde, la de su propio esposo, Valentino Marchetti. El reinado de la española como espía estrella del KGB, al mando de la mayor red de espías desplegada por toda Sudamérica durante quince años, podía estar llegando a su fin. Moscú sabía que era demasiado arriesgado mantenerla allí. Uruguay había sido su feudo durante tres lustros plagados de éxitos que la inteligencia soviética supo agradecerle. Seguía siendo un valor que debía proteger.

Otro suceso pudo precipitar aún más las cosas. De nuevo, un agente soviético ebrio, una deserción y la delación de cientos de espías rusos que actuaban en Europa y en América. El joven espía Yuri

Ivánovich Nosenko, hijo de un héroe soviético enterrado en los muros del Kremlin, había mostrado su primer signo de flaqueza en 1962 cuando, desplazado por el KGB a Suiza para una misión relacionada con el desarme nuclear y tras una borrachera en Ginebra, se despertó en un hotel solo y sin blanca, ya que la prostituta de lujo con la que había pasado la noche había desaparecido con los casi mil dólares que Nosenko portaba en aquel momento, una cantidad demasiado grande para llevarla en su equipaje de mano. Ante el temor de que el KGB lo castigase por la pérdida del dinero y quién sabe si de algún secreto de Estado que resbalara de su boca hasta oídos ajenos, recurrió a la ayuda de un agente de la CIA y le vendió la información que tenía sobre la agencia de inteligencia soviética y sus operaciones a cambio del dinero robado. Durante dos años se convirtió en un agente doble, pasándole información de la URSS a Estados Unidos. En febrero de 1964 su deserción se hizo efectiva y con ella la entrega de un listado con la identidad real y ficticia de más de trescientos agentes soviéticos que actuaban en todo el mundo, planos con la ubicación exacta de los micrófonos que el KGB tenía colocados en la embajada estadounidense en Moscú, ocultos entre las paredes y en unos tubos de bambú, además de numerosa información confidencial del Centro a la que Nosenko había tenido acceso y en cuyos informes había participado, como fue el caso de la investigación de la supuesta implicación de la URSS en el asesinato de John Fitzgerald Kennedy, ante las sospechas de que Lee Harvey Oswald, autor de los disparos mortales contra el presidente, mantuviera relaciones con el servicio secreto soviético: Nosenko tenía pruebas de que la URSS no había participado en el magnicidio. Con lo que no contaba el joven espía era con la desconfianza de Estados Unidos hacia su información, motivo por el que fue encerrado y torturado durante tres años en Maryland, a instancias de Howard Hunt y de su amigo Allen Dulles, el antiguo jefe de la agencia de inteligencia estadounidense, a los que aquella confesión no venía bien, empeñados como estaban en probar lo contrario: la relación de Cuba y la URSS con el magnicidio en Dallas, seguramente para tapar otras sombras que los implicaban a ellos.

Cuando María Luisa de las Heras volvió a ver el nombre de Howard Hunt en los informes realizados por la inteligencia soviética, esta vez como uno de los agentes de la CIA investigados por el asesinato del presidente Kennedy, se convenció de que algunas cosas nunca cambiarían. Y estaba segura de que volvería a encontrar una nueva referencia de él en un futuro próximo.

La deserción de Nosenko y su revelación de centenares de agentes soviéticos obligó al Centro a adelantar su decisión sobre su principal espía en Sudamérica. No podían estar seguros de que su nombre no fuera uno de los que aparecían en la lista. Había que sacarla de allí. De nuevo, una deserción la obligaba a salir corriendo de un país sudamericano, como ya sucedió en 1938 cuando lo hizo su antiguo superior, Aleksandr Orlov. Como ocurrió aquella vez, la deserción de Nosenko provocaría la congelación de las operaciones de la inteligencia soviética en buena parte del mundo durante casi una década.

María Luisa de las Heras recibió la llamada de Moscú. Debía recoger velas y regresar lo antes posible. Esa llamada hizo que recordara la advertencia que le hizo Valentino en su última discusión: «¿Acaso crees que cuando ya no te necesiten no recibirás un telegrama o una llamada, diciéndote que debes regresar a Moscú para una condecoración, para una nueva misión o para un ascenso, y lo único que encontrarás son los sótanos de la Lubianka?». No quiso pensar en ello; a esas alturas, no se lo permitiría. Había llegado hasta allí sin expresar un solo temor, sin abrazar una sombra de duda, sin cuestionarse nada ni a nadie, ni una orden ni un objetivo ni un método de actuación. Algunos lo calificarían de fanatismo; ella prefería hablar de compromiso vital. La flaqueza no había sido parte de su naturaleza y así continuaría siendo. Confiaba en el Centro y se convenció de que esa certeza haría que Moscú siguiera confiando en ella. Se limitó a preparar su salida del país.

A principios de 1965, anunció a sus amigos que necesitaba abandonar Uruguay durante un tiempo porque el recuerdo de Valentino estaba demasiado presente. Le hacía falta cierta distancia para superar aquella pérdida y pensó que un viaje por Europa la ayudaría. Excepto sus contactos más directos, Marino y Rodolfo, nadie sabía que su destino sería la URSS y no Francia ni Italia, como ella había asegurado. Cerró la tienda de antigüedades, regaló a amigos, conocidos y antiguos clientes parte de la mercancía que aún quedaba en Antiquariat, y no tardó en poner el local en venta. Antes de iniciar el viaje, vació su casa de la calle Williman 551 de todo aquello que pudiera indicar que esa había sido la residencia de un matrimonio de espías, haciendo que Marino y Rodolfo se hicieran cargo de la estación de radio y del laboratorio fotográfico y fílmico que tenían en la casa para llevar a cabo sus misiones. Luego pidió a un amigo que se encargara de custodiar la casa y de cuidar a sus perros mientras ella estuviera fuera del país. En realidad, no sabía cuánto sería. Moscú le había ordenado permanecer un tiempo en Argentina antes de regresar a su verdadera patria, para ayudar en la cobertura de los nuevos agentes soviéticos enviados por el Centro. La violinista era una experta en la obtención de documentos de identidad, en el diseño de leyendas y tapaderas de los espías, en el manejo de las estaciones de radio, en el trazado de la red de espías y sus correos, en la captación de colaboradores e informadores, y se le daba bien instruir a los demás.

Cuando inició el viaje de regreso a la URSS, lo hizo con la seguridad de que volvería, aunque la voz del italiano seguía retumbando en su cabeza: «Tú también tienes un expediente en los archivos secretos de la Lubianka, uno que lleva tu nombre».

Esa voz se apagó en cuanto escuchó las aguas del Moskova.

En Moscú la recibieron como una heroína que había hecho honor al nombre en clave que ella misma eligió, casi veinte años atrás, para utilizar en sus comunicaciones con el Centro: Patria. No solo reconocieron su labor y su valor, sino que querían seguir contando con ella, en otros puestos y con otras responsabilidades. Las nuevas hornadas de agentes pedían paso; caras limpias, nombres nuevos, la ecuación perfecta para un servicio de inteligencia. Pero necesitaban de su experiencia, de su pericia y de su instinto para instruirles y formarles antes de ser puestos en circulación. Por eso debía volver a Uruguay para dejar preparado el terreno y, de paso, a los nuevos espías para las futuras operaciones. Así lo hizo.

En 1966, María Luisa de las Heras regresó a Uruguay con la excusa de venderlo todo, especialmente su casa, y comunicar a sus amigos que iba a alargar su viaje unos meses más. Se despidió de ellos simulando un «hasta pronto» que disfrazara el verdadero adiós que programaba. Fue entonces cuando supo que, en su ausencia, sus grandes amigos Chichí y Mario César habían sido destinados a la embajada uruguaya en Génova, lo que le dio material para pensar en una posible misión que comentaría con el Centro.

Desapareció de Uruguay y, a ojos de sus amigos, nunca más volvió. Su regreso se convirtió en una eterna promesa que se fue diluyendo en el tiempo.

Solo una vez más regresó la española a tierras uruguayas, con motivo de la Cumbre de Jefes de Estado y de Gobierno de la Organización de los Estados Americanos, que se celebraría en abril de 1967 en Punta del Este, a 130 kilómetros de Montevideo. Lo hizo convertida en una sombra aún más oscura y escurridiza que de costumbre, prácticamente invisible e indetectable, como los buenos venenos. Nadie de su antiguo círculo familiar tendría que verla allí, aunque llevaba una coartada preparada llegado el caso: diría que había vuelto solo para recoger las cenizas de Valentino y llevarlas a Italia, como supuestamente le habría pedido su marido; no era cierto, pero si el italiano no había tenido una existencia real, las condiciones de su muerte tampoco tendrían por qué serlo.

La presencia de María Luisa de las Heras en Uruguay respondía a una nueva crisis en la seguridad de los servicios secretos soviéticos, que amenazaba con hacerlos saltar por los aires. De nuevo acechaban al KGB las sombras de los espías desertores Elizabeth Bentley, Aleksandr Orlov, Louis Budenz y Yuri Nosenko. Las agencias de inteligencia de Estados Unidos y de Uruguay habían elaborado una lista con la información confidencial sobre la principal red de espías que actuaba en todo el continente americano, más de quinientos nombres, apellidos y direcciones, con sus correspondientes leyendas y tapaderas, sus coberturas, su red de colaboradores, correos e informantes, los pisos francos que utilizaban, los lugares de reunión, documentado con fotografías de todos ellos y una breve reseña de sus hojas de servicios. Un completo quién es quién de la inteligencia soviética, que había conseguido el último informante captado por la española: un funcionario del Gobierno uruguayo con contacto directo con la embajada de Estados Unidos en Montevideo y cuya identidad, por expreso deseo del informante, no se facilitó al Centro. Fue su única condición para hacerles llegar el importante documento, y en Moscú lo aceptaron. Seguramente, si no hubiera sido ella quien lo expusiera, la respuesta habría sido otra, pero la agente soviética se había ganado la confianza para encomendarse a su instinto.

La espía y el informante se encontraron en la que sería la última misión de la violinista en Uruguay. El contenido del dosier que tenía entre las manos era más serio de lo que pensaba. Conocía a muchos de los agentes que aparecían en aquella lista; ella misma había captado, reclutado o aprobado a casi todos. Aquello era una auténtica bomba de relojería. Deslizó la mirada por las interminables hojas del informe, leyendo uno a uno cada nombre: había escritores, artistas, periodistas, políticos, amantes de personajes conocidos, técnicos, ingenieros, actrices, cantantes, activistas, diplomáticos, personas anónimas y personalidades públicas de distintas nacionalidades, miembros de los diferentes partidos comunistas; incluso encontró los nombres de antiguos guerrilleros y combatientes en la guerra civil española y en la defensa de Moscú. Se congratuló de haberle dicho a Marino que la acompañara; cuatro ojos veían más que dos, sobre todo si sabían qué buscar.

—Están todos los que han tenido algún tipo de relación con la embajada soviética en Montevideo —comentó la española, imperturbable—. No puede ser una casualidad. Hay información demasiado precisa como para que lo sea.

—¿Insinúas que hay un topo en la embajada soviética?

—Uno por lo menos. Si solo es una persona, tiene una capacidad de trabajo increíble.

—¿Qué hacemos? —preguntó Marino.

—No podemos hacer nada. A estas alturas, todos deben de tener este informe sobre sus mesas. Seguramente están esperando a que muchos de los que engrosan esta lista aparezcan por la cumbre de la OEA para proceder a su detención —vaticinó—. Sus fotografías deben de empapelar las paredes de los centros de vigilancia y control.

Sabía cómo actuaba la CIA y, a su rebufo, el SIE, el Servicio de Inteligencia y Enlace de Uruguay, que no distaba mucho de cómo trabajaba el resto de los servicios secretos. Se lo confirmó un nombre en la lista de asistentes al evento: Howard Hunt acudiría a la cumbre por parte de la agencia estadounidense para acompañar al presidente Lyndon B. Johnson. De nuevo aquel hombre, con el que se topó por primera vez en la operación de la CIA en Uruguay, que destapó al informante Berto. Desde entonces, no había dejado de aparecer como una sombra; siempre por detrás de ella, a una distancia considerable, aunque estaba segura de que podía intuir su presencia. La española sonrió al imaginarle entonar la pregunta que todavía revoloteaba en su boca: «¡Pero quién demonios es esa mujer!». Un mendigo disfrazado con un traje caro y una misteriosa fémina le habían dejado en ridículo y eso, para un agente de inteligencia, era difícil de olvidar, sobre todo si se volvía al lugar del crimen. La espía regresó a la lista incluida en el dosier para estudiarla con detenimiento, después de despedir al informante y asegurarle que recibiría lo acordado por sus servicios.

—Solo podemos intentar avisar a nuestros agentes y colaboradores para que desaparezcan lo antes posible, empezando por los principales, los que tienen más información, los más valiosos y los que harían más daño al Centro si terminan cantando.

—No podremos avisar a todos —dijo Marino—. Muchos de ellos ya han sido detenidos o están a punto de hacerlo.

—Salvaremos a los que podamos.

—Esto ha sido una cagada de la embajada soviética. ¡Cómo no lo han visto venir! —El contacto del KGB negó con la cabeza—. Valentino tenía razón: los camaradas que manda Moscú son cada vez más inexpertos y descuidados, nada que ver con cómo eran antes, con cómo éramos nosotros mismos.

La mención de Valentino Marchetti hizo que la española levantara brevemente la mirada del informe, para encontrarse con la de su agente. No era el comentario que esperaba escuchar y sus ojos se lo dejaron claro antes de regresar a la lista y continuar inspeccionando aquellos nombres. Respiró al comprobar que no figuraba ni el suyo ni el de ningún colaborador directo, tampoco el de Valentino.

Por supuesto que el italiano tenía razón; su gran error fue decirlo en voz alta. El silencio siempre fue un valor en alza en Moscú, y los secretos bien guardados, un seguro de vida.

En el verano de 1967, María Luisa de las Heras abandonó Uruguay sin despedirse de nadie, sin escribir a nadie, sin pensar en nadie. «No mires atrás», le había recomendado José Gros hacía décadas, cuando los nazis arrasaron la aldea ucraniana de Oxana y de Lesya, y desde entonces seguía aquel consejo como si le fuese la vida en ello. En el fondo, así era.

Ni Uruguay era ya la Suiza de América, aquel país discreto y seguro en el que poder sembrar la semilla del espionaje soviético, ni ella era ya aquella Venus roja de la que Grigulévich le habló a Leonid Eitingon y a Erno Gerö en la lejana Barcelona de 1937. África de las Heras sabía por experiencia que un espía debía intuir cuándo desaparecer. Ella había desaparecido de Barcelona, de Coyoacán, de Moscú, de los bosques de Ucrania, de París, y ahora tocaba hacerlo de Montevideo, de Uruguay, de América. Y como buen soldado también entendía que debía quemar sus naves: no había vuelta atrás para esta travesía.

Siempre que pensaba en el fuego, le venían a la cabeza los girasoles. La culpa era de Frida Kahlo y por partida doble: cuando le confió, en una de sus charlas en la Casa Azul, que estas plantas detenían incendios, y cuando leyó en un informe las palabras pronunciadas por David Siqueiros durante la incineración de la pintora mexicana, asegurando que Frida parecía sonreír dentro de un girasol.

Ella, como las giganteas, se giraría de nuevo hacia el sol, siempre mirando al Este, como deseaban morir los guerrilleros valientes en los bosques de Ucrania.

43

El aire genovés le recordó a Valentino.

No tendría por qué, ya que seguramente el italiano nunca estuvo allí. Lo entendió como un sentimentalismo innecesario que quizá debió alertarla de que estaba perdiendo facultades. Los viejos se vuelven sentimentales y eso les hace débiles, vulnerables y se convierten en una presa fácil. Se desprendió de ese manual de psicología que pretendía arruinar su nueva misión, donde estaría sola, sin tapadera, solo con una creíble cobertura: María Luisa de las Heras estaba en Génova para visitar a unos viejos amigos que desde hacía tres años, el 22 de abril de 1965, permanecían en Italia al frente del consulado uruguayo.

Era 1968, el año que comenzó con la florescencia de la Primavera de Praga, un periodo de liberalización económica y social trazado por su nuevo presidente y secretario general del Partido Comunista checoslovaco, el reformista Alexander Dubček, que clamaba por una Checoslovaquia de carácter socialista que volviera el rostro hacia Occidente y sus democracias, y diera la espalda al tradicional Bloque del Este liderado por la Unión Soviética y los países comunistas satélites. Ese mismo año, María Luisa de las Heras aparecía en la puerta de la residencia consular de Mario César y Chichí. Cuatro años habían sido demasiados para una relación tan fuerte y sincera como la suya; así lo sentía Chichí mientras llevaba en brazos a su hija pequeña, de apenas un año.

—Pero ¿qué ha pasado? ¿Por qué desapareciste? —se interesó el cónsul uruguayo en Génova—. Incluso di aviso a la Interpol para que me ayudaran a buscarte.

—¿Que hiciste qué? —preguntó la española, sin tener que emplearse en disimular su sorpresa ante el anuncio de Mario César, aunque los motivos de esa sorpresa eran unos bien distintos a la modestia y al deseo de no molestar que comenzó a expresar—. Pero ¿cómo haces eso? Ni que fuera una criminal.

—Eres nuestra amiga y no sabíamos nada de ti —justificó Chichí, mientras agradecía al personal de servicio el pequeño refrigerio que acababa de situar sobre la mesa—. Nadie sabía dónde estabas. Cuando llamábamos a nuestros amigos de Montevideo tampoco podían decirnos nada de ti, habías desaparecido del mapa, esfumada, como un fantasma. ¿Qué querías que hiciéramos? Yo me puse en lo peor; no quiero ni compartir contigo lo que llegué a pensar.

—Disculpa a Chichí —medió el cónsul, quizá imbuido por su perfil diplomático—, ya sabes que es muy exagerada.

—En esta ocasión, tu mujer no exageraba —confesó la invitada, que empezaba a desplegar su nueva leyenda. Bebió un trago del *limoncello* que acababan de servirle—. Durante un largo tiempo estuve ingresada en un hospital de París. Desde la muerte de Valentino, el estado de mi corazón fue a peor, tuvieron que operarme a vida o muerte.

—Pero ¿por qué no nos llamaste? Tú sabes que nos tienes para lo que necesites, para cualquier cosa, nosotros siempre estaremos a tu lado —terció Mario César, sin sospechar que su amiga iba a tomarse al pie de la letra ese ofrecimiento.

—Lo sé, pero ya sabéis que no me gusta molestar —dijo, mientras seguía jugando con los piececitos de la pequeña—. Además, quería contaros algo. Es algo delicado que nadie sabe...

—¿Ocurre algo? —se alarmó él por el cariz de la conversación.

—Es sobre Valentino. Un secreto que intentó llevarse a la tumba, pero que yo descubrí a los pocos meses de su fallecimiento.

Los rostros del matrimonio permanecían en tensión.

—Valentino tenía una hija de la que nunca me habló... —reveló la española ante el estupor de sus dos amigos—. No puedo entender por qué no me lo dijo. No teníamos secretos, éramos un matrimonio feliz, nos queríamos... Él sabía que me desvivo por los niños. Si me hubiera dicho que tenía una hija, yo habría estado encantada de conocerla y de que viniera a vivir con nosotros.

—Estoy convencido de que habría alguna razón —dijo el cónsul, sin poder disimular un leve tartamudeo—. Valentino era un buen hombre.

—Pero ¿cómo supiste de la existencia de esa hija? —preguntó Chichí, adelantándose a la exposición de los hechos que traía preparada la espía.

—Por azar. Fue a través de un amigo que tenía un cliente en Túnez, donde viajé por temas de trabajo, ya que tenía pensado volver a abrir una tienda de antigüedades... Es una larga historia, no me hace bien recordarla y tampoco los detalles van a aportar mucho. Lo importante es que cuando el cliente vio la foto de Valentino que yo siempre llevo conmigo en el bolso, de aquella vez que estuvimos en Punta del Este... ¿Os acordáis? —dijo, refiriéndose a una fotografía que la pareja se hizo en un viaje que realizaron los dos matrimonios, lo que daría credibilidad a su narración—. Cuando el hombre vio la fotografía, dijo que lo conocía, que lo había visto por la ciudad y que también conocía a su hija, que vivía muy cerca de donde nos encontrábamos.

—¿Y la conociste? —preguntó Chichí.

—Por supuesto. Y antes de creerme nada, hice unas averiguaciones. Y efectivamente, era la hija de Valentino. Además, no podía negarlo, era igual que él: sus mismos ojos, su misma boca, su misma sonrisa... Y está embarazada —anunció, multiplicando el impacto que la confesión estaba teniendo en el matrimonio—. Valentino abuelo, ¿os imagináis? Y no ha vivido para verlo.

El comentario hizo que la española se entregara a un llanto inconsolable. Cuando Chichí por fin logró que se serenara, la espía retomó su narración.

—Está sola. No tiene a nadie. Su madre murió cuando era una niña. El padre del niño desapareció en cuanto supo que estaba esperando un hijo. La pobre Teresa, así se llama, ni siquiera sabía que su padre había muerto. Supo que algo no iba bien cuando dejó de recibir el dinero que Valentino le enviaba periódicamente, algo de lo que yo tampoco era conocedora. Luego, atando cabos, he llegado a la conclusión de que aquellos viajes que decía realizar a otros países en busca de inventario para la tienda, o esos días de pesca que emprendía con la excusa de aliviar el estrés, eran en realidad traslados a Túnez para ver a su hija. Incluso comprobé las fechas, y coincidían.

—¿Y qué piensas hacer?

—Quiero ayudarla, a ella y al bebé. Mi intención es sacarla de Túnez, traerla a Europa y vivir los tres juntos. Ella está dispuesta. Es lo único que me queda de Valentino. Le echo tanto de menos... No he conseguido superar su muerte. Y con la aparición de Teresa es como si la vida me diera otra oportunidad para seguir adelante aunque él ya no esté.

—Eso es de una inmensa generosidad por tu parte —sentenció Mario César—. Cuenta con nosotros para lo que necesites. Lo que esté en nuestra mano, no dudaremos en hacerlo.

Aquellas palabras del cónsul abrieron las compuertas del embalse donde la imaginación de María Luisa de las Heras tejía su próxima treta. Precisamente en la mano del diplomático estaba la solución a lo que había ido a buscar a Génova.

Los tres amigos pasaron unos días de felicidad. La española se desvivía por los hijos de la pareja como lo hizo por el joven matrimonio desde el primer día que coincidieron en Montevideo, y Chichí y Mario César hacían todo lo posible para devolver parte de esa cascada de atenciones, protección y gestos de cariño que tanto Valentino como ella siempre les dispensaron sin pedir nada a cambio. Era hora de nivelar la balanza.

Habían pasado unas semanas desde su llegada a Génova, cuando la espía creyó que era el momento de hacerlo. Aprovechando que Chichí había salido con los dos chicos mayores, María Luisa de las Heras se acercó a Mario César.

—¿Recuerdas lo que te conté de Teresa, la hija de Valentino? —preguntó como si algo así fuera fácil de olvidar.

—Claro. ¿Has tenido noticias de ella?

—Sí. Y no son buenas. Su estado de salud empeora. Debo sacarla de Túnez cuanto antes. Pero hay un problema —dijo, captando toda la atención del diplomático—. Sus papeles no están en regla, no sé muy bien qué ocurre... Creo que es su pasaporte, no tiene manera de obtenerlo, le faltan unos papeles que Valentino tenía que haberle enviado, pero no lo hizo.

—Supongo que si va a dependencias policiales o al registro civil, podrán ayudarla a obtener los documentos que necesite...

—Lo ha intentado, pero ha sido inútil. Túnez no es como Italia, Francia o Reino Unido. Allí la burocracia lo ralentiza todo y siempre con la corrupción de por medio. Un funcionario ha prometido ayudarla: a cambio de una buena suma de dinero, podría conseguirle una documentación falsa con la que salir del país —dijo, provocando el gesto airado de Mario César, que empezó a negar con la cabeza en señal de rechazo.

—Esas cosas nunca salen como esperamos. Falsificar documentos legales es un delito; solo complicaría las cosas.

—No veo otra salida. A no ser que... —titubeó la española.

—A no ser, ¿qué?

—He estado pensando. Ya sé que es mucho pedir, pero si no fuera importante, no se me ocurría ni planteártelo.

—Dime, María Luisa...

—Si tú pudieras conseguirme un pasaporte uruguayo limpio, en blanco, para que Teresa pudiera viajar sin problemas y, una vez aquí, arreglar su situación...

Aquello pilló desprevenido a Mario César: la rectitud ética que siempre había regido su comportamiento no asumía una petición como la que le planteaba.

—Yo no puedo hacer eso que me pides. Es imposible. Aunque quisiera, eso me pondría en una situación irregular que haría que perdiera mi trabajo. No puedo hacer eso a Chichí y a mi familia. Sería un escándalo. Pero ¿cómo se te ha ocurrido algo así? —preguntó aún sorprendido de que la inocente mujer a la que conoció en Montevideo se pudiera plantear una ilegalidad como esa.

—Discúlpame, no he querido molestarte ni ofenderte. Pero es que no veo otra solución...

—Encontraremos una, te lo prometo. Yo puedo hablar con mis

colegas en Túnez, contactaré con el consulado, con el embajador, con quien haga falta y lograremos solucionarlo.

—No, no hagas nada de eso —exclamó la espía, que enseguida entendió que involucrar a las autoridades tunecinas solo acarrearía problemas para su verdadero objetivo—. Eso complicaría las cosas. El padre del niño que espera Teresa tiene amigos en la embajada y en el Gobierno, y son personas peligrosas. Ella está escondida de él. Como te digo, hay mucha corrupción...

—Quiero ayudarte, pero solo puedo hacerlo dentro de la legalidad. Pídeme lo que quieras, excepto algo así.

En realidad, no había ninguna Teresa, ningún futuro nieto de Valentino, ni siquiera había existido un viaje a Túnez. Todo era un ardid para conseguir un pasaporte que pudiera usar una agente soviética que se disponía a viajar a Sudamérica para formar parte de la nueva red de espías de la URSS. Ya había realizado unos trámites similares en Argentina y en Uruguay antes de salir definitivamente del continente americano. En aquel lugar del mundo, la ingeniería burocrática no suponía un problema, por lo que conseguir documentos para los nuevos agentes ilegales que operarían en el terreno no resultaba complicado. Sin embargo, conseguir un pasaporte europeo en blanco no era sencillo. Pensó que Mario César podría ser esa persona, pero la tajante negativa del diplomático dio al traste con los planes de la agente soviética.

No esperaba aquel revés y le costó asumirlo. Enseguida comprendió que tocaba desaparecer y, esta vez, para siempre. María Luisa de las Heras fingió que debía viajar a Suiza para realizar unos trámites; estaba pensando en volver a abrir una tienda de antigüedades o quizá aprovechar los contactos y las relaciones que había dejado en París y ponerse al frente de un atelier. La supuesta iniciativa empresarial no era cierta, pero solo necesitaba una excusa para alejarse de Génova y del matrimonio de Chichí y Mario César. Se despidieron con la promesa de volver a verse muy pronto. La española siguió con su farsa y prometió escribirles. Nunca lo hizo. Ninguna comunicación llegó a la residencia del cónsul uruguayo en Génova y sus intentos por localizarla en París, Suiza y Túnez fueron infructuosos.

La tierna y amable amiga española se desvaneció de sus vidas al mismo tiempo que se evaporaba la Primavera de Praga, a finales de agosto de 1968, después de siete meses de florecimiento, con la invasión por parte del Pacto de Varsovia de Checoslovaquia, liderada por la URSS y apoyada por Bulgaria, Polonia y Hungría —Rumanía y Albania no intervinieron y Moscú decidió que Alemania Oriental no participara, por temor a que aquella imagen supusiera un *déjà vu* demasiado reciente de la ocupación nazi—, para frenar las medidas económicas, políticas y sociales puestas en marcha por su presidente, Alexander Dubček. María Luisa de las Heras salía de Italia mientras los tanques soviéticos y más de medio millón de efectivos armados entraban profanando los adoquines de las calles de Praga, como años antes habían pisado el pavimento de otras ciudades europeas. Moscú no veía con buenos ojos los intentos de democratización del presidente checo y la occidentalización de su política, ese pretendido «rostro humano» que Dubček proyectaba poner al socialismo y que solo podía interpretarse en los despachos del Kremlin como una pérdida de su influencia. No estaba permitido alejarse del comunismo hacia un socialismo democrático, y el mero hecho de intentarlo se interpretaba como una traición, y como tal sería gestionado. La negociación consistió en secuestrar al presidente checo y a cinco de sus más estrechos colaboradores, conducirlos a Moscú y hacerles entender, de la manera que fuera, la idoneidad de volver al redil comunista impuesto por la Unión Soviética porque, fuera de aquel camino, hacía demasiado frío para un país como Checoslovaquia; en realidad, para cualquier país satélite comunista. A los pocos meses, el presidente Dubček fue expulsado del Partido Comunista Checo y nombrado embajador en Turquía, un cargo en el que no duró mucho tiempo. Pronto se desvaneció de la escena pública. No fue el único en volatilizarse.

María Luisa de las Heras también había desaparecido para el mundo. Seguramente su identidad se hizo humo antes de entrar en la URSS, abocada al fuego como el estudiante checo Jan Palach, que decidió quemarse a lo bonzo en la plaza de Wenceslao de Praga, el 16 de enero de 1969, en protesta por la invasión soviética de Checoslovaquia, y que murió tres días más tarde a consecuencia de las heridas.

La espía soviética había visto muchos sacrificios personales en la lucha por las ideas; uno más no alteraría las suyas. De hecho, había ido sacrificando todos sus yos, incluida una de sus sombras que durante más tiempo la había acompañado. Aquella modista de alta costura que vistió durante años a las grandes damas de la sociedad parisina y uruguaya mientras se convertía en la mujer de Felisberto Hernández y que, más tarde, regentó una tienda de antigüedades junto a su segundo marido, Valentino Marchetti, ya no volvería a respirar, ni a ser vista, ni a figurar en ningún lugar. Aquella cobertura, como la de María de la Sierra, la de Znoy o la de Ivonne, había desaparecido para siempre. Un nuevo nombre la esperaba en Moscú, siguiendo la máxima de que los nombres no hacen a las personas.

Con esa nueva identidad realizó su última misión en el exterior encomendada por el Centro, para lo que viajó a Israel, en 1971. Lo hizo en dos ocasiones para instruir a los nuevos agentes de inteligencia, sobre todo en el manejo de las comunicaciones a través de la radio y las operaciones de sabotaje, y para sentar las bases de una nueva red de espías que operaría en Europa y en América del Sur.

Finalizada la operación, regresó definitivamente a Moscú. Allí la esperaba una nueva etapa en la que se dedicaría a adiestrar a la nueva generación de espías soviéticos. No solo la avalaban sus méritos y las operaciones de la inteligencia soviética realizadas durante los últimos cuarenta años, desde que en 1937 empezó a trabajar para la URSS. Lo hizo como la leyenda real en la que se había convertido, de la que nadie en el Centro dudó, en la que todos confiaron, a la que nadie purgó, aquella que sobrevivió a todos los cambios de gobierno, a los nuevos nombramientos en el seno del Partido Comunista y al baile de siglas en la nomenclatura de la agencia de inteligencia soviética. Se puso al frente de su última misión, no como África de las Heras, sino como la coronel De las Heras, una de las primeras mujeres en lograr tan alto grado en la jerarquía militar del Centro, la única de procedencia española.

Pero a su regreso a Moscú la esperaba algo más. Un reencuentro demorado durante casi cuarenta años.

Moscú

7 de octubre de 1977

El pasado es arcilla que el presente labra a su antojo.
Interminablemente.

JORGE LUIS BORGES, *Los conjurados*

N [illegible]

malogrado y [illegible]
día que ella [illegible]
definida. [illegible]
emocional y vital. El peso [illegible]
res más grandes y [illegible]
asustadizas. Por eso [illegible]
humana de las ecuaciones [illegible]
para alterar el resultado.

África de las Heras [illegible]
ba Ramón Mercader [illegible]
bos entraron en la órbita [illegible]
el tiempo pero no [illegible]
de sus clases de [illegible]
acontecimientos que [illegible]
años que el [illegible]
sus dos hijos, Antonio [illegible]
respectivamente [illegible]
—[illegible]
mujer de León Tolstói [illegible]
vo Tolstói—. Los [illegible]
Tanto que [illegible]
no de Roquelia [illegible]

44

Nunca le gustaron las prórrogas.

Suspender el tiempo como si fuera el mecanismo de un reloj malogrado, y hacerlo por motivos personales, denotaba una cobardía que ella siempre había condenado, quizá porque jamás la había definido. Pero había encuentros que almacenaban demasiada carga emocional y vital. El peso de los recuerdos puede enterrar a los héroes más grandes y valerosos, convirtiéndolos en seres diminutos y asustadizos. Por eso, se intentaba extraer la variable de la condición humana de las ecuaciones del servicio de inteligencia; solo servían para alterar el resultado.

África de las Heras había llegado al apartamento donde se alojaba Ramón Mercader en Moscú, cuarenta años más tarde de que ambos entraran en la órbita del NKVD. Su visita se había demorado en el tiempo pero no solo por decisión propia, con la excusa apócrifa de sus clases de instrucción a jóvenes agentes, sino también por los acontecimientos que habían marcado la vida de Ramón. Hacía tres años que el catalán vivía en La Habana, junto a su mujer Roquelia y a sus dos hijos, Arturo y Laura, adoptados con seis años y nueve meses, respectivamente, en 1963, en el orfanato de Pokrovskoye-Streshnevo —África recordaría siempre esa ciudad porque allí había nacido la mujer de León Tolstói, Sofía Behrs, el 22 de agosto de 1844; de nuevo Tolstói—. Los pequeños eran hijos de una española residente en Izium que falleció durante el parto de Laura. Ellos cuatro y el sobrino de Roquelia, Jorge —que se había quedado huérfano en un accidente de coche en Popocatépetl—, habían logrado el permiso de la URSS para instalarse en Cuba, algo que hicieron el 7 de noviembre de 1973. Ramón se uniría a ellos un año más tarde, debido a un inoportuno infarto pulmonar sufrido en 1974 que fue demorando su salida de Moscú. En todo este tiempo, África no fue a verle. Quería hacerlo, lo deseaba, pero no lo hizo. Tuvieron que pasar tres años para que Ramón regresara a Moscú y se produjese el encuentro entre los dos viejos camaradas.

Aquel día de octubre de 1977, seis meses después de que se legalizara el Partido Comunista de España, dos amigos se reencontrarían después de mucho tiempo. Hacía unas horas que Ramón había sido reconocido con una nueva medalla y un diploma, dentro de los actos del sexagésimo aniversario de la Revolución rusa, que se unirían a las ya entregadas Orden de Lenin y Héroe de la Unión Soviética. Sin embargo, el homenajeado no estaría en el desfile conmemorativo que recorrería los adoquines de la plaza Roja: su estado de salud había empeorado —presumiblemente por la picadura de un mosquito tropical en la isla caribeña— y no se sentía con fuerzas para soportar una jornada maratoniana como aquella. Una rápida visita a la Casa de España, un emotivo discurso y un breve encuentro con la delegación española, que había llegado a Moscú para conmemorar las seis décadas del estallido de la revolución bolchevique, bastarían antes de recibir la visita de su amiga, anhelada durante tanto tiempo.

El apartamento donde se hospedaba Ramón Mercader estaba lejos de su otrora acomodado piso de la calle Sokol de Moscú, ese que le entregaron nada más llegar a la URSS en 1960, equipado con privilegios vedados al resto, como ascensor, suelo de granito, electrodomésticos y cuarto de baño en cada habitación. Cuando África entró en el portal, tuvo esa extraña sensación descrita en *La educación sentimental* por Gustave Flaubert sobre la amargura de las simpatías interrumpidas. Avanzó con calma por la escalera del inmueble, con la mano aferrada a la balaustrada de madera, mientras un reguero musical desbordaba por el hueco de la escalera. Se había vestido para la ocasión, sin recurrir a espectaculares vestidos como solía hacer en el pasado cada vez que acudía a una cita importante, sino con las medallas prendidas de su pecho, que, en aquel Moscú, indicaban el grado de solemnidad del encuentro. A medida que se aproximaba al último piso del edificio, la melodía iba cobrando nitidez y fuerza, hasta que descubrió que salía del apartamento de Mercader. Su mente voló hasta el momento en el que ambos se conocieron en las calles de Barcelona, cuando el anuncio de la guerra obligó a la orquesta de Pau Casals a interrumpir los ensayos de la «Oda a la alegría» de Beethoven que inauguraría las Olimpiadas Populares. África sonrió: le extrañó que un hombre que siempre había rechazado la música, que incluso en su época de guerrillero en Barcelona condenaba las sardanas en las fiestas populares —excepto cuando permitió a dos soldados de su batallón, acuartelado en Torre del Burgo, componer la sardana «Catalans a l'Alcàrria»—, tuviera un gramófono en casa y estuviera escuchando a Beethoven. Pero en casi cuatro décadas, una persona podía cambiar; es más, tenía el derecho y casi el deber de hacerlo.

Pulsó con un dedo enguantado el interruptor pequeño y circular, de color blanco, situado en la jamba de la puerta, y notó que su corazón se le disparaba en el pecho. Prefirió pensar que aquel galope era fruto del esfuerzo de subir la enorme escalinata, y no de la emoción del reencuentro. Nunca le había costado tanto asaltar los cielos, como aquel de ladrillo y cemento.

Cuando la puerta se abrió, vio el rostro de Ramón sobre el que habían transcurrido cuatro décadas, sesenta años de Revolución rusa, veinte años de privación de libertad en una prisión mexicana y un nutrido calendario de secretos no revelados. Su cuerpo se había esmerado en las formas redondeadas; su pelo lucía encanecido; algunos surcos trazaban las líneas de expresión de sus emociones; pero sus ojos, incluso parapetados detrás de unas gruesas gafas de pasta, seguían siendo los mismos, con esa mirada que la hizo sentirse viva menos veces de las deseadas, aunque las suficientes para almacenar recuerdos que siempre le hacían esbozar una sonrisa. Vestía de forma elegante, con un traje de chaqueta oscuro ceñido a sus hechuras, camisa perfectamente planchada, corbata a juego con el traje y zapatos lustrosos; siempre le había gustado vestir bien, incluso cuando estuvo en la cárcel. Aquel Ramón Pavlovich López, que la observaba con la misma expresión que el día que los presentaron en Barcelona, era el mismo Ramón Mercader de siempre. Tampoco aquella vez la decepcionó.

—«La consagración de la Casa» —exclamó Ramón, como si hubiera escuchado los pensamientos de África, que barruntaban qué música era la que sonaba.

—¿Eso es lo primero que me dices después de tantos años sin vernos? —preguntó la visita, aún sin atravesar el umbral de la puerta, como si esperase escuchar algo más acorde con aquel momento.

—Si te digo lo que realmente pienso, que estás tan guapa como siempre, eres capaz de darte la vuelta y desandar los escalones. Te conozco mejor de lo que crees.

La respuesta convenció a África para entrar en el apartamento y cederle el abrigo como le pidió Ramón, una vez que cerró la puerta. Él pudo ver la colección de medallas prendidas de su pecho; sin duda, África de las Heras formaba parte de la aristocracia del KGB, como pretendieron que pareciera Ramón, aunque él solo lucía su «chatarra» cuando quería impresionar a quien tenía enfrente o cuando necesitaba realizar un trámite de manera urgente en algún lugar, desde una sede oficial hasta un simple comercio. Los dos camaradas se observaron durante unos segundos en silencio, sin dejar de sonreír.

—¿Puedo besarte ahora? —le preguntó Ramón.

—¿Cuándo has pedido tú permiso para besar a alguien?

—No suelo besar a coroneles del KGB.

—Yo tampoco beso a muchos Héroes de la Unión Soviética. Suelen estar muertos.

África y Ramón se besaron mientras sonaba de fondo «La consagración de la Casa», una de las obras menos conocidas de Beethoven, pero que ellos recordarían siempre. No fue un beso como los que se dieron en sus últimos encuentros, aunque ambos lo interpretaron como un sello de victoria. Los labios no se expresaban igual con treinta años que con casi setenta, pero sí lo hacían sus miradas.

África tomó asiento en una de las sillas que rodeaban la mesa del comedor; le pareció mejor opción que el sofá marrón que le mostró Ramón, antes de encaminarse a la cocina para traer el café que había preparado. Bajó el volumen del tocadiscos, luego se sentó a su lado.

—En la prisión de Lecumberri, siempre tenía el mismo sueño: un día regresaba a casa y al entrar por la puerta sonaba esta música. Qué absurdo, ¿verdad? Ni me gusta la música clásica ni soporto a Beethoven, pero debí de escuchar la obra en la radio y, desde entonces, la asocié con el regreso a casa. ¿Sabes que en la cárcel arreglaba y fabricaba aparatos de radio? —confesó Ramón, con una expresión cómplice.

—¿Y ahora me vas a decir que lo hacías pensando en mí? —bromeó África, al tiempo que se ofrecía a servir el café en las tazas.

Ver a Ramón la había colmado de una gran alegría, pero esa felicidad no le impidió advertir que su estado de salud no era bueno. A sus sesenta y cuatro años, conservaba una presencia imponente, elegante, atractiva, pero un halo de debilidad renqueaba en aquella imagen pulcra.

—No creas que no lo pensé varias veces. Poder encender un día la radio y encontrar tu voz, convertir uno solo de esos receptores que fabricaba en un centro emisor de mensajes para comunicarme contigo... Hubiese sido reconfortante saber de ti.

—Te escribí una carta —dijo África, como si necesitara justificar un silencio que no solo venía impuesto por Moscú, sino por el sentido común, aunque eso no lo hacía menos injusto.

—Sí, con tinta invisible. No llegó en buen estado y me costó leerla. Lo logré con una dosis extra de limón, pero me salió caro; no creas que resultó fácil conseguir un par de limones en el Palacio Negro —dijo, refiriéndose a la prisión mexicana.

—No te quejes tanto... Escuché que te fue a visitar esa famosa actriz española, esa tan guapa...

—Sara Montiel. —Ramón esbozó una sonrisa, mientras asentía con la cabeza, como si el movimiento lo ayudara a rememorar aquel lejano día—. Sí que era guapa, sí. Tenía la belleza de un animal salvaje, tan pasional, tan latino... Me regaló un jersey. Luego supe que fue contando que se acostó conmigo y que se quedó embarazada, pero yo no recuerdo nada de eso. Y de hacerlo, jamás lo contaría. Soy un caballero.

—Siempre lo has sido. Solo los caballeros de verdad saben mantenerse en silencio cuando toca.

El comentario hizo sonreír a los dos viejos amigos. Se miraron a los ojos, conscientes de que el lenguaje visual siempre fue menos peligroso que las palabras. El sonido metálico de las cucharillas contra la porcelana de las tazas sustituyó al de sus voces. África bebió un primer sorbo de café y vio cómo la media luna de su carmín quedaba impresa en color rojo sobre la taza, un vestigio de un tiempo pasado que recordaba con pasión y nostalgia. Seguía sin limpiar la marca; eso sería como borrar su propia historia.

—¿Te acuerdas mucho de esos días? —preguntó al fin Ramón. Estar frente a África le confería la extraña sensación de que el tiempo no había pasado, simplemente se había detenido décadas atrás.

—¿De cuáles? —respondió, como si no supiera a qué fecha se refería. Ella había tenido oportunidad de vivir y escribir la historia de muchos otros días, pero Ramón se había visto privado de aquella labor de escribano del tiempo.

—De Coyoacán, de aquella tarde del 20 de agosto de 1940, de Trotski, de Natalia Sedova, de Frida Kahlo, de Diego Rivera, de mí... Quizá yo he tenido demasiado tiempo para hacerlo, para analizar cada momento, cada gesto, cada mirada, cada detalle... Sigo escuchando como si fuese hoy el grito animal que salió de la garganta de Trotski cuando le clavé el piolet. Lo escucho con la misma nitidez que aquella tarde. Tampoco eso ha ayudado al olvido. Es como si el maldito Viejo siguiera gritando desde el más allá... —Ramón fijó la mirada en el café negro que colmaba su taza; la cuchara había dejado un dibujo en su superficie, un trazo parecido a un laberinto circular con forma de tornado. Cuando logró salir de aquella maraña de la memoria, miró a África—. Cuando llegué a Moscú en 1960, además de pasear por sus calles, ir a la Casa de España y leer *L'Humanité* todas las mañanas, solía visitar la Biblioteca Central. Allí leía cualquier cosa, pero sentía una atracción irrefrenable por estudiar todo lo escrito por y sobre Trotski. Pensé que no encontraría libros suyos, sin embargo, muerto Stalin, también lo estaban sus cruzadas de venganza. «Morir no es tan grave cuando un hombre ha cumplido su misión histórica». Esa frase del Viejo me ha hecho pensar mucho durante estos últimos años. Resulta irónico, ¿verdad?

—Somos lo que hemos hecho —resumió África, que no estaba segura de que quisiera hablar de aquel momento.

—Te equivocas. Somos el porqué de lo que hemos hecho.

—¿Y eso es malo?

—A León Trotski lo hicimos inmortal. Al mayor enemigo del pueblo, al hombre que Stalin persiguió durante años para matarle, lo forjamos eterno. A la persona que dijo que el Padre de los Pueblos pretendía golpear no las ideas de sus oponentes, sino sus cabezas, a ese hombre, nosotros lo convertimos en leyenda.

—¿Acaso te arrepientes? —preguntó África.

—No me arrepiento de nada. Stalin le dijo al fundador de la Chekā, Félix Dzerzhinski, que no existe nada más dulce en el mundo que escoger a la víctima, preparar cuidadosamente el golpe, vengarse de manera implacable y luego irse a dormir... Yo no sentí eso, pero tampoco me arrepiento. Volvería a hacerlo, quizá con más fortuna y asegurándome el poder salir antes de que me apresaran... —intentó bromear Ramón, aunque su rostro se tornó serio al instante—. Era lo que tocaba hacer en 1940. Antes de irme a Cuba, Sudoplátov y yo solíamos quedar a comer, y él siempre me decía que la presente moral es incompatible con la crueldad de la revolución. Y tiene razón. Hoy, en 1977, yo no habría asesinado a Trotski; no tendría sentido. Mira lo que pasó en Checoslovaquia hace casi diez años. ¡Qué gran error! El comunismo no puede imponerse como si fuera un Estado supremacista. ¡No somos nazis! Nosotros luchamos contra el nazismo, contra el fascismo, contra el franquismo... No podemos actuar como ellos, aunque solo sea por la memoria de nuestros caídos.

—Bueno, aquello no le salió mal a la URSS... —replicó África, mientras recordaba cómo Checoslovaquia volvió al redil comunista después de que los tanques soviéticos entraran en Praga y el presidente checo, Alexander Dubček, saliera de las dependencias del Kremlin.

—Creo que te equivocas. Esas imágenes de jóvenes comunistas checos desarmados frente a los tanques, encarándose a los soldados soviéticos armados hasta los dientes y gritándoles: «Iván, vuelve a casa», esa imagen tardaremos mucho tiempo en borrarla de la memoria de la opinión pública. La juventud no puede pasar de tener a Hitler como enemigo a tener como adversario a «los Iván», como decían ellos. No debimos permitir eso, porque nos definirá en el futuro. Esos jóvenes checos que se subieron a los tanques soviéticos tenían ideales de izquierda. Nosotros éramos esos jóvenes en la España de 1936. ¿Qué crees que pensarán ahora del comunismo, de la URSS? Yo te lo digo: que fue una gran mentira.

—El comunismo sobrevivirá a todo. Y la URSS también. Solo son piedras en el camino. Lo hemos hecho siempre y nadie nos ha detenido.

—Nadie confiará en el comunismo en Checoslovaquia. Hoy, no. No pasará como en la revolución húngara en Budapest de 1956, cuando los comunistas miraron hacia otro lado al ver desplegarse la opresión soviética. Esta vez, la URSS pagará la factura por su represión. Y lo peor es que nos quedamos sin argumentos para luchar contra Occidente y el capitalismo. No hay alternativa.

—Hay que defender lo nuestro, si no queremos que lo destruyan —intervino África, que empezaba a escuchar en la boca de Ramón un discurso muy parecido al que le escuchó a Valentino Marchetti.

—En Checoslovaquia no querían destruir el comunismo, solo reformarlo, adaptarlo a la época: en eso consistía la Primavera de Praga. Cada revolución tiene su instante, su fecha, su lema. Incluso el propio Trotski lo escribió en sus memorias: las revoluciones son momentos de arrebatadora inspiración de la historia. Si las sustraes de ese encuadre temporal, dejan de tener sentido. Por eso sé que la historia, desde la perspectiva del tiempo, es la única que puede juzgar lo que hicimos, lo que yo hice. El presente no es buen juez, siempre se muestra prevaricador y huye de toda imparcialidad.

—¿Y crees que el futuro lo será?

—Confío en ello. Yo, por ejemplo, no me considero un asesino. En todo caso, me defino como un asesino político. Soy el hombre que mató a Trotski, porque así me lo ordenó Moscú, porque era lo correcto en aquel instante. Pero no soy un criminal, como tampoco se consideran asesinos los soldados que son enviados a la guerra para luchar por su patria, por sus ideales, aunque eso suponga matar al enemigo. La guerra es un tiempo muerto para los valores. No hay ética ni moral en ella, excepto la que marcan el idealismo y la defensa de la patria, de la revolución. Sería una locura que la hubiera. Sería otro escenario.

—Espero que no digas esas cosas cuando llegues a la Casa de España... —dijo África con una sonrisa, aunque Ramón sabía que no bromeaba.

—Allí casi todos piensan como yo, empezando por Dolores Ibárruri y terminando por Santiago Carrillo —pronunció este último nombre con un tono distinto, que a ella no le pasó inadvertido. Guardó silencio durante unos segundos, como si la conversación en su cabeza requiriera más atención que la que mantenía con África—. Tengo un amigo checo. Me dijo que la Primavera de Praga empezó por un congreso sobre Franz Kafka, una especie de discusión sobre el autor prohibido por la censura comunista. Me acordé de lo que me contaste de tu primer encuentro con Margarita Nelken, la primera que tradujo a Kafka en España. Nos teníamos que haber hecho intelectuales. Siempre los protegen mejor. Todavía recuerdo el monumento de Cervantes en la calle Alcalá de Madrid, protegido con sacos de arena y enormes tablones de madera durante la Guerra Civil; estaba mucho mejor resguardado que nosotros en las trincheras. A no ser que vivas en Moscú, caigas en desgracia y acabes en un gulag o te conviertan en un muerto en vida.

—La élite cultural no es mejor que otras élites. Viví en esos círculos, tanto en París como en Uruguay. No son mejores que los demás, aunque se consideren intelectuales. Además, a ti siempre te han protegido.

—Me protegió mi silencio durante los veinte años que estuve encerrado en una prisión de México —matizó Ramón—. Pero mucho me temo que han dejado sin protección lo más valioso que teníamos: el comunismo. Se marchitó la Primavera de Praga y se marchitará también el comunismo. No sé dónde quedó el capítulo I de la Constitución soviética del 36: «En la URSS se cumple el principio del socialismo: De cada uno, según su capacidad. A cada uno, según su trabajo».

—El principio del socialismo era «De cada uno según su capacidad. A cada uno según sus necesidades» —precisó África—. Fue Stalin quien lo cambió en la Constitución: «De cada uno según su capacidad. A cada uno según su trabajo». Desaparecieron las necesidades. Una fina cuestión de matices.

—A algunos siempre se les dieron mejor las palabras sobre el papel que sobre el terreno.

África recogió el silencio que las palabras de Ramón habían sembrado. Su referencia a la carta magna le hizo volar a los bosques de Ucrania, donde el comandante Dmitri Medvédev siempre ponía en valor el famoso artículo 133 sobre los castigos que acarrea la traición a la patria. Hacía mucho que no pensaba en el dichoso artículo 133, y eso le hizo recordar a José Gros y al camarada Jesús Rivas, volver a sentir el tacto de la *telogreika*, el sabor del *samohón horilka* de Oxana, la sangre del teniente nazi al que disparó en la cabeza y en el pecho en su despacho de la oficina de Correos de aquella aldea ucraniana ocupada por los alemanes; su memoria recuperó las cartas con flores dibujadas y vértices rotos, los bueyes que pretendía ordeñar el camarada Fraile, el «¡Hurra!» guerrillero, las hogueras prendidas en el bosque para alertar a los bimotores soviéticos, el sonido de los Paraset de las violinistas, «La marcha de los entusiastas» del Mozart soviético, Isaak Dunayevski, que sonó en la radio durante los actos de celebración del 26.º aniversario de la Revolución rusa que vivieron en los bosques de Vinnytsia, y que tan distinto sonaba a «La consagración de la Casa» de Beethoven que se escuchaba en aquella vivienda de Moscú de ese mes de octubre de 1977. Un torrente de recuerdos inesperado del que necesitó salir para no ahogarse en él, como requería reflotar la conversación con Ramón, arrastrada por la invasión soviética de Checoslovaquia y la Primavera de Praga.

—¿Qué tal en la Casa de España? —preguntó África, en un intento de volver al presente—. ¿Había muchos camaradas?

—Los de siempre. La Pasionaria ha estado muy amable conmigo. Todo el odio que sentía hacia mi madre lo revirtió en amor hacia mí, aunque tampoco me fío mucho... —Sonrió antes de encerrarse en un breve silencio lleno de secretos, uno de esos en los que Ramón se había convertido en todo un experto.

—¿Ha pasado algo?

—Les he comunicado mi deseo de regresar a España. Nada me gustaría más que volver a Sant Feliu de Guíxols, donde pasé tantos veranos cuando era un crío. Mi sueño sería abrir allí un restaurante, uno pequeño. Llevo años pensando en ello. Además, las cosas en España ahora son distintas: hay una democracia, el PCE ha sido legalizado y ser comunista no es ningún crimen. Incluso han anunciado una amnistía. ¿Sabes lo que me ha respondido Carrillo cuando se lo he planteado? —Ramón no esperó la respuesta de su interlocutora—: Que escriba un libro, unas memorias en las que reconozca todo lo que pasó, lo que hicimos y quién nos mandó que lo hiciéramos, con nombres, apellidos, fechas, detalles de operaciones... Nunca me habían insultado tanto, ni siquiera cuando me llamaban asesino.

—¿Eso te ha dicho? —África no pudo esquivar el recuerdo de su último encuentro con Santiago Carrillo, en la conferencia organizada por *L'Humanité* en París, donde apareció como un fantasma haciéndole preguntas incómodas—. ¿Y qué vas a hacer?

—Lo que siempre he hecho; lo que hay que hacer. Carrillo debe de pensar que soy idiota y que no veo lo que realmente quiere: marcar distancias entre el actual PCE y el comunismo de la URSS; por eso sé que nunca permitirán que vuelva a España, porque yo, como tú, llevo el marchamo de la Unión Soviética de Stalin estampado en la frente. Carrillo pretende que me convierta en un traidor y delate a todos. No lo hice en los veinte años que estuve encerrado en la cárcel, ni siquiera cuando unos emisarios de la revista *Life* me ofrecieron cincuenta mil dólares por escribir mis memorias. —El recuerdo le devolvió una sonrisa a los labios y el brillo a los ojos—. Los despaché rompiendo su cheque y diciéndoles que el periodismo es una de las actividades más detestables del género humano. Es curioso porque aquella oferta me sonó a recompensa del viejo Oeste, y no tan viejo; en Valencia, la cabeza de un oficial republicano en plena Guerra Civil valía sesenta mil, diez mil si era la de un soldado soviético. Así lo publicaban los periódicos franquistas, justo al lado de la cartelera donde anunciaban que Estrellita Castro cantaba en un teatro —rio Ramón, sorprendiéndose de su buena memoria—. Y el demonio de Carrillo pretende que lo haga ahora para que pueda irse de rositas y defender su programa político en España. —Resopló, despectivo—. Escribir mis memorias... Quizá cuando él escriba las suyas y hable de lo que ocurrió en Paracuellos, entonces puede que yo me anime a escribir las mías —puntualizó, sabiendo que ninguno de los dos lo haría—. Algunas veces pienso que hemos compartido barco con demasiados traidores, con muchos capitanes y marineros que desertan cuando el tiempo empeora y pretenden abandonar la embarcación, disfrazándolo de un gesto de dignidad o de modernidad. Deberías ver cómo me miraban algunos cuando entraba en la Casa de España, como si mi presencia les resultara incómoda, como si vieran un fantasma que amenazara su cómodo presente. Todavía recuerdo la mirada de Ramón Tamames o la de Rafael Alberti; me miraban con esa superioridad de los antiguos bolcheviques cuando despreciaban a uno de los suyos por el simple hecho de ser mejor que ellos... Supongo que así miraría Stalin a Trotski cuando empezó a incomodarle para llevar a cabo sus planes. Por eso no iba mucho a la Casa de España, aunque eso hizo que dejara de tomar el mejor café expreso que se hacía en todo Moscú.

Ramón tomó su taza, aunque al notar el frío en los dedos volvió a dejarla en el plato. La conversación caldeaba los ánimos, pero no mantenía caliente el café; nunca lo había hecho.

—Supongo que sigues odiando el té —comentó África al recordar su época en Coyoacán, en la Casa Azul.

—No me hables. A veces pienso que maté a Trotski por las veces que su mujer me ofreció una taza de aquel maldito brebaje.

El comentario hizo que ambos rieran, aunque la carcajada de Ramón tornó en un bronco episodio de tos, que obligó a África a adentrarse en la cocina a por un vaso de agua. Costó varios minutos que la respiración volviera a la normalidad. Aquello confirmó los temores que aparecieron cuando entró en la casa: le vio como una persona débil y enferma. Aquella imagen le dolió.

—¿Estás bien, Ramón?

—Todo lo bien que puede estarse después de un infarto pulmonar, una guerra civil, una guerra mundial, dos décadas en una cárcel mexicana y una insuficiencia cardiaca y pulmonar... Sin olvidar que llevo sobre mis espaldas ser uno de los asesinos que pasará a la historia de la humanidad por matar a uno de los hombres que lideraron la Revolución rusa —bromeó, intentando gestionar los vestigios del ataque de tos.

—¿Roquelia no ha venido contigo? —Le costaba entender que un enfermo como él hiciera un viaje tan largo sin la compañía de su mujer.

—Ella prefiere estar en La Habana. No la culpo, ya pasó demasiado frío en la URSS. Doce años pasando frío; se hartó de temperaturas bajo cero como se cansó de trabajar en Radio Moscú. Además, no le gusta este país. Tampoco le gustan las mujeres que un día me rodearon. ¿Sabes lo que suele decir cuando sale el tema de la guerra civil española? Que en esa contienda había tres putas: Lina Imbert, Carmen Brufau y la tercera se la calla... —Vio cómo ella arqueaba una ceja en un gesto un poco teatrero, ya que tampoco le importaba mucho lo que pudiera pensar la mujer de Ramón—. Nunca termina la frase, pero estoy convencido de que se refiere a Caridad. Nunca se gustaron. Se llevaban fatal. Aunque tu nombre tampoco está entre sus favoritos...

—¿Mi nombre? ¿Cuál de ellos? —bromeó África, con la intención de quitarle peso a la acusación de Roquelia. Sabía que una mujer enamorada podía ver fantasmas por todas partes, mientras que una mujer ajena al amor solía convertirse en uno de esos fantasmas.

—Las mujeres no sois tontas. Tenéis una intuición de la que carecemos los hombres, una especie de alarma que salta cuando escucháis cómo los labios de vuestro hombre pronuncian el nombre de otra.

Un nuevo ataque de tos le obligó a pedirle a África que le acercara un bote de pastillas que había sobre la repisa del aparador ubicado a su espalda. Ramón le quitó la tapa y ladeó el recipiente del que salieron dos cápsulas que tragó ayudado de un poco de agua. El efecto fue inmediato.

—Supongo que en Cuba te están tratando —dijo África.

—Por supuesto, Fidel Castro me colma de atenciones. No solo me acogió con los brazos abiertos, dándome una casa en la Quinta Avenida, en el centro de Miramar, a menos de doscientos metros de la playa, y nombrándome asesor del Ministerio de Interior, sino que me ofrece la mejor atención sanitaria. Pero los médicos cubanos no saben muy bien qué tratar ni cómo hacerlo. El cuadro de síntomas no deja nada definitivo: mareos, dolores en el pecho, tos, dificultades respiratorias... Me han dicho que podría ser pleuresía, leucemia, tuberculosis... —enumeró Ramón con cierta indolencia, como si no le importaran los nombres de las cosas, sino lo que representaban—. Mi hermano Luis está convencido de que el KGB me envenenó en 1974, cuando me entregaron un reloj durante una comida homenaje, antes de partir definitivamente hacia Cuba. Días más tarde ingresé en la clínica de Kuntsevo por un derrame pleural. Eitingon no se separó de mi lado y no permitía que nadie se acercara a mi cama. Yo creo que vio pasearse por los pasillos al fantasma del hijo de Trotski, Liova, cuando le operaron en aquella clínica de París y murió a los pocos días. Tendría gracia que los mismos que envenenaron a Lev Sedov lo intentaran conmigo. Yo no quiero creerlo, pero... ¿Tú sabes algo de venenos?

—Lo que todos: poco —dijo, mientras su memoria recuperaba la imagen de Valentino Marchetti tirado en el suelo del pasillo de la casa en la calle Williman número 551 de Montevideo.

Mentía. La mentira seguía siendo su mejor arma. Sabía rociar una bacteria o un gas venenoso sobre cualquier superficie o estancia para causar una dolencia pulmonar mortal al objetivo; solo debía llevar guantes y tomar media hora antes un antídoto, como una tableta de tiosulfato de sodio y una ampolla de nitrato de amilo, que ingeriría inmediatamente después de activar el veneno y la protegería de la toxina letal. Como también sabía lo que podían conseguir unos simples bombones con estricnina. Lo sabía ella y todo agente soviético de inteligencia, como lo conocía Grigulévich cuando Stalin le encargó asesinar al mariscal Tito. El propio Lenin era un declarado admirador del uso de venenos para ejecutar al enemigo y no dudó en ordenar la creación de un laboratorio de toxicología en 1921. Por eso, el NKVD abrió su departamento farmacéutico Kamera, para investigar el uso de venenos y de drogas.

Miró a Ramón, que no parecía muy convencido con su respuesta.

—¿Crees que te han envenenado? —África frunció el ceño—. Espero que estés bromeando...

—Eso mismo les dijo Eitingon a los que fueron a detenerle por intentar envenenar a Stalin y a medio Kremlin, y todo porque su hermana Sofía era doctora y el complot de los médicos les hacía parecer culpables de todo. —Ese era uno de los temas que más le irritaban y más problemas le habían causado con los dirigentes soviéticos, cuando les pidió que reconsiderasen su postura hacia Eitingon y Sudoplátov—. ¿Los has visto?

—No. No he tenido oportunidad —mintió de nuevo.

Había tenido doce años para posibilitar ese encuentro, pero su sentido del deber con la Madre Rusia se lo impedía: Sudoplátov y Eitingon se habían convertido en bultos sospechosos para el sistema, ese que no dudaban en criticar en pequeños círculos. Le dolían aquellas ausencias, pero prefería evitar el peligro de mimetizarse con la sombra de la duda que los dos hombres proyectaban sobre sus principios. De nuevo, su decisión podría entenderse como fanática, aunque para ella era una cuestión de compromiso y de coherencia.

—Las oportunidades se buscan, África —insistió Ramón—. Tú deberías saberlo mejor que nadie.

—No puedes culparme de las decisiones de otros. No sería justo.

—No lo hago. Solo hablo de amistad. Lo que no sería justo es negarse a reparar los errores cometidos por la sinrazón. ¿Sabes que a Eitingon no solo lo encerraron en una cárcel durante casi quince años, sino que le quitaron todo lo que tenía, también su prestigio y sus condecoraciones? Le obligan a vivir de una mísera pensión en un bloque de viviendas donde lo único bueno que hay es tener a Grigulévich y a su mujer mexicana de vecinos. Decir que está desilusionado con el Partido, con el Gobierno soviético y con el KGB es decir poco, y no le duelen prendas a la hora de reconocer que el PCUS ha renunciado al socialismo. —Mientras hablaba, jugaba con la cucharilla del café, y África observó ese bailoteo del cubierto en su mano y le recordó a cuando Ramón solía doblar una moneda de bronce con tres dedos. Su fuerza ya no era la misma; su interés tampoco parecía el de entonces—. Tuve que emplearle como chófer para que pudiera sacarse un dinero extra que le permitiera vivir un poco mejor. Un hombre como él, que lo dio todo por cumplir los deseos personales de Stalin que nos vendieron como órdenes, que llegó donde pocos llegaron... Igual que Sudoplátov, el mismo que reconoce que tú fuiste la mejor de todos nosotros, la mejor espía del KGB. Esas cosas tampoco las puedo creer y, sin embargo, existen. Como existen los relojes cargados con radiactividad o los venenos que se rocían en los pomos de las puertas y no dejan huella.

—Tú no traicionaste a la URSS —buscó enaltecerle sin desprestigiar a nadie.

—Ellos tampoco —replicó Ramón en tono regio, mientras se golpeaba con una mano en el pecho.

Aquel gesto le recordó al joven autoritario y firme que recorría las calles de Barcelona y guiaba a sus batallones en el campo de batalla. Verlo golpearse el pecho como hacían los rusos cuando intentaban dotar de vehemencia a su argumento —en vez de golpear el de su interlocutor, como solían hacer los españoles según la teoría que Eitingon le explicó en su día— le sirvió para confirmar lo soviético que se había vuelto. Ramón no estaba dispuesto a admitir que ninguna sombra de duda cayera sobre Sudoplátov y Eitingon, a quien consideraba un padre. Bebió un poco de agua antes de continuar hablando.

—Traición. Sin esa palabra no podría escribirse la historia de la URSS. A los soviéticos les gusta hablar mucho de todo, excepto de lo suyo. ¿Qué piensas cuando ves a mendigos vestidos con harapos en las calles de Moscú, en el paraíso del proletariado? Me recuerda a los carteles colgados de las paredes, en las calles y en las plazas de Barcelona y Madrid, donde nos decían que el pueblo soviético era dichoso, que no había tristeza ni miseria, que la juventud soviética reía, cantaba y era feliz. Qué manera de engañarnos... Ni que fueran delegaciones del *Pravda*.

—También el *Daily Mail* publicó que los rojos crucificaban y violaban a las monjas...

—¿Y no lo hicieron? —preguntó Ramón con tanta firmeza que acalló una posible respuesta de su compañera—. También recuerdo artículos del *Daily Worker*, asegurando que la Legión Extranjera de Franco la componían traficantes de personas, asesinos y mercaderes de la droga, y de la revista londinense *New Statesman*, donde afirmaban que los fascistas construían sus barricadas con niños vivos.

—¿Y no lo hacían? —preguntó África, en el mismo tono que él había empleado segundos antes.

—No se trata de lo que publicaba la prensa, ni siquiera el *Pravda*, sino de lo que nosotros vivimos y de lo que hoy vemos. Y yo veo pobres deambulando por el paraíso proletario.

—El comunismo no tiene nada que ver con vestidos ni con estanterías vacías.

—El problema es que el comunismo no se traduce en estanterías llenas. Al menos, este comunismo —sentenció Ramón.

África sonrió mientras perdía la mirada por el interior de la estancia. Era algo que solía hacer cuando declinaba participar en una conversación de la que no saldría bien parada. Sus ojos se posaron en la cámara de fotos que había sobre una mesilla auxiliar, cerca de la ventana. Se incorporó para aproximarse a ella.

—Aún la conservas... —Alzó la Leica. Siempre le pareció curioso que Ramón y Valentino compartieran su pasión y fidelidad hacia esa cámara fotográfica; el español la usó durante su cobertura como Jacques Mornard junto a Sylvia Ageloff en París, y continuó cuando se convirtió en Frank Jacson en Nueva York y México—. Todavía recuerdo cómo te quejabas de lo pesada que era la Speed Graphic, cuando Eitingon te dijo que debías usarla porque era la que utilizaban los fotógrafos de prensa, y se suponía que esa era tu tapadera. Me gusta que la conserves.

—Cuando eres un fantasma viviendo una farsa, debes atesorar algo real, algo auténtico de esa vida de mentira, para no volverte loco con los recuerdos. Eso ayuda, debes aferrarte a algo, sea un objeto o un sentimiento. —Tendió la mano para que le entregara la cámara. Fue entonces cuando ella vio la pequeña cicatriz con forma de media luna en la mano derecha, aquella huella delatora que sirvió a la policía mexicana para confirmar la verdadera identidad del asesino de Trotski.

—¿Te duele? —África dibujó con los dedos el trayecto de la señal, como había hecho en su día, después de su primer encuentro íntimo en Barcelona.

—Solo me duele cuando cambia el tiempo. Así que me temo que va a dolerme bastante, viendo lo mucho que están cambiando los tiempos...

—Estás muy pesimista —observó, al entender que no se refería al cambio meteorológico.

—Tengo mucho tiempo para pensar, leer, analizar y discernir. Me estoy haciendo mayor. Cuando éramos jóvenes, no teníamos espacio para librar nuestras propias batallas. Teníamos una guerra más importante que nosotros. Y eso es precisamente lo que echo en falta en la juventud de hoy.

—Quizá todo esto sirva para que el mundo abra los ojos. Quizá fue necesario invadir Checoslovaquia para las generaciones venideras.

—¿Crees que Hitler fue necesario para las nuevas generaciones? ¿Crees que, aunque así fuera, esas generaciones están dispuestas a aprender algo del pasado? No lo harán. Querrán cometer sus propios errores. Los de sus padres no les servirán de nada, son papel mojado, batallitas del abuelo, eso pensarán de nuestros sacrificios y de nuestros mártires. —Ramón se levantó para cerrar la ventana de la estancia: o hacía frío en casa o eran sus cuerpos los que no alcanzaban la temperatura adecuada. Volvió a sentarse frente a África, no sin antes ofrecerle una nueva taza de café, que ella aceptó—. ¿Sabes que durante sus primeros años en el poder los bolcheviques ajusticiaron a más personas que los Románov en más de tres siglos?

—Dudo que eso sea cierto.

—Tan cierto como que Stalin fue elegido «Hombre del año» por la revista *Time* en dos ocasiones, en 1939 y 1942. Otra cosa muy distinta es que ahora haya gente que no quiera verlo; la ceguera selectiva ha sido siempre igual de efectiva que la negación interesada. Así somos. Y no tiene visos de que vayamos a cambiar en un futuro próximo.

De nuevo, un terreno pantanoso. África no quería pisar charcos en aquella visita. Por eso no pensaba preguntarle lo que le confió Valentino sobre la supuesta orden del Kremlin de matar a Ramón Mercader después de que asesinara a Trotski. «Si un día le vuelves a ver, coméntaselo. A ver qué te dice», le había dicho el italiano. Pero no pensaba hacerlo. Solo anhelaba encontrarse con el hombre a quien un día amó, con el camarada con el que compartió mucho en poco tiempo, con el recuerdo que no dejó de aparecer durante toda su vida, como un fantasma, como una suerte de extraño faro en la oscuridad, el norte en su brújula, algo real y palpable a lo que poder aferrarse entre tanta turbulencia de nombres, de misiones, de destinos, de leyendas y de tapaderas, como Ramón lo hacía con su Leica. No había ido en busca de confrontación, sino de memoria, de la realidad que un día vivieron y de la necesidad de rememorarla.

—Supe que tu madre murió en París hace dos años —comentó África, recuperando a Caridad aunque fuera a través del recuerdo, ya que no volvió a verla desde que la invitó a su casa de Moscú, antes de su misión en los bosques de Ucrania.

—¿También oíste que murió abrazada a un retrato de Stalin y fumando como un carretero ruso?

—Lo que oí fue que el retrato estaba colgado de la pared, aunque también escuché que lo tenía debajo de la cama. Supongo que las versiones cambian durante la cadena de producción de chismes que van pasando de boca en boca.

—Se dicen tantas cosas... A la gente le encanta hablar, sin importarle si es verdad o mentira. Como cuando aseguraban que en la cárcel de Lecumberri había un carcelero que me hablaba en catalán.

—¿En el mismo catalán que hablaste con el doctor Dutrem, cuando acudió a auxiliar a Trotski minutos después de que le clavaras el piolet? Dicen que te dirigiste a él en catalán pidiéndole ayuda y que él te respondió: «Fill de puta, havies de ser català!» —África recordaba el rumor que corrió en su día—. ¿Lo hizo?

—¿Y tú? —preguntó Ramón a su vez, haciendo gala de la misma curiosidad que mostraba su amiga—. ¿Es cierto que empezaste a colaborar con la URSS antes de 1937, infiltrándote como secretaria en el círculo de Trotski durante su exilio en Noruega? Corren muchas leyendas sobre tus inicios...

—¿Esa es tu manera de responder a mi pregunta? ¿Con otra pregunta? —se rio África; en realidad, el propio Sudoplátov le había confirmado ese extremo a Ramón, pero no existía más prueba que su palabra—. ¿Hablasteis en catalán el doctor Dutrem y tú la tarde que asesinaste a Trotski?

—Ha pasado mucho tiempo. Los recuerdos se desdibujan. La memoria, como la ceguera de la que te hablaba antes, se vuelve selectiva. Supongo que por supervivencia. Por eso procuro no recordar mucho a la Mercader... —cambió él de tercio aquella conversación en la que no encontraría las respuestas anheladas—. Esa mujer... ¿Qué madre le regala a su hijo pequeño, de tan solo trece años, una pistola calibre 6,36 con funda de cuero repujado y con el calendario azteca grabado como souvenir de un viaje a México?

—La misma madre que obligaba a sus hijos a hablar francés hasta la una del mediodía, y luego a hacerlo en inglés el resto del día.

—La misma a la que se le ocurrió poner una bomba en la fábrica de los Mercader en Badalona porque no todos sus obreros querían ir a la huelga.

—La misma que no dejaba de hablar durante un concierto de Pau Casals, con aquel vozarrón que tenía, hasta que él paró la representación para decirle que se callara —rememoró África, sin poder evitar la risa.

—Esa endiablada mujer... El tiempo no la cambió. En realidad, siempre fue una burguesa escondida bajo un disfraz de guerrillera. Le gustaba vivir bien, comer sus ostras y engullir caviar a cucharadas, beber champán, fumar cigarrillos franceses perfumados, residir en una buena casa y leer *L'Humanité* a diario; si hubiera tenido servicio, le habría ordenado que planchara el periódico antes de entregárselo. Todo el mundo en París acabó harto de ella, también los de la embajada cubana. Terminó sus días sola, pintando cuadros y fumando puros. Dicen que los vecinos llamaron a la policía alertados por el mal olor que salía de su apartamento. Era el olor de la descomposición de su cuerpo, por lo que se puede decir que murió como vivió, descomponiéndolo todo.

—¿Cómo era eso que decía? —Le llevó unos segundos encontrar la frase que buscaba—: «Yo solo sirvo para destruir el capitalismo, no para construir el comunismo».

—Muy comunista ella, muy defensora del paraíso del proletariado, pero rehusó vivir en la Unión Soviética, alejada de todos los lujos con los que siempre quiso vivir. —Ramón calló unos segundos mientras juntaba las manos y entrelazaba los dedos, como si estuvieran agarrotados y ansiara desentumecerlos. Hizo un gesto de dolor, sin que África pudiera descifrar si la molestia venía dada por los huesos o por los recuerdos—. ¡Qué ser! Por su culpa, no salí antes de prisión. Me consta que organizaron una operación para sacarme de allí, pero mi madre tuvo que aparecer para ponerlo todo patas arriba... Genio y figura.

—Siempre estuvo orgullosa de ti.

—Orgullo de madre... —se rio él—. Para sentir eso, primero tendría que haber ejercido como tal. Y Caridad actuó de todo menos de madre.

—Tú sabes cuál es la realidad, no hace falta que nadie te la cuente. Como sabes que todas esas condecoraciones, como las que te han entregado hoy, las ganaste a pulso por lo que eres, por lo que hiciste y por lo que representas.

—¿Por estar encerrado veinte años sin decir una sola palabra? —ironizó Ramón.

—No. Porque el mejor espía es el que tiene los mejores secretos y sabe mantenerlos en silencio, aunque eso le cueste la vida. Siempre ha sido más difícil guardar un secreto que arrebatárselo al enemigo —sentenció África, recuperando la enseñanza de Eitingon, la misma que el camarada Medvédev enunció en su despacho de la Lubianka, donde fue reclutada para «Los Vencedores».

Ramón le dedicó una de esas miradas que abrazan nostalgias de algo nunca sucedido y alimentado en una imaginación cebada por el deseo. Por un instante, pensó cuán distinta habría sido su vida si la hubiera compartido con África, o si ella hubiera estado ocupando el lugar que habitaron otras muchas. Le gustó escuchar aquello de boca de la mujer cuya imagen no se había desvanecido como lo habían hecho otras figuras femeninas de su vida, otras siluetas, y también otros ideales.

—Luchamos para cambiar el mundo, África. Y no veo ese nuevo mundo por ningún lado. Y por si lo dudas, te diré que no soy el único ciego por estos lares. Solo espero no terminar mis días como Siqueiros, exclamando «Todo este trabajo, para nada», o como Eitingon, que piensa que todo está podrido. —Las palabras de Ramón tenían un deje de despedida. Miró la hora en el reloj colgado en la pared, observó la varilla metálica de color dorado que actuaba como peso oscilante para medir y marcar el tiempo. Sintió parte de esa carga en el cuerpo y deseó que una péndula tan precisa como aquella hubiera marcado su vida—. ¿Piensas en el final?

—¿En la muerte?

—Y en cómo pasaremos a la historia. Me contaron un chiste el otro día, aunque yo creo que es algo que sucedió de verdad. Dos hermanos en Bulgaria, durante los años de las luchas contra el nazismo. Uno de ellos es colaboracionista de los nazis; el otro, miembro de la Resistencia. Cuando todo acaba y el comunismo triunfa, la gente se olvida del guerrillero, mientras su hermano no para de recibir enhorabuenas. Cuando el partisano le pregunta a su hermano cómo es posible, él se lo explica: «Es sencillo. Yo tengo un hermano que formó parte de la Resistencia y me reconocen por ello; en cambio tú tienes un hermano que fue colaboracionista y nadie quiere acordarse». Así se escribe la historia, querida amiga. —Ramón esbozó una sonrisa—. ¿Nunca piensas en eso? ¿En quién escribirá nuestra historia? ¿No te has preguntado si figuraremos en ella?

—No lo haremos —apuntó África con certeza, como si ya hubiera especulado sobre ello con anterioridad—. Quizá se sepa algo de nosotros, pero la mayoría de lo que dirán será inventado. Alguien se encargará de desinformar sobre nosotros, como lo hicimos nosotros en su día sobre muchos otros.

—Debiste elegir como alias «Causa», en vez de «Patria», que siempre me ha sonado algo burgués; además, te define mejor.

—Nos definen nuestras convicciones, más que las palabras que elegimos para justificarlas.

—¿Sabes lo que leí en uno de los papeles que había sobre el escritorio de Trotski? Quizá fueron las últimas palabras que escribió el Viejo antes de que le incrustara el piolet en su cráneo. Es curioso porque estaba al lado del libro *Hitler Speaks* de Hermann Rauschning, que me extrañó ver sobre la mesa de un bolchevique. —La mención de aquel título, el mismo cuya lectura recomendaba Felisberto Hernández, hizo que África se convenciera de lo mucho que el destino se divertía con sus juegos y sus encrucijadas—. Era algo sobre Nerón, al que definía como un producto de su época, y que, cuando pereció, sus estatuas fueron derribadas y su nombre borrado de todas partes: «La venganza de la historia es más terrible que la venganza del más poderoso». Esas palabras vuelven a mi mente como lo hace el grito de Trotski, exactamente igual. Puede que las palabras nos definan más de lo que pensamos. Y también puede que por entretenerme en leer esas palabras, no atinara el golpe con el piolet como debía.

—Nunca fuiste un hombre de muchas palabras, Ramón.

—Tú, en cambio, sí lo fuiste. No parabas de repetir las consignas escuchadas a todos los fantasmas que te acompañarán hasta tus últimos días.

—¿Es una crítica? —preguntó divertida.

—Al contrario. Me enorgullece ver en lo que te has convertido. Y más aún cuando sé que soy la única sombra del pasado a la que has querido ver después de tantos años. Eso me hace único. Y también especial.

—Es verdad que fuimos sombras. Pero son las sombras las que hacen que la luz brille más.

Ramón Mercader observó a África de las Heras. Aquellas palabras actuaron como una lente de aumento que le permitió ver con nitidez a aquella joven con la que recorrió las calles de la Barcelona guerracivilista compartiendo ideales y consignas. No había cambiado: la misma mirada, las mismas palabras saliendo de su boca. El tiempo había pasado sobre ella, pero ella se había resistido a transitar por él. Seguía conservando ese halo de enigmática presteza y vivacidad, como si siempre estuviese a punto de alzar el vuelo, imbuida de un espíritu *peterpanesco*. Sonrió, como lo haría el reo condenado a muerte cuando escucha cómo el sacerdote le dice que tenga valor y que Dios está con él, como si solo él fuera consciente de la gravedad de lo venidero.

—¿Nunca has pensado qué habría pasado si la URSS no hubiese aparecido en nuestras vidas con una invitación personal para entrar en la inteligencia soviética? —preguntó Ramón, como si necesitara escuchar la respuesta de boca de su amiga para confirmar la suya propia. Había pensado mucho en aquel día de finales de 1937, cuando su madre y Leonid Eitingon se presentaron en Torre del Burgo, en Guadalajara, para proponerle una nueva vida, por la que brindaron con unas botellas de Codorníu que una delegación de la JSUC llevó en el mes de octubre a su unidad, el antiguo batallón Jaume Graells, del que el joven Mercader era comandante. La pregunta le rondaba desde hacía años: qué hubiera pasado si...

—¿Eso cambiaría algo?

El reloj de pared del salón sonó con fuerza, marcando con ferocidad la hora, dictaminando los tiempos como un juez dicta su sentencia.

Ramón y África se abrazaron igual que lo harían dos almas gemelas separadas por el capricho de un destino tejido por demasiadas manos. El abrazo se prolongó como lo había hecho el reencuentro, como si pretendieran recuperar el tiempo perdido, las caricias no dadas, los besos negados y entregados a otros. África contempló en el espejo la imagen de Ramón entre sus brazos. Tenía los ojos cerrados; quizá eso lo ayudara a grabar aquella sensación en el recuerdo. Ella los mantuvo abiertos y no supo si el ademán la definía más a ella o a él. Entendió que se habían amado en el mejor momento de sus vidas, a esa edad temprana que invita a pensar que todo será eterno. A veces, salía bien; otras, el amor se mostraba como una felicidad vetusta.

Cuando se separaron, sus miradas se colgaron la una en la otra, en una prolongación del abrazo recién abandonado. Se sonrieron sin que sus bocas volvieran a abrirse ni sus labios a despegarse. Se habían dicho todo, excepto lo único que ninguno de los dos se atrevió a pronunciar porque los personalismos, como los individualismos frente a la colectividad, seguían coartados en una Unión Soviética donde el fantasma de Stalin permanecía aún demasiado presente. Aquellas dos palabras que nunca se dijeron seguirían cosidas en sus bocas, bien guardadas, con el eficaz candado del silencio que continuaba siendo la forma más eficaz de supervivencia. Quizá fue ese deseo de mantener las cosas vivas lo que silenció aquellas dos palabras. Quizá esa era la condición para hacerlas eternas. Un inoportuno «te quiero» perdería valor al ser verbalizado, mientras que mantenerlo amordazado lo haría imperecedero e inmortal.

Mientras bajaba la escalera del edificio, la misma que había ascendido horas antes, escuchó cómo «La consagración de la Casa» de Beethoven volvía a sonar. Al alejarse del apartamento donde se había encontrado con Ramón, pudo escuchar nítidamente la voz de Frida Kahlo en su cabeza, pronunciando la sentencia que compartió con ella en el patio de la Casa Azul: «Donde no puedas amar, no te demores».

Los fantasmas seguían visitándola a diario, quisiera o no.

Fue la última vez que África de las Heras y Ramón Mercader se vieron.

El 18 de octubre de 1978 supo que Ramón había fallecido en Cuba a causa de un cáncer de huesos, según rezaba el certificado de defunción. Ni siquiera se molestó en darle legitimidad; conocía cómo se fabricaban los documentos oficiales para que pareciesen auténticos. Tampoco importaba demasiado, eso no cambiaría el hecho de que estuviera muerto. Había estado diez días en coma en el hospital, un dato que reafirmó a África en su creencia sobre la cobardía de las prórrogas. Supo que había sufrido dolores fuertes en las manos, en las piernas, en la espalda, incluso en las cuencas de los ojos. Fue consciente de que se moría y lo hizo con el dolor de no volver a su tierra, como le pidió por última vez a Santiago Carrillo cuando este visitó Cuba, unos días antes de fallecer Ramón, una petición que no obtuvo respuesta. El PCE le había sentenciado como lo hacía la vida.

En todo momento estuvo informada de que su viuda, Roquelia Mendoza, y sus dos hijos llegaron el 22 de octubre a Moscú con las cenizas de Ramón. El lunes 23 de octubre, a las diez de la mañana, se celebró el funeral en el cementerio de Kuntsevo, en el área reservada para los Héroes de la Unión Soviética. Moscú no quería ruidos, ni mártires, ni convertir la tumba de un camposanto en un lugar de peregrinación en loor del asesino de Trotski. Habían pasado muchos años para remover la historia, los complots, las operaciones de inteligencia y los secretos nunca revelados oficialmente. Ni despedidas ni orquesta interpretando «Els segadors», como pretendió alguien de la Casa de España. Tampoco la presencia de sus verdaderos amigos, como si también ellos fueran reliquias patrióticas que esconder. Leonid Eitingon ni siquiera fue informado oficialmente, como tampoco lo fue Pavel Sudoplátov, aunque Roquelia le llamó para decírselo y reparar así el «olvido» burocrático. Moscú quería que el sepelio se realizara en la más estricta privacidad, con la misma confidencialidad de las más importantes operaciones llevadas a cabo por los servicios secretos. Las presencias las aprobó el Comité de Seguridad del Estado, que permitió varias salvas de artillería y una banda de música preparada para interpretar «La Internacional». África leyó una crónica publicada en el diario *Pravda* que hablaba de la existencia de muchas flores, una gran corona, una fotografía de Ramón y un grupo de diez soldados escoltando a la familia, que portaba la urna con las cenizas del fallecido. Un misterioso funcionario del KGB se bajó de un coche oficial negro y fue el encargado de pronunciar un discurso donde resonaron con fuerza las palabras «camarada», «héroe», «patriota», «revolución», el compromiso de no olvidar a los héroes y un nombre que borró todos los demás, el mismo que aparecía grabado en la tumba de granito: Ramón Ivánovich López. Un nuevo baile de identidades, el sino de todo espía soviético.

Si los nombres no definían a las personas en vida, tampoco lo harían en su muerte.

Moscú

11 de noviembre de 1983

> La única revolución válida es la que uno hace en su interior.
>
> León Tolstói

45

La tarde caía sobre Moscú. Los últimos rayos de sol adquirían un enigmático halo dorado, obstinado en destilar unos hilos brillantes antes de ser engullido por el horizonte. Ese momento mágico de la naturaleza en el que todo puede pasar de manera fortuita, en especial si el hombre intenta adueñarse de ello, ignorando su completa incapacidad para lograrlo.

Noviembre de 1983 no estaba siendo de los meses más fríos que había conocido. O quizá era la sensación engañosa que envuelve siempre a la memoria. África tenía muy presente que los buenos recuerdos no suelen ser fiables.

Había hablado largo y tendido sobre el pasado, dejándose llevar por las preguntas de Fiódor, que no parecía cansarse de escuchar el relato de la vida de la coronel del KGB. Tocaba regresar a la realidad del presente, al salón de su apartamento en el Anillo de los Jardines, donde había comenzado el día tecleando una somera nota biográfica en su máquina de escribir Remington mientras escuchaba la *Appassionata* de Beethoven; volver a las amapolas dispuestas en un jarrón, a las tazas de café y a los vasos de vodka, esperando una llamada de teléfono que no llegaba.

—No eran misiles. Eran rayos de sol —explicó África, retornando a lo sucedido en el búnker Serpukhov-15, el 26 de septiembre de ese mismo 1983 en el que se hallaban, y a cómo la templanza del teniente coronel Stanislav Petrov había evitado la Tercera Guerra Mundial, al no dar por bueno el aviso de lanzamiento de un misil por parte de Estados Unidos, tal y como le mostraba la pantalla del ordenador—. ¿Te imaginas declarar una guerra nuclear intercontinental por unos rayos de sol? Millones de muertos por no saber distinguir unos rayos solares sobre nubes a elevada altitud, de un ataque de misiles nucleares. El fin del mundo por una fortuita alineación entre los satélites y los rayos de sol, que con el equinoccio de otoño caían verticales. Esa ilusión óptica engañó al sistema de los ordenadores. La Tierra y el Sol se alinearon en una imagen ficticia para confundir a los satélites de detección. Cuando el sol se elevó sobre el horizonte en un ángulo exacto, los indicadores de los satélites alertaron de una fuente de calor ascendiendo por el este. ¡Qué van a saber los satélites de alerta temprana de un equinoccio de otoño! No están programados ni diseñados para eso. Los ordenadores no piensan, ejecutan. Los hombres realizan ambas cosas.

África observó a Fiódor. El relato de sus recuerdos había amainado en parte su nerviosismo, pero también en eso había una ilusión óptica.

—Petrov controló su impaciencia durante veinte minutos. Nosotros llevamos horas y ese teléfono no suena —señaló el joven.

—¿Sabes cómo elegían los zares a sus esposas? Les entregaban una madeja de lana que debían desenredar. No importaba lo que tardaran en hacerlo. Los zares las observaban por la cerradura de la puerta y aquella que no perdiera la paciencia y lo consiguiese era la escogida.

—No me diga, camarada, que hemos hecho la revolución para volver a las esposas de los zares...

El timbre de la puerta sonó con la estridencia propia de lo inesperado. Durante unos segundos, África aguardó dos toques más, pero no llegaron. Miró el teléfono, como si aquel aparato supiera algo más que ella y que su contumaz mudez se negaba a compartir. Por fin, llegaron los dos nuevos timbrazos, un poco más tarde de lo esperado.

Se dirigió a la entrada, mientras Fiódor la escoltaba en el trayecto para situarse con la espalda pegada a la pared cercana a la puerta de la vivienda. Cuando ella abrió, entendió por qué los últimos timbrazos habían tardado en llegar más tiempo de lo normal.

—¿María Pavlovna? —preguntó el joven repartidor, al que seguramente le pidieron que llamara tres veces seguidas al timbre antes de entregar el pedido y lo olvidó, por la inexperiencia o el exceso de trabajo, aunque más tarde reparó precipitadamente su despiste—. Esto es para usted —le confirmó, mientras le entregaba un ramo de flores.

—Así que los tenías tú. Los girasoles de Moscú... —comentó Fiódor al joven repartidor.

—Sí. No sé qué le ha dado hoy a la gente con los girasoles, pero he repartido más que en toda mi vida. Si me firma usted aquí... —le pidió a África, tendiéndole una especie de resguardo de color sepia—, se lo agradecería. Debo irme. —El chico se despidió con urgencia—. Todavía me quedan entregas que realizar.

África sonreía, aunque el joven mensajero no conociera la verdadera razón de esa sonrisa. En cambio, Fiódor sí lo hacía. Había escuchado atento el relato de la coronel De las Heras sobre el mensaje que encerraban los girasoles y cómo esas plantas de flores amarillas evitaban incendios, según Frida Kahlo.

—Debe de enviarlas alguien que conoce lo mucho que le gustan los girasoles... —comentó Fiódor, después de observar que venían sin tarjeta.

—De alguien que sabe que los girasoles huyen de las sombras y siempre buscan el sol.

Él sonrió mientras movía de izquierda a derecha la cabeza en señal de negación, quizá más de incredulidad. Abrió su paquete de cigarrillos y se fumó el último, al tiempo que miraba el ramillete de girasoles que su destinataria había colocado sobre la mesa y que parecían observarle con la displicencia de quien se sabe guardián de un secreto. Las cabezuelas de girasol se asemejaban a cabezas nucleares que lo miraban de manera burlona, como las flores de mentira que se ponen los payasos en la solapa de la chaqueta y proyectan un chorro de agua cuando alguien se acerca para olerlas. Las mismas cabezuelas que se volvían siguiendo el movimiento del sol.

Fiódor lo entendió. Todo había quedado en nada. Toda la impaciencia había resultado improductiva. Ella tenía razón, como siempre. Todavía no sabía los detalles y puede que tardara años en conocerlos, pero el fantasma de la guerra nuclear, con la careta de Arquero Capaz 83, se había esfumado.

—¿Decepcionado? —preguntó África.

—No crea.

—Me alegro. Y si así fuera, recuerda que siempre hay que negarlo todo. Te hubiese gustado asistir a la conferencia que Kim Philby ofreció en Moscú hace dos años, en 1981, ante un nutrido grupo de agentes de la Stasi. Le presentó «Mischa», Markus Wolf, el jefe de los servicios secretos de la RDA. «No confiesen nada. Nunca. Niéguenlo todo», decía, mientras que Mischa, el espía sin rostro, el famoso Romeo, asentía con la cabeza —recordó África, que sí que estuvo entre el auditorio—. Philby... Parece que lo estoy viendo, con esas gafas de pasta enormes. Cuando le preguntaron qué era más importante, si la familia o el Partido, contestó tajante: el Partido. Me alegro de que al final ese mismo partido le haya permitido recibir su mermelada y su mostaza *british*. Él sí que sería capaz de organizar una guerra mundial si alguien se atreviera a negarle esos dos condimentos. Hay que reconocer que Aleksandr Orlov hizo un buen trabajo con él; en realidad, con los Cinco de Cambridge. Mientras se hacía pasar por un empresario, un vendedor de frigoríficos en una tienda de Regent Street en Londres, Orlov gestionó perfectamente al mejor equipo de infiltrados que ha tenido la Unión Soviética en Occidente: Donald Maclean, Guy Burguess, Anthony Blunt, John Cairncross y Kim Philby, todo un corresponsal de *The Times* en la guerra civil española, escribiendo crónicas de elogio a los franquistas en 1937. Y se lo creyeron. Mira si los tenía engañados a todos. El mejor espía es aquel a quien nadie conoce.

—¿No se supone que es aquel que mejor miente? —intervino Fiódor, recordando lo que su instructora siempre le había dicho.

—Una cosa no quita la otra. Van de la mano. Philby se convirtió en el jefe de la sección antisoviética del espionaje británico a finales de 1944. Si eso no es mentir...

—Quizá sí debería escribir esas memorias. De alguna manera, alguien tiene que contar la verdad.

—El mundo no está preparado para escuchar la verdad. Y menos de boca de una mujer. Mejor no contar nada, así nos evitaremos tener que negarlo todo.

La coronel África de las Heras no era propensa a expresar efusivas muestras de afecto. Pero en ese momento le hubiese gustado abrazar a Fiódor y pudo notar que el joven también se debatía en ese sentimiento, aunque jamás se atrevería a dar el paso porque no dejaba de estar ante un superior del KGB. África frenó el ademán antes incluso de comenzarlo, como los girasoles detienen los incendios. Le tendió la mano al joven agente, que no tardó en estrecharla. A lo máximo que llegó fue a colocar su otra mano encima, envolviendo aquel saludo con un aroma a despedida.

—El mundo no se acaba al este del Elba, soldado —espetó cómplice la coronel.

—No hay vida más allá del Volga —respondió el joven agente, devolviéndole el guiño.

África sabía que estaba preparado, quizá más de lo que pensaba. Fiódor estaba destinado a ser el mejor agente de la nueva hornada de espías del KGB que ella misma había instruido. Y, aun así, quiso darle un último consejo.

—Y recuerda: compórtate como las esposas de los zares.

—Qué cosas me pide, camarada. Le diría que la llamaré, pero como nunca contesta al teléfono...

—Nunca sé quién llama. Pero seguro que encuentras otra manera de ponerte en contacto. Improvisa.

Desde la ventana de su apartamento, observó cómo Fiódor se alejaba. Le pareció ver al jinete de las cajetillas Kazbek cabalgando a lomos de su caballo, con las montañas nevadas al fondo. El joven agente hizo una parada que a África le resultó familiar, aunque no por ello dejó de sorprenderla. Fiódor se detuvo para hacer una llamada desde una cabina de teléfono situada en la calle. Tan solo le llevó unos segundos. Un coche negro de grandes dimensiones lo esperaba a escasos metros. El mismo tipo de vehículos que utilizaron los coordinadores de la operación Arquero Capaz 83 para abandonar, horas antes, la sede del Cuartel Supremo de las Fuerzas Aliadas en Europa ubicado en Casteau, al norte de la ciudad belga de Mons, ajenos a lo que sus ejercicios militares habían estado a punto de provocar en el mundo.

África regresó a su Remington, que había dejado abandonada por unas horas de una jornada histórica. Ese 11 de noviembre de 1983 podía haber supuesto otro día D, que habría calmado el hambre de confrontación bélica de aquellos que seguían acariciando el sueño de la Tercera Guerra Mundial. Sabía que la Unión Soviética no había estado a la altura, como tampoco las potencias occidentales al simular un ataque nuclear demasiado realista, en el que participaron activamente los jefes de Gobierno de los países de la OTAN y donde se utilizaron sistemas de comunicaciones codificados, en un momento en el que las relaciones entre ambos bloques estaban a punto de saltar por los aires en plena Guerra Fría. El sistema soviético había fracasado, porque su servicio de inteligencia no había actuado racionalmente. Los servicios secretos soviéticos habían rozado la paranoia, contagiados por la personalidad del líder de la URSS, Yuri Andrópov, antiguo jefe del KGB. No era algo nuevo. Muchas veces los espías se limitan a encontrar evidencias de lo que sus superiores quieren hallar, y así los complacen. Había sido una señal de que la vieja guardia soviética debería retirarse y dejar atrás su legado.

Sus ojos se desplazaron por las últimas palabras de su nota biográfica mecanografiadas en el papel, antes de que Fiódor llamara al timbre a las once de la mañana y se presentara con unas amapolas, una sonrisa seductora y una impaciencia que lo taladraba por dentro. En realidad, sí había sido un Día del Recuerdo; su particular Poppy Day, y no solo porque el calendario lo marcara en rojo. África dedicó unos segundos a pensar en ello: las 11 horas, del día 11, del mes 11. No le sorprendió el nuevo juego malabar del destino; ya lo advirtió Einstein: las coincidencias las usa Dios para mantener su anonimato. Como tantas veces hacían los espías.

> Mi patria es la Unión Soviética. De esta manera lo he sentido siempre, tanto en mi cabeza como en mi corazón. Toda mi vida he estado vinculada a la Unión Soviética. Soy miembro del Partido Comunista y siempre he creído y sigo creyendo en los ideales de la revolu-

> ción, que invariablemente han guiado mis pasos. Ni los años ni mucho menos las dificultades de la lucha han mermado un ápice mis convicciones. Puedo asegurar que todas esas vicisitudes han representado un incentivo para continuar luchando por mis creencias. Por eso, hoy puedo vivir en paz, con el orgullo del deber cumplido y con la cabeza bien alta. Doy fe de que nada ni nadie podrá arrebatarme nunca mi fe en la revolución y en la Unión Soviética hasta el día de mi muerte.

Lo leyó una última vez antes de firmarlo. Se tomó su tiempo. Todavía quedaba un poco de café en la cafetera que había preparado antes de que llegara el joven repartidor con los girasoles. Se sirvió una taza. Antes de acercársela a la boca, reparó en un detalle que le hizo levantarse. Cogió su bolso y buscó algo en su interior, que parecía haberse escondido a conciencia. Cuando lo encontró, se situó ante el espejo, el mismo donde horas atrás había reparado en su blanca cabellera y en sus condecoraciones prendidas a la altura del pecho. Abrió el estuche cilíndrico de su barra de labios de color rojo y se los pintó, como tantas veces había hecho, con o sin ocultas intenciones. Cuando terminó, volvió a sentarse ante la máquina de escribir. Cogió la taza y bebió su contenido. Al dejarla nuevamente sobre la mesa, observó la marca labial de color rojo impresa en la porcelana. Ahora sí podía firmar su texto autobiográfico. Y lo haría con letras mayúsculas.

PATRIA

Washington

Museo Nacional de la Mujer en las Artes
9 de marzo de 1988

El día que una mujer pueda no amar con su debilidad sino con su fuerza, no escapar de sí misma sino encontrarse, no humillarse sino afirmarse, ese día el amor será para ella, como para el hombre, fuente de vida y no un peligro mortal.

SIMONE DE BEAUVOIR, *El segundo sexo*

46

No podía dejar de mirarlo. Poseía un matiz hipnótico, como lo tenía la visión de la conquista de la sangre sobre la nieve. Había algo en él que impedía retirar la mirada de sus formas, de sus colores, de sus detalles, de su lenguaje... El cuadro, un óleo sobre masonite de 87 × 70 cm, parecía estar vivo. Cada uno de sus trazos parecía guardar un mensaje a punto de ser descifrado. Cada detalle encerraba un código encriptado. Nunca había visto un óleo con tanta carga de identidad social, política, cultural y personal.

Estaba ante el *Autorretrato dedicado a León Trotski*, en el que Frida Kahlo aparece vestida como una india tehuana, con una larga falda rosa bordada con unas flores blancas, un chal de color tierra con grandes flecos, el cabello negro recogido, trenzado con cintas rojas y adornado con flores, luciendo joyas discretas y con los labios pintados de un rojo intenso, al igual que sus uñas. Sostiene en sus manos entrelazadas un ramillete de flores y una carta. Los ojos de Fiódor se detuvieron en la perfecta caligrafía de la carta que la versión pictórica de Frida sujetaba en la mano izquierda: «Para León Trotsky con todo cariño, dedico esta pintura, el día 7 de noviembre de 1937. Frida Kahlo. En San Ángel, México».

Otra vez noviembre, otra vez el aniversario de la revolución, otra vez Trotski.

Un exponente de la mexicanidad, a pesar de los muchos guiños europeístas que destilaba la obra. Fiódor conocía la historia por boca de la coronel del KGB, África de las Heras: Frida Kahlo había pintado el cuadro para mostrar su lealtad al trotskismo, cuando mantenía un romance con León Trotski durante su estancia en la Casa Azul. Al finalizar su relación amorosa y más tarde su amistad, Trotski no quiso saber nada del regalo. En noviembre de 1938, la obra, bajo el título *Entre las cortinas* —en el autorretrato, Kahlo aparece encuadrada entre dos grandes cortinas blancas—, fue exhibida en la primera exposición de la artista mexicana en la galería Julien Levy de Nueva York.

Fiódor se sintió atrapado por la mirada penetrante de Frida, que parecía observarle impertérrita desde el lienzo, como si solo estuviera él en esa sala del NMWA. Tuvo la impresión de que realmente le miraba. Era una intimidación visual que le recordó a su camarada instructora. La congresista estadounidense Clare Boothe Luce había cumplido su promesa de donar al museo el cuadro que le compró a la propia Frida en 1940. La artista mexicana tenía ganas de desprenderse de él, después de que en 1939 volviera a apoyar a Stalin y se alejara definitivamente de Trotski.

Aquella sala del Museo Nacional de la Mujer en las Artes le pareció el lugar más idóneo para estar en aquel momento. No podía imaginar otro mejor para un galerista de arte neoyorkino asentado en Washington desde hacía años. Su leyenda de galerista, reconvertido en los últimos meses en marchante, había sido un homenaje al espía William Fisher, alias «Rudolf Abel», que eligió la misma tapadera en sus años de actividad. El FBI llevaba semanas buscando al responsable del grave fallo de seguridad producido en su sistema. A esas alturas, la CIA ya sabía que había un topo en su organigrama y que estaba a punto de provocar un agujero enorme en su red de inteligencia y en la seguridad nacional. El infiltrado tenía acceso a informaciones clasificadas tan delicadas como el lugar donde se escondería el presidente estadounidense Ronald Reagan en caso de ataque nuclear; guardaba en su poder archivos, informaciones sobre escuchas telefónicas, listas de testigos protegidos, identidades de confidentes; conocía los nombres y las ubicaciones de las fuentes que utilizaba Estados Unidos, y estaban a punto de ser descubiertas, miles de efectivos desenmascarados por un solo hombre.

El topo había entregado activos en un momento crucial para la potencia norteamericana. Era un año de elecciones. El presidente

Reagan estaba a punto de dejar el poder, impedido por ley a optar a un tercer mandato. El país acudiría a las urnas el martes 8 de noviembre. «Otra vez noviembre», pensó Fiódor. Los estadounidenses debían elegir entre dos candidatos: el republicano George W. Bush, vicepresidente del Gobierno de Reagan, que había logrado hacer fortuna en Texas con los negocios petroleros gracias a las buenas relaciones de su familia y que pretendía un mandato continuista de su antecesor —incluyendo su política de rearme armamentístico, con especial atención a la gestión de la Guerra Fría—; y el demócrata Michael Dukakis, gobernador de Massachusetts y responsable del milagro económico de su estado, a quien los griegos adoraban, como la mayoría de los europeos e hispanos residentes en Estados Unidos. La identidad vendía y la suya estaba bien marcada, como también su antimilitarización, que el propio Dukakis se empeñaba en ocultar para que no le acusaran de blando o de poco patriota; en los Estados Unidos de América, a veces ambos conceptos se confundían. Los estadounidenses no admitirían a nadie que amenazara la seguridad nacional del país y cuyas políticas los dejaran vendidos ante el enemigo.

Fiódor conocía bien a qué se enfrentaba. Por eso su misión era tan importante. Lo tenía todo bajo control. Desde hacía tiempo, tenía diseñado el plan de escape en caso de que la CIA descubriera el fallo en su nivel de seguridad, y ese día había llegado; solo debía elegir el mejor momento para desaparecer. Esa seguridad en su trabajo y en la fiabilidad de su leyenda le permitía estar allí esa tarde.

Sin embargo, era otra la razón por la que aquella tarde de marzo había decidido pasarse por el museo para contemplar el autorretrato de Frida Kahlo, algo que no tenía previsto cuando, a primera hora de la mañana y en el transcurso de una conversación con otro agente soviético de paso por Washington para tratar diversos temas, el *rezident* le comunicó una noticia inesperada.

—¿Sabes lo de Patria?

—Sí. Le conceden la condecoración de Colaboradora Honoraria de los órganos de seguridad del Estado.

—No. La entierran. Hasta para morir supo elegir el día.

África de las Heras había muerto el 8 de marzo de 1988 en un hospital moscovita, a punto de cumplir setenta y nueve años. Frente al autorretrato de Frida Kahlo y todavía atrapado por el realismo de su mirada, Fiódor rescató las palabras de la coronel del KGB: «Un agente soviético no elige el momento de vivir, pero siempre debe elegir el momento de desaparecer».

Patria lo había hecho el Día Internacional de la Mujer.

A él le tocaba hacerlo en ese instante.

Abandonó el Museo Nacional de la Mujer en las Artes, aunque su misión en Washington aún no había sido completada. La última etapa de su plan seguía en marcha. Debía salir de allí y dejar todo atrás. Los rusos tenían un proverbio para eso: «Añorar el pasado es correr tras el viento».

Moscú

Cementerio Jovanskoye
26 de diciembre de 1991

Lo que de los hombres se dice, verdadero o falso, ocupa tanto lugar en su destino, y sobre todo en su vida, como lo que hacen.

VICTOR HUGO, *Los miserables*

47

Los inviernos en Moscú seguían siendo los más fríos del mundo, aunque ese mundo ya no estuviera bajo el manto de acero gélido de la Guerra Fría; al menos, oficialmente.

Fiódor caminó escuchando el crepitar de sus pisadas sobre la nieve. No pudo evitar recordar la leyenda que le contó su instructora en su última conversación, acerca de cómo la nieve cruje si se camina sobre un terreno nevado cubierto de amapolas, tal y como le había confiado Frida Kahlo.

Después de varios minutos de marcha, llegó a su destino. La tumba de África de las Heras estaba cubierta de nieve, pero el monolito de granito rojo que la custodiaba informaba de quién ocupaba el sepulcro. Sonrió al ver el color de la lápida, el mismo que cubrió los labios de la agente soviética durante años, como si quisiera perpetuar la sonrisa desde el más allá. Su rostro aparecía grabado en relieve sobre la piedra, sobre un soporte de mármol blanco con forma ovalada, como un antiguo camafeo. El cincelado no hacía honor a su belleza, quizá porque eligieron trazar el perfil de la coronel del KGB en sus últimos años. Sí lo hacía la palabra labrada en el extremo inferior derecho de la litografía, escrita en español y en letras mayúsculas: PATRIA. En la losa había inscrito otro texto, esta vez en ruso: CORONEL ÁFRICA DE LAS HERAS. COLABORADORA HONORARIA DE LA SEGURIDAD DEL ESTADO. 1910-1988. De nuevo, Fiódor esbozó una mueca al ver la fecha de nacimiento: alguien le había quitado un año, quizá debido a la influencia de alguna de sus sombras.

Depositó sobre la tumba el ramo de amapolas que llevaba en la mano. Sabía que, si pudiera, la legendaria espía se levantaría, protestando y preguntando por qué no le había llevado girasoles, como sucedió durante su último encuentro en noviembre de 1983, en el apartamento ubicado en el Anillo de los Jardines. Aquel lejano día había un incendio que apagar, la crisis de Arquero Capaz 83, que amenazó con desatar el fantasma de la Tercera Guerra Mundial. Pero las cosas habían cambiado mucho en el mundo, en Rusia y en los servicios de inteligencia. Los incendios ya no se paraban con girasoles.

África de las Heras había desaparecido en el momento oportuno, como dictaba el manual de los buenos espías: un agente de inteligencia debe saber cuándo morir, acabar con su leyenda y matar su sombra. Y ella lo supo. Había muerto un año antes de la caída del Muro de Berlín en noviembre de 1989, que apuntalaba el derrumbe del comunismo tal y como se conocía en el mundo.

Aunque vivió lo suficiente para leer, en el *Pravda* del 6 de febrero de 1988, que la Corte Suprema de la URSS había rehabilitado a diecinueve de los condenados en los Procesos de Moscú de 1938, por manifiestas violaciones a la legalidad, falsificaciones de actas y obtención de confesiones mediante tortura y otros métodos ilegales, no tuvo que ver cómo, en agosto de 1991, el pueblo soviético retiraba la estatua del fundador de la Cheká en la plaza Dzerzhinski número 2, tras el fracaso del golpe de Estado contra Mijaíl Gorbachov; ni cómo se desvanecían los países satélites soviéticos, entre ellos la República Democrática Alemana (RDA) y Rumanía; ni tampoco se vio obligada a presenciar cómo, en 1990, la URSS admitía la denominada «masacre de Katyn» sucedida en la primavera de 1940 —el asesinato en masa de más de veinte mil polacos, entre prisioneros de guerra, policías y civiles representantes de la intelectualidad polaca—: los soviéticos siempre responsabilizaron a los nazis de los asesinatos y, con el fin de confundir a los investigadores, emplearon pistolas alemanas Walther para las ejecuciones. La trápala salió a la luz después de que descubrieran la firma de Stalin —que utilizó un bolígrafo de tinta azul— en el documento secreto que ordenaba al NKVD la masacre.

No tuvo que vivir, en enero de 1989, cómo la *Literaturnaya Gaze-*

ta admitía que el Kremlin había sido el instigador y responsable del asesinato de León Trotski, ni tuvo que ver el documental *El proceso*, de dos horas de duración y emitido en la televisión rusa el 18 de mayo de ese mismo año, en el que se narraban los horrores cometidos durante el mandato de Iósif Stalin. Tampoco fue testigo de cómo la consigna escrita por Marx y Engels en el Manifiesto del Partido Comunista de 1848 —*Proletarier aller Länder, vereinigt euch!* («¡Proletarios de todos los países, uníos!»)— mudaba en 1990 en *Proletarier aller Welt, verzeihen uns!* («¡Proletarios del mundo, perdonadnos!») en las pancartas que recorrían las calles de Moscú y los grafitis dibujados en las paredes de los países satélites soviéticos.

Y sobre todo, África de las Heras tampoco presenció la disolución de la URSS el 21 de diciembre de 1991, aunque no alcanzara oficialidad hasta el 25 de diciembre de ese mismo año. La Unión de Repúblicas Socialistas Soviéticas desaparecía al tiempo que el Kremlin arriaba la bandera roja con la hoz y el martillo e izaba la bandera tricolor rusa. Todo aquello por lo que había entregado su vida se había derrumbado, como lo hizo el Muro de Berlín. Un epílogo que a la violinista roja no le hubiera agradado para su historia. Había llegado a Moscú bajo la estela de Iósif Stalin, y se marchó de él y del mundo con una URSS gobernada por Mijaíl Gorbachov y su Perestroika, un proceso reformador y reestructurador del sistema soviético que prometía construir una nueva sociedad que sentara las bases para la transición hacia un sistema democrático.

—Ha empezado una nueva época, coronel. No le gustaría —dijo en voz alta el joven espía ante su tumba.

Permaneció allí unos minutos más, preguntándose si se podía construir una nueva vida sobre los cimientos de algo muerto.

Fiódor se alzó el cuello del abrigo. Empezaba a nevar otra vez. El cielo le había concedido un descanso desde que entró en el cementerio, pero ahora parecía instarle a marcharse. Lo entendió como un mensaje encriptado de la violinista, que descifró con facilidad: debía desaparecer. Antes de iniciar la retirada y dirigirse hacia su siguiente misión, se cuadró ante la tumba: estaba ante una camarada coronel del KGB.

Cuando llegó a la puerta del cementerio Jovanskoye, miró hacia atrás. La densa nevasca que caía sobre Moscú había borrado sus huellas con la misma destreza que disipaba ayeres.

Salió del camposanto pensando si su historia también quedaría oculta bajo una tumba cubierta de un manto de nieve.

Otras notas de *La violinista roja*

𝄞 África de las Heras fue la espía soviética de nacionalidad española más importante del siglo XX y la única nombrada coronel del KGB durante la Guerra Fría.

La coronel De las Heras permaneció en el KGB hasta el año 1985. Fue condecorada por la Unión Soviética en ocho ocasiones. Nunca fue descubierta. El acceso a su historial como espía soviética sigue prohibido por el Gobierno ruso.

En 2019, Rusia emitió un sello dedicado a ella.

El documento biográfico escrito por África de las Heras forma parte del expediente personal sobre ella guardado en los archivos del KGB. Está expuesto en el Museo del Servicio Exterior de Espionaje Gabinete de Historia.

𝄞 Se desconoce si Felisberto Hernández llegó a saber o intuir la verdadera identidad de María Luisa de las Heras y su condición de espía soviética. Su obra está plagada de referencias a enigmas, mensajes falsos, espías, personalidades duales, secretos, misterios...

Después de su muerte, muchos autores reconocieron su valía literaria, entre ellos la poetisa Ida Vitale, que definió al escritor uruguayo como «el autor que rehabilitó lo insólito dentro de lo cotidiano».

𝄞 Los amigos de África de las Heras en Uruguay solo conocieron la identidad real de la agente soviética años después de su fallecimiento. Todos mostraron su sorpresa; unos, furiosos al sentirse utilizados por la española; otros, decepcionados por un engaño que nunca sospecharon. Todos reconocieron que, con ellos, siempre fue una mujer simpática, educada y encantadora.

William Fisher, alias «Rudolf Abel», murió de cáncer de pulmón el 15 de noviembre de 1971 en Moscú. En 1990 se emitió un sello con su nombre y su imagen.

Kim Philby murió el 11 de mayo de 1988 en Moscú. Condecorado en 1965 con la Orden de la Bandera Roja, uno de los más altos honores de la Unión Soviética, vivió sus últimos días leyendo novelas de P. G. Wodehouse, viendo el críquet en televisión, procurando que nunca le faltase la salsa Worcestershire en sus comidas y escuchando la BBC Internacional.

Leonid Eitingon falleció el 3 de mayo de 1981 en una clínica del Kremlin, profundamente desencantado con el régimen soviético. En abril de 1992, el Tribunal Supremo ruso decidió anular su condena por traición y su viuda recibió el documento oficial que rehabilitaba su nombre.

Iósif Griguléwich murió el 2 de junio de 1988 en Moscú, tres meses más tarde que África de las Heras. Abandonó el KGB coincidiendo con la caída de Lavrenti Beria. Se dedicó a la investigación literaria e histórica y publicó varias biografías sobre personajes latinoamericanos como Salvador Allende, Pancho Villa, Simón Bolívar o el Che Guevara. Su identidad como espía se conoció a raíz de la publicación del informe Mitrojin.

Pavel Sudoplátov murió el 26 de septiembre de 1996 en Moscú. Cuando salió de prisión en 1968, en la que permaneció durante quince años, se dedicó a escribir y a la traducción de textos. No fue rehabilitado hasta la disolución de la URSS. Escribió, junto a su hijo, un libro de memorias, *Operaciones especiales: memorias de un maestro de espías soviético*, que se convirtió en un éxito de ventas. Siempre defendió que todo lo hizo por la Unión Soviética.

Aleksandr Orlov murió el 25 de marzo de 1973 en Cleveland, Estados Unidos. Falleció despreciando a Stalin y su régimen criminal. En 1955 publicó el libro *La historia secreta de los crímenes de Stalin*. En 1956 escribió un artículo en la revista *Life Magazine*, en el que acusaba a Stalin de haber sido un espía de la Ojrana, la inteligencia zarista.

Erno Gerö murió el 12 de marzo de 1980 en Budapest, Hungría. Llegó a ser vicepresidente del Gobierno húngaro en 1956 y secretario general del Partido Comunista húngaro. Su oposición a la Revolución húngara de 1956 hizo que fuera expulsado del país, así como del Partido Comunista en 1957, obligándole a regresar a la URSS. A principios de la década de los sesenta regresó a Hungría, donde trabajó como traductor.

Caridad Mercader murió en 1975 en París, donde vivía sola en un apartamento de la rue Rennequin. Tenía ochenta y dos años de edad. En la misma ciudad residían sus hijos Montserrat y Jorge; este último y su mujer se hicieron cargo de sus últimos cuidados. Fue enterrada en el cementerio de Pantin. La embajada soviética se hizo cargo de los gastos del entierro. Murió sin reconocer el fracaso del estalinismo y loando la figura de su líder.

Cuando murió Ramón Mercader, no apareció mención alguna en *Mundo Obrero* ni en otras publicaciones próximas al PCE. La escritora y guerrillera Teresa Pàmies escribió de él en la revista *Triunfo*: «Acaba de morir y sería fácil decir que fue una víctima más de Stalin, pero todos fuimos Stalin».

Su fecha de defunción sufrió tantos bailes como sus nombres: algunas fuentes aseguran que falleció el 18 de octubre de 1978; otras apuestan por el 19 y hay quien sitúa su muerte el día 15 de octubre.

En su primera tumba solo aparecía la traducción al ruso del apellido López, las iniciales correspondientes a Ramón Ivánovich y el número 833. En 1987, el Gobierno mandó añadir en su sencilla tumba una lápida vertical de granito rosa con la inscripción en ruso: «Al héroe de la Unión Soviética Ramón Ivánovich López», e incluyó una fecha y también su verdadero nombre escrito en español: «1913-1978. Ramón Mercader del Río». Más tarde se colocó una fotografía de Ramón, ocultando la inscripción «Al héroe de la Unión Soviética».

Frida Kahlo reingresó en el Partido Comunista Mexicano en 1948, que había abandonado en 1937 junto a Diego Rivera. En 1953, escribió en su diario: «Comprendo claramente la dialéctica materialista de Marx, Engels, Lenin, Stalin y Mao Tse-Tung. Los amo como a los pilares del nuevo mundo comunista. Ya comprendí el error de Trotski desde que llegó a México. Yo jamás fui trotskista. Pero en esa época de 1940, yo era solamente aliada de Diego. Fue un error político».

En 1954, el año de su muerte, Frida pintó el cuadro *Autorretrato con Stalin*, un óleo sobre masonite de 59 × 39 cm.

Diego Rivera murió el 24 de noviembre de 1957 en su estudio de San Ángel, en el Distrito Federal, hoy Ciudad de México. Tenía setenta años de edad. En la actualidad, la dirección acoge el Museo Casa Estudio Diego Rivera y Frida Kahlo.

En 1954, Rivera volvió a ingresar en el Partido Comunista de México.

Nunca olvidó a Frida, con la que se casó en dos ocasiones: en 1929 y en 1940. Después de la muerte de Frida, contrajo matrimonio en 1955 con su cuarta esposa, Emma Hurtado.

La Casa Azul, ubicada en la calle Londres 247 de Coyoacán, es hoy el Museo de Frida Kahlo, a pocos metros de la Casa Museo de León Trotski.

Las cenizas de León Trotski fueron depositadas en el jardín de la casa de la calle Viena de Coyoacán, bajo un monolito con la hoz y el martillo.

Sus exequias fúnebres fueron de las más multitudinarias celebradas en México por la muerte de una persona no nacida en el país azteca.

En la actualidad, la que fue última residencia del líder bolchevique acoge la Casa Museo León Trotski, dirigida por su nieto, Esteban Volkov Bronstein.

𝄞 David Alfaro Siqueiros fue detenido en septiembre de 1940 por su implicación en el primer asalto a la residencia de León Trotski, el 24 de mayo de ese mismo año. Logró salir del país gracias a la ayuda del poeta y entonces cónsul chileno Pablo Neruda, que le facilitó la huida a Chile junto a su mujer, Angélica Arenal. Volvió a México en 1946.

Murió de cáncer en Cuernavaca, el 6 de enero de 1974. Tenía setenta y ocho años de edad. Fue el último de los tres grandes del muralismo mexicano —junto a Diego Rivera y José Clemente Orozco— en fallecer.

𝄞 El que fuera director de la CIA en Uruguay, Howard Hunt, fue detenido y encarcelado por su implicación en el escándalo Watergate, por haber estado al mando del espionaje en la sede del Partido Demócrata de Estados Unidos en 1972, que se saldó con la dimisión del presidente Richard Nixon.

Condenado a treinta y cinco años de prisión por conspiración, escuchas telefónicas ilegales y robo de documentación oficial, solo pasó treinta y tres meses encerrado. Murió el 23 de enero de 2007, en Florida, a los ochenta y ocho años de edad, por una neumonía.

𝄞 En 1957, Ernest Hemingway se acordó de una maleta que había dejado en el hotel Ritz de París en 1928. La encontraron y se la enviaron. En su interior había numerosos apuntes y diversas hojas escritas con estilográfica, que le sirvieron para escribir varios libros posteriores: *Un verano peligroso*, *Islas en el Golfo* (o *A la deriva*), *El jardín del Edén*, *Al romper el alba...*

𝄞 George Orwell, seudónimo literario de Eric Arthur Blair, murió el 21 de enero de 1950, a los cuarenta y seis años de edad, en Londres, a causa de una tuberculosis.

En 1938 publicó *Homenaje a Cataluña*, sobre sus vivencias en la guerra civil española.

En 1945 publicó la novela *Rebelión en la granja*, una fábula satírica sobre el modelo del socialismo soviético ambientada en una granja donde los animales se rebelan contra sus dueños y terminan haciéndose con el poder, una alegoría de Lenin, Stalin y Trotski, y de la Revolución rusa. *Time* la eligió como una de las cien mejores obras publicadas entre 1923 (año de nacimiento de la revista) y 2005.

Un año antes de morir publicó *1984*. Ambas novelas son una crítica al totalitarismo, tanto nazi como estalinista.

Aida Lafuente murió el 13 de octubre de 1934 en la iglesia San Pedro de los Arcos, aunque la noticia no apareció en *El Heraldo de Madrid* hasta el viernes 10 de enero de 1936, en la página 16, escrita por Francisco Carames, un año y tres meses después de su muerte. La publicación de *El Heraldo* fue suspendida desde el 4 de octubre hasta el 15 de octubre de 1934. Cuando volvió a publicarse, lo hizo bajo censura previa, sufriendo varias prohibiciones posteriores.

Desde el inicio de la Guerra Civil, Aida empezó a considerarse un símbolo de la lucha obrera y revolucionaria. Su nombre apareció junto a los de Mariana Pineda, Agustina de Aragón y Lina Odena en el cartel «Heroínas de la independencia y la libertad de España», realizado por la Subsecretaría de Propaganda de la Junta de Defensa de Madrid, cuya dirección ostentaba el padre de la joven.

El 6 de abril de 1995, el Ayuntamiento de Oviedo puso el nombre de Aida Lafuente al paseo del parque de San Pedro de los Arcos, con una efigie de la joven con la inscripción «Aida de la Fuente, La Rosa Roja, 1918-1934, y tus compañeros».

Sylvia Ageloff murió en diciembre de 1995, a los ochenta y dos años de edad, en Brooklyn. Durante toda su vida sufrió de depresión y de numerosos episodios de ansiedad que la llevaron a continuos ingresos en centros especializados. A lo largo de su vida, la persiguió la sospecha de que había sido cómplice del asesinato de Trotski, un extremo que nunca llegó a demostrarse.

No volvió a ver ni hablar con Ramón Mercader, aunque aseguraba que jamás le perdonaría. Después del asesinato de Trotski, comenzó a utilizar el apellido materno: Sylvia Maslow.

𝄞 Tras el asesinato del profesor de Historia Arbelio Ramírez, el Che Guevara ofreció a la familia del catedrático que su hijo mayor estudiase en Cuba entre 1962 y 1966. También puso el nombre del docente universitario a un instituto de La Habana.

𝄞 Ernesto «Che» Guevara fue capturado y asesinado en La Higuera, Bolivia, el 9 de octubre de 1967, a manos del ejército boliviano en colaboración con la CIA. En el momento de la detención exclamó: «No disparen. Soy el Che Guevara. Valgo más vivo que muerto». Su cadáver fue expuesto al público en el lavadero del hospital Nuestro Señor de Malta. Mantenía los ojos abiertos. Las seglares y religiosas que custodiaron su cuerpo le cortaron mechones de pelo para conservarlos. Sus manos fueron amputadas y enviadas a La Paz, Bolivia, en una caja metálica, como prueba de su muerte.

En 1997, sus restos fueron localizados y trasladados a Cuba.

𝄞 El 27 de junio de 1973 se produjo un golpe de Estado militar en Uruguay impulsado por su presidente, Juan María Bordaberry, y las Fuerzas Armadas militares, dando lugar a una dictadura con un gobierno cívico militar que duró hasta el 1 de marzo de 1985.

𝄞 El piolet que Ramón Mercader utilizó para asesinar a Trotski lo compró un coleccionista, Keith Melton, que lo donó al Museo Internacional del Espionaje de Washington. Melton se lo compró a Ana Alicia Salas, hija de un miembro del servicio secreto mexicano, Alfredo Salas, que lo guardó debajo de su cama durante años después de que el piolet fuera expuesto en el Museo de Criminología y sufriera varios intentos de robo, por lo que fue sustituido por una réplica, aunque hay quien asegura que fue un regalo de sus propios compañeros.

𝄞 El 31 de enero de 1990 se abrió el primer establecimiento de la cadena estadounidense McDonald's en Moscú, ubicado en la plaza Pushkin. Se organizaron colas de varios kilómetros para poder acceder al local.

Ese día, más de 30.000 soviéticos lo visitaron para consumir su hamburguesa estrella: el Big Mac. Costaba 3 rublos.

★

𝄞 África de las Heras nunca volvió a España.

Bibliografía

Abramson, Paulina y Adelina, *Mosaico roto*, Madrid, Compañía Literaria, 1994.

Alba, Álvaro, *En la pupila del Kremlin*, Madrid, Asopazco, 2011.

Alcalá, César, *Las checas del terror. La desmemoria histórica al descubierto*, Madrid, LibrosLibres, 2007.

Álvarez Suárez, Maximiliano, *Sangre de octubre: UHP. Episodios de la revolución en Asturias*, Madrid, Cenit, 1936.

Andrew, Christopher y Vasili Mitrokhin, *The Sword and the Shield: The Mitrokhin Archive and the Secret History of the KGB*, Nueva York, Basic Books, 2000.

Arasa, Daniel, *Los españoles de Stalin. La historia de los que sirvieron al comunismo durante la Segunda Guerra Mundial*, Barcelona, Belacqua, 2005.

Asbrink, Elisabeth, *1947. El año en el que todo empezó*, Madrid, Turner, 2018.

Bachetta, Víctor L., *El asesinato de Arbelio Ramírez. La república a la deriva*, Montevideo, Doble Clic, 2010.

Barnes, Julian, *El ruido del tiempo*, Barcelona, Anagrama, 2016.

Borkenau, Franz, *The Spanish Cockpit*, Londres, Faber & Faber, 1937.

— *El reñidero español. Relato de un testigo de los conflictos sociales y políticos de la guerra civil española*, París, Ruedo Ibérico, 1971.

Broué, Pierre, *Trotsky*, París, Fayard, 1988.

Castro Delgado, Enrique, *Mi fe se perdió en Moscú*, Barcelona, Luis de Caralt, 1964.

Carrère d'Encausse, Hélène, *Seis años que cambiaron el mundo. 1985-1991, la caída del imperio soviético*, Barcelona, Ariel, 2016.

Cedillo, Juan Alberto, *Eitingon. Las operaciones secretas de Stalin en México*, México, Debate, 2014.

Cimorra, Eusebio, Isidro R. Mendieta y Enrique Zafra, *El sol sale de noche. La presencia española en la Gran Guerra Patria del pueblo soviético contra el nazi-fascismo*, Moscú, Progreso, 1970.

Costa-Amic, Bartomeu, *León Trotsky y Andreu Nin: dos asesinatos del estalinismo*, México, Altres Costa-Amic, 1994.

Deutscher, Isaac, *1934: el movimiento revolucionario de octubre*, Madrid, Akal, 1984.

— *Trotsky, el profeta desterrado*, Santiago de Chile, LOM, 2015.

Dujovne Ortiz, Alicia, *La muñeca rusa*, Buenos Aires, Alfaguara, 2009.

Fedin, Constantino, *Las ciudades y los años*, Madrid, Biblos, 1927.

Frouchtmann, Susana, *El hombre de las checas*, Barcelona, Espasa, 2018.

García Igual, Arturo, *Entre aquella España nuestra... y la peregrina: guerra, exilio y desexilio*, Valencia, Patronat Sud-Nord, Fundació General, Universitat de València, 2005.

Garmabella, José Ramón, *El grito de Trotsky*, Barcelona, Debate, 2007.

Gazur, Edward, *Alexander Orlov, the FBI's KGB General*, Nueva York, Carroll & Graf Publishers, 2001.

Gellately, Robert, *La maldición de Stalin*, Barcelona, Pasado & Presente, 2014.

Ginestà, Marina, *Otros vendrán...*, Sevilla, Espuela de Plata, 2019.

Giraldi de Dei Cas, Norah, *Felisberto Hernández: del creador al hombre*, Montevideo, Ediciones de la Banda Oriental, 1975.

Gladkov, Fedor, *El cemento*, Madrid, Cenit, 1929.

Gómez Catón, Fernando, *La Iglesia de los mártires. Cataluña prisionera: 1936-1939*, Tomo I: *Las columnas rojas*, Tomo II: *La persecución*, Barcelona, Mare Nostrum, 1989.

Gorkin, Julián, *El asesinato de Trotsky*, Barcelona, Círculo de Lectores, 1972.

Gros, José, *Abriendo camino: relatos de un guerrillero comunista español*, Barcelona, A.T.E., Asesoría Técnica de Ediciones, 1977.
Guillamón, Agustín, *El terror estalinista en Barcelona (1938)*, Barcelona, Aldarull / Descontrol, 2013.
— *La represión contra la CNT y los revolucionarios*, Barcelona, Descontrol, 2015.
Hernández, Felisberto, *El cocodrilo*, Punta del Este, Ediciones de El Puerto, 1962.
— *Las hortensias y otros relatos*, Montevideo, Arca, 1966.
— *Las hortensias*, Barcelona, Lumen, 1974.
Herrera, Hayden, *Frida. Una biografía de Frida Kahlo*, Barcelona, Taurus, 2019.
Holloway, David, *Stalin and the bomb: the Soviet Union and Atomic Energy, 1939-1956*, Londres, Yale University Press, 1996.
Ilin, M., *Moscú tiene un plan*, Madrid, Oriente, 1932.
Juárez, Javier, *Patria. Una española en el KGB*, Barcelona, Debate, 2008.
Koltsov, Mijaíl, *Diario de la guerra de España*, Barcelona, Backlist, 2009 [París, Ruedo Ibérico, 1963].
Kowalsky, Daniel Monk, *La Unión Soviética y la guerra civil española. Una revisión crítica*, Barcelona, Crítica, 2003.
Krivitsky, Walter Ginsberg, *Yo, jefe del Servicio Secreto Militar Soviético*, Guadalajara, Sucesor de Hipólito de Pablo, 1945.
Kruschev, Nikita, *Memorias. El último testamento*, Barcelona, Euros, 1975.
Lafuente, Isaías, *Agrupémonos todas. La lucha de las españolas por la igualdad*, Madrid, Aguilar, 2003.
Largo Caballero, Francisco, *Mis recuerdos*, México, Ediciones Unidas, 1976.
Levine, Isaac Don, *La mente de un asesino*, México, Visión Incorporated, 1960.
López Chacón, Rafael, *Por qué hice las «Chekas» de Barcelona. Laurencic ante el Consejo de Guerra*, Barcelona, Solidaridad Nacional, 1939.
Lozano, Álvaro, *Stalin. El tirano rojo*, Madrid, Nowtilus, 2012.
Luri, Gregorio, *El cielo prometido: Una mujer al servicio de Stalin*, Barcelona, Ariel, 2016.

Madariaga, Salvador de, *España. Ensayo de Historia contemporánea*, Madrid, Espasa-Calpe, 1979.

Marie, Jean-Jacques, *Trotski. Revolucionario sin fronteras*, Buenos Aires, Fondo de Cultura Económica, 2009.

Marx, Karl y Friedrich Engels, *Obras escogidas*, 3 vols., Moscú, Progreso, 1973.

Matute, Joseph, *El agente del KGB. Manual de operaciones*, Isaac Trejo, ed., 2014.

Medvédev, Dmitri N., *La guerrilla soviética*, Barcelona, Destino, 1971.

Medvédev, Zhores A. y Roy A. Medvédev, *El Stalin desconocido*, Barcelona, Crítica, 2005.

Mercader, Luis y Germán Sánchez, *Ramón Mercader, mi hermano. Cincuenta años después*, Madrid, Espasa-Calpe, 1990.

Mir, Miquel, *Diario de un pistolero anarquista*, Barcelona, Destino, 2007.

Miralles, Rafael, *Memorias de un comandante rojo*, Madrid, San Martín, 1975.

Miravitlles, Jaime, *Gent que he conegut*, Barcelona, Destino, 1980.

Nardone, Benito, *Peligro rojo en América Latina*, Montevideo, 1961.

Neruda, Pablo, *Confieso que he vivido*, Barcelona, Seix Barral, 1986.

Orlov, Alexander, *Historia secreta de los crímenes de Stalin*, Barcelona, Destino, 1955.

Orwell, George, *Homenaje a Cataluña*, Buenos Aires, Proyección, 1964.

Padura, Leonardo, *El hombre que amaba a los perros*, Barcelona, Tusquets, 2011.

Pàmies, Teresa, *Cuando éramos capitanes (Memorias de aquella guerra)*, Barcelona, Dopesa, 1975.

Paporov, Yuri, *Trotski sacrificado. Confesiones de Rivera y Siqueiros*, México, Siete, 1992.

Parshina, Elizaveta, *La brigadista*, Madrid, La Esfera de los Libros, 2005.

Pinedo Kahlo, Isolda, *Frida íntima*, Gato Azul / Dipon, 2015.

Pons Prades, Eduardo, *Republicanos españoles en la Segunda Guerra Mundial*, Madrid, La Esfera de los Libros, 2003.

Preston, Paul, *El holocausto español. Odio y exterminio en la guerra civil y después*, Barcelona, Debate, 2011.
Proctor, Robert, *The Nazi War on Cancer*, Princeton, Princeton University Press, 1999.
— *Golden Holocaust: Origins of the Cigarette Catastrophe and the Case for Abolition*, Berkeley, University of California Press, 2012.
Puigventós, Eduard, *Ramón Mercader, el hombre del piolet*, Barcelona, Now Books, 2015.
Rauschning, Hermann, *Hitler me dijo... Confidencias del Führer sobre sus planes de dominio del mundo*, Madrid, Atlas, 1946.
Rosal, Amaro del, *La violencia, enfermedad del anarquismo: Antecedentes e historia del movimiento sindical socialista en España*, Barcelona, Grijalbo, 1976.
Ross, Marjorie, *El secreto encanto de la KGB. Las cinco vidas de Iósif Grigulévich*, Costa Rica, Farben, 2004.
Rubinstein, Joshua, *León Trotsky. El revolucionario indomable*, Barcelona, Península, 2011.
Santos, Anselmo, *Stalin el Grande*, Barcelona, Edhasa, 2012.
Serna Martínez, Roque, *Heroísmo español en Rusia. 1941-1945*, Madrid, Autor-Editor, 1981.
Siqueiros, David Alfaro, *Me llamaban el Coronelazo. Memorias*, México, Grijalbo, 1977.
Sudoplatov, Pavel y Anatoli Sudoplatov, *Operaciones especiales: memorias de un maestro de espías soviético*, Barcelona, Plaza & Janés, 1994.
Torriente, Pablo de la, *Peleando con los milicianos*, Madrid, Verbum, 2010.
Trotski, León, *La revolución traicionada*, Barcelona, Fontamara, 1977.
— *Mi vida. Memoria de un revolucionario permanente*, Barcelona, Debate, 2005.
Vallarino, Raúl, *Mi nombre es Patria: La novela de la espía española de la KGB*, Madrid, Suma de Letras, 2008.
Van Heijenoort, Jean, *Con Trotsky de Prinkipo a Coyoacán*, México, Nueva Imagen, 1979.
Vinogradova, Lyuba, *Las brujas de la noche. En defensa de la madre Rusia*, Barcelona, Pasado & Presente, 2016.

Viñas, Ángel, *El escudo de la República*, Barcelona, Crítica, 2007.
Volodarsky, Boris, *El caso Orlov. Los servicios secretos soviéticos en la guerra civil de España*, Barcelona, Crítica, 2013.
— *Stalin's Agent, The Life and Death of Alexander Orlov*, Londres, Oxford University Press, 2014.
Walker, Jonathan, *Operación «Impensable»: 1945. Los planes secretos para una tercera guerra mundial*, Barcelona, Crítica, 2015.
Weiss, Peter, *Trotsky en el exilio*, México, Grijalbo, 1970.
Zavala, José María, *En busca de Andreu Nin. Vida y muerte de un mito silenciado en la guerra civil*, Barcelona, Plaza & Janés, 2005.
Zubok, Vladislav, *Un imperio fallido. La Unión Soviética durante la Guerra Fría*, Barcelona, Crítica, 2008.

OTRAS FUENTES

Aparicio, Fernando y Roberto García Ferreira, «El cine Trocadero, un testigo de la Guerra Fría», *Contemporánea*, vol. 1, n.° 1, 2010
Archivo CEIP León Trotsky. Centro de Estudios, Investigaciones y Publicaciones.
Archivo diarios *Clarín*, *Marcha*, *Mundo Obrero*, *Pravda*, *Izvestia*, *The New York Times*, *El Día*, *Daily Worker*, *La Batalla*, *ABC*, *Blanco y Negro*, *Heraldo de Madrid*, *Russia Beyond*, *Solidaridad Obrera*
Asaltar los cielos. Dir. Javier Rioyo y José Luis López-Linares, 1996.
Barreiro, Fernando, «La Coronela», *Tres*, 28 de agosto de 1998.
Dale Reed, Michael Jakobson, «Trotsky Papers at the Hoover Institution: One Chapter of an Archival Mystery Story», *The American Historical Review*, vol. 92, n.° 2, abril de 1987, pp. 363-375, <https://doi.org/10.1086/ahr/92.2.363>.
Gilberto Isidoro, «El Che Guevara y el Realismo socialista», *Clarín*, 26 de noviembre de 2005.
— «El mayor agente encubierto del Kremlin en América Latina», *Clarín*, 22 de octubre de 1999.
Giraldi Dei Cais, Norah, «Casi el mismo pero no es igual», Revista de la Biblioteca Nacional de Montevideo: Felisberto. n.° 10, pp. 341-355, 2015. ISSN 0797-9061. Presentación de la edición fac-

similar de *El cocodrilo* de Felisberto Hernández con grabados de Glauco Capozzoli (Punta del Este, Ediciones de El Puerto, 1962), organizada por la Biblioteca Nacional (Sala Julio Castro), Montevideo, jueves 16 de abril de 2015.

Gómez López Quiñones, Antonio, «Asaltar los cielos: Trotski, el hombre del piolet y el documental cinematográfico», *Revista de Humanidades*, n.º 20, pp. 150-181, Instituto Tecnológico y de Estudios Superiores de Monterrey, Monterrey, México, 2006.

Gueorgui Manaev, «Historia del tabaco en Rusia», *Russia Beyond the Headlines*, 2015.

Hernández, Felisberto, «Cuatro Sputniks contra la libertad», *El Día*, 27 de diciembre de 1957.

— «El estilo literario comunista», *El Día,* 2 de enero de 1958.

«In This Issue», *The American Historical Review*, vol. 92, n.º 2, abril de 1987, p. iv, <https://doi.org/10.1086/ahr/92.2.iv>.

International Committee of the Fourth International (ICFI), *How the GPU Murdered Trotsky. Security and the Fourth International*, vol. 1, The Committee, Londres, 1976. Mehring Books, 1981.

Lagos, José Gabriel, «El anticomunismo como problema», Revista de la Biblioteca Nacional: Felisberto, n.º 10, pp. 251-260, Montevideo, 2015. Departamento de Letras Modernas, FHCE, UdelaR / Revista Lento.

Martínez, Alicia, «La singular vanguardia de Felisberto Hernández», *Arrabal*, n.º 5, pp. 131-137, 2007.

Marxists Internet Archive.

«Mexique: diario de a bordo de la 3.ª expedición de republicanos españoles a México», n.º 1, lunes 17 de julio de 1939. Biblioteca Virtual Miguel de Cervantes. BVMC 706629.

O'Toole, Fintan, «Why George Bernad Shaw had a crush on Stalin», Opinion, Red Century, *The New York Times*, 11 de septiembre de 2011.

Red Académica Uruguaya, Uruguay Siglo XX, Universidad Oriental del Uruguay.

Sánchez, Germán, «Espías españolas al servicio del KGB», *Cambio 16*, n.º 1.250, 6 de noviembre de 1995.

Sheridan, Guillermo, «Rescatando a Mercader. Un episodio del es-

pionaje secreto en México», *Letras Libres*, n.º 87, 31 de marzo de 2006, México.
Testamento León Trotski, 27 de febrero de 1940-3 de marzo de 1940, Coyoacán.
Trotski, León, «El asesinato de Andrés Nin por los agentes de la GPU» (8 de agosto de 1937) en *La Revolución Española*, vol. 2, o.c., pp. 130-132.
Vorobiev, Lev, «L'assassinat de Trotsky décrit par ses assassins (El asesinato de Trotsky descrito por sus asesinos)», Imprecor, París, n.º 449-450, julio/septiembre de 2000.
Ynduráin Hernández, Francisco, «España en la obra de Hemingway», Biblioteca Virtual Miguel de Cervantes.

[illegible] n.º 87, 31 de marzo de [illegible]

[illegible] de 1940-3 de marzo de 1940.

[illegible] Andrés Nin por los agentes de la [illegible] La Revolución Española, vol. 2. [illegible]

[illegible] décrit par ses assassins (El [illegible] por sus asesinos), Imprecor. París, [illegible]

[illegible] España en la obra de [illegible] de Cervantes.